FRELSEREN

JO NESBØ

FRELSEREN

Aschehoug

Jo Nesbø

Flaggermusmannen, 1997

Kakerlakkene, 1998

Stemmer fra Balkan (med Espen Søbye), 1999

Rødstrupe, 2000

Karusellmusikk, noveller 2001

Sorgenfri, 2002

Marekors, 2003

Frelseren, 2005

Snømannen, 2007

Doktor Proktors prompepulver, barnebok 2007

Det hvite hotellet, fortelling til inntekt for Redd Barna, 2007

Hodejegerne, 2008

Panserhjerte, 2009

Doktor Proktors og verdens undergang. Kanskje., 2010

Gjenferd, 2011

Doktor Proktor og det store gullrøveriet, 2012

9. opplag 2013

© 2005, 2008 H. Aschehoug & Co. (W. Nygaard), Oslo
www.aschehoug.no
Papir: 50 g Enso bulky 2,4
Printed in Lithuania
UAB PRINT-IT, 2013

ISBN 978-82-03-19414-6

«Hvem er han som kommer fra Edom, i røde klær fra Bosra, så prektig i sin kledning, der han skrider frem i sin store kraft?
– Det er jeg, som taler rettferdighet, som er mektig til å frelse.»

Jesaja, 63

DEL 1

ADVENT

Kapittel 1
August 1991. Stjernene

Hun var fjorten år og sikker på at om hun knep øynene sammen og konsentrerte seg, kunne hun se stjernene tvers igjennom taket.

Rundt henne pustet kvinner. Jevn, tung sovepust. Bare én snorket, og det var tante Sara som de hadde plassert på en madrass under det åpne vinduet.

Hun lukket øynene og prøvde å puste som de andre. Det var vanskelig å sove, særlig siden alt plutselig var blitt så nytt og annerledes rundt henne. Lydene av natt og skog utenfor vinduet her på Østgård var annerledes. Menneskene som hun kjente så godt fra møtene i Templet og sommerleirene, var liksom ikke de samme. Hun selv var ikke den samme heller. Ansiktet og kroppen i speilet over vasken var nytt denne sommeren. Og følelsene hennes, de merkelige strømningene av varmt og kaldt som skylte gjennom henne når en av guttene så på henne. Eller, spesielt når én av dem så på henne. Robert. Han var blitt en annen i år, han også.

Hun åpnet øynene igjen og stirret. Hun visste at Gud hadde makt til å gjøre store ting, også til å la henne se stjernene gjennom taket. Om Han bare ville.

Det hadde vært en lang og begivenhetsrik dag. Den tørre sommervinden suste i kornet på engene, og bladene på trærne danset febrilsk så lyset sildret og sildret ned på sommergjestene i gresset på tunet. De hørte en av kadettene fra Frelsesarmeens Offisersskole fortelle om sitt virke som predikant på Færøyene. Han hadde vært kjekk og snakket med stor innlevelse og iver.

Men hun hadde vært mer opptatt med å vifte bort en humle som surret rundt hodet hennes, og da den brått forsvant, hadde varmen gjort henne søvnig. Da kadetten var ferdig, hadde alles øyne rettet seg mot kommandøren, David Eckhoff, som hadde sett på dem med sine leende, unge øyne som var over femti år gamle. Han hadde gjort Frelsesarmeens hilsen som var høyre hånd løftet over skulderen, pekefingeren rettet opp mot himmelens rike og et rungende «Halleluja!». Så ba han om at kadettens arbeid blant de fattige og utstøtte måtte bli velsignet og minnet dem alle om hva som sto i Matteus, at Jesus Frelseren kunne gå blant dem som en fremmed i gatene, kanskje en fengselsfugl, uten mat og uten klær. Og at på dommens dag skulle de rettferdige, de som hadde hjulpet disse minste, få evig liv. Det hadde sett ut som det skulle bli en lengre tale, men så hadde noen hvisket noe og han hadde ledd og sagt at javisst var det Ungdommens Kvarter som sto på programmet, og at i dag var det Rikard Nilsens tur.

Hun hadde hørt at Rikard gjorde stemmen sin mer voksen enn den var da han takket kommandøren. Som vanlig hadde Rikard forberedt skriftlig det han skulle si og så lært det utenat. Nå sto han der og lekset opp om den kampen han ville vie sitt liv til, som var Jesu kamp for Guds rike. Nervøst og likevel monotont, søvndyssende. Hans skulende, innadvendte blikk hvilte på henne. Hun glippet med øynene mens hun så den svette overleppen hans bevege seg og forme de kjente, trygge, kjedelige frasene. Så hun hadde ikke reagert da hånden berørte ryggen hennes. Ikke før den var blitt til fingertupper som spaserte nedover ryggraden mot korsryggen og lenger ned og fikk henne til å fryse under den tynne sommerkjolen.

Hun snudde seg og så inn i Roberts leende, brune øyne. Og hun skulle ønske at hun hadde vært like mørk i huden som han, så han ikke hadde kunnet se rødmen hennes.

«Hysj,» hadde Jon sagt.

Robert og Jon var brødre. Selv om Jon var ett år eldre, hadde mange tatt dem for tvillinger da de var yngre. Men nå var Robert blitt sytten, og selv om de hadde beholdt brødrelikheten i ansiktene, var forskjellene ellers blitt tydelige. Robert var glad, ubekymret, likte å erte og var flink til å spille gitar, men ikke alltid like presis til gudstjenestene i Templet, og av og til kunne nok ertingen gå litt langt, særlig hvis han merket at han fikk andre til å le. Da var det ofte Jon som grep inn. Jon var en redelig, pliktoppfyllende gutt som de fleste regnet med ville komme til å ta Offisersskolen og – uten at det ble sagt høyt – finne seg en jente i armeen. Det siste virket ikke så selvfølgelig når det gjaldt Robert. Jon var to centimeter høyere enn Robert, men merkelig nok virket Robert høyere. Det kom av at Jon alt fra tolvårsalderen hadde begynt å krumme ryggen, som om han bar all verdens byrder på sine skuldre. Begge var mørke og hadde pene, jevne trekk, men Robert hadde noe Jon ikke hadde. Noe bak øynene, noe svart og lekent som hun både hadde lyst og ikke lyst til å finne ut hva var.

Mens Rikard snakket, hadde blikket hennes glidd over forsamlingen av kjente ansikter. En dag skulle hun gifte seg med en gutt i Frelsesarmeen, de ville kanskje bli beordret til en annen by og en annen landsdel. Men de ville alltid komme tilbake hit til Østgård, som armeen akkurat hadde kjøpt og som fra nå av var deres felles sommersted.

I utkanten av forsamlingen, på trappen til huset, satt en gutt med lyst hår og klappet på en katt som hadde lagt seg i fanget hans. Hun kunne se på ham at han akkurat hadde sett på henne, men hadde rukket å flykte med blikket før hun avslørte det. Han var den eneste her hun ikke kjente, men hun visste at han het Mads Gilstrup, var barnebarnet til dem som hadde eid Østgård før, at han var et par år eldre enn henne og at Gilstrup-familien var rik. Han var ganske pen, egentlig, men det var noe ensomt ved ham. Og hva gjorde han forresten her? Han hadde kommet kvelden før og hadde gått rundt med en sint rynke i pannen uten å snakke med noen. Men hun hadde kjent blikket hans på seg et par ganger. Alle så på henne i år. Det var også nytt.

Hun ble rykket ut av tankene da Robert grep hånden hennes, la noe i den og sa: «Kom til låven når generalspiren er ferdig. Det er noe jeg vil vise deg.»

Så reiste han seg og gikk, og hun så ned i hånden og holdt på

11

å skrike høyt. Og med den andre hånden foran munnen slapp hun det ned i gresset. Det var en humle. Den beveget seg fremdeles, men hadde verken bein eller vinger.

Rikard ble endelig ferdig, og hun ble sittende og se sine og Roberts og Jons foreldre trekke bort til kaffebordene. De var begge det man i armeen kalte «sterke familier» i sine respektive menigheter i Oslo, og hun visste at hun ble holdt øye med.

Så gikk hun mot utedoen. Først da hun rundet hjørnet og ingen kunne se henne, pilte hun inn på låven.

«Vet du hva dette er?» sa Robert med latter i øynene og den dype stemmen han ikke hadde hatt sommeren før.

Han lå på ryggen i høyet og spikket på en trerot med foldekniven han bestandig bar i beltet.

Så holdt han opp roten og hun så hva det var. Hun hadde sett det på tegninger. Hun håpet at det var for mørkt her inne til at han kunne se at hun rødmet igjen.

«Nei,» løy hun og satte seg ved siden av ham i høyet.

Og han så på henne med det ertende blikket, som om han visste noe om henne som hun ikke visste selv engang. Og hun så tilbake på ham og la seg bakover på albuene.

«Noe som skal hit,» sa han, og plutselig var hånden hans under kjolen hennes. Hun kjente den harde treroten mot innsiden av låret og før hun rakk å knipe beina sammen, støtte den mot trusa. Pusten hans var varm mot halsen hennes.

«Nei, Robert,» hvisket hun.

«Men jeg lagde den spesielt til deg,» hveste han tilbake.

«Stopp, jeg vil ikke.»

«Sier du nei? Til meg?»

Og hun mistet pusten og greide verken å svare eller skrike før de plutselig hørte Jons stemme fra låvedøra: «Robert! Nei, Robert!»

Og hun kjente at han slapp, at han ga etter, og treroten ble sittende igjen mellom de sammenklemte lårene da han trakk hånden ut.

«Kom hit!» sa Jon i en tone som om han snakket til en ulydig hund.

Robert hadde reist seg med en kort latter, blunket til henne og løpt ut i sola til broren sin.

Og hun hadde satt seg opp og børstet av seg høy og følt seg lettet og skamfull på én gang. Lettet fordi Jon hadde avbrutt den ville leken. Skamfull fordi det virket som han hadde trodd det var noe mer enn det: en lek.

Senere, under bordbønnen til aftensmaten, hadde hun sett opp og rett inn i Roberts brune øyne og sett leppene hans forme et ord og hun hadde ikke skjønt hva det var, men hadde begynte å fnise. Han var gal! Og hun var ... ja, hva var hun? Gal, hun også. Gal. Og forelsket? Ja, forelsket, nettopp det. Og ikke forelsket slik hun hadde vært da hun var tolv eller tretten. Nå var hun fjorten og dette var større. Viktigere. Og mer spennende.

Hun kunne kjenne latteren boble opp i seg igjen her hun lå og prøvde å stirre hull i taket.

Tante Sara gryntet og sluttet å snorke under vinduet. Noe ulte. En ugle?

Hun måtte tisse.

Hun orket egentlig ikke, men hun måtte. Måtte gå gjennom det duggvåte gresset forbi låven som var mørk og helt annerledes nå midt på natten. Hun lukket øynene, men det nyttet ikke. Hun krøp ut av soveposen, stakk føttene inn i sandalene og listet seg bort til døra.

Det var kommet frem et par stjerner på himmelen, men de ville forsvinne igjen når det lysnet i øst om en times tid. Luften strøk sval over huden hennes mens hun småløp og lyttet til nattelyder som hun ikke visste hva var. Insekter som holdt seg i ro om dagen. Dyr som jaktet. Rikard sa han hadde sett rev borte i skogholtet. Eller kanskje de var de samme dyrene som var ute nå som på dagen, men at de bare laget andre lyder. Forandret seg. Skiftet ham, liksom.

Utedoen sto for seg selv på en liten høyde bak låven. Hun så den vokse mens hun nærmet seg. Det underlige, skjeve huset var laget av umalte planker som var forvridde, sprukne og grå av elde. Ingen vinduer, bare et hjerte i døra. Men det verste med utedoen var at man aldri kunne vite om det allerede satt noen der.

Og hun hadde fått en bestemt følelse av at det satt noen der nå.

Hun hostet slik at den som eventuelt var der kunne signalisere at det var opptatt.

En skjære lettet fra en grein i skogbrynet. Ellers var det helt stille.

Hun gikk opp på steintrinnet. Grep i treklossen som fungerte som dørhåndtak. Dro den til seg. Det svarte rommet gapte tomt mot henne.

Hun pustet ut. Det sto en lommelykt ved siden av dosetet, men hun behøvde ikke å tenne den. Hun flyttet dolokket før hun lukket døra og hektet på dørkroken. Så trakk hun opp nattkjolen, dro ned trusa og satte seg. I stillheten som fulgte, syntes hun at hun hørte noe. Noe som verken var dyr, skjære eller insekter som hadde skiftet ham. Noe som beveget seg fort gjennom det høye gresset på baksiden av doen. Så begynte det å sildre og lyden ble overdøvet. Men hjertet hennes hadde alt begynt å hamre.

Da hun var ferdig, trakk hun fort på seg trusa og ble sittende i mørket og lytte. Men alt hun hørte nå var et svakt sus i trekronene og sitt eget blod som dunket i ørene. Hun ventet til pulsen hennes hadde roet seg ned, så hektet hun dørkroken av og åpnet. Den mørke skikkelsen fylte nesten hele døråpningen. Han måtte ha stått helt stille ute på trappen og ventet. I neste øyeblikk lå hun oppå dosetet og han sto over henne. Han dro igjen døra bak seg.

«Du?» sa hun.

«Jeg,» sa han med fremmed, skjelvende og grøtete stemme.

Så var han over henne. Øynene hans glitret i mørket mens han bet underleppen hennes til blods og den ene hånden fant veien under nattkjolen og rev av henne trusa. Og hun lå som lammet under bladet på kniven som brant mot halshuden hennes mens han dunket underlivet mot henne alt før han hadde fått av seg buksene, som en paringssyk bikkje.

«Ett ord fra deg og jeg skjærer deg i stykker,» hvisket han.

Og det kom aldri ett ord fra henne. For hun var fjorten år og sikker på at om hun knep øynene sammen og konsentrerte seg, kunne hun se stjernene tvers igjennom taket. Gud hadde makt til å gjøre slike ting. Om Han bare ville.

Kapittel 2.
Søndag 13. desember 2003. Husbesøk

Han studerte sine egne ansiktstrekk i speilbildet i togvinduet. Prøvde å se hva det var, hvor hemmeligheten lå. Men han så ingenting spesielt over det røde halstørkleet, bare et uttrykksløst ansikt med øyne og hår som mot tunnelveggene mellom Courcelles og Ternes var like svarte som Metroens evige natt. Le Monde lå i fanget hans og meldte snø, men over ham lå Paris' gater fortsatt kalde og nakne under et lavt, ugjennomtrengelig skydekke. Neseborene hans utvidet seg og trakk inn den svake, men distinkte lukten av fuktig sement, menneskesvette, svidd metall, eau de cologne, tobakk, våt ull og gallesyre, en lukt de aldri fikk vasket eller luftet ut av togsettene.

Lufttrykket fra et motgående tog fikk ruten til å vibrere, og mørket ble midlertidig fortrengt av bleke firkanter av lys som blafret forbi. Han dro opp frakkeermet og så på klokka, en Seiko SQ50 som han hadde fått som delbetaling av en kunde. Den hadde allerede fått riper i glasset, så han var ikke så sikker på om det var ekte vare. Kvart over sju. Det var søndag kveld og vognen var ikke mer enn halvfull. Han så seg rundt. Mennesker sov på Metroen, sov alltid. Særlig på hverdager. Koblet ut, lukket øynene og lot den daglige reisen bli et drømmeløst mellomrom av ingenting med den røde eller blå streken på metrokartet som en stum bindestrek mellom arbeid og frihet. Han hadde lest om en mann som hadde sittet slik på Metroen en hel dag, med lukkede øyne, frem og tilbake, og at det var først da de skulle tømme vognen for natten, at de hadde oppdaget at han var død.

Og kanskje hadde han steget ned hit i de katakombene nettopp i den hensikt, å uforstyrret kunne lage en blå bindestrek mellom livet og det hinsidige i denne blekgule kisten.

Selv var han i ferd med å lage en strek den andre veien. Til livet. Det var denne jobben i kveld og så den i Oslo som gjensto. Den siste jobben. Så skulle han ut av katakombene for godt.

En alarm skrek i dissonans før dørene klapret igjen på Ternes. De skjøt fart igjen.

Han lukket øynene, prøvde å forestille seg den andre lukten. Lukten av toalettkuler og fersk, varm urin. Lukten av frihet. Men kanskje var det sant som moren hans, lærerinnen, hadde sagt. At den menneskelige hjerne kan reprodusere detaljerte minnebilder av alt du har sett eller hørt, men ikke selv den mest basale lukt.

Lukt. Bildene begynte å flagre forbi på innsiden av øyelokkene hans. Han hadde vært femten år og sittet i korridoren på sykehuset i Vukovar og hørt moren gjenta den mumlende bønnen til apostelen Thomas, bygningsarbeidernes skytshelgen, om at Gud måtte spare mannen hennes. Han hadde hørt buldringen av serbernes artilleri som skjøt fra elven og skrikene fra dem som ble operert på spedbarnsalen hvor det ikke lenger var spedbarn fordi kvinnene i byen hadde sluttet å føde etter at beleiringen hadde startet. Han hadde jobbet som løpegutt på sykehuset og hadde lært seg å stenge ute lydene, både skrikene og artilleriet. Men ikke luktene. Det var særlig én lukt. Ved amputasjon måtte kirurgene først skjære opp kjøttet inn til beinet, og for at pasienten ikke skulle blø i hjel, brukte de noe som lignet en loddebolt til å brenne arteriene slik at de lukket seg. Og den lukten av brent kjøtt og blod luktet ikke som noe annet.

En lege hadde kommet ut i korridoren og vinket moren og ham inn. Da de nærmet seg sengen, hadde han ikke tort å se på faren, stirret bare på den store, brune neven som hadde tatt tak i madrassen og så ut som den prøvde å rive den i to. Og det kunne den godt greie, for dette var byens sterkeste hender. Faren hans var jernvrider, det var han som kom til byggeplassene når murerne var ferdige, la de store hendene sine rundt endene av armeringsjernene som sto opp av støpen og med en rask, men nøye innøvd bevegelse vred endene på jernstengene sammen slik at de ble filtret inn i hverandre. Han hadde sett faren arbeide; det så ut som han vred opp en klut. Det var ennå ingen som hadde funnet opp en maskin som gjorde jobben bedre.

Han knep øynene igjen da han hørte farens stemme skrike i smerte og fortvilelse:

«Få guttungen ut!»

«Han ba selv ...»

«Ut!»

Legens stemme: «Blødningene er stoppet, vi starter nå!»

Noen grep ham under armene og løftet ham. Han prøvde å stritte imot, men han var så liten, så lett. Og det var da han kjente lukten. Brent kjøtt og blod.

Det siste han hørte var legens stemme igjen:

«Sagen.»

Så slamret døra igjen bak ham og han sank ned på knærne og fortsatte å be der moren hadde stoppet. Redd ham. Lemlest ham, men redd ham. Gud hadde makt til å gjøre slike ting. Om Han ville.

Han kjente at noen så på ham, åpnet øynene og var tilbake i Metroen. På setet tvers overfor ham satt en kvinne med stramme kjevemuskler og et trett, fjernt blikk som hoppet unna da det møtte hans. Sekundviseren på armbåndsuret forflyttet seg ryk-kevis mens han repeterte adressen for seg selv. Han kjente etter. Pulsen virket normal. Hodet lett, men ikke for lett. Han verken frøs eller svettet, kjente verken frykt eller fryd, ubehag eller behag. Farten sank. Charles de Gaulle – Étoile. Han kastet et siste blikk på kvinnen. Hun hadde sett nøye på ham, men om hun skulle komme til å møte ham igjen, kanskje allerede i kveld, ville hun likevel ikke kjenne ham igjen.

Han reiste seg og stilte seg ved dørene. Bremsene jamret lavt. Toalettkuler og urin. Og frihet. Som var like umulig å forestille seg som lukt. Dørene gled fra hverandre.

*

Harry steg ut på perrongen og ble stående og trekke inn den varme kjellerluften mens han så på lappen med adressen. Han hørte dørene lukke seg og kjente et lett luftdrag mot ryggen da toget satte seg i bevegelse igjen. Så begynte han å gå mot utgangen. Et reklameskilt over rulletrappen fortalte ham at det fantes måter å unngå forkjølelse på. Han hostet som til svar, tenkte «ikke faen», stakk hånden i den dype lommen på ullfrakken og fant sigarettpakken under lommelerka og esken med råmelktabletter.

Sigaretten hoppet i munnen hans idet han gikk gjennom utgangsdøra i glass, la den rå, unaturlige varmen i Oslos undergrunn bak seg og løp opp trappene til Oslos høyst naturlige kulde og desembermørke. Harry krøp automatisk sammen. Egertorget. Den lille åpne plassen var et veikryss av gågater midt i hjertet av Oslo, hvis byen hadde noe hjerte på denne tiden av året. Handelsstanden holdt søndagsåpent ettersom det var den nest siste helgen før jul, og torget vrimlet av mennesker som hastet til og fra i det gule lyset som falt fra vinduene i de beskjedne, fire etasjers forretningsbygningene som omkranset plassen. Harry så posene med innpakkede gaver og minnet seg selv på å huske å kjøpe noe til Bjarne Møller som hadde siste arbeidsdag på Politihuset neste dag. Harrys sjef og øverste beskytter i politiet alle disse årene hadde omsider satt sin nedtrappingsplan ut i livet og skulle fra neste uke over i stilling som såkalt senior spesialetterforsker på politikammeret i Bergen, hvilket i praksis betydde at Bjarne Møller skulle få gjøre som han ville inntil han ble pensjonert. Fett nok, men Bergen? Regn og klamme fjell. Møller kom ikke derfra engang. Harry hadde alltid likt – men ikke alltid skjønt – Bjarne Møller.

En mann i heldekkende bobledress vagget som en astronaut forbi mens han gliste og blåste frostrøyk ut av runde, roserøde kinn. Krumme rygger og lukkede vinteransikter. Harry så en blek kvinne kledd i tynn, svart skinnjakke med hull på albuen stå ved veggen til urmakeren og trippe mens blikket hennes hoppet rundt i håp om snart å finne langeren sin. En tigger, langhåret og ubarbert, men godt kledd i varme, moteriktige ungdomsklær, satt i yogastilling på bakken, lent mot en lyktestolpe med hodet bøyd som til meditasjon og et brunt pappkrus fra en cappucci-nosjappe foran seg. Harry hadde sett stadig flere tiggere det siste året, og det hadde slått ham at de lignet hverandre. Til og med pappkrusene var de samme, som om det var en hemmelig kode. Kanskje var de romvesener som i det stille var i ferd med å overta byen hans, gatene hans. Og så? Vær så god.

Harry gikk inn døra til urmakeren.

«Kan du fikse denne?» sa han til den unge mannen bak dis-ken og rakte ham et bestefarsur som var akkurat det: beste-fars ur. Harry hadde fått det da han var guttunge på Åndals-nes den dagen de hadde begravet moren. Han var nesten blitt forskrekket, men bestefaren hadde beroliget ham med å si at ur er noe man gir bort, og at Harry også måtte huske å gi det videre:

«Før det blir for sent.»

Harry hadde glemt hele uret helt til i høst da Oleg hadde besøkt ham i leiligheten i Sofies gate og hadde funnet sølvuret i en skuff mens han lette etter Harrys Gameboy. Og Oleg, som var ni år, men for lengst banket Harry i deres felles lidenskap – det lett utdaterte dataspillet Tetris – hadde glemt hele duellen som han hadde gledet seg sånn til, og i stedet blitt sittende og fikle og skru på uret for å få det til å gå.

«Det er ødelagt,» hadde Harry sagt.

«Pøh,» hadde Oleg svart. «Alt kan repareres.»

Harry håpet i sitt hjerte at den påstanden var sann, men hadde dager da han tvilte sterkt. Likevel lurte han vagt på om han skulle introdusere Oleg for Jokke & Valentinerne og albumet titulert nettopp «Alt kan repareres». Men ved nærmere ettertanke hadde Harry kommet frem til at Olegs mor, Rakel, neppe ville sette pris på konstellasjonen: at hennes ekskjæreste og alkoholiker prakket på sønnen sanger om å være alkoholiker, skrevet og fremført av en død rusmisbruker.

«Kan denne repareres?» spurte han den unge mannen bak dis-ken. Som svar åpnet raske, kyndige hender klokka.

«Det vil ikke lønne seg.»

«Lønne seg?»

«Går du til en antikvitetshandel, får du bedre ur som virker til en billigere penge enn det det vil koste å sette denne i stand.»

«Prøv likevel,» sa Harry.

«Godt,» sa den unge mannen som allerede hadde begynt å studere innmaten og egentlig virket ganske fornøyd med Harrys beslutning. «Kom tilbake onsdag i neste uke.»

Da Harry kom ut igjen, hørte han den spinkle lyden av en enkel gitarstreng gjennom en forsterker. Tonen steg da gitaristen, en gutt med spredt ansiktshår og pulsvanter, vred på en av stemmeskruene. Det var tid for en av de faste førjulskonsertene hvor kjente artister stilte opp og spilte til inntekt for Frelsesarmeen her på Egertorget. Folk hadde alt begynt å samle seg foran bandet som hadde tatt oppstilling bak Frelsesarmeens svarte julegryte, som hang fra et stativ midt på plassen.

«Er det deg?»

Harry snudde seg. Det var kvinnen med junkieblikket.

«Det er deg, ikke sant? Du kommer for Snoopy? Jeg må ha en null-én med en gang, jeg har …»

«Sorry,» avbrøt Harry. «Det er ikke meg.»

Hun så på ham. La hodet på skakke samtidig som øynene smalnet, som om hun vurderte om han løy for henne. «Jo, jeg har jo sett deg før, jeg.»

«Jeg er politi.»

Hun holdt brått inne. Harry pustet inn. Reaksjonen kom med en forsinkelse, som om beskjeden måtte ta omveier rundt avsvidde nervetråder og ødelagte synapser. Så tentes det matte lyset av hat i øynene hennes som Harry hadde ventet på.

«Pinken?»

«Trodde vi hadde en avtale om at dere holdt dere til Plata,» sa Harry og så forbi henne, på vokalisten.

«Pøh,» sa kvinnen som hadde stilt seg opp rett foran Harry. «Du er ikke på Narko. Du er han som var på TV som hadde drept …»

«Voldsavsnittet.» Harry tok henne lett under armen. «Hør. Du finner det du vil ha på Plata. Ikke tving meg til å taue deg inn.»

«Kan ikke.» Hun vred seg løs.

Harry angret straks og holdt begge hendene opp: «Si i alle fall at du ikke skal kjøpe noe her nå, så kan jeg gå videre. OK?»

Hun la hodet på skakke. De tynne, blodløse leppene strammet seg ørlite. Som om hun så noe fornøyelig i situasjonen. «Skal jeg fortelle deg hvorfor jeg ikke kan gå ned dit?»

Harry ventet.

«Fordi guttungen går der nede.»

Han kjente det knyte seg i magen.

«Jeg vil ikke at han skal se meg sånn. Skjønner du det, pinken?»

Harry så inn i det trassige ansiktet hennes mens han prøvde å formulere en setning.

«God jul,» sa hun og vendte ham ryggen.

Harry slapp sigaretten ned i den brune, pulveriserte snøen og begynte å gå. Han ville ha denne jobben overstått. Han så ikke på menneskene han møtte, og de så ikke på ham heller, men stirret ned i blåisen som om de hadde dårlig samvittighet, som om de som borgere av verdens mest sjenerøse sosialdemokrati likevel skammet seg. «Fordi guttungen går der nede.»

I Fredensborgveien, ved siden av Deichmanske bibliotek, stoppet Harry utenfor nummeret som sto på konvolutten han hadde med. La hodet bakover. Fasaden var malt i grått og svart og var nyoppusset. En taggers våte drøm. I noen av vinduene hang allerede juledekorasjoner som silhuetter mot gult, mykt lys i noe som lignet varme, trygge hjem. Og kanskje er de det også, tvang Harry seg til å tenke. Tvang, fordi man kan ikke være tolv år i politikorpset uten å smittes av menneskeforakten som fulgte med jobben. Men han strittet imot, det skulle han ha.

Han fant navnet ved ringeklokka, lukket øynene og prøvde å tenke ut den riktige måten å formulere seg på. Det hjalp ikke. Stemmen hennes var fortsatt i veien.

«Vil ikke at han skal se meg sånn ...»

Harry ga opp. Finnes det noen riktig måte å formulere det umulige på?

Han trykket tommelen mot den kalde metallknappen, og et sted inne i huset begynt det å ringe.

*

21

Kaptein Jon Karlsen slapp ringeknappen, satte fra seg de tunge plastposene på fortauet og så oppover fasaden. Gården så ut som den hadde vært beskutt med lett artilleri. Murpussen var falt av i store flak og vinduene på en brannskadd leilighet i annen var dekket med planker. Han hadde først gått rett forbi den blå gården til Fredriksen, det var som om kulden hadde sugd ut all farge og gjort alle fasadene i Hausmannsgate like. Det var først da han så den okkuperte gården hvor de hadde malt «Vestbredden» på veggen at han skjønte at han hadde gått for langt. En sprekk i glasset i portdøren tegnet en V. Seierstegnet.

Jon skuttet seg i vindjakka og var glad for at Frelsesarmeens uniform under var av tykk, ren ull. Da Jon skulle få sin nye uniform etter Offisersskolen, hadde han ikke passet inn i noen av størrelsene på Frelsesarmeens handelsavdeling, så han hadde fått utdelt stoff og blitt sendt til en skredder som hadde blåst røyk i ansiktet hans og uoppfordret fornektet Jesus som sin personlige frelser. Men skredderen hadde gjort en god jobb og Jon takket ham varmt, han var ikke vant til at klær satt på ham. De påsto at det kom av den krumbøyde ryggen. De som hadde sett ham komme gående oppover Hausmannsgate denne ettermiddagen, hadde antagelig trodd at han gikk bøyd for å fange mindre av den iskalde desembervinden som feide isnåler og stivfrossent søppel nedover fortauene hvor tungtrafikken dundret forbi. Men de som kjente ham sa at Jon Karlsen krummet ryggen for å tone ned sin egen høyde. Og for å rekke ned til dem under seg. Slik han nå bøyde seg for at tjuekronersmynten skulle treffe det brune papp-kruset som satt i en skitten, skjelvende hånd ved siden av porten.

«Hvordan går det?» spurte Jon den menneskelige bylten som satt med korslagte bein på en kartongbit på fortauet i snøføyka.

«Jeg står i kø for metadonbehandling,» sa stakkaren, tonløst og hakkete som et dårlig innøvd salmevers, mens han stirret inn i knærne på Jons svarte uniformsbukser.

«Du skulle ta deg en tur ned på kafeen vår i Urtegata,» sa Jon. «Få deg litt varme og mat og ...»

Resten druknet i brølet fra trafikken da lyset bak dem skiftet til grønt.

«Har ikke tid,» svarte bylten. «Du skulle ikke ha en femtilapp?»

Jon sluttet aldri å la seg forbløffe over narkomanes usvikelige fokus. Han sukket og dyttet en hundrelapp ned i koppen.

«Se om du finner noe varmt tøy på Fretex. Hvis ikke, har vi fått inn nye vinterjakker på Fyrlyset. Du kommer til å fryse i hjel i den tynne olajakka der.»

Han sa det med resignasjonen til en som allerede vet at gaven hans skal brukes til å kjøpe dop, men hva så? Det var samme refrenget, bare enda et av de umulige moralske dilemmaene som fylte dagene hans.

Jon trykket på ringeapparatet en gang til. Han så speilbildet sitt i det skitne butikkvinduet ved siden av porten. Thea sa at han var stor. Han var ikke stor i det hele tatt. Han var liten. En liten soldat. Men etterpå skulle den lille soldaten løpe «Dumpa» i Møllerveien over Akerselva hvor østkanten og Grünerløkka startet, over Sofienbergparken til Gøteborggata 4 som armeen eide og leide ut til sine ansatte, låse seg inn i oppgang B, kanskje hilse lett på en av de andre leieboerne som forhåpentligvis antok at Jon var på vei til sin leilighet i fjerde.I stedet ville han ta heisen opp til femte, gå loftspassasjen over til A-oppgangen, lytte for å høre at kysten var klar før han skyndte seg bort til Theas dør og banket det faste signalet deres. Og hun ville åpne døra og favnen hvor han kunne krype inn og tine opp igjen.

Det ristet.

Han trodde først det var bakken, byen, fundamentet. Han satte fra seg den ene posen og grep ned i bukselommen. Mobiltelefonen vibrerte i hånden hans. Displayet viste nummeret til Ragnhild. Det var tredje gangen bare i dag. Han visste han ikke kunne utsette det lenger, han måtte fortelle henne det. At han og Thea skulle forlove seg. Når han bare hadde funnet de riktige ordene. Han la telefonen tilbake i lommen og unngikk å se på speilbildet. Men bestemte seg. Han skulle slutte å være feig. Bli frimodig. Bli stor soldat. For Thea i Gøteborggata. For far i Thailand. For Herren i himmelen.

«Hva da?» gneldret det i høyttaleren over ringeknappene.

«Å hei. Det er Jon.»

«Hæ?»

«Jon i Frelsesarmeen.»

Jon ventet.

«Hva vil du?» spraket stemmen.

«Jeg kommer med noe mat. Dere kunne kanskje trenge …»

«Har du sigaretter?»

Jon svelget og stampet med støvlene i snøen. «Nei, jeg hadde bare nok penger til mat denne gang.»

«Faen.»

Det ble stille igjen.

«Hallo?» ropte Jon.

«Jada. Jeg tenker.»

«Hvis du vil, kan jeg komme tilbake senere.»

Åpnermekanismen durte og Jon skyndte seg å dytte porten opp.

Inne i trapperommet lå avispapir, tomflasker og gule issvuller av urin. Men kulden gjorde i alle fall at Jon slapp å inhalere den gjennomtrengende, sursøte stanken som fylte oppgangen på mildværsdager.

Han prøvde å gå lett, men det ble likevel til at han trampet i trappen. Kvinnen som sto og ventet på ham i døra hadde blikket festet på posene. For å unngå å se direkte på ham, tenkte Jon. Hun hadde det pløsete, oppblåste ansiktet som er resultatet av mange års rus, var overvektig og hadde en skitten, hvit T-skjorte under morgenkåpen. Det sto en emmen stank ut fra døråpningen.

Jon stoppet på trappeavsatsen og satte ned posene. «Er mannen din inne også?»

*

«Ja, han er inne,» sa hun på mykt fransk.

Hun var pen. Høye kinnbein og store, mandelformede øyne. Smale, blodløse lepper. Og velkledd. Den delen av henne han så gjennom glipen i døra var i hvert fall velkledd.

Han rettet automatisk på det røde halstørkleet.

Sikkerhetslåsen mellom dem var av solid messing og var festet til en tung eikedør uten navneskilt. Da han hadde stått utenfor gården i Avenue Carnot og ventet på at portnersken skulle åpne porten, hadde han notert seg at alt virket nytt og dyrt, port-beslagene, ringeapparatet, låssylinderne. Og det faktum at den blekgule fasaden og de hvite sjalusiene hadde et grimt, skittent overtrekk av svart forurensning, understreket bare det etablerte og solide ved dette nabolaget i Paris. I oppgangen hadde det hengt originale oljemalerier.

«Hva gjelder det?»

Blikket og tonefallet hennes var verken uvennlig eller vennlig, men skjulte kanskje en smule skepsis på grunn av hans dårlige franskuttale.

«En beskjed, *madame.*»

Hun nølte. Men handlet til slutt som forventet:

«Ja vel. Kan De vente her, så skal jeg hente ham.»

Hun lukket og låsen gikk i med et velsmurt, mykt klikk. Han stampet med føttene. Han burde lære seg bedre fransk. Mor hadde terpet på engelsken på kveldene, men fransken hans hadde hun aldri fått orden på. Han stirret på døra. Fransk åpning. Fransk visitt. Pen.

Han tenkte på Giorgi. Giorgi med det hvite smilet var ett år eldre enn ham selv, altså tjuefire år nå. Var han fortsatt like pen? Blond og liten og nett som en pike? Han hadde vært forelsket i Giorgi, fordomsfritt og betingelsesløst slik bare barn kan bli forelsket i hverandre.

Fra innsiden hørte han skritt. En manns skritt. Fikling med låsen. En blå strek mellom arbeid og frihet, herfra til såpe og urin. Snart kom snøen. Han gjorde seg klar.

*

Mannens ansikt åpenbarte seg i døråpningen.

«Hva faen vil du?»

Jon løftet plastposene og prøvde å smile: «Ferskt brød. Lukter godt, ikke sant?»

Fredriksen la en stor, brun hånd på kvinnens skulder og skjøv henne bort. «Det eneste jeg lukter er kristenmannsblod ...» Det ble uttalt med klar, edruelig diksjon, men de utvannede irisene i det skjeggete ansiktet fortalte en annen historie. Øynene forsøkte å fokusere på handleposene. Han så ut som en stor og kraftig mann som hadde krympet innvendig. At skjelettet, selv kraniet var blitt mindre innenfor huden som nå hang tung og tre nummer for stor fra det ondskapsfulle ansiktet. Fredriksen dro en skitten finger over de ferske kuttene på neseryggen.

«Skal du ikke forkynne nå da?» sa Fredriksen.

«Nei, jeg ville egentlig bare …»

«Å, kom igjen, soldat. Dere skal vel ha igjen litt for det, skal dere ikke? Sjela mi, for eksempel.»

Jon skuttet seg i uniformen. «Sjeler er det ikke jeg som rår med, Fredriksen. Men litt mat greier jeg, så …»

«Å, du får vel preike litt først.»

«Som sagt så …»

«Preik!»

Jon ble stående og se på Fredriksen.

«Preik med den lille, våte fittekjeften din!» brølte Fredriksen. «Preik så vi kan spise med god samvittighet, din nedlatende kristenjævel. Kom igjen, få det overstått, hva er beskjeden fra Gud i dag?»

Jon åpnet munnen og lukket den igjen. Svelget. Prøvde på nytt og denne gangen fikk han lyd på stemmebåndene. «Beskjeden er at han ga sin sønn for at han skulle dø … for våre synder.»

«Du juger!»

*

«Nei, jeg gjør dessverre ikke det,» sa Harry og så på det forferdede ansiktet til mannen i døråpningen foran seg. Det luktet middagsmat og klirret i bestikk i bakgrunnen. En familiemann. En far. Til nå. Mannen klødde seg på underarmen og hadde blikket festet på et sted over Harrys hode som om det sto noen lutende over ham. Kløingen laget en raspende, ubehagelig lyd.

Klirringen i bestikket hadde opphørt. Tassende skritt stoppet bak mannen og en liten hånd la seg på skulderen hans. Et kvinneansikt med store, redde øyne tittet frem:

«Hva er det, Birger?»

«Denne politimannen har kommet med en beskjed,» sa Birger Holmen toneløst.

«Hva er det?» sa kvinnen og så på Harry. «Er det gutten vår? Er det Per?»

«Ja, fru Holmen» sa Harry og så angsten krype inn i øynene hennes. Han lette frem igjen de umulige ordene. «Vi fant ham for to timer siden. Sønnen deres er død.»

Han måtte slippe blikket hennes.

«Men han … han … hvor …» Blikket hennes hoppet fra Harry og opp på mannen som klødde og klødde seg på armen.

Han kommer snart til å begynne å blø, tenkte Harry og renset halsen. «I en container i Bjørvika. Det var som vi fryktet. Han har vært død en god stund.»

Det virket som Birger Holmen plutselig mistet balansen, og han vaklet baklengs inn i den opplyste entreen og grep tak i en stumtjener. Kvinnen trådte frem i døråpningen, og Harry kunne se mannen falle på kne bak henne.

Harry trakk pusten, stakk hånden på innsiden av frakken. Metallet i lommelerka var iskaldt mot fingertuppene hans. Han fant og dro frem en konvolutt. Han hadde ikke lest brevet, men kjente innholdet bare så altfor godt. Det offisielle, korte dødsbudskapet, ribbet for unødvendige ord. Dødsmeddelelsen som byråkratisk handling.

«Jeg er lei for det, men det er min jobb å gi dere denne.»

*

«Din jobb å gjøre hva?» spurte den lille, middelaldrende mannen med den overdrevent mondene franskuttalen som ikke kjennetegner overklassen, men de som streber for å komme seg dit. Den besøkende betraktet ham. Alt stemte med bildet i konvolutten, til og med den gjerrige slipsknuten og den slappe, røde røkejakka.

Han visste ikke hva galt denne mannen hadde gjort. Han hadde neppe skadet noen fysisk, for til tross for irritasjonen i ansiktet var kroppsspråket defensivt, nesten engstelig, selv her i

døra til sitt eget hjem. Hadde han stjålet penger, kanskje under-
slått? Han kunne se ut som han jobbet med tall. Men det dreide
seg ikke om store beløp. Sin pene kone til tross så han mer ut
som en som stakk unna litt her og litt der. Kanskje hadde han
vært utro, ligget med kona til feil mann? Nei. Kortvokste menn
med bare litt over middels formue og koner som ser langt mer
attraktive ut enn dem selv, er som regel mer opptatt av hvorvidt
hun er utro. Mannen irriterte ham. Kanskje var det nettopp det.
Kanskje hadde han bare irritert noen. Han stakk hånden på inn-
siden av lommen.

«Jobben min,» sa han og la løpet på en Llama MiniMax som
han hadde kjøpt for bare tre hundre dollar mot den stramme
dørlenken av messing, «... er denne.»

Han siktet langs lyddemperen. Det var et enkelt metallrør som
var skrudd fast til løpet på gjengene han hadde fått boret ut hos
en smed i Zagreb. Den svarte gaffateipen som var surret rundt
overgangen, var bare for at det skulle være lufttett. Han kunne
selvfølgelig kjøpt en såkalt kvalitetslyddemper til over hundre
euro, men hvorfor det? Ingen av dem greide uansett å drepe
lyden av en kule som bryter lydmuren, av den varme gassen som
møtte kaldluft, de mekaniske metalldelene i pistolen som traff
hverandre. Det var bare i Hollywood-virkeligheten at pistoler
med lyddempere lød som popcorn under lokk.

Smellet lød som et piskeslag, og han presset ansiktet mot den
smale åpningen.

Mannen fra bildet var borte fra døråpningen, han hadde falt
bakover uten en lyd. Belysningen var dunkel i hallen, men i
speilet på veggen så han lyset fra døråpningen og sitt eget ene
oppsperrede øye rammet inn i gull. Den døde lå på et tykt, bur-
gunder teppe. Persisk? Kanskje han hadde hatt penger likevel.

Nå hadde han bare et lite hull i pannen.

Han så opp og møtte blikket til hustruen. Hvis det var hus-
truen. Hun sto på dørterskelen til et annet rom. Bak henne hang
en stor, gul rislampe. Hun hadde hånden foran munnen og stirret
på ham. Han nikket kort til henne. Så skjøv han døra forsiktig
igjen, stakk pistolen tilbake i skulderhylsteret og begynte å gå

ned trappene. Han brukte aldri heis når han gjorde retrett. Eller leiebiler eller motorsykler eller andre ting som kunne stoppe. Og han løp ikke. Snakket ikke eller ropte, stemmen kunne brukes i et signalement.

Retretten var den mest kritiske delen av jobben, men også den han likte best. Den var som et svev, et drømmeløst ingenting.

Portnersken var kommet ut og sto foran døra til leiligheten sin i første etasje og stirret villrådig på ham. Han hvisket en avskjedshilsen, men hun stirret bare taust tilbake. Når hun om en times tid skulle avhøres av politiet, ville de be om et signalement. Og hun ville gi dem et. Av en middels høy mann med vanlig utseende. Tjue år. Eller kanskje tretti. Ikke førti, i hvert fall. Trodde hun.

Han kom ut på gaten. Paris buldret lavt, som et tordenvær som aldri kom nærmere, men heller aldri ble ferdig. Han droppet sin Llama MiniMax i en søppelcontainer han hadde sett ut på forhånd. To nye, uavfyrte pistoler av samme merke lå og ventet i Zagreb. Han hadde fått kvantumsrabatt.

Da flybussen en halv time senere passerte Porte de la Chapelle på motorveien mellom Paris og Charles de Gaulle-flyplassen, var luften full av snøfnugg som la seg mellom de spredte, blekgule stråene som stakk stivfrosne opp mot den grå himmelen.

Etter at han hadde sjekket inn på sin flight og passert sikkerhetskontrollen, gikk han rett inn på herretoalettet. Han stilte seg ved enden av geleddet av hvite doskåler, kneppet opp og lot strålen treffe de hvite urinaltablettene i bunnen av skålen. Han lukket øynene og konsentrerte seg om den søtlige lukten av paradiklorobenzen og parfyme med sitronsmak fra J & J Chemicals. Den blå bindestreken til friheten hadde bare ett stopp igjen. Han smakte på navnet. Os-lo.

Kapittel 3.
Søndag 13. desember. Bitt

På rød sone i sjette etasje på Politihuset, betong- og glasskolossen med Norges største ansamling av politifolk, satt Harry bakoverlent i stolen sin på kontor 605. Det var kontoret som Halvorsen – den unge betjenten Harry delte de ti kvadratmeterne med – yndet å kalle Oppklaringskontoret. Og som Harry, når Halvorsen måtte jekkes ned, kalte Opplæringskontoret.

Men nå var Harry alene, og han stirret i veggen der vinduet sannsynligvis ville vært om Oppklaringskontoret hadde hatt noe.

Det var søndag, han hadde skrevet rapporten og kunne gå hjem. Så hvorfor gjorde han ikke det? Gjennom det imaginære vinduet så han den inngjerdede havna på Bjørvika hvor nysnøen la seg som konfetti på grønne, røde og blå containere. Saken var oppklart. Per Holmen, en ung heroinist, hadde fått nok av livet og hadde satt sitt siste skudd inne i en container. Med en pistol. Ingen tegn til ytre vold, og pistolen hadde ligget ved siden av ham. Etter det spanerne visste, skyldte ikke Per Holmen penger. Når langere avretter folk med narkogjeld, forsøker de uansett ikke å kamuflere det som noe annet. Tvert om. Altså et opplagt selvmord. Så hvorfor kaste bort kvelden på å rote rundt på en forblåst, ukoselig containerhavn hvor det likevel ikke var annet å finne enn mer sorg og håpløshet?

Harry så på ullfrakken som hang på stumtjeneren. Den lille lommelerka i innerlommen var full. Og urørt siden han i oktober hadde gått på Polet, kjøpt en flaske med sin verste fiende Jim Beam og helt over på lommelerka før han hadde tømt resten

30

av innholdet i vasken. Siden hadde han gått med giften på seg, omtrent slik nazilederne bar cyanidpiller i skosålene. Hvorfor dette tåpelige påfunnet? Han visste ikke. Det var ikke så viktig å vite. Det fungerte.

Harry så på klokka. Snart elleve. Hjemme hadde han en godt brukt espressokanne og en usett DVD han hadde spart til nettopp en sånn kveld. «All About Eve», Mankiewicz' mesterstykke fra 1950 med Bette Davis og George Sanders.

Han kjente etter. Og visste det ville bli containerhavna.

Harry hadde slått opp frakkeslagene og sto med ryggen mot nordavinden som blåste gjennom det høye gjerdet foran ham og fikk snøen til å fokke seg i skavler rundt containeren på innsiden. Havneområdet med de store, tomme flatene så ut som en ørken nå ved nattetid.

Det inngjerdede containerområdet var opplyst, men lyktestolpene svaiet i vindkastene og skygger løp i gatene mellom metallkistene som var stablet to og tre i høyden. Containeren Harry så på var rød, en farge som sto dårlig til politiets oransje sperrebånd. Men det var et greit tilfluktsted i Oslo i desember med temmelig nøyaktig samme størrelse og komfort som glattcellene på Arresten på Politihuset.

I rapporten fra åstedsgruppen – som knapt hadde vært noen gruppe, bare en etterforsker og en krimtekniker – sto det at containeren hadde stått tom en stund. Og ulåst. Oppsynsmannen hadde forklart at de ikke var så himla nøye med å låse tomme containere siden området var avsperret og dessuten bevoktet. Like fullt hadde altså en rusmisbruker kommet seg inn. Sannsynligvis hadde Per Holmen tilhørt en av de mange som hadde tilhold her rundt Bjørvika som bare var et steinkast fra dopmisbrukernes supermarked på Plata. Kanskje oppsynsmannen bevisst så gjennom fingrene med at containerne hans av og til ble brukt som losji, kanskje visste han at de reddet et og annet liv på den måten?

Det var ingen lås på containeren, men porten i gjerdet var forsynt med en feit hengelås. Harry angret at han ikke hadde ringt fra Politihuset og sagt fra at han kom. Hvis det virkelig var noen vakter her da, han så ingen.

Harry så på klokka. Tenkte seg litt om og så opp mot toppen av gjerdet. Han var i bra form. Bedre form enn på lenge. Han hadde ikke rørt alkohol siden den fatale sprekken i sommer, og hadde trent jevnlig på gymmen på Politihuset. Mer enn jevnlig. Før snøen kom, hadde han knust den gamle rekorden til Tom Waaler i hinderløypa på Økern. Noen dager senere hadde Halvorsen forsiktig spurt om all treningen hadde noe med Rakel å gjøre. For han hadde fått inntrykk av at de ikke traff hverandre lenger? Harry hadde forklart den unge betjenten på en kortfattet, men tydelig måte at selv om de delte kontor, betydde det ikke at de delte privatliv. Halvorsen hadde bare trukket på skuldrene, spurt hvem andre Harry hadde å snakke med og fått bekreftet antagelsen ved at Harry reiste seg og marsjerte ut av kontor 605.

Tre meter. Ingen piggtråd. Lett. Harry grep i gjerdet så høyt han kunne, satte føttene mot gjerdestolpen og rettet seg opp. Høyre arm opp, så venstre, henge på strake armer mens han fikk føttene under seg igjen. Larvebevegelser. Han svingte seg over på den andre siden.

Han løftet bolten og dro opp containerluken, tok frem den solide, svarte Army-lommelykten, dukket under sperrebåndene og gikk inn.

Det var merkelig stille der inne, som om lydene var frosset, de også.

Harry tente lykten og rettet den mot den innerste delen av containeren. I lyskjeglen så han krittegningen på gulvet der de hadde funnet Per Holmen. Beate Lønn, lederen for Kriminalteknisk i Brynsalleen, hadde vist ham bildene. Per Holmen hadde sittet med ryggen mot veggen med et hull i høyre tinning og pistolen liggende på sin høyre side. Lite blod. Det var fordelen med hodeskudd. Den eneste. Pistolen tok ammunisjon av beskjedent kaliber, så inngangssåret var lite og det var ikke noe utgangssår. Rettsmedisinsk ville altså finne kulen inne i hodeskallen, hvor den sannsynligvis hadde gått som en flipperspillkule og laget grøt av det Per Holmen hadde brukt til å tenke med. Til å fatte denne beslutningen med. Og til slutt til å kommandere pekefingeren til å trykke inn avtrekkeren.

«Ubegripelig,» pleide kollegaene hans å si når de fant unge mennesker som hadde valgt selvmord. Harry antok at de sa det for å beskytte seg selv, for å avvise selve ideen. Utover det skjønte han ikke hva de mente med at det var ubegripelig.

Likevel var det nettopp det ordet han selv hadde brukt i ettermiddag da han sto der i oppgangen og så inn i den dunkle entreen, på Per Holmens knelende far, på den bøyde ryggen som ristet av gråt. Og siden Harry ikke hadde noen trøstens ord om døden, Gud, frelsen, livet etterpå eller meningen med det hele, hadde han bare mumlet dette hjelpeløse: «Ubegripelig ...»

Harry slukket lykten, stakk den i frakkelommen og mørket lukket seg rundt ham.

Han tenkte på sin egen far. Olav Hole. Den pensjonerte lektoren og enkemannen som bodde i et hus på Oppsal, på øynene som lyste opp når han en gang i måneden fikk besøk av Harry eller datteren, Søs, og hvordan det lyset sakte døde mens de drakk kaffe og snakket om ting som ikke betydde stort. For det eneste som betydde noe, tronet på et bilde som sto på det pianoet hun hadde pleid å spille på. Han gjorde nesten ingenting lenger, Olav Hole. Leste bare i bøkene sine. Om land og riker han aldri ville komme til å se, og egentlig ikke lenger hadde noe ønske om å se, ikke nå da hun ikke kunne være med. «Det største tapet,» kalte han det de få gangene de snakket om henne. Og det Harry tenkte på nå, var hva Olav Hole ville kalle det den dagen de kom og sa at sønnen hans var død?

Harry steg ut av containeren og gikk mot gjerdet. Tok tak med hendene. Så kom et av disse merkelige øyeblikkene av plutselig, fullkommen stillhet der vinden holder pusten som for å lytte eller tenke seg om og alt som høres er byens trygge rumling i vintermørket. Dét, og lyden av blåsende papir som skrapet mot asfalten. Men det hadde sluttet å blåse. Ikke papir, trinn. Raske, lette trinn. Lettere enn fottrinn.

Poter.

Harrys hjerte akselererte vilt og han bøyde knærne lynfort

under seg og mot gjerdet. Rettet seg opp. Først senere skulle Harry huske hva som hadde gjort ham så redd. Det var stillheten, og at han i denne stillheten ikke hørte noe, ingen knurring, ingen tegn til aggresjon. Som om det som befant seg i mørket bak ham ikke ville skremme ham. Tvert om. At det jaktet på ham. Og hadde Harry kunnet mye om hunder, ville han muligens ha visst at det bare er én type hund som aldri knurrer, verken når den er redd eller når den angriper: En hann av rasen svart metzner. Harry strakte armene opp og bøyde knærne igjen da han hørte bruddet i rytmen og så stillheten og han visste at den hadde hoppet. Han sparket fra.

Påstanden om at man ikke kjenner smerte når redselen har pumpet blodet fullt av adrenalin, er i beste fall unyansert. Harry brølte da den store, slanke hundens tenner rammet kjøttet på høyre legg og sank innover og innover til de til slutt presset direkte mot den følsomme beinhinnen. Det sang i gjerdet, tyngdekraften dro i dem begge, men i ren desperasjon greide Harry å holde seg fast. Og normalt skulle han ha vært reddet nå. For enhver annen hund med kroppsvekten til en fullvoksen svart metzner hadde måttet slippe taket. Men en svart metzner har tenner og kjevemuskulatur beregnet på å knuse bein, derav ryktet om at den skal være i slekt med den beinspisende, flekkete hyenen. Derfor ble den hengende, boltet fast til Harrys legg med to hoggtenner i overkjeven som krummet seg svakt innover, og en i underkjeven som stabiliserte bittet. Den andre hoggtannen i underkjeven hadde den brukket mot en stålprotese da den bare var tre måneder gammel.

Harry fikk venstre albue over kanten på gjerdet og forsøkte å trekke dem opp, men hunden hadde fått den ene poten inn i nettingen på gjerdet. Han famlet etter frakkelommen med høyre hånd, fant den og hånden grep rundt det gummierte skaftet på lommelykten. Han kikket ned og så for første gang dyret. Det blinket matt i svarte øyne i det like svarte trynet. Harry svingte lykten. Den traff hunden oppå hodet midt mellom ørene, så hardt at han kunne høre det knase. Han løftet lommelykten og slo igjen. Traff den følsomme snuten. Slo desperat mot øynene som ennå ikke hadde blunket. Taket glapp og lykten falt i bakken. Bikkja hang fast. Harry hadde snart ikke krefter igjen til å holde seg fast i gjerdet. Han ville ikke tenke på hva fortsettelsen kunne innebære, men greide ikke la være.

«Hjelp!»

Harrys tafatte rop forsvant i vinden som igjen hadde tiltatt. Han skiftet tak og følte en plutselig trang til å le. Det kunne da umulig ende sånn? At han skulle bli funnet på en containerhavn med strupen revet over av ei vaktbikkje? Harry trakk pusten. Taggene i gjerdenettingen stakk ham i armhulen, fingrene visnet fort. Det var sekunder til han måtte slippe. Hadde han bare hatt et våpen. Hadde han bare hatt en flaske i stedet for lommelerke, hadde han kunnet knuse den og bruke den til å stikke med.

Lommelerke!

Med et siste oppbud av krefter fikk Harry hånden inn i innerlommen og dro ut lerka. Han stakk tuten i munnen, satte tennene i metallkorken og vred rundt. Korken løsnet og han fanget den mellom tennene mens spriten fylte munnhulen hans. Det gikk som et støt gjennom kroppen. Herregud. Han trykket ansiktet mot gjerdet så øynene ble presset sammen og de fjerne lysene fra Plaza og Hotel Opera ble hvite striper i alt det svarte. Med høyre hånd senket han lerka til den var rett over hundens røde gap. Så spyttet han ut korken og spriten, mumlet «skål» og snudde lommelerka. I to lange sekunder stirret de svarte hundeøynene opp på Harry i full forvirring mens den brune væsken klukkende sildret ned langs Harrys legg og inn i den åpne kjeften. Så slapp dyret taket. Harry hørte klasket av levende kjøtt mot bar asfalt. Etterfulgt av en slags ralling og lav klynking, før potene skrapet mot bakken og den var oppslukt av mørket den hadde kommet ut av.

Harry fikk beina under seg og svingte seg over gjerdet. Han brettet opp buksebeinet. Selv uten lommelykt kunne han konstatere at i kveld kom det til å bli legevakta i stedet for «All about Eve».

*

35

Jon lå med hodet i Theas fang med lukkede øyne og nøt det jevne surret fra TV-en. Det var en av disse seriene som hun likte så godt. Kongen av Bronx. Eller var det Queens?

«Har du spurt broren din om han vil ta den vakten på Egertorget?» spurte Thea.

Hun hadde lagt en hånd over øynene hans. Han kunne kjenne den søtlige lukten av huden hennes som betydde at hun akkurat hadde satt en insulinsprøyte.

«Hvilken vakt?» spurte Jon.

Hun rykket bort hånden og stirret vantro ned på ham.

Jon lo. «Slapp av. Jeg har snakket med Robert for lengst. Han sa ja.»

Hun stønnet oppgitt. Jon grep hånden hennes og la den over øynene sine igjen.

«Jeg sa bare ikke at det var bursdagen din,» sa han. «Da er det ikke sikkert han hadde sagt ja.»

«Hvorfor ikke?»

«Fordi han er gal etter deg, og det vet du.»

«Det der er bare noe du sier.»

«Og du liker ikke ham.»

«Det er ikke sant!»

«Hvorfor stivner du alltid til bare jeg nevner navnet hans da?»

Hun lo høyt. Kanskje av noe i Bronx. Eller Queens.

«Fikk du bord på den restauranten?» spurte hun.

«Ja.»

Hun smilte og klemte hånden hans. Så rynket hun brynene. «Jeg har tenkt. Kanskje kommer noen til å se oss der.»

«Fra armeen? Utelukket.»

«Men om de likevel skulle gjøre det?»

Jon svarte ikke.

«Kanskje det er på tide at vi offentliggjør det,» sa hun.

«Jeg vet ikke,» sa han. «Er det ikke best å vente til vi er helt sikre på ...»

«Er du ikke sikker, Jon?»

Jon flyttet hånden hennes og så forbauset opp på henne: «Thea, da. Du vet godt at jeg elsker deg over alt. Det er ikke det.»

«Hva er det da?»

Jon sukket og satte seg opp ved siden av henne. «Du kjenner ikke Robert, Thea.»

Hun smilte skjevt. «Jeg har kjent ham siden vi var små, Jon.»

Jon vred på seg. «Ja, men det er ting du ikke vet. Du vet ikke hvor rasende han kan bli. Når det skjer, er det som om han blir en annen person. Det er noe han har etter far. Han blir farlig, Thea.»

Hun lente hodet mot veggen og stirret stumt fremfor seg.

«Jeg foreslår bare at vi utsetter det litt.» Jon vred hendene. «Det handler jo om hensynet til broren din også.»

«Rikard?» sa hun forbauset.

«Ja. Hva vil han si om du, hans egen søster, offentliggjør at du forlover deg med akkurat meg akkurat nå?»

«Å, sånn. Siden dere er konkurrenter om å få jobben som ny forvaltningssjef?»

«Du vet godt at Lederrådet legger vekt på at offiserer i ledende stillinger skal ha en solid offiser som ektefelle. Det er klart det ville være taktisk riktig av meg å gå ut med nå at jeg skal gifte meg med Thea Nilsen, datteren til Frank Nilsen, kommandørens høyre hånd. Men ville det være moralsk riktig?»

Thea tygget på underleppen. «Hva er det egentlig som er så viktig for deg og Rikard med denne jobben?»

Jon trakk på skuldrene. «Armeen har betalt Offisersskolen og fire år med økonomi på BI for oss begge. Rikard tenker vel som meg. At da skylder man å stille opp når det er jobber i armeen som man er kvalifisert for.»

«Kanskje ingen av dere får den? Pappa sier at det aldri har vært noen under trettifem som er blitt forvaltningssjef i armeen.»

«Jeg vet det.» Jon sukket. «Ikke si det til noen, men egentlig ville jeg blitt lettet om Rikard hadde fått jobben.»

«Lettet?» sa Thea. «Du som har hatt ansvaret for alle utleie-eiendommene i Oslo i over ett år?»

«Jo da, men forvaltningssjefen har hele Norge og Island og Færøyene. Visste du at eiendomsselskapet til armeen eier over et kvart tusen eiendommer med tre hundre bygninger bare i

Norge?» Jon dasket seg lett på magen og stirret i taket med den velkjente bekymrede minen. «Jeg så meg selv i et butikkvindu i dag, og det slo meg hvor liten jeg er.»

Thea så ikke ut til å ha hørt det siste: «Noen har sagt til Rikard at den av dere som får jobben, kommer til å bli neste TC.»

«Neste kommandør?» Jon lo høyt. «Da vil jeg i hvert fall ikke.»

«Ikke tull, Jon.»

«Jeg tuller ikke, Thea. Du og jeg er mye viktigere. Jeg sier at jeg ikke er aktuell til jobben som forvaltningssjef og så offentliggjør vi forlovelsen. Jeg kan gjøre annet viktig arbeid. Korpsene trenger også økonomer.»

«Nei, Jon,» sa Thea forferdet. «Du er den beste vi har, du må settes inn der det er mest bruk for deg. Rikard er broren min, men han har ikke ... din klokskap. Vi kan vente med å fortelle dem om forlovelsen til etter ansettelsen.»

Jon trakk på skuldrene.

Thea så på klokka. «Du må gå før tolv i dag. I heisen i går sa Emma at hun var blitt bekymret for meg fordi hun hørte det gikk i døren min midt på natten.»

Jon svingte beina ut på gulvet. «Jeg skjønner egentlig ikke at vi orker å bo her.»

Hun så på Jon med et irettesettende blikk. «Her tar vi i hvert fall vare på hverandre.»

«Jada,» sukket han «Vi tar vare på hverandre. God natt, da.»

Hun aket seg inntil ham og snek hånden inn under skjorten og han kjente til sin forbauselse at hånden hennes var blitt klam av svette, som om den hadde vært knyttet, hadde knuget noe. Hun presset seg inntil ham og pusten hennes begynte å gå tyngre.

«Thea,» sa han. «Vi må ikke ...»

Hun stivnet til. Så sukket hun og trakk hånden til seg.

Jon var forbauset. Inntil nå hadde ikke Thea akkurat gjort tilnærmelser, tvert om hadde det virket som hun var en smule engstelig for den fysiske kontakten. Og den bluferdigheten var noe han hadde satt pris på. Og hun hadde virket beroliget da han etter det første stevnemøtet hadde sagt at det i statuttene sto at «Frelsesarmeen fremholder avholdenhet før ekteskapet som et kristent forbilde». Og selv om noen mente at det var forskjell på «forbilde» og ordet «påbud» som statuttene brukte om tobakk og alkohol, så ikke han noen grunn til å bryte et løfte til Gud på grunn av den slags nyanser.

Han ga henne en klem, reiste seg og gikk ut på toalettet. Låste døra bak seg og skrudde opp vannkranen. Lot vannet renne over hendene mens han så på den glatte flaten av smeltet sand som reflekterte ansiktstrekkene til en person som etter alle ytre solemerker burde være lykkelig. Han måtte ringe Ragnhild. Få det overstått. Jon pustet dypt inn. Han *var* lykkelig. Enkelte dager var bare litt tøffere enn andre.

Han tørket ansiktet og gikk inn til henne igjen.

*

Oslo Legevakts venterom i Storgata 40 var badet i hvitt, hardt lys. Det var det vanlige menneskelige menasjeriet på denne tiden av døgnet. En skjelvende narkoman reiste seg og gikk tjue minutter etter at Harry hadde kommet. De orket som regel ikke sitte stille lenger enn ti. Harry skjønte ham godt. Han hadde fremdeles spritsmaken i munnen, den hadde vekket gamle uvenner som rykket og sleit i lenkene der nede. Leggen verket som helvete. Og turen til containerhavna hadde – som nitti prosent av all politietterforskning – vært resultatløs. Han lovet seg selv å holde avtalen med Bette Davis neste gang.

«Harry Hole?»

Harry så opp på mannen i hvit frakk som hadde stoppet foran ham.

«Ja?»

«Kan du bli med meg?»

«Takk, men jeg tror det er hennes tur,» sa Harry og nikket mot en jente som satt med hodet i hendene på stolraden midt imot.

Mannen lente seg frem. «Det er andre gangen hun er her bare i kveld. Hun greier seg.»

Harry fulgte haltende etter den hvite legefrakken innover i korridoren og inn på et trangt kontor med en pult og en enkel bokhylle. Han så ingen personlige gjenstander.

«Jeg trodde dere politifolk hadde egne medisinmenn,» sa frakken.

«Niks. Vanligvis får vi ikke prioritet i køen engang. Hvordan vet du at jeg er politimann?»

«Beklager. Jeg er Mathias. Jeg var bare på vei gjennom venterommet og så deg.»

Legen smilte og rakte frem hånden. Han hadde jevne tenner, så Harry. Så jevne at man kunne ha mistenkt ham for å bruke gebiss om det ikke hadde vært for at resten av ansiktet var like symmetrisk, rent og rettskåret. Øynene var blå med små smilerynker rundt og håndtrykket fast og tørt. Som hentet ut av en legeroman, tenkte Harry. En lege med varme hender.

«Mathias Lund-Helgesen,» utdypet mannen og så undersøkende på Harry.

«Jeg skjønner du mener jeg burde vite hvem du er,» sa Harry.

«Vi har hilst. I fjor sommer. På et hageselskap hjemme hos Rakel.»

Harry stivnet til ved lyden av hennes navn på den andres lepper.

«Ja vel?»

«Det var meg,» sa Mathias Lund-Helgesen fort og lavt.

«Mm.» Harry nikket langsomt. «Jeg blør.»

«Det skjønner jeg godt.» Lund-Helgesen la ansiktet i alvorlige, medfølende folder.

Harry brettet opp buksebeinet. «Her.»

«Å sånn.» Mathias Lund-Helgesen smilte lett forvirret. «Hva er det?»

«En bikkje som beit. Kan du fikse det?»

«Det er ikke så mye å fikse. Blødningen kommer til å stoppe. Jeg skal rense sårene og legge på noe.» Han bøyde seg ned. «Tre sår etter tennene, ser jeg. Og så skal du få en stivkrampesprøyte.»

«Den beit inn til beinet.»

«Ja, det føles gjerne slik.»

«Nei, jeg mener, den beit virkelig …» Harry holdt inne og pustet gjennom nesen. Det hadde akkurat gått opp for ham at Mathias Lund-Helgesen trodde han var beruset. Og hvorfor skulle han ikke det? En politimann med opprevet frakk, hunde-bitt, dårlig rykte og fersk spritånde. Var det slik han ville fram-stille det når han skulle fortelle Rakel at ekstypen hennes hadde sprukket igjen?

«Hardt,» avsluttet Harry.

Kapittel 4.
Mandag 14. desember. Avskjed

«*Trka!*»

Han satte seg opp i sengen med et rykk og hørte ekkoet av sin egen stemme mellom de hvite, nakne hotellveggene. Telefonen på nattbordet ringte. Han trev røret.

«*This is your wake-up call …*»

«*Hvala,*» takket han, selv om han visste at det bare var en stemme på et bånd.

Han var i Zagreb. Han skulle til Oslo i dag. Til den viktigste jobben. Den siste.

Han lukket øynene. Han hadde drømt igjen. Ikke om Paris, ikke om noen av de andre jobbene, han drømte aldri om dem. Det var alltid om Vukovar, alltid om den høsten, om beleiringen.

I natt hadde han drømt om å løpe. Som vanlig hadde han løpt i regn og som vanlig hadde det vært den samme kvelden de hadde saget av armen til faren i spedbarnstuen. Fire timer senere hadde faren plutselig dødd selv om legene hadde sagt at operasjonen var vellykket. De sa at hjertet bare hadde sluttet å slå. Og da hadde han løpt fra moren, løpt ut i mørket og regnet ned mot elven med farens pistol i hånden, mot serbernes stillinger, og de hadde sendt opp bluss og skutt på ham og han hadde vært likeglad og hørt de bløte kulenedslagene i bakken som plutselig hadde forsvunnet, og han hadde falt ned i det store bombekrateret. Og vannet hadde slukt ham, slukt alle lydene og det var blitt stille og han hadde fortsatt å løpe under vann, men han kom ingen vei. Og mens han kjente lemmene stivne og søvnigheten bedøve ham, hadde han sett noe rødt som beveget seg i alt det svarte, som en fugl som slo med vingene i sakte kino. Og da han kom til seg selv, lå han pakket inn i et ullteppe, og over ham svingte en naken lyspære frem og tilbake mens serbernes artilleri spilte og små biter av jord og murpuss falt i øynene og i munnen. Han spyttet og noen hadde bøyd seg ned til ham og sagt at det var Bobo, kapteinen selv, som hadde reddet ham ut av det vannfylte bombekrateret. Og pekt på en skallet mann som sto ved trappen opp fra bunkersen. Han hadde uniform og et rødt skjerf knyttet rundt halsen.

Han åpnet øynene igjen og så på gradestokken han hadde lagt på nattbordet. Temperaturen i rommet hadde ikke oversteget seksten grader siden november selv om hotellresepsjonen påsto at varmen sto på fullt. Han sto opp. Han måtte skynde seg, bussen til flyplassen ville være utenfor hotellet om en halv time.

Han stirret inn i speilet over vasken og prøvde å se for seg Bobos ansikt. Men det var som nordlys, det ble umerkelig borte mens han stirret på det. Telefonen ringte igjen.

«*Da, majka.*»

Etter at han hadde barbert seg, tørket han seg og kledde raskt på seg. Han tok ut en av de to svarte metallboksene han hadde i safen og åpnet den. En Llama MiniMax Sub Compact som tok sju skudd, seks i magasinet pluss ett i kammeret. Han tok våpenet fra hverandre, og fordelte delene på de fire, små spesiallagde rommene under hjørneforsterkerne på kofferten. Skulle han bli stoppet i tollen og kofferten bli gjennomlyst, ville metallet i hjørneforsterkerne skjule våpendelene. Før han gikk, sjekket han at han hadde med seg passet og konvolutten med flybilletten som han hadde fått av henne, bildet av objektet og opplysningene han trengte om hvor og når. Det skulle skje i morgen kveld klokka sju på et offentlig sted. Hun hadde sagt at denne jobben var mer risikabel enn den forrige. Likevel var han ikke redd. Av og til tenkte han at han hadde mistet evnen, at den var blitt amputert sammen med farens arm den kvelden. Bobo hadde sagt at man ikke kan overleve lenge om man ikke er redd.

Utenfor hadde Zagreb så vidt våknet, snøfri, tåkegrå og dratt i ansiktet. Han stilte seg foran hotellinngangen og tenkte at om noen dager skulle de dra til Adriaterhavet, til et lite sted med et lite hotell med lavsesongpriser og litt sol. Og snakke om det nye huset.

Bussen til flyplassen skulle vært her nå. Han stirret inn i tåken. Stirret slik han hadde gjort den høsten, sammenkrøpet ved siden av Bobo og prøvde forgjeves å skimte noe bak all den hvite røyken. Jobben hans hadde vært å løpe med beskjeder de ikke torde å sende over radiosambandet siden serberne lyttet over hele frekvensområdet og fikk med seg alt. Og siden han var så liten, kunne han løpe gjennom skyttergravene i full fart uten å måtte bøye seg. Han hadde sagt til Bobo at han ville drepe tanks.

Bobo hadde ristet på hodet. «Du er budbringer. Disse beskjedene er viktige, sønn. Jeg har menn til å ta seg av tanks.»

«Men de er redde. Jeg er ikke redd.»

Bobo hadde hevet et øyebryn. «Du er bare guttungen.»

«Jeg blir ikke eldre av at kulene finner meg her i stedet for der ute. Og du har selv sagt at hvis vi ikke får stanset stridsvognene, vil de ta byen.»

Bobo hadde sett lenge på ham.

«La meg tenke,» sa han til slutt. Så hadde de sittet i taushet og stirret inn i det hvite, uten å se hva som var høsttåke og hva som var røyk fra ruinene av den brennende byen. Så hadde Bobo kremtet: «I natt sendte jeg Franjo og Mirko ned mot åpningen i vollen, der hvor stridsvognene kommer ut. Oppdraget var at de skulle skjule seg og feste miner på stridsvognene når de rullet forbi. Du vet hvordan det gikk?»

Han hadde nikket igjen. Han hadde sett likene av Franjo og Mirko i kikkert.

«Hadde de vært mindre, hadde de kanskje kunnet gjemme seg i fordypninger i bakken,» sa Bobo.

Gutten hadde tørket bort snørret under nesen med hånden. «Hvordan fester jeg de minene på tanksene?»

Grytidlig neste morgen hadde han kommet ålende tilbake til egne linjer, skjelvende av kulde og dekket med gjørme. Bak ham, på vollen, hadde det stått to ødelagte serbiske stridsvogner med røyken veltende ut av de åpne taklukene. Bobo hadde dratt ham ned i skyttergraven og ropt triumferende: «Oss er en liten frelser født!»

Og samme dag, da Bobo hadde diktert meldingen som skulle sendes over radio til hovedkvarteret i sentrum, hadde han fått kodenavnet som skulle følge ham helt til serberne hadde okkupert og lagt hjembyen hans i grus, drept Bobo, massakrert leger og pasienter på sykehuset, fengslet og torturert dem som hadde ytt motstand. Det var et bittert paradoks av en signatur. Gitt ham av en av alle dem han ikke hadde klart å redde. *Mali spasitelj.* Den lille frelseren.

En rød buss kom ut av tåkehavet.

*

Møterommet på rød sone i sjette etasje summet av lave samtaler og dempet latter da Harry ankom og kunne slå fast at han hadde taimet oppmøtet riktig. For sent til den innledende minglingen, kakespisingen og utvekslingen av de kollegiale spydigheter og morsomheter menn tyr til når de skal ta avskjed med noen de setter pris på. Tidsnok til gaveutdelingen og talene med de litt for mange og svulmende ordene menn tør å bruke når de er foran et publikum og ikke på tomannshånd.

Harry sveipet grupperommet og fant de tre eneste virkelig vennligsinnede ansiktene. Sin avtroppende sjef Bjarne Møller. Betjent Halvorsen. Og Beate Lønn, den unge lederen for Kriminalteknisk avdeling. Han møtte ingen andres blikk og ingen andre møtte hans. Harry var på det rene med at han ikke var noen elsket person på Voldsavsnittet. Møller hadde en gang sagt at det er bare én ting folk liker dårligere enn en gretten alkoholiker og det er en stor, gretten alkoholiker. Harry var hundre og nittitre centimeter gretten alkoholiker, og at han i tillegg var en glimrende etterforsker, var bare svakt formildende. Alle visste at om det ikke hadde vært for Bjarne Møllers beskyttende hånd, ville Harry for lengst vært fjernet fra korpsets rekker. Og når Møller nå forsvant, var alle også klar over at i ledelsen gikk man bare og ventet på Harrys første feiltrinn. Det som nå beskyttet ham, var paradoksalt nok det samme som hadde stemplet Harry som en evig outsider: at han hadde felt en av deres egne. Prinsen. Tom Waaler, førstebetjent ved Voldsavsnittet, som hadde vært en av bakmennene i den omfattende våpensmuglingen til Oslo de siste åtte årene. Tom Waaler hadde endt sine dager i en blodpøl i kjelleren under et hybelhus på Kampen, og i en kort seremoni i kantinen tre uker senere, hadde Kriminalsjefen med sammenbitte tenner gitt Harry en påskjønnelse for dette bidraget til å rydde opp i egne rekker. Og Harry hadde takket.

«Takk,» hadde han sagt og sett utover forsamlingen bare for å sjekke om noens blikk møtte hans. Han hadde egentlig ment å begrense talen til dette ene ordet, men synet av de bortvendte ansiktene og skjeve smilene hadde pisket opp et plutselig sinne i ham, og han hadde lagt til:

«Det blir vel vanskeligere å være den som sparker meg nå. Pressen kunne jo komme til å tro at den som sparker meg, gjør det fordi han er redd for at jeg skal komme etter ham også.»

Og da hadde de endelig sett på ham. Med vantro blikk. Så han hadde like godt fortsatt:

«Ingen grunn til å måpe, folkens. Tom Waaler var førstebetjent her på Voldsavsnittet og var avhengig av posisjonen sin for å kunne gjennomføre det han gjorde. Han kalte seg Prinsen, og som dere vet …» Her hadde Harry gjort en pause mens han flyttet blikket fra ansikt til ansikt og til slutt stoppet ved Kriminalsjefens: «Der det er en prins, er det som regel en konge.»

«Nå, gammer'n. Grubler du?»

Harry så opp. Det var Halvorsen.

«Tenker bare på konger,» mumlet Harry og tok imot kaffekoppen den unge betjenten rakte ham.

«Ja, der ser du den nye,» sa Halvorsen og pekte.

Ved bordet med gavene sto en mann i blå dress i samtale med Kriminalsjefen og Bjarne Møller.

«Er det Gunnar Hagen?» sa Harry med kaffe i munnen. «Den nye PAS-en?»

«Det heter ikke PAS lenger, Harry.»

«Ikke?»

«POB. Politioverbetjent. Det er over fire måneder siden de endret gradsbenevnelsene.»

«Virkelig? Jeg var kanskje syk den dagen. Er du fortsatt betjent?»

Halvorsen smilte.

Den nye politioverbetjenten virket spenstig og yngre enn de femtitre årene som hadde vært oppgitt i rundskrivet. Mer middels høy enn høy, slo Harry fast. Og mager. Nettet av definerte muskler i ansiktet, rundt kjeven og langs halsen antydet en asketisk livsførsel. Munnen var rett og bestemt og haken stakk frem på en måte som man enten kunne kalle pågående eller bare underbitt. Det Hagen hadde av hodehår var svart og samlet i en halvkrans rundt issen, men det var til gjengjeld så tykt og tett at en kunne mistenke den nye POB-en for bare å ha gjort et lett eksentrisk valg av frisyre. De veldige, diabolsk formede øyebrynene tydet i alle fall på at kroppshår hadde gode vekstvilkår.

«Rett fra Forsvaret,» sa Harry. «Kanskje vi får innført morgenrevelje.»

«Han skal ha vært en god politimann før han skiftet beite.»

«Hvis en skal dømme ut fra det som han hadde skrevet om seg selv i rundskrivet, mener du?»

«Godt å høre at du er positivt innstilt, Harry.»

«Jeg, ja? Alltid villig til å gi nye folk en fair sjanse.»

«Med trykk på én.» Det var Beate som hadde kommet bort til dem. Hun kastet det korte, lyse håret til siden. «Jeg synes jeg så at du haltet inn døra, Harry?»

«Møtte en vaktbikkje med overtenning nede på containerhavna i går kveld.»

«Hva gjorde du der?»

Harry så på Beate før han svarte. Sjefsjobben i Brynsalléen hadde gjort henne godt. Og den hadde gjort Kriminalteknisk Avsnitt godt også. Beate hadde alltid vært en dyktig fagperson, men Harry måtte innrømme at han ikke hadde sett åpenbare lederegenskaper hos den inntil det selvutslettende sjenerte ungjenta da hun kom til Ransavsnittet etter Politihøyskolen.

«Ville bare se på den containeren Per Holmen ble funnet i. Si meg, hvordan kom han seg inn på området?»

«Klippet over låsen med avbitertang. Den lå ved siden av ham. Og du, hvordan kom du deg inn?»

«Hva annet enn avbitertang fant dere?»

«Harry, det er ikke noe som tyder på …»

«Jeg sier ikke det heller. Hva annet?»

«Hva tror du? Stæsj, en brukerdose med heroin og en plastpose med tobakk. Du vet, de pirker tobakken ut av sneipene de plukker opp. Og ikke så mye som en krone, selvfølgelig.»

«Og Berettaen?»

«Serienummeret er fjernet, men slipemerkene er kjente. Smuglervåpen fra Prinsens dager.»

Harry hadde lagt merke til at Beate unngikk å ta Tom Waalers navn i sin munn.

«Mm. Er resultatet av blodprøven kommet?»

«Jepp,» sa hun. «Overraskende nykter, i alle fall ikke nypåsatt. Altså bevisst og i full stand til å gjennomføre selvdrapet. Hvorfor spør du?»

«Jeg hadde gleden av å overbringe nyheten til foreldrene.»

«Uffda,» sa Lønn og Halvorsen i kor. Det skjedde stadig oftere selv om de bare hadde vært kjærester i halvannet år.

Kriminalsjefen kremtet og forsamlingen snudde seg mot gavebordet og stilnet.

«Bjarne har bedt om ordet,» sa Kriminalsjefen, vippet på hælene og gjorde en kunstpause. «Og han har fått det.»

Folket humret. Harry kunne se Bjarne Møllers forsiktige smil til sin overordnede.

«Takk, Torleif. Og takk til deg og politimesteren for avskjedsgaven. Og takk spesielt for det flotte bildet jeg har fått fra dere alle.»

Han pekte mot gavebordet.

«Alle?» hvisket Harry til Beate.

«Ja. Skarre og et par andre samlet inn pengene.»

«Det har ikke jeg hørt noe om.»

«Kanskje de bare glemte å spørre deg.»

«Nå skal jeg selv dele ut noen gaver,» sa Møller. «Fra dødsboet, så å si. For det første er det dette forstørrelsesglasset.»

Han holdt det opp foran fjeset og de andre lo mot eks-PAS-ens optisk forvridde ansiktstrekk.

«Det går til jenta som er en like god etterforsker og politimann som faren hennes var. Som aldri tar æren for sitt arbeid, men heller lar oss på Voldsavsnittet fremstå som flinke. Som dere vet, har hun vært forsket på av hjernespesialister siden hun er et av de sjeldne tilfellene som har en *fusiform gyrus* som gjør at hun husker hvert eneste ansikt hun har sett.»

Harry så at Beate rødmet. Hun likte ikke oppmerksomhet, minst av alt rundt denne sjeldne evnen som gjorde at hun fortsatt ble brukt til å gjenkjenne kornete bilder av tidligere straffedømte på ransvideoer.

«Jeg håper,» sa Møller. «At du heller ikke vil glemme dette ansiktet selv om du ikke får se det på en stund. Og skulle du være i tvil, kan du jo bare bruke dette.»

Halvorsen ga Beate en liten dytt i ryggen. Da Møller i tillegg til forstørrelsesglasset ga henne en klem og forsamlingen applauderte, var selv pannen hennes brannrød.

«Det neste arvegodset er kontorstolen min,» sa Bjarne. «Jeg har nemlig skjønt at min etterfølger Gunnar Hagen forlangte en ny i svart skinn med høy rygg og greier.»

Møller smilte til Gunnar Hagen som ikke returnerte smilet, bare nikket kort.

«Stolen går til en betjent fra Steinkjer som helt siden han kom hit har vært forvist til å sitte på kontor sammen med den største bråkmakeren på huset. På en defekt stol. Junior, jeg synes det var på tide.»

«Jippi,» sa Halvorsen.

Alle snudde seg mot ham og lo, og Halvorsen lo tilbake.

«Så til slutt. Et hjelpemiddel til en person som er veldig spesiell for meg. Han har vært min beste etterforsker og mitt verste mareritt. Til mannen som alltid følger sin egen nese, sin egen agenda og – dessverre for oss som prøver å få dere til å møte presis på morgenmøtene – sin egen klokke.» Møller tok et armbåndsur opp av jakkelommen. «Denne får deg forhåpentligvis til å følge samme tidsregning som de andre. Den er i hvert fall sånn noenlunde synkronisert med resten av Voldsavsnittet. Og, ja, det var mye mellom linjene der, Harry.»

Spredt applaus da Harry gikk frem og tok imot klokka, som hadde en enkel svart skinnrem og var av et merke som var ukjent for ham.

«Takk,» sa Harry.

De to høye mennene omfavnet hverandre.

«Jeg stilte den to minutter frem, så du rekker det du trodde du var for sen til,» hvisket Møller. «Ingen flere formaninger, du får gjøre det du må.»

«Takk,» gjentok Harry og syntes Møller holdt ham litt for hardt og lenge. Han minnet seg selv om å huske å legge igjen gaven han hadde tatt med hjemmefra. Heldigvis hadde han aldri rukket å rive av plastomslaget på «All About Eve».

Kapittel 5.
Mandag 14. desember. Fyrlyset

Jon fant Robert i bakgården til Fretex i Kirkeveien.

Han sto lent mot dørkarmen med armene i kors og så på karene som bar svarte søppelsekker fra lastebilen og inn på lagerrommet i butikken. Karene pustet hvite snakkebobler som de fylte med banning på ulike dialekter og språk.

«Bra fangst?» spurte Jon.

Robert trakk på skuldrene. «Folk gir gladelig fra seg hele sommergarderober så de kan kjøpe en ny til neste år. Men det er vinterklær vi har bruk for nå.»

«Gutta dine er friske i språkbruken. Paragraf tolv-typer?»

«Jeg telte opp i går. Nå er de som er her på fri soning dobbelt så mange som de som har tatt imot Jesus.»

Jon smilte. «Upløyd misjonsmark. Det er bare å sette i gang.»

Robert ropte til en av guttene som hev en sigarettpakke bort til ham. Robert stakk en likpinne uten filter mellom leppene.

«Ta den ut igjen,» sa Jon. «Soldatløftet. Du kan få sparken.»

«Jeg har ikke tenkt å tenne den, broder. Hva vil du?»

Jon trakk på skuldrene. «Bare snakke litt.»

«Om hva da?»

Jon lo kort. «Det er ganske normalt at brødre snakkes av og til.»

Robert nikket og plukket et tobakkrusk av tungen. «Når du sier snakke, mener du som regel at du skal fortelle meg hvordan jeg skal leve livet mitt.»

«Gi deg.»

«Hva er det da?»

«Ingenting! Jeg lurer bare på hvordan du har det.»

Robert tok ut sigaretten og spyttet i snøen. Så myste han opp mot skydekket som hang høyt og hvitt.

«Jeg er drittlei av denne jobben. Jeg er drittlei av leiligheten. Jeg er drittlei av den inntørka, skinnhellige sersjantmajoren som driver showet her. Hadde hun ikke vært så stygg, skulle jeg ...» Robert gliste. «... straffepult det rynkeskinnet.»

«Jeg fryser,» sa Jon. «Kan vi gå inn?»

Robert gikk foran inn på det knøttlille kontoret og satte seg på en kontorstol som så vidt fikk plass mellom en nedlesset pult, et smalt vindu med utsikt ned i bakgården og en fane i rødt og gult med Frelsesarmeens emblem og mottoet «Ild og Blod». Jon løftet en bunke papirer, noen av dem gule av elde, ned fra en trestol han visste at Robert hadde rappet fra korpslokalet til Majorstua korps som holdt til vegg i vegg.

«Hun sier at du skulker,» sa Jon.

«Hvem?»

«Sersjantmajor Rue.» Jon smilte syrlig. «Rynkeskinnet.»

«Heisan, så hun ringte til deg, er det blitt sånn?» Robert pirket i pulten med foldekniven før han utbrøt: «Å ja, det glemte jeg; du er jo den nye forvaltningssjefen, boss for hele kostebinderiet.»

«Ingen er valgt ennå. Det kan like godt bli Rikard.»

«Whatever.» Robert risset to halvsirkler inn i pulten slik at de dannet et hjerte. «Du har sagt det du kom for å si. Men før du stikker, kan jeg kanskje få de fem hundre for vakten i over-imorgen?»

Jon tok pengene ut av lommeboka og la dem på pulten foran broren. Robert strøk knivseggen mot haken. Det raspet i de svarte skjeggstubbene. «Og så vil jeg minne deg på én ting til.»

Jon svelget og visste hva som skulle komme. «Og hva er det?»

Over skulderen til Robert kunne han se at det hadde begynt å snø, men at den oppadstigende varmen fra husene rundt bakgården fikk de lette, hvite fnuggene til å bli stående stille i luften utenfor vinduet, som for å lytte.

Robert plasserte knivspissen i sentrum av hjertet. «Oppdager jeg at du en gang til er så mye som i nærheten av den jenta du vet ...» Han la hånden rundt toppen av knivskaftet og lente seg fremover. Kroppstyngden fikk bladet til å synke inn i det tørre treverket med en knasende lyd. «Så kommer jeg til å ødelegge deg, Jon. Jeg sverger.»

«Forstyrrer jeg?» sa en stemme fra døra.

«Slett ikke, fru Rue,» sa Robert sukkersøtt. «Broren min var akkurat i ferd med å gå.»

*

Kriminalsjefen og påtroppende POB Gunnar Hagen sluttet å snakke da Bjarne Møller kom inn på kontoret sitt. Som altså ikke lenger var hans.

«Nå, liker du utsikten?» spurte Møller med det han håpet var et muntert tonefall. Og la til: «Gunnar.» Navnet kjentes rart i munnen.

«Tja, Oslo er nå alltid et trist syn i desember,» sa Gunnar Hagen. «Men vi får se om vi ikke skal få fikset på det også.»

Møller fikk lyst til å spørre hva han mente med «det også», men stoppet da han så Kriminalsjefen nikke bifallende.

«Jeg holdt akkurat på å sette Gunnar inn i et par detaljer om personene rundt her. Sånn i all fortrolighet.»

«Ja, dere to kjenner hverandre jo fra før.»

«Jo da,» sa Kriminalsjefen. «Gunnar og jeg har kjent hverandre siden vi var kadetter på det som den gang het Politiskolen.»

«Det sto i rundskrivet at du går Birkebeineren hvert år,» sa Møller henvendt til Gunnar Hagen. «Visste du at Kriminalsjefen gjør det samme?»

«Å ja da.» Hagen kikket smilende bort på Kriminalsjefen. «Det hender at Torleif og jeg går sammen. Og prøver å knekke hverandre i spurten.»

«Se det,» sa Møller lystig. «Så hvis Kriminalsjefen hadde sittet i Ansettelsesrådet, kunne man ha mistenkt ham for å få ansatt en kompis.»

Kriminalsjefen lo tørt og ga Bjarne Møller et advarende blikk.

«Jeg fortalte akkurat Gunnar om mannen du så sjenerøst ga en gave.»

«Harry Hole?»

«Ja,» sa Gunnar Hagen. «Jeg skjønner at han var mannen som tok livet av en førstebetjent i forbindelse med den kjedelige smuglersaken. Rev av mannen armen i en heis, hørte jeg. Og at han også er den som mistenkes for i ettertid å ha lekket saken til pressen. Ikke bra.»

«For det første var 'den kjedelige smuglersaken' en profesjonell liga med forgreininger i politiet, og som har oversvømt Oslo med billige håndvåpen i en årrekke,» sa Bjarne Møller og prøvde forgjeves å holde irritasjonen ute av stemmen. «En sak som Hole til tross for motstand her på huset, løste mutters alene gjennom flere års nitidi politiarbeid. For det andre drepte han Waaler i selvforsvar og det var heisen som forårsaket det med armen. Og for det tredje har vi overhodet ingen holdepunkter når det gjelder hvem som har lekket hva.»

Gunnar Hagen og Kriminalsjefen vekslet blikk.

«Uansett,» sa Kriminalsjefen. «Han er en du får passe på, Gunnar. Etter det jeg har forstått har kjæresten hans nylig forlatt ham. Og vi vet jo at slikt gjør menn med Harrys uvaner ekstra utsatte for tilbakefall. Noe vi naturligvis ikke kan akseptere, om han aldri så mye har løst en del saker her på avsnittet.»

«Jeg skal nok holde ham på geledd,» sa Hagen.

«Han er førstebetjent,» sa Møller og lukket øynene. «Ikke menig. Og ikke så glad i geledd, heller.»

Gunnar Hagen nikket langsomt mens han strøk en hånd langs den tykke kransen av hår.

«Når er det du begynner i Bergen …» Hagen senket hånden. «Bjarne?»

Møller tippet at navnet hans kjentes like rart i den andres munn.

*

Harry tråkket nedover Urtegata og kunne se på fottøyet til dem han møtte at han nærmet seg Fyrlyset. Gutta på Narkotikaavsnit-

tet pleide å si at ingen gjorde mer for identifisering av stoffmis-
brukere enn Forsvarets overskuddslagre. For via Frelsesarmeen
havnet militært skotøy før eller siden på en narkomans føtter.
Om sommeren var det blå joggesko, nå på vinteren svarte marsj-
støvler som sammen med den grønne plastposen med Frelses-
armeens matpakke var gatedoperens uniform.

Harry svingte inn døra og nikket til vakta i Frelsesarmeens
hettegenser.

«Ingenting?» spurte vakta.

Harry slo seg på lommene. «Ingenting.»

Et skilt på veggen forkynte at alkohol leveres inn ved døra og
ut igjen når de gikk. Harry visste at de hadde gitt opp å få levert
inn stoff og stæsj, ingen dopere tør å gi fra seg det.

Harry gikk inn, skjenket seg en kopp kaffe og satte seg ved
benken ved veggen. Fyrlyset var Frelsesarmeens kafé, det nye år-
tusenets variant av suppestasjonen hvor de som trengte det fikk
gratis brødmat og kaffe. Et trivelig, lyst lokale hvor det eneste
som skilte det fra et vanlig cappuccinoserverende sted, var klien-
tellet. Nitti prosent mannlige rusmisbrukere og resten kvinne-
lige. Det ble spist loffbrødskiver med brunost eller hvitost, lest
aviser og ført rolige samtaler rundt bordene. Det var et friom-
råde, en mulighet for å tine opp og puste ut i jakten på dagens
spiker. Selv om politiets spanere av og til var innom, var det en
stilltiende pakt at arrestasjoner aldri ble foretatt her inne.

En mann ved bordet ved siden av Harry hadde frosset fast
midt i et dypt bukk. Hodet var senket ned mot bordplaten og
foran seg holdt han et tomt sigarettpapir mellom svarte fingre.
På bordet lå et par tomme sneiper.

Harry så på den uniformerte ryggen til en liten miniatyrkvinne
som skiftet ut nedbrente stearinlys på et lite bord med fire bil-
derammer. I tre av rammene var det fotografier av en person, i
det fjerde bare et kors og et navn på hvit bakgrunn. Harry reiste
seg og gikk bort til bordet.

«Hva er dette?» spurte han.

Kanskje var det den slanke nakken og bevegelsens mykhet,
eller det glatte, nattsvarte, nesten unaturlig blanke håret som

fikk Harry til å tenke på en katt allerede før hun hadde snudd seg. Inntrykket ble forsterket av at det vesle ansiktet hadde en uproporsjonalt bred munn og en nese som kun syntes som en nødvendig forhøyning, akkurat som hos menneskene i Harrys japanske tegneserier. Men først og fremst var det øynene. Han kunne ikke sette fingeren på det, men det var noe galt.

«November,» svarte hun.

Det var en rolig, dyp og myk altstemme som fikk Harry til å lure på om det var naturlig eller en måte å snakke på som hun hadde lagt seg til. Han hadde kjent kvinner som gjorde det, som skiftet stemme som andre skiftet klær. Én stemme for hjemmebruk, en annen for førsteinntrykk og sosiale anledninger, en tredje for natt og nærhet.

«Hva mener du?» spurte Harry.

«Dødsfallene våre i november.»

Harry så på bildene og det gikk opp for ham hva hun mente.

«Fire?» sa han lavt. Foran ett av bildene lå et brev med ustøe blyantbokstaver.

«I gjennomsnitt dør det én gjest i uka. Fire er ganske normalt. Minnestunden er første onsdag i hver måned. Er det noen du ...?»

Harry ristet på hodet. «Min elskede Odd,» begynte brevet. Ingen blomster.

«Er det noe jeg kan hjelpe deg med?» spurte hun.

Harry tenkte at kanskje hadde hun ikke flere stemmer på repertoaret, bare dette dype, behagelige toneleiet.

«Per Holmen ...,» begynte Harry, men visste ikke riktig hvordan han skulle fortsette.

«Stakkars Per, ja. Vi kommer til å ha minnestund for ham i januar.»

Harry nikket. «Første onsdag.»

«Nettopp. Og du er hjertelig velkommen, bror.»

Dette «bror» ble uttalt med en slik naturlig letthet, som et underforstått og derfor knapt uttalt appendiks til setningen. Et øyeblikk var det nesten så Harry trodde henne.

«Jeg er politietterforsker,» sa Harry.

Høydeforskjellen mellom dem var så stor at hun måtte kneise med nakken for å se nøyere på ham.

«Jeg har kanskje sett deg før, men det må være lenge siden.»

Harry nikket. «Kanskje. Jeg har vært innom her, men jeg har ikke sett deg.»

«Jeg jobber bare halv tid her. Ellers er jeg på Frelsesarmeens hovedkvarter. Og du jobber med narkotika?»

Harry ristet på hodet. «Drapssaker.»

«Drap? Men Per ble da ikke …»

«Kan vi sette oss litt?»

Hun så seg nølende rundt.

«Travelt?» spurte Harry.

«Tvert om, det er uvanlig stille. På en vanlig dag serverer vi atten hundre brødskiver. Men det er trygdeutbetaling i dag.»

Hun ropte til en av guttene bak disken som bekreftet at han tok over. Harry fikk med seg navnet hennes i samme slengen. Martine. Hodet til mannen med det tomme sigarettpapiret var blitt jekket ned ytterligere noen hakk.

«Det er et par ting som ikke stemmer helt,» sa Harry da de hadde satt seg. «Hva slags person var han?»

«Det er vanskelig å si.» Hun sukket da hun så Harrys spørrende ansiktsuttrykk. «Når man har vært rusmisbruker i så mange år som Per, er hjernen blitt såpass ødelagt at det er vanskelig å se noen personlighet. Suget etter rus blir så dominerende.»

«Jeg skjønner det, men jeg mener … for folk som kjente ham godt …»

«Dessverre. Du kan spørre faren til Per hva som var igjen av personligheten til sønnen hans. Han var her nede flere ganger for å hente ham. Til slutt ga han opp. Han sa at Per hadde begynt å opptre truende når han var hjemme fordi de låste inn alle verdisaker når han var der. Han ba meg passe på gutten. Jeg sa at vi skulle gjøre vårt beste, men at vi ikke kunne love noe mirakel. Og det fikk vi jo ikke til heller …»

Harry så på henne. Ansiktet hennes røpet ikke annet enn den vante sosialarbeiderens resignasjon.

«Det må være helvete,» sa Harry og klødde seg på leggen.

«Ja, en må vel være rusmisbruker selv for helt å skjønne det.»

«Å være foreldre, tenkte jeg.»

Martine svarte ikke. En gutt i en revnet boblejakke hadde kommet bort til nabobordet. Han åpnet en gjennomsiktig plastpose og tømte ut et lass av tørr tobakk fra det som må ha vært hundrevis av sneiper. Det dekket både sigarettpapiret og de svarte fingrene til ham som satt der.

«God jul,» mumlet gutten og forlot bordet med junkiens gammelmannsgange.

«Hva er det som ikke stemmer?» spurte Martine.

«Blodprøven viste at han var nesten nykter,» sa Harry.

«Hva så?»

Harry så på mannen ved nabobordet. Han prøvde desperat å rulle sammen sigarettpapiret, men fingrene ville ikke lystre. En tåre rant nedover det brune kinnet hans.

«Jeg vet et par ting om å ruse seg,» sa Harry. «Vet du om han skyldte noen penger?»

«Nei.» Svaret hennes var kort. Så kort at Harry alt ante svaret på sitt neste spørsmål.

«Men du kunne kanskje …»

«Nei,» avbrøt hun. «Jeg kan ikke forhøre meg rundt. Hør, dette er mennesker som ingen andre bryr seg om, og jeg er her for å hjelpe, ikke forfølge dem.»

Harry så lenge på henne. «Du har rett. Jeg beklager at jeg spurte og det skal ikke gjenta seg.»

«Takk.»

«Bare et siste spørsmål?»

«Kom igjen.»

«Ville du …» Harry nølte, tenkte at han var i ferd med å begå en feil. «Ville du tro meg hvis jeg sa at jeg bryr meg?»

Hun la hodet på skakke og studerte Harry. «Burde jeg?»

«Vel. Jeg etterforsker en sak alle mener er opplagt selvdrap av en person som ingen bryr seg om.»

Hun svarte ikke.

«God kaffe.» Harry reiste seg.

«Velbekomme,» sa hun. «Og Gud velsigne deg.»

«Takk,» sa Harry og kjente til sin forundring at øreflippene ble varme.

På vei ut stoppet Harry foran vakta og snudde seg, men da var hun alt borte. Gutten i hettegenseren tilbød Harry den grønne plastposen med Frelsesarmeens matpakke, men han takket nei, trakk frakken tettere rundt seg og gikk ut i gatene hvor han alt kunne se sola gjøre rødmende retrett i Oslofjorden. Han gikk mot Akerselva. Ved Eika sto en gutt rett opp og ned i snøskavlen med ermet på en revnet boblejakke skjøvet opp og en sprøyte dinglende fra underarmen. Han smilte mens han så tvers igjennom Harry og frostrøyken over Grønland.

Kapittel 6.
Mandag 14. desember. Halvorsen

Pernille Holmen så enda mindre ut der hun satt i lenestolen i Fredensborgveien med store, forgråtte øyne som stirret på Harry. I fanget holdt hun en glassramme med bilde av sønnen Per.

«Ni år var han her,» sa hun.

Harry måttet svelge. Delvis fordi ingen leende niåringer i svømmevest ser ut som de har tenkt å ende opp i en container med en kule i hodet. Og delvis fordi bildet fikk ham til å tenke på Oleg som kunne glemme seg og kalle Harry «pappa». Harry lurte på hvor lang tid det ville ta før han kalte Mathias Lund-Helgesen «pappa».

«Birger, mannen min, pleide å dra ut og lete etter Per når han hadde vært borte noen dager,» sa hun. «Selv om jeg ba ham slutte med det, jeg orket ikke ha Per her lenger.»

Harry skjøv det andre unna: «Hvorfor ikke?»

Birger Holmen var hos begravelsesbyrået, hadde hun forklart da Harry uanmeldt hadde ringt på.

Hun snufset. «Har du noensinne vært i hus med en rusmisbruker?»

Harry svarte ikke.

«Han stjal alt han kom over. Vi godtok det. Det vil si, Birger godtok det, han er kjærlighetspersonen av oss to.» Hun skar en grimase som Harry skjønte skulle være et smil.

«Han forsvarte Per i alt og ett. Helt til en gang her i høst. Da Per truet meg.»

«Truet deg?»

«Ja. På livet.» Hun stirret ned på bildet og gned på glasset som om det var blitt uklart. «Per ringte på en formiddag og jeg ville ikke slippe ham inn, jeg var alene. Han gråt og ba, men jeg hadde vært med på den leken før, så jeg holdt meg hard. Jeg gikk inn på kjøkkenet igjen og satte meg. Jeg vet ikke hvordan han kom inn, men plutselig sto han foran meg med en pistol.»

«Den samme pistolen som han ...»

«Ja. Ja, jeg tror det.»

«Fortsett.»

«Han truet meg til å låse opp skapet hvor jeg hadde smykkene mine. Det vil si, de få smykkene jeg hadde igjen, han hadde alt tatt det meste. Så forsvant han.»

«Og du?»

«Jeg? Jeg brøt sammen. Birger kom og fikk meg på sykehuset.» Hun snøftet. «Hvor de ikke engang ville gi meg flere piller. De sa jeg hadde fått nok.»

«Hva slags piller er det?»

«Hva tror du? Beroligende. Nok! Når du har en sønn som gjør at du ligger våken hver natt i frykt for at han skal komme tilbake ...» Hun stoppet og presset en knyttet neve mot munnen. Tårene steg opp i øynene. Så hvisket hun så lavt at Harry bare så vidt fikk med seg ordene: «Da hender det at du ikke vil leve lenger ...»

Harry så ned på notatblokken sin. Den var blank.

«Takk,» sa han.

*

«*One night, is that correct, Sir?*»

Den kvinnelige resepsjonisten på Scandia Hotel ved Sentralstasjonen i Oslo spurte uten å se opp fra bestillingen på PC-skjermen.

«*Yes*,» svarte mannen foran henne.

Hun hadde notert seg at han hadde på seg en lys brun frakk. Kamelhår. Eller noe imitert.

De lange, rødmalte neglene hennes løp som redde kakerlakker over tastaturet. Imiterte kameler i Vinter-Norge. Hvorfor ikke?

Hun hadde sett bilder av kameler i Afghanistan, og kjæresten hennes hadde skrevet og sagt at det kunne bli like kaldt der som her.

«*Will you pay by VISA or cash, Sir?* »

«*Cash.*»

Hun skjøv registreringsskjemaet sammen med en penn over disken og spurte om å få se passet.

«*No need,*» svarte han. «*I will pay now.*»

Han snakket engelsk nesten som en brite, men noe med måten han traff konsonantene på fikk henne til å tenke på Øst-Europa.

«Jeg må likevel få se passet Deres, *Sir*. Internasjonale regler.»

Han nikket innforstått, rakte henne en glatt tusenlapp og passet. Republika Hrvatska? Sikkert et av de nye landene i øst. Hun ga ham vekslepengene, la tusenlappen i kassen og minnet seg selv om å sjekke den mot lyset etter at hotellgjesten hadde gått. Hun bestrebet seg på å holde en viss stil selv om det måtte innrømmes at hun foreløpig jobbet på et av byens enklere hoteller. Og denne gjesten så ikke ut som en hotellbedrager, men mer som en ... tja, hva så han egentlig ut som? Hun ga ham plastkortet og leksen om etasje, heis, frokost- og utsjekkingstider.

«*Will there be anything else, Sir?* » kvitret hun, vel vitende at hennes engelsk og serviceinnstilling var for god for dette hotellet. Om ikke lenge ville hun flytte til et bedre sted. Eller – om ikke det lot seg gjøre – kutte ned på serviceinnstillingen.

Han kremtet og spurte hvor han fant nærmeste «*phone booth*». Hun forklarte at han kunne ringe fra rommet sitt, men han ristet på hodet.

Hun måtte tenke seg om. Mobiltelefonen hadde effektivt fjernet de fleste telefonkioskene i Oslo, men hun mente bestemt det lå en like ved, på Jernbanetorget. Selv om det bare var hundre meter dit, tok hun frem et lite kart og tegnet og forklarte. Slik de gjorde på Radisson og Choice-hotellene. Da hun kikket opp for å se om han hadde forstått, ble hun et øyeblikk forvirret, uten at hun skjønte hvorfor.

*

«Da var det oss mot røkla, Halvorsen!»

Harry ropte sin faste morgenhilsen idet han braste inn på deres felles kontor.

«To beskjeder,» sa Halvorsen. «Du skal melde deg på kontoret til den nye POB-en. Og så ringte det ei dame og spurte etter deg. Ganske deilig stemme.»

«Å?» Harry slengte frakken i retning stumtjeneren. Den raste i gulvet.

«Jøss,» utbrøt Halvorsen spontant. «Har du endelig kommet over det?»

«Hva behager?»

«Du kaster klær på stumtjeneren igjen. Og sier det der med oss mot røkla. Du har ikke gjort noen av delene siden Rakel dump...»

Halvorsen klappet igjen da han så kollegaens advarende ansiktsuttrykk.

«Hva ville damen?»

«Gi deg en beskjed. Hun het ...» Halvorsen lette i de gule lappene foran seg. «... Martine Eckhoff.»

«Kjenner henne ikke.»

«Fyrlyskorpset.»

«Aha!»

«Hun sa at hun hadde forhørt seg litt. Og at ingen hadde hørt noe om at Per Holmen skyldte penger.»

«Gjorde hun? Mm. Kanskje jeg burde ringe for å sjekke om det var noe mer.»

«Jeg tenkte på det, men da jeg spurte etter nummeret hennes, sa hun at det var alt hun hadde å si.»

«Å? OK. Fint.»

«Ja vel? Hvorfor ser du så snytt ut da?»

Harry bøyde seg ned etter frakken, men i stedet for å henge den på stumtjeneren, tok han den på. «Vet du hva, junior? Jeg må dra rett ut igjen.»

«Men POB'en ...»

«... får vente.»

Porten til containerhavna sto åpen, men på gjerdet hang et skilt som tydelig forkynte at innkjørsel var forbudt og henviste til parkeringsplassen på utsiden. Harry klødde seg på den vonde leggen, kastet et blikk på det lange, åpne strekket mellom containerne og kjørte inn. Oppsynsmannens kontor lå i et lavt hus som så ut som en Moelven-brakke som var blitt jevnlig påbygd de siste tretti årene. Hvilket ikke var så langt fra sannheten. Harry parkerte foran inngangen og tilbakela de resterende meterne med raske skritt.

Oppsynsmannen satt taus og bakoverlent i stolen med hendene bak hodet og tygget på en fyrstikk mens Harry forklarte hvorfor han var der. Og hva som hadde skjedd kvelden før.

Fyrstikken var det eneste som beveget seg i oppsynsmannens ansikt, men Harry mente han så antydningen til et lite smil da han fortalte om basketaket med hunden.

«Svart metzner,» sa oppsynsmannen. «Fetteren til rhodesian ridgeback. Bare så vidt jeg fikk'n importert. Jævlig bra vaktbikkjer. Og så er er'n stille.»

«Jeg merket det.»

Fyrstikken hoppet lystig. «Metzer'n er jeger, så'n sniker seg innpå. Vi'kke skremme byttet.»

«Sier du at dyret hadde planer om å ... eh, spise meg?»

«Spise og spise.»

Oppsynsmannen utdypet ikke, stirret bare uttrykksløst på Harry. De sammenflettede hendene rammet inn hele hodet, og Harry tenkte at han enten måtte ha uvanlig store hender eller uvanlig lite hode.

«Så dere verken så eller hørte noe i den perioden vi antar at Per Holmen ble skutt?»

«Ble skutt?»

«Skjøt seg selv. Ingenting?»

«Vakta holder seg inne på vinterstid. Og metzer'n er som sagt stille.»

«Er ikke det upraktisk? At den ikke slår alarm, mener jeg?»

Oppsynsmannen trakk på skuldrene. «Den får jobben gjort. Og vi slipper å gå ut.»

«Den oppdaget ikke Per Holmen da han tok seg inn.»

«Det er et stort område.»

«Men seinere?»

«Liket, mener du? Tja. Det var jo dypfrossent. Og metzner'n er ikke så opptatt av daue ting, den tar levende bytte.»

Harry grøsset. «I politirapporten står det at du sa at du aldri hadde sett Per Holmen her nede før.»

«Det stemmer nok det.»

«Jeg besøkte akkurat moren hans og fikk låne med et familie-fotografi.»

Harry la bildet på pulten til oppsynsmannen. «Kan du se på det og si med sikkerhet at du ikke har sett denne personen før?»

Oppsynsmannen senket blikket. Trillet fyrstikken bort til munnviken for å svare, men holdt inne. Hendene forsvant fra bak hodet og han plukket opp bildet. Så lenge på det.

«Jeg tok visst feil. Jeg har sett ham. Han var innom her i sommer. Det var ikke så lett å dra kjensel på det ... på det som lå i container'n.»

«Det skjønner jeg godt.»

Da Harry et par minutter senere sto i døra for å gå, åpnet han den først på gløtt og kikket utenfor. Oppsynsmannen gliste:

«Den er innelåst på dagtid. Og dessuten er tenna til metzner smale. Såra gror fort. Jeg vurderte å kjøpe en Kentucky-terrier. Taggete tenner. River ut biter av deg. Du hadde flaks, førstebe-tjent.»

«Vel,» sa Harry. «Du får forberede Passopp på at det snart kommer ei dame og gir ham noe annet å bite i.»

«Hva da?» spurte Halvorsen mens han styrte bilen forsiktig forbi en brøytebil.

«Noe mykt,» sa Harry. «En slags leire. Etterpå legger Beate og folka hennes leira i gips, lar det stivne og vips så har du en modell av en hundekjeve.»

«Akkurat. Og det skal være nok til å bevise at Per Holmen ble drept av en annen?»

«Nei.»

«Jeg synes du sa ...»

«Jeg sa at det vil være det jeg trenger for å bevise at det var drap. *The missing link* i beviskjeden.»

«Jaha. Og hva er de andre leddene?»

«De vanlige. Motiv, mordvåpen og anledning. Det er inn til høyre her.»

«Jeg skjønner ikke. Du sa at mistanken var basert på at Per Holmen skulle ha brukt en avbitertang til å ta seg inn på containerområdet?»

«Jeg sa at det var det som fikk meg til å stusse. Nærmere bestemt at en heroinist som er så ute at han må søke tilflukt i en container, samtidig er så på plass at han sørger for å skaffe seg en avbitertang til å komme seg inn porten. Så jeg sjekket saken litt nærmere. Du kan parkere her.»

«Det jeg ikke skjønner er hvordan du kan påstå at du vet hvem den skyldige er.»

«Tenk deg om, Halvorsen. Det er ikke vanskelig, og du har alle fakta.»

«Jeg hater når du gjør det der.»

«Jeg vil bare at du skal bli god.»

Halvorsen kastet et blikk på den eldre kollegaen for å se om han spøkte. De steg ut av bilen.

«Skal du ikke låse?» spurte Harry.

«Låsen frøs i natt. Knakk nøkkelen i dag morges. Hvor lenge har du visst hvem den skyldige er?»

«En stund.»

De krysset gaten.

«Å vite hvem er som regel den lette biten. Det er den opplagte kandidaten. Ektemannen. Bestevennen. Fyren med rulleblad. Og aldri butleren. Det er ikke det som er problemet, problemet er å bevise det hodet og magen din for lengst har fortalt deg.» Harry trykket på ringeknappen ved siden av «Holmen». «Og det er det vi skal gjøre nå. Skaffe den lille biten som forvandler tilsynelatende løsrevet informasjon til en fullkommen beviskjede.»

En stemme spraket et «ja» over høyttaleren.

«Harry Hole i politiet. Kan vi …?»

Det durte i låsen.

«Og det gjelder å handle fort,» sa Harry. «De fleste mordsaker blir enten løst i løpet av tjuefire timer eller ikke i det hele tatt.»

«Takk, jeg har hørt den før,» sa Halvorsen.

Birger Holmen sto og ventet på dem på toppen av trappen.

«Kom inn,» sa han og gikk foran dem inn i stuen. Ved døra til den franske balkongen sto et nakent juletre klart til å pyntes.

«Min kone hviler,» sa han før Harry rakk å spørre.

«Vi skal snakke lavt,» sa Harry.

Birger Holmen smilte bedrøvet. «Hun kommer nok ikke til å våkne.»

Halvorsen kikket fort bort på Harry.

«Mm,» sa førstebetjenten. «Tatt noe beroligende kanskje?»

Birger Holmen nikket. «Begravelsen er i morgen.»

«Ja, det er selvfølgelig en påkjenning. Vel. Takk for lånet.» Harry la et bilde på bordet. Det var av Per Holmen sittende med mor og far stående på hver sin side. Beskyttet. Eller, alt etter som man ser det, omringet. Det oppsto en stillhet da ingen sa noe. Birger Holmen klødde seg på den skjortekledde underarmen. Halvorsen akte seg fremover i stolen, så tilbake.

«Vet du mye om avhengighet av rus, Holmen?» spurte Harry uten å løfte blikket.

Birger Holmen rynket pannen. «Min kone har bare tatt en sovepille. Det betyr ikke …»

«Jeg snakker ikke om din kone. Henne kan det hende at du greier å redde. Jeg snakker om sønnen din.»

«Vet og vet. Han var hektet på heroin. Det gjorde ham ulykkelig.» Han skulle til å si noe mer, men holdt inne. Stirret på bildet på bordet. «Det gjorde oss alle ulykkelige.»

«Det tviler jeg ikke på. Men hadde du visst noe om rusavhengighet, ville du visst at det kommer foran alt.»

Birger Holmens stemme var med ett harmdirrende: «Påstår du at jeg ikke vet det, førstebetjent? Påstår du … min kone ble … han …» Men gråten hadde krøpet inn i stemmen hans. «… sin egen mamma …»

«Jeg vet det,» sa Harry lavt. «Men rusen kommer foran mammaer. Foran pappaer. Foran livet.» Harry trakk pusten. «Og foran døden.»

«Jeg er sliten, førstebetjent. Hva er det du vil frem til?»

«Blodprøven viser at din sønn var nykter da han døde. Altså dårlig. Og når en heroinist er dårlig, er behovet for frelse så sterkt at man kan komme til å true sin egen mor med pistol for å få den. Og frelsen er ikke et skudd i hodet, men i armen, halsen, lysken eller et annet sted man fortsatt måtte ha en frisk blodåre. Din sønn ble funnet med stæsjet på seg og en pose heroin i lomma, Holmen. Han kan ikke ha skutt seg. Rusen kommer som sagt foran alt. Også ...»

«Døden.» Birger Holmen hadde fortsatt hodet i hendene, men stemmen var helt klar: «Så du mener at min sønn ble drept? Hvorfor?»

«Det håpet jeg du kunne svare oss på.»

Birger Holmen svarte ikke.

«Var det fordi han truet henne?» spurte Harry. «Var det for å skaffe din kone fred?»

Holmen løftet hodet: «Hva er det du snakker om?»

«Jeg tipper at du hang rundt Plata og ventet. Og da han kom, fulgte du etter ham etter at han hadde kjøpt dosen. Du tok ham med ned til containerhavna siden det hendte at han gikk dit når han ikke hadde noe annet sted.»

«Det vet vel ikke jeg! Dette er uhørt, jeg ...»

«Selvfølgelig visste du det. Jeg viste dette bildet til oppsynsmannen som kjente igjen personen jeg spurte om.»

«Per?»

«Nei, deg. Du var der i sommer og spurte om du kunne få lete etter sønnen din i de tomme containerne.»

Holmen stirret på Harry som fortsatte:

«Du hadde planlagt det nokså nøye. En avbitertang til å komme deg inn, en tom container som var et plausibelt sted for en narkoman å ende sitt liv på og hvor ingen kunne høre eller se når du skjøt ham. Med pistolen som du visste at Pers mor kunne bevitne var hans.»

Halvorsen studerte Birger Holmen og holdt seg klar, men

Holmen gjorde ikke mine til å foreta seg noe som helst. Han pustet tungt gjennom nesen og klødde seg på underarmen mens han stirret tomt ut i rommet:

«Du kan ikke bevise noe av dette.» Han sa det i et resignert tonefall, som om det var et faktum han beklaget.

Harry slo ut med armene. I stillheten som fulgte kunne de høre lystig bjelleklang nede fra gaten.

«Den vil ikke gi seg den kløen, vil den vel?» sa Harry.

Holmen sluttet brått å klø seg.

«Kan vi få se hva det er som klør sånn?»

«Det er ingenting.»

«Vi kan gjøre det her eller på stasjonen. Ditt valg, Holmen.»

Bjelleklangen økte i intensitet. En slede, her, midt i byen? Halvorsen hadde en følelse av at noe var i ferd med å eksplodere.

«Greit,» hvisket Holmen, kneppet opp mansjettknappene og skjøv opp skjorteermet.

På den hvite, hårete underarmen var det to små sår med skorpe på. Huden rundt var farget hissig rød.

«Snu armen,» kommanderte Harry.

Holmen hadde ett tilsvarende sår på undersiden av armen.

«De klør fælt, sånne hundebitt, ikke sant?» sa Harry. «Særlig sånn etter ti til fjorten dagers tid når de begynner å gro. Det var en lege nede på Legevakta som fortalte meg det, at jeg måtte prøve å la være å klø på det. Det burde du også ha gjort, Holmen.»

Holmen stirret tomt på sårene sine. «Burde jeg?»

«Tre hull i huden. Med modellen av kjeven kan vi bevise at det er en viss hund nede på containerhavna som har bitt deg, Holmen. Håper du fikk tatt igjen litt.»

Holmen ristet på hodet. «Jeg ville ikke ... jeg ville bare befri henne.»

Bjellene ute på gaten forstummet brått.

«Vil du tilstå?» spurte Harry og signaliserte til Halvorsen som straks grep til innerlommen. Uten å finne verken penn eller papir. Harry himlet med øynene og la sin egen papirblokk foran ham.

«Han sa han var så sliten,» sa Holmen. «At han ikke orket mer. At nå ville han virkelig kutte. Så jeg søkte og fikk rom til ham på Heimen. En seng og tre måltider om dagen for tolv hundre kroner måneden. Og han var lovet plass på metadonprosjektet, det var bare snakk om et par måneders venting. Men så hørte jeg ikke noe fra ham, og da jeg ringte til Heimen, sa de at han bare hadde forsvunnet uten å betale husleie, og ... ja, så dukket han opp her igjen, da. Med den pistolen.»

«Og da bestemte du deg?»

«Han var fortapt. Jeg hadde alt mistet sønnen min. Og jeg kunne ikke la ham ta med seg henne også.»

«Hvordan fikk du tak i ham?»

«Ikke ved Plata. Jeg fant ham nede ved Eika og sa at jeg ville kjøpe pistolen av ham. Han hadde den på seg og viste den til meg, ville ha pengene med én gang. Men jeg sa at jeg ikke hadde penger, at han skulle møte meg ved porten på baksida av con-tainerhavna neste kveld. Vet dere, egentlig er jeg glad for at dere har ... jeg ...»

«Hvor mye?» avbrøt Harry.

«Hva?»

«Hvor mye skulle du betale?»

«Femten tusen kroner.»

«Og ...»

«Han kom. Det viste seg at han ikke hadde ammunisjon til våpenet, hadde aldri hatt det heller, sa han.»

«Men det ante deg tydeligvis, og det er jo standard kaliber, så det hadde du skaffet?»

«Ja.»

«Betalte du ham først?»

«Hva?»

«Glem det.»

«Det dere må skjønne er at det var ikke bare Pernille og jeg som led. For Per var hver dag bare en forlengelse av lidelsen. Min sønn var en død person som bare ventet på ... på at noen skulle stoppe det hjertet hans som ikke vil slutte å slå. En ... en ...»

«Frelser.»

«Ja, nettopp. En frelser.»

«Men det er ikke din jobb, Holmen.»

«Nei, det er Guds jobb.» Holmen bøyde hodet og mumlet noe.

«Hva?» sa Harry.

Holmen løftet hodet, men blikket skjøt ut i tomme luften uten å treffe noe. «Men når Gud ikke gjør jobben sin, må noen andre gjøre den.»

Ute i gaten hadde et brunt tussmørke lagt seg rundt de gule lysene. Selv midt på natten ble det aldri helt mørkt når snøen hadde lagt seg i Oslo. Lydene var pakket inn i bomull og knitringen i snøen under støvlene deres lød som fjernt fyrverkeri.

«Hvorfor tar vi ham ikke med?» spurte Halvorsen.

«Han har ikke tenkt seg noe sted, han har noe han må fortelle sin kone. Vi sender en bil om et par timer.»

«Litt av en skuespiller, han der.»

«Å?»

«Ja, var det ikke sånn at han holdt på å hulke ut innvollene sine da du kom med dødsbudskapet?»

Harry ristet oppgitt på hodet: «Du har mye å lære, junior.»

Halvorsen sparket irritert i snøen: «Opplys meg, o kloke.»

«Å begå et drap er en så ekstrem handling at mange fortrenger det, de kan gå rundt med det som et slags halvglemt mareritt. Jeg har sett det flere ganger. Det er først når noen andre sier det høyt at det går opp for dem at det ikke bare er noe som eksisterer i hodet deres, at det virkelig har skjedd.»

«Nåja. En kald fisk, i hvert fall.»

«Så du ikke at mannen var knust? Pernille Holmen hadde antagelig rett da hun sa at Birger Holmen er kjærlighetspersonen av dem.»

«Kjærlighet? En drapsmann?» Halvorsens stemme var kantete av indignasjon.

Harry la en hånd på betjentens skulder. «Tenk deg om. Er ikke det den ultimate kjærlighetshandling? Å gi sin enbårne sønn.»

«Men ...»

«Jeg vet hva du tenker, Halvorsen. Men du får bare venne

71

deg til det, dette er den type moralske paradokser som skal fylle dagene dine.»

Halvorsen dro i den ulåste bildøra, men den hadde frosset fast. Med et plutselig raseri røsket han til og døra slapp gummien i karosseriet med en spjærende lyd.

De satte seg inn, og Harry så på Halvorsen som vred om tenningsnøkkelen mens han knipset seg selv hardt i pannen med den andre hånden. Motoren startet med et brøl.

«Halvorsen …,» begynte Harry.

«Uansett, saken er løst og POB-en blir sikkert glad,» sa Halvorsen høyt og svingte ut i veien rett foran en tutende lastebil. Han holdt en stiv langfinger opp mot speilet. «Så la oss smile og feire litt, hva?» Han senket hånden og gjenopptok knipsingen i pannen.

«Halvorsen …»

«Hva er det?» bjeffet han.

«Kjør inn til siden av veien.»

«Hva?»

«Nå.»

Halvorsen svingte inn til fortauskanten, slapp rattet og stirret ut av frontruten med blanke øyne. På den tiden de hadde vært inne hos Holmen, hadde frostrosene rukket å krype innover bilglasset som et lynhurtig soppangrep. Halvorsens pust hveste mens brystet hans steg og sank.

«Noen dager er det en drittjobb,» sa Harry. «Ikke la det ta deg.»

«Nei,» sa Halvorsen, men pusten hans gikk enda tyngre.

«Du er deg, og de er dem.»

«Ja.»

Harry la en hånd på ryggen til Halvorsen og ventet. Etter en stund kjente han kollegaens pust roe seg.

«Tøffing,» sa Harry.

Ingen av dem snakket mens bilen møysommelig stanget seg gjennom ettermiddagstrafikken på vei ned til Grønland.

Kapittel 7.
Tirsdag 15. desember. Anonymiteten

Han sto på det høyeste punktet på Oslos travleste gågate, som var oppkalt etter den svensk-norske kongen Karl Johan. Han hadde memorert gatekartet han hadde skaffet seg på hotellet og visste at bygningen han så i silhuett mot vest var Det Kongelige Slott, og at i østenden lå Oslo Sentralstasjon.

Han skuttet seg.

Høyt oppe på en husvegg skinte minusgradene i rød neon, og selv den minste luftbevegelse føltes som en istid som beveget seg gjennom kamelhårsfrakken som han til nå hadde vært svært fornøyd med, særlig ettersom han hadde fått kjøpt den i London til en merkverdig lav pris.

Klokka ved siden av minusgradene viste nitten hundre. Han begynte å gå mot øst. Det så bra ut. Mørkt, mye mennesker og de eneste overvåkningskameraene han så, var på utsiden av to banker og rettet mot deres respektive minibanker. Han hadde allerede utelukket undergrunnsbanen som retrettalternativ på grunn av kombinasjonen av et stort antall overvåkningskameraer og lite mennesker. Oslo var mindre enn han hadde trodd.

Han gikk inn i en klesbutikk hvor han fant en blå lue til førtini kroner og en ulljakke til to hundre, men ombestemte seg da han fant en tynn regnjakke til hundre og tjue. Da han prøvde regnjakka i en omkledningsbås, oppdaget han at urinaltablettene fra Paris fortsatt var i lommen på dressjakka, pulverisert og delvis gnidd inn i stoffet.

Restauranten lå hundre meter lenger nede i gågaten, på venstre

JO NESBØ

side. Det første han konstaterte, var at den hadde selvbetjent garderobe. Godt, det gjorde det enklere. Han gikk inn i restaurantlokalet. Halvfullt. Og oversiktlig, han kunne se alle bordene fra der han sto. En servitør kom bort til ham, og han bestilte et bord ved vinduet til klokka seks neste dag.

Før han gikk, sjekket han toalettet. Det hadde ingen vinduer. Den eneste andre utgangen var altså gjennom kjøkkenet. Greit nok. Ingen steder var perfekte, og det var høyst usannsynlig at han kom til å trenge noen alternativ retrettvei.

Han forlot restauranten, så på klokka og begynte å gå nedover gågaten mot sentralstasjonen. Folk så ned og bort. En liten by, men likevel med storbyens kjølige avstand. Godt.

Han så på klokka igjen da han sto på perrongen for hurtigtoget til flyplassen. Seks minutter fra restauranten. Toget gikk hvert tiende minutt og brukte nitten. Altså kunne han være på toget klokka nittentjue og på flyplassen nittenførti. Direktefly til Zagreb gikk klokka tjueénti og billetten hadde han i lommen. Til SAS' kampanjepris.

Fornøyd gikk han fra den nye togterminalen, ned en trapp, under et glasstak som tydeligvis hadde vært den gamle avgangshallen, men hvor det nå var butikker, og ut på den åpne plassen. Jernbanetorget, hadde det stått på gatekartet. Midt på plassen var en tiger i dobbel størrelse frosset fast i steget, midt mellom trikkeskinner, biler og mennesker. Men han så ingen telefonautomater slik resepsjonisten hadde sagt. I enden av plassen, ved et leskur, sto en flokk mennesker. Han gikk nærmere. Flere av dem hadde stukket de hettekledde hodene sammen og snakket. Kanskje de kom fra samme sted, var naboer som sto og ventet på samme bussen. Men det minnet ham om noe annet. Han så ting skifte hender, magre menn haste bort med ryggen bøyd mot den isnende vinden. Og skjønte hva det var. Han hadde sett heroin bli handlet både i Zagreb og i andre byer i Europa, men ingen steder så åpenlyst som her. Så kom han på hva det minnet ham om. Flokkene han selv hadde stått i etter at serberne hadde dratt. Flyktninger.

Så kom en buss likevel. Den var hvit og stoppet et stykke fra

74

skuret. Dørene gikk opp, men ingen gikk på. I stedet kom en jente ut, kledd i en uniform han straks gjenkjente. Frelsesarmeen. Han gikk saktere.

Jenta gikk bort til en av kvinnene og hjalp henne på bussen. To menn fulgte etter.

Han stoppet og så på. En tilfeldighet, tenkte han. Ikke noe mer. Han snudde seg. Og der, på veggen til et lite tårn med klokker på, så han tre telefonautomater.

Fem minutter senere hadde han ringt Zagreb og fortalt henne at alt så greit ut.

«Den siste jobben,» hadde hun gjentatt.

Og Fred hadde fortalt at på Maksimar stadion ledet hans blå løver, Dinamo Zagreb, 1–0 over Rijeka ved pause.

Samtalen hadde kostet fem kroner. Klokkene på tårnet viste nittentjuefem. Nedtellingen hadde startet.

*

Lystgruppen holdt til i menighetshuset til Vestre Aker kirke.

Brøytekantene lå høyt på hver side av grusveien som gikk bort til det lille murhuset i skråningen ved siden av gravlunden. I et nakent møtelokale med plaststoler stablet langs veggene og et langbord i midten, satt fjorten mennesker. Hadde man kommet uforvarende inn i rommet, ville man kanskje gjettet på et all-mannamøte i et borettslag, men ingenting ved ansiktene, alder, kjønn eller klær røpet hva slags fellesskap dette var. Det harde lyset ble reflektert i vindusglassene og linoleumsdekket på gul-vet. Det ble mumlet lavt og fiklet med pappkrus. Det freste i en Farris-flaske som ble åpnet.

Presis klokka nitten stilnet småpraten da en hånd ved enden av langbordet ble løftet og ringte i en liten bjelle. Blikkene ble rettet mot en kvinne midt i trettiårene. Hun møtte deres med et direkte, uredd blikk. Hun hadde smale, strenge lepper som var malt mykere med leppestift, langt og tykt, lyst hår som var festet med en enkel hårspenne og store hender som nå hvilte rolig og selvsikkert på bordplaten. Hun var det som på norsk heter flott, som betyr at man har pene trekk uten å ha den ynden som kva-

lifiserer for det som på norsk kalles søt. Kroppsspråket hennes
signaliserte en beherskelse og styrke som ble understreket av den
stø stemmen som i neste øyeblikk fylte det kalde rommet:

«Hei, jeg heter Astrid og er alkoholiker.»

«Hei, Astrid!» svarte forsamlingen unisont.

Astrid bøyde ryggen i boka foran seg og begynte å lese:

«Den eneste betingelse for AA-medlemskap er ønsket om å
slutte å drikke.»

Hun fortsatte, og rundt bordet beveget leppene seg hos dem
som kunne De Tolv Tradisjoner utenat. I pausene da hun trakk
pusten, kunne man høre sangen fra menighetskoret som øvde i
etasjen over.

«I dag er temaet Det Første Trinnet,» sa Astrid. «Som lyder
slik: 'Vi innrømmer at vi var maktesløse overfor alkohol, og at vi
ikke lenger kunne mestre våre liv.' Jeg kan begynne, og jeg skal
være kort siden jeg regner meg som ferdig med det første trinnet.»

Hun trakk pusten og smilte skjevt.

«Jeg har vært edru i sju år og det første jeg gjør hver dag når
jeg våkner, er å fortelle meg selv at jeg er alkoholiker. Mine barn
vet det ikke, de tror bare at mamma pleide å bli veldig lett full
og sluttet å drikke fordi hun ble så sint når hun drakk. Mitt liv
trenger en passe dose sannhet og en passe dose løgn for å balan-
sere. Det kan gå til helvete, men jeg tar en dag av gangen, unngår
den første drinken og jobber for tiden med Det Ellevte Trinnet.
Jeg sier takk der.»

«Takk, Astrid,» smalt det fra forsamlingen, etterfulgt av klap-
ping mens koret lovpriste fra annen etasje.

Hun nikket til en høy mann med lyst, kortklipt hår til venstre
for seg.

«Hei, jeg heter Harry,» sa mannen med lett grumsete stemme.
Det fine nettet av røde blodårer på den kraftige nesen vitnet om
et langt liv utenfor de edrues rekker. «Jeg er alkoholiker.»

«Hei, Harry.»

«Jeg er fersk her, dette er mitt sjette møte. Eller sjuende. Og
jeg er ikke ferdig med Det Første Trinnet. Det vil si, jeg vet at
jeg er alkoholiker, men jeg tror jeg kan styre det. Så det er vel en

slags selvmotsigelse i at jeg sitter her. Men jeg kom hit på grunn
av et løfte til en psykolog, en venn som vil meg vel. Han påsto at
hvis jeg bare greide å holde ut pratet om Gud og det åndelige de
første ukene, så ville jeg oppdage at det virker. Vel, jeg vet ikke
om anonyme alkoholikere kan hjelpe seg selv, men jeg er villig
til å prøve. Hvorfor ikke?»

Han snudde seg mot venstre for å signalisere at han var fer-
dig. Men før klappingen kom ordentlig i gang, ble den avbrutt
av Astrid:

«Det er visst første gang du sier noe på møtene våre, Harry.
Så det er hyggelig. Men kanskje du vil fortelle litt mer siden du
er i gang?»

Harry så på henne. De andre også, siden det var et klart brudd
på metoden å legge press på noen i gruppen. Blikket hennes
holdt hans. Han hadde kjent blikket hennes på seg på de tidli-
gere møtene, men bare gjengjeldt det én gang. Da hadde han til
gjengjeld gitt henne fullt heisblikk, målt henne fra topp til tå og
opp igjen. Han hadde for så vidt likt det han så, men best hadde
han likt at da han returnerte til toppen var ansiktet hennes mar-
kant rødere. Og på neste møte hadde han vært luft.

«Nei takk,» sa Harry.

Nølende applaus.

Harry iakttok henne fra øyekroken mens nestemann snakket.

Etter møtet spurte hun hvor Harry bodde og sa at han kunne
sitte på i bilen med henne. Harry nølte mens koret i etasjen over
hyllet Herren insisterende.

En og en halv time senere røkte de hver sin sigarett i taushet
og så på røyken som farget soveromsmørket blått. Det våte lake-
net i Harrys smale seng var fortsatt varmt, men kulden i rommet
hadde fått Astrid til å trekke den tynne, hvite dynen helt opp til
haken.

«Det var deilig,» sa hun.

Harry svarte ikke. Han tenkte at det kanskje ikke var et spørs-
mål.

«Jeg kom,» sa hun. «Første gangen vi er sammen. Det er
ikke …»

77

«Så mannen din er lege?» sa Harry.

«Det er andre gangen du spør. Og svaret er fortsatt ja.»

Harry nikket. «Hører du den lyden?»

«Hvilken lyd?»

«Tikkingen. Er det klokka di?»

«Jeg har ikke klokke. Det må være din.»

«Digital. Tikker ikke.»

Hun la en hånd på hoftekammen hans. Harry gled ut av sengen. Den iskalde linoleumen sved mot fotsålene. «Vil du ha et glass vann?»

«M-m.»

Harry gikk inn på badet og så i speilet mens vannet rant. Hva var det hun hadde sagt, at hun så ensomhet i blikket hans? Han lente seg frem, men så ikke annet enn blå iris rundt små pupiller og deltaer av blodårer i det hvite. Da Halvorsen hadde skjønt at det var slutt med Rakel, hadde han sagt at Harry burde trøste seg med andre kvinner. Eller som han så poetisk hadde uttrykt det: pule av seg melankolien. Men Harry hadde verken orket eller villet. Fordi han visste at enhver kvinne han rørte, ville bli til Rakel. Og det han trengte var å glemme, å få henne ut av blodet, ikke noen kjærlighetens metadonbehandling.

Men kanskje han hadde tatt feil og Halvorsen hadde rett. For det føltes bra. Det *hadde* vært deilig. Og i stedet for den tomme følelsen av å ha forsøkt å stille et begjær ved å tilfredsstille et annet, kjente han seg ladet. Og samtidig avslappet. Hun hadde forsynt seg. Og han hadde likt måten hun gjorde det på. Kanskje kunne det være så enkelt som dette, også for ham?

Han gikk et skritt tilbake og så på kroppen sin i speilet. Han var blitt magrere det siste året. Mindre fett, men også mindre muskler. Han hadde begynte å ligne faren sin. Rimeligvis.

Han kom tilbake til sengen med et stort halvliterglass som de delte. Etterpå krøp hun inntil ham. Huden hennes var klam og kald til å begynne med, men etter en stund begynte den å varme ham.

«Nå kan du fortelle,» sa hun.

«Hva da?» Harry studerte røyken som snirklet seg til en bokstav.

«Hva het hun? For det er en 'hun' ikke sant?»

Bokstaven løste seg opp.

«Det er på grunn av henne du kom til oss.»

«Kanskje.»

Harry så gloen sakte spise opp sigaretten mens han fortalte. Først litt. Kvinnen ved siden av ham var en fremmed, det var mørkt, og ordene steg opp og løste seg opp, og han tenkte at det er slik det må være å sitte i en skriftestol. Å kaste det fra seg. Eller å overlate som de kalte det på AA. Så han fortalte mer. Han fortalte om Rakel som hadde kastet ham ut av huset for et års tid siden fordi hun mente at han var besatt av jakten på en muldvarp i politiet, Prinsen. Og om Oleg, sønnen hennes, som var blitt kidnappet fra gutterommet og brukt som gissel da Harry endelig hadde kommet på skuddhold av Prinsen. Oleg hadde greid seg bra, tatt i betraktning omstendighetene rundt kidnappingen og at han hadde vært vitne til at Harry hadde tatt livet av kidnapperen i en heis på Kampen. Det var verre for Rakel. To uker etter kidnappingen, da hun hadde fått alle detaljene, hadde hun fortalt ham at hun ikke kunne ha ham i livet sitt. Eller rettere sagt, i livet til Oleg.

Astrid nikket. «Hun gikk på grunn av skadene du hadde påført dem?»

Harry ristet på hodet. «På grunn av skadene jeg ikke hadde påført dem. Ennå.»

«Å?»

«Jeg sa at saken var avsluttet, men hun påsto at jeg var besatt, at det aldri kom til å være slutt så lenge de fremdeles var der ute.» Harry stumpet sigaretten i askebegeret på nattbordet. «Og var det ikke dem, så kom jeg til å finne noen andre. Noen andre som kunne skade dem. Hun sa at hun ikke kunne ta det ansvaret.»

«Høres ut som det er hun som er besatt.»

«Nei.» Harry smilte. «Hun har rett.»

«Jaså? Vil du utdype det?»

79

Harry trakk på skuldrene. «Ubåt ...,» begynte han, men ble stoppet av en kraftig hostekule.

«Hva sa du om ubåt?»

«Hun sa det. At jeg var en ubåt. Går ned der det er mørkt og kaldt og man ikke kan puste, og kommer til overflaten bare én gang hver annen måned. Hun ville ikke holde meg med selskap der nede. Rimelig nok.»

«Elsker du henne fortsatt?»

Harry var ikke sikker på om han likte retningen samtalen tok. Han trakk pusten dypt. I hodet spilte han av resten av den siste samtalen han hadde hatt med Rakel. Hans egen stemme, lav, slik den pleide å bli når han var sint eller redd: «Ubåt, hva?»

Rakels stemme: «Jeg vet det er et dårlig bilde, men du skjønner ...»

Harry holder hendene opp: «For all del. Glimrende bilde. Og hva er denne ... legen? Et hangarskip?»

Hun stønner: «Han har ikke noe å gjøre med dette, Harry. Det handler om deg og meg. Og om Oleg.»

«Ikke skyv Oleg foran deg nå.»

«Skyv ...»

«Du bruker ham som gissel, Rakel ...»

«Bruker JEG ham som gissel? Var det jeg som kidnappet Oleg og presset en pistol mot tinningen hans for at DU skulle få stilt hevntørsten din?»

Blodårene på halsen hennes står ut og hun skriker så stemmen blir stygg, en annens stemme, hun selv har ikke stemmebånd til å bære et slikt raseri. Harry går og lukker døra mykt, nesten lydløst bak seg.

Han snudde seg mot kvinnen i sengen sin: «Ja, jeg elsker henne. Elsker du din mann, legen?»

«Ja.»

«Så hvorfor dette?»

«Han elsker ikke meg.»

«Mm. Så nå hevner du deg?»

Hun så forbauset på ham. «Nei. Jeg er bare ensom. Og så

har jeg lyst på deg. De samme grunnene som deg, skulle jeg tro. Skulle du ønske at det var mer komplisert?»

Harry lo. «Nei. Nei, det er helt fint.»

«Hvordan drepte du ham?»

«Hvem?»

«Er det flere? Kidnapperen, vel.»

«Det er ikke viktig.»

«Kanskje ikke, men jeg kunne tenke meg å høre deg fortelle ...» Hun la hånden mellom beina hans, smøg seg inntil ham og hvisket i øret hans. «... detaljene.»

«Det tror jeg ikke.»

«Du tar feil.»

«OK, men jeg liker ikke ...»

«Å, kom igjen!» hveste hun irritert og klemte lemmet hans hardt. Harry så på henne. Øynene hennes funklet harde og blå i mørket. Hun skyndte seg å smile, og la til med sukkersøt stemme: «For min skyld.»

Utenfor soveromsvinduet fortsatte temperaturen å falle og fikk takene på Bislett til å knake og synge mens Harry fortalte henne detaljene og kjente hvordan hun først stivnet til, så trakk hånden til seg og til slutt hvisket at det var nok.

Etter at hun hadde gått, ble Harry stående i soverommet og lytte. Til knakingen. Og tikkingen.

Så bøyde han seg over jakka som var blitt slengt på gulvet sammen med de andre klærne i stormløpet fra inngangsdøra og inn hit. I lommen fant han kilden. Bjarne Møllers avskjedsgave. Det blinket i glasset på klokka.

Han la den i skuffen på nattbordet, men tikkingen fulgte ham hele veien ned til drømmeland.

*

Han tørket overflødig olje av våpendelene med et av hotellets hvite håndklær.

Trafikken utenfra nådde ham som en jevn buldring som overdøvet den vesle TV-en i hjørnet som bare hadde tre kanaler med kornete bilder og snakket det han antok var norsk. Piken i

81

resepsjonen hadde tatt imot jakka hans og lovet at den skulle være renset til i morgen tidlig. Han la våpendelene ved siden av hverandre oppå en avis. Da alle delene var tørket av, satte han pistolen sammen, rettet den mot speilet og trakk av. Det klikket glatt og han kunne kjenne bevegelsen av stål forplante seg til hånden og armen. Det tørre avtrekket. Den falske henrettelsen.

Det var slik de hadde forsøkt å knekke Bobo.

I november 1991, etter tre måneders sammenhengende beleiring og bombardering, hadde Vukovar endelig kapitulert. Regnet hadde høljet ned mens serberne marsjerte inn i byen. Sammen med restene av Bobos avdeling på rundt åtti dødstrette, utsultede kroatiske krigsfanger var han blitt kommandert til å stå på geledd foran ruinene i det som hadde vært hovedgaten i byen deres. Serberne hadde sagt at de ikke fikk røre på seg og hadde selv trukket inn i sine oppvarmede telt. Regnet hadde falt så hardt at det hadde fått gjørmen til å skumme. Etter to timer hadde de første begynt å falle. Da Bobos løytnant hadde gått ut av rekken for å hjelpe en av dem som hadde falt i gjørmen, kom en ung serbisk menig – bare en gutt – ut fra teltet og skjøt løytnanten i magen. Etter det rørte ingen seg, stirret bare på regnet som visket ut åsene rundt dem og håpet at løytnanten snart skulle slutte å skrike. Selv begynte han å gråte, men så hørte han Bobos stemme bak seg: «Ikke gråt.» Og han stoppet.

Det var blitt ettermiddag og skumring da en åpen jeep hadde ankommet. Serberne i teltet hadde stormet ut og gjort honnør. Han skjønte at mannen i passasjersetet måtte være kommandanten, «Steinen med den myke stemmen» som han ble kalt. Bak i jeepen satt en mann i sivilt med bøyd hode. Jeepen parkerte rett foran avdelingen og siden han selv sto i første rad, hørte han kommandanten be sivilisten se på krigsfangene. Han kjente straks igjen sivilisten da denne motstrebende løftet hodet. Det var en av Vukovars egne innbyggere, faren til en gutt på skolen deres. Farens blikk gled langs rekkene, nådde ham, men han så ingen tegn til gjenkjennelse og blikket fortsatte. Kommandanten sukket, reiste i jeepen og skrek uten myk stemme over regnet: «Hvem av dere er det som går under kodenavnet den lille frelseren?»

Ingen i avdelingen rørte seg.

«Tør du ikke stå frem, *Mali spasitelj?* Du som har sprengt tolv av våre stridsvogner og tatt fra våre kvinner deres ektemenn og gjort serbiske barn farløse?»

Han ventet.

«Neivel. Hvem av dere er Bobo?»

Heller ikke nå rørte noen seg.

Kommandanten så på sivilisten som rettet en skjelvende peke-finger mot Bobo i andre rekke.

«Tre frem,» ropte kommandanten.

Bobo gikk de få skrittene frem til jeepen og sjåføren som hadde gått ut og stilt seg ved siden av kjøretøyet. Da Bobo stilte seg i rett og gjorde honnør, slo sjåføren av ham luen, som landet i gjørmen.

«Vi har forstått av radiosambandet at den lille frelseren er under din kommando,» sa kommandanten. «Vennligst pek ham ut for meg.»

«Jeg har aldri hørt om noen frelser,» sa Bobo.

Kommandanten løftet en pistol og slo. En rød streng av blod sto ut fra Bobos nese.

«Fort, jeg blir våt og middagen er klar.»

«Jeg er Bobo, kaptein i den kroatiske hæ…»

Kommandanten nikket til sjåføren som dro Bobo i håret så ansiktet vendte opp og regnet vasket bort blodet som rant fra nesen og munnen og ned i det røde halstørkleet.

«Tosk!» sa kommandanten. «Det finnes ingen kroatisk hær, bare forrædere! Du kan velge å henrettes her og nå eller å spare oss for tid. Vi kommer til å finne ham uansett.»

«Og du kommer til å henrette oss uansett,» stønnet Bobo.

«Selvfølgelig.»

«Hvorfor?»

Kommandanten tok ladegrep på pistolen sin. Regndråpene falt fra skjeftet. Han satte løpet mot Bobos tinning. «Fordi jeg er serbisk offiser. Og en mann må respektere sitt arbeid. Er du klar til å dø?»

Bobo knep øynene sammen, regndråpene hang i øyevippene hans.

«Hvor er den lille frelseren? Jeg teller til tre, så skyter jeg. En ...»

«Jeg er Bobo ...»

«To!»

«... kaptein i den kroatiske hæren, jeg ...»

«Tre!»

Selv i det hamrende regnet lød det tørre klikket som et smell.

«Unnskyld, jeg hadde visst glemt å sette i magasinet,» sa kommandanten.

Sjåføren rakte kommandanten et magasin. Han førte det inn i skjeftet, ladet og løftet pistolen igjen.

«Siste sjanse! En!»

«Jeg ... min ... avdeling er ...»

«To!»

«... første infanteribataljon i ... i ...»

«Tre!»

Nytt tørt klikk. Et hulk unnslapp faren i baksetet.

«Heisan! Tomt magasin. Skal vi prøve et med sånne blanke, fine patroner i?»

Magasin ut, nytt inn, ladegrep.

«Hvor er den lille frelseren? En!»

Bobos mumling: «*Oče naš* ...» «Fader vår ...»

«To!»

Himmelen hadde åpnet seg, regnet falt med et brøl som i et desperat forsøk på å stoppe det menneskene holdt på med, og synet av Bobo hadde gjort at han ikke hadde greid det lenger, men åpnet munnen for å skrike at det var han, det var han som var den lille frelseren, det var ham de ville ha, ikke Bobo, bare ham, hans blod kunne de få. Men i det samme gled Bobos blikk over og forbi ham og han så den ville, intense bønnen i dem, så ham riste på hodet. Så gikk det et rykk gjennom Bobo da kulen kuttet forbindelsen mellom kropp og sjel, og han så blikket slukne og tømmes for liv.

«Du,» ropte kommandanten og pekte på en av mennene i første rekke. «Din tur. Kom hit!»

I det samme kom den unge serbiske offiseren som hadde skutt løytnanten, løpende.

«Det skytes oppe ved sykehuset,» sa han.

Kommandanten bannet og vinket på sjåføren. I neste øyeblikk hadde motoren startet med et brøl og jeepen var forsvunnet i skumringen. Han hadde kunnet fortelle dem at det ikke var noen grunn for serberne til å være urolige. For det var ingen kroater på sykehuset som kunne skyte. De hadde ikke våpen.

De hadde latt Bobo ligge der han lå med ansiktet ned i den svarte gjørmen. Og da det var blitt så mørkt at serberne i teltet ikke lenger kunne se dem, hadde han gått frem, bøyd seg over den døde kapteinen, løsnet knuten og nappet det røde halstørkleet til seg.

Kapittel 8.
Onsdag 16. desember. Måltidet

Klokka var åtte om morgenen, og det som skulle bli den kaldeste sekstende desember i Oslo på tjuefire år, var fortsatt nattemørk. Harry gikk fra Politihuset etter å ha kvittert ut nøkkelen til Tom Waalers leilighet hos Gerd. Han gikk med oppslått frakkekrage, og når han hostet, var det som om lyden forsvant inn i bomull, som om kulden hadde gjort luften tung og kompakt.

Menneskene i morgenrushet sjokket bortover fortauene, de kunne ikke komme seg fort nok i hus, men Harry gikk med seige, lange steg og sviktet lett i knærne i tilfelle gummien under Doktor Martens-støvlene skulle gi slipp på stålisen.

Da han låste seg inn i den sentralt beliggende ungkarsleiligheten til Tom Waaler, hadde himmelen bak Ekebergåsen så vidt bleknet. Leiligheten hadde vært sperret av i ukene etter at Waaler døde, men etterforskningen hadde ikke gitt dem noen spor som pekte mot eventuelle medsammensvorne i våpensmuglingen. Det var i hvert fall det Kriminalsjefen hadde sagt da han informerte om at saken ville få lavere prioritet på grunn av «andre presserende etterforskningsoppgaver».

Harry tente lys i stuen og slo igjen fast at det er en egen stillhet i dødsbo. På veggen foran det glinsende, svarte skinnmøblementet hang en gedigen plasma-TV med meterhøye høyttalersøyler på hver side som tydeligvis var en del av surroundanlegget i leiligheten. På veggene hang flere bilder med kubeaktige mønster i blått, det Rakel kalte linjal- og passerkunst.

Han gikk inn på soverommet. Grått lys sivet inn gjennom

vinduet. Rommet var ryddig. På skrivebordet sto en PC-skjerm, men han så ikke noe kabinett. De hadde vel vært og tatt det for å sjekke det for spor. Men han hadde ikke sett det blant bevis-materialet på Politihuset. Selv var han blitt nektet enhver befat-ning med saken. Den offisielle forklaringen var at han var under etterforskning av SEFO for drapet på Waaler. Men han greide ikke å kvitte seg med tanken på at det var noen blant dem som ikke var tjent med at alle steiner ble snudd.

Harry skulle til å gå ut fra soverommet da han hørte det.

Det var ikke lenger helt stille i dødsboet.

En lyd, en fjern tikking prikket mot huden hans og fikk hårene på armen til å reise seg. Det kom fra klesskapet. Han nølte. Så åpnet han skapdøra. På gulvet rett innenfor sto en åpen pappkar-tong og han gjenkjente straks jakka Waaler hadde hatt på seg den natten på Kampen. Øverst, oppå jakka, lå et armbåndsur og tikket. Tikket slik det hadde gjort etter at Tom Waaler hadde kjørt armen sin gjennom vinduet i heisdøra, inn i heisen til dem, og heisen hadde begynt å gå og hadde kuttet av armen hans. Og de hadde sittet i heisen etterpå med armen liggende mellom seg, voksaktig og død, som en avrevet del av en utstillingsdukke, bare med den pussige forskjellen at denne hadde en klokke. En klokke som tikket, som nektet å stoppe, men levde, som den historien faren hadde lest da Harry var liten, den om lyden av den dreptes bankende hjerte som ikke ville stoppe og til slutt drev drapsmannen til vanvidd.

Det var en distinkt tikkelyd, energisk, intens. En slik tikkelyd man husker. Det var et Rolex-ur. Tungt og helt sikkert avsindig dyrt.

Harry smelte skapdøra hardt igjen. Trampet tungt mot ut-gangsdøra så ekkoet ble kastet mellom veggene. Raslet høyt med nøkkelknippet da han låste og nynnet frenetisk til han var ute på gaten hvor den velsignede trafikken overdøvet alt.

*

Klokka tre falt skyggene alt lange på Kommandør T.I. Øgrims plass 4, og lysene hadde begynt å komme på i vinduene i Frelses-

armeens hovedkvarter. Klokka fem var det mørkt, og kvikksøl-
vet hadde krøpet under femten minus. Noen enslige, forvillede
snøfnugg falt på taket på den komisk lille bilen Martine Eckhoff
satt og ventet i.

«Kom nå da, pappa,» mumlet hun mens hun engstelig kikket
på batterimåleren. Hun var ikke sikker på hvordan den elektriske
bilen – som armeen hadde fått i gave av Kongehuset – ville opp-
føre seg i kulden. Hun hadde husket alt før hun hadde låst kon-
toret; lagt ut på nettet beskjedene om nye og avlyste korpsmøter,
ajourført vaktlistene for suppebussen og gryta på Egertorget og
lest korrektur på svarbrevet til Statsministerens kontor om den
årlige julekonserten i Konserthuset.

Bildøra gikk opp og inn veltet kulden og en mann med tett,
hvitt hår under uniformsluen og de klareste, blå øynene Martine
visste om. I hvert fall på en som var over seksti. Med en viss
møye fikk han stablet beina i det trange rommet mellom setet
og dashbordet.

«Da kjører vi,» sa han og børstet snø av kommandørdistinksjo-
nene som fortalte at han var Frelsesarmeens øverste sjef i Norge.
Det ble sagt med den munterhet og uanstrengte autoritet som
er naturlig for mennesker som er vant til at deres beskjeder blir
fulgt.

«Du er sen,» sa hun.

«Og du en engel.» Han klappet henne på kinnet med utsiden
av hånden og de blå øynene hans lyste av energi og morskap. «La
oss forte oss nå.»

«Pappa …»

«Et øyeblikk.» Han rullet ned bilruten. «Rikard!»

En ung mann sto foran inngangen til Templet som lå ved siden
av og under samme tak som Hovedkvarteret. Han rykket til og
skyndte seg straks mot dem, kalvbeint og med armene presset
inntil kroppen. Han skled, holdt på å falle, men flakset seg til-
bake i balanse. Da han sto ved siden av bilen, var han allerede
andpusten:

«Ja, kommandør?»

«Kall meg David som alle andre, Rikard.»

«Ja vel. David.»

«Men ikke i hver setning, er du snill.»

Blikket til Rikard hoppet fra kommandør David Eckhoff til hans datter Martine og tilbake igjen. Han strøk to fingre over den svette overleppen. Martine hadde ofte lurt på hvordan det kunne ha seg at et menneske kunne svette så intenst på ett bestemt sted på kroppen, uansett vær- og vindforhold. Men særlig når han kom og satte seg ved siden av henne under gudstjeneste eller andre steder og hvisket noe til henne, noe som skulle være morsomt og som kanskje kunne ha vært det om det ikke var for den litt for dårlig kamuflerte nervøsiteten, det litt for intense nærværet. Og – altså – den svette overleppen. Av og til når Rikard satt så nær henne og det var stille rundt dem, kunne hun høre en raspende lyd når han dro fingrene over overleppen. For i tillegg til å produsere svette, produserte Rikard Nilsen skjegg, uvanlig mye skjegg. Han kunne komme til Hovedkvarteret om morgenen, nybarbert og glatt som et barn, men allerede etter lunsj ville den hvite huden hans ha fått et blåskjær, og hun hadde ofte sett at når han kom på møter om kvelden, hadde han barbert seg igjen.

«Jeg spøker med deg, Rikard,» smilte David Eckhoff.

Martine visste at de ikke var ondt ment, disse spillene til faren hennes. Men av og til var det som om han var ute av stand til å se at han herset med folk.

«Å ja,» sa Rikard og greide å prestere en latter. Han bøyde seg ned. «Hei, Martine.»

«Hei, Rikard,» sa Martine og lot som hun var opptatt av batterimåleren.

«Jeg lurer på om du kunne gjøre meg en tjeneste,» sa kommandøren. «Det er blitt så mye is på veiene de siste dagene og bilen min har bare piggfrie vinterdekk. Jeg burde ha skiftet, men jeg skal ned på Fyrlyset ...»

«Jeg vet det,» sa Rikard ivrig. «Du skal spise middag med sosialministeren. Vi håper det kommer mye presse. Jeg snakket med informasjonssjefen.»

David Eckhoff smilte overbærende. «Det er bra du følger med, Rikard. Poenget er at bilen min står i garasjen her, og at jeg gjerne hadde sett at det var piggdekk på den til jeg kom tilbake. Du skjønner …»

«Ligger piggdekkene i bagasjerommet?»

«Ja. Men dette er bare om du ikke har noe viktigere fore. Jeg var akkurat i ferd med å ringe Jon, han har sagt han kan …»

«Nei, nei,» sa Rikard og ristet kraftig på hodet. «Dette fikser jeg med en gang. Stol på meg, eh … David.»

«Er det sikkert?»

Rikard så forfjamset på kommandøren. «At du kan stole på meg?»

«At du ikke har noe viktigere fore.»

«Ja visst, dette er bare hyggelig. Jeg liker å stelle med biler og … og …»

«Skifte dekk?»

Rikard svelget og nikket til kommandørens brede smil.

Da ruten gled opp og de svingte ut fra plassen, sa Martine at hun syntes det var dårlig gjort av faren å utnytte Rikards tjenestevillighet.

«Underdanighet, mener du vel,» svarte faren. «Slapp av, kjære deg, det er bare en test.»

«En test? På offerviljen eller på autoritetsfrykten?»

«Det siste,» sa kommandøren og humret. «Jeg snakket med Rikards søster Thea og hun fortalte meg tilfeldigvis at Rikard strever med å få ferdig budsjettet til deadline i morgen. I tilfelle burde han prioritere det og overlate dette til Jon.»

«Og så? Kanskje Rikard bare er snill.»

«Ja, han er snill og flink, Rikard. Arbeidsom og seriøs. Jeg vil bare være sikker på at han har ryggraden og motet som kreves for en viktig lederjobb.»

«Alle sier at det er Jon som kommer til å få jobben.»

David Eckhoff så ned på hendene sine og smilte nesten umerkelig. «Gjør de? Jeg setter forresten pris på at du forsvarer Rikard.»

Martine tok ikke øynene av veien, men følte farens blikk på seg da han fortsatte: «Familiene våre har vært venner i mange år, vet du. Det er bra mennesker. Med solid forankring i armeen.»

Martine pustet dypt for å stagge irritasjonen.

*

Jobben krevde bare én kule.

Likevel skjøv han alle patronene inn i magasinet. For det første fordi våpenet var i fullkommen balanse bare når magasinet var fullt. Og fordi det minimerte sjansene for funksjonsfeil. Seks i magasinet pluss en i kammeret.

Så tok han på seg skulderhylsteret. Han hadde kjøpt det brukt, og læret var mykt og luktet salt og bittert av hud, olje og svette. Pistolen satt som den skulle. Han stilte seg foran speilet, tok på jakka. Pistolen vistes ikke. Større pistoler ga bedre presisjon, men det var ikke presisjonsskyting han skulle bedrive. Han tok på regnjakka. Så frakken. Dyttet luen ned i lommen og kjente etter at det røde halstørkleet lå i innerlommen.

Han så på klokka.

*

«Ryggrad,» sa Gunnar Hagen. «Og mot. Det er to av egenskapene jeg anser som viktigst hos mine førstebetjenter.»

Harry svarte ikke. Han tenkte at det kanskje ikke var et spørsmål. I stedet så han seg om på kontoret der han så ofte hadde sittet akkurat som nå. Men bortsett fra settingen, POB-forteller-førstebetjent-hvordan-ting-egentlig-henger-sammen, var alt endret. Borte var Bjarne Møllers stabler med papirer, samlebøkene med Donald Duck & Co. som var klemt mellom jus og politiinstrukser i hyllen, det store bildet av familien og det enda større av en golden retriever som barna hadde fått og for lengst glemt ettersom den hadde vært død i ni år, men som Bjarne Møller fremdeles sørget over.

Tilbake var en ren bordflate med kun en PC-skjerm og tastatur, en liten sølvsokkel med et lite stykke kritthvitt bein og Gunnar Hagens albuer som han i dette øyeblikk lente seg på mens han fikserte blikket sitt på Harry fra under sine takmøner av noen øyebryn.

«Men det er en tredje egenskap som jeg anser som enda viktigere, Hole. Kan du gjette hva det er.»

91

«Nei,» sa Harry uten tonefall.

«Disiplin. *Di-si-plin.*»

POB-ens oppdeling av ordet gjorde at Harry halvt ventet en lingvistisk forelesning om ordets opphav. I stedet reiste Hagen seg og begynte å spankulere frem og tilbake med hendene på ryggen, en form for markering av revir som Harry alltid hadde funnet en smule komisk.

«Jeg har denne samtalen med alle på avdelingen for å gjøre det klart ansikt til ansikt hva jeg forventer meg.»

«Avsnittet.»

«Hva behager?»

«Det har aldri hett avdeling. Selv om det tidligere het politi-avdelingssjef. Bare til opplysning.»

«Takk, jeg er på det rene med det, førstebetjent. Hvor var jeg?»

«*Di-si-plin.*»

Hagen boret øynene sine i Harry. Denne fortrakk ikke en mine, så POB-en gjenopptok spankuleringen.

«De siste ti årene har jeg forelest ved Krigsskolen. Mitt spesialfelt var Burmakrigen. Jeg tipper at det overrasker deg å høre at det har sterk relevans for min jobb her, Hole.»

«Vel.» Harry klødde seg på leggen. «Du leser meg som en åpen bok der, sjef.»

Hagen strøk en pekefinger over vinduskarmen og studerte fingertuppen misbilligende. «I 1942 erobret knappe hundre tusen japanske soldater Burma. Burma var dobbelt så stort som Japan og på det tidspunktet besatt av britiske tropper som var japanerne langt overlegne i både antall og våpenstyrke.» Hagen løftet den tilsmussede pekefingeren. «Men det var ett område hvor japanerne var overlegne og som gjorde det mulig for dem å kjeppjage britene og de indiske leiesoldatene. Disiplin. Da japanerne marsjerte mot Rangoon, gikk de i førtifem minutter og sov i femten. La seg rett ned på veien med ryggsekkene på og føttene i marsjretning. Slik at de ikke skulle gå i grøfta eller i motsatt retning når de våknet. Retning er viktig, Hole. Skjønner du, Hole?»

Det ante Harry hva som skulle komme. «Jeg skjønner at de antagelig kom seg til Rangoon, sjef.»

«Det gjorde de. Alle sammen. Fordi de gjorde som de fikk beskjed om. Jeg har akkurat fått kunnskap om at du har signert ut nøklene til leiligheten til Tom Waaler. Medfører dette riktighet, Hole?»

«En liten kikk, sjef. Av rent terapeutiske årsaker.»

«Det håper jeg. Den saken er begravd. Å snoke rundt i Waalers leilighet er ikke bare bortkastet tid, men strider mot ordre du tidligere har fått av Kriminalsjefen og som du nå får av meg. Jeg tror ikke jeg behøver å utbrodere konsekvensene av ordrenekt, bare nevne at japanske offiserer skjøt sine soldater for å drikke vann utenfor drikketidene. Ikke av sadisme, men fordi disiplin handler om å skjære bort kreftsvulstene med én gang. Er jeg klar, Hole?»

«Klar som ... tja, som noe som er veldig klart, sjef.»

«Det var alt i denne omgang, Hole.» Hagen satte seg i stolen, tok et papir ut av skuffen og begynte å lese med en innlevelse som om Harry alt hadde forlatt kontoret. Og så forbauset ut da han løftet hodet og så at Harry fortsatt satt foran ham.

«Noe mer, Hole?»

«Mm, bare noe jeg lurte på. Var det ikke sånn at japanerne tapte krigen?»

Gunnar Hagen ble sittende og stirre blindt ned på arket lenge etter at Harry hadde gått.

*

Restauranten var halvfull. Akkurat som dagen før. Han ble møtt i døra av en ung, pen kelner med blå øyne og lyse krøller. Han lignet slik på Giorgi at han et øyeblikk bare ble stående og se på ham. Og skjønte at han var blitt avslørt da det bredte seg et smil på kelnerens lepper. Mens han hengte av seg frakken og regnjakka i garderoben, kjente han kelnerens blikk på seg.

«*Your name?*» spurte kelneren, og han mumlet sitt svar.

Kelneren førte en lang, smal finger nedover siden i bestillingsboka før den stoppet.

«*I got my finger on you now,*» sa kelneren og de blå øynene holdt blikket hans til han kjente at han rødmet.

Det så ikke ut som en spesielt eksklusiv restaurant, men hvis ikke hoderegningen sviktet ham, var prisene i menyen hinsides fornuft. Han bestilte pasta og et glass vann. Han var sulten. Og hjertet banket jevnt og rolig. De andre menneskene i restauranten snakket, smilte og lo som om ingenting kunne hende dem. Det hadde alltid forundret ham at det ikke var synlig, at han ikke fikk en svart glorie, at det ikke sto en kulde – eller en stank av forråtnelse – ut fra ham.

Eller rettere sagt, at ingen *andre* merket det.

Utenfor spilte rådhusklokka sine tre toner seks ganger.

*

«Hyggelig sted,» sa Thea og så seg rundt. Restauranten var oversiktlig, og bordet deres hadde utsikt mot gågaten utenfor. Fra skjulte høyttalere rislet knapt hørbar, meditativ new age-musikk.

«Jeg ville at det skulle være spesielt,» sa Jon og så i menyen. «Hva vil du ha å spise?»

Theas blikk hoppet planløst nedover menysiden. «Først må jeg ha noe vann.»

Thea drakk mye vann. Jon visste at det hadde noe med sukkersyken og nyrene å gjøre.

«Det er sannelig ikke lett å bestemme seg,» sa hun. «Alt her ser jo godt ut.»

«Men man kan ikke spise alt på menyen.»

«Nei …»

Jon svelget. Ordene hadde bare glippet ut av ham. Han gløttet opp. Thea hadde tydeligvis ikke merket noe.

Plutselig løftet hun hodet: «Hva mente du egentlig med det?»

«Med hva?» spurte han lett.

«Alt på menyen. Du prøvde å si noe. Jeg kjenner deg, Jon. Hva er det?»

Han trakk på skuldrene. «Vi ble jo enige om at før vi forlover oss, skulle vi fortelle hverandre alt, ikke sant?»

«Ja?»

«Er du sikker på at du har fortalt meg … alt?»

Hun sukket oppgitt. «Jeg er sikker, Jon. Jeg har ikke vært sammen med noen. Ikke på … *den* måten.»

Men han så noe i blikket hennes, noe i ansiktet han ikke hadde sett før. En muskel som trakk seg sammen ved munnen, noe som ble svart i øynene, som en blenderåpning som lukkes. Og han greide ikke la være: «Ikke med Robert heller?»

«Hva?»

«Robert. Jeg husker jo at dere to flørtet den første sommeren på Østgård.»

«Jeg var fjorten år, Jon!»

«Hva så?»

Blikket hennes stirret først vantro på ham. Så snudde det liksom innover, sluknet og hun ble borte for ham. Jon grep hånden hennes med begge sine, lente seg frem og hvisket:

«Unnskyld, unnskyld, Thea. Jeg vet ikke hva som kom over meg. Jeg ... Kan vi glemme at jeg spurte?»

«Har dere bestemt dere?»

Begge så opp på kelneren.

«Ferske asparges til forrett,» sa Thea og rakte ham menyen. «Chateaubriand med steinsopp til hovedrett.»

«Godt valg. Tør jeg anbefale en deilig og rimelig rødvin vi akkurat har fått inn?»

«Det tør du nok, men vann er fint,» sa hun med et strålende smil. «Mye vann.»

Jon så på henne. Beundret hennes evne til å skjule hva hun følte.

Da kelneren hadde gått, rettet Thea blikket mot Jon: «Hvis du er ferdig med å forhøre meg, hva med deg selv?»

Jon smilte tynt og ristet på hodet.

«Du hadde aldri noen kjæreste, du,» sa hun. «Ikke engang på Østgård.»

«Og vet du hvorfor?» sa Jon og la hånden sin oppå hennes.

Hun ristet på hodet.

«Fordi jeg ble forelsket i ei jente den sommeren,» sa Jon og fant blikket hennes igjen. «Hun var bare fjorten år. Og jeg har vært forelsket i henne siden.»

Han smilte og hun smilte, og han kunne se at hun kom frem igjen fra gjemmestedet sitt, kom dit han var.

*

«Nydelig suppe,» sa sosialministeren henvendt til kommandør David Eckhoff. Men høyt nok til at også den fremmøtte pressen fikk det med seg.

«Vår egen oppskrift,» sa kommandøren. «Vi ga ut en kokebok for et par år siden som vi tenkte statsråden kanskje ...»

På signal fra sin far gikk Martine frem til bordet og la boka ved siden av ministerens suppetallerken.

«... kunne ha nytte av hvis han ønsker et godt og næringsrikt måltid på hybelen sin.»

De få journalistene og fotografene som var møtt frem på Fyrlysets kafé humret. Ellers var det glissent der inne, bare et par eldre karer fra Heimen, en forgrått dame i kåpe og en skadet rusmisbruker som blødde fra pannen og skalv som et aspeløv fordi han grudde seg til å gå opp til Feltpleien, sykestuen i annen etasje. Ikke så rart det var få, Fyrlyset var vanligvis ikke åpent på denne tiden. Men dessverre hadde ikke et formiddagsbesøk passet inn i sosialministerens kalender, så da fikk han ikke sett hvor fullt det vanligvis var der. Alt dette forklarte kommandøren. Og hvor effektivt det ble drevet og hvor mye det kostet. Sosialministeren nikket og nikket mens han pliktskyldigst førte en skje til med suppe inn i munnen.

Martine så på klokka. Kvart på sju. Ministerens sekretær hadde sagt nitten null null. Da måtte de gå.

«Takk for mat,» sa sosialministeren. «Rekker vi å hilse på noen av gjestene?»

Statssekretæren nikket.

Koketteri, tenkte Martine. Selvfølgelig rekker de en hilserunde, det er jo derfor de er her. Ikke for å bevilge penger, det kunne de gjort over telefonen. Men for å kunne invitere pressen og vise frem en sosialminister som beveger seg blant de trengende, som spiser suppe, håndhilser på rusmisbrukere og lytter empatisk og engasjert.

Pressetalskvinnen signaliserte til fotografene at de kunne ta bilder. Eller rettere sagt, at hun helst så at de tok bilder.

Sosialministeren reiste seg og kneppet igjen jakka mens han så seg rundt i lokalet. Martine gjettet på hvordan han vurderte sine tre alternativer: De to eldre karene så ut som vanlige beboere på et gamlehjem og ville ikke tjene hensikten: ministeren hilser på narkomane sånn eller prostituerte slik. Den skadde rusmisbrukeren så utilregnelig ut og ble uansett for mye av det gode. Men kvinnen ... Hun så ut som en vanlig borger, en slik alle kunne identifisere seg med og gjerne ville hjelpe, aller helst etter at de hadde fått den hjerteskjærende historien hennes.

«Setter De pris på å kunne komme hit?» spurte sosialministeren og rakte frem hånden.

Kvinnen så opp på ham. Ministeren sa navnet sitt.

«Pernille ...,» begynte kvinnen, men ble avbrutt av ministeren.

«Fornavnet er nok, Pernille. Det er presse til stede her, vet du. De vil gjerne ha et bilde, er det greit for deg?»

«Holmen,» sa kvinnen og snufset i lommetørkleet. «Pernille Holmen.» Hun pekte på bordet hvor et lys brant foran et av bildene. «Jeg er her for å minnes sønnen min. Kan dere vennligst la meg være i fred?»

Martine ble stående ved kvinnens bord mens sosialministeren med følge trakk seg raskt tilbake. Hun noterte at de gikk for de to eldre likevel.

«Jeg er lei meg for det som skjedde med Per,» sa Martine lavt.

Kvinnen så opp på henne med et ansikt som var hovent av gråt. Og piller, tenkte Martine.

«Kjente du Per?» hvisket hun.

Martine foretrakk sannheten. Også når den kostet. Ikke på grunn av oppdragelsen, men fordi hun hadde funnet ut at det gjorde livet enklere i det lange løp. Men i den gråtkvalte stemmen hørte Martine en bønn. En bønn om at noen skulle si at sønnen hennes ikke bare var nok en narkoman robot, en byrde samfunnet nå var kvitt, men et menneske som noen kunne si de hadde kjent, vært venner med, kanskje til og med glad i.

«Fru Holmen,» sa Martine og svelget. «Jeg kjente ham. Og han var en fin gutt.»

Pernille Holmen blunket to ganger uten å si noe. Hun prøvde å smile, men forsøkene ble bare til grimaser. Hun greide så vidt å hviske et «takk» før tårene begynte å løpe nedover kinnene hennes.

Martine så at kommandøren vinket på henne fra bordet, men hun satte seg ned.

«De ... de tok mannen min også,» hikstet Pernille Holmen.

«Hva?»

«Politiet. De sier han har gjort det.»

Da Martine gikk fra Pernille Holmen, tenkte hun på den høye, lyse politimannen. Han hadde virket så oppriktig da han hadde sagt at han brydde seg. Hun kjente sinne. Men også forvirring. Fordi hun ikke helt skjønte hvorfor hun skulle bli så sint på noen hun ikke ante hvem var. Hun så på klokka. Fem på sju.

*

Harry hadde laget fiskesuppe. En pose fra Findus som han blandet med melk og supplerte med biter av en fiskepudding. Pluss en baguett. Alt kjøpt på Niazi, den lille kolonialbutikken i gaten som naboen i underetasjen, Ali, drev sammen med broren sin. Ved siden av suppetallerkenen på stuebordet sto et halvliterglass med vann.

Harry la en av CD-ene i spilleren og skrudde opp volumet. Tømte hodet for tanker, konsentrerte seg om musikken og suppen. Lyd og smak. Bare det.

Halvveis ned i tallerkenen og inn i tredje låten ringte telefonen. Han hadde tenkt å la den fortsette med det. Men på åttende ringet reiste hans seg og skrudde ned musikken.

«Harry.»

Det var Astrid. «Hva gjør du?» Hun snakket lavt, men stemmen kastet likevel ekko. Han tippet at hun hadde låst seg inn på baderommet hjemme.

«Spiser. Og hører på musikk.»

«Jeg skal ut en tur. I nærheten av deg. Planer for resten av kvelden?»

«Ja.»

«Og det er?»

«Høre på mer musikk.»

«Hm. Du fikk det til å høres ut som du ikke har lyst på selskap.»

«Vel.»

Pause. Hun sukket. «Du får si fra om du skulle ombestemme deg, da.»

«Astrid?»

«Ja?»

«Det er ikke deg. OK? Det er meg.»

«Du behøver ikke be om unnskyldning, Harry. Hvis du skulle sveve i den villfarelse at dette er livsviktig for noen av oss, mener jeg. Jeg tenkte bare at det kunne vært hyggelig.»

«En annen gang, kanskje.»

«Som når da?»

«Som en annen gang.»

«En helt annen gang?»

«Noe sånt.»

«OK. Men jeg liker deg, Harry. Ikke glem det.»

Da de hadde lagt på, ble Harry stående uten å lytte til den plutselige stillheten. Fordi han var for forbauset. Han hadde sett et ansikt for seg da Astrid ringte. Forbauselsen skyldtes ikke at han hadde sett et ansikt, men det faktum at det ikke hadde vært Rakels. Eller Astrids. Han dumpet ned i stolen og besluttet seg med én gang for ikke å reflektere mer over det. For om dette betydde at tidens medisin hadde begynt å virke og at Rakel var på vei ut av systemet, var det gode nok nyheter. Gode nok til at han ikke ville komplisere prosessen.

Han skrudde opp volumet på stereoanlegget og tømte hodet.

*

Han hadde betalt regningen. Han la fra seg tannpirkeren i askebegeret og så på klokken. Tre på sju. Skulderhylsteret gnog mot utsiden av brystmuskelen. Han tok frem bildet fra innerlommen, kastet et siste blikk på det. Tiden var inne.

Ingen av de andre gjestene i restauranten – heller ikke paret

ved nabobordet – tok notis av ham da han reiste seg og gikk til
toalettet. Han låste seg inn i en av båsene, ventet i ett minutt,
greide å motstå fristelsen til å sjekke at pistolen var ladd. Han
hadde lært det av Bobo. At hvis man vennet seg til luksusen at
alt kunne dobbeltsjekkes, ville man sløves.

Minuttet var gått. Han gikk ut i garderoben, tok på seg regn-
jakka, knyttet det røde skjerfet rundt halsen og dro luen ned-
over ørene. Åpnet døra og var ute på Karl Johans gate.

Han gikk med raske skritt oppover mot gatens høyeste punkt.
Ikke fordi han hadde det travelt, men fordi det var den farten
han hadde observert at folk her gikk i, det tempoet som gjorde
at du ikke skilte deg ut. Han passerte søppelkassen på lyktestol-
pen der han dagen før hadde bestemt at pistolen skulle droppes
på vei tilbake. Midt i den folksomme gågaten. Politiet kom til å
finne den, men det gjorde ikke noe. Poenget var at de ikke fant
den på ham.

Han kunne høre musikken lenge før han var fremme.

Et par hundre mennesker hadde samlet seg i en halvsirkel foran
musikantene som avsluttet en sang idet han kom frem. Under
applausen fortalte et klokkespill ham at han var presis. Inne i
halvsirkelen, på siden og foran bandet, hang en sort gryte fra et
trestativ, og ved siden sto mannen fra bildet. Riktignok var han
bare opplyst av gatebelysningen og to fakler, men det var ingen
tvil. Særlig ikke ettersom han hadde på seg Frelsesarmeens uni-
formsfrakk og uniformslue.

Vokalisten ropte noe inn i mikrofonen og folk jublet og klap-
pet. En blitzlampe blinket da de satte i gang. De spilte høyt.
Trommeslageren løftet høyre hånd høyt i luften foran hver gang
han rammet skarptrommen.

Han manøvrerte seg gjennom menneskemengden til han ble
stående bare tre meter fra mannen fra Frelsesarmeen og sjekket
at han hadde ryggen fri til retretten. Foran ham sto to tenårings-
jenter og pustet hvit tyggegummiånde på kuldegradene. De var
lavere enn ham. Han tenkte ikke noe spesielt, forhastet seg ikke,
gjorde bare det han hadde kommet for å gjøre uten seremonier:
trakk frem pistolen og holdt den på strak arm. Det reduserte

avstanden til drøye to meter. Han siktet. Mannen ved gryta fløt ut til to. Han sluttet å sikte og de to figurene smeltet sammen til én igjen.

*

«Skål,» sa Jon.

Musikken rant som seigt kakefyll ut av høyttalerne.

«Skål,» sa Thea og løftet lydig glasset mot hans.

Etter at de hadde drukket, så de på hverandre og han formet ordene med leppene: *Jeg elsker deg.*

Hun slo blikket rødmende ned, men smilte.

«Jeg har en liten presang til deg,» sa han.

«Å?» Tonefallet var lekent, kokett.

Han stakk hånden i jakkelommen. Under mobiltelefonen kjente han den harde plasten i den lille boksen fra gullsmeden mot fingertuppene. Hjertet slo fortere. Herregud som han hadde gledet og grudd seg til denne kvelden, denne stunden.

Mobiltelefonen begynte å vibrere.

«Noe i veien?» spurte Thea.

«Neida, jeg ... unnskyld. Jeg er tilbake om et øyeblikk.»

På toalettet tok han telefonen opp og så på displayet. Han sukket og trykket på ok-knappen.

«Hei, søten, hvordan går det?»

Stemmen var lattermild, som om hun akkurat hadde hørt noe morsomt, noe som hadde fått henne til å tenke på ham og så ringe, sånn helt impulsivt. Men loggen hans viste hennes seks ubesvarte anrop.

«Hei, Ragnhild.»

«Så rar lyd. Er du ...»

«Jeg står på et toalett. På en restaurant. Thea og jeg er ute og spiser. Vi får snakkes en annen gang.»

«Når da?»

«En ... en annen gang.»

Pause.

«Å ja.»

«Jeg skulle ha ringt deg, Ragnhild. Det er noe jeg må si deg.

Du skjønner sikkert hva det er.» Han trakk pusten. «Du og jeg, vi kan ikke …»

«Jon? Det er nesten umulig å høre hva du sier.»

Jon tvilte på at det var sant.

«Kan ikke jeg komme ned til deg i morgen kveld?» sa Ragnhild. «Så kan du forklare det da?»

«Jeg er ikke alene i morgen kveld. Eller noen annen …»

«Møt meg på Grand til lunsj, da. Jeg kan SMS-e romnummeret.»

«Ragnhild, ikke …»

«Jeg hører deg ikke. Ring meg i morgen, Jon. Eller forresten, jeg er i møter hele dagen. Jeg ringer deg. Ikke slå av telefonen. Og kos deg, søten.»

«Ragnhild?»

Jon så på displayet. Hun hadde lagt på. Han kunne gå utenfor og ringe opp igjen. Få det overstått. Nå da han først var i gang. Det ville være det eneste riktige. Det eneste kloke. Gi det dødsstøtet, få det av veien.

*

De sto rett overfor hverandre nå, men det virket som mannen i frelsesarméuniformen ikke så ham. Han pustet rolig, fingeren presset jevnt på avtrekkeren, skjøv den sakte inn. Så møttes blikkene deres. Og han tenkte at soldaten viste ingen overraskelse, intet sjokk, ingen redsel. Tvert imot var det som om det gikk et forklarelsens lys over ansiktet, som om synet av pistolen ga ham svar på noe han hadde lurt på. Så smalt det.

Hadde skuddet falt sammen med skarptrommeslaget, hadde musikken kanskje greid å overdøve det helt, men slik det var, fikk smellet flere mennesker til å snu seg og se på mannen i regnjakka. På pistolen hans. Og så på frelsesarmésoldaten som hadde fått et hull i bremmen rett under A-en i uniformsluen og nå falt bakover mens armene svingte frem som på en dukkemann.

*

Harry rykket til i stolen. Han hadde sovnet. Det var stille i rommet. Hva var det som hadde vekket ham? Han lyttet, men alt han hørte var byens jevne, lave, beroligende rumling. Nei, det var en annen lyd der også. Han anstrengte ørene. Der var det. Lyden var knapt hørbar, men nå da han først hadde identifisert den, steg den frem i lydbildet og ble tydeligere. Det var en lav tikking.

Harry ble sittende i stolen med lukkede øyne.

Så steg et plutselig raseri opp i ham, og før han hadde fått tenkt seg om, hadde han marsjert ut på soverommet, åpnet skuffen til nattbordet, grepet Møllers armbåndsur, åpnet vinduet og kastet klokka ut i mørket med full kraft. Han hørte klokken treffe først muren på nabogården og så den isete asfalten nede på gaten. Så slengte han vinduet igjen, festet haspene, gikk tilbake til stuen og skrudde opp volumet. Så høyt at høyttalermembranene fløt foran øynene hans, diskanten stakk deilig i trommehinnene og bassen fylte munnen.

*

Forsamlingen hadde snudd seg fra bandet og så på mannen som lå i snøen. Uniformsluen hans hadde trillet bortover og lagt seg til ro foran mikrofonstativet til vokalisten i bandet som ikke hadde oppdaget hva som hadde skjedd og fortsatte å spille.

De to jentene som sto nærmest mannen i snøen, trakk seg bakover. Den ene av dem begynte å skrike.

Vokalisten som til nå hadde sunget med lukkede øyne, åpnet dem og oppdaget at han ikke lenger hadde publikums oppmerksomhet. Han snudde seg og fikk øye på mannen i snøen. Blikket hans søkte etter en vakt, en arrangør, en turnéleder, noen som kunne ta hånd om situasjonen, men dette var bare en enkel gatekonsert, alle ventet på noen andre og kompet fortsatte å gå.

Så kom det en bevegelse i menneskemengden og folk flyttet seg for kvinnen som albuet seg frem:

«Robert!»

Stemmen var ru og hes. Hun var blek, kledd i en tynn, svart skinnjakke med hull på albuen. Hun vaklet frem til den livløse mannen, falt på kne ved siden av ham:

«Robert?»

Hun la en radmager hånd mot halsen hans. Så rettet hun en dirrende pekefinger mot bandet.

«Stopp for faen!»

Bandmedlemmene sluttet å spille, én etter én.

«Gutten dauer. Få tak i en lege. Fort!»

Hun la hånden tilbake på halsen. Fortsatt ingen puls. Hun hadde vært med på dette mange ganger før. Noen ganger gikk det bra. Som regel gikk det dårlig. Hun var forvirret. Dette kunne jo ikke være en overdose, en gutt i armeen var da ikke på nåla? Det hadde begynt å snø og fnuggene smeltet mot kinnene hans, de lukkede øynene og den halvåpne munnen. Det var en pen gutt. Og hun tenkte at nå – med de avslappede trekkene – lignet han på hennes egen gutt når han sov. Men så oppdaget hun den enslige, røde stripen som gikk fra det lille, svarte hullet i hodet, på skrå over pannen og tinningen og inn i øret.

Et par armer tok tak i henne og løftet henne bort mens en annen mann bøyde seg over gutten. Hun fikk et siste glimt av ansiktet hans, så hullet, og det falt henne inn med en plutselig, smertefull visshet, at det var skjebnen som ventet gutten hennes også.

Han gikk fort. Ikke for fort, han flyktet ikke. Så på ryggene foran seg, fant en som småløp og gikk i kjølvannet av den. Ingen hadde prøvd å stanse ham. Selvfølgelig hadde de ikke det. Smellet av en pistol får folk til å rygge. Synet til å rømme. Og i dette tilfellet hadde de fleste ikke engang fått med seg hva som skjedde.

Den siste jobben.

Han kunne høre at bandet fortsatt spilte.

Det hadde begynt å snø. Fint, det fikk folk til å se mer ned for å beskytte øynene.

Noen hundre meter lenger nede i gaten så han den gule stasjonsbygningen. Han fikk den følelsen han av og til fikk, at alt bare fløt, at ingenting kunne skje ham, at en serbisk T-55 stridsvogn bare var en treg jernkoloss, blind og døv og at byen hans kom til å stå der igjen når han kom hjem.

Noen hadde tatt droppstedet hans.

Vedkommendes klær så nye og moteriktige ut, bortsett fra de blå joggeskoene. Men ansiktet var oppkuttet og brunsvidd som på en smed. Og mannen eller gutten eller hva han var, så ut som han hadde tenkt å bli der en stund, hele høyrearmen var i hvert fall trædd gjennom sprekken i den grønne avfallsboksen.

Han så på klokka uten å stoppe opp. To minutter siden han hadde avfyrt skuddet og elleve minutter til toget gikk. Og han hadde fremdeles våpenet på seg. Han gikk forbi søppelboksen, fortsatte mot restauranten.

En mann som kom gående mot ham, stirret. Men snudde seg ikke da de passerte hverandre.

Han styrte mot døra til restauranten, skjøv den opp.

I garderoben sto en mor bøyd over en guttunge og fiklet med glidelåsen på en jakke. Ingen av dem så på ham. Den brune kamelhårsfrakken hang der den skulle. Kofferten sto under. Han tok med seg begge deler inn på herretoalettet, låste seg inn i en av de to båsene, tok av regnjakka, puttet luen i lommen og trakk på seg frakken. Selv uten vinduer kunne han høre sirene-lyden utenfra. Flere sirener. Han så seg rundt. Måtte bli kvitt pistolen. Det var ikke mange steder å velge mellom. Han gikk opp på dosetet, strakk seg opp til den hvite ventilluka på veggen og prøvde å presse pistolen inn der, men den hadde et gitter på innsiden.

Han steg ned igjen. Pusten hans gikk tungt nå, og han var blitt varm innenfor skjorten. Åtte minutter til toget hans. Han kunne selvfølgelig ta et senere, det var ingen krise. Det som var krise, var at det hadde gått ni minutter uten at han hadde kvittet seg med våpenet, og hun sa alltid at alt over fire minutter var en uakseptabel risiko.

Han kunne selvfølgelig bare legge fra seg pistolen på gulvet, men et av prinsippene de jobbet etter var at våpenet ikke skulle finnes før han selv var i trygghet.

Han gikk ut av båsen og bort til vasken. Vasket hendene mens blikket saumfarte det mennesketomme rommet. *Upomoc!* Blik-ket stoppet på såpebeholderen over vasken.

*

Jon og Thea gikk tett omslynget ut av restauranten i Torggata.

Thea utstøtte et hyl da hun skled på isen under den forræderske nysnøen i gågaten. Hun holdt på å dra Jon med seg, men han fikk reddet dem i siste øyeblikk. Latteren hennes ringlet deilig i ørene hans.

«Du sa ja!» ropte han mot himmelen og kjente snøfnuggene smelte mot ansiktet. «Du sa ja!»

En sirene sang i natten. Flere sirener. Lyden kom fra i retning Karl Johans gate.

«Skal vi gå og se hva det er?» spurte Jon og tok tak i hånden hennes.

«Nei, Jon,» sa Thea som hadde fått en rynke i pannen.

«Jo da, kom!»

Thea stemte føttene mot bakken, men de glatte skosålene fikk ikke tak. «Nei, Jon.»

Men Jon bare lo og dro henne som en slede etter seg.

«Nei, sa jeg!»

Lyden av stemmen hennes fikk Jon til å slippe med en gang. Han så forbauset på henne.

Hun sukket. «Jeg vil ikke se på noen brann akkurat nå. Jeg vil legge meg. Sammen med deg.»

Jon så lenge på henne. «Jeg er så lykkelig, Thea. Du har gjort meg så lykkelig.»

Han kunne ikke høre om hun svarte, hun hadde ansiktet begravd i jakka hans.

DEL 2

FRELSEREN

Kapittel 9.
Onsdag 16. desember. Snø

Snøen som lavet ned på Egertorget ble farget gul av åstedsgruppens lyskastere.

Harry og Halvorsen sto utenfor skjenkestedet 3 Brødre og så på tilskuerne og pressefolkene som presset mot politisperringene. Harry tok sigaretten ut av munnen og hostet dypt og vått. «Mye presse,» sa han.

«De kom fort,» sa Halvorsen. «Det er jo bare et steinkast fra kontorene deres.»

«Fet avissak. Drap midt i julestria på Norges mest kjente gate. Med et drapsoffer alle har sett; fyren som står ved gryta til Frelsesarmeen. Mens et kjent band spiller. Hva mer kan de be om?»

«Et intervju med kjendisetterforsker Harry Hole?»

«Vi holder oss her foreløpig,» sa Harry. «Har du drapstidspunktet?»

«Et par minutter over sju.»

Harry så på klokka. «Det er nesten en time siden. Hvorfor ringte ingen meg før?»

«Vet ikke. Jeg fikk telefon fra POB-en litt før halv åtte. Jeg trodde du skulle være her da jeg kom ...»

«Så du ringte meg på eget initiativ?»

«Du er jo liksom førstebetjenten, da.»

«Liksom,» mumlet Harry og kastet sigaretten på bakken. Den smeltet seg gjennom det luftige snødekket og forsvant.

«Alle tekniske spor ligger snart under en halv meter snø,» sa Halvorsen. «Typisk.»

«Det kommer ikke til å være tekniske spor,» sa Harry.

Beate kom mot dem med snø i det lyse håret. Mellom fingrene holdt hun en liten plastpose med en tomhylse i.

«Feil,» sa Halvorsen og smilte triumferende til Harry.

«Ni millimeter,» sa Beate og skar en grimase. «Vanligste ammo som finnes. Og det er alt vi har.»

«Glem hva dere har og ikke,» sa Harry. «Hva var førsteinntrykket ditt? Ikke tenk, snakk.»

Beate smilte. Hun kjente Harry nå. Først intuisjon, så fakta. Fordi intuisjon er fakta det også, det er all den informasjonen åstedet gir deg, men som hjernen ikke umiddelbart finner språk for.

«Ikke så mye. Egertorget er Oslos mest trafikkerte kvadratmetere, følgelig kom vi til et ekstremt forurenset åsted selv om vi var her tjue minutter etter at mannen ble drept. Men det virker profesjonelt. Legen ser på drapsofferet nå, men det ser ut som han bare er truffet av ett skudd. Rett i panna. Proft. Ja, det er følelsen.»

«Jobbes det følelsesbasert, førstebetjent?»

Alle tre snudde seg mot stemmen bak dem. Det var Gunnar Hagen. Han hadde på seg en grønn militærjakke og svart ullue. Smilet syntes bare så vidt i munnvikene.

«Vi prøver alt som virker, sjef,» sa Harry. «Hva bringer deg hit?»

«Er det ikke her det foregår?»

«På sett og vis.»

«Bjarne Møller foretrakk kontoret, hører jeg. Personlig er jeg av den oppfatning at en leder bør befinne seg i felten. Ble det avfyrt mer enn ett skudd? Halvorsen?»

Halvorsen kvakk til: «Ikke ifølge de vitnene vi har snakket med.»

Hagen beveget fingrene inne i hanskene. «Signalement?»

«En mannsperson.» Halvorsens blikk flakket mellom POB-en og Harry. «Det er alt vi vet foreløpig. Folk sto og så på bandet og det hele skjedde veldig fort.»

Hagen snøftet. «I en slik menneskemengde må da noen ha fått sett ordentlig på den som skjøt?»

«Skulle jo tro det,» sa Halvorsen. «Men vi vet ikke akkurat hvor i menneskemengden drapsmannen sto.»

«Jeg skjønner.» Igjen det bitte lille smilet.

«Han sto rett foran den drepte,» sa Harry. «Avstand maks to meter.»

«Å?» Hagen og de to andre snudde seg mot Harry.

«Drapsmannen vår visste at om du skal drepe en person med et finkalibret våpen, skyter du ham i hodet,» sa Harry. «Ettersom han bare har løsnet ett skudd, var han sikker på resultatet. Ergo må han ha stått så nær at han så hullet i panna eller visste at han ikke kunne ha bommet. Hvis dere undersøker klærne hans, bør dere kunne finne avsetning fra skuddet som viser det jeg sier. Maks to meter.»

«Halvannen meter,» sa Beate. «De fleste pistoler kaster ut tomhylsen til høyre, men ikke særlig langt. Dette ble funnet tråkket ned i snøen hundre og førtiseks centimeter fra liket. Og den drepte hadde svidde ulltråder på frakkeslaget.»

Harry så på Beate. Det var ikke først og fremst hennes medfødte evne til å skille menneskeansikter han satte pris på, men hennes intelligens, nidkjærhet og den idiotiske forestillingen de delte: at jobben de gjorde var viktig.

Hagen stampet i snøen. «Godt, Lønn. Men hvem i himmelens navn skyter en frelsesarméoffiser?»

«Han var ikke offiser,» sa Halvorsen. «Bare vanlig soldat. Offiserer er fast ansatte, soldater er frivillige eller jobber på kontrakter.» Han slo opp i notatblokken sin. «Robert Karlsen. Tjueni år. Ugift, uten barn.»

«Men ikke uten fiender tydeligvis,» sa Hagen. «Eller hva sier du, Lønn?»

Beate så ikke på Hagen, men på Harry da hun svarte: «Kanskje det ikke er rettet mot personen.»

«Å?» smilte Hagen. «Hvem andre skulle det være rettet mot?»

«Frelsesarmeen, kanskje.»

«Hva får deg til å tro det?»

Beate trakk på skuldrene.

«Kontroversielle synspunkter,» sa Halvorsen. «Homofili. Kvinnelige prester. Abort. Kanskje en eller annen fanatiker …»

«Teorien er notert,» sa Hagen. «Vis meg liket.»

Beate og Halvorsen så begge spørrende på Harry. Harry nikket til Beate.

«Jøss,» sa Halvorsen da Hagen og Beate var forsvunnet. «Har POB-en tenkt å overta etterforskningen?»

Harry gned seg tenksomt på haken mens han så mot sperrebåndene hvor pressefotografenes blitzer lyste opp vintermørket. «Proff,» sa han.

«Hva?»

«Beate mente at gjerningspersonen er proff. Så la oss starte der. Hva er det første en profesjonell gjør etter et drap?»

«Flykter?»

«Ikke nødvendigvis. Men han kvitter seg i alle fall med alt som kan linke ham til drapet.»

«Drapsvåpenet.»

«Korrekt. Jeg vil ha sjekket alle kummer, containere, søppelkasser og bakgårder i fem kvartalers radius rundt Egertorget. Nå. Rekvirer om nødvendig folk fra Krimvakta.»

«Greit.»

«Og få inn videokassettene fra alle overvåkningskameraene i butikkene i området fra tidsperioden rett før og rett etter nitten null null.»

«Jeg får Skarre til å ta det.»

«Og én ting til. Dagbladet er med og arrangerer de gatekonsertene, og de lager saker på dem. Sjekk om fotografen deres har tatt bilder av publikum.»

«Selvfølgelig. Det tenkte jeg ikke på.»

«Send bildene opp til Beate så hun får tatt en kikk. Og jeg vil ha alle etterforskerne samlet på møterommet i rød sone klokka ti i morgen tidlig. Tar du runden?»

«Yes.»

«Hvor er Li og Li?»

«De avhører vitner nede på Politihuset. Et par jenter sto rett ved siden av ham som skjøt.»

«OK. Be Ola skaffe en liste over slekt og venner til offeret. Vi begynner med å se om det finnes noen åpenbare motiver der.»

«Jeg synes du nettopp sa at det var en proff?»

«Vi må prøve å holde flere tanker i hodet på én gang, Halvorsen. Og starter å lete der det er lys. Familie og venner er som regel lette å finne. Og åtte av ti drap begås ...»

«... av en som kjenner offeret,» sukket Halvorsen.

De ble avbrutt av at noen ropte navnet til Harry Hole. De snudde seg tidsnok til å se pressekorpset komme hastende mot dem gjennom snødrevet.

«Og da er showet i gang,» sa Harry. «Henvis dem til Hagen. Jeg stikker ned på Politihuset.»

*

Kofferten var sjekket inn i flyselskapets skranke og han gikk til sikkerhetskontrollen. Han følte seg opprømt. Den siste jobben var ferdig. Han var i så godt humør at han bestemte seg for å kjøre billettesten. Den kvinnelige Securitas-vakten ristet på hodet da han tok frem den blå billettkonvolutten fra innerlommen for å vise henne billetten.

«Mobiltelefon?» spurte hun på norsk.

«*No*». Han la billettkonvolutten på bordet mellom røntgenboksen og personellportalen for å ta av seg kamelhårsfrakken, oppdaget at han fremdeles hadde halstørkleet på seg, tok det av og puttet det i lommen, la frakken i en balje vakten satte frem og gikk gjennom portalen med ytterligere to par vaktsomme, uniformerte blikk på seg. Med Securitas-vakten som ufravendt stirret på skjermbildet av den gjennomlyste frakken og vakten i enden av båndet, telte han fem vakter som hadde som eneste jobb å passe på at han ikke skulle ha med seg noe som kunne brukes som våpen om bord i flyet. Fra den andre siden av portalen tok han på seg frakken og gikk tilbake og tok billetten som lå på bordet. Ingen stoppet ham, og han gikk forbi Securitas-vaktene. Så lett ville det altså vært å smugle med seg et knivblad i billettkonvolutten. Han kom ut i den store avgangshallen. Det første som slo ham der, var sikten ut av det gedigne panoramavinduet rett foran ham. At det var ingen. At snøen hadde dratt en hvit gardin for landskapet utenfor.

*

Martine satt bøyd fremover mot vindusviskerne som viftet snøen vekk.

«Statsråden var positiv,» sa David Eckhoff fornøyd. «Meget positiv.»

«Det skjønte du da på forhånd,» sa Martine. «Sånne folk kommer ikke på suppe og inviterer pressen hvis de har tenkt å si nei til noe. De skal velges.»

«Ja,» sa Eckhoff og sukket. «De skal velges.» Han så ut av vinduet. «Kjekk gutt, Rikard, ikke sant?»

«Du gjentar deg selv, pappa.»

«Han trenger bare litt rettledning, så kan han bli en riktig bra mann for oss.»

Martine svingte ned mot garasjen under Hovedkvarteret, trykket på fjernkontrollen og ståldøra raslet opp. De rullet innenfor og piggdekkene knaste mot murgulvet i det tomme parkeringsanlegget.

Under en av taklampene, ved siden av kommandørens blå Volvo, sto Rikard iført kjeledress og hansker. Men det var ikke ham hun så på. Det var den høye, lyse mannen som sto ved siden av ham og som hun hadde kjent igjen med en gang.

Hun parkerte ved siden av Volvoen, men ble sittende og lete etter noe i vesken mens faren gikk ut av bilen. Han lot døren bli stående åpen, og hun hørte politimannens stemme:

«Eckhoff?» Lyden ble kastet mellom de nakne murveggene.

«Stemmer. Noe jeg kan hjelpe deg med, unge mann?»

Datteren kjente godt igjen stemmen faren hadde tatt på seg. Den vennlige, men myndige kommandørstemmen.

«Mitt navn er Harry Hole, førstebetjent ved Oslo politidistrikt. Det gjelder en av deres ansatte. Robert …»

Martine kjente politimannens blikk på seg da hun steg ut av bilen.

«... Karlsen,» fortsatte Hole og snudde seg mot kommandøren igjen.

«En bror,» sa David Eckhoff.

«Unnskyld?»

«Vi liker å se på våre kolleger som familiemedlemmer.»

«Jeg skjønner. I så fall må jeg dessverre melde om et dødsfall i familien, Eckhoff.»

Martine kjente brystet snøre seg sammen. Politimannen ventet som for å la det synke inn før han fortsatte: «Robert Karlsen ble skutt på Egertorget i kveld klokka sju.»

«Gode Gud,» utbrøt faren. «Hvordan?»

«Vi vet ikke annet enn at en ukjent person i menneskemengden skjøt ham og stakk av.»

Faren hennes ristet vantro på hodet. «Men ... men klokken syv, sier du? Hvorfor ... hvorfor har ikke jeg fått beskjed om dette før?»

«Fordi det er vanlig prosedyre i slike saker at vi informerer de pårørende først. Og dessverre har det ikke lyktes oss å få tak i dem.»

Martine skjønte på politimannens saklige, tålmodige måte å svare på at han var vant til at folk reagerte på dødsbudskap med den type irrelevante spørsmål.

«Jeg forstår,» sa Eckhoff og blåste opp kinnene før han slapp luften ut gjennom munnen. «Foreldrene til Robert bor ikke i Norge lenger. Men broren, Jon, burde du da ha fått tak i?»

«Han er ikke hjemme og det svarer ikke på mobiltelefonnummeret hans. Noen tipset meg om at han kanskje satt her på Hovedkvarteret og jobbet sent. Men jeg traff bare denne unge mannen.» Han nikket mot Rikard som sto som en bedrøvet gorilla med glassaktig blikk, armene med de store arbeidshanskene hengende slapt ned langs sidene og svetten glinsende på den blåsvarte overleppen.

«Noen idé om hvor jeg kan finne broren?» spurte politimannen.

Martine og faren så på hverandre og ristet på hodet.

«Noen idé om hvem som kunne ønske å ta livet av Robert Karlsen?»

De ristet på hodet igjen.

«Vel. Nå vet dere. Jeg har det travelt, men vi vil gjerne få komme tilbake med spørsmål i morgen.»

«Selvfølgelig, førstebetjent,» sa kommandøren og rettet seg opp. «Men før du går, må jeg be deg gi meg mer detaljer om det som har skjedd her.»

«Prøv tekst-TV. Jeg må løpe.»

Martine så farens ansiktsfarge endre seg. Så snudde hun seg mot politimannen og møtte blikket hans.

«Jeg beklager,» sa han. «Tiden er en viktig faktor i denne fasen av etterforskningen.»

«Du ... du kan forsøke hos søsteren min, Thea Nilsen.» Alle tre snudde seg mot Rikard. Han svelget. «Hun bor i bygården til armeen i Gøteborggata.»

Politimannen nikket. Han skulle til å gå, men snudde seg så mot Eckhoff igjen.

«Hvorfor bor ikke foreldrene i Norge?»

«Det er en lang historie. De falt fra.»

«Falt fra?»

«De mistet troen. Mennesker som er oppvokst i armeen, får det ofte vanskelig når de velger å gå en annen vei.»

Martine studerte faren. Men selv ikke hun – datteren hans – kunne spore løgnen i granittansiktet hans. Politimannen vendte dem ryggen, og hun kjente de første tårene komme. Da lyden av skrittene hans var dødd ut, kremtet Rikard:

«Jeg la sommerdekkene i bagasjerommet.»

*

Da meldingen endelig kom over Oslo Lufthavns hovedanlegg, hadde han allerede skjønt det:

«*Due to weather conditions, the airport has been temporarily closed.*»

Udramatisk, sa han til seg selv. Som han hadde sagt da den første meldingen om at avgangen var utsatt på grunn av snøfallet, hadde kommet en time tidligere.

De hadde ventet mens snøen la lodne tepper på flyene der

utenfor. Ubevisst hadde han sett etter uniformerte personer. På en flyplass ville de være uniformerte, innbilte han seg. Og da den blåkledde kvinnen bak skranken ved gate 42 hadde løftet mikrofonen, så han det på ansiktsuttrykket hennes. At flyet til Zagreb var kansellert. Hun beklaget. Og sa at det ville bli satt opp igjen neste morgen klokken ti førti. Det lød et samlet, men dempet stønn fra passasjerene. Hun kvitret at flyselskapet ville besørge tog tilbake til Oslo og hotellrom på SAS-hotellet for passasjerer i transitt eller som reiste på returbilletter.

Udramatisk, gjentok han mens toget suste gjennom det nattsvarte landskapet. Bare ett sted før Oslo stoppet toget, ved en samling hus på et hvitt jorde. En hund satt og skalv under en av benkene på perrongen mens snøen drev i kjeglene av lys. Den lignet på Tinto, den herreløse, lekne hunden som hadde løpt rundt i nabolaget i Vukovar da han var liten. Giorgi og et par av de andre eldre guttene hadde satt et lærhalsbånd på den hvor det sto: Navn: Tinto. Eier: *Svi*. Alle. Det var ingen som ville Tinto noe vondt. Ingen. Men av og til var ikke det nok.

Toget stønnet langtrukkent og de gled ut i snødrevet igjen.

*

Jon hadde flyttet seg til den enden av rommet man ikke kunne se fra Theas inngangsdør mens hun gikk for å åpne. Det var Emma, naboens stemme: «Du får virkelig unnskylde, Thea, men det er visst veldig viktig for denne mannen å få tak i Jon Karlsen.»

«Jon?»

En mannsstemme: «Ja. Jeg fikk opplysning om at han kanskje var å finne hos en Thea Nilsen på denne adressen. Det sto ikke noe navn på ringeapparatene nede, men denne damen var behjelpelig.»

«Jon her? Jeg vet ikke hvordan …»

«Jeg kommer fra politiet. Mitt navn er Harry Hole. Det gjelder Jons bror.»

«Robert?»

Jon trådte frem til døra. En mann på hans egen høyde med lyse, blå øyne så på ham fra døråpningen. «Har Robert gjort noe galt?» spurte han og prøvde å ignorere naboen som sto på tå for å kikke over politimannens skulder.

«Det vet vi ikke,» sa mannen. «Kan jeg komme inn?»

«Vær så god,» sa Thea.

Politimannen steg innenfor og stengte døra foran naboens skuffede ansikt. «Jeg er redd det er dårlige nyheter. Kanskje dere burde sette dere ned.»

De satte seg rundt salongbordet alle tre. Det kjentes som å få et slag i magen, og Jon bøyde seg automatisk frem da politimannen fortalte hva som hadde skjedd.

«Død?» hørte han Thea hviske. «Robert?»

Politimannen kremtet og fortsatte å snakke. Ordene kom til Jon som dunkle, kryptiske, nesten ubegripelige lyder. Hele tiden mens han hørte politimannen gjøre rede for omstendighetene, hadde han blikket festet på ett punkt. På Theas halvåpne munn og leppene som funklet, fuktig, rødt. Pusten hennes var kort og rask. Jon merket ikke at politimannen hadde sluttet å snakke før han hørte Theas stemme:

«Jon? Han spurte deg om noe.»

«Unnskyld. Jeg … Hva spurte du om?»

«Jeg vet dette er et vanskelig tidspunkt, men jeg lurte på om du vet om noen som kunne ønske livet av din bror.»

«Robert?» Det var som alt rundt Jon gikk i langsom kino, selv hans egen hoderisting.

«Neivel,» sa politimannen uten å notere på blokken han hadde tatt frem. «Er det noe med hans jobb eller privatliv som kunne være egnet til å skaffe ham fiender?»

Jon hørte sin egen malplasserte latter. «Robert er i Frelsesarmeen,» sa han. «Vår fiende er fattigdom. Materiell og åndelig. Det er sjelden noen tar livet av oss for det.»

«Mm. Det var jobb, hva med privatlivet?»

«Det jeg sa gjaldt både jobb og privatliv.»

Politimannen ventet.

«Robert var snill,» sa Jon og kjente stemmen begynne å gå i oppløsning. «Lojal. Alle likte Robert. Han …» Stemmen var blitt grøt.

Politimannens blikk flyttet seg rundt i rommet. Han så ikke ut til å like situasjonen videre, men han ventet. Og ventet.

Jon svelget og svelget. «Han kunne være litt vill av og til. Litt ... impulsiv. Og noen syntes kanskje han kunne høres litt kynisk ut. Men det var bare måten hans å være på. Innerst inne var Robert en harmløs gutt.»

Politimannen snudde seg mot Thea og så ned på blokken. «Du er Thea Nilsen, søster til Rikard Nilsen, skjønner jeg. Stemmer dette med ditt inntrykk av Robert Karlsen?»

Thea trakk på skuldrene. «Jeg kjente ikke Robert så godt. Han ...» Hun hadde lagt armene i kors og unngikk Jons blikk. «Han har aldri skadet noen så vidt jeg vet.»

«Sa Robert noe som kunne tyde på at han var i konflikt med noen?»

Jon ristet hardt på hodet som om det var noe der inne han prøvde å bli kvitt. Robert var død. Død.

«Skyldte Robert penger?»

«Nei. Jo, meg. Litt.»

«Sikker på at han ikke skyldte noen mer?»

«Hva mener du?»

«Brukte Robert dop?»

Jon stirret vantro på politimannen før han svarte igjen: «Absolutt ikke.»

«Hvordan kan du vite det så sikkert? Det er ikke alltid ...»

«Vi jobber med narkomane. Vi kan symptomene. Og Robert brukte ikke dop. Greit?»

Politimannen nikket og noterte. «Beklager, men vi må spørre om sånt. Vi kan selvfølgelig ikke se bort fra at den som skjøt bare var sinnsforvirret, og at Robert var et tilfeldig valgt offer. Eller – siden Frelsesarmeens soldat ved julegryta på Egertorget jo nærmest er blitt et symbol – at drapet var rettet mot organisasjonen deres. Vet dere om noe som kunne støtte den siste teorien?»

Som synkroniserte ristet de to unge på hodene.

«Takk for hjelpen.» Politimannen stakk notatblokken i frakkelommen og reiste seg. «Vi har ikke fått tak i noe telefonnummer eller adresse til foreldrene dine ...»

«Jeg tar meg av det,» sa Jon mens han stirret tomt fremfor seg.

«Er dere helt sikre?»

«Sikre på hva?»

«At det er Robert.»

«Ja, jeg er redd for det.»

«Men det er også alt dere er sikre på.» sa Thea plutselig. «Ellers vet dere ingenting.»

Politimannen stoppet foran døra og tenkte seg om.

«Jeg tror det oppsummerer situasjonen temmelig presist,» sa han.

Klokka to den natten sluttet det å snø. Skyene som hadde hengt over byen som et svart, tungt sceneteppe, ble dratt til side og en stor, gul måne gjorde entré. Under den nakne himmelen begynte temperaturen å falle igjen og fikk det til å knake og smelle i husveggene.

Kapittel 10.
Torsdag 17. desember. Tvileren

Den sjuende dag før jul opprant med en kulde som kjentes som en stålhanske som klemte på menneskene som beveget seg hurtig og taust gjennom Oslos gater, kun konsentrert om å komme frem dit de kunne unnslippe kuldens grep.

Harry satt på møterommet på rød sone på Politihuset og lyttet til Beate Lønns nedslående utlegning mens han prøvde å ignorere avisene som lå foran ham på bordet. Alle hadde drapet på forsiden, alle et kornete bilde fra et vintermørkt Egertorget. Med henvisninger til to eller tre sider inne i avisen. VG og Dagbladet hadde greid å snekre sammen noe som med en viss velvilje kunne kalles portretter av Robert Karlsen basert på tilfeldige sammenraskede samtaler med venner og kjente. «En fin fyr.» «Alltid en hjelpende hånd.» «Tragisk.» Harry hadde finlest dem uten å finne noe som helst av verdi. Ingen hadde fått tak i foreldrene og Aftenposten var den eneste som hadde fått et sitat fra Jon: «Uforståelig» var den korte replikken under et bilde av en gutt med et forvirret ansiktsuttrykk og bustete hår foran bygården i Gøteborggata. Avissaken var signert en gammel kjenning, Roger Gjendem.

Harry klødde seg på låret gjennom en rift i olabuksa og tenkte at han burde ha tatt på seg stillongs. Da han kom på jobb klokka halv åtte, hadde han gått inn til Hagen og spurt hvem som skulle lede etterforskningen. Hagen hadde sett på ham og svart at han i samråd med Kriminalsjefen hadde bestemt at Harry skulle lede den. Inntil videre. Harry hadde ikke bedt om noen utdypning av hva «inntil videre» innebar, men nikket og gått igjen.

Siden klokka ti hadde tolv etterforskere fra Voldsavsnittet pluss Beate Lønn og Gunnar Hagen som bare ville «følge med», sittet samlet.

Og Thea Nilsens oppsummering fra kvelden før gjaldt fortsatt.

For det første hadde de ingen vitner. Ingen av dem som hadde befunnet seg på Egertorget, hadde sett noe av verdi. Filmene fra overvåkningskameraene i området var fortsatt til gjennomsyn, men hadde foreløpig ikke gitt dem noe. Ingen av de ansatte som de hadde snakket med i butikkene og restaurantene på Karl Johan, hadde lagt merke til noe spesielt, og ingen andre vitner hadde meldt seg. Beate, som hadde fått publikumsbildene fra Dagbladet tilsendt sent kvelden før, hadde måttet rapportere at de enten var tatt på relativt nært hold av grupper med smilende småjenter eller var oversiktsbilder som ble for grovkornede til å få skikkelig tak i ansiktstrekkene. Hun hadde forstørret opp de utsnittene på oversiktsbildene som viste publikum foran Robert Karlsen, men hun hadde ikke fått øye på noe våpen eller annet som kunne identifisere personen de så etter.

For det andre hadde de ingen tekniske spor utover at ballistikkeksperten på Kriminalteknisk hadde slått fast at prosjektilet som hadde penetrert Robert Karlsens hode, faktisk tilhørte tomhylsen de hadde funnet.

Og for det tredje hadde de ikke noe motiv.

Beate Lønn avsluttet og Harry ga ordet til Magnus Skarre.

«I morges snakket jeg med sjefen på Fretex-butikken i Kirkeveien der Robert Karlsen jobbet,» sa Skarre, som skjebnen med sin typiske sans for dårlig humor hadde tildelt nettopp en svak antydning til skarring. «Hun var knust og sa Robert var en fyr alle likte, sjarmerende og full av godt humør. Han kunne riktignok være litt uberegnelig, sa hun. Plutselig ikke møte opp en dag og sånn. Men hun kunne ikke skjønne at han skulle ha noen fiender.»

«Samme skussmål fra dem jeg har snakket med,» sa Halvorsen.

Gunnar Hagen hadde under seansen sittet med hendene bak

nakken og sett på Harry med et forventingsfullt lite smil som om han var tilskuer til et trylleshow og nå bare ventet på at Harry skulle dra en kanin opp av hatten. Men det var ingen der. Bortsett fra de faste beboerne. Teoriene.

«Gjetninger?» sa Harry høyt. «Kom igjen, det er nå det er lov å drite seg ut, etter møtets slutt er tillatelsen inndratt.»

«Skutt ned i full offentlighet midt på dagen,» sa Skarre. «Det er bare én bransje som driver med sånt. Dette er en proft utført henrettelse til skrekk og advarsel for andre som ikke gjør opp narkogjelda.»

«Vel,» sa Harry. «Ingen av spanerne på Narkotika har sett eller hørt om Robert Karlsen. Han er ren, ingenting verken i strafferegisteret eller SSP. Har noen her hørt om blakke brukere som aldri har vært taua inn for noe?»

«Og Rettsmedisinsk fant ingen spor av ulovlige substanser i blodprøvene,» sa Beate. «Og nevnte ingenting om sprøytestikk eller andre indikasjoner.»

Hagen kremtet, og de andre snudde seg mot ham: «En frelsesarmésoldat er selvfølgelig ikke innblandet i den slags. Gå videre.»

Harry så at Magnus Skarre fikk røde flekker i pannen. Skarre var en kort plugg, tidligere turner, med glatt, brunt hår og sideskill. Han var en av de yngste etterforskerne, en arrogant og ambisiøs klatremus som på mange måter kunne minne om en ung Tom Waaler. Men uten Waalers helt spesielle intelligens og begavelse for politiarbeid. Det siste året hadde imidlertid Skarre fått filt ned selvtilliten noe, og Harry hadde tenkt at det ikke var umulig at han kunne bli en brukbar politimann likevel.

«På den annen side var Robert Karlsen visstnok av en eksperimentell natur,» sa Harry. «Og vi vet at på Fretex-butikkene jobber rusmisbrukere på fri soning. Nysgjerrighet og tilgang er en dårlig kombinasjon.»

«Nemlig,» sa Skarre. «Og da jeg spurte dama på Fretex om Robert var singel, sa hun at det trodde hun. Selv om det hadde vært en utenlandsk jente innom der et par ganger og spurt etter ham, men hun virket for ung. Hun tippet at jenta kom fra Jugoslavia et sted. Jeg skal banne på at hun er kosovoalbaner.»

«Hvorfor det?» spurte Hagen.

«Kosovoalbaner. Dop, ikke sant?»

«Heisan,» klukket Hagen og vippet på stolen. «Det der høres ut som kraftige fordommer, unge mann.»

«Riktig,» sa Harry. «Og våre fordommer løser saker. Fordi de ikke er basert på manglende kunnskap, men tørre fakta og erfaring. I dette rommet forbeholder vi oss derfor retten til å diskriminere alle, uansett rase, religion og kjønn. Vårt eneste forsvar er at det ikke utelukkende er de svakest stilte som diskrimineres.»

Halvorsen gliste. Han hadde hørt denne regla før.

«Homser, religiøst aktive og kvinner er statistisk sett mer lovlydige enn heterofile menn mellom atten og seksti. Men hvis du er kvinnelig, homofil og påstått religiøs kosovoalbaner, er likevel sjansene for at du langer dop større enn for en feit, norsktalende MC-stygging med tatovering i panna. Så hvis vi må velge – og det må vi – haler vi først inn albanerdama til avhør. Urettferdig for lovlydige kosovoalbanere? Javisst. Men siden vi jobber med sannsynligheter og begrensede ressurser, tar vi oss ikke råd til å se bort fra kunnskap der vi finner den. Om erfaring hadde lært oss at en urimelig andel av dem vi tok i tollen på Gardermoen var rullestolbrukere som smugler dop i kroppsåpningene, hadde vi halt dem opp av stolene, dratt på gummihansken og fingerpult hver eneste en av dem. Vi holder bare kjeft om den slags når vi snakker med pressen.»

«Interessant filosofi, Hole.» Hagen kikket rundt seg for å sjekke reaksjonen blant de andre, men de lukkede ansiktene røpet ikke noe. «Men tilbake til saken.»

«OK,» sa Harry. «Vi fortsetter der vi slapp med å lete etter drapsvåpenet, men utvider leteområdet til en radius på seks kvartaler. Vi fortsetter vitneavhør og tar runden i butikkene i området som var stengt i går kveld. Vi kaster ikke bort tid på å se mer på overvåkningsfilmer før vi har noe konkret å se etter. Li og Li, dere har fått adressen og ransakelsesordre til Robert Karlsens leilighet. Gørbitz' gate, ja?»

Li og Li nikket.

«Sjekk kontoret hans også, det kan være at dere finner noe av interesse. Ta med korrespondanse og eventuelle harddisker fra begge steder hit så vi kan gå igjennom hvem han har vært i forbindelse med. Jeg har snakket med KRIPOS, som tar kontakt med Interpol i dag for å høre om de har saker i Europa som ligner denne. Halvorsen, du blir med meg opp til Frelsesarmeens hovedkvarter etterpå. Beate, jeg vil ha en prat med deg etter møtet. Sett i gang!»

Skrapende stoler og skyflende føtter.

«Et øyeblikk, mitt herskap!»

Stillhet. De så på Gunnar Hagen.

«Jeg ser at enkelte av dere kommer på jobb i hullete olabukser og plagg som reklamerer for det jeg antar er fotballklubben Vålerengen. Det er mulig den forrige sjefen godtok det, men det gjør ikke jeg. Pressen kommer til å følge oss med argusøyne. Fra i morgen vil jeg kun se hele, uskadde plagg uten reklame for noe som helst. Vi har et publikum og ønsker å fremstå som seriøse og nøytrale tjenestemenn. Og så vil jeg be alle med rang førstebetjent og oppover bli igjen.»

Da lokalet var tømt, sto Harry og Beate igjen.

«Jeg kommer til å utferdige et skriv til alle førstebetjentene på avdelingen om å bære våpen fra og med mandag neste uke,» sa Hagen.

Harry og Beate så begge vantro på ham.

«Krigen hardner til der ute,» sa Hagen og løftet haken. «Vi må bare venne oss til tanken på at våpen blir nødvendig i den fremtidige tjenesten. Og da må lederne gå foran og vise vei. Våpenet må ikke bli et fremmedelement, men et naturlig verktøy på lik linje med en mobiltelefon og en PC. Greit?»

«Vel,» sa Harry. «Jeg har ikke bæretillatelse.»

«Jeg går ut fra at det er en spøk,» sa Hagen.

«Skulket skytetesten i høst. Har levert inn våpenet mitt.»

«Så utsteder jeg en tillatelse, det har jeg myndighet til. Du får en rekvisisjon i posthylla så du kan hente våpen. Ingen sluntrer unna. Sett i gang.»

Hagen gikk.

JO NESBØ

«Han er jo klin gæern,» sa Harry. «Hva faen skal vi med våpen?»

«Så nå blir det å lappe buksa og kjøpe revolverbelte?» sa Beate med morskap i øynene.

«Mm. Jeg vil gjerne ta en titt på Dagbladets bilder fra Egertorget.»

«Vær så god.» Hun rakte ham en gul mappe. «Kan jeg spørre deg om en ting, Harry?»

«Selvfølgelig.»

«Hvorfor gjør du det?»

«Gjør hva?»

«Hvorfor forsvarte du Magnus Skarre? Du vet han er en rasist, og du mente ikke en døyt av det du sa om diskriminering. Er det bare for å irritere den nye POB-en? Sikre deg at du blir ordentlig upopulær fra dag én?»

Harry åpnet konvolutten. «Du får bildene tilbake etterpå.»

*

Han sto ved vinduet på Radisson SAS-hotellet på Holbergs plass og så ut på den hvite, stivfrosne byen i daggryet. Bygningene var lave og puslete, det var rart å tenke på at dette var hovedstaden i et av verdens rikeste land. Det Kongelige Slott var en gul, anonym bygning, et kompromiss mellom et pietistisk demokrati og et pengelens kongedømme. Gjennom greinene på de nakne trærne skimtet han en stor balkong. Det var vel derfra kongen henvendte seg til sine undersåtter. Han løftet en imaginær rifle til skulderen, lukket ett øye og siktet. Balkongen fløt straks ut og ble til to.

Han hadde drømt om Giorgi.

Første gangen han hadde truffet Giorgi, hadde han sittet på huk ved siden av en klynkende hund. Hunden var Tinto, men hvem var denne gutten med blå øyne og lyst krøllete hår? Sammen hadde de fått Tinto inn i en trekasse og båret ham til byveterinæren som holdt til i et grått toroms murhus i en overgrodd eplehage nede ved elven. Veterinæren hadde slått fast at det var tannverk og han var ingen tannlege. Dessuten, hvem skulle betale

for en gammel, herreløs løsbikkje som snart kom til å miste res-
ten av tennene også? Det var bedre å avlive hunden nå, så den
slapp smertene og en langsom sultedød. Men da hadde Giorgi
begynt å gråte. En lys, hjerteskjærende, nesten melodisk gråt.
Og da veterinæren spurte hvorfor han gråt, hadde Giorgi sagt at
hunden kanskje var Jesus, for faren hans hadde sagt det; at Jesus
gikk iblant oss som en av våre minste, ja, kanskje som en ynke-
lig, stakkars hund som ingen ga verken husrom eller mat. Veteri-
næren hadde hoderystende ringt tannlegen. Etter skolen hadde
han og Giorgi kommet tilbake og hilst på en logrende Tinto, og
veterinæren hadde vist dem de fine, svarte fyllingene i kjeften.

Selv om Giorgi gikk i klassen over ham, hadde de lekt sam-
men noen ganger etter det. Men det varte bare noen uker, for
så hadde sommerferien begynt. Og da skolen tok til igjen på
høsten, var det som om Giorgi hadde glemt ham. Giorgi overså
ham i hvert fall, som om han ikke ville ha noe mer med ham å
gjøre.

Han hadde glemt Tinto, men aldri Giorgi. Men flere år senere,
under beleiringen, hadde han kommet over en utmagret hund i
ruinene i sørenden av byen. Den hadde kommet luntende bort
til ham og slikket ham i ansiktet. Den hadde ikke lenger noe
halsbånd, og det var først da han hadde sett de svarte fyllingene
at han hadde skjønt at det var Tinto.

Han så på klokka. Bussen som skulle ta dem tilbake til flyplas-
sen, skulle gå om ti minutter. Han grep kofferten, kastet et siste
blikk på rommet for å forsikre seg om at han ikke hadde glemt
noe. Det raslet i papir da han skjøv opp døra. En avis lå på gulvet
utenfor. Han kikket bortover gangen og så at den samme avisen
lå utenfor flere av rommene. Bildet av åstedet lyste mot ham fra
forsiden. Han bøyde seg og plukket opp den tykke avisen som
hadde et uleselig navn i gotiske bokstaver.

Mens han ventet på heisen, prøvde han å lese, men selv om
enkelte av ordene minnet svakt om tysk, skjønte han lite og
ingenting. I stedet bladde han opp på sidene inne i avisen som
det var henvist til. I det samme gled heisdørene opp og han
bestemte seg for å legge fra seg den store, uhåndterlige avisen i

søppelboksen mellom de to heisløpene. Men heisen var tom, så han tok likevel med seg avisen inn, trykket på null og konsentrerte seg om bildene. Blikket hans ble fanget av teksten under ett av bildene. Først trodde han ikke det han leste. Men i det samme heisen satte seg i bevegelse, gikk det opp for ham med en slik gruoppvekkende klarhet at det et øyeblikk svimlet for ham, og han måtte støtte seg til veggen. Avisen holdt på å gli ut av hendene hans, og han la ikke merke til at heisdørene gled opp foran ham.

Da han endelig så opp, stirret han inn i mørket og skjønte at han hadde havnet i kjelleren og ikke i resepsjonen som av en eller annen grunn var etasje én i dette landet.

Han gikk ut av heisen og lot dørene gli igjen bak seg. Og der i mørket satte han seg ned og prøvde å tenke klart. For dette snudde opp ned på alt. Det var åtte minutter til bussen til flyplassen gikk. Det var så lang tid han hadde på seg til å fatte en beslutning.

*

«Jeg prøver å se på noen bilder her,» sa Harry oppgitt.

Halvorsen så opp fra pulten sin vis-à-vis Harrys. «Vær så god.»

«Så kanskje du kan kutte ut den knipsinga? Hva er det egentlig?»

«Det her?» Halvorsen så på fingrene sine, knipset luft og lo lett beskjemmet. «Gammel vane bare.»

«Jaha?»

«Faren min var fan av Lev Jasjin, han der russiske keeperen på sekstitallet.»

Harry ventet på fortsettelsen.

«Faren min ville at jeg skulle bli keeper på Steinkjer, da. Så da jeg var liten, pleide han å knipse meg mellom øynene. Sånn. For å herde meg så jeg ikke skulle bli skuddredd. Faren til Yashin hadde visst gjort det samme. Hvis jeg ikke blunka, fikk jeg en sukkerbit.»

Ordene ble etterfulgt av et øyeblikks total stillhet på kontoret.

«Du kødder,» sa Harry.

«Nei. En sånn brun, god en.»

«Jeg tenkte på knipsinga. Er det sant?»

«Ja visst. Han knipsa meg hele tida. Under middagen, mens vi så på TV, selv når kompisene mine var der. Til slutt begynte jeg å knipse på meg sjøl. Jeg skrev Yashin på alle skolesekkene mine og skar det inn i pulten. Selv nå bruker jeg alltid Yashin når det er PC-programmer og sånn som krever at du lager et passord. Selv om jeg vet at jeg ble manipulert. Skjønner?»

«Nei. Hjalp den knipsinga?»

«Ja, jeg er ikke skuddredd.»

«Så du ...»

«Nei. Det viste seg at jeg ikke eide balltalent.»

Harry knep overleppen sammen mellom to fingre.

«Får du noe ut av de bildene?» spurte Halvorsen.

«Ikke så lenge du sitter der og knipser. Og preiker.»

Halvorsen ristet langsomt på hodet. «Skulle ikke vi opp til hovedkontoret til Frelsesarmeen?»

«Når jeg er ferdig. Halvorsen!»

«Ja?»

«Må du puste så ... *sært?*»

Halvorsen klappet munnen hardt igjen og holdt pusten. Harry så fort opp og ned igjen. Halvorsen mente han hadde sett et lite smil. Men han ville ikke ha bannet på det. Og nå forsvant smilet og det kom en dyp rynke i førstebetjentens panne.

«Kom og se på dette, Halvorsen.»

Halvorsen kom rundt pulten. Det lå to bilder foran Harry, begge av publikum på Egertorget.

«Ser du han med lua og halstørkleet på siden der?» Harry pekte på et kornete ansikt. «Han står i hvert fall rett foran Robert Karlsen, helt ute på siden av bandet, ikke sant?»

«Jo ...»

«Men se på det andre bildet. Der. Der er samme lua og halstørkle, men nå er det i midten, rett foran bandet.»

«Er det så rart da? Han gikk vel til midten for å høre og se bedre.»

«Men hva om han gjorde det i omvendt rekkefølge?»

Halvorsen svarte ikke, så Harry fortsatte: «Man bytter ikke

orkesterplass mot å stå på siden med hue inn i høyttaleren og nesten ikke se bandet. Med mindre man har en god grunn.»

«At man skal skyte noen?»

«Kutt ut fleipinga.»

«OK, men du vet ikke hvilket bilde som er tatt først. Jeg vedder på at han flyttet seg mot midten.»

«Hvor mye?»

«To hundre.»

«Greit. Se på lyset under lykta som er på begge bildene.» Harry rakte Halvorsen et forstørrelsesglass. «Ser du noen forskjell?»

Halvorsen nikket langsomt.

«Snø,» sa Harry. «På det bildet der han står på siden, har det begynt å snø. Da det først begynte å snø i går kveld, slutta det ikke før utpå natta. Det bildet er altså tatt sist. Vi får ringe Wedlog-fyren i Dagbladet. Hvis han brukte digitalt kamera med intern klokke, har han kanskje nøyaktig tidspunkt for når bildet er tatt.»

Hans Wedlog i Dagbladet tilhørte dem som fortsatt sverget til speilreflekskamera og filmruller. Derfor måtte han skuffe første-betjent Hole når det gjaldt tidspunkt for enkeltbildene.

«OK,» sa Hole. «Var det du som tok bilder under konserten i forgårs?»

«Ja, det er jeg og Rødberg som gjør hele gatemusikantgreia.»

«Hvis du bruker filmruller, da har du vel publikumsbildene fra den kvelden liggende et sted?»

«Det har jeg. Og det hadde jeg ikke hatt med digitalt kamera, da hadde det vært sletta for lengst.»

«Det var det jeg tenkte. Og i tillegg tenkte jeg å be deg om en tjeneste.»

«Å?»

«Kan du sjekke publikumsbildene dine fra i forgårs og se om du finner en kar med topplue og en svart regnjakke. Og et hals-tørkle. Vi sitter med et av dine bilder med mannen her nå. Halvorsen kan scanne det og sende til deg hvis du er i nærheten av PC-en din.»

Harry hørte Wedlog nøle. «Jeg kan godt sende dere bildene,

men å sjekke dem ligner politiarbeid og som pressemann vil jeg nødig blande kortene for mye her.»

«Vi er litt i tidsnød, skjønner du. Vil du ha et bilde som viser hvem politiet ser etter i denne saken eller ikke?»

«Vil det si at du vil la oss bruke det?»

«Jepp.»

Wedlog ble ivrig i stemmen. «Jeg er på labben nå, så jeg kan sjekke med én gang. Jeg tar plenty med publikumsbilder, så det er håp. Fem minutter.»

Halvorsen scannet og sendte bildet, og Harry satt og trommet med fingrene mens de ventet.

«Hva gjør deg så sikker på at han var der kvelden før?» spurte Halvorsen.

«Jeg er ikke sikker på noe,» sa Harry. «Men hvis Beate har rett og han er proff, vil han ha foretatt en rekognosering, og helst på et tidspunkt da forholdene er mest mulig like de på det planlagte drapstidspunktet. Og det var gatekonsert kvelden før.»

De fem minuttene kom og gikk. Først etter elleve minutter ringte telefonen.

«Wedlog. Sorry. Ingen toppluer og ingen svarte regnjakker. Og intet halstørkle.»

«Faen,» sa Harry, høyt og tydelig.

«Beklager. Skal jeg sende dem over så du får sjekke dem selv? Jeg snudde den ene lyskasteren mot publikum den kvelden, så du får bedre tak i ansiktene.»

Harry nølte. Det gjaldt å prioritere tidsbruken riktig, særlig nå i det kritiske første døgnet.

«Send dem, så ser vi på dem siden,» sa Harry og skulle til å gi Wedlog mailadressen sin. «Forresten. Mail heller bildene til Lønn på Kriminalteknisk. Hun har en greie når det gjelder ansikter, kanskje hun kan se noe.» Han ga Wedlog adressen. «Og ikke noen byline på meg i avisa i morra, OK?»

«Neida, det blir 'anonym kilde i politiet'. Hyggelig å gjøre forretninger med Dem.»

Harry la på og nikket til en storøyd Halvorsen. «OK, junior, da drar vi opp til Frelsesarmeens hovedkvarter.»

Halvorsen kikket bort på Harry. Førstebetjenten greide ikke å skjule sin utålmodighet mens han trippende studerte oppslagstavlen med annonseringer av omreisende predikanter, musikkøvinger og vaktlister. Omsider var den uniformskledde, gråhårede resepsjonsdamen ferdig med inngående telefoner og henvendte seg smilende til dem.

Harry fremsa deres ærend kort og kjapt, og hun nikket innforstått, som om hun hadde ventet på dem, og forklarte veien.

De var tause mens de ventet på heisen, men Halvorsen kunne se svetteperlene på førstebetjentens panne. Han visste at Harry ikke likte heiser. De gikk av i femte og Halvorsen småløp etter Harry gjennom gule korridorer som endte foran en åpen kontordør. Harry stanset så brått at Halvorsen holdt på å løpe inn i ryggen hans.

«Heisan,» sa Harry.

«Hei,» sa en kvinnestemme. «Er det deg igjen?»

Harrys velvoksne skikkelse fylte døråpningen og hindret Halvorsen i å se den som snakket, men han merket endringen i Harrys stemme: «Ja, det er visst det. Kommandøren?»

«Han venter dere. Bare gå inn.»

Halvorsen fulgte etter gjennom det lille forværelset og rakk å nikke til en liten pikekvinne bak et skrivebord. Veggene i kommandørens kontor var prydet med treskjold, masker og spyd. På de velfylte bokhyllene sto afrikanske trefigurer og bilder av det Halvorsen antok var kommandørens familie.

«Takk for at du ville ta imot oss på så kort varsel, Eckhoff,» sa Harry. «Dette er betjent Halvorsen.»

«Dette er tragisk,» sa Eckhoff som hadde reist seg bak pulten og slo ut med hånden mot to stoler. «Pressen har vært på oss i hele dag. La meg få høre hva dere har så langt.»

Harry og Halvorsen vekslet blikk.

«Vi ønsker ikke å gå ut med det nå, Eckhoff.»

Kommandørens øyebryn skar faretruende ned mot øynene, og Halvorsen sukket lydløst og gjorde seg klar til nok en av Harrys hanekamper. Men så spratt kommandørens øyebryn opp igjen.

«Tilgi meg, Hole. En yrkesskade. Som øverste leder glemmer

man av og til at ikke alle rapporterer hit. Hva kan jeg hjelpe dere med?»

«Kort fortalt lurer jeg på om du kan tenke deg mulige motiver for det som har skjedd.»

«Tja. Jeg har selvfølgelig tenkt på dette. Og det er vanskelig å se noen grunn. Robert var et rotehue, men en hyggelig gutt. Veldig annerledes enn sin bror.»

«Jon er ikke hyggelig?»

«Han er ikke noe rotehue.»

«Hva slags type rot var Robert innblandet i?»

«Innblandet? Du antyder noe ikke jeg kjenner til. Jeg mente bare at Robert ikke hadde en retning på livet sitt, ikke slik som broren. Jeg kjente jo faren deres godt. Josef var en av våre beste offiserer. Men han mistet altså troen.»

«Du sa det var en lang historie. Går det an å få en kortversjon?»

«Godt spørsmål.» Kommandøren sukket tungt og så ut av vinduet. «Josef jobbet i Kina under en flom. Få der hadde hørt om Herren, og de døde som fluer. Ifølge Josefs bibeltolkning ville ingen som ikke har tatt imot Jesus bli frelst, men brenne i helvete. De var i Hunan-regionen og delte ut medisiner. Flommen gjorde at Russel-hoggormer svømte overalt og mange ble bitt. Selv om Josef og folkene hans hadde tatt med et helt brett med serum, kom de som regel for sent, for denne hoggormen har heotoxidgift, som løser opp blodåreveggene og gjør at den som er bitt begynner å blø fra øyne, ører og alle andre kroppsåpninger og dør i løpet av en time eller to. Jeg var selv vitne til heotoxidgift da jeg virket som misjonær i Tanzania og så mennesker som var blitt bitt av boomslanger. Et forferdelig syn.»

Eckhoff lukket øynene et øyeblikk.

«Uansett. I en av landsbyene ga Josef og sykepleieren hans penicillin til to tvillinger som begge hadde fått lungebetennelse. Mens de holdt på med dette, kom faren inn, han var nettopp blitt bitt av en Russel-hoggorm i vannet på risåkeren. Josef Karlsen hadde én dose serum igjen som han ba sykepleieren suge opp i en sprøyte og gi mannen. I mellomtiden gikk Josef utenfor for å tømme seg, for han hadde som alle andre diaré og magekrampe.

133

Og mens han satt på huk i flomvannet, ble han bitt i testiklene og ramlet bakover i vannet og skrek så høyt at alle skjønte hva som hadde skjedd. Da han kom inn igjen i huset, sa sykepleieren at den kinesiske hedningen nektet å la henne sette sprøyten. For hvis det var slik at Josef også var blitt bitt, ville han at Josef skulle ha serumet. For hvis Josef fikk leve, kunne han redde flere barn, og selv var han bare en bonde som ikke engang hadde en gård lenger.»

Eckhoff trakk pusten.

«Josef fortalte meg at han var så redd at han ikke engang vurderte å takke nei til tilbudet, og lot sykepleieren sette sprøyten på seg med én gang. Og etterpå begynte han å gråte mens den kinesiske bonden prøvde å trøste ham. Og da Josef endelig hadde fått tatt seg sammen og ba sykepleieren spørre den kinesiske hedningen om han hadde hørt om Jesus, så rakk hun ikke engang spørre før bondens bukser plutselig ble røde. Han var død i løpet av sekunder.»

Eckhoff så på dem, som for å la historien synke inn. En trenet predikants kunstpause, tenkte Harry.

«Så den mannen brenner nå i helvete?»

«Ifølge Josef Karlsens forståelse av teksten, ja. Det vil si, Josef har jo fornektet teksten nå.»

«Så det var grunnen til at han mistet troen og flyttet fra landet?»

«Det var det han sa til meg.»

Harry nikket og snakket ned i notatblokken som han hadde tatt frem: «Så nå skal Josef Karlsen selv brenne fordi han ikke greide å akseptere dette … eh, paradokset ved troen. Er det riktig oppfattet?»

«Du er inne på et teologisk problematisk felt, Hole. Er du kristen?»

«Nei. Jeg er etterforsker. Jeg tror på bevis.»

«Og det vil si?»

Harry gløttet på armbåndsuret sitt og nølte før han svarte, fort og i et flatt tonefall:

«Jeg har problemer med en religion som sier at å tro i seg selv skal være inngangsbillett til himmelen. Altså at idealet skal være din evne til å manipulere din egen fornuft til å godta noe forstanden din ikke aksepterer. Det er den samme modellen for intellektuell underkastelse som diktaturer gjennom alle tider har brukt, ideen om en høyere fornuft som det ikke skal settes beviskrav til.»

Kommandøren nikket. «En reflektert innvending, førstebetjent. Og du er selvfølgelig ikke den første som har kommet med den. Likevel er det altså mange langt mer intelligente mennesker enn du og jeg som tror. Er ikke det et paradoks for deg?»

«Nei,» sa Harry. «Jeg treffer mange mennesker som er langt mer intelligente enn meg. Noen av dem tar menneskeliv av grunner verken de eller jeg skjønner. Tror du at drapet på Robert kan være rettet mot Frelsesarmeen?»

Kommandøren rettet seg uvilkårlig opp i stolen.

«Hvis du tenker at det er politiske interessegrupper, så tviler jeg på det. Frelsesarmeens linje har alltid vært å holde seg politisk nøytrale. Og der har vi vært ganske konsekvente. Selv under annen verdenskrig gikk vi ikke ut med noen offentlig fordømmelse av den tyske okkupasjonen, men forsøkte så godt vi kunne å fortsette arbeidet vårt som før.»

«Gratulerer,» sa Halvorsen tørt, og fikk et advarende blikk fra Harry.

«Den eneste invasjonen vi har velsignet, var vel den i 1888,» sa Eckhoff uanfektet. «Da den svenske Frelsesarmeen bestemte seg for å okkupere Norge, og vi fikk den første suppestasjonen i det fattigste arbeiderstrøket i Oslo, nemlig der hvor Politihuset deres ligger nå, gutter.»

«Ingen bærer vel nag av den grunn, vil jeg tro,» sa Harry. «På meg virker det som Frelsesarmeen er mer populær enn noensinne.»

«Både og,» sa Eckhoff. «Vi nyter tillit i befolkningen, det merker vi jo. Men rekrutteringen er så som så. I høst hadde vi bare elleve kadetter på Offisersskolen i Asker hvor internatet har sengeplass til seksti. Og siden det har vært vår linje å forholde oss til konservativ bibeltolkning i for eksempel homofilispørsmål, er vi selvfølgelig ikke like populær i alle leire. Vi kommer nok etter, vi også, det går bare litt senere hos oss enn i mer liberale kirkesamfunn. Men vet du hva? Jeg tror i vår omskiftelige tid at det kanskje ikke gjør noe om det er noen ting som forandres litt langsommere.» Han smilte til Halvorsen og Harry som om de hadde uttrykt enighet. «Uansett, det er yngre krefter som overtar. Med yngre syn på sakene, antar jeg. Akkurat nå holder vi på å ansette ny forvaltningssjef hvor det er meget unge kandidater til jobben.» Han la en hånd på magen.

«Var Robert en av dem?» spurte Harry.

Kommandøren ristet smilende på hodet. «Det kan jeg trygt si at han ikke var. Men broren hans, Jon er for så vidt det. Vedkommende kommer til å rå over betydelige verdier, blant annet alle eiendommene våre, og Robert var ikke en type man ga et sånt ansvar. Ikke hadde han gått på Offisersskolen heller.»

«De eiendommene, er det de som ligger i Gøteborggata?»

«Vi har flere. I Gøteborggata er det kun armeens egne ansatte som bor, mens andre steder, for eksempel i Jacob Aalls gate, huser vi også flyktninger fra Eritrea, Somalia og Kroatia.»

«Mm.» Harry kikket på notatblokken, slo pennen mot armlenet på stolen og reiste seg. «Jeg tror vi har tatt nok av din tid så langt, Eckhoff.»

«Å, det var da ikke så mye. Dette er jo en sak som opptar oss.»

Kommandøren fulgte dem til døra.

«Kan jeg få stille deg et personlig spørsmål, Hole?» spurte kommandøren. «Hvor har jeg sett deg før. Jeg glemmer aldri et ansikt, skjønner du.»

«Kanskje på TV eller i avisen,» sa Harry. «Det var en del ståhei rundt min person i forbindelse med en norsk drapssak i Australia.»

«Nei, de ansiktene glemmer jeg, så jeg må ha sett deg i levende live, skjønner du.»

«Stikker du og kjører frem bilen?» sa Harry til Halvorsen. Da Halvorsen hadde gått, snudde Harry seg til kommandøren.

«Jeg veit ikke, men dere hjalp meg en gang,» sa han. «Plukket meg opp fra gata en vinterdag da jeg var så full at jeg ikke kunne ta vare på meg selv. Soldaten som fant meg, ville først ringe politiet siden han mente de bedre kunne ta vare på meg. Men jeg forklarte at jeg jobbet i politiet og at det ville bety sparken. Så han tok meg med ned på feltpleien hvor jeg fikk en sprøyte, og fikk sovet ut. Jeg er dere stor takk skyldig.»

David Eckhoff nikket. «Jeg tenkte det var noe sånt, ja, men jeg ville ikke si det. Og når det gjelder den takken, synes jeg vi skal la den bero inntil videre. Og si at det er vi som skylder deg en takk hvis dere finner den som drepte Robert. Gud velsigne deg og arbeidet ditt, Hole.»

Harry nikket og gikk ut i forværelset hvor han ble stående et øyeblikk og se på Eckhoffs lukkede dør.

«Dere er ganske like,» sa Harry.

«Å?» sa den dype kvinnestemmen. «Var han streng?»

«Jeg mener på bildet der inne.»

«Ni år,» sa Martine Eckhoff. «Godt gjort å kjenne meg igjen.»

Harry ristet på hodet. «Jeg har forresten ment å ta kontakt med deg. Jeg ville snakke med deg.»

«Å?»

Harry hørte hvordan det lød og skyndte seg å føye til: «Om det med Per Holmen.»

«Er det noe å snakke om?» Hun trakk likegyldig på skuldrene, men temperaturen i stemmen hadde falt. «Du gjør jobben din. Og jeg min.»

«Kanskje det. Men jeg … ja, jeg ville bare si at det ikke var helt slik det kanskje så ut.»

«Og hvordan så det ut?»

«Jeg sa til deg at jeg brydde meg om Per Holmen. Og endte opp med å ødelegge det som var igjen av familien hans. Det er bare slik jobben min av og til er.»

Hun skulle til å svare, men i det samme ringte telefonen. Hun løftet røret og lyttet.

«Vestre Aker kirke,» svarte hun. «Mandag den tjuende klokken tolv. Ja.»

Hun la på.

«Alle skal i begravelsen,» sa hun mens hun bladde i papirer. «Politikere, geistligheten og kjendisene. Alle vil ha en bit av oss

i sørgestunden. I går ringte manageren for en av våre nye synge-
damer og tilbød at artisten hans kunne synge i begravelsen.»

«Vel,» sa Harry og lurte på hva han kom til å si. «Det er ...»

Men telefonen ringte igjen, så han slapp å finne det ut. I stedet
skjønte han at det var tid for exit og nikket og gikk til døra.

«Jeg har satt opp Ole på Egertorget på torsdag,» hørte han
bak seg. «Ja, for Robert. Så da er spørsmålet om du kan ta sup-
pebussen sammen med meg i kveld.»

I heisen bannet han lavt og dro hendene over ansiktet. Så lo
han oppgitt. Slik man ler av dårlige klovner.

*

Roberts kontor virket om mulig enda mindre i dag. Og like kao-
tisk. Frelsesarméfanen tronet ved siden av frostrosene på vinduet
og lommekniven sto i pulten ved siden av en bunke papirer og
uåpnede konvolutter. Jon satt ved pulten og lot blikket gli over
veggene. Det stoppet ved et bilde av Robert og ham selv. Når
var det fra? Det var tatt på Østgård, naturligvis, men hvilken
sommer? Robert så ut som han prøvde å holde seg alvorlig, men
måtte smile. Hans eget smil så tilkjempet, forsert ut.

Han hadde lest avisene i dag. Det var uvirkelig selv om han
nå kjente alle detaljene, som om det handlet om en annen og
ikke Robert.

Døra gikk opp. Utenfor sto en høy, blond dame med militær-
grønn pilotjakke. Munnen var smal og blodløs, øynene harde,
nøytrale og ansiktet uttrykksløst. Bak henne sto en rødhåret,
kortvokst fyr med Smørbukkansikt og den type glis som synes
preget inn i noen menneskers ansikt og som de møter både gode
og dårlige dager med.

«Hvem er du?» spurte kvinnen.

«Jon Karlsen.» Og fortsatte da han så kvinnens øyne bli enda
litt hardere: «Jeg er broren til Robert.»

«Beklager,» sa kvinnen uten tonefall, gikk over terskelen og
rakte frem hånden. «Toril Li. Politibetjent ved Voldsavsnittet.»
Hånden hennes var knokkelhard, men varm. «Dette er betjent
Ola Li.»

Mannen nikket og Jon nikket tilbake.

«Vi er leie for det som har skjedd,» sa kvinnen. «Men siden dette er en drapssak, må vi dessverre plombere dette rommet.»

Jon fortsatte å nikke mens blikket hans søkte tilbake til bildet på veggen.

«Det betyr nesten at vi må be deg om å …»

«Å, selvfølgelig» sa Jon. «Beklager, jeg er litt bortreist.»

«Det er fullt forståelig,» svarte Toril Li med et smil. Ikke et bredt, hjertelig smil, men et lite, vennlig, et som var tilpasset situasjonen. Jon tenkte at de måtte ha erfaring med slike situasjoner, politifolk som jobbet med mord og den slags. Akkurat som prester. Som far.

«Har du rørt noe?» spurte hun.

«Rørt? Nei, hvorfor skulle jeg det? Jeg har bare sittet her i stolen.»

Jon reiste seg og uten å vite hvorfor rykket han foldekniven opp fra pulten, foldet den sammen og stakk i lommen.

«Vær så god,» sa han og forlot rommet. Døra ble lukket stille bak ham. Han var kommet bort til trappen da det gikk opp for ham at det var en idiotisk ting å gjøre; å stikke av med foldekniven, og han snudde og gikk tilbake for å levere den. Utenfor den lukkede døra stoppet han og hørte kvinnens lattermilde stemme innenfor: «Helledussen som jeg skvatt! Han er jo klin lik broren, jeg trodde først det var et gjenferd jeg så.»

«Han ligner ikke i det hele tatt,» sa mannsstemmen.

«Når du bare har sett ett bilde så!»

En fryktelig tanke slo Jon.

*

SK-655 til Zagreb tok av fra Oslo Lufthavn på rutetid klokka ti førti presis, gjorde en sving til venstre over Hurdalsjøen før den la kursen sørover mot navigasjonsfyret i Ålborg. Siden det var en uvanlig kald dag, hadde luftlaget som kalles propopausen sunket så lavt at MD-81-flyet klatret gjennom dette allerede da det passerte over sentrale Oslo. Og siden det er i propopausen at fly avsetter kondensstriper mot himmelen, ville han – om han hadde sett opp der han sto og hutret ved telefonautomatene på Jernbanetorget – sett flyet han hadde en billett til i lommen på kamelhårsfrakken.

Han hadde låst vesken inne i en av oppbevaringsboksene på Oslo S. Han måtte ha et hotellrom. Og så måtte han fullføre jobben. Og det betydde at han måtte ha et våpen. Men hvordan fikk man tak i et våpen i en by hvor man ikke hadde en eneste kontakt?

Han lyttet til kvinnen på nummeropplysningen som på skandinavenes syngende engelsk forklarte at de hadde sytten oppføringer i Oslo på personer som het Jon Karlsen og at hun dessverre ikke kunne gi ham adressen til alle. Men, ja, hun kunne gi ham telefonnummeret til Frelsesarmeen.

Damen som svarte hos Frelsesarmeens hovedkvarter sa at de hadde bare én Jon Karlsen, men han hadde fri i dag. Han forklarte at han skulle sende en julepresang, om hun hadde privatadressen hans?

«Skal vi se. Gøteborggata 4, postnummer 0566. Det er fint at noen tenker på ham nå, stakkar.»

«Stakkar?»

«Ja, det var jo broren hans som ble skutt i går.»

«Bror?»

«Ja, på Egertorget. Det står i avisen i dag.»

Han takket for hjelpen og la på.

Noe prikket ham på skulderen, og han virvlet rundt.

Det var pappkruset som avslørte hva den unge mannens ærend var. Olajakka var riktignok litt skitten, men han hadde en moderne hårklipp, var nybarbert, hadde solide klær og et åpent, våkent blikk. Den unge mannen sa noe, men da han trakk på skuldrene for å vise at han ikke snakket norsk, slo han over i perfekt engelsk:

«*I'm Kristoffer. I need money for a room tonight. Or else I'll freeze to death.*»

Det hørtes ut som noe han hadde lært på et markedsføringskurs, et kort, konsist fremført budskap med sitt eget navn som ga det en effektiv emosjonell nærhet. Bønnen ble etterfulgt av et bredt smil.

Han ristet på hodet og ville til å gå, men tiggeren stilte seg foran ham med pappkruset:

«*Mister?* Har du noen gang vært nødt til å sove ute og frosset så du har grått deg gjennom natten?»

«*Yes, actually I have.*» Et vilt øyeblikk hadde han lyst til å fortelle at han en gang hadde ligget i et oversvømt revehi i fire døgn og ventet på en serbisk stridsvogn.

«Da vet du hva jeg snakker om, *mister.*»

Han nikket langsomt til svar. Stakk hånden i lommen, tok ut en seddel og ga den til Kristoffer uten å se på den. «Du kommer til å sove ute likevel, ikke sant?»

Kristoffer skyndte seg å stikke seddelen i lommen før han nikket og smilte unnskyldende: «Må nesten prioritere medisinen min, *mister.*»

«Hvor pleier du å sove da?»

«Der nede.» Junkien pekte og han fulgte den lange, slanke pekefingeren med en velstelt negl. «Containerhavna. Til sommeren begynner de å bygge opera der.» Kristoffer smilte bredt igjen. «Og jeg elsker opera.»

«Er ikke det litt kaldt der nå?»

«I natt blir det kanskje Frelsesarmeen. De har alltids en ledig seng på Heimen.»

«Har de?» Han så på gutten. Han så velstelt ut, og de jevne tennene lyste hvitt når han smilte. Likevel luktet han forråtnelse. Og når han lyttet, syntes han at han kunne høre den knitrende lyden av tusen kjever, av kjøtt som ble fortært innenfra.

Kapittel 11.
Torsdag 17. desember. Kroaten

Halvorsen satt tålmodig bak rattet og ventet på en bergensregistrert bil som sto og spant på isen med gassen i bånn foran dem. Harry snakket med Beate i mobiltelefonen.

«Hva mener du?» spurte Harry høyt for å overdøve bergenserens rusing.

«At det ikke ser ut som det er samme personen som er på de to bildene,» gjentok Beate.

«De har samme lua, samme regnjakka og samme halstørkleet. Det må da være samme person?»

Hun svarte ikke.

«Beate?»

«Ansiktene er utydelige. Det er noe merkelig der, jeg vet ikke helt hva det er. Kanskje det bare er noe med lyset.»

«Mm. Tror du vi er på villspor?»

«Jeg vet ikke. Posisjonen hans rett foran Karlsen stemmer for så vidt med de tekniske funnene. Hva er det som bråker sånn?»

«Bambi på isen. Vi snakkes.»

«Vent!»

Harry ventet.

«Det er én ting til,» sa Beate. «Jeg så på de andre bildene, de fra dagen før.»

«Ja?»

«Jeg finner ingen ansikter som er identiske med dem som var der dagen før. Men det er en liten detalj. Det er en mann der, en i gulaktig frakk, kanskje en kamelhårsfrakk. Han har på seg et skjerf ...»

«Mm. Et halstørkle, mener du?»

«Nei, det ser ut som et vanlig ullskjerf. Men det er knyttet på samme måte som hos han eller de med det halstørkleet. Den høyre kanten stikker opp av knuten. Har du sett det?»

«Nei.»

«Jeg har ikke sett noen knytte skjerfet på akkurat den måten før,» sa Beate.

«Send bildene på mail, så ser jeg på det.»

Det første Harry gjorde da han kom på kontoret, var å printe ut bildene fra Beate.

Da han gikk for å hente bildene på skriverrommet, sto Gunnar Hagen alt der.

Harry nikket, og de to mennene ble stående i taushet og se på den grå maskinen som spyttet ut ark etter ark.

«Noe nytt?» spurte Hagen til slutt.

«Både og,» sa Harry.

«Pressen er på meg. Fint om vi hadde hatt noe jeg kunne gitt dem.»

«Å ja, det holdt jeg nesten på å glemme, sjef. Jeg ga dem et tips om at vi ser etter denne mannen.» Harry nappet et ark ut av utskriftsbunken og pekte på mannen med halstørkleet.

«Du gjorde hva?» sa Hagen.

«Jeg tipset pressen. Nærmere bestemt Dagbladet.»

«Uten å gå via meg?»

«Det er rutine, sjef. Vi kaller det konstruktiv lekkasje. Vi sier at opplysningene stammer fra en anonym politikilde slik at avisen kan gi skinn av at det ligger journalistisk gravearbeid bak. De liker det, så de gir det større oppslag enn om vi åpent hadde bedt dem publisere bilder. Nå kan vi få hjelp av publikum til å identifisere mannen. Og alle blir glade.»

«Ikke jeg, Hole.»

«Det er jeg i tilfelle oppriktig lei meg for, sjef,» sa Harry og understreket oppriktigheten med et bekymret ansiktsuttrykk.

Hagen stirret på ham mens overkjeve og underkjeve beveget seg usynkront sidelengs i en eltende bevegelse som fikk Harry til å tenke på en drøvtygger.

«Og hva er det med denne mannen?» sa Hagen og nappet arket fra Harry.

«Vi vet ikke helt. De er kanskje flere. Beate Lønn mener at de har … vel, knyttet halstørkleet på en spesiell måte.»

«Det er en kravattknute.» Hagen så på bildet igjen. «Hva er det med den?»

«Hva sa du det var, sjef?»

«En kravattknute.»

«Jeg vet at kravatt er svensk for slips. Mener du en slipsknute?»

«Kroatknute, mann.»

«Hva?»

«Er ikke dette elementær historiekunnskap?»

«Jeg ville være takknemlig om du opplyste meg, sjef.»

Hagen la hendene på ryggen. «Hva vet du om trettiårskrigen?»

«Alt for lite, antagelig.»

«Under trettiårskrigen da kong Gustav Adolf skulle marsjere inn i Tyskland, supplerte han sin disiplinerte, men lille hær med det som var regnet for de beste soldatene i Europa. De var best simpelthen fordi de var regnet som fullstendig fryktløse. Han leide inn kroater. Visste du at det norske ordet 'krabat' kommer fra Sverige og opprinnelig betydde kroat, altså en fryktløs vill-styring?»

Harry ristet på hodet.

«Selv om kroatene sloss i et fremmed land og måtte bære kong Gustav Adolfs uniform, så fikk de beholde noe som skilte dem ut fra de andre; ryttertørkleet. Det var et halstørkle som kroatene knyttet på en spesiell måte. Plagget ble adoptert og videreutviklet av franskmennene, men de kalte det opp etter kroat og det ble til *cravate*.

«*Cravate*. Kravatt.»

«Nettopp.»

«Takk, sjef.» Harry tok det siste arket med bilder fra utskriftshyllen og så på bildet av mannen med skjerfet som Beate hadde satt en ring rundt. «Det er mulig du akkurat har gitt oss et spor.»

«Vi behøver ikke takke hverandre for at vi gjør jobbene våre, Hole.» Hagen tok resten av arkene og marsjerte ut.

*

Halvorsen kikket opp da Harry kom rasende inn på kontoret.

«Napp i en sytråd,» sa Harry. Halvorsen sukket. Det uttrykket betydde som regel masse arbeid og null resultat.

«Jeg ringer Alex i Europol,» sa Harry.

Halvorsen visste at Europol var Interpols lillesøster i Haag, opprettet av EU-landene etter terroraksjonene i Madrid i 1998 og hadde internasjonal terror og organisert kriminalitet som sitt spesiale. Det han ikke skjønte, var hvorfor denne Alex med jevne mellomrom var villig til å hjelpe Harry så lenge Norge ikke var et EU-land.

«*Alex? Harry in Oslo. Could you check on a thing for me, please?*»

Halvorsen hørte Harry på sitt huggende, men effektive engelsk be Alex søke i databasen over forbrytelser med antatt internasjonal gjerningsmann i Europa de siste ti årene. Søkeord leiemord og kroat.

«*I'll wait,*» sa Harry og ventet. Så, forbauset: «*Really? That many?*» Han kløbde seg på haken, ba Alex legge til pistol og kaliber ni millimeter i søket.

«Tjuetre treff, Alex? Tjuetre drap med mulig kroat som gjerningsmann? *Jesus!* Jada, jeg veit at kriger skaper profesjonelle drapsmenn, men likevel. Prøv Skandinavia. Ingenting? OK, har du noen navn, Alex? Ingen? *Hang on a sec.*»

Harry stirret på Halvorsen som om han håpet han skulle si noe forløsende, men Halvorsen bare trakk på skuldrene.

«OK, Alex,» sa Harry. «Et siste forsøk.»

Han ba Alex prøve å legge til rødt halstørkle eller skjerf under «signalement» i søket.

Halvorsen kunne høre Alex le i røret.

«Takk, Alex. Vi snakkes.»

Harry la på.

«Nå?» sa Halvorsen. «Røyk sytråden?»

Harry nikket. Han hadde sunket et par hakk dypere ned i stolen, men så rettet han seg brått opp. «Vi får tenke nytt. Hva har vi? Ingenting? Flott, jeg elsker blanke ark.»

Halvorsen husket at Harry en gang hadde sagt at det som skiller en god fra en middels etterforsker, er evnen til å glemme. En god etterforsker glemmer alle gangene magefølelsen har sviktet ham, glemmer alle sporene han trodde på, men som førte ham vill. Og går naiv og glemsk på igjen med uforminsket entusiasme.

Telefonen ringte. Harry rev av røret. «Harr...» Men stemmen i andre enden var alt i gang.

Harry reiste seg bak pulten og Halvorsen kunne se knokene på hånden som holdt telefonrøret hvitne.

«*Wait, Alex.* Jeg skal få Halvorsen til å notere.»

Harry holdt hånden foran røret og ropte til Halvorsen: «Han gjorde et siste forsøk bare for moro skyld. Kuttet ut kroat og ni millimeter og de andre tingene og søkte bare på 'rødt skjerf'. Fikk fire treff. Fire profesjonelt gjennomførte drap med pistol hvor vitner nevner en mulig gjerningsmann med rødt skjerf. Noter Zagreb i totusen og totusenogén. München i totusenogto og Paris i totusenogtre.»

Harry snakket i røret igjen: «*This is our man, Alex.* Nei, jeg er ikke sikker, men magen min er det. Og hodet mitt sier at to drap i Kroatia ikke er tilfeldig. Har du noe nærmere signalement så Halvorsen her kan få notert?»

Halvorsen så Harry måpe.

«Hva mener du 'ikke noe signalement'? Hvis de husker skjerfet, så må de da ha fått med seg noe mer. Hva? Normal høyde? Er det alt?»

Harry ristet på hodet mens han lyttet.

«Hva sier han?» hvisket Halvorsen.

«At det spriker,» hvisket Harry tilbake.

Halvorsen noterte «spriker».

«Ja, det er fint hvis du sender over detaljene på mail. Vel, takk så langt, Alex. Hvis du finner noe mer, antatt tilholdssted eller noe, så ring, OK? Hva? He-he. Ja da, jeg skal snart sende deg et opptak med kona mi.»

Harry la på og ble oppmerksom på Halvorsens spørrende blikk.

«En gammel spøk,» sa Harry. «Alex tror at alle skandinaviske ektepar lager private pornofilmer.»

Harry slo et nytt telefonnummer, oppdaget mens han ventet på svar at Halvorsen fremdeles så på ham og sukket:

«Jeg har ikke engang vært gift, Halvorsen.»

*

Magnus Skarre måtte rope for å overdøve kaffetrakteren som hørtes ut som den led av en alvorlig lungesykdom: «Kanskje det er forskjellige drapsmenn i en hittil ukjent liga som bruker røde skjerf som en slags uniform.»

«Tull,» sa Toril Li uten tonefall og stilte seg i kaffekø bak Skarre. I hånden holdt hun et tomt krus med «Verdens beste mamma» malt på.

Ola Li lo en liten, klukkende latter. Han satt ved bordet innenfor tekjøkkenet som i praksis fungerte som en avdelingskantine for Vold- og sedelighetsseksjonen.

«Tull?» sa Skarre. «Det kan være terrorisme, ikke sant? Religiøs krig mot kristne. Muslimer. Da er helvete løs. Eller kanskje det er spanjakker, de bruker jo røde skjerf.»

«De foretrekker å bli kalt spanjoler,» sa Toril Li.

«Baskere,» sa Halvorsen, som satt ved bordet tvers overfor Ola Li.

«Hæ?»

«Okseløp. San Fermin i Pamplona. Baskerland.»

«ETA!» ropte Skarre. «Faen, hvorfor har vi ikke tenkt på dem!»

«Du skulle skrevet for filmen, du,» sa Toril Li. Ola Li lo høyt nå, men sa som vanlig ingenting.

«Og dere to skulle holdt dere til bankranere på rohypnol,» mumlet Skarre som henvisning til at Toril Li og Ola Li, som verken var gift eller i slekt, hadde kommet fra Ransavsnittet.

«Det er bare det at terrorister pleier å ta på seg skylda,» sa Halvorsen. «I de fire sakene vi fikk sendt over fra Europol har det vært *hit and run*, og så helt stille etterpå. Og ofrene har som regel vært innblandet i ting. Begge ofrene i Zagreb var serbere som var frikjent for krigsforbrytelser, og han i München var en som truet hegemoniet til en lokal konge i menneskesmuglerbransjen. Og så var det en i Paris med to tidligere pedofilidommer på seg.»

Harry Hole kom inn med et krus i hånden. Skarre, Li og Li fikk kaffe i koppene sine og i stedet for å sette seg, trakk de ut. Halvorsen hadde merket at Harry kunne ha den virkningen på kollegaer. Førstebetjenten slo seg ned, og Halvorsen la merke til den betenkte rynken i pannen hans.

«Det nærmer seg tjuefire timer,» sa Halvorsen.

«Ja,» sa Harry og stirret ned i sitt fortsatt tomme krus.

«Er det noe galt?»

Harry nølte. «Jeg veit ikke. Jeg ringte Bjarne Møller i Bergen. For å få noen konstruktive forslag.»

«Hva sa han, da?»

«Ingenting, egentlig. Han hørtes …» Harry lette etter ordet. «Ensom ut.»

«Har han ikke hele familien med seg?»

«De skulle visst komme etter.»

«Trøbbel?»

«Veit ikke. Jeg veit ingenting.»

«Hva er det som plager deg, da?»

«At han var full.»

Halvorsen skumpet til kruset så kaffen skvulpet over. «Møller? Full på jobben? Du tuller.»

Harry svarte ikke.

«Kanskje han bare var dårlig eller noe,» skyndte Halvorsen seg å si.

«Jeg vet hvordan en full mann høres ut, Halvorsen. Jeg må dra over til Bergen.»

«Nå? Du leder en drapsetterforskning her, Harry.»

«Frem og tilbake på dagen. Du får holde fortet imens.»

Halvorsen smilte. «Holder du på å bli gammel, Harry?»

«Gammel? Hva mener du?»

«Gammel og menneskelig. Det er første gang jeg hører deg prioritere de levende foran de døde.»

Halvorsen angret straks han så ansiktsuttrykket til Harry. «Jeg mente ikke ...»

«Det er i orden,» sa Harry og reiste seg fort. «Jeg vil at du skal få passasjerlister fra flyselskaper som har flighter fra og til Kroatia de siste dagene. Spør politiposten på Oslo Lufthavn om du trenger begjæring fra politijurist. Må du ha rettskjennelse, stikker du bort på tinghuset og får det på stedet. Når du har listene, ringer du Alex i Europol og ber ham sjekke navnene for oss. Si det er til meg.»

«Og du er sikker på at han vil hjelpe?»

Harry nikket bare. «Imens tar jeg og Beate en prat til med Jon Karlsen.»

«Å?»

«Hittil har vi bare fått solskinnshistorier om Robert Karlsen. Jeg tror det er mer.»

«Og hvorfor tar du ikke med meg?»

«Fordi Beate i motsetning til deg skjønner når folk juger.»

*

Han trakk pusten før han gikk opp trappetrinnene til restaurant Biscuit.

Til forskjell fra kvelden før var det nesten ingen mennesker der nå. Men den samme kelneren sto lent mot karmen i døra inn til spisesalen. Han med Giorgi-krøllene og de blå øynene.

«*Hello there,*» sa kelneren. «Jeg kjente deg ikke igjen.»

Han blunket to ganger, overrumplet av det faktum at det måtte bety at han faktisk *var* blitt kjent igjen.

«Men jeg kjente igjen frakken,» sa kelneren. «Meget smakfull. Er det kamel?»

«Jeg håper det,» stammet han smilende til svar.

Kelneren lo og la hånden på armen hans. Han så ikke snev av frykt i kelnerens øyne og sluttet av det at kelneren ikke hadde noen mistanke. Og håpet det betydde at politiet ikke hadde vært her og funnet våpenet ennå.

«Jeg skal ikke spise,» sa han. «Jeg ville bare låne toalettet.»

«Toalettet?» sa kelneren og han merket at de blå øynene søkte hans. «Du kom hit bare for å låne toalettet? Virkelig?»

«Bare en kort tur,» sa han og svelget. Kelnerens nærvær gjorde ham beklemt.

«En kort tur,» gjentok kelneren. «*I see.*»

Toalettet var tomt og luktet såpe. Men ikke frihet.

Såpelukten ble enda sterkere da han vippet opp lokket på såpeboksen over vasken. Han skjøv opp jakkeermet og stakk hånden ned i den grønne, kalde suppen. Et øyeblikk fór tanken gjennom hodet: at de hadde skiftet såpedispensere. Men så kjente han den. Han trakk den langsomt opp og såpen strakk lange, grønne fingre ned mot vaskens hvite porselen. Etter en vask og litt olje ville pistolen være like fin. Og den hadde fremdeles seks patroner i magasinet. Han skyndte seg å skylle av pistolen og skulle akkurat til å stikke den i frakkelommen da døra gikk opp.

«*Hello again,*» hvisket kelneren og smilte bredt. Men smilet stivnet da han fikk øye på pistolen.

Han lot pistolen gli raskt ned i lommen, mumlet et «*goodbye,*» og presset seg skyndsomt forbi kelneren i den trange døråpningen. Han kjente den andres raske pust mot ansiktet og reisning mot låret.

Først da han var ute i kulden igjen, ble han oppmerksom på sitt eget hjerte. At det banket. Som om han hadde vært redd. Blodet strømmet i kroppen og gjorde ham varm og lett.

*

Jon Karlsen var akkurat på vei ut da Harry ankom Gøteborggata.

«Var det alt nå?» spurte Jon og så forvirret på klokka.

«Jeg er litt tidlig ute,» sa Harry. «Kollegaen min kommer etter hvert.»

«Rekker jeg å kjøpe melk?» Han hadde på seg en tynn jakke. Håret var nygredd.

«For all del.»

Nærbutikken lå på hjørnet på den andre siden av gaten og mens Jon fisket opp det påkrevde beløpet for en liter lettmelk, så

Harry fascinert på det overdådige utvalget av juletrepynt mellom toalettpapiret og cornflakespakkene. Ingen av dem kommenterte avisstativet foran kassa hvor drapet på Egertorget lyste mot dem med krigstyper. Dagbladets forside hadde et kornete, uskarpt utsnitt av Wedlogs publikumsbilde med en rød ring rundt hodet på personen med skjerf og overskriften: «Mannen politiet leter etter.»

De gikk ut, og Jon stoppet foran en tigger med rødt hår og syttitallsmodell hengebart. Han rotet dypt og lenge i lommen før han fant noe som han droppet i det brune pappkruset.

«Jeg har ikke noe særlig å by på,» sa Jon til Harry. «Og kaffen har sant å si stått i trakteren en stund. Smaker sannsynligvis asfalt.»

«Fint, jeg liker den sånn.»

«Du også?» Jon Karlsen smilte blekt. «Au!» Jon tok seg til hodet og snudde seg mot tiggeren. «Kaster du penger på meg?» spurte han forbauset.

Tiggeren blåste forarget i barten og ropte med klar stemme: «Her mottas bare gangbar mynt, takk!»

Jon Karlsens leilighet var identisk med Thea Nilsens. Det var rent og ryddig, men interiørmessig bar det likevel umiskjennelig preg av ungkarsleilighet. Harry gjorde tre raske antagelser: at de gamle, men velholdte møblene kom fra samme sted som hans egne, Elevator i Ullevålsveien. At Jon ikke hadde vært på den kunstutstillingen som den enslige plakaten på stueveggen reklamerte for. Og at flere måltider ble inntatt krumbøyd over det lave bordet foran TV-en enn på det som hadde fått plass i kjøkkenkroken. På den glisne bokhyllen sto et bilde av en mann i frelsesarméuniform som så ut i rommet med et bydende blikk.

«Din far?» spurte Harry.

«Ja,» svarte Jon, tok to krus ut av kjøkkenskapet og skjenket i fra en brunsvidd trakterkolbe.

«Dere ligner på hverandre.»

«Takk,» sa Jon. «Jeg håper det er sant.» Han tok med seg koppene og satte dem på salongbordet hvor han også plasserte den nyinnkjøpte melkekartongen i samlingen av ringer i lakken som viste hvor på bordet måltidene pleide å bli inntatt. Harry skulle til å spørre hvordan foreldrene hadde tatt nyheten om Roberts død, men ombestemte seg.

«La oss begynne med hypotesen,» sa Harry. «Som er at din bror ble drept fordi han hadde gjort noen noe. Lurt dem, lånt penger av dem, fornærmet dem, truet dem, skadet dem, hva som helst. Broren din var en bra fyr, det sier alle. Og det er vanligvis de karakteristikkene vi får først i drapssaker, folk vil gjerne trekke frem de gode sidene. Men de fleste av oss har mørke sider. Eller hva?»

Jon nikket uten at Harry kunne avgjøre om det var et uttrykk for enighet.

«Det vi trenger, er å få litt lys på nattesidene til Robert.»

Jon så uforstående på ham.

Harry kremtet: «La oss begynne med penger. Hadde Robert pengeproblemer?»

Jon trakk på skuldrene. «Nei. Og ja. Han levde ikke på stor fot, så jeg kan ikke se for meg at han har pådratt seg noen stor gjeld hvis det er det du mener. Når han lånte, var det stort sett av meg, tror jeg. Skjønt lånte og lånte …» Jon smilte vemodig.

«Hva slags beløp snakker vi om?»

«Ikke store. Bortsett fra i høst.»

«Hvor mye?»

«Ee … tretti tusen.»

«Til hva da?»

Jon klødde seg i hodet. «Det var et prosjekt, men han ville ikke fortelle hva det var, bare at det krevde at han reiste utenlands. Jeg skulle få se, sa han. Ja, det var litt mye penger syntes jeg, men jeg bor billig og har ikke bil. Og han virket entusiastisk for en gangs skyld. Jeg var spent på hva det var, men så … ja, så skjedde dette.»

Harry noterte. «Mm. Hva med de mørkere sidene ved Robert som person?»

Harry begynte ventingen. Så ned i salongbordet og lot Jon sitte der og tenke mens stillhetens vakuum virket på ham, det vakuumet som før eller siden alltid trakk noe ut; en løgn, en desperat digresjon eller, i beste fall, sannheten.

«Da Robert var ung, var han ...,» begynte Jon, men stoppet. Harry sa ingenting, rørte seg ikke.

«Han manglet ... hemninger.»

Harry nikket uten å se opp. Oppmuntret uten å bryte vakuumet.

«Jeg pleide å være redd for hva han kunne finne på. Han var så voldsom. Og så var det liksom han hadde to personer i seg. Den ene var den kalde, beherskede forskernaturen som var nysgjerrig på ... hva skal jeg si? Reaksjoner. Følelser. Lidelse, også, kanskje. Sånne ting.»

«Har du eksempler?» spurte Harry.

Jon svelget.

«En gang jeg kom hjem, sa han at han ville vise meg noe i vaskekjelleren. Han hadde puttet katten vår i et lite, tomt akvarium hvor far hadde hatt guppyer og stukket hageslangen inn under en treplate på toppen av akvariet. Så skrudde han kranen opp på fullt. Det gikk så fort at vannet nesten rakk å fylle akvariet før jeg fikk vekk treplaten og fisket opp katten. Robert sa at han bare ville se hvordan katten reagerte, men jeg har av og til tenkt at det var meg han ville se hvordan reagerte.»

«Mm. Hvis han var sånn, er det pussig at ingen har nevnt det.»

«Ikke mange kjente til den siden av Robert. Delvis var vel det min fortjeneste. Alt da vi var små, måtte jeg love far å passe på Robert så han ikke fant på noe ordentlig galt. Jeg gjorde så godt jeg kunne. Og Robert var som sagt ikke uten kontroll over sine handlinger. Han var kald og varm på én gang, om du skjønner. Så stort sett var det bare de helt nærmeste som fikk føling med Roberts ... andre sider. Ja, også en og annen frosk da.» Jon smilte. «Han sendte dem til værs med heliumsballonger. Da far tok ham, forklarte han at det bare virket så trist å være frosk og aldri få sett ting i fugleperspektiv. Og jeg ...» Jon stirret ut i luften og Harry kunne se at øynene hans var blitt blanke. «Jeg begynte å le. Far var rasende, men jeg greide ikke la være. Det var bare Robert som kunne få meg til å le sånn.»

«Mm. Vokste han disse tingene av seg?»

Jon trakk på skuldrene. «For å være helt ærlig så vet jeg ikke alt om hva Robert har foretatt seg de siste årene. Etter at pappa og mamma flyttet til Thailand, mistet Robert og jeg mye av kontakten.»

«Hvorfor det?»

«Sånt skjer jo ofte med brødre. Uten at det behøver å være noen grunn.»

Harry svarte ikke, ventet bare. En dør slamret igjen i oppgangen utenfor.

«Det var noen damehistorier,» sa Jon.

Den fjerne lyden av sykebilsirener. En heis nynnet metallisk. Jon trakk pusten og det kom med et sukk: «Unge.»

«Hvor unge da?»

«Det vet jeg ikke. Men hvis Robert ikke løy, var de nok i yngste laget.»

«Hvorfor skulle han lyve om det?»

«Som jeg sa. Jeg tror han likte å se hvordan jeg reagerte.»

Harry reiste seg og gikk bort til vinduet. En mann skrådde over Sofienbergparken langs et tråkk som så ut som en ujevn, brun strek tegnet av et barn på et kritthvitt ark. På nordsiden av kirken lå en liten, innhegnet gravplass for Det Mosaiske Trossamfund. Ståle Aune, psykologen, hadde en gang fortalt ham at for hundre år siden hadde hele Sofienbergparken vært gravsted.

«Var han voldelig mot noen av disse pikene?» spurte Harry.

«Nei!» Jons rop kastet ekko mellom de nakne veggene. Harry sa ingenting. Mannen hadde krysset parken og gikk over Helgesens gate og rett mot gården.

«Ikke det han fortalte meg,» sa Jon. «Og om han hadde fortalt det, hadde jeg ikke trodd ham.»

«Kjenner du til noen av de jentene han traff?»

«Nei. Han beholdt dem aldri lenge. Det var egentlig bare en jente som jeg vet at han noensinne var seriøst interessert i.»

«Å?»

«Thea Nilsen. Han var som besatt av henne allerede da vi var ungdommer.»

«Kjæresten din?»

Jon stirret ettertenksomt ned i kaffekoppen. «Man skulle tro jeg kunne greie å holde meg borte fra den ene piken broren min har bestemt seg for at han skal ha, ikke sant? Og Gud vet at jeg har spurt meg selv hvorfor.»

«Og?»

«Jeg vet bare at Thea er det mest fantastiske menneske jeg har møtt.»

Heisens nynning stoppet brått.

«Visste broren din om deg og Thea?»

«Han fant ut at vi hadde truffet hverandre noen ganger. Han hadde sine mistanker, men Thea og jeg har liksom prøvd å holde det litt hemmelig da.»

Det banket på døra.

«Det er Beate, kollegaen min,» sa Harry. «La meg åpne.»

Han snudde notatblokken, la pennen parallelt ved siden av og gikk de få skrittene bort til inngangsdøra. Han balet litt før han skjønte at døra faktisk svingte innover, og fikk åpnet. Ansiktet på utsiden så like overrasket ut som hans, og et øyeblikk ble de bare stående og stirre på hverandre. Harry merket en søtlig, parfymert lukt, som om den andre personen akkurat hadde brukt en sterkt duftende deodorant.

«Jon?» sa mannen, forsiktig spørrende.

«Selvfølgelig,» sa Harry. «Beklager, vi ventet bare noen andre. Et øyeblikk.»

Harry gikk tilbake mot sofaen. «Det er til deg.»

I samme øyeblikk som han sank ned i det myke møbelet, slo det Harry at noe hadde skjedd, noe akkurat nå i løpet av de siste sekundene. Han sjekket at pennen fremdeles lå parallelt med blokken. Urørt. Men det var noe, noe hjernen hadde fått med seg, men ikke hadde rukket å sette i riktig sammenheng.

«God kveld?» hørte han Jon si bak seg. Høflig, reservert tiltaleform. I et spørrende tonefall. Slik man hilser en person som man verken kjenner eller skjønner hva vil. Der var det igjen. Noe som skjedde, noe galt. Det var noe med den personen. Han hadde brukt fornavnet til Jon da han spurte etter ham, men Jon kjente ham tydeligvis ikke.

«*What message?*» sa Jon.

I samme sekund klikket det på plass. Halsen. Mannen hadde hatt noe i halsen. Et halstørkle. Kravattknute. Harry støtte begge knærne i salongbordet da han reiste seg, og kaffekoppene veltet idet han skrek: «Lukk døra!»

Men Jon sto som hypnotisert og stirret ut av døråpningen. Krum i ryggen som for å ville hjelpe.

Harry tok ett skritts fart, hoppet over sofaen og ruste frem.

«*Don't ...*,» sa Jon.

Harry siktet og kastet seg. Så var det som om alt stoppet. Harry hadde opplevd det før, når adrenalinet kicket inn og forandret tidsfølelsen. Det var som å bevege seg i vann. Og han visste at det var for sent. Mot sin høyre skulder kunne han kjenne døra, mot venstre Jons hofte og mot trommehinnen lydbølgen fra eksploderende krutt og en kule som akkurat hadde forlatt en pistol.

Så kom smellet. Av kulen. Av døra som traff karmen og smekket i lås igjen. Og av Jon som traff garderobeskapet og så kanten av kjøkkenbenken. Harry snudde seg over på siden og så opp. Dørhåndtaket gikk ned.

«Faen,» hvisket Harry og kom seg opp på knærne.

Det rykket hardt i døra to ganger.

Harry fikk tak i beltet til den livløse Jon og dro ham over parkettgulvet mot soverommet.

Det skrapet mot utsiden av døra. Så smalt det igjen. Fliser reiste seg midt på døra, det rykket i en av ryggputene i sofaen, et enslig, gråsvart dun steg opp mot taket og det begynte å klukke i lettmelkkartongen på salongbordet. Melkestrålen tegnet en slapp, hvit parabel mot bordplaten.

Folk undervurderer hva et ni millimeter prosjektil kan utrette, tenkte Harry og snudde Jon over på ryggen. En enslig bloddråpe rant fra et hull i pannen hans.

Det smalt igjen. Det singlet i glass.

Harry vippet mobiltelefonen opp av lommen og slo kortnummeret til Beate.

«Jada, masa, jeg kommer,» svarte Beate etter første ring. «Jeg er utenfo...»

«Hør etter,» avbrøt Harry. «Meld over radioen at vi vil ha alle

patruljebiler hit nå. Med sirener. En person står utenfor leilig-
heten og peprer oss med bly. Og du holder deg unna. Mottatt?»

«Mottatt. Hold linjen.»

Harry la mobiltelefonen på gulvet foran seg. Det skrapet mot
veggen. Kunne han høre dem? Harry satt ubevegelig. Skrapingen
kom nærmere. Hva slags vegger hadde de her? Et prosjektil som
gikk gjennom en lydisolerende ytterdør ville ha null problemer
med et par gipsplater og isolasjonsull i en lettvegg. Enda nær-
mere. Den stoppet. Harry holdt pusten. Og det var da han hørte
det. At Jon pustet.

Så steg det opp fra det jevne bybulderet en lyd som lød som
musikk i Harrys ører. En politisirene. To politisirener.

Harry lyttet etter skraping. Ingenting. Flykt, ba han. Stikk.
Og ble bønnhørt. Løpende skritt forsvant bortover korridoren
og ned trappen.

Harry la bakhodet mot den kalde parketten og stirret i taket.
Det trakk fra under døra. Han lukket øynene. Nitten år. Her-
regud. Nitten år var det til han kunne pensjonere seg.

Kapittel 12.
Torsdag 17. desember. Hospital og aske

I butikkvinduet så han speilbildet av en politibil som kom glidende på veien bak ham. Han fortsatte å gå, måtte beherske seg for ikke å løpe. Slik han hadde gjort for noen minutter siden da han hadde stormet ned trappene fra Jon Karlsens leilighet, kommet seg ut på fortauet utenfor, nesten revet over ende en ung kvinne med mobiltelefon i hånden, spurtet over parken, vestover, mot de folksomme gatene hvor han nå befant seg.

Politibilen holdt samme fart som ham. Han så en dør, åpnet den og fikk følelsen av å ha trådd inn i en film. En amerikansk film med Cadillacer, lisseslips og unge Elviser. Musikken som kom over anlegget, hørtes ut som gamle hillbilly-plater på tredobbel hastighet og bartenderens dress som den var rappet fra platecoveret.

Han så seg rundt i det overraskende fulle og knøttlille barlokalet da han ble oppmerksom på at bartenderen hadde snakket til ham.

«*Sorry?*»

«*A drink, Sir?*»

«Hvorfor ikke? Hva har du?»

«Tja, en '*Slow Comfortable Screw-Up*', kanskje. Eller forresten, du ser ut som du trenger en whisky fra Orknøyene.»

«Takk.»

En politisirene steg og sank. Varmen i baren gjorde at svetten nå strømmet fritt ut av porene. Han rev av seg halstørkleet og stappet det i frakkelommen. Han var glad for tobakksrøyken i rommet som kamuflerte lukten av pistolen i frakkelommen.

Han fikk drinken og fant en plass ved veggen mot vinduet.

Hvem hadde den andre personen i leiligheten vært? En kamerat av Jon Karlsen? En slektning? Eller bare en Jon Karlsen delte leilighet med? Han tok en slurk av whiskyen. Den smakte hospital og aske. Og hvorfor stilte han seg selv så idiotiske spørsmål? Bare en politimann kunne ha reagert slik den fyren gjorde. Bare en politimann som kunne ha fått tilkalt hjelp så fort. Og nå visste de hva som var målet hans. Det ville gjøre jobben mye vanskeligere. Han måtte vurdere retrett. Han tok en slurk til.

Politimannen hadde sett kamelhårsfrakken.

Han gikk ut på toalettet, flyttet pistolen, halstørkleet og passet over i jakkelommene og stappet frakken ned i søppelbøtten under vasken. På fortauet utenfor ble han stående og se oppover og nedover gaten mens han hutrende gned hendene sammen.

Den siste jobben. Den viktigste. Alt var avhengig av dette.

Rolig, sa han til seg selv. De vet ikke hvem du er. Gå tilbake til start. Tenk konstruktivt.

Likevel kom tanken uten at han greide å stoppe den:

Hvem var den mannen i leiligheten?

*

«Vi vet ikke,» sa Harry. «Vi vet bare at han kan ha vært den samme som drepte Robert.»

Han dro til seg beina så sykepleieren fikk plass til å trille den tomme sengen forbi dem i den trange korridoren.

«K... *kan* ha vært?» stotret Thea Nilsen. «Er det flere av dem?» Hun satt lett foroverbøyd og tviholdt i tresetet på stolen som om hun var redd for å dette av.

Beate Lønn bøyde seg frem og la en beroligende hånd på Theas kne. «Vi vet ikke. Det viktigste er at det gikk bra. Legen sier at det bare er en hjernerystelse.»

«Som *jeg* påførte ham,» sa Harry. «Sammen med kanten av kjøkkenbenken som lagde et fint hull i panna. Pistolkulen bommet, vi fant den i veggen. Den andre kulen stoppet inni melkekartongen. Tenk deg det. *Inni* melkekartongen. Og den tredje i kjøkkenskapet mellom rosinene og ...»

Beate ga Harry et blikk som han skjønte skulle bety at Thea neppe var opptatt av ballistiske merkverdigheter akkurat nå.

«Uansett. Jon er fin, men han var bevisstløs, så legene beholder ham her til observasjon inntil videre.»

«Ja vel. Kan jeg få gå inn til ham nå?»

«Selvsagt,» sa Beate. «Vi ville bare at du skulle se på disse bildene først. Og fortelle oss om du har sett noen av disse mennene før.»

Hun dro tre bilder opp av en mappe og ga til Thea. Bildene fra Egertorget var forstørret så mye at ansiktene fortonte seg som mosaikker av svarte og hvite prikker.

Thea ristet på hodet. «Det var vanskelig. Jeg ser ikke engang forskjell på dem.»

«Ikke jeg heller,» sa Harry. «Men Beate er spesialist på ansiktsgjenkjennelse, og hun sier at dette er to forskjellige personer.»

«Jeg tror de er det,» rettet Beate. «I tillegg holdt jeg på å bli løpt over ende av ham som kom løpende ut av bygningen i Gøteborggata. Og for meg så det ikke ut som han var noen av personene på disse bildene.»

Harry stusset, han hadde aldri hørt Beate være i tvil om slikt før.

«Gode Gud,» hvisket Thea. «Hvor mange er de egentlig?»

«Ta det rolig,» sa Harry. «Vi har vakt utenfor rommet til Jon.»

«Hva?» Thea stirret storøyet på ham, og Harry skjønte at hun ikke engang hadde tenkt tanken at Jon kunne være i fare her på Ullevål sykehus. Før nå. Storartet.

«Kom, la oss gå og se hvordan han har det,» sa Beate vennlig.

Ja, tenkte Harry. Og la idioten sitte igjen og tenke litt over faget menneskebehandling.

Han snudde seg da han hørte løpende skritt i den andre enden av korridoren.

Det var Halvorsen som løp slalåm mellom pasienter, besøkende og sykepleiere i klaprende tresko. Andpusten stoppet han foran Harry og rakte ham et ark med blek, svart skrift og den blanke papirkvaliteten som gjorde at Harry skjønte at de kom fra Voldsavsnittets faksmaskin.

«En side fra passasjerlistene. Jeg prøvde å ringe deg ...»

«Mobiltelefoner må være avslått her,» sa Harry. «Noe interessant?»

«Jeg fikk altså passasjerlistene, ikke noe problem. Og mailet dem til Alex som tok det med en gang. Et par av passasjerene har småting på rullebladet, men ikke noe som gir grunn til mistanke. Men det var en ting som var litt rart ...»

«Å?»

«En av passasjerene på lista kom til Oslo for to dager siden og hadde returbillett med et fly som skulle gått i går, men som ble utsatt til i dag. Christo Stankic. Han møtte aldri opp. Det er pussig siden han hadde en billigbillett som ikke kan bookes om. I passasjerlisten er han oppgitt til å være kroatisk statsborger, så jeg ba Alex sjekke mot folkeregisteret i Kroatia. Nå er ikke Kroatia heller medlem av Europol, men siden de er hypp på å komme med i EU, er de samarbeidsvillige når det gjelder ...»

«Kom til poenget, Halvorsen.»

«Christo Stankic eksisterer ikke.»

«Interessant.» Harry klødde seg på haken. «Uten at Christo Stankic behøver å ha noe med saken vår å gjøre.»

«Selvfølgelig ikke.»

Harry stirret på navnet på listen. Christo Stankic. Som altså bare var et navn. Men et navn som nødvendigvis måtte stå i passet som flyselskapet krevde ved innsjekking, siden navnet sto i passasjerlisten. Det samme passet som hotellene krevde ved sin innsjekking.

«Jeg vil ha sjekket gjestelistene for alle hoteller i Oslo,» sa Harry. «La oss se om noen av dem har huset Christo Stankic de to siste dagene.»

«Jeg begynner med én gang.»

Harry rettet ryggen og ga Halvorsen et nikk som han håpet rommet det han ønsket å si. At han var fornøyd med ham.

«Da drar jeg til psykologen min,» sa Harry.

Psykolog Ståle Aunes kontor lå i den delen av Sporveisgata som ikke har noen sporvei, men derimot en interessant blanding av gangarter på sine fortau. Den selvsikre, spretne gangen til de kroppsdyrkende husmødrene på treningssenteret SATS, den forsiktige gangen til førerhundeierne fra Blindeforbundets hus og den uforsiktige gangen til det slitne, men uforferdete klientellet fra hospitset for rusmisbrukere.

«Så denne Robert Karlsen likte jenter under den seksuelle lavalder,» sa Aune, som hadde hengt tweedjakka over stolryggen og presset dobbelthaken ned mot sløyfen. «Det kan skyldes mange ting, selvfølgelig, men jeg skjønner det slik at han har vokst opp i et pietistisk frelsesarmémiljø?»

«Jada,» sa Harry og kikket opp på de velfylte, men kaotiske bokhyllene til sin personlige og profesjonelle rådgiver. «Men er ikke det der bare en myte, at man blir pervers av å vokse opp i lukkete og strengt religiøse miljøer?»

«Nei,» sa Aune enkelt. «Kristne sektmiljøer er overrepresentert når det gjelder den type overgrep du snakker om.»

«Hvorfor det?»

Aune satte fingertuppene mot hverandre og smattet fornøyd: «Det som skjer hvis man i sin barndom og ungdom blir straffet eller ydmyket av for eksempel sine foreldre for å eksponere sin naturlige seksualitet, er at man fortrenger denne delen av sin personlighet. Det gjør at den naturlige seksuelle modningen stopper opp, og de seksuelle preferansene kommer på avveier, så å si. Mange søker da i voksen alder tilbake til et stadium da man fortsatt fikk lov til å være naturlig, å leve ut sin seksualitet.»

«Som å gå med bleier.»

«Ja. Eller å leke med ekskrementer. Jeg husker et tilfelle fra California om en senator som …»

Harry kremtet.

«Eller de i voksen alder søker tilbake til en såkalt *core-event*,» fortsatte Aune. «Som gjerne er sist gang de lyktes i sitt seksuelle forsett, altså sist det fungerte for dem. Og det kan være en forelskelse eller seksuell kontakt i tenårene hvor de ikke ble oppdaget eller straffet.»

«Eller et overgrep?»

«Riktig. En situasjon hvor de hadde kontroll og dermed følte seg sterke, altså det motsatte av ydmyket. Og så bruker de resten av livet på å søke å gjenskape den situasjonen.»

«Men det kan ikke være så lett å bli overgriper.»

«Nei da, mange blir banket gule og blå for å bli oppdaget med et pornoblad i tenårene og utvikler en helt vanlig, sunn seksualitet. Men hvis du vil maksimere en persons sjanse for å bli overgriper, skal du utstyre ham med en voldelig far, en invaderende eller helst seksuelt overgripende mor og et miljø preget av fortielse og løfte om å brenne i helvete for dine lenders lyster.»

Harrys mobiltelefon pep én gang. Han tok den frem og leste tekstmeldingen fra Halvorsen. En Christo Stankic hadde bodd på Scandia Hotel ved Oslo S natten før drapet.

«Hvordan er AA?» spurte Aune. «Hjelper det deg til å være avholdende?»

«Vel,» sa Harry og reiste seg. «Både og.»

*

Et skrik fikk ham til å rykke til.

Han snudde seg og stirret inn i et par vilt oppsperrede øyne og et åpent, svart hull av en munn bare noen centimeter fra ansiktet sitt. Barnet trykket nesen mot glassveggen på Burger King's lekerom før det med et frydefullt hvin lot seg falle bakover mot teppet av røde, gule og blå plastballer.

Han tørket ketchuprester av munnen, tømte matbrettet i søppelboksen og styrtet ut på Karl Johans gate. Prøvde å krype sammen inni den tynne dressjakka, men kulden var nådeløs. Han bestemte seg for å kjøpe seg en ny frakk så snart han hadde fått et rimelig rom på Scandia Hotell.

Seks minutter senere gikk han gjennom døra til hotellobbyen og stilte seg bak et par som tydeligvis var i ferd med å sjekke inn. Den kvinnelige resepsjonisten kastet et raskt blikk på ham uten tegn til gjenkjennelse. Så bøyde hun seg igjen over de nye gjestenes papirer mens de kommuniserte på norsk. Kvinnen snudde seg til ham. En blond jente. Hun smilte. Pen, slo han fast. Om enn på en alminnelig måte. Han smilte tilbake. Det var bare så vidt han greide det. For han hadde sett henne før. For bare noen timer siden. Utenfor bygningen i Gøteborggata.

Uten å flytte seg bøyde han hodet og stakk hendene i jakkelommene. Grepet på pistolen kjentes hardt og betryggende. Han løftet blikket forsiktig, fant speilet bak resepsjonisten og stirret. Men bildet fløt ut, ble dobbelt. Han lukket øynene, pustet dypt inn og åpnet dem igjen. Sakte kom den store mannen i fokus. Den kortklipte skallen, den bleke huden med den røde nesen, de harde, markerte trekkene som ble motsagt av den følsomme munnen. Det var ham. Den andre mannen i leiligheten. Politimannen. Han kastet et raskt blikk rundt i resepsjonen. Det var bare dem. Og som for å fjerne den siste tvil hørte han to velkjente ord gjennom alle de norske. Christo Stankic. Han tvang seg til å stå stille. Hvordan de hadde greid det, ante han ikke, men konsekvensene var begynt å demre for ham.

Den blonde kvinnen fikk en nøkkel av resepsjonisten, grep noe som lignet en verktøykoffert og gikk mot heisen. Den store mannen sa noe til resepsjonisten og hun noterte. Så snudde politimannen seg, og blikkene deres møttes kort før han gikk mot utgangen.

Resepsjonisten smilte, sa noe vennlig og innøvd på norsk og så spørrende på ham. Han spurte om hun hadde et ikke-røykerrom i øverste etasje.

«La meg se, *sir.*» Hun tastet på PC-en.

«*Excuse me.* Han du akkurat snakket med, var ikke det politimannen det har vært bilde av i avisen?»

«Det vet jeg ikke,» smilte hun.

«Jo, han er kjent, hva er det han heter igjen ...»

Hun kikket bort på notatblokken sin. «Harry Hole. Er han kjent?»

«Harry Hole?»

«Ja.»

«Feil navn. Jeg må ha tatt feil.»

«Jeg har et ledig rom. Hvis De vil ha det, må De fylle ut dette kortet og vise passet. Hvordan ønsker De å betale?»

«Hva koster det?»

Hun sa prisen.

«Beklager,» smilte han. «For dyrt.»

Han gikk ut av hotellet og inn på jernbanestasjonen, fant toalettet og låste seg inn i en bås. Der satt han og forsøkte å få orden på tankene. De hadde navnet. Han måtte altså finne et overnattingssted hvor de ikke krevde å få se passet. Og Christo Stankic kunne glemme å booke seg inn på fly, båt, tog eller krysse så mye som en landegrense. Hva skulle han gjøre? Han måtte ringe henne i Zagreb.

Han gikk ut på Jernbanetorget. En lammende vind feide over den åpne plassen mens han med hakkende tenner stirret på telefonautomatene. En mann sto lent mot den hvite vognen som solgte pølser midt på torget. Han var kledd i en bobledress som fikk ham til å ligne en astronaut. Var det bare noe han innbilte seg, eller holdt mannen øye med telefonautomatene? Kunne det tenkes at de hadde sporet opp samtalene hans og nå ventet på at han skulle komme tilbake? Umulig. Han nølte. Om de avlyttet telefonautomatene, risikerte han å avsløre henne. Han bestemte seg. Telefonsamtalen kunne vente, det han trengte nå var et rom, med seng og en varmeovn. De ville kreve kontanter på et slikt sted han nå var på utkikk etter, og de siste hadde gått med til hamburgeren.

Inne i den høye hallen, mellom butikkene og togperrongene, fant han en bankautomat. Han tok frem VISA-kortet, leste den engelske anvisningen som sa at magnetstripen skulle være ned til høyre og førte kortet mot sprekken. Hånden stoppet. Kortet var utstedt på Christo Stankic det også. Det ville bli registrert, og en alarm ville gå av et sted. Han nølte. Så stakk han kortet tilbake i lommeboka. Gikk langsomt gjennom hallen. Butikkene var i ferd med å stenge. Han hadde ikke engang penger til å kjøpe en varm jakke. En Securitas-vakt så langt etter ham. Han trakk ut på torget igjen. En nordavind feide over plassen. Mannen ved pølsevognen var borte. Men det sto en annen ved den støpte tigeren.

«Jeg trenger litt penger til et sted å bo i natt.»

Han behøvde ikke kunne norsk for å vite hva mannen foran

ham spurte om. For det var den samme unge junkien han hadde gitt penger til før i dag. Penger han selv sårt hadde hatt bruk for akkurat nå. Han ristet på hodet og kikket bort mot den hutrende ansamlingen av junkier på det han først hadde trodd var et buss-stopp. Den hvite bussen hadde kommet.

*

Harrys bryst og lunger verket. Den gode verkingen. Lårene brant. Den gode brannen.

Når han satt fast, hendte det at han gjorde som nå, gikk ned i Politihusets treningsrom i kjelleren og syklet. Ikke fordi det fikk ham til å tenke bedre, men fordi det fikk ham til å slutte å tenke.

«De sa du var her.» Gunnar Hagen steg opp på ergometer-sykkelen ved siden av ham. Den tettsittende, gule T-skjorten og sykkelbuksene fremhevet mer enn dekket musklene på POB-ens magre, nesten utpinte kropp. «Hvilket program sykler du?»

«Nummer ni,» gispet Harry.

Hagen regulerte høyden på setet mens han sto på pedalene og trykket så raskt inn de nødvendige innstillinger på sykkelcom-puteren. «Jeg skjønner du var utsatt for en viss dramatikk i dag.»

Harry nikket.

«Jeg skjønner det godt om du vil be om en sykemelding,» sa Hagen. «Dette er tross alt fredstid.»

«Takk, men jeg føler meg ganske frisk, sjef.»

«Godt. Jeg har akkurat snakket med Torleif.»

«Kriminalsjefen?»

«Vi vil gjerne vite hvor saken står. Det har vært telefoner. Frelsesarmeen er populær, og innflytelsesrike personer her i byen vil gjerne vite om vi vil klare å oppklare saken før jul. Julefreden og alt det der.»

«Politikernes julefred tålte seks overdosedødsfall i fjor.»

«Jeg spurte om hvor saken står, Hole.»

Harry kjente svetten svi brystvortene.

«Vel. Det har ikke meldt seg noen vitner til tross for bildene i Dagbladet i dag. Og Beate Lønn sier at bildene tyder på at vi ikke står overfor én, men minst to drapsmenn. Og jeg deler den

oppfatningen. Mannen som var hos Jon Karlsen hadde kamel-
hårsfrakk og halstørkle, og klærne stemmer med bildet av en
mann som var på Egertorget kvelden før drapet.»

«Er det bare klærne som stemmer?»

«Jeg rakk ikke å se så nøye på ansiktet hans. Og Jon Karlsen
husker ikke stort. En av beboerne har innrømmet at hun slapp
inn en engelskmann i gården som skulle legge en julepresang
utenfor døra til Jon Karlsen.»

«Ja vel,» sa Hagen. «Men den teorien om flere drapsmenn
holder vi for oss selv. Fortsett.»

«Det er ikke så mye mer å si.»

«Ingenting?»

Harry så på speedometeret mens han rolig økte til trettifem
kilometer i timen.

«Vel. Vi har et falskt pass på en kroat, en Christo Stankic som
ikke var med flyet han skulle tatt til Zagreb i dag. Vi fant ut at
han har bodd på Scandia Hotel. Lønn sjekker rommet hans for
DNA-spor. De har ikke så mange gjester, så vi håpet at resep-
sjonisten skulle gjenkjenne mannen fra bildene våre.»

«Og?»

«Dessverre.»

«Hvilke holdepunkter har vi for at denne Stankic er vår mann,
da?»

«Egentlig bare det falske passet,» sa Harry og fikk et glimt av
Hagens speedometer. Førti kilometer i timen.

«Og hvordan vil du finne ham?»

«Vel. Navn setter spor i informasjonsalderen og vi har satt alle
våre faste kontakter i alarmberedskap. Skulle noen med navnet
Christo Stankic i Oslo ta inn på et hotell, kjøpe en flybillett eller
bruke kredittkort, vil vi straks få vite det. Ifølge resepsjonisten
hadde han spurt etter en telefonboks, og hun henviste ham til
Jernbanetorget. Telenor sender oss en liste over utgående sam-
taler fra telefonene der de to siste døgnene.»

«Så alt du har, er en kroat med falskt pass som ikke har møtt
opp til flyet sitt,» sa Hagen. «Du står fast, ikke sant?»

Harry svarte ikke.

«Prøv å tenke alternativt,» sa Hagen.

«Ja vel, sjef,» sa Harry tonløst.

«Det finnes alltid alternativer,» sa Hagen. «Har jeg fortalt deg om den japanske troppen hvor det brøt ut kolera?»

«Tror ikke jeg har hatt gleden, sjef.»

«De befant seg i jungelen nord for Rangoon og alt de spiste eller drakk, kom opp igjen. De var i ferd med å tørke inn, men troppsjefen nektet å bare legge seg ned og dø, så han kommanderte at alle skulle tømme morfinsprøytene sine og bruke dem til å sette vannet i feltflaskene intravenøst på seg selv.»

Hagen økte frekvensen og Harry lyttet forgjeves etter antydning til åndenød.

«Det fungerte. Men etter noen dager var alt de hadde igjen av vann, en tønne hvor det vrimlet av mygglarver. Da kom nestkommanderende på at de kunne prøve å sette sprøytene i kjøttet på frukten som vokste rundt dem og sprøyte det rett i blodet. Fruktsaft er jo i teorien nitti prosent vann, og hva hadde de å tape? Fantasi og mot. Det reddet troppen, Hole. Fantasi og mot.»

«Fantasi og mot,» peste Harry. «Takk, sjef.»

Han tråkket alt han kunne, og han hørte sin egen pust frese som ild gjennom en åpen ovnsdør. Speedometeret viste førtito. Han kikket over på POB-ens. Førtisyv. Rolig pust.

Harry kom til å tenke på en setning fra en tusen år gammel bok han hadde fått av en bankraner, «The Art Of War»: *Velg dine kamper*. Og visste at dette var en kamp han burde avstå fra. Fordi han uansett utfall ville tape.

Harry slakket på farten. Speedometeret viste trettifem. Og til sin overraskelse følte han ikke frustrasjon, kun trett resignasjon. Kanskje han var i ferd med å bli voksen, ferdig med å være idioten som senket hornene og angrep bare noen viftet med en rød klut? Harry kikket til siden. Hagens bein gikk som stempler nå, og ansiktet hadde fått et glatt lag av svette som skinte i det hvite lampelyset.

Harry tørket svetten. Pustet dypt inn to ganger. Så tråkket han til. Den deilige smerten kom etter sekunder.

Kapittel 13.
Torsdag 17. desember. Tikkingen

Martine tenkte av og til at Plata måtte være kjellertrappen til Helvete. Like fullt var hun forskrekket over ryktene om at sosialbyråden innen våren ville fjerne ordningen med et fristed for narkotikaomsetning. Det synlige argumentet som ble fremmet av Platas motstandere var at stedet fungerte som markedsføring av narkotika overfor unge mennesker. Martines mening var at mennesker som trodde det livet man så utspille seg på Plata kunne virke forlokkende på noen, enten måtte være forrykte eller aldri ha satt sine bein der.

Det usynlige argumentet var at det kappede landet med en hvitmalt strek i asfalten på siden av Jernbanetorget som grense, skjemmet bybildet. Og var det ikke en skrikende fallitterklæring for verdens mest vellykkede – i hvert fall rikeste – sosialdemokrati å tillate at dop og penger åpent fikk skifte hender midt i hjertet av hovedstaden?

Martine var enig i det. At man var fallitt. At kampen for det dopfrie samfunn var tapt. Skulle man derimot kjempe kampen mot at dopen vant ytterligere terreng, var det bedre å ha dopomsetningen under overvåkningskameraenes aldri hvilende øyne på Plata enn under broene langs Akerselva og i mørke gårdsrom langs Rådhusgata og på sørsiden av Akershus festning. Og Martine visste at de aller fleste som på en eller annen måte hadde sitt virke i Narko-Oslo; politi, sosionomer, junkier, gateprester og prostituerte mente det samme: at Plata var bedre enn alternativene.

Men noe vakkert syn var det ikke.

«Langemann!» ropte hun til mannen som sto i mørket på utsiden av bussen deres. «Skal du ikke ha suppe i kveld?»

Men Langemann dro seg unna. Han hadde nok fått sin null-én og var på vei til et sted å injisere medisinen.

Hun konsentrerte seg om å skjenke suppe til en sørlending i blå jakke da hun hørte klaprende tenner ved siden av seg og så den tynne dressjakka på en mann som ventet på tur. «Vær så god,» sa hun og skjenket opp suppe til ham.

«Hallo, søta,» sa en raspende stemme.

«Wenche!»

«Kom og tin opp en stakkar,» lo den aldrende horen hjertelig og omfavnet Martine. Odøren fra den dynkede huden og kroppen som duvet mot den tettsittende drakten i leopardmønster, var overveldende. Men det var en annen lukt også, en lukt hun dro kjensel på, en lukt som hadde vært der før Wenches kanonade av dufter hadde overdøvet alt annet.

De satte seg ved et av de tomme bordene.

Selv om noen av de utenlandske horene som hadde oversvømmet strøket det siste året, også brukte stoff, var det mindre utbredt enn blant de norske konkurrentene. Wenche var en av de få norske som ikke ruset seg. I tillegg hadde hun etter eget utsagn begynt å jobbe hjemmefra med en fast kundekrets, så det hadde begynt å gå lenger mellom hver gang Martine så henne.

«Jeg er her for å se etter sønnen til ei venninne,» sa Wenche. «Kristoffer. De sier han er på kjøret.»

«Kristoffer? Ukjent.»

«Æh!» Hun vinket det av. «Glem det. Du har annet å tenke på, ser jeg.»

«Har jeg?»

«Ikke jug. Jeg kan se når ei jente er forelska. Er det han der?»

Wenche nikket mot mannen i armeens uniform som med en bibel i hånden akkurat satte seg ved siden av mannen i den tynne dressjakka.

Martine blåste. «Rikard? Nei takk.»

«Sikker? Han har fulgt deg med øynene helt siden jeg kom inn.»

«Rikard er grei han,» sukket hun. «Han meldte seg i alle fall frivillig til å ta denne vakta på kort varsel. Han som skulle vært her, er død.»

«Robert Karlsen?»

«Kjente du ham?»

Wenche nikket sørgmodig før hun lyste opp igjen. «Men glem de døde og fortell heller mamma hvem du er forelsket i. Det var forresten jammen på tide.»

Martine smilte. «Jeg visste ikke engang at jeg var forelsket.»

«Kom igjen.»

«Nei, det er for dumt, jeg ...»

«Martine?» sa en annen stemme.

Hun kikket opp og så Rikards bedende øyne.

«Mannen som sitter der sier at han verken har klær, penger eller noe sted å bo. Vet du om Heimen har noe ledig?»

«Ring og snakk med dem,» sa Martine. «De har i alle fall noe vinterklær.»

«Javel.» Rikard ble stående selv om Martine hadde snudd seg mot Wenche igjen. Hun behøvde ikke se opp for å vite at han svettet på overleppen.

Så mumlet han et «takk» og gikk tilbake til mannen i dressjakka.

«Fortell da,» hvisket Wenche ivrig.

Utenfor hadde nordavinden tatt frem finkalibret skyts.

*

Harry gikk med treningsbagen over skulderen og knep øynene sammen mot vinden som fikk de skarpe, nesten usynlige snøfnuggene til å sette små nålestikk i hornhinnen. Da han passerte Blitz, den okkuperte bygården i Pilestredet, ringte telefonen. Det var Halvorsen.

«De siste to døgnene har det vært ringt til Zagreb to ganger fra telefonautomatene på Jernbanetorget. Samme nummeret begge ganger. Jeg ringte nummeret og kom til resepsjonen i et hotell. Hotel International. De kunne ikke svare meg på hvem som hadde ringt fra Oslo, eller hvem vedkommende ville snakke med. Ei heller hadde de hørt om noen Christo Stankic.»

«Mm.»

«Skal jeg følge opp?»

«Nei,» sukket Harry. «Vi lar det ligge inntil noe eventuelt sier oss at denne Stankic er interessant. Slukk når du går, så snakkes vi i morgen.»

«Vent!»

«Jeg skal ikke noe sted.»

«Det er mer. Krimvakta fikk akkurat en telefon fra en kelner på Biscuit. Han fortalte at han hadde gått en tur på toalettet i formiddag og truffet på en av gjestene.»

«Hva gjorde han der?»

«Jeg kommer til det. Gjesten holdt nemlig noe …»

«Jeg mener kelneren. Ansatte på utesteder har alltid egne toaletter.»

«Det spurte jeg ikke om,» sa Halvorsen utålmodig. «Hør nå. Denne gjesten holdt noe grønt og dryppende i hånden.»

«Høres ut som han burde oppsøke lege.»

«Morsomt. Kelneren sverget på at det var en pistol innsmurt i såpe. Lokket til såpeboksen var av.»

«Biscuit,» gjentok Harry mens informasjonen sank inn. «Den ligger på Karl Johan.»

«To hundre meter fra åstedet. Jeg vedder en kasse øl på at det er pistolen vår. Eh … sorry, jeg vedder …»

«Du skylder meg forresten to hundre spenn. Få resten.»

«Her er rosinen. Jeg ba om et signalement. Han greide ikke gi meg noe.»

«Høres ut som refrenget i denne saken.»

«Bortsett fra at han fortalte meg at han hadde kjent igjen fyren på frakken hans. En ekstremt stygg kamelhårsfrakk.»

«Yes!», utbrøt Harry. «Fyren med halstørkle på publikumsbildet fra Egertorget kvelden før Robert Karlsen ble skutt.»

«Kelneren mente forresten at det var imitert kamel. Og han hørtes ut som han hadde peiling på sånt.»

«Hva mener du?»

«Du vet. Måten de snakker på.»

«Hvem 'de'?»

«Hallo! Homser. Uansett. Mannen forsvant ut døra med pistolen. Det er alt jeg har foreløpig. Jeg er på vei bort til Biscuit for å vise kelneren bildene nå.»

«Godt,» sa Harry.

«Hva er det du lurer på?»

«Lurer på?»

«Jeg begynner å kjenne deg, Harry.»

«Mm. Jeg lurer på hvorfor kelneren ikke ringte Krimvakta med én gang i formiddag. Spør ham om det, OK?»

«Det hadde jeg faktisk tenkt å gjøre, Harry.»

«Selvfølgelig hadde du det. Beklager.»

Harry la på, men fem sekunder senere durte telefonen igjen.

«Noe du glemte?» spurte Harry.

«Hva?»

«Å, er det deg, Beate. Nå?»

«Gode nyheter. Jeg er akkurat ferdig på Scandia Hotel.»

«Du fant DNA-spor?»

«Det vet jeg ikke ennå, jeg har bare et par hårstrå som like godt kan være fra vaskepersonalet eller en tidligere gjest. Men jeg fikk resultatene fra ballistikkgutta for en halv time siden. Kula i melkekartongen hjemme hos Jon Karlsen kommer fra samme våpen som kula vi fant på Egertorget.»

«Mm. Det betyr at teorien om flere drapsmenn svekkes.»

«Ja. Og det er mer. Resepsjonisten på Scandia Hotel kom på noe etter at du hadde gått. At denne Christo Stankic hadde et spesielt stygt plagg. Hun mente det var en slags imitert …»

«La meg tippe. Kamelhårsfrakk?»

«Det var det hun sa.»

«Og *derr* er vi i gang!» ropte Harry så høyt at den grafittidekte murveggen på Blitz kastet ekkoet ut over den mennesketomme sentrumsgaten.

Harry la på og ringte tilbake til Halvorsen.

«Ja, Harry?»

«Christo Stankic er mannen vår. Gi signalement på kamelhårs-frakken til Krimvakta og Operasjonssentralen og be dem sende beskjed til alle bilene. Og …»

Harry smilte til en gammel dame som trippet mot ham med en skrapende lyd fra isbroddene på støvlettene.

«… jeg vil ha fortløpende overvåkning av telenettet så vi vet hvis noen ringer fra Oslo til Hotel International i Zagreb. Og hvilket nummer vedkommende ringer fra. Snakk med Klaus Torkildsen på Telenors Driftsenter region Oslo.»

«Det er telefonavlytting. Vi må ha en rettskjennelse og det kan ta dager.»

«Det er ikke avlytting, vi skal bare ha adressen på innringeren.»

«Jeg er redd Telenor ikke kommer til å se forskjellen.»

«Bare si til Torkildsen at du har snakket med meg. OK?»

«Tør jeg spørre hvorfor han skulle være villig til å risikere jobben sin for deg?»

«Gammel historie. Jeg reddet ham fra å bli svinebanket nede på Arresten for en del år siden. Tom Waaler og kompisene hans, du veit hvordan noen blir når det taues inn blottere og den slags.»

«En blotter, altså?»

«Forhenværende, i alle fall. Som gjerne bytter tjenester mot taushet.»

«Skjønner.»

Harry la på. De var i gang nå, og han kjente ikke lenger nor-davinden eller snønålenes bombardement. Av og til kunne jobben gjøre ham helt igjennom lykkelig. Han snudde og begynte å gå tilbake mot Politihuset.

*

På enerommet på Ullevål sykehus kjente Jon telefonen vibrere mot lakenet og grep den med én gang. «Ja?»

«Det er meg.»

«Å, hei,» sa han uten å greie å skjule skuffelsen.

«Du høres ut som du håpet det var noen andre,» sa Ragnhild i den litt for muntre tonen som avslører en såret kvinne.

«Jeg kan ikke snakke så mye,» sa Jon og gløttet mot døra.

«Jeg ville bare si hvor forferdelig det med Robert er,» sa Ragnhild. «Og at jeg føler med deg.»

«Takk.»

«Det må gjøre vondt. Hvor er du egentlig? Jeg prøvde å ringe hjem til deg.»

Jon svarte ikke.

«Mads jobber sent, så hvis du vil, kan jeg ta meg en tur til deg.»

«Nei takk, Ragnhild, jeg klarer meg.»

«Jeg tenkte på deg. Det er så mørkt og kaldt. Jeg er redd.»

«Du er aldri redd, Ragnhild.»

«Noen ganger, så.» Stemmen hennes var tilgjort furten. «Her er så mange rom og ingen mennesker.»

«Så flytt til et mindre hus. Jeg må legge på nå, vi får ikke lov å bruke mobiltelefoner her.»

«Vent! Hvor er du, Jon?»

«Jeg har fått meg en liten hjernerystelse. Jeg ligger på sykehuset.»

«Hvilket sykehus? Hvilken avdeling?»

Jon stusset. «De fleste ville begynt med å spørre hvordan jeg fikk hjernerystelsen.»

«Du vet at jeg hater å ikke vite hvor du er.»

Jon så for seg Ragnhild komme skridende inn med en stor bukett roser i visittiden neste dag. Og Theas spørrende blikk først på henne og så på ham.

«Jeg hører sykesøster komme,» hvisket han. «Jeg må legge på.»

Han trykket på off-knappen og stirret i taket til telefonen hadde spilt sin avskjedstrudelutt og displayet sluknet. Hun hadde rett. Det *var* mørkt. Men det var *han* som var redd.

*

Ragnhild Gilstrup sto ved vinduet med lukkede øyne. Hun så på klokka. Mads hadde sagt at han hadde arbeid å gjøre i forbindelse med styremøtet og ville bli sen. Han hadde begynt å si det slik i det siste. Tidligere hadde han alltid sagt et klokkeslett og så kommet presis eller gjerne litt før. Ikke at hun ønsket ham hjem tidligere, men det var litt pussig. Litt pussig, det var alt. Akkurat som det var pussig at det hadde fulgt med en oversikt over alle samtalene på den siste telefonregningen på fasttelefonen. Og hun hadde ikke bestilt noen slik spesifikasjon. Men der var den, fem A4-ark med altfor mye informasjon. Hun burde slutte å ringe Jon, men hun greide ikke. For han hadde blikket. Blikket til Johannes. Det var ikke et snilt eller klokt eller mildt blikk eller noe sånt. Men det var et blikk som kunne lese hva hun kom til å tenke før hun hadde rukket å tenke det. Som så henne som den hun var. Og likte henne likevel.

Hun åpnet øynene igjen og stirret ut på den seks mål store naturtomta utenfor. Utsikten minnet henne om internatskolen i Sveits. Snøen skinte inn på det store soverommet og la et blå-hvitt lys i taket og veggene.

Det var hun som hadde insistert på at de skulle bygge her, høyt over byen, ja, egentlig i skogen. Det ville kanskje få henne til å føle seg mindre innestengt og ufri, hadde hun sagt. Og mannen hennes, Mads Gilstrup, som hadde trodd det var byens ufrihet hun tenkte på, hadde gladelig bygget for noen av pengene han hadde. Tjue millioner hadde herligheten kommet på. Da de flyttet dit, følte Ragnhild det som å komme fra cellen til luftegården. Sol, luft og plass. Og fortsatt innesperret. Akkurat som på internatskolen.

Av og til – som nå i kveld – lurte hun på hvordan hun hadde havnet her. Hvis hun oppsummerte de ytre omstendighetene, var de slik: Mads Gilstrup var arving til en av Oslos store formuer. Hun hadde truffet ham under studietiden utenfor Chicago, Illinois, Amerikas Forente Stater, hvor de begge hadde studert økonomi ved middels universiteter som ga mer prestisje enn å ha studert ved gode læresteder i Norge, og dessuten var morsommere. Begge kom fra rike familier, men hans var rikest. Og mens hans familie var fem generasjoner redere med gamle penger, var hennes familie av enkel bondeslekt og pengene luktet fortsatt trykksverte og oppdrettsfisk. De hadde levd i krysningspunktet mellom jordbrukssubsidier og såret stolthet inntil hennes far og onkel hadde solgt hver sin traktor og satset på et lite oppdrett i fjorden utenfor stuevinduet på en forblåst knatt i Vest-Agder. Tidspunktet var perfekt, konkurransen minimal, kiloprisene astronomiske og på fire fete år ble de mangemillionærer. Huset på knatten ble revet og erstattet med et bløtkakehus som var større enn låven og hadde åtte karnapper og dobbel garasje.

Ragnhild hadde akkurat fylt seksten da moren sendte henne fra knatten til en annen knatt: Aron Schüsters privatskole for piker, som lå ni hundre meter over havet i en stasjonsby i Sveits, med seks kirker og en bierstube. Den uttalte grunnen var at Ragnhild skulle lære seg fransk, tysk og kunsthistorie, fag som kunne komme godt med ettersom kiloprisen på oppdrettsfisken nådde stadig nye rekorder.

Men den egentlige grunnen for landsforvisningen var selvfølgelig kjæresten hennes, Johannes. Johannes med de varme hendene, Johannes med den myke stemmen og blikket som kunne se hva hun tenkte før hun hadde tenkt det. Bondetampen Johannes som ikke skulle noe sted. Alt ble annerledes etter Johannes. Hun ble annerledes etter Johannes.

På Aron Schüsters privatskole ble hun kvitt marerittene, skyldfølelsen og fiskelukten og lærte alt det unge piker trenger for å skaffe seg en ektemann av egen eller høyere stand. Og med det nedarvede overlevelsesinstinktet som hadde gjort det mulig å overleve på knatten i Norge, hadde hun sakte, men sikkert begravet den Ragnhild Johannes hadde sett så godt, og blitt Ragnhild som var på vei steder, som skapte seg sitt eget og ikke lot seg stanse av noen, i hvert fall ikke overlegne franske overklassepiker eller bortskjemte danske tøser som tisket i krokene om at uansett hvor mye slike som Ragnhild prøvde, kom de alltid til å forbli provinsielle og vulgære.

Hennes lille hevn ble å forføre herr Brehme, den unge tysklæreren som de alle var litt forelsket i. Lærerne bodde i en bygning vis-à-vis elevenes og hun gikk ganske enkelt tvers over den brosteinsbelagte plassen og banket på døra til hans lille værelse. Fire ganger besøkte hun ham. Og fire netter gikk hun tilbake over plassen mens hun slo skohælene i brosteinen så det kastet ekko mellom husveggene på begge sider.

Ryktene begynte å gå, og hun gjorde lite eller ingen ting for å stoppe dem. Da nyheten kom om at herr Brehme hadde sagt opp og i all hast reist til en lærerstilling i Zürich, hadde Ragnhild smilt triumferende til alle de sorglammede ungpikeansiktene i klasserommet.

Etter det siste skoleåret i Sveits hadde Ragnhild dratt hjem. Endelig hjemme, hadde hun tenkt. Men så var blikket til Johannes der igjen. I sølvet på fjorden, i skyggene i den irrgrønne skogen, bak de blanksvarte vinduene i bedehuset eller i biler som suste forbi og etterlot seg en sky av støv som knaste mellom tennene og smakte bittert. Og da brevet kom fra Chicago med tilbud om studieplass, business administration, tre år bachelor, fem år master, gikk hun til far og ba ham overføre de påkrevde skolepengene med én gang.

Det var en lettelse å dra. En lettelse å kunne være den nye Ragnhild igjen. Hun gledet seg til å glemme, men til det trengte hun et prosjekt, et mål. I Chicago fant hun det målet. Mads Gilstrup.

Hun trodde det skulle bli enkelt, hun hadde nå tross alt både det teoretiske og praktiske grunnlaget for å forføre overklassegutter. Og hun var pen. Det hadde Johannes sagt og andre gjentatt. Først og fremst var det øynene hennes. Hun var blitt velsignet med morens lyseblå iriser i en usedvanlig ren, hvit sklera som det var vitenskapelig bevist at tiltrakk det annet kjønn ettersom det signaliserte solid helse og friskt arvestoff. Av den grunn var Ragnhild sjelden å se i solbriller. Med mindre hun hadde planlagt effekten ved å ta dem av på et spesielt gunstig tidspunkt.

Noen sa at hun lignet på Nicole Kidman. Hun skjønte hva de mente. Pen på en stram, streng måte. Kanskje var det det som var grunnen. Det strenge. For når hun hadde prøvd å få kontakt med Mads Gilstrup i korridorene eller kantinen på campus, hadde han oppført seg som en skremt villhest, veket i blikket, kastet nervøst på luggen og luntet over i sikker sone.

Så hun hadde til slutt satset alt på ett kort.

Kvelden før en av de mange årlige og påstått tradisjonsrike dustefestene, hadde Ragnhild gitt romvenninnen penger til et par nye sko og et hotellrom i byen og brukt tre timer foran speilet. Hun hadde for en gangs skyld kommet tidlig på festen. Både fordi hun visste at Mads Gilstrup kom tidlig på alle fester og for å komme eventuelle konkurrenter i forkjøpet.

Han hadde stotret og stammet og knapt tort å se henne i øynene, lyseblå iris og ren sklera til tross. Og enda mindre ned i den manipulerte utringningen. Og hun hadde – i strid med sin tidligere oppfatning – slått fast at selvtillit ikke alltid er pengers faste følgesvenn. Senere skulle hun konkludere med at skylden for Mads' dårlige selvbilde lå hos hans briljante, krevende og svakhetshatende far, som ikke kunne begripe hvorfor han ikke var blitt skjenket en sønn mer i sitt eget bilde.

Men hun hadde ikke gitt seg og dinglet foran Mads Gilstrup som et agn og hadde i det hele tatt gjort seg så tydelig tilgjengelig at hun hadde sett dem stikke hodene sammen, disse pikene som hun kalte venninner og vice versa ettersom de når alt kom til alt var flokkdyr. Så – etter seks amerikanske lettøl og en gryende mistanke om at Mads Gilstrup var homoseksuell – hadde villhesten våget seg ut i åpent lende og ytterligere to lettøl senere hadde de forlatt festen.

Hun hadde latt ham bestige henne, men i romvenninnens seng. Det hadde tross alt vært et par dyre sko. Og da Ragnhild tre minutter senere tørket av ham med romvenninnens hjemmeheklede sengeteppe, visste hun at hun hadde fått grime på ham. Seletøy og sal skulle komme etter hvert.

Etter studiet reiste de hjem som forlovet par. Mads Gilstrup for å forvalte sin del av familieformuen i trygg forvissning om at han aldri skulle behøve å testes i noe rotterace. Hans jobb besto i å finne de riktige rådgiverne.

Ragnhild søkte og fikk jobb hos en fondsforvalter som aldri hadde hørt om det middelmådige universitetet, men om Chicago, og som likte det han hørte. Og så. Han var ikke så briljant, men krevende og møtte sånn sett en tvillingsjel i Ragnhild. Hun ble derfor etter relativt kort tid tatt av den intellektuelt sett litt for krevende jobben som aksjeanalytiker og plassert bak en skjerm og telefon på et av bordene i «kjøkkenet», som de kalte meglerrommet. Og det var her Ragnhild Gilstrup (hun hadde fått byttet pikenavnet med Gilstrup allerede mens de var forlovet ettersom det var «mer praktisk») virkelig kom til sin rett. Om det ikke var nok å *råde* fondsmeglerforetakets institusjonelle og presumptivt profesjonelle investorer til å kjøpe Opticom, kunne hun male, flørte, frese, manipulere, lyve og gråte. Ragnhild Gilstrup kunne stryke seg oppetter et par mannebein – og til nød kvinnebein – på en måte som flyttet aksjer langt mer effektivt enn noen av hennes analyser noen gang hadde gjort. Men hennes fremste fortrinn var at hun hadde en overlegen forståelse for aksjemarkedets viktigste motivator: grådigheten.

Plutselig en dag var hun gravid. Og til sin forbauselse oppdaget hun at hun vurderte abort. Inntil da hadde hun oppriktig trodd at hun ønsket barn, i alle fall ett. Åtte måneder senere nedkom hun med Amalie. Det fylte henne med en lykke som straks fortrengte minnet om tanken på abort. To uker senere ble Amalie innlagt på sykehus med høy feber. Ragnhild merket at legene var urolige, men de kunne ikke fortelle henne hva som feilte den lille. En natt hadde Ragnhild vurdert å be til Gud, men hadde slått det fra seg. Neste kveld, klokken tjuetre, døde lille Amalie av lungebetennelse. Ragnhild hadde låst seg inne og grått fire dager i sammenheng.

«Systisk fibrose,» sa legen til henne i enerom. «Det er genetisk betinget og betyr at du eller din mann er bærer av sykdommen. Vet du om noen i din eller hans familie som har hatt det? Det kan for eksempel gi seg utslag i at vedkommende har hyppige anfall av astma eller lignende.»

«Nei,» hadde Ragnhild svart. «Og jeg regner med at du kjenner din taushetsplikt.»

Sorgen ble bearbeidet med profesjonell hjelp. Etter et par måneder klarte hun å snakke med andre mennesker igjen. Da sommeren kom, dro de til Gilstrups hytte på den svenske vestkysten og prøvde å lage et nytt barn. Men en kveld fant Mads Gilstrup sin kone gråtende foran speilet på soverommet. Hun sa at dette var straffen fordi hun hadde ønsket abort. Han hadde trøstet henne, men da hans ømme kjærtegn var blitt dristigere, hadde hun skjøvet ham unna og sagt at det var siste gang på en god stund. Mads trodde hun mente barnefødsler og hadde umiddelbart sagt seg enig. Han ble derfor både skuffet og fortvilet da hun lot ham forstå at det var selve akten hun ville ha en pause fra. Mads Gilstrup hadde fått smaken på paring og særlig pris satte han på den selvfølelsen det ga å gi henne det han oppfattet som små, men distinkte orgasmer. Likevel godtok han hennes forklaring som ettervirkningene av sorgen og hormonelle forandringer etter barnefødselen. Ragnhild syntes ikke godt hun kunne fortelle ham at de siste to årene hadde vært et rent pliktløp fra hennes side og at den siste rest av lyst hun hadde greid å opparbeide for ham, hadde forduftet på fødestuen da hun hadde sett opp i hans dumme, måpende og skrekkslagne ansikt. Og da han hadde grått av lykke og mistet saksen da han skulle klippe over alle fødende fedres seierssnor, hadde hun bare hatt lyst til å klabbe til ham. Og hun syntes heller ikke at hun kunne fortelle at hun og hennes ubriljante sjef det siste året hadde dekket hverandres krevende krav på bedekningsområdet.

Ragnhild var den eneste aksjemegleren i Oslo som var blitt tilbudt fullverdig partnerskap idet hun gikk ut i fødselspermisjon. Men til alles overraskelse sa hun i stedet opp. Hun var blitt tilbudt en annen jobb. Å forvalte Mads Gilstrup familieformue.

Hun forklarte sjefen på deres avskjedsaften at hun syntes det var på tide at meglerne smisket med henne, og ikke omvendt. Og sa ikke et ord om den egentlige årsaken: at Mads Gilstrup dessverre ikke hadde greid sin eneste oppgave med å finne gode rådgivere, og at familieformuen hadde krympet i et såpass faretruende høyt tempo at svigerfar, Albert Gilstrup, og Ragnhild til slutt hadde grepet inn i fellesskap. Det var siste gangen Ragnhild traff meglersjefen. Noen måneder senere hørte hun at han var blitt sykmeldt etter lang tids plager med astma.

Ragnhild likte ikke Mads' omgangskrets, noe hun hadde skjønt at heller ikke Mads gjorde. Men de gikk på festene de ble invitert til siden alternativet, å havne utenfor miljøet av mennesker som betydde noe eller eide noe, tross alt var verre. Én ting

var de pompøse, selvtilfredse mennene som oppriktig mente at
pengene deres ga dem grunn til å være det. Det var verre med
konene deres, eller «kjerringene» som Ragnhild i sitt stille sinn
kalte dem. De plaprende, hjemmeværende shopperne og helse-
frikene med pupper som så helt ekte ut og brunfarge som fak-
tisk var det siden de og barna akkurat hadde vært to uker i Saint
Tropez og «slappet av» fra au pairer og bråkete håndverkere som
aldri ble ferdig med svømmebassenger og nye kjøkkener. De
snakket med oppriktig bekymring om hvor dårlig Europa hadde
vært å shoppe i det siste året, men ellers strakk horisonten deres
seg aldri lenger enn fra Slemdal til Bogstad og til nød til Kra-
gerø på sommeren. Klær, ansiktsløftninger og treningsapparater
var venninnetemaer siden det var verktøy for å holde på de rike,
pompøse mennene som jo var deres eneste egentlige misjon her
på jorden.

Når Ragnhild tenkte sånn, kunne hun av og til bli overrasket.
Var de så forskjellige fra henne? Kanskje var forskjellen at hun
faktisk hadde et arbeid. Var det derfor hun ikke tålte de selv-
gode minene deres på formiddagsrestauranten på Vinderen når
de klaget over all trygdemisbruken og unnasluntringen i det de
lett foraktelig kalte «samfunnet»? Eller var det noe annet? For
det hadde skjedd noe. En revolusjon. Hun hadde begynt å bry
seg om en annen person enn seg selv. Hun hadde ikke følt det
slik siden Amalie. Og Johannes.

Det hele startet med en plan. Verdiene hadde fortsatt å rase
på grunn av Mads' uheldige plasseringer, og noe drastisk måtte
gjøres. Det var ikke bare å omplassere midlene til aktiva med
lavere risiko, det hadde påløpt gjeld som måtte dekkes inn.
Kort sagt, de trengte å gjøre et finansielt kupp. Det var sviger-
far som lanserte ideen. Og det luktet virkelig av kupp, eller ret-
tere sagt av ran. Og ikke ran av velbevoktede banker, men sim-
pelt ran av gamle damer. Damen var Frelsesarmeen. Ragnhild
hadde gått igjennom armeens eiendomsportefølje, som var intet
mindre enn imponerende. Det vil si, gårdene var ikke mer enn
middels velholdte, men potensialet og beliggenheten var prima.
Først og fremst gjaldt det de sentrale bygårdene i Oslo, og spe-

sielt de på Majorstua. Frelsesarmeens regnskap hadde vist henne minst to ting: At armeen trengte penger. Og at eiendommene var sterkt undervurdert i balansen. Sannsynligvis var de ikke klar over hvilke verdier de satt på, for hun tvilte sterkt på at beslutningstagerne i Frelsesarmeen var de skarpeste knivene i skuffen. Dessuten var det sannsynligvis det perfekte tidspunktet å kjøpe på ettersom eiendomsmarkedet hadde falt samtidig som aksjekursene og andre ledende indikatorer hadde begynt å peke oppover igjen.

En telefon senere hadde hun avtalt møte.

Det hadde vært en nydelig vårdag da hun hadde kjørt opp foran Frelsesarmeens Hovedkvarter.

Kommandøren, David Eckhoff, hadde tatt imot henne og hun hadde på tre sekunder gjennomskuet jovialiteten. Bak den så hun en dominerende flokkleder av den sorten hun hadde slikt talent for å takle, og tenkte at dette kunne komme til å gå bra. Han hadde tatt henne med inn på et møterom med vafler, oppsiktsvekkende vond kaffe og en eldre og to yngre medarbeidere. Den eldre var forvaltningssjefen, en oberstløytnant som snart skulle gå av med pensjon. De to yngre var Rikard Nilsen, en forknytt ung mann som ved første øyekast hadde likheter med Mads Gilstrup. Men det var ikke noe mot den sjokkartete gjenkjennelsen da hun hilste på den andre unge mannen, som med et forsiktig smil tok hånden hennes og presenterte seg som Jon Karlsen. Det var ikke den høye, lutryggede skikkelsen, det åpne, gutteaktige ansiktet eller den varme stemmen, men blikket. Det så direkte på henne. Inn i henne. Så slik hans hadde gjort. Det var Johannes' blikk.

Den første delen av møtet, der forvaltningssjefen hadde redegjort for den norske Frelsesarmeens omsetning på i underkant av en milliard kroner, hvorav en betydelig del var leieinntekter fra de 230 eiendommene armeen eide over hele landet, satt hun i en slags transetilstand og prøvde å la være å stirre på den unge gutten. På håret hans, på hendene som hvilte rolig på bordplaten. Skuldrene hans som ikke helt fylte den svarte uniformen, en uniform Ragnhild fra oppveksten av forbandt med gamle menn

og damer som sang annenstemme til tregrepssanger og smilte selv
om de ikke trodde på noe liv før døden. Hun hadde vel tenkt
– uten egentlig å ha tenkt – at Frelsesarmeen var for sånne som ikke
fikk innpass andre steder, de enfoldige, de ikke så festlige og ikke
så smarte som ingen andre ville leke med, men som skjønte at i
armeen, der var et fellesskap hvor selv de kunne greie kravene: å
synge annenstemme.

Da forvaltningssjefen var ferdig, takket Ragnhild, åpnet map-
pen hun hadde med og skjøv et enkelt A4-ark over bordet til
kommandøren.

«Dette er vårt tilbud,» sa hun. «Det vil gå frem hvilke eien-
dommer vi er interessert i.»

«Takk,» sa kommandøren og kikket ned på arket.

Ragnhild prøvde å lese ansiktet hans. Men skjønte at det ikke
betydde stort. Et par lesebriller lå urørt på bordet foran ham.

«Spesialisten vår får regne på det og komme med en anbe-
faling,» sa kommandøren, smilte og skjøv arket videre. Til Jon
Karlsen. Ragnhild så det rykke i ansiktet til Rikard Nilsen.

Hun skjøv et visittkort over bordet til Jon Karlsen.

«Hvis det er noe som er uklart, er det bare å ringe meg,» sa
hun og kjente blikket hans på seg som en fysisk berøring.

«Takk for besøket, fru Gilstrup,» sa kommandør Eckhoff og
slo hendene sammen. «Vi lover å gi et svar i løpet av … Jon?»

«Kort tid.»

Kommandøren smilte jovialt: «Kort tid.»

De fulgte henne til heisen alle fire. Ingen sa noe mens de ven-
tet. Idet heisdørene gled opp lente hun seg halvt mot Jon Karl-
sen og sa lavt:

«Når som helst. Bruk mobilnummeret.»

Hun hadde prøvd å fange blikket hans for å kjenne det en gang
til, men hadde ikke rukket det. På vei ned, alene i heisen, hadde
Ragnhild Gilstrup kjent blodet pumpe i harde, smertefulle støt
og hun hadde begynt å skjelve ukontrollert.

Det gikk tre dager før han ringte og sa nei. De hadde vurdert
tilbudet og kommet frem til at de ikke ville selge. Ragnhild hadde
argumentert frenetisk for prisen, påpekt Frelsesarmeens ensidige

eksponering mot eiendomsmarkedet, at eiendommene ikke ble drevet profesjonelt, at de lave avskrivningene i regnskapet skjulte at eiendommene var direkte tapsobjekter med de lave leieinntektene og at Frelsesarmeen burde diversifisere investeringene sine. Jon Karlsen hadde lyttet uten å avbryte henne.

«Takk,» hadde han svart da hun var ferdig. «For at du satte deg grundig inn i saken, fru Gilstrup. Og som økonom er jeg ikke uenig i det du sier. Men …»

«Men hva da? Regnestykket er entydig …» Hun hadde hørt sin egen hissige pusting frese i telefonen.

«Men det er et menneskelig aspekt.»

«Menneskelig?»

«Leieboerne. Mennesker. Gamle mennesker som har bodd der hele sitt liv, pensjonerte frelsesarmésoldater, flyktninger, mennesker som har behov for trygghet. De er mitt menneskelige aspekt. Dere kommer til å kaste dem ut for å pusse opp disse leilighetene og leie ut eller selge med fortjeneste. Regnestykket er – som du selv sa – entydig. Det er ditt altoverskyggende økonomiske aspekt og det aksepterer jeg. Aksepterer du mitt?»

Hun hadde sluttet å puste.

«Jeg …,» begynte hun.

«Jeg tar deg gjerne med så du får hilse på noen av disse menneskene,» sa han. «Så vil du kanskje forstå bedre.»

Hun ristet på hodet der hun satt.

«Jeg vil gjerne få avklart et par mulige misforståelser når det gjelder våre intensjoner,» sa hun. «Er du opptatt på torsdag kveld?»

«Nei. Men …»

«La oss møtes på Feinschmecker klokken åtte.»

«Hva er Feinschmecker?»

Hun hadde måttet smile. «En restaurant på Frogner. La meg si det slik at drosjesjåføren vil vite hvor det er.»

«Er det på Frogner, så sykler jeg.»

«Godt. Vi sees.»

Hun hadde innkalt Mads og svigerfar til møte og fortalt om utfallet.

«Høres ut som nøkkelen er denne rådgiveren deres,» hadde svigerfaren, Albert Gilstrup, sagt. «Får vi ham over på vår side, er eiendommene våre.»

«Men jeg sier jo at han ikke er interessert i hvilken pris vi betaler.»

«Å jo da,» sa svigerfar.

«Nei!»

«Ikke til Frelsesarmeen, nei. Da kan han gjerne veive med den der moralske fanen sin. Vi må appellere til hans personlige grådighet.»

Ragnhild hadde ristet på hodet: «Ikke med denne personen, han ... han er ikke en som vil gå med på sånt.»

«Alle har en pris,» hadde Albert Gilstrup sagt med et bedrøvet smil og vippet pekefingeren som en metronom frem og tilbake foran ansiktet hennes. «Frelsesarmeen er vokst ut av pietismen, og pietismen var det praktiske menneskets tilnærming til religionen. Det er derfor pietismen ble en slager her i det karrige nord; først brød, så bønn. Jeg foreslår to millioner.»

«To millioner?» hadde Mads Gilstrup gispet. «For å ... gi en anbefaling om å selge?»

«Bare om det blir noe salg, selvfølgelig. No cure, no pay.»

«Det er likevel en sinnssvak sum,» protesterte sønnen.

Svigerfar svarte uten å se på ham: «Det eneste sinnssvake her er at det har vært mulig å desimere en familieformue i en tid hvor alt annet har gått opp.»

Som en akvariefisk åpnet Mads Gilstrup munnen to ganger uten at noe kom ut.

«Denne rådgiveren deres vil ikke ha mage til å forhandle om prisen hvis han synes det første budet er for lavt,» sa svigerfar. «Vi må slå en knockout på første forsøk. To millioner. Hva sier du, Ragnhild?»

Ragnhild hadde nikket langsomt og festet blikket på noe utenfor vinduet fordi hun ikke hadde orket å se på ektemannen som satt med bøyd nakke i skyggen utenfor leselampen.

Jon Karlsen satt allerede ved bordet og ventet da hun hadde ankommet. Han virket mindre enn hun husket, men det kom kanskje av at han hadde byttet ut uniformen med en sekk av en dress som hun antok var kjøpt på Fretex. Eller at han så ut som han følte seg bortkommen på den fasjonable restauranten. Han hadde veltet blomstervasen da han reiste seg for å hilse på henne. De hadde reddet blomstene i en felles aksjon og ledd av det. Etterpå hadde de snakket om løst og fast. Da han hadde spurt om hun hadde barn, hadde hun bare ristet på hodet.

Om han hadde barn? Nei. Akkurat, men han hadde kanskje …? Nei, ikke det heller.

Samtalen hadde glidd over på Frelsesarmeens eiendommer, men hun hadde merket at hun argumenterte uten den vanlige gnisten. Han hadde smilt høflig og nippet til vinen. Hun hadde høynet budet med ti prosent. Han hadde ristet på hodet, fortsatt smilende, og komplimentert henne for halskjedet som hun visste sto fint til huden hennes.

«En gave fra min mor,» hadde hun uanstrengt løyet. Og tenkt at det egentlig var øynene hennes han så på. De med lyseblå iris og ren sklera.

Tilbudet om en personlig belønning på to millioner hadde hun lagt frem mellom hovedretten og desserten. Hun hadde sluppet å se ham i øynene for han hadde stirret taust ned i vinglasset, plutselig hvit i ansiktet.

Til slutt hadde han spurt, lavt: «Er dette din egen idé?»

«Min og min svigerfars.» Hun merket at hun var kortpustet.

«Albert Gilstrup?»

«Ja. Bortsett fra oss to og min mann vil ingen noensinne få vite om dette. Vi ville ha like mye å tape på at dette blir kjent som … eh, som du.»

«Er det noe jeg har sagt eller gjort?»

«Hva behager?»

«Hva er det som har fått deg og din svigerfar til å tro at jeg ville si ja til disse sølvpengene?»

Han løftet blikket opp på henne og Ragnhild kjente rødmen skylle over ansiktet. Hun kunne ikke huske å ha rødmet siden ungdomsskolen.

«Skal vi droppe desserten?» Han løftet servietten fra fanget og la den på bordet ved siden av dekketallerkenen.

«Ta deg tid og tenk før du svarer, Jon,» stotret hun. «For din egen del. Dette kan gi deg sjansen til å realisere noen drømmer.»

Ordene skar falskt og stygt selv i hennes egne ører. Jon signaliserte til kelneren at de ønsket regningen.

«Og hvilke drømmer er det? Drømmen om å bli en korrupt tjener, en ynkelig desertør? Å kjøre rundt i en fin bil mens alt man prøver å være som menneske ligger i ruiner rundt en?»

Raseriet hadde fått stemmen hans til å skjelve. «Er det slike drømmer du har, Ragnhild Gilstrup?»

Hun hadde ikke klart å svare.

«Jeg er visst blind,» sa han. «For vet du hva? Da jeg traff deg, trodde jeg at jeg så … et helt annet menneske.»

«Du så meg,» hvisket hun og kjente skjelvingen komme, den samme hun hadde kjent i heisen.

«Hva?»

Hun klarnet stemmen: «Du så meg. Og nå har jeg fornærmet deg. Jeg er så lei meg.»

I tausheten som fulgte hadde hun følt det som hun sank gjennom kalde og varme lag av vann.

«La oss glemme alt dette,» sa hun da kelneren hadde kommet og nappet til seg kortet som hun hadde holdt opp med den ene hånden. «Det er ikke viktig. Ikke for noen av oss. Vil du gå med meg i Frognerparken?»

«Jeg …»

«Vær så snill?»

Han hadde sett overrasket på henne.

Eller hadde han det?

Hvordan kunne det blikket – som så alt – være overrasket.

Ragnhild Gilstrup stirret fra sitt vindu i Holmenkollen på en mørk firkant langt der nede. Frognerparken. Det var der galskapen hadde startet.

*

Klokka hadde passert midnatt, suppebussen var parkert i garasjen og Martine følte seg deilig utmattet, men også velsignet. Hun sto på fortauet foran Heimen i den trange, mørke Heimdalsgata og ventet på Rikard som var gått for å hente bilen da hun hørte det knake i snøen bak seg.

«Hei.»

Hun snudde seg og kjente hjertet stoppe helt da hun så silhuetten av en stor skikkelse rage mot den enslige gatelykten.

«Kjenner du meg ikke igjen?»

Hjertet slo ett slag. To. Så tre og fire. Hun hadde kjent igjen stemmen.

«Hva gjør du her?» sa hun og håpet røsten ikke avslørte hvor redd hun hadde vært.

«Jeg fikk vite at du jobbet på bussen i kveld og at den parkerte her ved midnatt. Det har vært en utvikling i saken, som det heter. Jeg har begått en smule tenkning.» Han trådte frem slik at lyset falt på ansiktet hans. Det var hardere, eldre enn hun husket det. Merkelig hvor mye man kunne glemme på ett døgn. «Og jeg har et par spørsmål.»

«Som ikke kunne vente?» spurte hun, smilte og så at smilet hennes fikk politimannens ansikt til å mykne.

«Venter du på noen?» spurte Harry.

«Ja, Rikard skal kjøre meg hjem.»

Hun så på bagen politimannen hadde over skulderen. Det hadde «JETTE» skrevet på siden, men så altfor gammel og slitt ut til å kunne være den moteriktige retrovarianten.

«Du burde kjøpe et par friske såler til joggeskoene du har inni der,» sa hun og pekte.

Han så forbløffet på henne.

«Man behøver ikke være Jean-Baptiste Grenouille for å kjenne lukten,» sa hun.

«Patrick Süskind,» sa han. «'Parfymen'.»

«En politimann som leser,» sa hun.

«En frelsesarmésoldat som leser om drap,» sa han. «Hvilket fører oss tilbake til mitt ærend, er jeg redd.»

En Saab 900 kjørte opp foran dem og stoppet. Vinduet gled lydløst ned.

«Skal vi dra, Martine?»

«Et øyeblikk, Rikard.» Hun snudde seg mot Harry. «Hvor skal du?»

«Bislett. Men jeg foretrekk...»

«Rikard, er det greit om Harry sitter på til Bislett? Du bor jo der, du også.»

Rikard stirret ut i mørket før han svarte med flatt tonefall: «Selvfølgelig.»

«Kom,» sa Martine og rakte Harry hånden.

Han så forbauset på henne.

«Glatte sko,» hvisket hun og grep hånden hans. Hun kjente at hånden hans var varm og tørr og klemte automatisk om hennes som om han var redd hun skulle falle med én gang.

Rikard kjørte forsiktig med blikket kontinuerlig sprettende fra speil til speil som om han ventet bakholdsangrep.

«Nå?» sa Martine fra forsetet.

Harry kremtet. «Jon Karlsen ble forsøkt skutt i dag.»

«Hva?» utbrøt Martine.

Harry møtte Rikards blikk i speilet.

«Hadde du alt hørt det?» spurte Harry.

«Nei,» sa Rikard.

«Hvem ...,» begynte Martine.

«Vi vet ikke,» sa Harry.

«Men ... både Robert og Jon. Har det noe med familien Karlsen å gjøre?»

«Jeg tror det bare var én av dem de var ute etter hele tiden,» sa Harry.

«Hva mener du?»

«Drapsmannen utsatte hjemreisen. Jeg tror han oppdaget at han hadde skutt feil mann. Det var ikke Robert som skulle dø.»

«Ikke Ro...»

«Det er derfor jeg måtte snakke med deg. Jeg tror du kan gi meg svaret på om teorien min stemmer.»

«Hvilken teori?»

«At Robert døde fordi han uheldigvis tok Jons vakt på Egertorget.»

Martine snudde seg i forsetet og stirret bestyrtet på Harry.

«Du sitter med vaktlistene,» sa Harry. «Da jeg var hos dere første gangen, la jeg merke til at vaktlisten henger på oppslagstavlen i resepsjonen. Hvor enhver kunne se hvem som var satt opp på vakt på Egertorget den kvelden. At det var Jon Karlsen.»

«Hvordan ...»

«Jeg gikk innom etter at jeg var på sykehuset og sjekket. Jons navn står der. Men Robert og Jon byttet vakt etter at listen ble trykket opp, ikke sant?»

Rikard svingte opp Stensberggata mot Bislett.

Martine bet seg i underleppen. «Vakter byttes jo hele tiden, og hvis de bytter seg imellom er det ikke alltid jeg får vite om det engang.»

Rikard svingte inn Sofies gate. Martines øyne utvidet seg.

«Forresten, nå husker jeg det! Robert ringte og sa at de hadde byttet seg imellom, så jeg behøvde ikke gjøre noe. Det er vel derfor jeg ikke har tenkt over det. Men ... men, det betyr jo at ...»

«Jon og Robert er ganske like,» sa Harry. «Og i uniform ...»

«Og det var kveld og snødde ...,» sa Martine halvhøyt, liksom til seg selv.

«Det jeg ville vite er om det er noen som har ringt deg og spurt om vaktlisten. Og om den kvelden spesielt.»

«Ikke det jeg kan huske,» sa Martine.

«Kan du tenke etter? Så ringer jeg deg i morgen.»

«Gjerne,» sa Martine.

Harry holdt blikket hennes og i lyset som gled over dem fra en gatelykt, ble han igjen oppmerksom på uregelmessighetene i pupillene hennes.

Rikard stoppet bilen brått.

«Hvordan visste du det?» spurte Harry.

«Visste hva?» spurte Martine fort.

«Jeg spurte sjåføren,» sa Harry. «Hvordan visste du at det er her jeg bor?»

«Du sa det,» sa Rikard. «Jeg er kjent. Som Martine sa, så bor jeg på Bislett.»

Harry ble stående på fortauet og se etter bilen.

Det var åpenbart at gutten var forelsket. Han hadde kjørt omveien hit først for å kunne få være alene med Martine noen minutter. For å få snakke med henne. For å få den stillheten og roen det krever når en skal fortelle noe, vise hvem man er, kle sjelen sin naken, oppdage seg selv og alt det der som hører ungdommen til og som han selv heldigvis var ferdig med. Alt for å få et vennlig ord, ta en klem og håpe på et kyss før hun gikk. Trygle om kjærlighet, slik forelskede idioter gjør. Uansett alder.

Harry gikk sakte mot inngangsdøra mens hånden automatisk søkte etter nøklene i bukselommen, og tankene søkte noe som ble støtt vekk hver gang han nærmet seg det. Og blikket søkte noe han så vidt hørte. Det var en liten lyd bare, men det var stille i Sofies gate så sent. Harry stirret ned i de grå snøfonnene etter brøytebilen som hadde vært her i dag. Det hørtes ut som noe som knitret. Smeltet. Umulig, det var atten minus.

Harry satte nøklen i låsen.

Og hørte at det ikke var noe som smeltet. Det var noe som tikket.

Han snudde seg langsomt og stirret mot brøytekantene. Det glimtet i noe. I glass.

Harry gikk tilbake, bøyde seg og plukket opp klokka. Glasset på Møllers gave var blankt som et vannspeil, uten så mye som en ripe. Og tiden stemte på sekundet. To minutter foran hans egen klokke. Hva var det Møller hadde sagt? Så han skulle rekke det han trodde han var for sent ute til.

Kapittel 14.
Natt til fredag 18. desember. Mørket

Det smalt i panelovnen på oppholdsrommet på Heimen som om noen kastet småstein på den. Den varme luften dirret oppover de brune svimerkene på strietapeten som svettet nikotin, lim og den fettede lukten av mennesker som hadde bodd her og var borte. Stoffet i sofaen klødde tvers igjennom buksene hans.

Til tross for den tørre, knitrende varmen fra panelovnen skalv han mens han stirret på nyhetssendingen på TV-en, som satt i et stativ oppe på veggen i oppholdsrommet. Han kjente igjen bildene fra torget, men skjønte ingenting av det de sa. I det andre hjørnet satt en gammel mann i en lenestol og røkte sigaretter som var rullet tynt. Når det var så lite igjen at de svidde de svarte fingertuppene, tok han raskt frem to fyrstikker fra esken som han klemte sneipen mellom og inhalerte til han brant leppene. En avkappet og pyntet topp av et grantre sto på et bord i hjørnet og forsøkte å glitre.

Han tenkte på julemiddagen i Dalj.

Det var to år etter at krigen var over og serberne hadde trukket seg ut igjen av det som en gang hadde vært Vukovar. De kroatiske myndighetene hadde stuet dem sammen på International Hotel i Zagreb. Han hadde spurt flere om de visste hvor familien til Giorgi var blitt av, og én dag hadde han møtt en annen flyktning som visste at moren til Giorgi døde under beleiringen og at faren og Giorgi hadde flyttet til Dalj, en liten grenseby ikke langt fra Vukovar. Andre juledag tok han toget til Osijek og videre derfra til Dalj. Han snakket med konduktøren og fikk bekreftet at toget ville fortsette til Borovo, som var endestasjonen, og være tilbake i Dalj klokka halv sju. Klokka var to da han gikk av i Dalj. Han spurte seg frem til adressen som var en lav bygård, like grå som byen. Han gikk inn i oppgangen, fant døra og ba en stille bønn før han ringte på om at de måtte være hjemme. Og kjente hjertet banke fort da han hørte lette trinn innenfor.

Giorgi åpnet. Han hadde ikke forandret seg stort. Blekere, men med de samme lyse krøllene, blå øynene og den hjerteformede munnen som alltid hadde fått ham til å tenke på en gudeyngling. Men smilet i øynene hans var borte, som en gåen lyspære.

«Kjenner du meg ikke igjen, Giorgi?» spurte han etter en stund. «Vi bodde i samme by, vi gikk på samme skole.»

Giorgi rynket pannen. «Gjorde vi? Vent. Den stemmen. Du må være Serg Dolac. Selvfølgelig, det var du som løp så fort. Jøss som du har forandret deg. Jammen godt å se igjen kjente fra Vukovar. Alle er jo borte.»

«Ikke jeg.»

«Nei, ikke du, Serg.»

Giorgi omfavnet ham og holdt ham så lenge at han kjente varmen begynne å sitre i den frosne kroppen. Så dro han ham inn i leiligheten.

Det tidlige vintermørket falt mens de satt i det spartansk møblerte dagligrommet og snakket om alt som hadde skjedd, og om alle menneskene de hadde kjent i Vukovar og hvor de var blitt av. Da han spurte om Giorgi husket Tinto, hunden, smilte Giorgi litt forvirret.

Giorgi sa at faren hans snart ville være hjemme, om Serg ville bli til middag?

Han så på klokka. Toget ville være tilbake på stasjonen om tre timer.

Faren ble svært overrasket over at de hadde besøk fra Vukovar.

«Det er Serg,» sa Giorgi. «Serg Dolac.»

«Serg Dolac?» spurte faren og så undersøkende på ham. «Tja, det er noe kjent med deg. Hm. Kjente jeg faren din? Ikke?»

Mørket falt på, og da de satte seg ved bordet, ga faren dem

store, hvite servietter, og han løsnet sitt eget røde halstørkle og knyttet servietten rundt halsen. Faren ba en kort bordbønn, gjorde korsets tegn og bukket mot det eneste bildet i dagligrommet, et innrammet foto av en kvinne.

Idet faren og Giorgi grep bestikket, bøyde han selv hodet og messet frem:

«Hvem er han som kommer fra Edom, i røde klær fra Bosra, så prektig i sin kledning, der han skrider frem i sin store kraft? – Det er jeg, som taler rettferdighet, som er mektig til å frelse.»

Faren så forbauset på ham. Så sendte han fatet med de store, bleke kjøttstykkene.

Måltidet foregikk i taushet. Vinden fikk de tynne vinduene til å knake.

Etter kjøttet var det dessert. *Palacinka,* tynne pannekaker fylt med syltetøy og med sjokolade på toppen. Han hadde ikke smakt *palacinka* siden han var liten i Vukovar.

«Ta en til, kjære Serg,» sa faren. «Det er jul.»

Han så på klokka. Det var en halv time til toget skulle gå. Tiden var inne. Han kremtet, la fra seg servietten og reiste seg: «Giorgi og jeg har snakket om alle vi husker fra Vukovar. Men det er en vi ikke har snakket om ennå.»

«Ja vel,» sa faren forundret og smilte: «Hvem er det, Serg?» Faren hadde snudd litt på hodet slik at han så på ham med ett øye. Som om han prøvde å oppdage noe han ikke greide å sette fingeren på.

«Han het Bobo.»

Han så i Giorgis fars øyne at han skjønte det nå. At han kanskje bare hadde ventet på dette. Han hørte lyden av sin egen stemme mellom de nakne veggene: «Du satt i jeepen og pekte ham ut for den serbiske kommandanten.» Han svelget. «Bobo døde.»

Det ble stille i rommet. Faren la fra seg bestikket: «Det var krig, Serg. Vi skal alle dø.» Han sa det rolig. Nesten resignert.

Faren og Giorgi satt urørlige mens han dro pistolen opp av bukselinningen, avsikret og rettet den tvers over bordet og trakk av. Smellet var kort og tørt, og det gikk et rykk gjennom farens kropp samtidig som stolbeina skrapte mot gulvet. Faren bøyde hodet og stirret på hullet i servietten som hang foran brystet hans. Så ble servietten sugd inn mot brystet samtidig som blodet bredte seg som en rød blomst på det hvite tøystykket.

«Se på meg,» sa han høyt, og faren løftet automatisk hodet.

Det andre skuddet hadde laget et lite, svart hull i pannen som falt fremover og traff tallerkenen og *palacinkaen* med et mykt dunk.

Han snudde seg mot Giorgi som stirret med åpen munn, med en rød stripe rennende nedover kinnet. Det tok et sekund før han skjønte at det var syltetøy fra farens *palacinka*. Han stakk pistolen ned i bukselinningen.

«Du må skyte meg også, Serg.»

«Jeg har ikke noe utestående med deg.» Han gikk ut av dagligrommet og tok jakka som hang ved døra.

Giorgi kom etter. «Jeg vil hevne meg! Jeg vil finne deg og drepe deg om du ikke dreper meg!

«Og hvordan skal du finne meg, Giorgi?»

«Du kan ikke gjemme deg. Jeg vet hvem du er.»

«Gjør du? Du tror jeg er Serg. Men Serg Dolac hadde rødt hår og var høyere enn meg. Og jeg løper ikke fort, Giorgi. Men la oss være glade for at du ikke kjenner meg igjen, Giorgi. Det betyr at jeg kan la deg leve.»

Så lente han seg frem, kysset Giorgi hardt på munnen, åpnet døra og gikk.

Avisene hadde skrevet om mordet, men ingen ble ettersøkt. Og tre måneder senere, en søndag, fortalte moren om en kroat som hadde kommet til henne og spurt om hjelp. Mannen kunne ikke betale mye, men hadde fått samlet inn litt i familien. Det var nemlig blitt oppdaget at en serber som hadde torturert hans døde bror under krigen, bodde i nabolaget. Og noen hadde nevnt noe om en de kalte den lille frelseren.

Den gamle mannen brente fingertuppene på den tynne sigaretten og bannet høyt.

Han reiste seg og gikk ut i resepsjonen. Bak gutten på den andre siden av glassveggen sto Frelsesarmeens røde fane.

«Could I please use the phone?»

Gutten skottet skeptisk opp på ham: «Hvis det er en lokal-samtale, så.»

«Det er det.»

Gutten pekte på et trangt kontor bak seg, og han gikk inn. Satte seg ned det skrivebordet og stirret på telefonen. Han tenkte på morens stemme. Hvordan den kunne være bekymret og redd og samtidig myk og varm. At den var en omfavnelse. Han reiste seg, lukket døra til resepsjonen og slo raskt nummeret til Hotel International. Hun var ikke inne. Han la ikke igjen beskjed. Døra gikk opp.

«Det er forbudt å lukke døra,» sa gutten. «OK?»

«*OK. Sorry.* Har du en telefonkatalog?»

Gutten himlet med øynene, pekte på en tykk bok som lå ved siden av telefonen og gikk ut.

Han bladde frem Jon Karlsen og Gøteborggata 4 og slo num-meret.

*

Thea Nilsen stirret på den ringende telefonen.

Hun hadde låst seg inn i leiligheten til Jon med nøkkelen som han hadde gitt henne.

De sa det skulle være et kulehull et sted. Hun hadde lett og funnet hullet i skapdøra.

Mannen hadde prøvd å skyte Jon. Å gjøre ham død. Tanken gjorde henne merkelig opphisset. Og ikke redd. Av og til tenkte hun at hun aldri kunne bli redd igjen, ikke slik, ikke for det, ikke for å dø.

Politiet hadde vært her, men de hadde ikke brukt lang tid. Ingen spor bortsett fra kulene, hadde de sagt.

På sykehuset hadde hun hørt Jon puste inn og ut mens han så på henne. Han hadde sett så hjelpeløs ut der i den store syke-hussengen. Som om hun bare hadde behøvd å legge en pute over ansiktet hans, så ville han dødd. Og hun hadde likt det, likt å se ham svak. Kanskje hadde skolemesteren i «Victoria» rett, at noen kvinners behov for å føle medlidenhet gjorde at de hatet sine friske, sterke menn, at de i all hemmelighet ønsket at

ektemennene skulle bli krøplinger og avhengige av deres god-
het.

Men nå var hun alene i leiligheten hans og telefonen ringte.
Hun så på klokka. Natt. Ingen ringte nå. Ingen med redelig
ærend. Thea var ikke redd for å dø. Men dette var hun redd for.
Var det henne, kvinnen som Jon trodde hun ikke visste om?

Hun gikk to skritt mot telefonen. Stoppet. Fjerde pipet. Etter
fem ville det opphøre. Hun nølte. Det pep. Hun gikk raskt frem
og løftet røret.

«Ja?»

Det var stille et øyeblikk i andre enden før en mann begynte
å snakke engelsk:

«*Sorry for calling so late*. Mitt navn er Edom, er Jon der?»

«Nei,» sa hun lettet. «Han er på sykehuset.»

«Å ja, jeg hørte hva som skjedde i dag. Jeg er en gammel venn
og skulle gjerne besøkt ham. Hvilket sykehus ligger han på?»

«Ullevål.»

«Ullevål?»

«Ja. Jeg vet ikke hva avdelingen heter på engelsk, men på norsk
heter den Nevrokirurgisk.

Men det sitter en politimann utenfor rommet og han vil ikke
slippe deg inn. Skjønner du hva jeg sier?»

«Skjønner?»

«Engelsken min ... den er ikke særlig ...»

«Jeg skjønner utmerket. Tusen takk.»

Hun la på og stirret lenge på telefonen.

Så begynte hun å lete igjen. De hadde sagt det skulle være flere
kulehull.

*

Han sa til gutten i resepsjonen på Heimen at han gikk ut en tur
og rakte ham romnøkkelen.

Gutten kastet et blikk på klokka på veggen som viste kvart på
tolv og ba ham ta med nøkkelen. Han forklarte at han kom til å
låse og legge seg snart, men at romnøkkelen gikk til hoveddøra
også.

Kulden hoppet på ham med en gang han var utenfor, bit-
ende og klorende. Han bøyde hodet og begynte å gå med raske,
bestemte skritt. Dette var risikofylt. Definitivt risikofylt. Men
han måtte.

*

Ola Henmo, driftssjef i Hafslund Energi, satt i kontrollrommet
på driftssentralen på Montebello i Oslo og tenkte at det hadde
vært jævlig godt med en røyk mens han stirret på en av de førti
dataskjermene som sto spredt rundt i rommet. På dagtid var de
tolv personer her inne, men nå på natten bare tre. Vanligvis satt
de ved hver sin arbeidsplass, men i kveld var det som om kulden
utenfor hadde drevet dem sammen rundt den ene pulten midt
i rommet.

Geir og Ebbe kranglet som vanlig om hester og V75-rekka.
I åtte år hadde de gjort det, og det hadde aldri falt dem inn å
spille hver for seg.

Ola var mer bekymret for transformatorstasjonen i Kirkeveien
mellom Ullevålsveien og Sognsveien.

«Trettiseks prosent overlast på T1. Tjueni på T2 til T4,» sa
han.

«Herregud som folk fyrer der ute,» sa Geir. «Er de redde for å
fryse i hjel? Det er jo natta, kan de ikke krype under dyna snart.
Sweet Revenge i tredje? Har du fått hjernedrypp?»

«Folk skrur ikke ned varmen for det,» sa Ebbe. «Ikke i detta
landet. Folk driter penger.»

«Det kommer ikke til å gå bra,» sa Ola.

«Jo da,» sa Ebbe. «Vi pumper bare opp mer olje.»

«Jeg tenker på T1,» sa Ola og pekte på skjermen. «Nå bikker
den seks hundre og åtti ampere. Kapasiteten er på fem hundre
nominell last.»

«Slapp av,» rakk Ebbe å si før alarmen begynte å pipe.

«Å faen,» sa Ola. «Der gikk'n. Sjekk lista og ring gutta som
har hjemmevakt.»

«Se,» sa Geir. «T2 er nede også. Og der røyk T3.»

«Bingo!» ropte Ebbe. «Skal vi vedde om T4 …»

«For seint, der gikk'n,» sa Geir.

Ola kikket på oversiktskartet. «OK,» sukket han. «Da er strømmen borte på nedre Sogn, Fagerborg og Bislett.»

«Vi vedder på hva som har ryki!» sa Ebbe. «En tusing på kabel-moffa.»

Geir knep det ene øyet sammen: «Måletrafo'n. Og det holder med fem hundre.»

«Kutt ut det der nå,» brummet Ola. «Ebbe, ring brannstasjo-nen, jeg vedder på at det brenner der oppe.»

«Jeg er med,» sa Ebbe. «To hundre?»

*

Da lyset ble borte på sykehusrommet, var mørket så totalt at Jons første tanke var at han var blitt blind. At synsnerven var blitt skadet i slaget og virkningen først kom nå. Men så hørte han ropene ute fra korridoren, skimtet omrisset av vinduet og skjønte at det var strømmen som hadde gått.

Han hørte det skrape i stolen utenfor og døra gled opp.

«Hei, er du der?» sa en stemme.

«Ja,» svarte Jon med lysere stemme enn han hadde tenkt.

«Jeg går bare og sjekker hva som har skjedd. Ikke gå noe sted, OK?»

«Neida, men …»

«Ja?»

«Har de ikke nødaggregat?»

«Det tror jeg bare de har på operasjonssalene og overvåk-ninga.»

«Ja vel …»

Jon hørte politimannens skritt fjerne seg mens han stirret på det grønne exit-skiltet som lyste over døra. Skiltet fikk ham til å tenke på Ragnhild igjen. Det hadde også startet i mørket. Etter at de hadde spist, hadde de gått inn i nattemørket i Frogner-ken og stilt seg på den folketomme plassen foran Monolitten og sett østover mot sentrum. Og han hadde fortalt henne vandre-historien om hvordan Gustav Vigeland, den sære kunstneren fra Mandal, hadde satt som forutsetning for å utsmykke parken med sine skulpturer at parken skulle utvides slik at Monolitten kunne plasseres symmetrisk i forhold til de omkringliggende kirker, og at hovedporten skulle ligge slik at man så rett på Uranienborg kirke. Og da bystyrets representant hadde forklart at det ikke lot seg gjøre å flytte parken, hadde Vigeland forlangt at kirkene skulle flyttes.

Hun hadde bare sett alvorlig på ham mens han fortalte, og han hadde tenkt at hun var så sterk og intelligent denne kvinnen, at det skremte ham.

«Jeg fryser,» hadde hun sagt og skuttet seg i kåpen.

«Kanskje vi skulle gå tilbak …,» hadde han begynt, men da hadde hun lagt en hånd bak nakken hans og vendt ansiktet sitt opp mot hans. Hun hadde de mest usedvanlige øynene han hadde sett. Lyseblå, nesten turkise med en hvithet i det hvite som gjorde at den bleke huden likevel fikk farge. Og han hadde gjort det han alltid gjorde, han hadde krummet ryggen og bøyd seg ned. Så hadde tungen hennes vært i munnen hans, våt og varm, en insisterende muskel, en mystisk anaconda som snodde seg rundt tungen hans og lette etter overtaket. Han hadde kjent varmen tvers igjennom det tykke ullstoffet i dressbuksene fra Fretex da hånden hennes med imponerende presisjon hadde landet.

«Kom,» hadde hun hvisket i øret hans, satt en fot inn i gjerdet, og han hadde sett ned og fått et glimt av hvit hud der strømpene sluttet før han hadde revet seg løs.

«Jeg kan ikke,» hadde han sagt.

«Hvorfor ikke?» hadde hun stønnet.

«Jeg har gitt et løfte. Til Gud.»

Og hun hadde sett på ham, først uforstående. Så hadde øynene hennes fyltes med vann, og hun hadde begynt å gråte lavt og lagt hodet mot brystet hans og sagt at hun aldri hadde trodd at hun skulle finne ham igjen. Han hadde ikke forstått hva hun mente, men hadde strøket henne over håret og det var sånn det hadde startet. De møttes alltid i hans leilighet og alltid etter at hun hadde tatt initiativet. De første gangene hadde hun gjort noen halvhjertede forsøk på å få ham til å bryte sitt kyskhets-løfte, men etter det virket det som også hun var fornøyd med å ligge inntil den andre på sengen og bare stryke og bli strøket. Av og til kunne hun av grunner han ikke skjønte, bli helt desperat og si at han aldri måtte gå fra henne. De snakket ikke mye, men han hadde en fornemmelse av at deres avholdenhet bare knyttet henne nærmere til ham. Møtene deres hadde fått en brå slutt da han hadde truffet Thea. Ikke så mye fordi han ikke ville treffe henne, men fordi Thea ville at Jon og hun skulle gi hverandre ekstranøkler til den andres leilighet. Hun hadde sagt det var et tillitsspørsmål, og han hadde ikke kommet på noe å si til det.

Jon snudde seg i sykehussenga og lukket øynene. Han ville drømme nå. Drømme og glemme. Hvis det gikk an. Søvnen var i ferd med å komme da han syntes han kjente et luftdrag i rommet. Instinktivt åpnet han øynene og snudde seg. I det blekgrønne skjæret fra exit-skiltet så han at døra var lukket. Han stirret mot skyggene mens han holdt pusten og lyttet.

*

Martine sto i mørket ved vinduet i leiligheten sin i Sorgenfrigata, som også var blitt mørklagt da strømmen gikk. Likevel kunne hun skimte bilen der nede. Den lignet Rikards.

Rikard hadde ikke prøvd å kysse henne da hun hadde gått ut av bilen. Bare sett på henne med det hundeblikket og sagt at han kom til å bli den nye forvaltningssjefen. Det hadde vært signaler. Positive signaler. Det ville bli ham. Han hadde fått en underlig stivhet i blikket. Trodde ikke hun også det?

Hun hadde sagt at han sikkert ville bli en bra forvaltningssjef og grepet etter dørhåndtaket mens hun ventet på berøringen. Men den hadde ikke kommet. Og så var hun utenfor.

Martine sukket, tok opp mobiltelefonen og slo nummeret hun hadde fått.

«Snakk i vei.» Harry Holes stemme lød helt annerledes på telefonen. Eller kanskje var det bare at han var hjemme, kanskje var dette hjemmestemmen hans.

«Det er Martine,» sa hun.

«Hei.» Det var umulig å høre om han var blitt glad.

«Du ba meg tenke etter,» sa hun. «Om jeg kunne huske noen som hadde ringt og spurt om vaktlisten. Om vakten til Jon.»

«Ja?»

«Jeg har tenkt.»

«Og?»

«Det er ingen.»

Lang pause.

«Ringte du for å fortelle meg det?» Stemmen hans var varm og ru. Som om han hadde sovet.

«Ja. Burde jeg ikke det?»

«Jo. Jo, selvfølgelig. Takk så mye for hjelpen.»

«Ingen årsak.»

Hun lukket øynene og ventet til hun hørte stemmen hans igjen:

«Kom du ... vel hjem?»

«M-m. Strømmen er gått her.»

«Her også,» sa han. «Den kommer nok snart tilbake.»

«Hva om den ikke gjør det?»

«Hva mener du?»

«Ville vi bli styrtet ut i kaos?»

«Tenker du ofte på sånt?»

«Det hender. Jeg tror at sivilisasjonens infrastruktur er mye skjørere enn vi liker å tro. Hva tror du?»

Han var stille lenge før han svarte. «Vel. Jeg tror at alle systemer vi stoler på når som helst kan kortslutte og slynge oss ut i en natt hvor lover og regler har opphørt å beskytte oss, hvor kulde og rovdyr regjerer og hver og en må prøve å redde seg selv.»

«Det der,» sa hun da det ikke kom mer. «Var lite egnet til å få små piker til å sove. Jeg tror du er en ordentlig dystopist, Harry.»

«Selvfølgelig. Jeg er politimann. God natt.»

Han hadde lagt på før hun fikk svart.

Harry krøp sammen under dynen og stirret i veggen.

Temperaturen hadde stupt i leiligheten.

Harry tenkte på himmelen utenfor. På Åndalsnes. På bestefar. Og på mor. Begravelsen. Og aftenbønnen som hun hadde hvisket med den myke, myke stemmen. «Vår Gud han er så fast en borg.» Men i det vektløse øyeblikket før han sovnet, tenkte han på Martine og stemmen hennes som han fremdeles hadde i hodet.

TV-en på stuen våknet med et stønn og begynte å suse. Pæren tentes i gangen og kastet lys gjennom den åpne soveromsdøra og på Harry ansikt. Men da sov han alt.

Tjue minutter senere ringte Harrys telefon. Han slo opp øynene og bannet. Stavret seg hutrende ut i entreen og løftet av røret:

«Snakk. Lavt.»

«Harry?»

«Så vidt. Hva er det, Halvorsen?»

«Det har skjedd noe.»

«Noe eller mye?»

«Mye.»

«Faen.»

Kapittel 15.
Natt til fredag 18. desember. Anslaget

Sail sto og hutret på gangstien langs Akerselva. Faen ta den albanerjævelen! Til tross for kulden var elven isfri og svart og forsterket mørket under den enkle jernbroen. Sail var seksten år og hadde kommet fra Somalia som tolvåring sammen med moren sin. Han hadde begynt å selge hasj som fjortenåring og heroin i fjor vår. Og nå hadde Hux sviktet ham igjen, og han kunne risikere å bli stående her hele natten med varene sine uten å få omsetning. Ti null-énere. Hadde han vært atten, kunne han alltids ha gått ned på Plata og fått solgt dem der. Men snuten tauet inn mindreårige langere som gikk på Plata. Deres territorium var her langs elven. De var stort sett unge gutter fra Somalia som solgte til kunder som enten selv var mindreårige eller som hadde andre grunner for ikke å ville bli sett på Plata. Faen ta Hux, han trengte de kronene desperat!

En mann kom gående nedover gangstien. Det var i hvert fall ikke Hux, som fortsatt haltet etter at B-gjengen hadde banket ham opp på grunn av utblandet amfetamin. Som om det fantes annet. Og ikke så det ut som noen spaner heller. Eller junkie, selv om han hadde blå jakke av en type som han hadde sett flere junkier bruke. Sail så seg rundt. De var alene.

Da mannen hadde kommet nær nok, trådte Sail ut av skyggen under broen. «Null-éner?»

Mannen smilte kort, ristet på hodet og ville gå videre. Men Sail hadde stilt seg midt i veien. Sail var stor for alderen. Uansett alder. Og det var kniven hans også. En Rambo First Blood med hulrom til kompass og fiskesnøre. Den kostet rundt tusen spenn på Army Shop, men han hadde fått den for tre hundre av en kompis.

«Vil du kjøpe eller bare betale?» spurte Sail og holdt kniven slik at det riflete bladet reflekterte det blasse lyset fra lyktestolpen.

«*Excuse me?*»

Utlendingsspråk. Ikke Sails sterke side.

«*Money.*» Sail hørte sin egen stemme stige, han ble alltid så sint av å rane folk, han ante ikke hvorfor. «*Now!*»

Utlendingen nikket og holdt venstre hånd avvergende opp mens han rolig stakk høyre innenfor jakka. Så svingte hånden fort opp igjen. Sail rakk ikke å reagere, hvisket bare et «faen» da han skjønte at det han stirret inn i var en pistolmunning. Han hadde lyst til å løpe, men det var som om det svarte metalløyet hadde frosset ham fast.

«Jeg …,» begynte han.

«*Run,*» sa mannen. «*Now.*»

Og Sail løp. Løp mens den kalde, fuktige luften fra elven brant i lungene hans og lysene fra Plaza Hotel og Postgirobygget hoppet opp og ned på netthinnene, løp til elva rant ut i fjorden og han ikke kunne løpe lenger, og han skrek mot gjerdene rundt containerhavna at han en dag skulle drepe dem alle.

*

Det var gått et kvarter siden Harry var blitt vekket av Halvorsens telefon da politibilen stoppet foran fortauskanten i Sofies gate og Harry steg inn i baksetet ved siden av kollegaen sin. Han mumlet et «god aften» til de uniformerte politifolkene i forsetene.

Sjåføren, en godt voksen mann med lukket politiansikt, svingte rolig ut.

«Gi litt gass 'a,» sa den bleke, unge og kvisete politimannen i passasjersetet.

«Hvor mange er vi?» Harry myste på klokka.

«To biler pluss denne,» sa Halvorsen.

«Seks pluss oss to, altså. Jeg vil ikke ha noe blålys, vi prøver å ta dette stille og rolig. Du, jeg og en med uniform og våpen foretar pågripelsen, de fem andre skal bare dekke potensielle fluktruter. Har du våpen selv?»

Halvorsen slo seg på brystlommen.

«Godt, for jeg har ikke,» sa Harry.

«Har du ikke fått fikset den bæretillatelsen ennå?»

Harry lente seg frem mellom forsetene.

«Hvem av dere har mest lyst til å være med og pågripe en profesjonell drapsmann?»

«Jeg!» smalt det fra den unge i passasjersetet.

«Da blir det deg,» sa Harry til sjåføren som nikket langsomt i speilet.

Seks minutter senere hadde de parkert nederst i Heimdalsgata på Grønland og så mot inngangen der Harry hadde stått tidligere på kvelden.

«Så vår mann i Telenor var sikker på dette?» spurte Harry.

«Jepp,» sa Halvorsen. «Torkildsen sier at et internnummer på Heimen bo- og treningssenter prøvde å ringe opp Hotel International for femti minutter siden.»

«Neppe tilfeldig,» sa Harry og åpnet bildøra. «Det der er armeens territorium. Jeg foretar en rask rekognosering og er tilbake om ett minutt.»

Da Harry kom tilbake, satt sjåføren med en maskinpistol i fanget, en MP-5, som den nye instruksen tillot patruljebilene å ha låst ned i bagasjerommet.

«Du har ikke noe mer diskré?» spurte Harry.

Mannen ristet på hodet. Harry snudde seg til Halvorsen:

«Og du?»

«Bare en søt, liten Smith&Wesson 38.»

«Du kan få låne min,» sa den unge politimannen i passasjersetet med iver i stemmen. «Jericho 941. Kraftige saker. Samme som politiet i Israel bruker til å blåse hue av arabersvina.»

«Jericho?» sa Harry. Halvorsen kunne se at øynene hans hadde smalnet. «Jeg har ikke tenkt å spørre deg hvor du har fått tak i den pistolen. Men jeg synes jeg bør informere deg om at den med overveldende sannsynlighet stammer fra en våpensmugler-liga. Ledet av din tidligere kollega Tom Waaler.»

Politimannen i passasjersetet snudde seg. De blå øynene skinte om kapp med de hissige kvisene:

«Jeg husker Tom Waaler. Og veit du hva, førstebetjent? De fleste av oss mener at han var en bra fyr.»

Harry svelget og så ut av vinduet.

«De fleste av dere tar feil,» sa Halvorsen.

«Gi meg radioen,» sa Harry.

Han instruerte de andre bilene raskt og effektivt. Sa hvor han ville ha hver enkelt stående uten å nevne navn på gater eller bygninger som kunne identifiseres av det faste radiopublikummet; krimjournalister, banditter og bare nysgjerrige som lyttet inn på frekvensen og sannsynligvis allerede hadde skjønt at noe var på gang.

«Da setter vi i gang,» avsluttet Harry og snudde seg mot passasjersetet. «Du blir altså her og holder kontakten med Operasjonssentralen. Kall oss opp på walkie talkien til kollegaen din om det er noe. OK?»

Den unge mannen trakk på skuldrene.

Først da Harry hadde ringt tre ganger på inngangsdøra til Heimen, kom en gutt tøflende. Han åpnet døra på gløtt og myste på dem med søvndrukne øyne.

«Politi,» sa Harry og rotet i lommen. «Faen, ser ut som jeg har lagt igjen ID-kortet hjemme. Vis ham ditt, Halvorsen.»

«Dere får ikke komme hit,» sa gutten. «Det veit dere.»

«Dette er drap, ikke nark.»

«Hæ?»

Gutten stirret storøyet over skulderen til Harry på politimannen som hadde løftet opp sin MP-5. Så åpnet han døra og trådte tilbake uten å ense Halvorsens ID.

«Har du en Christo Stankic her?» spurte Harry.

Gutten ristet på hodet.

«En utlending med kamelhårsfrakk da?» spurte Halvorsen mens Harry gikk inn bak resepsjonsdisken hvor han åpnet gjesteboka.

«Den eneste utlendingen her er en de kom med i kveld fra suppebussen,» stammet gutten. «Men han hadde ikke noe kamelhårsfrakk. Bare en dressjakke. Rikard Nilsen ga ham forresten en vinterjakke fra depotet.»

«Har han ringt herfra?» ropte Harry fra bak disken.

«Han lånte telefonen på kontoret bak deg.»

«Klokka?»

«Rundt halv tolv.»

«Stemmer med telefonen til Zagreb,» sa Halvorsen lavt.

«Er han inne?» spurte Harry.

«Veit ikke. Han tok med seg nøkkelen, og jeg har sovet.»

«Har du en masternøkkel?»

Gutten nikket, hektet løs en nøkkel fra knippet han hadde festet til beltet og la i Harrys utstrakte hånd.

«Rom?»

«26. Opp trappa der. Innerst i gangen.»

Harry hadde alt begynt å gå. Den uniformerte politimannen fulgte tett etter med begge hendene på maskinpistolen.

«Hold deg inne på rommet ditt til dette er over,» sa Halvorsen til gutten mens han trakk opp sin Smith&Wesson-revolver, blunket og ga ham et klapp på skulderen.

Han låste seg inn og noterte at resepsjonen var tom. Naturlig nok. Like naturlig som at det hadde stått parkert en politibil med en politimann i lenger oppi gaten. Han hadde jo akkurat fått bevis på at området var kriminelt belastet.

Han gikk opp trappen, og idet han rundet hjørnet på korridoren, hørte han en sprakende lyd han kjente igjen fra bunkersene i Vukovar, en walkietalkie.

Han løftet blikket. Innerst i korridoren foran døra til rommet hans sto to sivilkledde menn og en uniformert politimann med en maskinpistol. Han kjente straks igjen den ene av de sivilkledde som sto med hånden på dørklinken. Den uniformerte politimannen løftet walkietalkien og snakket lavt inn i den.

De to andre hadde snudd seg mot ham. Det var for sent å gjøre retrett.

Han nikket til dem, stoppet foran døra til rom 22 og ristet

på hodet som for å vise sin oppgitthet over den økende krimi-
naliteten i nabolaget, mens han lot som han møysommelig lette
i lommene etter romnøkkelen. Ut av øyekroken så han politi-
mannen fra hotellresepsjonen på Scandia lydløst svinge døra til
rommet hans åpen og gå inn, tett fulgt av de to andre.

Straks de var ute av syne, begynte han å gå samme vei som
han hadde kommet. Hoppet ned trappen i to skritt. Han hadde
rutinemessig merket seg alle utganger da han kom med den hvite
bussen tidligere på kvelden, og han vurderte et øyeblikk bak-
døra mot hagen. Men den var for opplagt. Tok han ikke mye
feil, hadde de plassert en politimann der. Hans beste sjanse var
hovedutgangen. Han gikk ut og svingte til venstre. Det var rett
mot politibilen, men han visste i hvert fall at den veien var det
bare én av dem. Hvis han bare slapp forbi den, kunne han komme
seg ned til elven og mørket.

«Faen, faen!» ropte Harry da de hadde konstatert at rommet var
tomt.

«Kanskje han er ute og går,» sa Halvorsen.

De snudde seg begge mot sjåføren. Han hadde ikke sagt noen
ting, men walkietalkien på brystet hans snakket: «Det er samme
fyren som jeg sa gikk inn i stad. Nå kommer han ut igjen. Han
kommer hitover.»

Harry trakk inn luften. Det var en spesiell parfymert lukt i
rommet som han vagt dro kjensel på.

«Det er ham,» sa Harry. «Vi lot oss lure.»

«Det er ham,» meldte sjåføren inn i mikrofonen mens han løp
etter Harry som alt var ute av døra.

«Herlig, jeg har ham,» smatret radioen. «Ut.»

«Nei!» ropte Harry mens de forserte korridoren. «Ikke forsøk
å stoppe ham, vent på oss!»

Sjåføren hermet ordren i mikrofonen, men radioen hveste bare
ordløst til svar.

Han så døra til politibilen gå opp og en ung uniformert mann
med pistol stige ut i gatelyset.

«Stopp!» ropte mannen og stilte seg bredbeint opp med pistolen rettet mot ham. Uerfaren, tenkte han. Mellom dem lå nesten femti meter mørk gate, og i motsetning til den unge raneren under brua var ikke denne politimannen kald nok til å vente til offeret ikke hadde noen retrettmuligheter. For andre gang denne kvelden tok han frem sin Llama MiniMax. Og i stedet for å stikke av begynte han å løpe rett mot politibilen.

«Stopp!» gjentok politimannen.

Avstanden var skrumpet til tretti meter. Tjue meter.

Han løftet pistolen og skjøt.

Folk flest overvurderer mulighetene for å treffe et annet menneske med pistol på avstander over ti meter. Derimot undervurderer de som regel den psykologiske effekten av lyden, av kruttsmellet kombinert med piskesnerten av bly når det treffer noe i umiddelbar nærhet. Da kulen traff bilruten som hvitnet før den kollapset, skjedde det samme med politimannen. Han hvitnet og skled ned på knærne mens fingrene prøvde å klamre seg fast til hans litt for tunge Jericho 941.

Harry og Halvorsen kom ut i Heimdalsgata samtidig.

«Der,» sa Halvorsen.

Den unge politimannen som fortsatt lå på knærne ved siden av bilen, med pistolen pekende mot himmelen. Men lenger opp i gata skimtet de ryggen på den blå jakka de hadde sett i korridoren.

«Han løper mot Eika,» sa Halvorsen.

Harry snudde seg til sjåføren som hadde kommet til.

«Gi meg MP-en.»

Politimannen rakte Harry våpenet. «Den har ikke …»

Men Harry hadde allerede begynt å løpe. Han hørte Halvorsen bak seg, men gummisålene på hans egne Dr. Martens-støvler ga ham bedre fraspark på blåisen. Mannen foran ham hadde et langt forsprang, han hadde allerede rundet hjørnet mot Vahls gate, som gikk langs parken. Harry holdt maskinpistolen i én hånd og konsentrerte seg om å puste mens han prøvde å løpe lett og effektivt. Han sakket og fikk maskinpistolen i skytestilling før han kom til hjørnet. Prøvde å ikke tenke for mye idet han stakk hodet frem og så til høyre.

Det var ingen der som ventet på ham.

Ingen å se lenger ned i gaten heller.

Men en mann som Stankic var neppe så dum at han hadde løpt inn i noen av gårdsrommene som var rene feller med stengte dører. Harry stirret inn i parken hvor de store, hvite flatene av snø reflekterte lysene fra bygningene rundt. Var det ikke noe der som beveget seg? Bare seksti–sytti meter unna, en skikkelse som beveget seg sakte fremover i snøen. Blå jakke. Harry sprintet over veien, tok sats, seilte over snøfonna og stupte fremover da han sank til livs i nysnø.

«Faen!»

Han hadde mistet maskinpistolen. Skikkelsen foran ham snudde seg før den begynte å kjempe seg fremover igjen. Harrys hender sveipet under snøen etter maskinpistolen mens han så hvordan Stankic febrilsk sloss med den løse snøen som ikke ga feste, men likevel stoppet all fremdrift. Fingrene støtte mot noe hardt. Der. Harry dro opp våpenet og hev seg fremover igjen. Fikk opp et bein, slengte det så langt frem han kunne, fikk over-kroppen over, dro opp det andre beinet, slengte det frem. Etter tjue meter brant melkesyra i lårene, men avstanden hadde skrum-pet inn. Det var like før den andre var fremme ved gangstien og ute av snømyra. Harry bet tennene sammen og greide å øke frekvensen. Han anslo avstanden til femten meter. Nærme nok. Harry lot seg falle ned på magen i snøen og la an. Blåste snøen av siktet, løsnet sikringen, satte velgeren på enkeltskudd og ventet til mannen hadde nådd lyskjeglen fra lykten ved gangstien:

«*Police!*» Harry rakk ikke å tenke på det komiske ved ordet før han hadde ropt det: «*Freeze!*»

Mannen foran ham fortsatte å brøyte seg frem. Harry presset fingeren mot avtrekkeren.

«Stopp ellers skyter jeg.»

Mannen hadde bare fem meter igjen til stien nå.

«Jeg sikter på hodet ditt,» ropte Harry. «Og jeg kommer ikke til å bomme.»

Stankic stupte fremover, fikk tak i lyktestolpen med begge hendene og dro seg opp av snøen. Harry så den blå jakka over siktekornet. Holdt pusten og gjorde det han hadde lært for å over-styre impulsen i mellomhjernen som med evolusjonens logikk sier at du ikke skal drepe noen av din art: han konsentrerte seg om teknikk, om å skyve og ikke nappe i avtrekkeren. Harry kjente fjærmekanismen gi etter og hørte et metallisk klikk, men kjente ingen rekyl mot skulderen. Funksjonsfeil? Harry trakk av en gang til. Nytt klikk.

Mannen reiste seg fra snøen som drysset rundt ham og steg ut på veien med tunge, seige skritt. Snudde seg og så på Harry. Harry rørte seg ikke. Mannen sto med armene hengende ned langs sidene. Som en søvngjenger, tenkte Harry. Stankic løftet hånden. Harry så pistolen og visste at han var hjelpeløs i snøen. Stankics hånd fortsatte opp til pannen til en ironisk honnør. Så snudde han seg og begynte å løpe oppover gangstien.

Harry lukket øynene og kjente sitt eget hjerte hamre mot inn-siden av ribbeina.

Da Harry hadde kjempet seg frem til veien, var mannen for lengst oppslukt av mørket. Harry løsnet magasinet til sin MP-3 og sjekket. Ganske riktig. I et plutselig raseri hev han fra seg våpenet som steg opp som en svart, stygg fugl foran fasaden på Plaza Hotel før det falt og landet med et mykt plask i det svarte vannet under ham.

Da Halvorsen kom frem, satt Harry i snøskavlen med en siga-rett mellom leppene.

Halvorsen støttet seg til knærne og brystet gikk opp og ned. «Faen som du løper,» prustet han. «Borte?»

«Søkk vekk,» sa Harry. «La oss gå tilbake.»

«Hvor er MP-5-en?»

«Var det ikke den du spurte om?»

Halvorsen så på Harry og bestemte seg for ikke å spørre nær-mere.

*

Foran Heimen sto to politibiler med sveipende blålys. En ansamling hutrende menn med lange linser stikkende ut fra brystet, trengte seg foran inngangen som tydeligvis var stengt. Harry og Halvorsen kom gående nedover Heimdalsgata. Halvorsen avsluttet en samtale på mobiltelefonen.

«Hvorfor tenker jeg alltid på køen til en pornofilm når jeg ser det der?» spurte Harry.

«Journalister,» sa Halvorsen. «Hvordan har de fått snusen i at det var her?»

«Spør jyplingen som skulle passe radioen,» sa Harry. «Tipper han røpet seg. Hva sa Operasjonssentralen?»

«De sender alle tilgjengelige patruljebiler til elva med én gang. Krimvakta sender et dusin fotsoldater. Hva tror du?»

«Han er god. De kommer aldri til å finne ham. Ring Beate og be henne komme.»

En av journalistene hadde fått øye på dem og kom dem i møte.

«Nå, Harry?»

«Seint oppe, Gjendem?»

«Hva skjer?»

«Ikke stort.»

«Å? Jeg ser at noen har skutt bort frontruta på en av politibilene deres.»

«Hvem sier at den ikke er blitt slått inn?» spurte Harry med journalisten fortsatt travende etter seg.

«Han som satt inni. Han sier at han ble skutt på.»

«Jøss, han må jeg jammen snakke med,» sa Harry. «Unnskyld mine herrer!»

Flokken ga motvillig plass og Harry banket på inngangsdøra. Det surret og klikket i kameraer og blitzer.

«Har dette sammenheng med drapet på Egertorget?» ropte en av journalistene. «Er folk i Frelsesarmeen innblandet?»

Døra gikk opp på klem og sjåførens ansikt kom til syne. Han flyttet seg og Harry og Halvorsen presset seg inn. De gikk gjennom resepsjonen hvor den unge politimannen satt i en stol og stirret tomt fremfor seg mens en kollega satt på huk foran ham og snakket lavt.

I annen etasje sto døra til rom 26 fortsatt åpen.

«Rør minst mulig,» sa Harry til sjåføren. «Frøken Lønn vil gjerne sikre seg litt fingeravtrykk og DNA.»

De så seg rundt, åpnet skapdørene, kikket under sengen.

«Jøss,» sa Halvorsen. «Ikke én ting. Fyren hadde ikke mer med seg enn det han gikk og sto i.»

«Han må ha hatt en koffert eller noe for å få våpenet inn i landet,» sa Harry. «Han kan selvfølgelig ha kvittet seg med den. Eller satt den til oppbevaring et sted.»

«Det finnes ikke så mange steder med oppbevaring i Oslo lenger.»

«Tenk.»

«Tja. Oppbevaringsrommet på et av hotellene han har bodd på? Oppbevaringsboksene på Oslo S, selvfølgelig.»

«Forfølg tanken.»

«Hvilken tanke?»

«At han er der ute i natten nå og har en veske et sted.»

«Han vil kanskje ha bruk for den nå, ja. Jeg ringer Opera-sjonssentralen og får dem til å sende folk til Scandia og Oslo S og ... hva var det andre hotellet som hadde hatt Stankic på gjes-telista?»

«Radisson SAS på Holbergs plass.»

«Takk.»

Harry snudde seg til sjåføren og spurte om han ville bli med utenfor og ta en røyk. De gikk nedenunder og ut bakdøra. På den snødekte hageflekken i den stille bakgården sto en gammel mann og røykte mens han kikket opp på den skittengule him-melen uten å ense dem.

«Hvordan går det med kollegaen din?» spurte Harry mens han tente begges sigaretter.

«Han greier seg. Beklager journalistene.»

«Det er ikke din feil.»

«Jo da. Da han kalte meg opp på radioen for å si at en person akkurat hadde låst seg inn, sa han Heimen. Jeg burde ha drilla ham mer på sånt.»

«Du burde ha drilla mer på et par andre ting.»

Sjåføren så fort opp på Harry. Blunket fort to ganger. «Jeg beklager. Jeg prøvde å advare deg, men du løp med én gang.»

«OK. Men hvorfor?»

Sigarettgloen lyste rødt og advarende da sjåføren inhalerte hardt. «De fleste overgir seg med en gang de får en MP-5 rettet mot seg,» sa han.

«Det var ikke det jeg spurte om.»

Musklene over kjevene ble strammet og slakket. «Det er en gammel historie.»

«Mm.» Harry så på politimannen. «Vi har alle gamle historier. Det betyr ikke at vi setter kollegaers liv i fare og har tomme magasiner i våpenet.»

«Du har rett.» Mannen slapp den halvrøkte sigaretten som forsvant fresende i nysnøen. Han trakk pusten dypt: «Og det kommer ikke til å bli noe bråk for din del, Hole. Jeg kommer til å bekrefte rapporten din.»

Harry skiftet tyngde. Studerte sigaretten sin. Han anslo politimannens alder til rundt femti. Det var ikke så mange av dem som fortsatt satt i patruljebil. «Den gamle historien, er det en jeg vil høre?»

«Du har hørt den før.»

«Mm. Ung gutt?»

«Toogtjue år, tidligere ustraffet.»

«Dødelig utfall?»

«Lam fra brystet og ned. Jeg traff ham i magen, men kula gikk rett gjennom.»

Den gamle mannen hostet. Harry kikket bort på ham. Han holdt sigaretten mellom to fyrstikker.

I resepsjonen satt den unge politimannen fremdeles i stolen og fikk trøst. Harry nikket til den omsorgsfulle kollegaen at han skulle fjerne seg og satte seg på huk.

«Krisepsykiatri hjelper ikke,» sa Harry til den bleke, unge mannen. «Reparer deg selv.»

«Hæ?»

«Du er redd nå fordi du tror du var et bomskudd unna å dø. Det var du ikke. Han siktet ikke på deg, han siktet på bilen.»

«Hæ?» gjentok jyplingen monotont.

«Denne fyren er proff. Han vet at om han hadde skutt en politimann, hadde han ikke hatt en sjanse til å slippe unna. Han skjøt for å skremme deg.»

«Hvordan vet du …»

«Han skjøt ikke på meg heller. Fortell deg selv det, så får du sove. Og si nei til psykolog, det er andre som trenger dem.» Harrys knær knirket stygt da han reiste seg. «Og husk at folk som er over deg i rang per definisjon er klokere. Så neste gang følger du ordre. OK?»

*

Hjertet hans banket som hos et jaget dyr. Et vindpust fikk lyktene som hang i tynne stålwirer over veien til å svinge og skyggen hans til å danse på fortauet. Han skulle ønske han kunne gått med lengre steg, men glasuren av is gjorde at han måtte holde beina mest mulig under seg.

Det måtte ha vært telefonen hans til Zagreb fra kontoret som hadde ført politiet til Heimen. Og så fort det hadde gått! Det betydde at han fra nå av var avskåret fra å ringe henne. Han hørte en bil komme bakfra og måtte tvinge seg til ikke å snu seg. I stedet lyttet han. Den hadde ikke bremset ned foreløpig. Den passerte, etterfulgt av et gufs og forstøvet snø som la seg mot den lille fliken av nakken som den blå jakka ikke dekket. jakka som politimannen hadde sett ham i og som gjorde at han ikke lenger var usynlig. Han hadde vurdert å hive jakka, men en mann i bare skjorte ville ikke bare se mistenkelig ut, men fryse i hjel. Han så på klokka. Det var enda mange timer til byen våknet, til det åpnet kafeer og butikker hvor han kunne gå inn. Han måtte finne et sted før det. Et gjemmested, et sted han kunne holde varmen og hvile til det grydde av dag.

Han gikk langs en skittengul fasade med graffiti. Øynene hans ble fanget av et ord som var malt. «Vestbredden.» Litt lenger opp i gaten sto en mann krumbøyd mot en port. På avstand så det ut som han lente hodet mot døra. Da han kom nærmere, så han at mannen holdt fingeren mot et ringeapparat.

Han stoppet opp og ventet. Dette kunne være redningen.

En stemme smatret fra høyttaleren over ringeapparatet og den krumbøyde rettet seg opp, svaiet og brølte rasende til svar. Den røde, spritsvidde huden hang og slang fra ansiktet som på en kinesisk shar pei-hund. Så holdt mannen brått inne og ekkoene døde ut mellom fasadene i den nattstille byen. Det durte lavt i elektronikk og mannen fikk med noe møye flyttet tyngdepunktet foran seg, dyttet opp porten og vaklet inn.

Porten begynte å gli igjen og han reagerte lynfort. For fort. Skosålen gled mot blåisen og han rakk så vidt å slå håndflatene mot den brennende kalde overflaten før resten av kroppen traff fortauet. Han kavet seg opp, så at porten nesten hadde smekket i lås, styrtet frem, slengte frem foten og kjente tyngden av porten klemme mot vristen. Han snek seg innenfor og ble stående og lytte. Subbende skritt. Som stoppet nesten opp før de møysommelig fortsatte. Banking. En dør gikk opp og en kvinnestemme skrek noe på dette merkelige, syngende språket. Så kuttet det brått, som om noen hadde skåret strupen over på henne. Etter et par sekunders stillhet hørte han en lav, hvinende lyd, slik barn lager når de begynner å komme seg av sjokket etter å ha slått seg. Så smalt døra igjen der oppe og det ble stille.

Han lot porten gli igjen bak seg. Blant søppelet under trappen lå et par aviser. I Vukovar hadde de brukt avispapir i skoene, det både isolerte og sugde til seg fuktigheten. Frostrøyken sto fortsatt ut av munnen hans, men foreløpig var han reddet.

*

Harry satt på kontoret bak resepsjonen på Heimen og ventet med telefonrøret mot øret mens han prøvde å forestille seg leiligheten der det ringte. Han så bilder av venner klistret til speilet over telefonen. Smilende, festende, kanskje fra en utenlandsreise. Mest venninner. Han så en leilighet som var enkelt, men koselig møblert. Visdomsord på kjøleskapsdøra. Che Guevara-plakat på toalettet. Eller hadde de fortsatt det?

«Hallo?» sa en sovemyk stemme.

«Det er meg igjen.»

«Pappa?»

Pappa? Harry trakk pusten og kjente at han rødmet. «Politi-mannen.»

«Å ja,» Lav latter. Lys og dyp på en gang.

«Beklager at jeg vekker deg, men vi …»

«Det gjør ingenting.»

Det oppstod en av de pausene Harry hadde villet unngå.

«Jeg er på Heimen,» sa han. «Vi har forsøkt å anholde en mis-tenkt person. Resepsjonisten sier at det var du og Rikard Nilsen som kom hit med ham tidligere i kveld.»

«Den stakkaren uten klær?»

«Ja.»

«Hva har han gjort?»

«Vi mistenker ham for drapet på Robert Karlsen.»

«Herre gud!»

Harry noterte seg at hun ikke uttalte det som det vanlige «her-regud», men som to atskilte ord.

«Hvis det er greit, så sender jeg opp en betjent som vil snakke med deg. Imens kan du prøve å huske hva han sa.»

«Ja vel. Men kan ikke heller d…»

Pause.

«Hallo?» sa Harry.

«Han sa ingenting,» sa hun. «Akkurat som krigsflyktninger. Du kan se det på måten de beveger seg på. Sånn søvngjengerak-tig. Som om de går på autopilot. Som om de allerede er døde.»

«Mm. Snakket Rikard med ham?»

«Kanskje. Vil du ha nummeret hans?»

«Gjerne.»

«Et øyeblikk.»

Hun ble borte. Hun hadde rett. Harry tenkte på da mannen hadde reist seg fra snøen. Hvordan det hadde drysset av ham, de hengende armene og det uttrykksløse ansiktet, som zombiene som reiste seg fra gravene i «Night Of The Living Dead».

Harry hørte kremting og snudde seg i stolen. I døra til kon-toret sto Gunnar Hagen sammen med David Eckhoff.

«Forstyrrer vi?» spurte Hagen.

«Kom inn,» sa Harry.

De to mennene kom inn og slo seg ned på den andre siden av skrivebordet.

«Vi vil gjerne ha en rapport,» sa Hagen.

Før Harry rakk å spørre hva han mente med «vi», var Martines stemme der igjen med nummeret. Harry noterte.

«Takk,» sa han. «God natt.»

«Jeg lurte på …»

«Jeg må løpe,» sa Harry.

«Å ja. God natt.»

Han la på.

«Vi kom så fort vi kunne,» sa Martines far. «Dette er jo forferdelig. Hva har skjedd?»

Harry så på Hagen.

«Bare fortell oss det,» sa Hagen.

Harry beskrev i korte trekk den mislykkede pågripelsen, om skuddet mot bilen og forfølgelsen i parken.

«Men hvis du var så nær og hadde en MP-5, hvorfor skjøt du ham ikke?» spurte Hagen.

Harry kremtet, men holdt inne. Han så på Eckhoff.

«Nå?» sa Hagen med begynnende irritasjon i stemmen.

«Det var for mørkt,» sa Harry.

Hagen stirret lenge på førstebetjenten sin før han fortsatte: «Så han var ute og gikk mens dere låste dere inn på rommet hans. Noen idé om hvorfor en drapsmann befinner seg ute midt på natten i Oslo i minus tjue?»

POB-en senket stemmen: «For jeg går ut ifra at du har full kontroll på Jon Karlsen.»

«Jon?» sa David Eckhoff. «Men han er da på Ullevål sykehus.»

«Jeg har en betjent på vakt utenfor rommet hans,» sa Harry og håpet stemmen hans ga inntrykk av en kontroll han ikke hadde. «Jeg skulle akkurat til å ringe dit og sjekke om alt er OK.»

*

De fire første tonene på Clash' «London Calling» pep mellom korridorens nakne vegger på Nevrokirurgisk avdeling på Ullevål sykehus. En mann iført flatt hår og slåbrok gikk tur med et stativ med dryppepose og kastet i forbifarten et irettesettende blikk på politivakten som stikk i strid med mobiltelefonforbudet besvarte anropet:

«Stranden.»

«Hole. Noe å melde?»

«Ikke stort. Det går en søvnløs fyr rundt her i korridoren. Litt skummelt oppsyn, men virker ellers harmløs.»

Stativmannen sjokket snøftende videre.

«Noe tidligere i kveld?»

«Tja, Tottenham fikk bank av Arsenal på White Hart. Og så hadde vi et strømbrudd.»

«Og pasienten?»

«Ikke en lyd.»

«Har du sjekket at alt er i orden?»

«Bortsett fra hemoroider, så det greit ut.»

Stranden lyttet til den illevarslende stillheten. «En spøk bare. Jeg skal gå inn og sjekke med én gang. Heng på.»

Rommet luktet av noe søtt. Sukkertøy, gikk han ut fra. Lyset fra korridoren sveipet over rommet og ble borte da døra gled igjen bak ham, men han skimtet et ansikt på den hvite puten. Han gikk nærmere. Det var stille der inne. For stille. Som om det var lyd som manglet. Én lyd.

«Karlsen?»

Ingen reaksjon.

Stranden kremtet og gjentok litt høyere: «Karlsen.»

Det var så stille der inne at Harrys stemme fra mobiltelefonen lød høyt og klart: «Hva skjer?»

Stranden løftet telefonen til øret: «Han sover som et barn.»

«Sikker?»

Stranden så på ansiktet på puten. Og skjønte at det var dét som plaget ham. At Karlsen sov som et barn. Voksne menn pleier å lage mer lyd. Han lente seg ned mot ansiktet for å lytte etter pusten.

«Hallo!» Harry Holes rop lød spedt fra mobiltelefonen. «Hallo!»

221

Kapittel 16.
Fredag 18. desember. Flyktning

Sola varmet ham og den lette brisen fikk de lange gresstråene på sanddynene til å vippe og nikke fornøyd. Han måtte akkurat ha badet for håndkleet under ham var vått. «Se,» sa mor og pekte. Han skygget for øynene og stirret utover det blinkende, ufattelig blå Adriaterhavet. Og der så han en mann komme vassende mot land med et stort smil. Det var far. Bak ham kom Bobo. Og Giorgi. En liten hund svømte ved siden av ham med den vesle halen rett opp som en kjøl. Og mens han så på dem, steg det flere opp av havet. Noen av dem kjente han godt. Som Giorgis far. Andre dro han kjensel på. Et ansikt i en døråpning i Paris. Ansiktstrekkene var dratt ut til det ugjenkjennelige, til groteske masker som gren mot ham. Sola forsvant bak en sky og temperaturen stupte brått. Maskene begynte å rope.

Han våknet av en svidende smerte i siden og slo øynene opp. Han var i Oslo. På gulvet under trappen i en oppgang. En skikkelse sto bøyd over ham med åpen munn og ropte noe. Han kjente igjen ett ord som var nesten det samme som på hans eget språk. Narkoman.

Så tok skikkelsen, en mann i kort skinnjakke, et skritt tilbake og løftet foten. Sparket traff ham i siden hvor han allerede hadde vondt og han rullet stønnende rundt. En annen fyr sto bak mannen i skinnjakka og lo mens han holdt seg for nesen. Skinnjakka pekte på porten.

Han så på de to. La hånden mot jakkelommen og kjente at den var våt. Og at han fremdeles hadde pistolen. Det var to kuler igjen i magasinet. Men om han truet dem med pistolen risikerte han bare at de varslet politiet.

Skinnjakka brølte og løftet hånden.

Han holdt armen beskyttende over hodet og kom seg på beina. Mannen som holdt seg for nesen åpnet flirende porten og ga ham et spark i baken på vei ut.

Porten smalt i lås bak ham, og han hørte de to stampe opp trappen. Han så på klokka. Fire på natten. Det var like mørkt, og han var gjennomfrossen. Og våt. Han kjente med hånden at jakkeryggen var gjennomtrukket og buksebeina var gjennomvåte. Det luktet piss. Hadde han pisset på seg? Nei, han måtte ha ligget i det. En dam. På gulvet. Frosset piss som han hadde tint opp med kroppsvarmen sin.

Han stakk hendene i lommene og begynte å småløpe nedover veien. Han brydde seg ikke lenger om de få bilene som passerte ham.

*

Pasienten mumlet et «takk», og Mathias Lund-Helgesen lukket døra etter ham og dumpet ned i stolen på kontoret sitt. Gjespet og så på klokka. Seks. Én time igjen før morgenskiftet tok over. Før han kunne dra hjem. Sove noen timer og så dra opp til Rakel. Hun lå under dynen i den store tømmervillaen i Holmenkollen nå. Han hadde ennå ikke helt funnet tonen med guttungen, men det ville nok komme. Det pleide å gjøre det med Mathias Lund-Helgesen. Og det var ikke det at Oleg ikke likte ham, det handlet nok mer om at gutten hadde knyttet seg for mye til den forrige. Politimannen. Merkelig egentlig, hvordan et barn uten motforestillinger kunne opphøye en alkoholisert og åpenbart forstyrret person til farsfigur og forbilde.

Han hadde lenge tenkt på å nevne det med Oleg for Rakel, men hadde latt være. Det ville bare fått ham til å fremstå som en hjelpeløs dust. Ja, kanskje til og med fått henne til å tvile på om han var den rette for dem. Og han ville være det. Den rette. Han var villig til å være den han måtte være for å beholde henne. Og for å vite hvem det var, måtte han jo spørre. Så hadde han spurt.

Om hva det var med denne politimannen. Og hun hadde svart at det var ikke noe spesielt. Annet enn at hun hadde elsket ham. Og hadde hun ikke formulert det akkurat slik, var det ikke sikkert han hadde tenkt over at hun aldri hadde brukt det ordet om ham.

Mathias Lund-Helgesen ristet de nytteløse tankene av seg, sjekket neste pasientnavn på PC-en og gikk ut i mellomgangen hvor sykepleierne pleide å ta dem inn først. Men nå så sent på natten var det tomt, så han fortsatte ut til venterommet.

Fem mennesker så på ham med blikk som ba om at det var deres tur. Bortsett fra en mann som satt innerst i hjørnet og sov med åpen munn og hodet mot veggen. Åpenbart en rusmisbruker, den blå jakka og stanken av gammel urin som kom i bølger, var sikre tegn. Like sikkert som at fyren kom til å klage på smerter og be om piller.

Mathias gikk bort til ham og grein på nesen. Ristet hardt i ham og tok raskt et skritt tilbake. En del rusmisbrukere hadde et innøvd reaksjonsmønster etter års erfaring med å bli ranet for dop og penger i ruset tilstand: å slå eller stikke hvis de ble vekket.

Mannen åpnet øynene og så på Mathias med et overraskende klart blikk.

«Hva er det som feiler deg?» spurte Mathias. Kutyme var selv-følgelig at dette var et spørsmål man aldri stilte en pasient før man var på tomannshånd, men Mathias var sliten og dritt lei av junkier og fylliker som tok tid og oppmerksomhet fra andre pasienter.

Mannen trakk jakka tettere rundt seg uten å svare.

«Hallo! Du må nesten fortelle meg hvorfor du er her.»

Mannen ristet på hodet og pekte på en av de andre som for å forklare at det ikke var hans tur.

«Dette er ikke noe oppholdsrom,» sa Mathias. «Det er ikke lov å sove her. Stikk. Nå.»

«*I don't understand,*» sa mannen.

«*Leave,*» sa Mathias. «*Or I'll call the police.*»

Mathias kjente til sin overraskelse at han måtte beherske seg for ikke å dra den stinkende junkien opp av stolen. De andre ventende hadde snudd seg mot dem.

Mannen nikket og reiste seg langsomt. Mathias ble stående og se etter ham etter at glassdøra var glidd igjen.

«Det er bra at dere pælmer ut de folka der,» sa en stemme bak ham.

Mathias nikket fraværende. Kanskje han ikke hadde sagt det til henne mange nok ganger. At han elsket henne. Kanskje det var det.

*

Klokka var halv åtte og det var fremdeles mørkt utenfor Nevrokirurgisk avdeling og rom 19 hvor politibetjent Stranden så ned på den tomme, oppredde sengen hvor Jon Karlsen hadde ligget. Snart kom det til å ligge en annen pasient der. Det var rart å tenke på. Men nå skulle han selv finne seg en seng å ligge i. Lenge. Han gjespet og sjekket at han ikke hadde lagt noe igjen på nattbordet, tok avisen som lå på stolen og snudde seg for å gå.

En mann sto i døra. Det var førstebetjenten. Hole.

«Hvor er han?»

«Borte,» sa Stranden. «De hentet ham for et kvarter siden. Kjørte ham bort.»

«Å? Hvem ga beskjed om det?»

«Overlegen. De ville jo ikke ha ham her lenger.»

«Jeg lurte på hvem som kjørte ham. Og hvor.»

«Det var han nye sjefen din på Voldsavsnittet som ringte.»

«Hagen? Personlig?»

«Jepp. Og de fraktet Jon Karlsen opp til leiligheten til broren hans.»

Hole ristet langsomt på hodet. Så gikk han.

*

Det var i ferd med å lysne i øst da Harry trampet opp trappen i den rødbrune mursteinsgården i Gørbitzgate, en hullete asfaltstubb mellom Kirkeveien og Fagerborggata. Han stoppet i andre etasje som han hadde fått beskjed om over porttelefonen. På en blekblå plaststrimle på døra som sto på klem, var navnet stanset ut i hvitt: Robert Karlsen.

Harry gikk inn og så seg rundt. Det var en liten ettroms lei-lighet hvor mengden av rot bekreftet det inntrykket man fikk av Robert Karlsen når man så kontoret hans. Skjønt, det kunne ikke utelukkes at Li og Li hadde bidratt til rotet da de hadde vært her og lett etter brev og andre papirer som kunne hjelpe dem. Et fargetrykk av Jesus preget den ene veggen, og det slo Harry at om man hadde byttet ut tornekronen med en beret, hadde man fått Che Guevara.

«Så Gunnar Hagen bestemte at du skulle kjøres hit?» sa Harry til ryggen som satt ved pulten foran vinduet.

«Ja,» sa Jon Karlsen og snudde seg. «Siden drapsmannen kjen-ner adressen til min leilighet, sa han at jeg ville være tryggere her.»

«Mm,» sa Harry og så seg rundt. «Sovet godt?»

«Ikke spesielt.» Jon Karlsen smilte forlegent. «Jeg ble liggende og lytte etter lyder som ikke var der. Og da jeg endelig sovnet, kom Stranden, han vakten, inn og skremte vettet av meg.»

Harry flyttet en bunke med tegneserier fra en stol og dumpet ned i den. «Jeg skjønner at du er redd, Jon. Har du fått tenkt noe mer på hvem det er som kan ønske å ta livet av deg?»

Jon sukket. «Jeg har ikke tenkt på annet det siste døgnet. Men svaret er det samme; jeg aner virkelig ikke.»

«Har du noen gang vært i Zagreb?» spurte Harry. «Eller Kro-atia?»

Jon ristet på hodet. «Det lengste unna Norge jeg har vært er Sverige og Danmark. Og da var jeg bare guttunge.»

«Kjenner du noen kroater?»

«Bare de flyktningene vi huser.»

«Mm. Sa politifolkene noe om hvorfor de plasserte deg akku-rat her?»

Jon trakk på skuldrene. «Jeg fortalte at jeg hadde nøkkel til leiligheten her. Og det står jo tomt, så…»

Harry strøk en hånd over ansiktet.

«Det pleide å stå en PC her,» sa Jon og pekte på pulten.

«Vi har vært og hentet den,» sa Harry og reiste seg igjen.

«Skal du gå alt?»

«Jeg må rekke et fly til Bergen.»

«Å ja,» sa Jon og så tomt fremfor seg.

Harry kjente at han fikk lyst til å legge en hånd på den hengslete guttens smale skulder.

Flytoget var forsinket. Det var tredje gang på rad. «På grunn av stopp,» var høyttalerens korte og ukonsise forklaring. Øystein Eikeland, Harrys drosjekjørende og eneste kompis fra guttedagene, hadde forklart Harry at en togelektromotor er noe av det enkleste som finnes, at lillesøsteren hans kunne fått den til å virke, og om man hadde latt SAS og NSBs tekniske staber bytte plass for én dag, ville alle tog gått i rute og alle fly i bakken. Harry foretrakk at det var som det var.

Han ringte Gunnar Hagens direktenummer etter at de kom ut av tunnelen før Lillestrøm.

«Det er Hole.»

«Det hører jeg.»

«Jeg har gitt beskjed om at Jon Karlsen skal ha døgnvakt. Og jeg har ikke gitt beskjed om at han skulle flyttes fra Ullevål.»

«Det siste er det sykehuset som bestemmer,» sa Hagen. «Og det første er det jeg som bestemmer.»

Harry telte tre hus ute på de hvite jordene før han snakket:

«Det er du som har satt meg til å styre denne etterforskningen, Hagen.»

«Ja, men ikke overtidsbudsjettene våre. Som du burde vite at for lengst er sprengt.»

«Gutten er livredd,» sa Harry. «Så du plasserer ham i leiligheten til drapsmannens forrige offer, hans egen bror. For å spare noen hundrelapper i døgnet på hotellrom.»

Høyttaleren meldte neste stoppested.

«Lillestrøm?» Hagen lød forbauset. «Er du på Flytoget?»

Harry bannet inni seg. «Rask tur til Bergen.»

«Nå?»

Harry svelget. «Jeg er tilbake i ettermiddag.»

«Er du fra vettet, mann? Vi har fokus på oss i denne saken. Pressen ...»

«Det kommer en tunnel,» sa Harry og trykket på off-knappen.

*

Ragnhild Gilstrup våknet langsomt fra en drøm. Det var mørkt i rommet. Hun skjønte at det var morgen, men skjønte ikke hva lyden var. Det lød som en stor, mekanisk klokke. Men de hadde ingen slik klokke på soverommet. Hun snudde seg i sengen og rykket til. I halvmørket så hun en naken skikkelse stå urørlig ved fotenden av sengen og betrakte henne.

«God morgen, skatt,» sa han.

«Mads! Du skremte meg.»

«Å?»

Han hadde tydeligvis akkurat dusjet. Døra til baderommet sto åpen bak ham og vannet dryppet fra kroppen og traff parkett-gulvet med bløte, dype tikk.

«Har du stått sånn lenge?» spurte hun og trakk dynen tettere rundt seg.

«Hvordan det?»

Hun trakk på skuldrene, men stusset. Det var noe med måten han sa det på. Muntert, nesten ertende. Og det lille smilet. Han pleide ikke å være sånn. Hun strakk på seg og gjespet. Tilgjort, merket hun selv.

«Når kom du hjem i natt?» spurte hun. «Jeg våknet ikke.»

«Du sov vel de uskyldiges søvn.» Igjen dette lille smilet.

Hun så nærmere på ham. Han hadde virkelig forandret seg de siste månedene. Slank hadde han alltid vært, men han så sterkere og bedre trent ut nå. Og så var det noe med holdningen, det var som om han hadde rettet seg opp. Hun hadde selvfølgelig tenkt tanken, at han hadde fått en elskerinne, men den hadde ikke plaget henne nevneverdig. Trodde hun, da.

«Hvor var du?» spurte hun.

«Middag med Jan Petter Sissener.»

«Aksjemegleren?»

«Ja. Han mener markedsutsiktene er gode. Også for eiendom.»

«Er ikke det min jobb å snakke med ham?» spurte hun.

«Liker bare å holde meg litt orientert.»

«Føler du ikke at jeg holder deg orientert, kjære?»

Han så på henne. Holdt blikket hennes til hun kjente noe som aldri skjedde når hun snakket med Mads: at blodet strømmet til ansiktet.

«Jeg er sikker på at du lar meg vite det jeg bør vite, skatt.» Han snudde og gikk inn på badet hvor hun hørte ham skru opp kranen.

«Jeg har kikket på et par interessante eiendomsprosjekter,» ropte hun, mest for å si noe, noe som kunne bryte den underlige stillheten som hadde fulgt det siste han hadde sagt.

«Jeg også,» ropte Mads. «Jeg var og kikket på en gård i Gøteborggata i går. Den Frelsesarmeen eier, du vet.»

Hun stivnet til. Jons leilighet.

«Fin gård. Men vet du hva, det var sånn polititeip over døren på en av leilighetene. En av beboerne fortalte meg at det har vært skyting der. Har du hørt på maken?»

«Nei,» ropte hun. «Hva var polititeipen til?»

«Det er jo sånn politiet gjør det; sperrer leiligheten mens de endevender den for fingeravtrykk og DNA og skaffer seg en oversikt over hvem som har vært der. Uansett, det kan hende Frelsesarmeen er villig til å gå ned i pris når det skytes i gården, tror du ikke?»

«De vil jo ikke selge, har jeg sagt.»

«De *ville* ikke selge, skatt.»

En tanke slo henne. «Hvorfor skal politiet undersøke inne i leiligheten hvis det var ute i korridoren det ble skutt fra?»

Hun hørte Mads skru av kranen og løftet blikket. Han sto på dørterskelen og smilte gult i det hvite barberskummet mens han holdt barberkniven løst i hånden. Og snart skulle han dynke seg i det dyre etterbarberingsvannet som hun ikke kunne utstå.

«Hva snakker du om?» sa han. «Jeg sa ikke noe om korridor. Og hvorfor plutselig så blek, skatt?»

Dagen hadde stått sent opp og det lå fortsatt et lag av gjennomsiktig frosttåke over Sofienbergparken da Ragnhild hastet bortover Helgesens gate mens hun pustet inn i sitt beige Bottega

Veneta-skjerf. Selv ull kjøpt for ni tusen kroner i Milano kunne ikke holde kulden ute, men det skjulte i hvert fall ansiktet hennes.

Fingeravtrykk. DNA. Finne ut hvem som hadde vært der. Det måtte ikke skje, konsekvensene ville være katastrofale.

Hun svingte rundt hjørnet til Gøteborggata. Det var i hvert fall ingen politibiler utenfor.

Nøkkelen gled inn i låsen på inngangsdøra, og hun skyndte seg inn og bort til heisen. Det var lenge siden hun hadde vært her. Og første gang hun kom hit uanmeldt, naturligvis.

Hjertet banket mens heisen løftet henne og hun tenkte på hårene sine i dusjsluket hans, klesfibrene i teppet, fingeravtrykkene overalt.

Korridoren var tom. Den oransje teipen som var spent over dørkarmen viste at det ikke var noen hjemme, men hun banket på likevel og ventet. Så tok hun frem nøkkelen og satte den mot låsen. Den ville ikke inn. Hun prøvde igjen, men fikk bare tuppen inn i sylinderen. Herregud, hadde Jon skiftet lås? Hun trakk pusten, snudde nøkkelen og ba en stille bønn.

Nøkkelen gled inn og låsen ga fra seg et mykt klikk da den gikk opp.

Hun trakk inn lukten av leiligheten som hun kjente så godt og styrte mot klesskapet der hun visste at han hadde støvsugeren. Det var en svart Siemens VS08G2040, den samme modellen som de hadde hjemme, 2000 watt, markedets kraftigste. Jon likte at det ble rent. Støvsugeren brølte hest da hun satte kontakten i veggen. Klokka var ti. Hun burde greie å støvsuge alle gulvene og tørke av alle vegger og overflater på en time. Hun så på den lukkede døra til soverommet og lurte på om hun skulle begynne der inne. Hvor minnene var sterkest, sporene flest. Nei. Hun satte munnstykket på støvsugeren mot underarmen. Det kjentes som et bitt. Hun rykket løs munnstykket og så at det var tegn til bloduttredelse allerede.

Hun hadde bare støvsuget noen minutter da hun kom på det. Brevene! Herregud, hun hadde holdt på å glemme at de kunne finne brevene hun hadde skrevet. Både de første hvor hun hadde skrevet om sine innerste drømmer og ønsker, og de siste, de desperate og nakne hvor hun hadde tryglet ham om å ta kontakt. Hun lot støvsugeren stå på, la bare slangen over en stol og løp bort til Jons pult og begynte å dra ut skuffene. I den første var penner, teip, hullmaskin. I den andre, telefonkataloger. Den tredje var låst. Selvfølgelig.

Hun grep brevkniven som lå på bordplaten, stakk den inn rett over låsen og lente seg med all kraft mot skaftet. Det knaket i tørt, gammelt treverk. Og idet hun tenkte at brevkniven ville brekke, revnet forsiden på skuffen på langs. Hun dro skuffen ut med et rykk, børstet bort trefliser og så ned på konvolutter. Bunkevis av dem. Fingrene hennes bladde lynfort. Hafslund Energi. DnB. If. Frelsesarmeen. En blank konvolutt. Hun åpnet den. «Kjære sønn,» sto det øverst på arket. Hun bladde videre. Der! Konvolutten hadde fondets navn, Gilstrup Invest, i diskré lyseblått nederst i høyre hjørne.

Lettet dro hun ut brevet.

Da hun var ferdig med å lese, la hun brevet fra seg og kjente tårene sile nedover kinnene. Det var som om øynene hennes var åpnet på nytt, som om hun hadde vært blind og nå var seende igjen og alt var ved det samme. Som om alt det hun hadde trodd på og én gang forkastet, igjen var blitt sant. Brevet hadde vært kort, likevel var alt forandret nå da hun hadde lest det.

Støvsugeren ulte insisterende og overdøvet alt bortsett fra de enkle, klare setningene på brevarket, det absurde og samtidig innlysende logiske i dem. Hun hørte ikke trafikken ute fra gaten, knirkingen i døren eller personen som sto rett bak stolen hennes. Det var først da hun kjente lukten fra ham at nakkehårene hennes reiste seg.

*

SAS-maskinen landet på Flesland i vindkast fra vest. I taxien inn til Bergen hysjet vindusviskere på piggdekkene som knaste mot våt, svart asfalt der den skar mellom koller med hentesveiser av våte gresstuster og nakne trær. Vestlandsvinter.

Da de var kommet til Fyllingsdalen, ringte Skarre.

«Vi har funnet noe.»

«Kom igjen.»

«Vi har gått igjennom harddisken til Robert Karlsen. Det eneste av tvilsom karakter der var cookies til et par pornosider på Internett.»

«Det hadde vi funnet på din PC også, Skarre. Kom til poenget.»

«Vi fant heller ikke noen tvilsomme personer i papirene eller brevene heller.»

«Skarre …,» sa Harry advarende.

«Derimot fant vi en interessant gjenpart av en flybillett,» sa Skarre. «Gjett hvor.»

«Jeg fiker til deg.»

«Til Zagreb,» skyndte Skarre seg å si. Og la forsiktig til da Harry ikke svarte: «I Kroatia.»

«Takk. Når var han der?»

«I oktober. Avreise tolvte oktober med retur på kvelden samme dag.»

«Mm. Én eneste oktoberdag i Zagreb. Høres ikke ut som en ferietur.»

«Jeg sjekket med sjefen hans på Fretex i Kirkeveien, og hun sier at Robert overhodet ikke har hatt noe oppdrag i utlandet for dem.»

Da Harry hadde lagt på, lurte han på hvorfor han ikke hadde fortalt Skarre at han var fornøyd med jobben hans. Han kunne godt ha gjort det. Var han i ferd med å bli kjip med årene? Nei, tenkte han idet han mottok fire kroner i vekslepenger fra taxisjåføren; han hadde alltid vært kjip.

Harry steg ut i en trist dryppende gonoré av en bergensbyge som ifølge myten starter en ettermiddag i september og slutter en ettermiddag i mars. Han gikk de få skrittene til inngangsdøra på Børs kafé og ble stående innenfor, lot blikket sveipe over lokalet og undret hva den nye røykeloven som var på trappene, ville gjøre med steder som dette. Harry hadde vært på Børs to ganger før, og det var et sted hvor han instinktivt følte seg hjemme og samtidig var helt utenfor. Kelnerne svinset rundt i røde jakker og miner som om de jobbet på et høyklasseetablissement, mens de serverte halvlitere og knusktørre vittigheter til striler, pensjonerte fiskere, seiglivete krigsseilere og andre som hadde kullseilt. Første gang Harry var her, hadde en avdanket kjendis danset tango med en fisker mellom bordene mens en eldre festkledd dame hadde sunget tyske romanser til trekkspillakkompagnement og i instrumentalpartiene lirt av seg taktfaste obskøniteter med skarre-r-er.

Harrys blikk hadde funnet det det lette etter, og han styrte bort til bordet der en høy, tynn mann raget over ett tomt og ett snart tomt halvliterglass.

«Sjef.»

Mannens hode bikket opp ved lyden av Harrys stemme. Øynene fulgte etter med en liten forsinkelse. Bak hinnen av beruselse krympet pupillene seg.

«Harry.» Stemmen var overraskende klar og distinkt.

Harry trakk til seg en ledig stol fra nabobordet.

«På gjennomreise?» spurte Bjarne Møller.

«Ja.»

«Hvordan fant du meg?»

Harry svarte ikke. Han hadde vært forberedt, likevel kunne han nesten ikke tro det han så.

«Så de sladrer på stasjonen? Ja, ja.» Møller tok en dyp slurk av glasset. «Merkelig rollebytte, ikke sant? Vanligvis var det jo jeg som skulle finne deg slik. En øl?»

Harry lente seg frem over bordet: «Hva har skjedd, sjef?»

«Hva er det som vanligvis har skjedd når en voksen mann drikker midt i arbeidstida, Harry?»

«Han har enten fått sparken eller kona har gått fra ham.»

«Jeg har ikke fått sparken ennå. Så vidt jeg vet.» Møller lo stille. Skuldrene ristet, men det kom ingen lyd.

«Har Kari …» Harry stoppet, visste ikke hvordan han skulle formulere det.

«Hun og ungene kom ikke etter. Det er greit. Det var bestemt slik på forhånd.»

«Hva?»

«Jeg savner guttungene, det er klart. Men jeg klarer meg. Dette er bare … hva heter det … en overgangsfase? Jo, men det finnes et finere ord. Trans… nei …»

Bjarne Møllers hode hadde sunket ned over glasset.

«La oss gå en tur,» sa Harry og vinket på regningen.

Tjuefem minutter senere sto Harry og Bjarne Møller inni den samme regnskyen ved et rekkverk på det fjellet som heter Fløien og så ned mot det som muligens var Bergen. Et skinnegående tog som var skåret på skrå som et kakestykke og trukket av tykke stålwirer, hadde brakt dem fra sentrum og opp.

«Var det derfor du dro hit?» spurte Harry. «Fordi du og Kari ville gå fra hverandre.»

«Det regner akkurat så mye her som de sier,» sa Møller.

Harry sukket. «Det hjelper ikke å drikke, sjef. Det blir bare verre.»

«Det der er min replikk, Harry. Hvordan går det med deg og Gunnar Hagen?»

«Vel. Flink foreleser.»

«Pass deg for å undervurdere ham, Harry. Han er mer enn en foreleser. Gunnar Hagen var i FSK i sju år.»

«Forsvarets spesialkommando?» spurte Harry forbauset.

«Ja visst. Jeg fikk akkurat vite det av Kriminalsjefen. Hagen ble tatt ut i troppen i 1981 da FSK ble opprettet for å beskytte oljeriggene våre i Nordsjøen. Ettersom tjenesten er hemmelig, har det aldri stått på noen CV.»

«FSK,» sa Harry og kjente at det iskalde regnet var i ferd med å trekke gjennom stoffet på jakkeskuldrene. «Jeg har hørt at det er usedvanlig sterk lojalitet der.»

«Det er som et brorskap,» sa Møller. «Ugjennomtrengelig.»

«Veit du om flere som har vært med der?»

Møller ristet på hodet. Han så allerede edru ut. «Noe nytt om etterforskningen? Jeg har fått innsideinformasjon.»

«Vi har ikke engang noe motiv.»

«Motivet er penger,» sa Møller og harket. «Grådighet, illusjonen om at ting vil forandre seg om man får penger. At en selv skal forvandles.»

«Penger.» Harry kikket på Møller. «Kanskje det,» sa han nølende.

Møller spyttet foraktfullt mot den grå suppa foran dem. «Finn pengene. Finn pengene og følg dem. De fører deg alltid til svaret.»

Harry hadde ikke hørt ham snakke sånn før, ikke med denne bitre vissheten, som om han hadde en innsikt han gjerne skulle vært foruten.

Harry trakk pusten og satset: «Du veit at jeg ikke orker å tasse så mye rundt grøten, sjef, så her kommer det. Du og jeg er sånne fyrer som ikke har så mange venner. Og selv om du kanskje ikke betrakter meg som en venn, så er jeg i hvert fall noe som ligner.»

Harry så på Møller, men fikk ingen respons.

«Jeg dro hit for å høre om det er noe jeg kan gjøre. Noe du vil snakke om eller …»

Fremdeles ingen respons.

«Jeg vett'a faen, sjef. Men nå er jeg i hvert fall her.»

Møller vendte ansiktet mot himmelen. «Visste du at bergenserne i mangel av a-endelser kaller det 'vidden' bakover her. Og at det faktisk er det? Ordentlig fjell. Seks minutter med kabelbane fra sentrum i Norges nest største by er det folk som går seg vill og omkommer. Snodig, eller hva?»

Harry trakk på skuldrene. Møller sukket:

«Det regnet vil visst ikke stoppe. La oss ta den blikkvognen ned igjen.»

Vel nede gikk de sammen bort til taxiholdeplassen.

«Det tar bare tjue minutter til Flesland nå før rushet,» sa Møller.

Harry nikket og ventet med å sette seg inn. Jakka hans var gjennomvåt nå.

«Følg pengene,» sa Møller og la en hånd på Harrys skulder. «Gjør det du må.»

«Du også, sjef.»

Møller rakte en hånd opp i luften og begynte å gå, men snudde seg idet Harry satt seg inn i drosjen og ropte noe som ble overdøvet av trafikken. Harry slo på mobiltelefonen mens de suste over Danmarks plass. En tekstmelding fra Halvorsen om å ringe tilbake lå og ventet. Harry slo nummeret.

«Vi har kredittkortet til Stankic,» sa Halvorsen. «Det ble slukt og beholdt av en minibank ved Youngstorget i natt like før klokka tolv.»

«Så det var derfra han kom da vi raidet Heimen.»

«Jepp.»

«Youngstorget er et godt stykke fra Heimen,» sa Harry. «Han har nok gått helt dit fordi han har vært redd for at vi skal spore kortet til et sted i nærheten av Heimen. Og det tyder på at han desperat trenger penger.»

«Men det blir bedre,» sa Halvorsen. «Minibanken er jo videoovervåket.»

«Ja?»

Halvorsen gjorde en kunstpause.

«Kom igjen,» sa Harry. «Han skjuler ikke ansiktet, er det det?»

«Han smiler rett i kamera som en filmstjerne,» sa Halvorsen.

«Har Beate fått opptaket?»

«Hun sitter på House of Pain og går igjennom det nå.»

*

Ragnhild Gilstrup tenkte på Johannes. Hvor annerledes alt kunne vært. Om hun bare hadde fulgt sitt hjerte som alltid hadde vært mye klokere enn hodet. Og at det var underlig at hun aldri hadde vært så ulykkelig og likevel aldri hatt så lyst til å leve som akkurat nå.

Å leve bare litt lenger.

For hun skjønte alt nå.

Hun stirret inn i en svart munning og hun skjønte hva hun så.

Og hva som skulle skje.

Skriket hennes ble overdøvet av brølet fra en Siemens VS08G2040 svært enkle elektromotor. En stol gikk i gulvet. Munningen med det kraftige suget kom nærmere øyet. Hun prøvde å knipe igjen øyelokkene, men de ble holdt oppe av sterke fingre som ville at hun skulle se. Og hun så. Og visste, visste hva som skulle skje.

Kapittel 17.
Fredag 18. desember. Ansiktet

Klokka på veggen over disken i det store apoteket viste halv ti. Benket langs veggene satt folk og hostet, lukket søvnige øyne eller stirret vekselvis på det røde, digitale tallet oppunder taket og køen sin som om det var deres lodd i livet og hvert pling en ny trekning.

Han hadde ikke trukket noen køen, han ville bare sitte ved apotekets ovner, men han hadde en følelse av at den blå jakka tiltrakk seg uheldig oppmerksomhet, for betjeningen hadde begynt å kikke på ham. Han så ut gjennom vinduet. Bak disen ante han konturene av en blek, kraftløs sol. En politibil gled forbi. De hadde overvåkningskameraer her inne. Han måtte komme seg videre, men hvor? Uten penger ble han kastet ut av kafeer og barer. Nå hadde han ikke engang kredittkortet lenger. I går kveld hadde han besluttet at han likevel måtte ta ut penger selv om han risikerte at kredittkortet ble sporet. Han hadde lagt ut på kveldsturen fra Heimen, og til slutt hadde han funnet en minibank et godt stykke unna. Men maskinen hadde bare spist kortet uten å gi noe tilbake, annet enn bekreftelsen på det han alt visste: at de hadde sirklet ham inn, at han var beleiret igjen.

*

Den nesten tomme matsalen på Biscuit var badet i panfløyte-musikk. Det var den stille perioden etter lunsj og før middag, så Tore Bjørgen hadde stilt seg ved vinduet hvor han stirret drømmende ut på Karl Johan. Ikke fordi utsikten appellerte noe sær-

237

lig til ham, men fordi ovnene var plassert under vinduene og det virket som han aldri kunne bli varm nok. Han var i dårlig humør. Han måtte hente flybillettene til Cape Town i løpet av to dager og han hadde akkurat slått fast det han hadde visst lenge; han hadde ikke penger. Selv så mye som han hadde jobbet, var de liksom blitt borte. Det var selvfølgelig rokokkospeilet som han hadde kjøpt til leiligheten i høst, men det var også blitt for mye champagne, pulver og annen dyr moro. Ikke at han hadde mistet grepet på ting, men skulle han være ærlig, var det på tide å komme ut av den onde sirkelen med pulver for å feste, piller for å sove og pulver for å orke å jobbe nok overtid til å finansiere uvanene. Og akkurat nå var altså kontoen snustom. De fem siste årene hadde han feiret jul og nyttår i Cape Town i stedet for å dra hjem til bygda Vegårdshei, til religiøst trangsyn, foreldrenes tause anklager og onklene og fetternes dårlig skjulte avsky. Han byttet tre uker uutholdelig kulde, trøsteløs mørke og kjedsomhet mot sol, vakre mennesker og sitrende natteliv. Og lek. De farlige lekene. I desember og januar var Cape Town invadert av europeiske reklamebyråer og filmteam og modeller, kvinnelige og mannlige. Og det var i de miljøene at han fant sine likesinnede. Den leken han likte best var blind date. I en by som Cape Town var det alltid en viss risiko involvert, men å møte en mann i mørket blant rønnene i Cape Flats var direkte livsfarlig. Og likevel var det det han gjorde. Han visste ikke alltid hvorfor han gjorde disse idiotiske tingene, han visste bare at han trengte fare for å kjenne at han levde, at leken måtte ha et potensielt tap for å være interessant.

Tore Bjørgen snuste inn. Dagdrømmene var blitt forstyrret av en duft han håpet ikke kom fra kjøkkenet. Han snudde seg.

«*Hello again,*» sa mannen som hadde stilt seg rett bak ham.

Hadde Tore Bjørgen vært en mindre profesjonell kelner, ville han ha satt opp et misbilligende ansiktsuttrykk. Mannen foran ham hadde ikke bare på seg den ukledelige, blå vinterjakka som tydeligvis var fashion blant de narkomane på Karl Johan. Fyren var dessuten ubarbert, hadde rødkantede øyne og stinket som et pissoar.

«Remember me?» sa mannen. *«At the men's room.»*

Tore Bjørgen trodde først han refererte til nattklubben med samme navn før han skjønte at fyren mente toalettet. Og først da dro han kjensel på mannen. Det vil si, han dro kjensel på stemmen. Og tenkte det er utrolig hva et døgn uten siviliserte nødvendigheter som barberhøvel, dusj og åtte timers søvn kan gjøre med en manns utseende.

Kanskje var det den akkurat avbrutte, intense dagdrømmingen som gjorde at Tore Bjørgens to distinkt forskjellige reaksjoner kom i den rekkefølgen de gjorde: Først det søte stikket av begjær. Mannens grunn for å komme tilbake var jo åpenbar etter flørten og den flyktige, men intime kroppskontakten de hadde hatt. Så forskrekkelsen da bildet av mannen med den såpedryppende pistolen dukket opp på netthinnen. Og det faktum at politimannen som hadde vært her, hadde satt det i forbindelse med drapet på den stakkars frelsesarmésoldaten.

«Jeg trenger et sted å bo,» sa mannen.

Tore Bjørgen blunket hardt to ganger. Han kunne nesten ikke tro det. Her sto han rett overfor en person som kanskje var en morder, en som var mistenkt for å ha skutt en mann på åpen gate. Så hvorfor hadde han ikke alt sluppet det han hadde i hendene og løpt ut av matsalen skrikende på politi? Politimannen hadde jo til og med sagt at det var utlovet en belønning for opplysninger som førte til at mannen ble arrestert. Bjørgen kikket mot enden av lokalet hvor hovmesteren sto og bladde i bestillingsboka. Hvorfor kjente han i stedet denne merkelige, tinglende fryden i mellomgulvet som forplantet seg gjennom kroppen og fikk ham til å grøsse og skjelve mens han lette etter noe å si som kunne gi mening.

«Det er bare for én natt,» sa mannen.

«Jeg jobber i dag,» sa Tore Bjørgen.

«Jeg kan vente.»

Tore Bjørgen så på mannen. Det er galskap, tenkte han mens hjernen langsomt og ubønnhørlig koblet sammen lysten på lek med mulig løsning på et problem. Han svelget og skiftet tyngde.

*

Harry småløp fra Flytoget på Oslo S over Grønland til Politi-
huset, tok heisen rett opp til Ransavsnittet og jogget gjennom
korridorene til House of Pain, politiets videorom.

Det var mørkt, varmt og tett i det trange, vindusløse rommet.
Han hørte raske fingre løpe over PC-tastaturet.

«Hva ser du?» spurte han silhuetten som tegnet seg mot de
flimrende bildene på lerretet på kortveggen.

«Noe svært interessant,» sa Beate Lønn uten å snu seg, men
Harry visste at hun hadde rødkantede øyne. Han hadde sett
Beate jobbe før. Sett henne stirre på lerretet i timevis mens hun
spolte, stoppet, fokuserte, forstørret, lagret. Uten å skjønne hva
det var hun så etter. Eller hva hun så. Dette var hennes territo-
rium.

«Og muligens oppklarende,» føyde hun til.

«Jeg er lutter øre.» Harry famlet seg frem i mørket, sparket
leggen i en stol og satte seg bannende ned.

«Klar?»

«Skyt.»

«OK. Møt Christo Stankic.»

På lerret trådte en mann frem til en minibank.

«Er du sikker?» spurte Harry.

«Kjenner du ham ikke igjen?»

«Jeg kjenner igjen den blå jakka, men …,» sa Harry og hørte
forvirringen i sin egen stemme.

«Vent,» sa Beate.

Mannen hadde stukket et kort inn i automaten og sto og ven-
tet. Så vendte han ansiktet opp mot kameraet og skar en grimase.
Et tilgjort smil, et slikt som betydde det motsatte.

«Han har oppdaget at han ikke får penger,» sa Beate.

Mannen på lerretet trykket og trykket og til slutt slo han hån-
den over minibankens tastatur.

«Og nå har han oppdaget at han ikke får kortet tilbake,» sa
Harry.

Mannen ble stående og stirre lenge på displayet i automaten.

Så trakk han opp ermet, kikket på armbåndsuret, snudde seg og var borte.

«Hva slags klokke?» spurte Harry.

«Det skinner i glasset,» sa Beate. «Men jeg forstørret opp negativen. Det står Seiko SQ50 på tallskiva.»

«Flink jente. Men jeg så ikke noe oppklarende.»

«Det er dette som er oppklarende.»

Beate tastet og to bilder av mannen de akkurat hadde sett, kom frem på lerretet. Det ene mens han tok frem kortet, det andre mens han så på klokka.

«Jeg har valgt disse to bildene fordi han har ansiktet i omtrent samme stilling slik at det er lett å se. De to bildene er altså tatt med litt over hundre sekunders mellomrom. Ser du det?»

«Nei,» sa Harry som sant var. «Jeg er tydeligvis dårlig på sånt, jeg greier ikke engang å se at det er samme personen på de to bildene. Eller at det er han jeg så nede ved Akerselva.»

«Bra, da har du sett det.»

«Sett hva?»

«Her er bildet av ham fra kredittkortet,» sa Beate og klikket. Et bilde av en fyr med kort sveis og slips kom frem.

«Og her er de Dagbladet tok av ham på Egertorget.»

To nye bilder.

«Ser du at disse er samme person?» spurte Beate.

«Vel. Nei.»

«Ikke jeg heller.»

«Ikke *du*? Hvis ikke *du* gjør det, betyr det bare at det ikke er samme person.»

«Nei,» sa Beate. «Det betyr at vi står overfor et tilfelle av såkalt hypermobilitet. I fagkretser kalt *visage du pantomime*.»

«Hva i alle himlers navn snakker du om?»

«En person som verken behøver sminke, utkledning eller plastiske operasjoner for å forvandle seg.»

På møterommet på rød sone ventet Harry til alle i etterforskningsgruppen hadde satt seg før han grep ordet:

«Vi vet nå at vi leter etter én mann og én mann kun. Foreløpig kaller vi denne mannen Christo Stankic. Beate?»

Beate slo på en projektor og et bilde av et ansikt med lukkede øyne og en maske av noe som lignet rød spaghetti trådte frem på lerretet.

«Det dere ser her er en illustrasjon av ansiktsmuskulaturen vår,» begynte hun. «Muskler vi bruker til å skape ansiktsuttrykk og dermed forandre utseendet. De viktigste sitter i pannen, rundt øynene og rundt munnen. Dette er for eksempel musculus frontalis som sammen med musculus corrugator supersilii brukes til å løfte og presse sammen øyebrynene. Orbicularis oculi brukes til å sperre opp eller presse sammen den delen av ansiktet som er rundt øynene. Og så videre.»

Beate trykket på fjernkontrollen. Bildet skiftet til en klovn med store oppblåste kinn.

«Vi har hundrevis av slike muskler i ansiktet og selv de som har som jobb å lage ansiktsuttrykk, benytter bare en ørliten del av mulighetene. Skuespillere og gjøglere trener ansiktsmuskulaturen opp til maksimalbevegelse, noe vi andre som regel mister allerede i ung alder. Men selv skuespillere og pantomimekunstnere bruker stort sett ansiktet til mimiske bevegelser som skal uttrykke en bestemt følelse. Og selv om disse er viktige, er de ganske universelle og få. Sinne, glede, forelskelse, forbauselse, litt latter, mye latter og så videre. Men fra naturens hånd er vi med denne masken av muskler gitt muligheten til flere millioner, ja, et nesten ubegrenset antall ansiktsuttrykk. En konsertpianist har trent opp forbindelsen mellom hjerne og muskulatur i fingrene i den grad at de kan utføre ti forskjellige arbeidsoppgaver simultant og helt uavhengig av hverandre. Og i fingrene har vi ikke engang særlig mange muskler. Hva kan vi ikke da gjøre med ansiktet?»

Beate skiftet til bildet av Christo Stankic utenfor minibanken.

«Jo, vi kan for eksempel gjøre dette.»

Filmen begynte å gå i sakte kino.

«Dere kan nesten ikke se endringene. Det er ørsmå muskler som trekkes sammen og slakkes. Summen av de små muskelbevegelsene er et endret ansiktsuttrykk. Forandres virkelig ansiktet så mye? Nei, men den delen av hjernen som gjenkjenner ansikter – fusiform gyrus – er uhyre følsom for selv små endringer siden den har som jobb å skille mellom tusener av fysiologisk sett like ansikter. Gjennom denne gradvise justeringen av sammentrekningen av ansiktsmuskler ender vi opp med noe som tilsynelatende er en annen person. Nemlig denne.»

Bildet frøs på den siste rammen i filmopptaket.

«Hallo! Jorden kaller Mars.»

Harry gjenkjente stemmen til Magnus Skarre. Noen lo og Beate rødmet.

«Sorry, altså,» humret Skarre og kikket seg fornøyd rundt. «Det der er fortsatt han Stankic-degosen. Science fiction er morsomt det, men fyrer som strammer litt her og slakker litt der og blir ugjenkjennelige, det blir litt spøkelseshistorie, spør du meg.»

Harry skulle til å bryte inn, men ombestemte seg. Han fulgte i stedet spent med Beate. For to år siden ville en slik kommentar ha knekket henne på stedet og han hadde måttet sope opp restene.

«Nå spurte for så vidt ingen deg,» sa Beate, fortsatt hissig rød i kinnene. «Men siden du føler det på den måten, la meg ta et eksempel jeg er sikker på at du forstår.»

«Hei, hei,» hoiet Skarre og holdt hendene opp foran seg. «Det var ikke ment personlig, Lønn.»

«Når folk dør, inntrer som kjent rigor mortis,» fortsatte Beate tilsynelatende uanfektet, men Harry kunne se at neseborene hennes var spilt ut. «Musklene i kroppen, også i ansiktet, stivner. Det har samme effekt som å stramme musklene. Og hva er den typiske reaksjonen dere får når pårørende skal identifisere lik?»

I stillheten som fulgte, hørtes bare suset fra projektorviften. Harry smilte allerede.

«De kjenner dem ikke igjen,» sa en høy, klar stemme. Harry hadde ikke oppdaget at Gunnar Hagen hadde kommet inn i rommet. «Et ikke uvanlig problem i krig når døde soldater skal identifiseres. De er jo i uniform, og det hender at selv kamerater i deres egen tropp må sjekke identifikasjonsmerkene for å være sikre.»

«Takk,» sa Beate. «Hjalp det på fatteevnen, Skarre?»

Skarre trakk på skuldrene, og Harry hørte noen le høyt. Beate slo av projektoren:

«Ansiktets plastisitet eller mobilitet er sterkt individuell. Noe kan trenes opp og noe må man anta er genetisk betinget. Noen kan ikke differensiere mellom høyre og venstre side av ansiktet, andre kan med trening operere alle musklene uavhengig av hverandre. Som en konsertpianist. Det kalles altså hypermobilitet eller *visage du pantomime.* De tilfellene man kjenner til tyder på at det er sterkt arvelig, at man har utviklet evnen som svært ung eller som barn, og at de med ekstrem grad av hypermobilitet ofte har personlighetsforstyrrelser og – eller – har opplevd sterke traumer i oppveksten.»

«Så det du sier er at her har vi med en gal mann å gjøre?» sa Gunnar Hagen.

«Min fagspesialisering er ansikter, ikke psykologi,» sa Beate. «Men det kan i alle fall ikke utelukkes. Harry?»

«Takk, Beate.» Harry reiste seg. «Da veit dere litt mer om hva vi står overfor, folkens. Spørsmål? Ja, Li?»

«Hvordan fanger vi et sånt kreatur?»

Harry og Beate vekslet blikk. Hagen kremtet.

«Jeg aner ikke,» sa Harry. «Jeg veit bare at dette ikke er over før han har fått gjort jobben sin. Eller vi vår.»

*

Det lå en beskjed fra Rakel da Harry kom tilbake til kontoret. Han ringte henne med én gang for å slippe å gruble.

«Hvordan går det?» sa hun.

«Til Høyesterett,» sa Harry. Det var et uttrykk Rakels egen far hadde pleid å bruke. En innsidespøk blant frontkjempere etter krigen. Rakel lo. Den myke, trillende latteren han en gang hadde vært villig til å ofre alt for å høre hver dag. Den virket fortsatt.

«Er du alene?» spurte hun.

«Nei. Halvorsen sitter her og lytter som alltid.»

Halvorsen løftet hodet opp fra vitnerapportene fra Egertorget og geipet.

«Oleg trenger noen å snakke med,» sa Rakel.

«Ja vel?»

«Uff, det var kløneте sagt. Ikke noen. Han trenger å snakke med deg.»

«Trenger?»

«Rettelse igjen. Han har *sagt* at han vil snakke med deg.»

«Og bedt deg ringe?»

«Nei. Nei, det ville han aldri ha gjort.»

«Nei.» Harry smilte ved tanken.

«Så ... Har du tid en kveld, tror du?»

«Selvfølgelig.»

«Fint. Du kunne jo komme og spise middag med oss.»

«Oss?»

«Oleg og meg.»

«Mm.»

«Jeg vet du har møtt Mathias ...»

«Ja visst,» sa Harry fort. «Virker jo som en hyggelig fyr.»

«Jada.»

Harry visste verken hvordan han skulle eller ville tolke tonefallet hennes.

«Er du der fortsatt?»

«Jeg er her,» sa Harry. «Hør, vi har en drapssak og det koker litt her nede. Kan ikke jeg få se det litt an og ringe når jeg finner en dag som passer?»

Pause.

«Rakel?»

«Ja, det hadde vært fint. Ellers da?»

Spørsmålet var såpass malplassert at Harry et øyeblikk lurte på om det var ironisk ment.

«Dagene går,» så Harry.

«Ikke noe nytt som har skjedd i livet ditt siden sist?»

Harry trakk pusten. «Jeg må løpe, Rakel. Jeg ringer når jeg har en dag. Hils Oleg fra meg. OK?»

«OK.»

Harry la på.

«Nå?» sa Halvorsen. «'En dag som passer'?»

«Bare en middag. Noe med Oleg. Hva skulle Robert i Zagreb?»

Halvorsen skulle til å si noe, men i det samme lød en lav bankelyd. De snudde seg. Skarre sto i døråpningen.

«Politiet i Zagreb ringte akkurat,» opplyste han. «Kredittkortet til Stankic er utstedt på grunnlag av det falske passet.»

«Mm,» summet Harry og la seg bakover i stolen med hendene bak hodet. «Hva skulle Robert i Zagreb, Skarre?»

«Dere vet hva jeg tror.»

«Dop,» sa Halvorsen.

«Nevnte ikke du ei jente som hadde spurt etter Robert på Fretex i Kirkeveien, Skarre? Ei som de på butikken trodde var fra Jugoslavia?»

«Jo. Det var hun sjefen der oppe som ...»

«Ring Fretex, Halvorsen.»

Det ble stille på kontoret mens Halvorsen bladde opp i Gule Sider og tastet et nummer på telefonen. Harry begynte å tromme på bordplaten mens han lurte på hvordan han skulle formulere det: at han var fornøyd med Skarre. Han kremtet én gang. Men så rakte Halvorsen ham telefonrøret.

Sersjantmajor Rue lyttet, snakket og handlet. En effektiv dame kunne Harry slå fast da han to minutter senere la på og kremtet igjen:

«Det var en av paragraf tolv-gutta hennes, en serber, som husket jenta. Han mener hun heter Sofia, men er ikke sikker. Det han husket sikkert var at hun var fra Vukovar.»

Harry fant Jon på sengen i Roberts leilighet med en oppslått bibel på magen. Han så forvåket og engstelig ut. Harry tente seg en sigarett, satte seg på den spinkle kjøkkenstolen og spurte hva Jon trodde Robert skulle i Zagreb.

«Aner ikke, han sa ikke noe til meg. Kanskje det hadde å gjøre med det hemmelige prosjektet jeg hadde lånt ham penger til.»

«OK. Kjenner du til at han hadde en kjæreste, en ung, kroatisk jente som heter Sofia?»

«Sofia Miholjec? Du spøker!»

«Egentlig ikke. Betyr det at du vet hvem hun er?»

«Sofia bor i en av gårdene våre i Jacob Aalls gate. Familien hennes var blant de kroatiske flyktningene fra Vukovar som kommandøren fikk hit. Men Sofia ... Sofia er femten år.»

«Kanskje hun bare var forelsket i Robert? Ung jente. Kjekk, voksen gutt. Det er ikke direkte uvanlig, veit du.»

Jon skulle til å svare, men holdt inne.

«Du sa selv at Robert likte unge jenter,» sa Harry.

Jon stirret i gulvet. «Jeg kan gi deg adressen til familien, så kan du spørre henne.»

«OK.» Harry så på klokka. «Er det noe du trenger?»

Jon så seg rundt. «Jeg burde vært i leiligheten min en tur. Hentet noen klær og toalettsaker.»

«Greit, jeg skal kjøre deg. Ta på deg jakke og lue, det er blitt enda kaldere.»

Det tok tjue minutter å kjøre. På veien passerte de den gamle, forfalne Bislett stadion som skulle rives, og Schrøder restaurant hvor det sto en person i tykk ullfrakk og lue utenfor som Harry dro kjensel på. Harry parkerte ulovlig rett foran inngangen til Gøteborggata 4, hvor de gikk inn og stilte seg foran heisdøra. Harry så på det røde displayet over døra at heisen sto i fjerde, etasjen til Jons leilighet. Før de rakk å trykke på HIT-knappen, hørte de heisen sette seg i bevegelse og så på tallene at den var på vei ned mot dem. Harry gned håndflatene mot lårene.

«Du liker ikke heiser,» sa Jon.

Harry så overrasket på ham. «Synes det?»

Jon smilte: «Far gjør heller ikke det. Kom, vi tar trappene.»

De gikk, og et stykke opp i trappen hørte Harry heisdøra gå opp under dem.

De låste seg inn i leiligheten og Harry ble stående ved døra mens Jon gikk inn på baderommet og hentet en toalettveske.

«Merkelig,» sa Jon med en rynke i pannen. «Det er akkurat som det har vært noen her.»

«Teknikerne var her og fant prosjektilene,» sa Harry.

Jon forsvant ut på soverommet og kom tilbake med en bag.

«Det lukter rart,» sa han.

Harry så seg rundt. På oppvaskbenken sto to glass, men uten melk eller annen synlig drikke på kantene som røpet noe. Ingen våte merker etter smeltet snø på gulvet, bare noen lyse trefliser foran pulten som sannsynligvis kom fra en av skuffeforsidene som så ut som den hadde revnet.

«La oss komme oss av gårde,» sa Harry.

«Hvorfor står støvsugeren min der?» spurte Jon og pekte. «Har folkene dine brukt den?»

Harry kjente de kriminaltekniske prosedyrene, og ingen av dem innebar bruk av åstedets støvsuger.

«Er det andre enn deg som har nøkler hit?» spurte Harry.

Jon nølte. «Thea, kjæresten min. Men hun ville aldri ha støvsugd her inne frivillig.»

Harry så på treflisene foran pulten som var det første en støvsuger ville slukt. Så gikk han bort til støvsugeren. Munnstykket var tatt av plastskaftet som var festet til enden av slangen. Det rislet kaldt nedover ryggen. Han løftet skaftet og stirret inn i den sirkelrunde, svarte munningen. Dro en pekefinger rundt kanten og så på fingertuppen.

«Hva er det?» spurte Jon.

«Blod,» sa Harry. «Sjekk at døra er låst.»

Harry visste det alt. At han nå sto på terskelen til det rommet han hatet og likevel aldri greide å holde seg ute fra. Han tok av plastlokket midt på støvsugeren. Løsnet den gule støvposen og løftet den ut mens han tenkte at det var dette som var det egentlige smertens hus. Stedet hvor han alltid ble nødt til å bruke sin evne til å leve seg inn i ondskapen. En evne han stadig hyppigere tenkte at han hadde utviklet for langt.

«Hva gjør du?» spurte Jon.

Posen var så full at den bulte. Harry grep i det tykke, myke papiret og rev. Posen revnet og en fin sky av svart støv reiste seg som en ånd ut av lampen. Det steg vektløst mot taket mens Jon og Harry stirret på innholdet som nå lå på parketten.

«Nåde,» hvisket Jon.

Kapittel 18.
Fredag 18. desember. Sjakten

«Herre Gud,» stønnet Jon og famlet etter en stol. «Hva er det som har skjedd her. Det der er jo ... det er ...»

«Ja,» sa Harry som hadde satt seg på huk ved siden av støvsugeren og konsentrerte seg om å puste jevnt. «Det er et øye.»

Øyeeplet så ut som en blodig, strandet glassmanet. Støvet hadde klistret seg til den hvite overflaten. På den blodige baksiden kunne Harry skjelne muskelfestene og den tykkere, hvite ormelignende tappen som var synsnerven. «Det jeg lurer på er hvordan det har kommet seg uskadd gjennom filteret og inn i støvposen. Hvis det er blitt sugd inn dit da.»

«Jeg har fjernet filteret,» sa Jon med skjelvende stemme. «Det suger bedre da.»

Harry tok en penn ut av jakkelommen og brukte den til å snu øyet forsiktig. Konsistensen kjentes myk ut, men med en fast kjerne. Han flyttet seg litt slik at lyset fra taklampen falt ned på pupillen, som var stor, svart og utflytende ettersom muskulaturen i øyet ikke lenger holdt den sirkelrund. Den lyse, nesten turkise irisen som rammet inn pupillen, skinte som sjatteringene i en matt klinkekule. Harry hørte Jon trekke pusten fort bak seg.

«Usedvanlig lys blå iris,» sa Harry. «Noen du kjenner?»

«Nei, jeg ... jeg vet ikke.»

«Hør her, Jon,» sa Harry uten å snu seg. «Jeg veit ikke hvor mye du har trent på å juge, men du er ikke særlig god til det. Jeg kan ikke tvinge deg til å fortelle pikante detaljer om din bror, men dette ...» Harry pekte på det blodige øyeeplet. «... kommer jeg til å tvinge deg til å fortelle hva er.»

Han snudde seg. Jon satt på en av de to kjøkkenstolene med hodet bøyd.

«Jeg ... hun ...» Stemmen hans var gråtkvalt.

«Hun, altså,» hjalp Harry.

Jon nikket hardt med hodet fremdeles bøyd. «Hun heter Ragnhild Gilstrup. Det er ingen andre som har slike øyne.»

«Og hvordan kan hennes øye ha havnet her?»

«Jeg aner ikke. Hun ... vi ... pleide å treffe hverandre her. Hun hadde nøkkel hit. Hva er det jeg har gjort, Harry? Hvorfor skjer dette?»

«Jeg veit ikke, Jon. Men jeg har en jobb å gjøre her, og vi må få deg plassert et sted først.»

«Jeg kan dra tilbake til Ullevålsveien.»

«Nei!» utbrøt Harry. «Har du nøkler til Theas leilighet?»

Jon nikket.

«OK, gå dit. Hold døra låst og ikke åpne for andre enn meg.»

Jon gikk til utgangsdøra, men stoppet: «Harry?»

«Ja?»

«Må det komme ut, det med Ragnhild og meg? Jeg sluttet å treffe henne da Thea og jeg ble kjærester.»

«Da er det vel ikke så farlig.»

«Du skjønner ikke,» sa Jon. «Ragnhild Gilstrup var gift.»

Harry nikket langsomt. «Det åttende bud?»

«Det tiende,» sa Jon.

«Jeg kan ikke godt holde det hemmelig, Jon.»

Jon så på Harry med et forbauset blikk. Så ristet han langsomt på hodet.

«Hva er det?»

«Jeg kan ikke tro at jeg akkurat sa det der,» sa Jon. «Ragnhild er død og alt jeg tenker på er å redde mitt eget skinn.»

Tårene sto i Jons øyne. Og i et forsvarsløst øyeblikk kjente Harry bare ren medlidenhet. Ikke den medlidenheten han kunne føle med offeret eller pårørende, men med den som i et hjerteskjærende øyeblikk ser sin egen ynkelige menneskelighet.

*

Det hendte at Sverre Hasvold angret på at han hadde gitt opp
livet som sjømann i utenriksfart mot å bli vaktmester i den flunk-
ende nye gården i Gøteborggata 4. Særlig på iskalde dager som
denne når de ringte og klaget på at søppelsjakta var tett igjen.
Det skjedde i gjennomsnitt én gang i måneden og grunnen var
enkel; åpningene i hver etasje var dimensjonert like stor som
selve sjakta. Takke seg til gamle bygårder. Selv på 30-tallet, da de
første søppelsjaktene kom, hadde arkitektene hatt vett til å lage
åpninger med mindre diameter slik at folk ikke skulle trykke inn
ting som satte seg fast lenger ned i sjakta. Nå om dagen tenkte
de bare på stil meg her og gjennomlys meg der.

Hasvold åpnet sjaktluken i tredje etasje, stakk hodet inn og
slo på lommelykten. Det skinte i de hvite plastposene og han slo
fast at problemet som vanlig var mellom første etasje og annen
etasje hvor sjakta hadde en ørliten innsnevring.

Han låste seg inn i søppelrommet i kjelleren og slo på lyset.
Det var så rått og kaldt at brillene dugget. Han grøsset og grep
den nesten tre meter lange jernstangen han hadde liggende langs
langveggen for nettopp dette formålet. Han hadde til og med satt
en plastball på enden for å unngå å stikke hull på søppelposene
når han staket opp sjakten. Det dryppet fra sjaktåpningen, små
smell mot plasten på posene som lå i søppelbingen. Det sto klart
i husordensreglene at sjakta bare kunne brukes til tørr søppel i
godt pakkede poser, men folk – selv ikke de såkalte kristne som
bodde her i gården – tok hensyn til den slags.

Det knaste i eggeskall og melkekartonger da han tråkket opp
i bingen og gikk bort til den sirkelrunde åpningen i taket. Han
kikket opp i hullet, men alt han så var svart mørke. Han stakk
jernstangen opp. Ventet å støte på den vanlige myke massen av
søppelposer, men i stedet stoppet stangen mot noe hardt. Han
stakk hardere. Det beveget seg ikke, noe hadde tydeligvis kilt seg
ordentlig fast.

Han fant lommelykten som hang i beltet og rettet lyskjeglen
mot sjakten. En dråpe traff brilleglasset, og bannende og blindet

rev han brillene av og gned glasset mot den blå frakken mens han holdt lommelykten under armen. Han flyttet seg litt og kikket nærsynt opp igjen. Stusset. Pekte med lommelykten mens fantasien begynte å male. Stirret, mens hjertet hans syntes å sakke. Vantro førte han brillene opp mot ansiktet igjen. Så sluttet hjertet helt å slå.

Jernstangen gled skrapende langs murveggen før den klirrende traff gulvet. Sverre Hasvold oppdaget at han hadde satt seg ned i søppelbingen, og at lommelykten må ha glidd ned mellom søppelposene et sted. En ny dråpe smattet på plastposen mellom lårene hans. Han skvatt bakover som om det var etsende syre. Så kom han seg på beina og styrtet ut.

Måtte ha frisk luft. Han hadde sett ting på sjøen, men ikke noe som dette, dette var ... ikke normalt. Dette måtte være sykdom. Han dyttet opp inngangsdøra og vaklet ut på fortauet uten å ense de to høye mennene som sto der og kulden som slo mot ham. Han støttet seg til veggen, svimmel og andpusten og tok frem mobiltelefonen. Stirret hjelpeløst på den. De hadde endret nødnumrene for en del år siden, gjort dem lettere å huske, men han husket selvfølgelig bare de gamle. Han oppdaget de to som sto der. Den ene av dem snakket i en mobiltelefon, den andre kjente han igjen som en av beboerne.

«Unnskyld, vet du hvordan man ringer politiet?» spurte Hasvold og hørte at han var blitt hes som om han hadde stått og skreket lenge.

Beboeren kikket fort bort på sidemannen som studerte vaktmesteren et øyeblikk før han sa i mobiltelefonen:

«Vent, det er ikke sikkert vi trenger Ivan og hundepatruljen likevel.» Mannen senket telefonen og henvendte seg til Sverre Hasvold:

«Jeg er førstebetjent Hole i Oslo-politiet. La meg gjette ...»

*

I en leilighet ved Vestkanttorget så Tore Bjørgen ut av soveromsvinduet og ned i bakgården. Det var like stille utenfor som innenfor, ingen barn løp hylende rundt eller lekte i snøen. Det var vel for kaldt og mørkt. Og forresten var det flere år siden han hadde sett barn leke ute om vinteren. Ute fra stuen hørte han nyhetsoppleseren på TV varsle kulderekord og at sosialministeren ville sette inn ekstratiltak for å få uteliggere og hjemløse under tak og ensomme eldre til å skru opp varmen i leilighetene sine. Og at politiet lette etter en kroatisk statsborger med navnet Christo Stankic. Og at tips som førte til pågripelse ville bli belønnet. Han sa ikke noe beløp, men Tore Bjørgen gikk ut fra at det var mer enn det kostet for en flybillett og tre ukers opphold i Cape Town.

Tore Bjørgen tørket neseborene og gned restene av kokainpulveret inn i tanngummene. Det fjernet det siste av pizzasmaken han hadde i munnen.

Han hadde sagt fra til sjefen på Biscuit at han hadde hodepine og hadde gått tidlig. Christo – eller Mike som han hadde sagt han het – ventet på ham på en benk på Vestkanttorget slik de hadde avtalt. Christo hadde tydeligvis likt hans Grandiosa ferdigpizza og hadde hevet innpå uten å merke noe til smaken av femten milligram Stesolid i opphakket pilleform.

Tore Bjørgen kikket ned på den sovende Christo som lå naken på magen i sengen hans. Christos pust gikk jevnt og dypt til tross for munnballen. Han hadde ikke vist noen tegn til å våkne mens Tore hadde laget sitt lille arrangement. Tore hadde kjøpt de beroligende pillene av en febrilsk junkie på gaten rett utenfor Biscuit for femten kroner stykket. Resten hadde ikke kostet stort det heller. Både håndjernene, fotlenkene, munnballen med hodelaget og snoren med de blanke analkulene hadde fulgt med i en såkalt begynnerpakke som han hadde kjøpt på nettet hos Lekshop.com for bare 599 kroner.

Dynen lå på gulvet og Christos hud glødet i lyset fra de flakkende flammene i stearinlysene som Tore hadde plassert rundt i rommet. Christos kropp dannet en y mot det hvite lakenet. Hendene var festet sammen til hodegjerdet på Tores solide messingseng, mens føttene var spredt ut og festet til hver sin sengestolpe i fotenden. Tore hadde manøvrert en pute under Christos mage for å få bakenden høyere.

Tore tok lokket av boksen med vaselin, fanget en klatt med pekefingeren og spredte Christos rumpeballer med den andre hånden. Og han tenkte det igjen. At dette var overgrep. Det kunne vanskelig karakteriseres som noe annet. Og tanken, bare ordet «overgrep», gjorde ham kåt.

Riktignok var han ikke sikker på om Christo egentlig ville ha hatt så mye imot å bli lekt litt med. Signalene hadde vært diffuse. Uansett var det farlig å leke med en drapsmann. Deilig farlig. Men ikke hodeløst. Mannen under ham skulle tross alt sperres inne på livstid.

Han så ned på sin egen reisning. Så tok han analkulene opp fra esken og dro hardt i begge endene av den tynne, men solide nylonsnoren som gikk gjennom kulene som på et perlekjede: De forreste kulene var små, men økte i volum bakover, den største på størrelse med en golfball. Ifølge bruksanvisningen skulle kulene føres inn i analåpningen og deretter dras langsomt ut slik at man fikk maksimal stimulans av nervene i og rundt den følsomme analåpningen. De hadde ulike farger og dersom man ikke visste hva analkuler var, kunne en lett komme til å tro at det var noe helt annet. Tore smilte til sitt eget forvridde speilbilde i den største av kulene. Far ville kanskje stusse litt når han pakket ut julegaven fra Tore, som hilste fra Cape Town og håpet gaven ville pryde juletreet. Men ingen i slekten i Vegårdshei ville ha den ringeste peiling på hva slags kuler det var som blinket foran dem mens de marsjerende sang og pliktskyldigst holdt hverandre i hendene. Eller hvor kulene hadde befunnet seg.

*

Harry ledet Beate og de to assistentene hennes ned trappene til kjelleretasjen hvor vaktmesteren låste dem inn på søppelrommet. Den ene av assistentene var ny, en jente med et navn Harry hadde husket i nøyaktig tre sekunder.

«Der oppe,» sa Harry. De tre andre, kledd i noe som minnet om hvite birøkterdresser, trådte forsiktig frem under åpningen til sjakten og lysstrålene fra hodelyktene deres forsvant opp i mørket. Harry studerte den nye assistenten, ventet på reaksjonen i ansiktet hennes. Da den kom, fikk den Harry til å tenke på koralldyr som instinktivt trekker seg sammen når de blir berørt av dykkernes fingre. Beate ristet nesten umerkelig på hodet, som en rørlegger som nøkternt betrakter en litt over middels frostskade.

«Enuklasjon,» sa hun. Stemmen ga gjenklang i sjakten. «Noterer du, Margaret?»

Den kvinnelige assistenten pustet hardt mens hun famlet etter penn og notatblokk på innsiden av birøkterdressen.

«Hva behager?» sa Harry.

«Venstre øyeeple er fjernet. Margaret?»

«Jeg er med,» sa assistenten og noterte.

«Kvinnen henger med hodet ned, antagelig kilt fast i sjakten. Det drypper litt blod fra øyehulen og på innsiden kan jeg se noen striper av hvitt som må være innsiden av kraniet som skinner gjennom vevet. Mørkrødt blod, altså er det en stund siden det har koagulert. Rettsmedisineren sjekker temperatur og stivhet når han kommer. For fort?»

«Nei, det er greit,» sa Margaret.

«Vi har funnet spor av blod ved luken i fjerde etasje, samme etasje hvor øyet ble funnet, så antagelig er liket blitt presset inn i luken der. Det er en trang åpning og herfra kan det se ut som høyre skulderen er gått av ledd. Det kan ha skjedd da hun ble presset inn eller da fallet stoppet her. Det er litt vanskelig å avgjøre fra denne vinkelen, men jeg synes jeg ser blåmerker på halsen som i tilfelle tyder på at hun er blitt kvalt. Rettsmed sjekker skulder og fastsetter dødsårsak. Ellers er det ikke stort vi har å gjøre her. Vær så god, Gilberg.»

Beate trådte til side og den mannlige assistenten blitzet flere ganger opp i sjakten.

«Hva er det gulhvite inne i øyehulen?» spurte han.

«Fett,» sa Beate. «Rydd bingen og se etter ting som kan være fra den drepte eller drapspersonen. Etterpå får du hjelp av betjentene utenfor til å få henne ned. Margaret, du blir med meg.»

De gikk ut i gangen og Margaret gikk bort til heisdøra og trykket på HIT-knappen.

«Vi tar trappene,» sa Beate lett. Margaret så forbauset på henne og fulgte deretter etter sine to eldre kolleger.

«Tre til av folkene mine kommer snart,» sa Beate som svar på Harrys uuttalte spørsmål. Til tross for at Harrys lange bein tok to trinn i steget, holdt den lille kvinnen lett tritt. «Vitner?»

«Ingen foreløpig,» sa Harry. «Men vi er i gang med runden. Tre betjenter ringer på leilighetene i gården. Og etter det i nabogårdene.»

«Utstyrt med bilder av Stankic?»

Harry kikket på henne for å se om det var ironisk ment. Det var vanskelig å si.

«Hva var førsteinntrykket ditt?» spurte Harry.

«Mann,» sa Beate.

«Fordi vedkommende må ha vært sterk for å få henne inn gjennom sjaktluka?»

«Kanskje.»

«Noe annet?»

«Harry, er vi i tvil om hvem det er?» sukket hun.

«Ja, Beate, vi er i tvil. Vi er av prinsipp i tvil inntil vi vet.»

Harry snudde seg til Margaret, som alt var blitt andpusten bak dem. «Og ditt førsteinntrykk?»

«Hva?»

De svingte inn korridoren i fjerde. En korpulent mann i tweeddress under en åpen tweedfrakk sto foran døra til Jon Karlsens leilighet. Han ventet tydeligvis på dem.

«Jeg lurer på hva du følte da du kom inn i leiligheten i stad,» sa Harry. «Og da du kikket opp i sjakten.»

«Følte?» spurte Margaret med et forvirret smil.

«Ja, følte!» buldret Ståle Aune og rakte ut hånden som Harry straks grep. «Følg med og lær, folkens, for dette er det berømte Holes evangelium. Før du trår inn på et åsted, skal du tømme hodet for alle tanker, bli et språkløst, nyfødt barn og gjøre deg åpen for det hellige førsteinntrykket, de viktige første sekundene som er din store og eneste sjanse til å se hva som har skjedd uten å ha en tøddel av fakta. Det høres nesten ut som åndemaning, ikke sant? Stilig dress, Beate. Og hvem er din sjarmerende kollega?»

256

«Dette er Margaret Svendsen.»

«Ståle Aune,» sa mannen, grep Margarets hanskekledde hånd og kysset den. «Du gode, det smaker gummi av deg, kjære.»

«Aune er psykolog,» sa Beate. «Han pleier å hjelpe oss.»

«Han pleier å *prøve* å hjelpe dere,» sa Aune. «Psykologi er dessverre en vitenskap som fortsatt står i knebukser og bør ikke tillegges særlig utsagnsverdi før om femti til hundre år. Og hva er svaret ditt på førstebetjent Holes spørsmål, kjære?»

Margaret så på Beate etter hjelp.

«Jeg ... vet ikke,» sa hun. «Det var litt ekkelt med det øyet, selvfølgelig.»

Harry låste opp døra.

«Du vet jeg ikke tåler blod,» advarte Aune.

«Tenk på det som et glassøye,» sa Harry, åpnet og gikk til side. «Gå på plasten og ikke ta på noe.»

Aune trådte forsiktig inn på stien av svart plast som gikk tvers over gulvet. Han satte seg på huk ved siden av øyet som fremdeles lå i støvhaugen ved siden av støvsugeren, men som hadde fått en grå hinne.

«Kalles visst enuklasjon,» sa Harry.

Aune hevet et øyebryn. «Foretatt med en støvsuger satt mot øyet?»

«Man klarer ikke å suge øyet ut av hodet med bare en støvsuger,» sa Harry. «Vedkommende har nok bare sugd det ut nok til at han har fått et par fingre på innsiden. Muskler og synsnerver er solide saker.»

«Hva du vet, Harry.»

«Jeg arresterte en gang en kvinne som hadde druknet barnet sitt i badekaret. Mens hun satt i varetekt, rev hun ut sitt eget øye. Legen satte meg litt inn i teknikken.»

De hørte Margaret trekke pusten bak seg.

«Å fjerne et øye behøver ikke være dødelig i seg selv,» sa Harry. «Beate tror kanskje kvinnen ble kvalt. Hva er din første tanke?»

«Dette er naturligvis begått av en person i følelsesmessig eller forstandsmessig ubalanse,» sa Aune. «Lemlestingen tyder på

257

ukontrollert sinne. Det kan selvfølgelig være praktiske årsaker til at vedkommende har valgt å kaste liket i søppelet ...»

«Neppe,» sa Harry. «Hvis hensikten var at liket ikke skulle finnes på en stund, hadde det vært smartere å la det ligge i den tomme leiligheten.»

«I så tilfelle er slikt ofte mer eller mindre bevisste symbolhandlinger.»

«Mm. Fjerne et øye og behandle resten som avfall?»

«Ja.»

Harry så på Beate. «Det høres ikke ut som en profesjonell drapsmann,» sa han.

Aune trakk på skuldrene: «Det kan vel tenkes at det er en sint, profesjonell drapsmann.»

«De profesjonelle har som regel en metode som de stoler på. Christo Stankics metode hittil har vært å skyte ofrene sine.»

«Kanskje han har et større repertoar,» sa Beate. «Eller kanskje offeret overrasket ham mens han var i leiligheten.»

«Kanskje han ikke ville skyte fordi det ville alarmert naboene,» sa Margaret.

De tre andre snudde seg mot henne.

Hun smilte forskrekket: «Jeg mener ... kanskje han trengte tid i ro og fred i leiligheten. Kanskje han lette etter noe.»

Harry merket at Beate brått hadde begynt å puste hardt gjennom nesen og var blitt enda blekere enn vanlig.

«Hvordan høres alt dette ut?» spurte han henvendt til Aune.

«Som psykologi,» svarte Aune. «Masse spørsmål. Og bare hypoteser til svar.»

Da de hadde kommet utenfor, spurte Harry Beate om det var noe galt.

«Ble bare litt kvalm,» sa hun.

«Å? Jeg nekter deg å bli sjuk akkurat nå. Oppfattet?»

Hun smilte kryptisk til svar.

*

Han våknet, slo øynene opp og så lys flakke over det hvitmalte taket over seg. Kroppen og hodet verket og han frøs. Han hadde noe i munnen. Og da han prøvde å bevege seg, kjente han at hendene og føttene var lenket fast. Han løftet hodet. I speilet ved enden av sengen, i skinnet fra de tente stearinlysene, så han seg selv naken. Og han hadde noe på hodet, noe svart som så ut som hodelaget på en hest. En av reimene gikk tvers over ansiktet, over munnen, hvor en svart ball blokkerte munnen hans. Hendene var festet med håndjern, føttene med noe svart som lignet mansjetter. Han stirret i speilet. På lakenet mellom beina hans lå enden av en tråd som forsvant opp mellom rumpeballene hans. Og han hadde noe hvitt på magen. Det så ut som sæd. Han lot hodet synke tilbake på puten og lukket øynene. Han ville skrike, men visste at ballen effektivt ville kvele alle forsøk.

Han hørte en stemme fra stuen.

«Hallo? Politi?»

Politi? *Polizei? Police?*

Han kastet seg rundt på sengen, rykket armene til seg og ynket av smerte da håndjernene skar inn bak tommelen så huden revnet. Han vred hendene inn slik at fingrene fikk tak i lenken som gikk mellom håndjernene. Håndjern. Armeringsjern. Faren hans hadde lært ham at bygningsmateriale nesten alltid var laget for å tåle belastning i én retning, og at kunsten å vri jern handlet om å vite hvor og hvilken vei det ville yte minst motstand. Lenken mellom håndjernene var laget for at man ikke skulle kunne rykke dem fra hverandre.

Han hørte den andre snakke kort i telefonen på stuen, så ble det stille.

Han la festepunktet der lenken møtte håndjernet mot sprinklet i sengejernet, men i stedet for å dra, begynte han å vri. Etter en kvart omdreining låste lenken seg mot sprinklet. Han prøvde å vri mer, men det ville ikke rikke seg. Han prøvde en gang til, men hendene gled mot jernet.

«Hallo?» lød stemmen fra stuen.

Han pustet dypt inn. Lukket øynene og foran buntene av armeringsjern på byggeplassen så han faren i kortermet skjorte og med veldige underarmer mens han hvisket til guttungen: «Forvis tvilen. Det er bare plass til viljen. Jernet har ingen vilje og derfor taper det alltid.»

Tore Bjørgen trommet utålmodig med fingrene på rokokko-speilet med de perlegrå muslingdekorasjonene. Innehaveren av antikvitetsforretningen hadde fortalt ham at rokokko egentlig var et skjellsord som stammet fra det franske ordet *rocaille*, som betyr grotesk. Tore hadde i ettertid skjønt at det var det som hadde vært tungen på vektskålen da han hadde bestemt seg for å ta opp et forbrukslån for å kunne legge ut de tolv tusen kronene speilet hadde kostet.

Sentralbordet hos politiet hadde forsøkt å sette ham til Volds-avsnittet, men ingen der hadde svart, så nå forsøkte de Krim-vakta.

Han hørte lyder fra soverommet. Rasling i lenker mot senge-gjerdet. Så var kanskje ikke Stesolid det mest effektive sovemid-delet likevel.

«Krimvakta.» Den dype, rolige stemmen fikk Tore til å skvette.

«Ja, det er … det gjelder den belønningen. På … eh, han fyren som skjøt han fyren i Frelsesarmeen.»

«Hvem snakker jeg med, og hvor ringer du fra?»

«Tore. Fra Oslo.»

«Nærmere bestemt?»

Tore svelget. Han hadde – av flere gode grunner – benyttet sin reservasjonsrett når det gjaldt å sende ut nummeret sitt, slik at han visste at det nå blinket «ukjent nummer» på Krimvaktas eventuelle display.

«Jeg kan hjelpe dere.» Tores stemme hadde steget i tonehøyde.

«Først må jeg vite …»

«Jeg har ham her. Lenket fast.»

«Har du lenket noen fast, sier du?»

«Han er jo drapsmann, menneske. Han er farlig, jeg så ham selv med pistol på restauranten. Christo Stankic heter han. Jeg så navnet i avisen.»

Det var stille et øyeblikk i den andre enden. Så var stemmen der igjen, like dyp, men en anelse mindre uanfektet: «Ta det rolig nå. Fortell hvem du er og hvor du er, så kommer vi med én gang.»

«Og hva med belønningen?»

«Medfører dette pågripelse av den rette personen, vil jeg bekrefte at du har hjulpet oss.»

«Og da får jeg belønning med én gang?»

«Ja.»

Tore tenkte. På Cape Town. På julenisser i steikende sol. Det knirket i telefonen. Han trakk pusten for å svare og så inn i sitt tolvtusenkroners rokokkospeil. I det samme gikk tre ting opp for Tore Bjørgen. At knirkingen ikke hadde kommet fra telefonen. At man ikke får toppkvalitets håndjern på postordre i en begynnerpakke til 599 kroner. Og at han med stor sannsynlighet hadde feiret sin siste julaften.

«Hallo?» sa stemmen på telefonen.

Tore Bjørgen skulle gjerne ha svart, men en tynn nylontråd med blanke kuler som til forveksling lignet juletrepynt hadde sperret lufttilførselen som er nødvendig for å få lyd på stemmebåndene.

Kapittel 19.
Fredag 18. desember. Container

Fire mennesker satt i bilen som kjørte gjennom mørket og snø-
drevet mellom høye brøytekanter.

«Østgård er opp til venstre her,» sa Jon fra baksetet hvor han
hadde lagt armen rundt Theas forhutlede skikkelse.

Halvorsen svingte av landeveien. Harry så ut på spredte går-
der som lå og blinket som fyrtårn på topper eller inne blant tre-
klynger.

Da Harry hadde sagt at Roberts leilighet ikke lenger var et
trygt skjulested, var det Jon selv som hadde foreslått Østgård.
Og insistert på at Thea måtte få bli med.

Halvorsen svingte inn på tunet mellom en hvit gårdsbygning
og en rød låve.

«Vi får ringe naboen og be ham komme med traktoren og
måke litt for oss,» sa Jon mens de vasset gjennom nysnøen mot
gårdsbygningen.

«Niks,» sa Harry. «Ingen får vite at dere er her. Ikke engang
i politiet.»

Jon gikk bort til husveggen ved siden av trappen, telte fem
plankebord bortover og stakk hånden ned i snøen og oppunder
trekledningen.

«Her,» sa han og holdt en nøkkel i været.

Det kjentes enda kaldere ut innenfor, og det var som de malte
treveggene var frosset til is og fikk stemmene deres til å smelle
hardt. De stampet snø av fottøyet og kom inn på et stort kjøk-
ken med et gedigent spisebord, kjøkkenskap, en sittebenk og en
Jøtul-ovn i kroken.

«Jeg fyrer opp.» Jon pustet frostrøyk og gned hendene mot hverandre. «Det er nok noe ved i sittebenken, men vi trenger mer fra vedskjulet.»

«Jeg kan hente,» sa Halvorsen.

«Du får måke en sti. Det står to spader i bislaget.»

«Jeg blir med,» mumlet Thea.

Det hadde brått sluttet å snø og klarnet opp. Harry sto ved vinduet og røkte mens han så Halvorsen og Thea lempe lett nysnø i hvitt månelys. Det knitret i ovnen, og Jon satt på huk og stirret inn i flammene.

«Hvordan tok kjæresten din det med Ragnhild Gilstrup?» spurte Harry.

«Hun tilgir meg,» sa han. «Det var som sagt før hennes tid.»

Harry stirret på sigarettgloen. «Ennå ingen ideer om hva Ragnhild Gilstrup kan ha gjort i leiligheten din?»

Jon ristet på hodet.

«Jeg vet ikke om du la merke til det,» sa Harry. «Men det kunne se ut som den nederste skuffen i skrivebordet ditt var brutt opp. Hva hadde du der?»

Jon trakk på skuldrene. «Personlige ting. Brev, for det meste.»

«Kjærlighetsbrev? Fra Ragnhild, for eksempel?»

Jon rødmet. «Jeg … husker ikke. Jeg kastet de fleste, men jeg beholdt kanskje ett eller to. Jeg holdt den skuffen låst.»

«Så ikke Thea skulle finne dem hvis hun var alene i leiligheten?»

Jon nikket langsomt.

Harry gikk ut på trappen mot gårdsplassen, tok de siste trekkene av sigaretten, kastet den i snøen og tok frem mobiltelefonen. Gunnar Hagen svarte på tredje ring.

«Jeg har flyttet Jon Karlsen,» sa Harry.

«Spesifiser.»

«Det behøves ikke.»

«Hva behager?»

«Han er på et tryggere sted enn han var. Halvorsen blir her i natt.»

«Hvor, Hole?»

«Her.»

Harry ante hva som var i anmarsj mens han lyttet til stillheten på telefonen. Så var Hagens stemme der igjen, lav, men ytterst tydelig:

«Hole, din overordnede har akkurat stilt deg et konkret spørsmål. Å ikke svare er å betrakte som ordrenekt. Ordlegger jeg meg klart?»

Harry hadde ofte ønsket at han var annerledes skrudd sammen, at han hadde hatt litt av det sosiale overlevelsesinstinktet til folk flest. Men han greide bare ikke, hadde aldri greid det.

«Hvorfor er det viktig for deg å vite det, Hagen?»

Hagens stemme skalv av raseri: «Jeg skal si fra når du kan stille meg spørsmål, Hole. Forstått?»

Harry ventet. Og ventet. Og så, idet han hørte Hagen trekke pusten sa han det:

«Skansen gård.»

«Hva sa?»

«Ligger rett øst for Strømmen. Øvelsesterrenget til politiet i Lørenskog.»

«Ja vel.» sa Hagen omsider.

Harry la på og slo et nytt nummer mens han betraktet Thea som sto opplyst av månen og stirret i retning utedoen. Hun hadde sluttet å spa snø, og skikkelsen sto som frosset fast i en merkelig, stiv stilling.

«Skarre.»

«Harry her. Noe nytt?»

«Nei.»

«Ingen tips?»

«Ingen seriøse.»

«Men folk ringer?»

«Ja jøss, de har jo fått med seg at det er utlovet belønning. Dårlig idé, spør du meg. Bare masse ekstraarbeid for oss.»

«Hva sier de?»

«Nei, hva sier de? De beskriver ansikter de har sett som ligner. Den morsomste var en kar som ringte Krimvakta og påsto at han hadde Stankic lenket til senga hjemme hos seg og lurte på om det kvalifiserte til belønningen.»

Harry ventet til Skarres skrallende latter hadde stilnet. «Og hvordan avslørte de at han ikke hadde det?»

«De behøvde ikke, han la på. Åpenbart forvirret. Han påsto at han hadde sett Stankic tidligere. Med pistol i en restaurant. Hva driver dere med?»

«Vi ... hva var det du sa?»

«Jeg lurte på ...»

«Nei. Det med at han hadde sett Stankic med pistol.»

«He, he, folk har god fantasi, ikke sant?»

«Sett meg over til han du snakket med på Krimvakta.»

«Altså ...»

«Nå, Skarre.»

Harry ble satt over, fikk kontakt med vaktleder og etter å ha utvekslet tre setninger ba Harry ham holde tråden.

«Halvorsen!» Harrys stemme bar utover gårdsplassen.

«Ja?» Halvorsen kom til syne i måneskinnet foran låven.

«Hva het han kelneren som hadde sett en kar på toalettet som hadde en pistol full av såpe?»

«Hvordan skulle jeg huske det?»

«Jeg driter i hvordan, bare gjør det.»

Ekkoene sang i nattstillheten mellom husveggen og låveveggen.

«Tore et eller annet. Kanskje.»

«Blink! Tore er navnet han oppga på telefonen. Og så husker du etternavnet, kjære.»

«Ee ... Bjørg? Nei. Bjørang? Nei ...»

«Kom igjen, Lev Jasjin!»

«Bjørgen. Det var det. Bjørgen.»

«Slepp spaden, du skal få lov til å råkjøre.»

En patruljebil sto og ventet på dem da Halvorsen og Harry tjueåtte minutter senere kjørte forbi Vestkanttorget og svingte opp i Schives gate til adressen til Tore Bjørgen som vakthavende hadde fått av hovmesteren på Biscuit.

Halvorsen stanset på høyde med patruljebilen og rullet ned vinduet.

«Tredje etasje,» sa politikvinnen i førersetet og pekte opp mot et vindu som lyste fra den grå murfasaden.

Harry lente seg over Halvorsen. «Halvorsen og jeg går opp. En av dere blir her og holder kontakt med Krimvakta, og en blir med inn i bakgården og passer på kjøkkentrappa. Har dere et gevær i bagasjerommet jeg kan låne?»

«Jepp,» sa kvinnen.

Hennes mannlige kollega bøyde seg frem. «Du er han Harry Hole, ikke sant?»

«Stemmer det, betjent.»

«Noen på Krimvakta sa at du ikke har bæretillatelse.»

«*Hadde* ikke, betjent.»

«Å?»

Harry smilte: «Forsov meg til den første skytetesten i høst. Men jeg kan glede deg med at på den andre scora jeg tredjebest i korpset. OK?»

De to politifolkene så på hverandre.

«OK,» mumlet mannen.

Harry røsket opp bildøra og det spraket i frosne gummilister. «OK, la oss få sjekket om det er noe i dette tipset.»

Harry holdt for andre gang på to dager i en MP-5 da han ringte på porttelefonen hos en Sejerstedt og forklarte en engstelig damestemme at de kom fra politiet. Og at hun kunne komme til vinduet så hun fikk se politibilen før hun åpnet for dem. Hun gjorde som han sa. Den kvinnelige politibetjenten gikk inn i bakgården og tok oppstilling mens Halvorsen og Harry gikk opp trappene.

Navnet Tore Bjørgen sto preget i svart på et messingskilt over et ringeapparat. Harry tenkte på Bjarne Møller som første gangen de var ute i felten sammen, hadde lært Harry den enkleste og fortsatt mest effektive metoden for å finne ut om noen er hjemme. Han la øret mot glasset i døra. Det hørtes ikke en lyd innenfra.

«Ladet og usikret?» hvisket Harry.

Halvorsen hadde tatt frem sin tjenesterevolver og stilt seg mot veggen på venstre side av døra.

Harry ringte på.

Han holdt pusten og lyttet.

Så ringte han på én gang til.

«Å bryte seg inn eller ikke bryte seg inn,» hvisket Harry. «Det er spørsmålet.»

«I så fall burde vi ringt adjutanten først og fått en ransakings-beslut...»

Halvorsen ble avbrutt av singling i glass da Harrys MP-5 traff døra. Harry stakk hånden raskt innenfor og låste opp.

De gled inn i entreen og Harry pekte mot hvilke dører Hal-vorsen skulle sjekke. Selv gikk han raskt inn i stuen. Tomt. Men han la med en gang merke til speilet over telefonbordet som tyde-ligvis var blitt truffet av noe hardt. En rund bit av glasset midt på hadde falt ut og som fra en svart sol strålte svarte streker ut til den forgylte, ornamenterte rammen. Harry konsentrerte seg om døra i enden av stuen som så vidt sto på klem.

«Ingen på kjøkkenet og badet,» hvisket Halvorsen bak ham.

«OK. Hold deg klar.»

Harry beveget seg mot døra. Han kjente det på seg nå. At hvis det var noe her, var det der inne de ville finne det. Det putret i en defekt lydpotte utenfor. Trikkebremser skrek sårt i det fjerne. Harry merket at han instinktivt hadde krøpet sammen. Som for å gjøre seg til en så liten blink som mulig.

Han skjøv opp døra med munningen på maskinpistolen og skrittet raskt innenfor og til siden for ikke å bli stående i silhuett. Presset seg inntil veggen og holdt fingeren på avtrekkeren mens han ventet på at øynene skulle venne seg til mørket.

I lyset som falt inn gjennom døråpningen, så han en stor seng med messinggjerder. Et par nakne bein som stakk ut fra under dynen. Han skrittet frem, tok tak i enden av dynen med den ene hånden og nappet den av.

«Herrejesus!» utbrøt Halvorsen. Han sto i døråpningen og senket langsomt hånden med revolveren mens han vantro stirret på sengen.

*

Han tok mål av piggtråden på toppen av gjerdet. Så tok han løpe-fart og hoppet. Brukte larvebevegelser oppover slik Bobo hadde lært ham. Pistolen i lommen slo mot magen da han svingte seg over. Da han sto på den isdekte asfalten på den andre siden, opp-daget han i lyset fra lyktestolpen at det var revet en stor flenge i den blå jakka. Hvitt stoff tøt ut.

En lyd fikk ham til å flytte seg ut av lyset, til skyggen av con-tainerne som sto stablet oppå hverandre i geledd på den store havnetomta. Lyttet og så seg rundt. Det plystret forsiktig i knuste vinduer på en mørk, forfallen trebrakke.

Han visste ikke hvorfor, men han hadde følelsen av å bli observert. Nei, ikke observert, men oppdaget, avslørt. At noen visste at han var der, uten nødvendigvis å ha sett ham. Med blikket trålet han det opplyste gjerdet for mulige alarmer. Ingen-ting.

Han lette langs to rader med containere før han fant en som var åpen. Steg inn i det ugjennomtrengelige mørket og skjønte øyeblikkelig at det ikke ville gå, at han ville komme til å fryse i hjel om han sovnet her. Han kunne kjenne luften bevege seg da han dro døren igjen bak seg, som om han sto inne i en blokk av noe fysisk som ble flyttet på.

Det raslet da han tråkket på avispapir. Han måtte ha varme.

Utenfor fikk han igjen fornemmelsen av å være observert. Han gikk bort til brakka, tok tak under en av plankene og dro til. Den løsnet med et tørt smell. Han syntes han så noe bevege seg og virvlet rundt. Men alt han så var blinkende lys fra de innbydende hotellene rundt Oslo S og mørket i døråpningen til hans eget husvære i natt. Etter å ha fått løs to planker til, gikk han tilbake mot containeren. Det var spor der snøen hadde fokket seg. Av poter. Store poter. En vakthund. Hadde sporene vært der i stad? Han brakk fliser av plankene som han danderte mot stålveggen innenfor inngangen til containeren. Døra lot han stå på klem i håp om at noe av røyken ville trekke ut. Fyrstikkesken fra rom-met på Heimen lå i samme lomme som pistolen. Han fikk fyr på avispapiret og stakk det under flisene og holdt hendene over varmen. Små flammer slikket oppover den rustrøde veggen.

Han tenkte på de skrekkslagne øynene til kelneren, som hadde stirret inn i pistolmunningen mens han hadde tømt lommene sine for småpenger og forklart at det var alt han hadde. Det hadde vært nok til en hamburger og en billett til undergrunnsbanen. For lite til et sted hvor han kunne gjemme seg, holde varmen, sove. Så hadde kelneren vært så dum å si at politiet var varslet, at de var på vei. Og han hadde gjort det han måtte gjøre.

Flammene lyste på snøen utenfor. Han ble oppmerksom på flere potespor rett utenfor åpningen. Merkelig at han ikke hadde sett dem da han kom bort til containeren første gangen. Han lyttet til sin egen pust som kastet ekko i jernboksen han satt i, som om de var to der inne, mens han fulgte sporene med blikket. Han stivnet til. Hans egne fotspor krysset dyresporet.Og midt i avtrykket av sin egen sko så han et poteavtrykk.

Han dro døra hardt igjen og i det dumpe drønnet slukket flammene. Bare kantene på avispapiret glødet i det stummende mørket. Pusten hans var hivende nå. Det var noe der ute, noe som jaktet på ham, som kunne lukte ham og kjenne ham igjen. Han holdt pusten. Og det var da han ble klar over det: At det noe som lette etter ham, ikke var der ute. At det ikke var ekko av sin egen pust han hørte. Det var her inne. Idet han desperat grep ned i lommen etter pistolen, rakk han å tenke at det var merkelig at det ikke hadde knurret, ikke laget en lyd. Ikke før nå. Og selv det var bare en lav skraping av klør mot jerngulv idet det sparket fra. Han rakk så vidt å løfte hånden før kjevene klappet sammen rundt hånden hans, og smerten fikk tankene til å eksplodere i et regn av splinter.

*

Harry gransket sengen og det han antok var Tore Bjørgen.

Halvorsen kom og stilte seg ved siden av ham: «Herrejesus,» hvisket han. «Hva er det som har foregått her?»

Uten å svare dro Harry opp glidelåsen i den svarte ansikts-masken som mannen foran dem var iført, og dro til side klaffen.

De rødmalte leppene og sminken rundt øynene fikk ham til å tenke på Robert Smith, vokalisten i The Cure.

«Er dette kelneren du snakket med på Biscuit?» spurte Harry mens blikket saumfór rommet.

«Jeg tror det. Hva i all verden er det antrekket han har på seg?»

«Latex,» sa Harry, strøk fingertuppene over noen metallfliser på lakenet før han plukket opp noe som lå ved siden av et halvfullt vannglass på nattbordet. Det var en pille. Han studerte den.

Halvorsen stønnet. «Det ser jo helt sykt ut.»

«En form for fetisjisme,» sa Harry. «Og sånn sett ikke sykere enn at du liker å se kvinner iført miniskjørt og hofteholdere eller hva du nå tenner på.»

«Uniformer,» sa Halvorsen. «Alle slags. Sykepleiere, parkometervak...»

«Takk,» sa Harry.

«Hva tror du?» spurte Halvorsen. «Selvmord på piller?»

«Du får spørre ham,» sa Harry, løftet vannglasset fra nattbordet og tømte innholdet ned på ansiktet under dem. Halvorsen stirret på førstebetjenten med åpen munn.

«Hadde du ikke vært så forutinntatt, ville du hørt at han puster,» sa Harry. «Dette er Stesolid. Ikke stort verre enn valium.»

Mannen under dem gispet. Så trakk ansiktet seg sammen, fulgt av et hosteanfall.

Harry satte seg på sengekanten og ventet til et par livredde, men like fullt knøttsmå, pupiller omsider hadde greid å fokusere på ham.

«Vi er fra politiet, Bjørgen. Beklager å buse inn på denne måten, men vi forstod det slik at du hadde noe vi vil ha. Men som du ikke lenger har, ser det ut til.»

Øynene foran ham blunket to ganger. «Hva snakker du om?» sa en grøtete stemme. «Hvordan kom dere inn hit?»

«Døra,» sa Harry. «Du har hatt besøk tidligere i kveld også.» Mannen ristet på hodet.

«Det var det du sa til politiet,» sa Harry.

«Det har ikke vært noen her. Og jeg har ikke ringt politiet. Jeg har ukjent nummer. Dere kan ikke spore det hit.»

«Jo, det kan vi. Og jeg sa ikke noe om at du hadde ringt. Du sa i telefonen at du hadde lenket noen fast til senga og jeg ser fliser fra hodegjerdet på lakenet her. Ser ut som speilet der ute har fått seg en trøkk også. Stakk han av, Bjørgen?»

Mannen så forvirret fra Harry til Halvorsen og tilbake.

«Har han truet deg?» Harry snakket med samme lave, monotone stemme. «Sagt at han vil komme tilbake om du sier noe til oss? Er det det? Du er redd?»

Mannens munn åpnet seg. Kanskje var det lærmasken som fikk Harry til å tenke på en pilot som hadde flydd seg vill. Robert Smith på bærtur.

«De sier som regel det,» sa Harry. «Men veit du hva? Om han hadde ment det, hadde du vært død allerede.»

Mannen stirret på Harry.

«Veit du hvor han skulle, Bjørgen? Tok han noe med seg? Penger? Klær?»

Stillhet.

«Kom igjen, dette er viktig. Han er på jakt etter en person her i Oslo som han ønsker å ta livet av.»

«Jeg aner ikke hva du snakker om,» hvisket Tore Bjørgen uten å ta blikket av Harry. «Kan dere vennligst gå nå?»

«Selvfølgelig. Men jeg skylder å gjøre oppmerksom på at du risikerer tiltale for å ha hjulpet til å skjule en drapsmann på flukt. Som retten i verste fall kan betrakte som medvirkning til drap.»

«Med hvilke bevis, da? OK, så ringte jeg kanskje. Jeg bløffet bare. Ville ha litt moro. Hva så?»

Harry reiste seg fra sengekanten. «Som du vil. Vi går nå. Pakk noen klær. Jeg sender opp to av folkene våre for å hente deg, Bjørgen.»

«Hente?»

«Som i arrestere.» Harry gjorde tegn til Halvorsen at de skulle gå.

«*Arrestere* meg?» Bjørgens stemme var ikke lenger grøtete. «Hvorfor det? Dere kan jo ikke bevise en dritt.»

Harry viste det han holdt mellom tommelen og pekefingeren. «Stesolid er et reseptbelagt narkotikum på linje med amfetamin

271

og kokain, Bjørgen. Så med mindre du greier å hoste opp en resept på dette, må vi dessverre arrestere deg for innehav. Strafferamme to år.»

«Du spøker.» Bjørgen heiste seg opp i sengen og grep etter dynen på gulvet. Han syntes først nå å ha blitt oppmerksom på sitt eget antrekk.

Harry gikk mot døra. «Personlig er jeg helt enig med deg i at norsk narkotikalovgivning er over alle støvleskafter streng for milde stoffer, Bjørgen. Og under andre omstendigheter hadde jeg derfor kanskje sett gjennom fingrene med dette beslaget. God kveld.»

«Vent!»

Harry stoppet. Og ventet.

«B-b-brødrene hans ...,» stammet Tore Bjørgen.

«Brødrene?»

«Han sa at han ville sende brødrene sine etter meg om det skjedde ham noe her i Oslo. Hvis han ble arrestert eller drept, ville de komme etter meg, uansett hvordan det hadde skjedd. Han sa brødrene hans pleide å bruke syre.»

«Han har ingen brødre,» sa Harry.

Tore Bjørgen løftet hodet, så opp på den høye politimannen og spurte med oppriktig forbauselse i stemmen: «Har han ikke?»

Harry ristet langsomt på hodet.

Bjørgen vred hendene sine. «Jeg ... jeg tok de der pillene bare fordi jeg var så oppskaket. Det er jo det de er til. Ikke sant?»

«Hvor gikk han?»

«Det sa han ikke.»

«Fikk han penger av deg?»

«Bare noe smått jeg hadde liggende. Så stakk han av. Og jeg ... jeg bare satt her og var så redd ...» Et plutselig hulk avbrøt taleflommen og han krøp sammen under dynen: «Jeg *er* så redd.»

Harry så på den gråtende mannen. «Hvis du vil, kan du få sove nede på Politihuset i natt.»

«Jeg blir her,» snufset Bjørgen.

«OK. Noen fra oss kommer og snakker mer med deg i morgen tidlig.»

«Ja vel. Vent! Hvis dere tar ham ...»

«Ja?»

«Den belønningen gjelder fortsatt, ikke sant?»

*

Han hadde fått ordentlig fyr på bålet nå. Flammene blinket i en trekantet bit av glass som han hadde brukket fra det knuste vinduet i brakken. Han hadde hentet mer ved og kjente at kroppen hadde begynt å tine opp. Det kom til å bli verre til natten, men han var i live. Han hadde surret de blodige fingrene med strimler fra skjorten som han hadde skåret til med glassbiten. Dyrets kjever hadde lukket seg rundt hånden som holdt pistolen. Og pistolen.

På containerveggen flakket skyggen av en svart metzner svevende mellom tak og gulv. Kjeften var åpen og kroppen utstrakt og frosset fast i et siste, stumt angrep. Bakbeina var surret med ståltråd som var trædd gjennom et hull i en av jernrillene i taket. Blodet som dryppet ut av munnen og hullet bak øret hvor kulen hadde gått ut, tikket jevnt mot jerngulvet. Han kom aldri til å få vite om det var hans egne underarmsmuskler eller hundens bitt som hadde klemt fingeren mot avtrekkeren, men han syntes han fremdeles kunne kjenne en dirring mellom jernveggene etter skuddet. Det sjette siden han hadde kommet til denne fordømte byen. Og nå hadde han bare én kule igjen i pistolen.

Én kule var nok, men hvordan skulle han finne Jon Karlsen nå? Han trengte noen som kunne lede ham på rett vei. Han kom til å tenke på politimannen. Harry Hole. Det hørtes ikke ut som et vanlig navn. Kanskje han ikke ville være så vanskelig å finne.

DEL 3

KORSFESTELSE

Kapittel 20.
Fredag 18. desember. Templet

Lysskiltet utenfor Vika Atrium viste minus atten og klokka innenfor tjueén da Harry og Halvorsen sto i glassheisen og så springvannet med de tropiske plantene bli mindre og mindre under seg.

Halvorsen formet leppene, ombestemte seg. Formet dem igjen.

«Glassheis er greit,» avbrøt Harry. «Høyder går fint.»

«Å ja.»

«Jeg vil at du skal ta innledningen og spørsmålene. Så kommer jeg inn etter hvert. OK?»

Halvorsen nikket.

De hadde bare så vidt rukket å sette seg i bilen etter visitten hos Tore Bjørgen da Gunnar Hagen hadde ringt og bedt ham dra ned til Vika Atrium hvor Albert og Mads Gilstrup, far og sønn, satt og ventet på dem for å få avgi forklaring. Harry hadde påpekt at det knapt var vanlig prosedyre å innkalle politiet for å ta opp forklaring og at han hadde bedt Skarre ta seg av dette.

«Albert er en gammel bekjent av Kriminalsjefen,» hadde Hagen forklart. «Han ringte meg akkurat og sa at de hadde bestemt seg for at de ikke ville forklare seg for andre enn den som ledet etterforskningen. Det positive er at de da stiller uten advokat.»

«Vel ...»

«Fint. Jeg setter pris på det.»

Ingen ordre denne gang, altså.

En liten mann i blå blazer ventet på dem utenfor heisen.

«Albert Gilstrup,» sa han med minimal åpning på en leppe-løs munn og ga Harrys hånd et kort og bestemt trykk. Gilstrup hadde hvitt hår og et furet, værbitt ansikt, men unge øyne som studerte Harry årvåkent mens han ledet ham mot en inngangs-dør med et skilt som fortalte at det var her Gilstrup ASA holdt til.

«Jeg vil gjøre oppmerksom på at dette har gått sterkt inn på min sønn,» sa Albert Gilstrup. «Liket var jo ille tilredt, og Mads har dessverre en noe følsom natur.»

Harry sluttet av måten Albert Gilstrup formulerte seg på at han enten var en praktisk mann som visste at det var lite å gjøre for de døde, eller at svigerdatteren ikke hadde hatt noen spesielt stor plass i hjertet hans.

I den lille, men eksklusivt møblerte resepsjonen hang kjente bilder med norske, nasjonalromantiske motiver som Harry hadde sett utallige ganger før. Mann med katt i tunet. Soria Moria slott. Forskjellen var at Harry denne gangen ikke var så sikker på at det var reproduksjoner han så på.

Mads Gilstrup satt og stirret ut av glassveggen som vendte mot atriet da de kom inn i møterommet. Faren kremtet og søn-nen snudde seg langsomt, som om han ble forstyrret midt i en drøm han ikke ville gi slipp på. Det første som slo Harry var at sønnen slett ikke lignet på sin far. Ansiktet var smalt, men de myke, runde trekkene og det krøllete håret fikk Mads Gilstrup til å virke yngre enn de noenogtretti Harry antok han måtte være. Eller kanskje var det blikket, den barnslige hjelpeløsheten i de brune øynene som endelig fokuserte på dem idet han reiste seg.

«Takk for at dere kunne komme,» hvisket Mads Gilstrup med tykk stemme og trykket Harrys hånd med en inderlighet som fikk Harry til å lure på om sønnen kanskje trodde det var presten og ikke politiet som var kommet.

«Ingen årsak,» sa Harry. «Vi hadde jo villet snakke med deg uansett.»

Albert Gilstrup kremtet og munnen åpnet seg så vidt, som en sprekk i et treansikt: «Mads mener å takke for at dere ville

komme hit på vår anmodning. Vi tenkte kanskje dere ville fore-
trukket politistasjonen.»

«Og jeg tenkte kanskje du ville foretrukket å møte oss hjemme
så seint,» sa Harry henvendt til sønnen. Mads så usikkert bort
på faren og først da han mottok et svakt nikk, svarte han:

«Jeg orker ikke være der nå. Det er så ... tomt. Jeg sover
hjemme i natt.»

«Hos oss,» la faren forklarende til og så på Mads med et blikk
som Harry tenkte burde være medfølelse. Men det lignet forakt.

De satte seg og far og sønn skjøv hvert sitt visittkort over
bordet mot Harry og Halvorsen. Halvorsen repliserte med to av
sine. Gilstrup senior så spørrende på Harry.

«Har ikke fått trykt opp mine ennå,» sa Harry. Noe som for
så vidt var sant og alltid hadde vært det. «Men Halvorsen og jeg
jobber i team, så det er bare å ringe ham.»

Halvorsen kremtet. «Vi har noen spørsmål.»

Halvorsens spørsmål prøvde å kartlegge Ragnhilds bevegelser
tidligere på dagen, hva hun hadde å bestille i Jon Karlsens leilig-
het og eventuelle fiender. Samtlige ble møtt med hoderisting.

Harry så etter melk til kaffen. Han hadde begynt med det.
Sikkert et tegn på at han holdt på å bli gammel. For noen uker
siden hadde han satt på Beatles' udiskutable mesterverk «Sgt.
Pepper's Lonely Hearts Club Band» og blitt skuffet. Den var blitt
gammel den også.

Halvorsen leste spørsmålene fra notatblokken og noterte uten
å søke øyekontakt. Han ba Mads Gilstrup redegjøre for hvor
han hadde vært mellom klokka ni og klokka ti i morges, som var
legens anslag for dødstidspunktet.

«Han var her,» sa Albert Gilstrup. «Vi har jobbet her i hele
dag begge to. Vi holder på med en større snuoperasjon.» Han
henvendte seg til Harry. «Vi var forberedt på at dere kom til å
spørre om det. Jeg har lest at ektemannen alltid er den første
politiet mistenker i mordsaker.»

«Med god grunn,» sa Harry. «Statistisk sett.»

«Godt,» nikket Albert Gilstrup. «Men dette er ikke statistikk,
min gode mann. Dette er virkeligheten.»

Harry møtte Albert Gilstrups gnistrende, blå blikk. Halvorsen kikket bort på Harry som om han gruet seg til noe.

«Så la oss holde oss til virkeligheten,» sa Harry. «Og riste mindre på hodet og fortelle mer. Mads?»

Mads Gilstrups hode bikket opp som om han hadde duppet av. Harry ventet til han hadde øyekontakt: «Hva visste du om Jon Karlsen og din kone?»

«Stopp!» smalt det fra Albert Gilstrups tredukkemunn. «Den slags frekkheter passerer kanskje hos det klientellet dere vanligvis omgås, men ikke her.»

Harry sukket. «Faren din kan få sitte her hvis du vil, Mads. Men hvis jeg må, kaster jeg ham ut.»

Albert Gilstrup lo. Det var latteren til den seiersvante som endelig har funnet en verdig motstander. «Si meg, førstebetjent, blir jeg nødt til å ringe min venn Kriminalsjefen og fortelle hvordan folkene hans behandler en som akkurat har mistet sin hustru?»

Harry skulle til å svare, men ble avbrutt av Mads som løftet hånden i en underlig grasiøs, langsom bevegelse: «Vi må prøve å finne ham, far. Vi må hjelpe hverandre.»

De ventet, men Mads' blikk hadde vendt tilbake til glassveggen og det kom ikke mer.

«All right,» sa Albert Gilstrup med engelsk uttale. «Vi snakker på én betingelse. At vi tar dette med deg på tomannshånd, Hole. Assistenten din kan vente utenfor.»

«Vi jobber ikke på den måten,» sa Harry.

«Vi prøver å samarbeide her, Hole, men dette kravet er ikke gjenstand for diskusjon. Alternativet er å snakke med oss gjennom advokaten vår. Forstått?»

Harry ventet på at raseriet skulle stige opp i ham. Og da det likevel ikke kom, var han ikke lenger i tvil: Han holdt virkelig på å bli gammel. Han nikket til Halvorsen, som så overrasket ut, men reiste seg. Albert Gilstrup ventet til betjenten hadde lukket døra bak seg.

«Ja, vi har møtt Jon Karlsen. Mads, Ragnhild og jeg traff ham som økonomisk rådgiver i Frelsesarmeen. Vi la frem et tilbud som ville vært svært gunstig for ham personlig, og som han avslo. Utvilsomt en person med moral og integritet. Men han kan selvfølgelig likevel ha kurtisert Ragnhild, han ville ikke ha vært den første. Utenomekteskapelige eventyr er ikke akkurat førstesidenyheter lenger, har jeg skjønt. Det som likevel gjør det du antyder umulig, er Ragnhild selv. Tro meg, jeg har kjent den kvinnen lenge. Hun er ikke bare et høyt elsket medlem av familien, men en karakterfast person.»

«Og om jeg forteller deg at hun hadde nøkler til Jon Karlsens leilighet?»

«Jeg vil ikke høre mer snakk om saken!» smalt det fra Albert Gilstrup.

Harry kastet et blikk bort på glassveggen og fanget opp speilbildet av Mads Gilstrups ansikt mens faren fortsatte:

«La meg komme til saken hvorfor vi ville ha et møte med deg personlig, Hole. Du leder etterforskningen, og vi har tenkt å sette opp en bonus hvis du fanger den skyldige i drapet på Ragnhild. Nærmere bestemt to hundre tusen kroner. Full diskresjon.»

«Hva behager?» sa Harry.

«All right,» sa Gilstrup. «Beløpet er gjenstand for diskusjon. Det viktige for oss er at denne saken får førsteprioritet hos dere.»

«Si meg, forsøker du å bestikke meg?»

Albert Gilstrup smilte syrlig. «Det var da svært dramatisk, Hole. La det synke inn. Om du lar pengene gå til politiets enkefond, så legger ikke vi oss opp i det.»

Harry svarte ikke. Albert Gilstrup klasket håndflatene i bordet:

«Da tror jeg dette møtet er over. La oss holde kanalene åpne, førstebetjent.»

Halvorsen gjespet mens glassheisen falt lydløst og mykt slik han innbilte seg at englene i sangen dalte ned i skjul.

«Hvorfor kastet du ikke ut faren med én gang?» sa han.

«Fordi han er interessant,» sa Harry.

«Hva sa han mens jeg var ute?»

«At Ragnhild var et flott menneske som ikke kunne ha hatt et forhold til Jon Karlsen.»

«Tror de på det selv?»

Harry trakk på skuldrene.

«Noe annet dere snakket om?»

Harry nølte. «Nei,» sa han og myste ned mot den grønne oasen med springvann i marmorørkenen.

«Hva er det du tenker på?» spurte Halvorsen.

«Jeg veit ikke helt. Jeg så Mads Gilstrup smile.»

«Hæ?»

«Jeg så speilbildet hans i glasset. La du merke til at Albert Gilstrup lignet en tredukke? En sånn som buktalere bruker?»

Halvorsen ristet på hodet.

De gikk Munkedamsveien i retning Konserthuset hvor juleshoppere hastet fullastet bortover fortauet.

«Friskt,» sa Harry og skuttet seg. «Synd at kulda får eksosen til å legge seg langs bakken. Det kveler jo byen.»

«Likevel bedre enn den stinne etterbarberingslukta inne på møterommet,» sa Halvorsen.

Ved personalinngangen til Konserthuset hang en plakat for Frelsesarmeens julekonsert. På fortauet under plakaten satt en gutt med opprakt hånd med et tomt pappkrus i.

«Du jugde til Bjørgen,» sa Halvorsen.

«Å?»

«Strafferamme på to år for én Stesolid? Og for alt du vet, kan Stankic ha ni hevngjerrige brødre.»

Harry trakk på skuldrene og så på klokka. Han var for sent ute til AA-møtet. Han bestemte seg for at det var på tide å høre Guds ord.

*

«Men når Jesus kommer tilbake til Jorden, hvem vil være i stand til å kjenne Ham igjen?» ropte David Eckhoff, og flammen på stearinlyset foran ham bøyde seg.

«Kanskje er Frelseren blant oss her nå, i denne byen?»

Det gikk en mumling gjennom forsamlingen i det store, hvit-

malte og enkelt utstyrte rommet. Templet hadde verken alter-
tavle eller alterring, men en botsbenk mellom forsamlingen og
podiet der man kunne knele og bekjenne sine synder. Komman-
døren så ned på forsamlingen og gjorde en kunstpause før han
fortsatte:

«For selv om Matteus skriver at Frelseren skal komme i sin
herlighet og alle engler med ham, står det også skrevet 'for jeg
var fremmed, men dere tok ikke imot meg; jeg var uten klær,
men dere kleddeg meg ikke; jeg var syk og i fengsel, men dere så
ikke til meg'.»

David Eckhoff trakk pusten, bladde om og løftet blikket på
forsamlingen. Og fortsatte uten å se ned i skriften:

«'Da skal de svare: Herre, når så vi deg fremmed eller uten
klær eller syk eller i fengsel uten å hjelpe deg? Men han skal svare
dem: Det dere ikke gjorde mot en av disse minste, har dere heller
ikke gjort mot meg. Og disse skal gå bort til evig straff, men de
rettferdige til evig liv.'»

Kommandøren slo i talerstolen.

«Det Matteus kommer med her er et krigsrop, en krigserklæ-
ring mot egoismen og ubarmhjertigheten!» runget han. «Og vi
salvasjonister tror at det blir holdt en alminnelig dom ved ver-
dens ende, at de rettferdige blir evig salige, og at de ugudelige
får evig straff.»

Da kommandørens preken var over, ble det åpnet for frie
vitnesbyrd. En eldre mann fortalte om slaget på Stortorvet, da
de hadde seiret med Guds ord i Jesu og frimodighetens navn.
Så trådte en yngre mann frem og opplyste at de skulle avslutte
kveldsmøtet med å spille sang 617 i sangboka. Han stilte seg
foran det uniformskledde orkesteret med åtte blåsere og Rikard
Nilsen på stortromme og telte opp. De spilte en runde, så snudde
dirigenten seg mot forsamlingen og de falt inn. Sangen klang
mektig i rommet:

«La frelsesfanen vaie, nå til hellig krig av sted!»

Da sangen var ferdig, gikk David Eckhoff igjen opp på taler-
stolen:

«Kjære venner, la meg avslutte dette kveldsmøtet med å opplyse at Statsministerens kontor i dag bekreftet at statsministeren kommer til å være til stede på årets julekonsert i Konserthuset.»

Nyheten ble møtt med spontan applaus. Forsamlingen reiste seg og ség langsomt mot utgangen mens rommet summet av ivrige samtaler. Bare Martine Eckhoff syntes å ha det travelt. Harry satt på bakerste benk og betraktet henne der hun kom gående nedover midtgangen. Hun hadde på seg et ullskjørt, svarte strømper med Doc Martens støvler som ham selv, og hvit strikket lue. Hun så rett på ham uten tegn til gjenkjennelse. Så lyste ansiktet hennes opp. Harry reiste seg.

«Hei,» sa hun, la hodet på skakke og smilte: «Jobb eller åndelig tørst?»

«Vel. Din far er litt av en taler.»

«Som pinsevenn ville han ha vært verdensstjerne.»

Harry syntes han så et glimt av Rikard i mengden bak henne. «Hør, jeg har et par spørsmål. Hvis du har lyst til å gå litt i kulda, kan jeg følge deg hjem.»

Martine så tvilende ut.

«Hvis det er dit du skal da,» skyndte Harry seg å legge til.

Martine så seg rundt før hun svarte. «Jeg kan følge deg i stedet, du bor jo på veien.»

Luften utenfor var rå, tykk og smakte fett og salt eksos.

«Jeg skal gå rett på sak,» sa Harry. «Du kjenner jo både Robert og Jon. Kan det tenkes at Robert kan ha hatt et ønske om å ta livet av broren sin?»

«Hva er det du sier?»

«Tenk litt på det før du svarer.»

De trippet på holken forbi revyteatret Edderkoppen i de mennesketomme gatene. Julebordsesongen var på tampen, men i Pilestredet gikk taxiene fortsatt i skytteltrafikk med passasjerer iført finstas og akevittblikk.

«Robert var litt vill,» sa Martine. «Men drepe?» Hun ristet bestemt på hodet.

«Kanskje han kan ha fått noen andre til å gjøre det?»

Martine trakk på skuldrene. «Jeg hadde ikke så mye å gjøre med Jon og Robert.»

«Hvorfor ikke? Dere har jo vokst opp sammen, så å si.»

«Ja. Men jeg hadde vel ikke så mye med noen å gjøre, egentlig. Jeg likte meg best alene. Slik du gjør.»

«Jeg?» kom det forbauset fra Harry.

«En ensom ulv kjenner igjen en ensom ulv, vet du.»

Harry skottet til siden og møtte et ertende blikk:

«Du var helt sikkert en sånn gutt som gikk dine egne veier. Spennende og utilnærmelig.»

Harry smilte og ristet på hodet. De passerte oljefatene foran den forfalne, men fargesprakende fasaden til Blitz. Han pekte:

«Husker du da de okkuperte bygården her i 1981 og det var punkkonserter med Kjøtt og The Aller Værste og alle de banda?»

Martine lo. «Nei. Jeg hadde så vidt begynt på skolen da. Og Blitz var ikke et sted for oss i Frelsesarmeen akkurat.»

Harry smilte skjevt. «Nei. Men det hendte altså at jeg var der. I hvert fall i begynnelsen da jeg tenkte at det kanskje var et sted for sånne som meg, for outsidere. Men jeg passet ikke inn der heller. Fordi det til syvende og sist også på Blitz handlet om uniformering og gruppetenkning. Demagogene hadde akkurat like fritt spillerom der som ...»

Harry holdt inne, men Martine fullførte for ham: «Som faren min i Templet i kveld?»

Harry skjøv hendene dypere ned i lommene. «Poenget mitt er bare at man fort blir ensom når man vil bruke sin egen hjerne til å finne svarene.»

«Og hvilket svar har den ensomme hjernen din kommet frem til nå, da?» Martine stakk hånden under armen hans.

«At det virker som både Jon og Robert har hatt en del kvinne-historier. Hva er det som er så spesielt med Thea siden de begge må ha akkurat henne?»

«Var Robert interessert i Thea? Det var ikke mitt inntrykk akkurat.»

«Jon sier så.»

«Ja, jeg hadde som sagt ikke så mye med dem å gjøre. Men jeg husker jo at Thea var populær blant de andre guttene de somrene vi var på Østgård sammen. Konkurransen starter tidlig, vet du.»

«Konkurransen?»

«Ja, gutter som har tenkt å bli offiserer, må jo finne seg en jente innenfor armeens rekker.»

«Må de?» spurte Harry forbauset.

«Visste du ikke det? Gifter du deg med noen utenfor, mister du i utgangspunktet jobben din i armeen. Hele beordringssystemet er lagt opp slik at gifte offiserer skal bo og jobbe sammen. De har et felles kall.»

«Høres strengt ut.»

«Vi er en militær organisasjon.» Martine sa det uten snev av ironi.

«Og guttene visste at Thea skulle bli offiser? Selv om hun er jente.»

Martine ristet smilende på hodet. «Du vet visst ikke mye om Frelsesarmeen. To tredjedeler av offiserene er kvinner.»

«Men kommandøren er mann? Og forvaltningssjefen?»

Martine nikket. «Vår grunnlegger William Booth sa at hans beste menn var kvinner. Likevel er det hos oss som i resten av samfunnet. Dumme, selvsikre menn bestemmer over smarte kvinner med høydeskrekk.»

«Så guttene sloss hver sommer om å få bli den som skulle bestemme over Thea?»

«En stund. Men Thea sluttet plutselig å komme til Østgård, så da var problemet løst.»

«Hvorfor sluttet hun?»

Martine trakk på skuldrene. «Kanskje hun ikke ville mer. Eller kanskje foreldrene ikke ville. Med så mange ungdommer sammen døgnet rundt i den alderen … du vet.»

Harry nikket. Men han visste ikke. Han hadde ikke engang vært på konfirmasjonsleir. De gikk oppover Stensberggata.

«Jeg er født her,» sa Martine og pekte på muren som hadde gått rundt Rikshospitalet før det ble revet. Om ikke lenge kom boligprosjektet Pilestredet Park til å stå ferdig der.

«De har beholdt bygningen med fødeavdelingen og gjort om til leiligheter,» sa Harry.

«*Bor* det virkelig noen der? Tenk på alt som har skjedd der, da. Aborter og ...»

Harry nikket. «Enkelte ganger når man går her rundt midnatt, kan man fremdeles høre barneskrik derfra.»

Martine så storøyet på Harry. «Du tuller! Spøker det?»

«Vel,» sa Harry og svingte inn Sofies gate. «Det *kan* selvfølgelig komme av at det har flyttet inn barnefamilier der.»

Martine slo ham leende på skulderen. «Ikke tull med spøkelser. Jeg tror på dem.»

«Jeg også,» sa Harry. «Jeg også.»

Martine sluttet å le.

«Jeg bor her,» sa Harry og pekte på en lyseblå inngangsdør.

«Hadde ikke du flere spørsmål?»

«Jo da, men det kan vente til i morgen.»

Hun la hodet på skakke..«Jeg er ikke trøtt. Har du te?»

En bil listet seg frem på knitrende snø, men stoppet inntil fortauet femti meter lenger ned i gaten og blendet dem med blåhvitt lys. Harry så tenksomt på henne mens han fomlet etter nøklene. «Kun pulverkaffe. Hør, jeg ringer ...»

«Pulverkaffe er fint,» sa Martine. Harry rettet nøkkelen mot låsen, men Martine kom ham i forkjøpet og dyttet opp den lyseblå porten. Harry så den gli tilbake og legge seg mot innsiden av karmen uten å gå i lås.

«Det er kulda,» mumlet han. «Gården krymper.»

Harry dyttet porten hardt igjen etter dem før de gikk opp trappene.

«Du har det ryddig,» sa Martine mens hun dro av seg støvlene i gangen.

«Jeg har få ting,» sa Harry fra kjøkkenet.

«Hvilke av dem er du mest glad i, da?»

Harry tenkte seg om. «Platene.»

«Ikke fotoalbumet?»

«Jeg tror ikke på fotoalbum,» sa Harry.

Martine kom inn på kjøkkenet og krøp opp i en av stolene. Harry betraktet stjålent hvordan hun kattemykt kveilet beina innunder seg.

«*Tror* ikke?» spurte hun. «Hva skal det bety?»

«De virker ødeleggende på evnen til å glemme. Melk?»

Hun ristet på hodet. «Men du tror på plater.»

«Ja. De juger på en mer sannferdig måte.»

«Men virker ikke de også ødeleggende på evnen til å glemme?»

Harry stoppet midt i skjenkingen. Martine lo lavt. «Jeg tror ikke helt på den biske, desillusjonerte førstebetjenten. Jeg tror du er en romantiker, Hole.»

«La oss gå inn i stua,» sa Harry. «Jeg har akkurat kjøpt en ganske fin plate. Foreløpig er det ingen minner knyttet til den.»

Martine smøg seg opp i sofaen mens Harry satte på debutplata til Jim Stärk. Så satte han seg i den grønne ørelappstolen og strøk hånden over det grove ullstoffet til de første vare gitartonene. Han kom til å tenke på at stolen var kjøpt på Elevator, Frelsesarmeens bruktsalg. Han kremtet: «Robert hadde kanskje et forhold til ei jente som var mye yngre enn ham selv. Hva tror du om det?»

«Hva jeg tror om forhold mellom yngre kvinner og eldre menn?» Hun lo kort, men rødmet dypt i stillheten som oppsto etterpå. «Eller om jeg tror Robert likte mindreårige?»

«Jeg sa ikke at hun var det, men tenåring, kanskje. Kroatisk.»

«*Izgubila sam se.*»

«Unnskyld?»

«Det er kroatisk. Eller serbokroatisk. Vi pleide å være i Dalmatia om sommeren da jeg var liten, før Frelsesarmeen kjøpte Østgård. Da pappa var atten, dro han til Jugoslavia for å hjelpe til med gjenoppbyggingen etter annen verdenskrig. Han ble kjent med familiene til en del bygningsarbeidere. Det er derfor far engasjerte seg i at vi skulle ta imot flyktninger fra Vukovar.»

«Apropos Østgård. Husker du en Mads Gilstrup, sønnesønnen til dem dere kjøpte av?»

«Å ja. Han var der noen dager den sommeren vi overtok. Jeg snakket ikke med ham. Ingen snakket med ham, husker jeg, han virket så sint og innesluttet. Men jeg tror han også likte Thea.»

«Hva får deg til å tro det? Hvis han ikke snakket med noen, mener jeg.»

«Jeg så at han så på henne. Og når vi var sammen med Thea, så sto han plutselig bare der. Uten å si et ord. Han virket temmelig rar, syntes jeg. Nesten litt nifs.»

«Å?»

«Ja. Han sov borte hos naboene de dagene han var der, men en natt våknet jeg i stua hvor en del av jentene sov. Og da så jeg et ansikt som var presset mot ruten. Så forsvant det. Jeg er nesten sikker på at det var ham. Da jeg fortalte det til de andre jentene, sa de at jeg hadde sett syner. De var jo overbevist om at det måtte være noe galt med synet mitt.»

«Hvorfor det?»

«Har du ikke lagt merke til det?»

«Til hva da?»

«Sett deg her,» sa Martine og klappet på sofaen ved siden av seg. «Så skal jeg vise deg.»

Harry gikk rundt bordet.

«Ser du pupillene mine?» spurte hun.

Harry lente seg frem og kjente pusten hennes mot ansiktet sitt. Og da så han det. Pupillene inne i de brune irisene så ut som de hadde rent ned mot kanten av irisen i en nøkkelhullform.

«Det er medfødt,» sa hun. «Det kalles iris coloboma. Men du kan ha helt normalt syn for det.»

«Interessant.» Ansiktene deres var så nære hverandre at han kunne lukte huden og håret hennes. Han trakk pusten og fikk den grøssende følelsen av å senke seg ned i et varmt badekar. Det durte hardt og kort.

Det gikk et øyeblikk før Harry skjønte at det var ringeapparatet. Ikke porttelefonen. Noen sto utenfor døra hans i trappeoppgangen.

«Det er sikkert Ali,» sa Harry og reiste seg fra sofaen. «Naboen.»

På de seks sekundene det tok Harry å reise seg fra sofaen, gå ut i gangen og åpne, rakk han å tenke at det var sent til å være Ali. Og at Ali pleide å banke på. Og at hvis noen hadde gått inn eller ut av gården etter ham og Martine, så sto porten sikkert åpen igjen.

Det var først i det sjuende sekundet han forsto at han aldri burde ha åpnet. Han stirret på personen som sto der, og det ante ham hva som var i vente.

«Nå ble du vel glad, tenker jeg,» sa Astrid, lett snøvlende.

Harry svarte ikke.

«Jeg kommer fra julebord, skal du ikke invitere meg inn, Harrygutt?» Hennes rødmalte lepper strammet mot tennene da hun smilte og stiletthælene klapret mot gulvet da hun måtte ta et støttesteg.

«Det passer dårlig,» sa Harry.

Hun knep øynene sammen og studerte ansiktet hans. Så kikket hun over skulderen hans. «Har du damebesøk? Er det derfor du skulket møtet vårt i dag?»

«La oss snakkes en annen gang, Astrid. Du er full.»

«Vi diskuterte trinn tre på møtet i dag. *'Vi bestemte oss for å overlate vårt liv til Guds omsorg.'* Men jeg ser ikke noen Gud, jeg, Harry.» Hun slo halvhjertet etter ham med vesken.

«Det finnes ikke noe tredje trinn, Astrid. Alle må redde seg selv.»

Hun stivnet til og stirret på ham mens tårene plutselig steg opp i øynene hennes. «La meg komme inn, Harry,» hvisket hun.

«Det hjelper ikke mot noe, Astrid.» Han la en hånd på skulderen hennes. «Jeg ringer etter en drosje så du kan komme deg hjem.»

Hånden hans ble slått bort med overraskende stor kraft. Stemmen hennes skingret: «Hjem? Jeg skal vel for faen ikke hjem, din jævla, impotente rundbrenner.»

Hun svingte rundt og begynte å rave nedover trappene.

«Astrid …»

«Ligg unna! Pul heller på den andre hora di.»

Harry så etter henne helt til hun forsvant, hørte henne bannende slåss med porten, de knirkende dørhengslene og så stillheten etterpå.

Da han snudde seg, så han Martine stå rett bak ham i gangen og langsomt kneppe kåpen igjen.

«Jeg …,» begynte han.

«Det er sent.» Hun smilte fort. «Jeg var visst litt trett likevel.»

Klokken var tre på natten og Harry satt fremdeles i ørelappstolen. Tom Waits sang lavt om Alice mens vispene raspet og raspet mot skarptrommeskinnet.

«It's dreamy weather we're on. You wave your crooked wand along an icy pond.»

Tankene kom uten at han ville det. At alle skjenkestedene var stengt nå. At han ikke hadde fylt opp igjen lommelerka etter at han tømte den i hundegapet på containerhavna. Men at han kunne ringe Øystein. At Øystein som kjørte drosje nesten hver natt, alltid hadde en halv flaske gin under setet.

«Det hjelper ikke mot noe.»

Med mindre man trodde på spøkelser, selvfølgelig. Trodde på dem som nå omkranset stolen og stirret ned på ham med mørke, tomme øyehuler. På Birgitta som hadde kommet opp fra sjøen, fremdeles med ankeret rundt halsen, på Ellen som lo med baseballkølla stikkende ut av hodet, på Willy som hang som en gallionsfigur i tørkestativet, kvinnen inni vannsengen som stirret gjennom den blå gummien og Tom som hadde kommet for å få klokka si tilbake og veivet med en blodig armstump.

Spriten kunne ikke befri ham, bare gi en midlertidig løslatelse. Og akkurat nå var han villig til å betale mye for det.

Han løftet telefonen og slo et nummer. Det svarte på andre ring.

«Hvordan går det med dere, Halvorsen?»

«Kaldt. Jon og Thea sover. Jeg sitter i stua med utsikt mot veien. Jeg får ta en blund i morgen.»

«Mm.»

«Vi må kjøre en tur til Theas leilighet i morgen og hente mer insulin. Hun har visst sukkersyke.»

«OK, men ta med Jon, jeg vil ikke at han skal sitte der aleine.»

«Jeg kunne få noen andre til å komme hit.»

«Nei!» sa Harry skarpt. «Jeg vil ikke blande inn noen andre foreløpig.»

«Neivel.»

Harry sukket. «Hør, jeg veit at det ikke er i stillingsbeskrivelsen din å sitte barnevakt. Du får si fra hvis det er noe jeg kan gjøre til gjengjeld.»

«Tja ...»

«Kom igjen.»

«Jeg lovet å ta med Beate ut en kveld før jul og la henne få prøve lutefisk. Aldri smakt det før, stakkar.»

«Det er et løfte.»

«Takk.»

«Og Halvorsen?»

«Ja?»

«Du er ...» Harry trakk pusten «... OK.»

«Takk, sjef.»

Harry la på. Waits sang at skøytene på det islagte tjernet skrev Alice.

Kapittel 21.
Lørdag 19. desember. Zagreb

Han satt og skalv av kulde på en kartongbit på fortauet som gikk langs Sofienbergparken. Det var morgenrush og folk hastet forbi. Noen av dem slapp likevel noen kroner ned i pappkruset som sto foran mannen. Det var snart jul. Lungene hans verket fordi han hadde ligget og pustet inn røyk hele natten. Han løftet blikket og så oppover Gøteborggata.

Det var det eneste han kunne gjøre akkurat nå.

Han tenkte på Donau som rant forbi Vukovar. Tålmodig og ustoppelig. Som han selv måtte være. Vente tålmodig til stridsvognen kom, til dragen stakk hodet ut av hulen. Til Jon Karlsen kom hjem. Han så inn i et par knær som hadde stoppet rett foran ham.

Han kikket opp og en mann med rød hengebart og et pappkrus i hånden. Hengebarten sa noe. Høyt og sint.

«*Excuse me?*»

Mannen svarte noe på engelsk. Noe om territorium.

Han kjente pistolen i lommen. Med én kule. I stedet tok han frem den store, skarpe glassbiten han hadde i den andre lommen. Tiggeren så ondt på ham, men lusket bort.

Han avviste tanken om at Jon Karlsen ikke ville komme. Han måtte komme. Og imens skulle han selv være Donau. Tålmodig og ustoppelig.

*

«Kom inn,» kommanderte den ferme, blide kvinnen i Frelsesarmeens leilighet i Jacob Aalls gate. Hun uttalte n-en med tungespissen mot ganen slik man gjerne gjør når man har lært språket i voksen alder.

«Håper vi ikke forstyrrer,» sa Harry, og han og Beate Lønn steg inn i gangen. Gulvet var nesten dekket av skotøy, stort og smått.

Kvinnen ristet avvergende på hodet da de ville til å ta av seg på beina.

«Kaldt,» sa hun. «Sulten?»

«Takk, jeg har akkurat spist frokost,» sa Beate.

Harry bare ristet vennlig på hodet.

Hun ledet dem inn i stuen. Rundt et bord satt det Harry antok var familien Miholjec; to voksne menn, en gutt på Olegs alder, en liten jente og en ung kvinne som Harry skjønte måtte være Sofia. Hun gjemte øynene bak en gardin av en svart pannelugg og hadde en baby på fanget.

«*Zdravo*,» sa den eldste av mennene, en mager mann med grånende, men tett hår og et svart blikk som Harry kjente igjen. Det var det sinte og redde blikket til en fredløs.

«Det er min mann,» sa kvinnen. «Han forstår norsk, men snakker ikke så mye. Det er onkel Josip. Han er her på julebesøk. Mine barn.»

«Alle fire?» spurte Beate.

«Ja,» lo hun. «Han siste var en gave fra Gud.»

«En ordentlig søtnos,» sa Beate og laget en grimase til babyen som gurglet begeistret tilbake. Og som Harry alt hadde tippet, greide hun ikke la være å klype i det røde bollekinnet. Han ga Beate og Halvorsen ett, maks to år før de hadde laget en sånn.

Mannen sa noe, og kona svarte ham. Så henvendte hun seg til Harry:

«Han vil at jeg skal si at dere ikke vil ha andre enn nordmenn til å jobbe i Norge. Han forsøker, men finner ikke arbeid.»

Harry møtte mannens blikk og ga ham et nikk som ikke ble besvart.

«Her,» sa kona, pekte på to tomme stoler.

De satte seg. Harry så at Beate hadde fått opp notisblokken før han tok ordet:

«Vi er kommet for å spørre om …»

«Robert Karlsen,» sa kona og så på mannen sin som nikket innforstått.

«Nettopp. Hva kan dere fortelle oss om ham?»

«Ikke mye. Vi har bare så vidt truffet ham.»

«Bare så vidt.» Konas blikk strøk liksom tilfeldig over Sofia som satt taus med nesen ned i babyens pjuskete hår. «Jon fikk Robert til å hjelpe oss da vi flyttet fra den lille leiligheten i A-oppgangen i sommer. Jon er en bra person. Han ordnet så vi fikk en større leilighet da vi fikk han der, skjønner du.» Hun lo til babyen. «Men Robert sto mest og snakket med Sofia. Og … vel. Hun er bare femten år.»

Harry så den unge pikens ansikt skifte farge. «Mm. Vi skulle også gjerne snakket med Sofia.»

«Sett i gang,» sa moren.

«Helst alene,» sa Harry.

Mors og fars blikk møtte hverandre. Duellen varte bare i to sekunder, men Harry rakk å lese en del. At det kanskje en gang hadde vært han som hadde bestemt, men at i den nye virkeligheten, i det nye landet, hvor det var hun som hadde vist seg å være mest tilpasningsdyktig, var det også hun som bestemte. Hun nikket til Harry.

«Sett dere på kjøkkenet. Vi skal ikke forstyrre.»

«Takk,» sa Beate.

«Ingen takk,» sa kona alvorlig. «Vi vil at dere skal ta han som gjorde det. Vet dere noe om ham?»

«Vi tror han er en leiemorder som bor i Zagreb,» sa Harry. «Han har i alle fall ringt fra Oslo til et hotell der.»

«Hvilket?»

Harry så overrasket på faren som hadde uttalt det norske ordet.

«Hotel International,» sa han og så faren veksle blikk med onkelen.

«Vet dere noe?» spurte Harry.

Faren ristet på hodet.

«I så fall ville jeg vært takknemlig,» sa Harry. «Mannen er

på jakt etter Jon nå, han pepret Jons leilighet med kuler i går.»

Harry så farens ansiktsuttrykk forandre seg til vantro. Men han forble taus.

Moren gikk foran ut på kjøkkenet mens Sofia subbet motvillig etter. Som de fleste tenåringer ville gjort, antok Harry. Som Oleg kanskje ville gjøre om noen år.

Da moren hadde gått, overtok Harry notatblokken mens Beate plasserte seg på en stol rett overfor Sofia.

«Hei, Sofia, jeg heter Beate. Var du og Robert kjærester?»

Sofia så ned og ristet på hodet.

«Var du forelsket i ham?»

Ny hoderisting.

«Skadet han deg?»

For første gang siden de hadde kommet, dro Sofia til side gardinene av svart hår og så direkte på Beate. Harry antok at det bak den tunge sminken var en pen jente. Nå så han bare faren der inne, sint og redd. Og et blåmerke i pannen som sminken ikke greide å skjule.

«Nei,» sa hun.

«Er det faren din som har fortalt deg at du ikke får si noe, Sofia? For jeg kan se det på deg.»

«Hva kan du se?»

«At noen har skadet deg.»

«Du juger.»

«Hvordan fikk du det merket i pannen?»

«Jeg gikk på en dør.»

«Nå er det du som lyver.»

Sofia snøftet. «Du later som du er smart og sånn, men du vet ingenting. Du er bare en gammel politidame som egentlig vil være hjemme med unger. Jeg så deg nok der inne.» Sinnet var der fremdeles, men stemmen hadde allerede begynt å skurre. Harry ga henne én, maks to setninger til.

Beate sukket. «Du må stole på oss, Sofia. Og du må hjelpe oss. Vi prøver å stanse en morder.»

«Det er vel ikke min skyld.» Stemmen hennes kvaltes brått,

og Harry slo fast at hun bare hadde greid én. Så kom tårene. Et skybrudd av tårer. Sofia bøyde seg frem og gardinen gled for igjen.

Beate la en hånd på skulderen hennes, men hun skjøv den vekk.

«Gå!» ropte hun.

«Visste du at Robert var i Zagreb i høst?» spurte Harry.

Hun kikket fort opp på Harry med et vantro ansiktsuttrykk dynket i våt sminke.

«Så han fortalte deg ikke det?» fortsatte Harry. «Da fortalte han vel heller ikke at han var forelsket i ei jente ved navn Thea Nilsen?»

«Nei,» hvisket hun gråtkvalt. «Og hva så?»

Harry prøvde å tolke av ansiktsuttrykket hennes om opplysningen hadde gjort inntrykk, men det var vanskelig med all den rennende svartmalingen.

«Du var på Fretex-butikken og spurte etter Robert. Hva ville du?»

«Bomme en sigg!» ropte Sofia rasende. «Gå vekk!»

Harry og Beate så på hverandre. Så reiste de seg.

«Tenk deg litt om,» sa Beate. «Så ringer du meg på dette nummeret.» Hun la et visittkort på bordet.

Moren sto og ventet på dem i gangen.

«Beklager,» sa Beate. «Hun ble visst ganske oppskjørtet. Du bør kanskje snakke litt med henne.»

De trådte ut i desembermorgenen i Jacob Aalls gate og begynte å gå mot Suhms gate, hvor Beate hadde funnet en enslig parkeringsplass.

«*Oprostite!*»

De snudde seg. Stemmen kom fra skyggen i portrommet hvor det lyste i to sigarettglør. Så falt glørne til bakken og to menn kom ut av skyggen og mot dem. Det var Sofias far og onkel Josip. De stoppet foran dem.

«Hotel International, eh?» sa faren.

Harry nikket.

Faren kastet et fort blikk på Beate ut av øyekroken.

«Jeg går og henter bilen,» sa Beate fort. Harry sluttet aldri å forundre seg over hvordan en jente som hadde tilbrakt så mye av sin korte levetid alene med videoopptak og tekniske spor, kunne ha opparbeidet seg en sosial intelligens som var hans egen så overlegen.

«Jeg jobba første år av ... du vet ... flyttebyrå. Men rygg kaputt. Med Vukovar var jeg electro engineer, skjønner? Før krigen. Her får jeg ikke en dritt.»

Harry nikket. Og ventet.

Onkel Josip sa noe.

«*Da, da,*» mumlet faren og henvendte seg til Harry. «Da den jugoslaviske hæren skulle ta Vukovar i 1991, ja? Da var det en guttunge der som sprengte tolv tanks med ... *landmines*, ja? Vi kalte ham *mali spasitelj.*»

«*Mali spasitelj,*» gjentok onkel Josip med andakt.

«Den lille frelseren,» sa faren. «Det var hans ... navnet de sa på walkietalkie.»

«Kodenavnet?»

«Ja. Etter Vukovar kapitulasjon serberne prøvde å finne ham. Men greide ikke. Noen sa at han var død. Og noen trodde ikke, de sa at han aldri hadde vært ... eksistert. Ja?»

«Hva har dette med Hotel International å gjøre?»

«Etter krigen hadde ikke folka i Vukovar hus. Alt var grus. Så noen kom hit. Men mest til Zagreb. President Tudjman ...»

«*Tudjman,*» gjentok onkelen og himlet med øynene.

«... og folka hans ga dem rom på et gammelt, stort hotell hvor de kunne se dem. Oversikt. Ja? De spiste suppe og fikk ikke jobb. Tudjman liker ikke folk fra Slavonia. For mye serberblod. Så begynte serbere som vært i Vukovar bli dø. Og det kom rykter. At *mali spasitelj* var tilbake.»

«*Mali spasitelj,*» lo onkel Josip.

«De sa at kroater kunne få hjelp. På Hotel International.»

«Hvordan da?»

Faren trakk på skuldrene. «Vet ikke. Rykter.»

«Mm. Veit noen andre om denne ... hjelperen og Hotel International?»

«Andre?»

«Noen i Frelsesarmeen for eksempel?»

«Ja da. David Eckhoff vet alt. Og de andre nå. Han ga ord ...
etter middag i fest på Østgård på sommeren nå.»

«Tale?»

«Ja. Han fortalte *mali spasitelj* og at noen er alltid i krigen. At
krigen aldri blir slutt. Sånn også for dem.»

«Sa kommandøren virkelig det?» sa Beate idet hun styrte bilen
inn i den opplyste Ibsen-tunnelen, bremset ned og tok oppstil-
ling bakerst i den stillestående køen.

«Ifølge herr Miholjec,» presiserte Harry. «Og alle var visstnok
der. Robert, også.»

«Og du mener det kan ha gitt Robert ideen til å skaffe en
leiemorder?» Beate trommet utålmodig på rattet.

«Vel. Vi kan i hvert fall fastslå at Robert har vært i Zagreb. Og
dersom han visste at Jon traff Thea, har han også hatt motiv.»
Harry gned seg på haken. «Hør, kan du fikse at Sofia blir tatt
med til en lege for å få tatt en grundig sjekk? Tar jeg ikke mye
feil, er det mer enn det blåmerket. Jeg prøver å komme meg med
formiddagsflyet til Zagreb.»

Beate ga ham et raskt, skarpt blikk. «Skal du reise til utlandet,
bør det helst være for å bistå landets eget politi. Eller på ferie.
Instruksen sier klart at ...»

«Det siste stemmer,» sa Harry. «En kort juleferie.»

Beate sukket oppgitt. «Da håper jeg at du gir Halvorsen litt
juleferie også. Vi hadde planer om å besøke foreldrene hans på
Steinkjer. Hvor har du tenkt å feire jul i år?»

I det samme begynte mobiltelefonen å ringe, og han famlet
etter den i jakkelommen mens han svarte: «I fjor var det sam-
men med Rakel og Oleg. Og året før der med faren min og Søs.
Men i år har jeg ikke hatt tid til å tenke på hvor jeg skal feire
jul, gitt.»

Han tenkte på Rakel da han så at han måtte ha trykket inn
OK-knappen på telefonen i lommen. Og nå hørte han latteren
hennes i øret sitt.

«Du kan jo komme til meg,» sa hun. «Vi har åpent hus på julaften og vi trenger alltid frivillige hjelpere. På Fyrlyset.»

Det gikk to sekunder før Harry skjønte at det ikke var Rakel.

«Jeg ringte bare for å si at jeg beklager det i går,» sa Martine. «Jeg mente ikke å løpe av gårde på den måten. Jeg ble bare litt satt ut. Fikk du svarene du ville ha?»

«Å, er det deg?» sa Harry med det han mente var en nøytral stemme, men merket likevel Beates lynraske blikk. Og overlegne sosiale intelligens. «Kan jeg ringe deg tilbake?»

«Selvfølgelig.»

«Takk.»

«Ingenting å takke for.» Hun sa det i et alvorlig tonefall, men Harry kunne høre den samtykkende latteren. «Bare en bitteliten ting.»

«OK?»

«Hva gjør du på tirsdag? Bittelille julaften, altså.»

«Veit ikke,» sa Harry.

«Vi har en ekstra billett til julekonserten i Konserthuset.»

«Ja vel.»

«Du høres ikke ut som du dåner av begeistring akkurat.»

«Beklager. Det er travelt og jeg er ikke så god på sånne dress-greier.»

«Og artistene er altfor streite og kjedelige.»

«Jeg sa ikke det.»

«Nei, *jeg* sa det. Og da jeg sa at vi hadde ekstrabillett, så mente jeg egentlig *jeg*.»

«Ja vel?»

«En mulighet til å få se meg i kjole. Og jeg ser bra ut i den kjolen. Jeg mangler bare en matchende høy, eldre gutt. Tenk på det.»

Harry lo. «Takk, det lover jeg.»

«Ingenting å takke for.»

Beate sa ikke et ord etter at han hadde lagt på, kommenterte ikke gliset hans som ikke ville gå vekk, nevnte bare at brøytebilene ville få en del å gjøre ifølge værmeldingene. Av og til lurte Harry på om Halvorsen skjønte hvilket kupp han hadde gjort.

*

Jon Karlsen hadde ennå ikke dukket opp. Stiv reiste han seg fra fortauet ved Sofienbergparken. Kulden kjentes som den kom fra jordens indre og hadde forplantet seg i kroppen hans. Blodet begynte å sirkulere i beina med en gang han begynte å gå, men han hilste smerten velkommen. Han hadde ikke telt timene han hadde sittet der med korslagte bein og pappkruset foran seg mens han fulgte med hvem som kom og gikk fra gården i Gøteborggata, men dagslyset hadde alt begynt å svinne. Han stakk hånden i lommen.

Tiggepengene rakk sikkert til kaffe, en matbit og forhåpentligvis en pakke røyk.

Han skyndte seg mot krysset og kafeen hvor han hadde fått pappkruset. Han hadde sett en telefon på veggen der inne, men slått tanken fra seg. Foran kafeen stoppet han, dro ned den blå hetten og speilet seg i vinduet. Ikke rart at folk tok ham for en stakkar trengende. Skjegget hans grodde fort, og ansiktet hadde striper etter sotet fra bålet i containeren.

I speilbildet så han trafikklyset skifte til rødt, og en bil stoppet ved siden av ham. Han kastet et blikk inn i bilen idet han tok i døra til kafeen. Og frøs fast. Dragen. Den serbiske stridsvognen. Jon Karlsen. I passasjersetet. Bare to meter fra ham.

Han gikk inn på kafeen, skyndte seg bort til vinduet og så på bilen utenfor. Han mente han hadde sett mannen som kjørte før, men husket ikke hvor. På Heimen. Jo, han var en av politimennene som var der sammen med Harry Hole. En kvinne satt i baksetet.

Lyset skiftet. Han stormet ut og så den hvite røyken fra eksosrøret på bilen som akselererte bortover veien langs parken. Så begynte han å løpe etter. Langt der fremme kunne han se bilen svinge opp i Gøteborggata. Han famlet i lommene. Kjente glassbiten fra brakkevinduet mot nesten følelsesløse fingre. Beina lystret ham ikke, de var som døde proteser, og han tenkte at om han tråkket feil, kom de til å knekke som istapper.

Parken med trærne og barnehagen og gravstøttene ristet for

øynene hans som et hoppende lerret. Hånden fant pistolen. Han måtte ha skåret seg til blods på glassbiten for grepet kjentes seigt.

Halvorsen parkerte rett utenfor Gøteborggata 4, og han og Jon gikk ut av bilen for å strekke på beina mens Thea gikk inn for å hente insulinen sin.

Halvorsen kikket opp og ned den folketomme gaten. Også Jon virket urolig der han trippet i kulden. Gjennom bilvinduet kunne Halvorsen se midtkonsollen med hylsteret med tjenesterevolveren som han hadde tatt av siden det stakk i siden når han kjørte. Om det skjedde noe, ville han få tak i det i løpet av to sekunder. Han slo på mobiltelefonen og så at han hadde fått en beskjed på svareren i løpet av kjøreturen. Han tastet og en velkjent stemme gjentok at han hadde én melding. Så kom pipet, og en ukjent stemme begynte å snakke. Halvorsen lyttet med stigende forbauselse. Han så at Jon ble oppmerksom på stemmen i telefonen og stilte seg nærmere. Halvorsens forbauselse gikk over i vantro.

Da han la på, så Jon spørrende på ham, men Halvorsen sa ingenting, tastet bare hastig et nummer.

«Hva var det?» spurte Jon.

«Det var en tilståelse,» sa Halvorsen knapt.

«Og hva gjør du nå?»

«Jeg melder fra til Harry.»

Halvorsen kikket opp og så at Jons ansikt var forvridd, at øynene var blitt store og svarte og så ut som de stirret gjennom ham, forbi ham.

«Er det noe galt?» spurte han.

*

Harry gikk gjennom tollen og inn i Plesos beskjedne terminalbygg, hvor han stakk Visa-kortet sitt i en bankautomat som uten å protestere ga ham for tusen kroner i kunas. Han la halvparten i en brun konvolutt før han gikk utenfor og satte seg i en Mercedes med blått taxiskilt.

«Hotel International.»

Drosjesjåføren satte bilen i gir og begynte å kjøre uten et ord.

Det regnet fra lavt skydekke på brune jorder med flekker av grå snø langs motorveien som skar nordvest gjennom det duvende landskapet mot Zagreb.

Etter bare et kvarter kunne han se Zagreb ta form av betongblokker og kirketårn som tegnet seg mot horisonten. De passerte en svart, stille elv som Harry regnet med måtte være Sava. De kom inn til byen på en bred aveny som virket overdimensjonert for den beskjedne trafikken, passerte togstasjonen og en stor, åpen og mennesketom park med en stor glasspaviljong. Nakne trær spriket med vintersvarte fingre.

«Hotel International,» sa drosjesjåføren og svingte opp foran en grå, imponerende murkoloss av den typen kommunistlandene pleide å bygge for sine reisende ledersjikt.

Harry betalte. En av hotellets dørvakter, utkledd som admiral, hadde allerede åpnet bildøra og sto klar med en paraply og et bredt smil: «*Welcome, Sir. This way, Sir.*»

Harry steg ut på fortauet i samme øyeblikk som to hotellgjester kom ut av svingdøra og gikk inn i en Mercedes som var kjørt frem. Bak svingdøra funklet det i en krystallkrone. Harry ble stående: «*Refugees?*»

«*Sorry, Sir?*»

«Flyktninger,» gjentok Harry. «Vukovar.»

Harry kjente regndråpene mot hodet da paraplyen og det brede smilet brått ble borte og admiralens hanskekledte pekefinger pekte mot en dør et stykke lenger ned på fasaden.

Det første som slo Harry da han gikk inn døra og kom inn i en stor, naken lobby med høy velving, var at det luktet sykehus. Og at de førti–femti menneskene som sto eller satt ved de to langbordene som var plassert midt i lobbyen eller sto i suppekøen ved resepsjonen, fikk ham til å tenke på pasienter. Kanskje var det noe med klærne; formløse treningsdrakter, slitte gensere og hullete tøfler som tydet på en likegyldighet med utseendet. Eller kanskje det var de bøyde nakkene over suppetallerkenene og de søvnige, motløse blikkene som knapt enset ham.

Harrys blikk sveipet over lokalet og stoppet ved baren. Den lignet mest en pølsebod og hadde for øyeblikket ingen kunder, bare en barkeeper som gjorde tre ting på én gang: Pusset et glass. Kommenterte høylytt fotballkampen på TV-en som hang fra taket, til mennene ved nærmeste bord. Fulgte Harrys minste bevegelse.

Harry ante at han hadde kommet rett og styrte bort til disken. Barkeeperen dro en hånd gjennom det bakoverstrøkede, fettglinsende håret.

«*Da?*»

Harry prøvde å ignorere flaskene som sto på hyllen bakerst i pølseboden. Men han hadde for lengst gjenkjent sin gamle venn og fiende Jim Beam. Barkeeperen fulgte Harrys blikk og pekte spørrende på den firkantede flasken med det brune innholdet.

Harry ristet på hodet. Og trakk pusten. Det var ingen grunn til å gjøre dette komplisert.

«*Mali spasitelj.*» Han sa det lavt nok til at bare barkeeperen hørte det i ståket fra TV-en. «Jeg leter etter den lille frelseren.»

Barkeeperen studerte Harry før han svarte på engelsk med hard, tysk aksent: «Jeg kjenner ingen frelser.»

«Jeg har fått vite av en venn fra Vukovar at *mali spasitelj* kan hjelpe meg.» Harry tok den brune konvolutten opp av jakkelommen og la den på bardisken.

Barkeeperen så ned på konvolutten uten å røre den. «Du er politimann,» sa han.

Harry ristet på hodet.

«Du juger,» sa barkeeperen. «Jeg så det med én gang du kom inn.»

«Det du så, er en som har vært politimann i tolv år, men ikke er det lenger. Jeg sluttet for to år siden.» Harry møtte barkeeperens blikk. Og lurte i sitt stille sinn på hva han hadde vært dømt for. Størrelsen på musklene og tatoveringene tydet på at det var noe han hadde måtte sone lenge for.

«Det bor ingen her som kalles frelser. Og jeg kjenner alle.»

Barkeeperen skulle til å snu seg bort da Harry lente seg over disken og grep tak i overarmen hans. Barkeeperen så ned på Harrys hånd, og Harry kunne kjenne mannens biceps svulme. Harry slapp taket: «Sønnen min ble skutt av en narkolanger som sto utenfor skolen og solgte dop. Fordi han sa til langeren at han ville si fra til rektor om han fortsatte.»

Barkeeperen svarte ikke.

«Han ble elleve år,» sa Harry.

«Jeg aner ikke hvorfor du forteller meg dette, mister.»

«Så du skal skjønne hvorfor jeg kommer til å bli sittende her og vente til det kommer noen som kan hjelpe meg.»

Barkeeperen nikket langsomt. Spørsmålet kom lynfort: «Hva het gutten din?»

«Oleg,» sa Harry.

De ble stående og se på hverandre. Bartenderen knep et øye sammen. Harry kjente at mobiltelefonen vibrerte lydløst i lommen, men lot den ringe.

Barkeeperen la hånden på den brune konvolutten og skjøv den tilbake mot Harry: «Den der er ikke nødvendig. Hva heter du og hvilket hotell bor du på?»

«Jeg kommer rett fra flyplassen.»

«Skriv navnet ditt på denne servietten og ta inn på Balkan Hotel ved siden av togstasjonen. Over broa og rett frem. Vent på rommet. Noen kommer til å kontakte deg.»

Harry skulle til å si noe, men barkeeperen hadde snudd seg mot TV-en og begynt å kommentere igjen.

Da han hadde kommet utenfor, så han at han hadde et ubesvart anrop fra Halvorsen.

«*Do vraga!*» stønnet han. Faen!

Snøen i Gøteborggata så ut som rød sorbé.

Han var forvirret. Alt hadde gått så fort. Den siste kulen, som han hadde sendt etter den flyktende Jon Karlsen, hadde truffet fasaden på gården med et bløtt klask. Jon Karlsen hadde kommet seg inn døra og var borte. Han satte seg på huk og hørte den blodige glassbiten rive i stoffet i jakkelommen sin. Politimannen lå på magen med ansiktet ned i snøen som drakk blodet som rant fra kuttene i den åpne halslinningen.

Skytevåpen, tenkte han, grep mannen i skulderen og snudde ham rundt. Han trengte noe å skyte med. Et vindkast blåste håret vekk fra det unaturlig bleke ansiktet. Han lette raskt gjennom frakkelommene. Blodet rant og rant, tykt og rødt. Han rakk bare å kjenne den sure smaken av galle før munnen var fylt. Han snudde seg og gult mageinnhold klasket mot blåisen. Han tørket seg rundt kjeften. Bukselommene. Fant en lommebok. Bukselinningen. Helvete, politimann, du må da ha en pistol hvis du skal beskytte noen!

En bil svingte rundt hjørnet og kom mot dem. Han tok lommeboka, reiste seg, krysset veien og begynte å gå. Bilen stoppet. Måtte ikke løpe. Han begynte å løpe.

Han skled på fortauet foran butikken på hjørnet og landet på hoften, men var oppe i samme sekund uten å føle smerte. Fortsatte mot parken, samme veien som han hadde løpt sist. Det var et mareritt, et mareritt med meningsløse hendelser som bare gjentok seg. Var han blitt gal eller skjedde virkelig disse tingene? Kald luft og galle sved i halsen. Han var kommet til Markveien da han hørte de første politisirenene. Og kjente det. At han var redd.

Kapittel 22.
Lørdag 19. desember. Miniatyr

Politihuset lyste som et juletre i ettermiddagsmørket. På innsiden, i Avhørsrom 2, satt Jon Karlsen med hodet i hendene. På den andre siden av det lille runde bordet i det trange rommet satt politibetjent Toril Li. Mellom dem sto to mikrofoner og lå utskriften av den første vitnerapporten. Gjennom vinduet kunne Jon se Thea som ventet på tur i rommet ved siden av.

«Så han angrep dere altså?» sa politikvinnen mens hun leste fra rapporten.

«Mannen med den blå jakka kom løpende mot oss med pistol.»

«Og så?»

«Det gikk så fort. Jeg ble så redd at jeg bare husker bruddstykker. Kanskje det er hjernerystelsen.»

«Jeg skjønner,» sa Toril Li med et ansiktsuttrykk som sa det motsatte. Hun kastet et blikk på det røde lyset som fortalte at maskinen fremdeles sto i opptak.

«Men Halvorsen løp altså mot bilen?»

«Ja, han hadde pistolen der. Jeg husker at han la den i midtkonsollen før vi kjørte fra Østgård.»

«Og hva gjorde du?»

«Jeg ble forvirret. Først tenkte jeg å gjemme meg i bilen, men så ombestemte jeg meg og løp mot inngangen på gården.»

«Og da skjøt gjerningsmannen etter deg?»

«Jeg hørte i hvert fall et smell.»

«Fortsett.»

«Jeg fikk låst meg inn i gården og da jeg så ut, hadde han gått løs på Halvorsen.»

«Som ikke hadde kommet seg inn i bilen?»

«Nei. Han hadde klaget på at døra hadde det med å fryse fast.»

«Og han angrep altså Halvorsen med en kniv, ikke pistol?»

«Det så sånn ut fra der jeg sto. Han hoppet på Halvorsen bakfra og stakk ham flere ganger.»

«Hvor mange ganger?»

«Fire eller fem ganger. Jeg vet ikke … jeg …»

«Og så?»

«Så løp jeg ned i kjellertrappa og ringte til dere på nødnummeret.»

«Men drapsmannen kom ikke etter deg?»

«Jeg vet ikke, utgangsdøra var jo låst.»

«Men han kunne knust glasset. Han hadde jo allerede stukket ned en politimann, mener jeg.»

«Ja, du har rett. Jeg vet ikke.»

Toril Li stirret ned i utskriften. «Det ble funnet oppkast ved siden av Halvorsen. Vi antar at det er gjerningsmannens, men kan du bekrefte det?»

Jon ristet på hodet. «Jeg holdt meg i kjellertrappa til dere kom. Jeg burde kanskje hjulpet … men jeg …»

«Ja?»

«Jeg var redd.»

«Du gjorde nok det rette.» Igjen sa ansiktsuttrykket noe annet enn munnen.

«Hva sier legene? … Vil han …»

«Han vil nok bli værende i koma inntil tilstanden eventuelt blir bedre. Men om livet står til å redde, vet de ikke ennå. La oss gå videre.»

«Det er som et sånt repetitivt mareritt,» hvisket Jon. «Det fortsetter bare å skje. Om og om igjen.»

«La meg slippe å gjenta at du må snakke inn i mikrofonen,» sa Toril Li tonløst.

Harry sto ved vinduet på hotellrommet og stirret utover den mørke byen hvor forvridde og radbrukkede TV-antenner gjorde merkelige tegn og gester mot den brungule himmelen. Lyden av svensk fra TV-en ble dempet av de tykke, mørke teppene og gardinene. Max von Sydow spilte Knut Hamsun. Døra til mini-baren sto åpen. På salongbordet lå hotellets brosjyre. Forsiden var prydet av et bilde av statuen av Josip Jelacic på Trg Jelacica, og oppå Jelacic var plassert fire miniatyrflasker. Johnnie Walker, Smirnoff, Jägermeister og Gordon's. Samt to flasker øl av merket Ozujsko. Ingen av flaskene var åpnet. Foreløpig. Det var én time siden Skarre hadde ringt ham og fortalt hva som hadde skjedd i Gøteborggata.

Han ville være edru når han tok denne telefonen.

Beate svarte på fjerde ring.

«Han lever,» sa hun før Harry rakk å spørre. «De har lagt ham i respirator og han er i koma.»

«Hva sier legene?»

«De vet ikke, Harry. Han kunne ha dødd på stedet, for det ser ut som Stankic har prøvd å kutte hovedpulsåren hans, men at han har rukket å få hånden mellom. Han har et dypt kutt i håndbaken og blødninger fra noen mindre arterier på begge sidene av halsen. I stedet har Stankic stukket ham flere ganger i brystet rett over hjertet. Legene sier at han kan ha truffet tup-pen.»

Bortsett fra en nesten umerkelig skjelving i stemmen, var det som om hun snakket om et hvilket som helst offer. Og Harry skjønte at det sannsynligvis var den eneste måten hun orket å snakke om det på akkurat nå; som en del av jobben. I taushet som fulgte, tordnet Max von Sydow med harmdirrende røst. Harry lette etter ord til trøst.

«Jeg snakket akkurat med Toril Li,» sa han i stedet. «Jeg fikk referert vitneutsagnet til Jon Karlsen. Har du noe mer?»

«Vi fant prosjektilet i fasaden til høyre for inngangsdøra. Bal-listikkgutta sjekker det nå, men jeg er temmelig sikker på at det vil matche prosjektilene på Egertorget, i leiligheten til Jon og utenfor Heimen. Dette er Stankic.»

«Hva er det som gjør deg så sikker?»

«Et par som kom kjørende i bil og stoppet da de så Halvorsen ligge på fortauet, sa at en person som så ut som en tigger krysset gata rett foran dem. Jenta så i speilet at han ramlet på fortauet litt lenger ned. Vi sjekket stedet. Kollegaen min, Bjørn Holm, fant en utenlandsk mynt som var tråkket så dypt ned i snøen at vi først trodde den måtte ha ligget der et par dager. Han skjønte heller ikke hvor den kom fra siden det bare sto Republika Hrvatska og fem kuna på den. Så han sjekket.»

«Takk, jeg vet svaret,» sa Harry. «Så det er altså Stankic.»

«For å være helt sikre har vi tatt prøver fra oppkastet på isen. Rettsmedisinsk sjekker DNA mot hår som vi fant på puten på rommet han hadde på Heimen. Vi får svar i morgen, håper jeg.»

«Da veit vi i hvert fall at vi har DNA-spor.»

«Tja. En dam med oppkast er pussig nok ikke det ideelle stedet å finne DNA. Overflatecellene fra slimhinnene blir spredd når volumet på oppkastet er så stort. Og oppkast under åpen himmel ...»

«... er utsatt for forurensning fra et utall andre DNA-kilder. Jeg veit alt det der, men vi har i hvert fall noe å jobbe med nå. Hva gjør du nå?»

Beate sukket. «Jeg har fått en litt underlig SMS fra Veterinær-instituttet og skal ringe opp og høre hva de mener.»

«Veterinærinstituttet?»

«Ja, vi fant noen halvfordøyde kjøttbiter i oppkastet, så vi sendte dem for DNA-analyser. Tanken var at de skulle sjekke det mot kjøttarkivet som Landsbrukshøyskolen på Ås bruker til å spore kjøtt tilbake til opprinnelsessted og produsent. Hvis det er en spesiell kjøttkvalitet, kan vi kanskje linke det til et spisested i Oslo. Det er et skudd i mørket, men hvis Stankic har funnet et gjemmested det siste døgnet, beveger han seg antagelig minst mulig. Og hvis han først hadde spist på et sted i nærheten, var det sannsynlig at han ville gå dit igjen.»

«Tja, hvorfor ikke? Hva sier SMS-en?»

«At det i tilfelle må være en kinesisk restaurant. Temmelig kryptisk.»

«Mm. Ring meg igjen når du veit noe mer. Og ...»

«Ja?»

Harry hørte at det han skulle til å si var helt idiotisk: at Halvorsen var en tøffing, at de kunne fikse det utroligste nå til dags og at det helt sikkert ville gå bra.

«Ingen ting.»

Etter at Beate hadde lagt på, snudde Harry seg mot bordet og flaskene. Elle melle, deg fortelle ...» Det endte på Johnnie Walker. Harry holdt miniatyrflasken fast med den ene hånden mens han vred – eller rettere sagt, vrengte – korken av med den andre. Han følte seg som en Gulliver. Fanget i et fremmed land med bare pygméflasker. Han dro inn den søte, velkjente lukten fra den trange flaskeåpningen. Det var bare en munnfull, men kroppen var allerede alarmert om giftangrepet og hadde satt seg i beredskap. Harry gruet seg til det første uunngåelige breknings-anfallet, men visste at det ikke ville stoppe ham. På TV-en sa Knut Hamsun at han var trett og slett ikke kunne dikte mer.

Harry trakk pusten som til et langt og dypt dykk.

Telefonen ringte.

Harry nølte. Telefonen forstummet etter ett ring.

Han hevet flasken da telefonen ringte igjen. Og forstummet.

Det gikk opp for ham at de ringte fra resepsjonen.

Han satte fra seg flasken på nattbordet og ventet. Da det ringte for tredje gang, løftet han røret.

«*Mister Hansen?*»

«*Yes.*»

«Det er noen som vil treffe Dem her i lobbyen.»

Harry stirret på flaskeetikettens gentleman i rød jakke. «Si at jeg kommer.»

«*Yes, Sir.*»

Harry holdt flasken med tre fingre. Så la han hodet bakover og tømte innholdet ned i halsen. Fire sekunder senere sto han krumbøyd over doskålen og spydde opp lunsjen fra flyet.

Resepsjonisten pekte på sittegruppen nærmest pianoet hvor en gråhåret, liten kvinne med et svart sjal over skuldrene satt rakrygget i en av stolene. Hun betraktet Harry med rolige, brune øyne mens han gikk mot henne. Han stoppet foran bordet hvor det sto en liten batteriradio. Ivrige stemmer kommenterte et idrettsarrangement, kanskje en fotballkamp. Lyden blandet seg med pianisten bak henne som listet fingrene over tangentene og rørte sammen en muzakkompott av klassiske filmsvisker.

«Doktor Zhivago,» sa hun og nikket mot pianisten. «Pent, ikke sant, *Mister Hansen?*»

Hennes engelskuttale og tonefall var skolekorrekt. Hun smilte skjevt som om hun hadde sagt noe morsomt og signaliserte med en diskré, men bestemt håndbevegelse at han skulle sette seg.

«Liker De musikk?» spurte Harry.

«Gjør ikke alle det? Jeg pleide å undervise i musikk.» Hun lente seg frem og skrudde opp volumet på radioen.

«Er De redd for at vi blir avlyttet?»

Hun satte seg tilbake i stolen: «Hva vil De, Hansen?»

Harry gjentok historien om mannen utenfor skolen og sønnen sin mens han kjente gallen svi i halsen og bikkjekobbelet i magen glefse og skrike om mer. Historien lød ikke overbevisende.

«Hvordan fant du meg?» spurte hun.

«Jeg ble tipset av en person fra Vukovar.»

«Hvor kommer du fra?»

Harry svelget. Tungen kjentes tørr og hoven. «København.»

Hun så på ham. Harry ventet. Han kjente en svettedråpe trille mellom skulderbladene og en annen formes på overleppen. Til helvete med dette, han måtte ha medisin. Nå.

«Jeg tror ikke på det du sier,» sa hun omsider.

«OK,» sa Harry og reiste seg. «Jeg må gå.»

«Vent!» Den lille kvinnens stemme var bestemt og hun signaliserte at han skulle sette seg igjen. «Det betyr ikke at jeg ikke har øyne i hodet,» sa hun.

Harry seg ned i stolen.

«Jeg ser hatet,» sa hun. «Og sorgen. Og jeg kan lukte spriten. Jeg tror på den delen om din døde sønn.» Hun smilte kort. «Hva er det du vil ha gjort?»

Harry prøvde å samle seg. «Hvor mye koster det? Og hvor fort kan det gjøres?»

«Det kommer an på, men du finner ingen seriøse håndverkere som er rimeligere enn oss. Det starter på fem tusen euro pluss utgifter.»

«Greit. Neste uke?»

«Det … kan være litt kort varsel.»

Den lille kvinnens nøling hadde vart bare brøkdelen av et sekund, men det hadde vært nok. Nok til at han visste. Og nå så han at hun visste at han visste. Stemmene på radioen skrek i opphisselse og publikum i bakgrunnen jublet. Noen hadde scoret.

«Eller er du ikke sikker på om håndverkeren din kommer til å være tilbake så fort?» sa Harry.

Hun så lenge på ham. «Du er fortsatt politimann, ikke sant?»

Harry nikket. «Jeg er førstebetjent i Oslo.»

Det rykket i huden rundt øynene hennes.

«Men jeg er ufarlig for deg,» sa Harry. «Kroatia er ikke mitt jurisdiksjonsområde, og ingen vet at jeg er her. Verken kroatisk politi eller mine egne sjefer.»

«Så hva vil du?»

«Forhandle.»

«Om hva da?» Hun lente seg fremover bordet og skrudde ned lyden på radioen.

«Om din håndverker mot min skyteskive.»

«Hva mener du?»

«En utveksling. Din mann mot Jon Karlsen. Hvis han gir opp jakten på Karlsen, lar vi ham gå.»

Hun løftet et øyebryn: «Alle dere til å passe på én mann mot én håndverker, herr Hansen? Og så er dere redde?»

«Vi er redd for et blodbad. Håndverkeren din har allerede tatt livet av to mennesker og stukket ned en av mine kollegaer.»

«Har …» Hun holdt inne. «Det kan ikke være riktig.»

«Det kommer til å bli flere lik hvis du ikke kaller ham tilbake. Og da vil en av dem bli ham.»

Hun lukket øynene. Satt slik lenge. Så trakk hun pusten: «Hvis han har drept en av dine kollegaer, vil dere være ute etter hevn. Hvordan kan jeg stole på at dere holder deres del av avtalen?»

«Mitt navn er Harry Hole.» Han la passet sitt på bordet. «Hvis det kommer frem at jeg har vært her uten tillatelse fra de kroatiske myndighetene, har vi en diplomatisk situasjon. Og jeg ingen jobb.»

Hun fisket opp et par briller. «Så du stiller deg selv til rådighet som gissel? Synes du det låter troverdig, herr …» Hun satte brillene på nesen og leste i passet: «Harry Hole.»

«Det er det jeg har å forhandle med.»

Hun nikket. «Jeg skjønner. Og vet du hva?» Hun tok av seg brillene. «Jeg kunne kanskje vært villig til å gjøre byttehandelen. Men hva hjelper det når jeg ikke kan få kalt ham tilbake?»

«Hva mener du?»

«Jeg vet ikke hvor han er.»

Harry studerte henne. Så smerten i blikket. Hørte dirringen i stemmen.

«Vel,» sa Harry. «Da får du forhandle med det du har. Gi meg navnet på personen som bestilte drapet.»

«Nei.»

«Hvis politimannen dør …,» sa Harry, fisket et bilde ut av lommen og la på bordet mellom dem, «kommer håndverkeren din med stor sannsynlighet til å bli drept. Det vil trolig se ut som politimannen måtte skyte i selvforsvar. Slik er det. Med mindre jeg hindrer det. Skjønner du? Er dette personen?»

«Utpressing fungerer dårlig på meg, herr Hole.»

«Jeg drar tilbake til Oslo i morgen tidlig. Jeg skriver ned telefonnummeret mitt på baksiden av bildet. Ring meg om du ombestemmer deg.»

Hun tok bildet og stakk det ned i vesken sin.

Harry sa det lavt og fort: «Det er sønnen din, ikke sant?»

Hun stivnet til. «Hva får deg til å tro det?»

«Jeg har også øyne i hodet. Jeg kan også se smerte.»

Hun ble sittende bøyd over vesken. «Og hva med deg, Hole?» Hun løftet blikket og så på ham. «Er denne politimannen en du ikke kjenner? Siden du så lett kan gi avkall på hevnen?»

Harrys munn var så tørr at hans egen pust brant i munnhulen. «Ja,» sa han. «En jeg ikke kjenner.»

Harry syntes han hørte en hane gale mens han fulgte henne med øynene gjennom vinduet til hun svingte til venstre på fortauet på den andre siden av gaten og forsvant.

På rommet sitt tømte han resten av miniatyrflaskene, spydde en gang til, drakk ølet, spydde, så seg i speilet og tok heisen ned til hotellbaren.

Kapittel 23.
Natt til søndag 20. desember. Bikkjene

Han satt i mørket i containeren og prøvde å tenke. Lommeboka til politimannen inneholdt to tusen åtte hundre norske kroner, og hvis han husket vekslekursen riktig betydde det at han hadde råd til mat, en ny jakke og en flybillett til København.

Problemet nå var ammunisjon.

Skuddet i Gøteborggata hadde vært det syvende og siste. Han hadde vært borte ved Plata og spurt seg for hvor man fikk kjøpt ni millimeter kuler, men hadde bare fått tomme blikk til svar. Og visste at om han fortsatte å spørre på måfå, var sjansene for å treffe på en spaner overveldende.

Han klasket sin tomme Llama Minimax i metallgulvet.

På ID-kortet smilte en mann mot ham. Halvorsen. De hadde garantert slått jernring om Jon Karlsen nå. Det var bare én mulighet igjen. En trojansk hest. Og han visste hvem hesten måtte være. Harry Hole. Sofies gate 5 ifølge kvinnen på nummeropplysningen som kunne fortelle at han var Oslos eneste Harry Hole. Han så på klokka. Og stivnet til.

Det lød skritt utenfor.

Han fór opp, grep glassbiten i den ene hånden og pistolen i den andre og stilte seg ved siden av åpningen.

Luken gled opp. Han så en silhuett mot lysene fra byen. Så gikk skikkelsen fort inn og satte seg på gulvet med korslagte bein.

Han holdt pusten.

Ingenting skjedde.

Så freste det i en fyrstikk, og hjørnet og ansiktet til inntrengeren ble lyst opp. Han holdt en teskje i samme hånd som fyr-stikken. Med den andre hånden og tennene rev han opp en liten plastpose. Han kjente igjen gutten på den lyseblå olajakka.

Da han lettet begynte å puste igjen, stoppet guttens raske, effektive bevegelser brått.

«Hallo?» Gutten myste inn i mørket mens han skyndte seg å gjemme posen i lommen.

Han kremtet og trådte inn i ytterkanten av lyset fra fyrstikken. «*Remember me?*»

Gutten stirret skremt på ham.

«Jeg snakket med deg utenfor jernbanestasjonen. Jeg ga deg penger. Du heter Christopher, ikke sant?»

Kristoffer måpte. «*Is that you?* Utlendingen som ga meg fem hundre penger? Jøss. Men okej, jeg kjenner igjen den stemmen ... au!» Kristoffer slapp fyrstikken som sluknet mot gulvet. I det stummende mørket lød stemmen hans nærmere: «Greit om jeg deler lugar med deg i natt, kompis?»

«Du kan få den helt alene. Jeg var på vei til å flytte ut.»

En ny fyrstikk kom på. «Bedre om du blir her. Varmere med to. Jeg mener det, mann.» Han holdt frem en skje og helte væske fra en liten flaske opp i den.

«Hva er det der?»

«Vann og ascorbinsyre.» Kristoffer åpnet posen og helte pul-veret ned i skjeen uten å søle et eneste korn før han behendig flyttet fyrstikken over i den andre hånden.

«Du er flink til det der, Christopher.» Han betraktet hvordan junkien satte flammen mot undersiden av skjeen samtidig som han vippet ut en ny fyrstikk og holdt klar.

«De kaller meg 'Steadyhand' nede på Plata.»

«Skjønner jeg godt. Hør, jeg må gå. Men la oss bytte jakke, så overlever du kanskje natten.»

Kristoffer så først på sin egen tynne olajakke og så på den andres tykke, blå. «Jøss. Mener du det?»

«Ja visst.»

«Faen, du er snill. Bare vent til jeg har fått satt dette skuddet. Gidder du å holde fyrstikken?»

«Er det ikke lettere om jeg holder den sprøyten?»

Kristoffer skulte opp på ham. «Hei, jeg er kanskje grønn, men jeg går ikke på verdens eldste junkietriks. Hold fyrstikken, du.»

Han tok imot fyrstikken.

Pulveret løste seg opp i vannet og ble til en klar, brun væske og Kristoffer la en liten vattdott i skjeen.

«For å bli kvitt dritten i stoffet,» svarte han før den andre fikk spurt, sugde væsken opp i sprøyten gjennom dotten og satte på sprøytespissen. «Ser du den fine huden? Knapt et merke, ser du det? Og tjukke, fine årer. Rene jomfruland, sier de. Men om et par år kommer det til å være gult av betente skorper her, akkurat som hos dem. Og ikke noe mer Steadyhand, heller. Jeg vet det og likevel fortsetter jeg. Sprøtt eller hva?»

Mens Kristoffer snakket, ristet han på sprøyta for å få den til å kjølne. Han hadde spent gummireimen rundt overarmen, satte nålespissen mot blodåren som snodde seg som en blå slange under huden. Metallet gled gjennom skinnet. Så skjøv han heroinet inn i blodbanen. Øyelokkene gled halvt igjen og munnen halvt opp. Så bikket hodet bakover og blikket hans fant det svevende hundeliket.

Han så en stund på Kristoffer. Så kastet han den nedbrente fyrstikken og dro ned glidelåsen på den blå jakka.

*

Da Beate Lønn endelig fikk svar, hørte hun nesten ikke Harry på grunn av discoversjonen av «Jingle Bells» som ljomet i bakgrunnen. Men hun hørte nok til å skjønne at han ikke var edru. Ikke fordi han snøvlet, tvert om var han artikulert. Hun fortalte ham om Halvorsen.

«Hjertetamponade?» ropte Harry.

«Indre blødninger som fyller opp området rundt hjertet med blod slik at det ikke får slått ordentlig. De måtte tappe ut mye blod. Det har stabilisert seg nå, men han er fortsatt i koma. Vi må bare vente. Jeg skal ringe deg om det skjer noe.»

«Takk. Noe annet jeg burde vite?»

«Hagen sendte Jon Karlsen og Thea Nilsen tilbake på Østgård med to barnevakter. Og jeg har snakket med moren til Sofia Miholjec. Hun lovet å ta med Sofia til en lege i dag.»

«Mm. Hva med den meldingen fra Veterinærinstituttet om kjøttbitene i oppkastet?»

«De sa at de foreslo det med kinesisk restaurant siden Kina er det eneste landet hvor de vet at folk spiser sånt.»

«Spiser hva?»

«Hund.»

«Hund? Vent!»

Musikken ble borte, og hun hørte i stedet biltrafikk. Så var Harrys stemme der igjen: «Men de serverer da for helvete ikke hundekjøtt i Norge.»

«Nei, det er spesielt. Veterinærinstituttet greide å bestemme rasen så jeg ringer Norsk Kennel Klub i morgen. De har et register over alle rasereine hunder og eiere.»

«Jeg ser ikke helt hvordan det skal hjelpe oss. Det må jo være hundre tusen bikkjer i Norge.»

«Fire hundre tusen. Minst én i hver femte husstand. Jeg har sjekket det. Poenget er at dette er en sjelden rase. Har du hørt om svart metzner?»

«Gjenta, er du snill.»

Hun gjentok. Og et par sekunder hørte hun bare biltrafikk fra Zagreb før Harry utbrøt:

«Det er jo helt logisk! En mann uten herberge. At jeg ikke tenkte på det før.»

«Tenkte på hva?»

«Jeg veit hvor Stankic gjemmer seg.»

«Hva?»

«Du må få tak i Hagen og få autorisert en innkallelse av Delta til væpnet aksjon.»

«Hvor da? Hva snakker du om?»

«Containerhavna. Stankic gjemmer seg i en av containerne.»

«Hvordan vet du det?»

«Fordi det ikke er så jævlig mange steder i Oslo man kan spise svart metzner. Sørg for at Delta og Falkeid slår en jernring rundt containerhavna til jeg kommer med første flyet i morgen. Men ingen pågripelse før jeg kommer. Er det klart?»

Etter at Beate hadde lagt på, ble Harry stående på gaten og se inn mot hotellbaren. Hvor plastikkmusikken dundret. Og det halvtømte glasset med gift sto og ventet på ham.

Han hadde ham nå, hadde *mali spasitelj*. Alt det krevde, var et klart hode og en stødig hånd. Harry tenkte på Halvorsen. På et hjerte som ble kvalt av blod. Han kunne gå rett opp på rommet sitt hvor det ikke lenger var alkohol, låse døra og kaste nøkkelen ut av vinduet. Eller han kunne gå inn dit og tømme drinken sin. Harry trakk pusten skjelvende og slo av mobiltelefonen. Så gikk han inn i baren.

*

De ansatte hadde for lengst slukket og gått hjem fra Frelses-armeens hovedkvarter, men på Martines kontor brant lyset fort-satt. Hun slo nummeret til Harry Hole mens hun stilte seg selv de samme spørsmålene: Om det var det at han var eldre som gjorde det så spennende. Eller at det virket som om det var så mange innestengte følelser der. Eller var det det at han så så for-tapt ut? Episoden med den forsmådde kvinnen i trappeoppgan-gen burde ha skremt henne bort, men av en eller annen grunn var det det motsatte som hadde skjedd; hun var blitt mer oppsatt enn noen gang på å ... ja, hva var det egentlig hun ville? Mar-tine stønnet da stemmen opplyste at abonnenten hadde slått av telefonen eller befant seg utenfor dekningsområdet. Hun ringte opplysningen, fikk nummeret til fasttelefonen hans i Sofies gate og slo det. Hjertet hoppet i brystet da hun hørte stemmen hans. Men det var bare en telefonsvarer. Her hadde hun det perfekte påskuddet for å stikke innom på vei hjem fra kontoret og så var han ikke der! Hun la igjen beskjeden. Om at hun måtte få overlevert ham billetten til julekonserten på forhånd siden hun skulle hjelpe til på Konserthuset fra formiddagen av.

Hun la på og ble i det samme oppmerksom på at noen sto i døråpningen og betraktet henne.

«Rikard! Ikke gjør sånn, du skremmer meg.»

«Beklager, jeg var på vei hjem og ville bare stikke hodet innom for å se om jeg var sistemann. Skal jeg kjøre deg hjem?»

«Takk, men jeg ...»

«Du har jo tatt på deg jakka. Kom igjen nå, så slipper du å rote med alarmen.» Rikard lo den stakkato latteren. Martine hadde greid å utløse den nye alarmen to ganger i forrige uke da hun var sistemann ut, og de hadde måttet betale vaktselskapet for utrykning.

«OK,» sa hun. «Jeg sier takk.»

«Ingenting ...» Rikard snufset, «... å takke for.»

*

Hjertet hans hamret. Han kunne kjenne lukten av Harry Hole nå. Han lukket forsiktig opp døren til rommet og famlet med hånden til den fant bryteren på veggen innenfor. Den andre hånden holdt en pistol som var rettet mot sengen som han så vidt skimtet i mørket. Han pustet inn og vred om bryteren, og soverommet ble badet i lys. Det var et nesten nakent rom med en enkel seng som var oppredd og tom. Akkurat som resten av leiligheten. Han hadde alt undersøkt de andre rommene. Og nå sto han på soverommet og kjente pulsen sakte roe seg. Harry Hole var ikke hjemme.

Han stakk sin tomme pistol i lommen på den skitne dongerijakka og kjente at den knuste toalettkulene han hadde tatt med fra det toalettet på Oslo S, ved siden av telefonautomaten hvor han hadde ringt og fått adressen i Sofies gate.

Det hadde vært lettere å komme seg inn enn han hadde trodd. Etter å ha ringt på to ganger nede ved porten uten å få svar, hadde han nesten gitt opp. Men så hadde han dyttet til porten og det viste seg at den sto mot karmen uten å ha glidd i lås. Måtte være kulden. I tredje etasje sto navnet Hole skriblet på en bit maskeringsteip. Han hadde lagt luen mot ruten like over låsen og kjørt løpet på pistolen gjennom glasset, som hadde sprukket med en sprø lyd.

Stuen vendte inn mot bakgården så han tok sjansen på å slå på en lampe. Han så seg rundt. Enkelt og spartansk. Ryddig.

Men hans trojanske hest, mannen som kunne lede ham til Jon Karlsen, var altså ikke her. Foreløpig. Men forhåpentligvis hadde han et våpen eller ammunisjon. Han begynte med de stedene det var naturlig å tenke seg at en politimann oppbevarte våpen, i skuffer og skap og under soveputen. Da han ikke fant noe, gikk han igjennom rom for rom så systematisk han kunne, men fremdeles uten resultat. Så begynte han den planløse letingen som viser at man egentlig har gitt opp og bare er desperat. Under et brev på telefonbordet i entreen fant han et ID-kort for politi med bilde av Harry Hole. Han stakk det i lommen. Han flyttet på bøker og plater som han merket seg at sto i alfabetisk rekkefølge i hyllene. På salongbordet lå en stabel med papirer. Han bladde igjennom den og stoppet ved et fotografi med et motiv han hadde sett i så mange varianter: død mann i uniform. Robert Karlsen. Han så navnet Stankic. Et skjema hadde Harrys navn øverst, og blikket gled nedover og stoppet ved et kryss som sto utenfor et kjent ord. Smith&Wesson 38. Personen som hadde undertegnet, hadde skrevet navnet sitt med grandiose snirkler. En bæretillatelse? En rekvisisjon?

Han ga opp. Harry Hole hadde altså våpenet med seg.

Han gikk ut på det trange, men rene badet og skrudde opp kranen. Det varme vannet ga ham gysninger. Sotet fra ansiktet farget vasken svart. Så skrudde han over på kaldt og det koagulerte blodet på hendene løste seg opp og vasken ble rød. Han tørket seg og åpnet skapet over vasken. Fant en rull med gasbind som han knyttet rundt hånden og såret etter glassbiten.

Det var noe som manglet.

Han så et kort, stivt hår ved siden av kranen. Som etter barbering. Men ingen barberhøvel, intet barberskum. Eller tannbørste, tannpasta og toalettveske. Var Hole ute og reiste nå, midt i en mordetterforskning? Eller kanskje han bodde hos en kjæreste?

På kjøkkenet åpnet han kjøleskapet, som inneholdt en melkekartong stemplet med en dato seks dager fra i dag, et glass med syltetøy, en hvit ost, tre hermetikkbokser med lapskaus og en fryseboks med skivet grovbrød innpakket i plast. Han tok ut melken, brødet, to av hermetikkboksene og slo på komfyren. Ved siden av brødristeren lå en avis med dagens dato. Fersk melk, fersk avis. Han begynte å helle mot reiseteorien.

Han hadde tatt et glass fra overskapet og skulle til å helle i melk da en lyd fikk ham til å slippe kartongen som gikk i gulvet.

Telefonen.

Han så på melken som rant over røde terrakottafliser mens han hørte de insisterende pipene fra entreen. Etter fem pip lød tre mekaniske klikk og plutselig fylte en kvinnestemme rommet. Ordene kom fort, og tonen virket munter. Hun lo, og så la hun på. Det var noe med stemmen.

Han plasserte de åpnede lapskausboksene oppi den varme stekepannen slik de hadde gjort det under beleiringen. Ikke fordi de ikke hadde tallerkener, men for at alle skulle vite at de fikk lik størrelse på porsjonene. Så gikk han ut i entreen. På den lille, svarte svareren blinket et rødt lys ved siden av et totall. Han trykket på playknappen. Båndet spolte.

«Rakel,» sa en kvinnestemme. Den hørtes litt eldre ut enn den som akkurat hadde snakket. Etter å ha sagt et par setninger overlot hun røret til en gutt som pratet ivrig i vei. Så kom den siste meldingen en gang til. Og han slo fast at det ikke var innbilning, at han hadde hørt den stemmen før. Det var jenta fra den hvite bussen.

Da han var ferdig, ble han stående og se på to fotografier som var festet under rammen på speilet. På det ene satt Hole, en mørk kvinne og en gutt oppå et par ski i snøen og myste mot kamera. Det andre var gammelt med falmede farger og viste en liten jente og gutt, begge i badetøy. Hun hadde mongoloide ansiktstrekk, han Harry Holes.

Han satt på kjøkkenet og spiste langsomt mens han lyttet til lyder fra oppgangen. Glassruten i døra hadde han limt med blank teip som han hadde funnet i skuffen på telefonbordet. Da han var ferdig med å spise, gikk han inn på soverommet. Det var kaldt. Han satte seg på sengen og strøk en hånd over det myke sengetøyet. Luktet på puten. Åpnet klesskapet. Han fant en grå, tettsittende boksershorts og en sammenbrettet hvit T-skjorte med tegning av en slags åttearmet shiva med ordet FRELST under og

JOKKE & VALENTINERNE over. Klærne luktet såpe. Han kledde av seg og tok det på. La seg på sengen. Lukket øynene. Tenkte på bildet av Hole. På Giorgi. La pistolen under hodeputen. Selv om han var stuptrøtt, kjente han at han fikk reisning, at pikken sto mot den tettsittende, men myke bomullen. Og han sovnet i trygg forvissning om at han ville våkne om noen tok i døra mot oppgangen.

*

«Forutse det uforutsette».

Det var Sivert Falkeids motto som aksjonslederen for Delta, politiets beredskapsgruppe. Falkeid sto på høyden bak containerhavna med en walkietalkie i hånden og suset av nattedrosjer og trailere på vei hjem til jul på motorveien bak seg. Ved siden av ham sto politioverbetjent Gunnar Hagen med kraven brettet opp på den grønne kamuflasjejakka. I det kalde, stivfrosne mørket under dem befant Falkeids gutter seg. Falkeid kikket på klokka. Fem på tre.

Det var nitten minutter siden en av hundepatruljens schæfere hadde markert ved en rød container at en person befant seg der inne. Likevel likte ikke Falkeid situasjonen. Selv om oppdraget virket greit nok. Det var ikke det han mislikte.

Hittil hadde alt gått som fot i hose. Det hadde tatt bare tre kvarter fra han hadde fått telefonen fra Hagen til de fem utvalgte hadde stått klare på politistasjonen. Delta besto av sytti personer, i all hovedsak høyt motiverte og godt trente menn med gjennomsnittsalder trettién år. Mannskapene ble innkalt etter behov, og arbeidsfeltet omfattet blant annet såkalte «vanskelige våpenoppdrag», som var kategorien denne jobben falt inn under. I tillegg til fem fra Delta hadde det møtt opp én person fra FSK, Forsvarets Spesialkommando. Og her begynte det han ikke likte. Mannen var en skarpskytter som Gunnar Hagen personlig hadde kalt inn. Mannen kalte seg Aron, men Falkeid visste at ingen i FSK opererte med virkelige navn. Ja, hele kommandoen hadde vært hemmelig fra starten i 1981, og det var først under den famøse Operation Enduring Freedom i Afghanistan at mediene i det hele tatt hadde greid å få tak i konkrete detaljer om denne topptrente avdelingen, som etter Falkeids mening mest minnet om et hemmelig broderskap.

«Fordi jeg stoler på Aron,» hadde vært Hagens korte forklaring til Falkeid. «Husker du skuddet på Torp i -94?»

Falkeid husket godt gisseldramaet på flyplassen i Torp. Han hadde vært der. Ingen fikk etterpå vite hvem som hadde løsnet skuddet som reddet dagen, men prosjektilet hadde gått gjennom armhulen på en skuddsikker vest som var hengt opp foran bilvinduet og den væpnede bankranerens hode, som hadde eksplodert som et gresskar i baksetet på en splitter ny Volvo, som bilforhandleren etterpå hadde tatt i bytte, vasket og solgt på nytt. Det var ikke det som plaget ham. Og heller ikke at Aron hadde med en rifle som Falkeid ikke hadde sett før. Initialene *Mär* på skjeftet sa ham ingenting. Nå lå Aron et sted ute i terrenget med lasersikte og nattbriller og hadde rapportert klar sikt mot containeren. Ellers gryntet Aron bare til svar når Falkeid ba om avmelding på sambandet. Men det var ikke det heller. Det Falkeid ikke likte med situasjonen, var at Aron ikke hadde noe her å gjøre. De trengte rett og slett ingen skarpskytter.

Falkeid nølte et øyeblikk. Så løftet han walkie-talkien til munnen:

«Blink med lykta hvis du er klar, Atle.»

Et lys gikk på og av nede ved den røde containeren.

«Alle er i posisjon,» sa Falkeid. «Vi er klare til å slå til.»

Hagen nikket. «Godt. Men før vi setter i gang, vil jeg bare få bekreftet at du deler min oppfatning, Falkeid. Om at det er best å gjennomføre arrestasjonen nå og ikke vente på Hole.»

Falkeid trakk på skuldrene. Det ville være lyst om fem timer, Stankic ville komme ut, og de kunne ta ham med hunder i åpent lende. De sa at Gunnar Hagen var tiltenkt jobben som politimester med tid og stunder.

«Det virker nok fornuftig, ja,» sa Falkeid.

«Godt. Og det er slik det vil stå i min rapport. At det var en felles vurdering. I tilfelle noen skulle hevde at jeg fremskyndet arrestasjonen for personlig å ta æren for den.»

«Det tror jeg ingen vil mistenke deg for.»

«Godt.»

Falkeid trykket inn talk-knappen på walkietalkien: «Klare om to minutter.»

Hagen og Falkeid pustet ut hvit røyk som rakk å blande seg og bli til én og samme sky før den forsvant igjen.

«Falkeid ...» Det var walkietalkien. Atle. Han hvisket. «En mann kom akkurat ut i åpninga på containeren.»

«Stand-by, alle sammen,» sa Falkeid. Med rolig, fast stemme. Forutse det uforutsette. «Går han ut?»

«Nei, han blir stående. Han ... det ser ut som ...»

Et enkelt skudd ljomet utover Oslofjordens mørke. Så ble det helt stille igjen.

«Hva pokker var det?» spurte Hagen.

Det uforutsette, tenkte Falkeid.

Kapittel 24.
Søndag 20. desember. Løftet

Det var grytidlig søndag morgen og han sov fortsatt. I Harrys leilighet, i Harrys seng, i Harrys klær. Og han hadde Harrys mareritt. Som var om gjenferd, alltid om gjenferd.

Det var en liten lyd, bare en skraping mot ytterdøra. Men det var mer enn nok. Han våknet, grep under puten og var på beina med én gang. Det iskalde gulvet brant mot de nakne føttene hans mens han listet seg ut i entreen. Gjennom det ruglete glasset i ytterdøra kunne han se omrisset av en person. Han hadde slukket alle lys på innsiden og visste at ingen på utsiden kunne se ham. Personen så ut som han sto krumbøyd og fiklet med noe. Fikk han ikke nøkkelen inn i låsen? Var Harry Hole full? Kanskje han ikke hadde vært ute og reist likevel, men bare vært ute og drukket hele natten?

Han sto like ved døra nå og strakte hånden ut mot det kalde metallet i dørhåndtaket. Holdt pusten og kjente pistolgrepets gode friksjon mot den andre håndflaten. Det var som den andre på utsiden av døra holdt pusten også nå.

Han håpet at det ikke ville bety mer trøbbel enn nødvendig, at Hole likevel ville være fornuftig nok til å skjønne at han ikke hadde noe valg: at han enten måtte føre ham til Jon Karlsen eller, om det viste seg uhensiktsmessig, få Jon Karlsen hit til leiligheten.

Med pistolen løftet slik at den skulle synes med én gang, trakk han døra opp med et rykk. Personen på utsiden gispet og rygget to skritt tilbake.

Noe var festet til dørhåndtaket på utsiden. En bukett med blomster pakket inn i papir og plast. Med en stor konvolutt limt til papiret.

Han kjente henne igjen med én gang til tross for det skrekkslagne ansiktsuttrykket.

«*Get in here,*» sa han lavt.

Martine Eckhoff nølte helt til han hevet pistolen høyere.

Han pekte at hun skulle gå inn i stuen og fulgte etter. Ba henne høflig om å sette seg i ørelappstolen, mens han selv satte seg i sofaen.

Hun flyttet endelig blikket fra pistolen og så på ham.

«Beklager antrekket,» sa han. «Hvor er Harry?»

«*What do you want?*» spurte hun.

Han ble overrasket over stemmen hennes. Den var rolig, nesten varm.

«Ha tak i Harry Hole,» sa han. «Hvor er han?»

«Jeg vet ikke. Hva vil du med ham?»

«La meg stille spørsmålene. Hvis du ikke forteller meg hvor Harry Hole er, må jeg skyte deg. Skjønner du det?»

«Jeg vet ikke. Så du får bare skyte. Om du tror det hjelper deg.»

Han så etter frykten i øynene hennes. Uten å finne den. Kanskje var det pupillene hennes, det var noe galt med dem.

«Hva gjør du her?» sa han.

«Jeg kom med en konsertbillett jeg har lovet Harry.»

«Og blomster?»

«Et innfall bare.»

Han nappet til seg vesken hennes som hun hadde satt på bordet, lette gjennom den til han fant en lommebok og et bankkort. Martine Eckhoff. Født 1977. Adresse Sorgenfrigata, Oslo. «Du er Stankic,» sa hun. «Det er du som var på den hvite bussen, ikke sant?»

Han så på henne igjen, og hun returnerte blikket. Så nikket hun langsomt:

«Du er her fordi du vil ha Harry til å lede deg til Jon Karlsen, ikke sant? Og nå vet du ikke hva du skal gjøre, gjør du vel?»

«Hold kjeft,» sa han. Men fikk ikke tonefallet til slik han hadde tenkt. For hun hadde rett: alt holdt på å falle fra hverandre. De satt tause i den mørke stuen mens det demret utenfor.

Til slutt var det hun som snakket likevel:

«Jeg kan føre deg til Jon Karlsen.»

«Hva?» spurte han forbløffet.

«Jeg vet hvor han er.»

«Hvor da?»

«På en gård.»

«Hvordan vet du det?»

«Fordi Frelsesarmeen eier gården og det er jeg som sitter med listene over hvem som bruker den. Politiet ringte meg for å sjekke at de kunne ha den uforstyrret de neste dagene.»

«Ja vel. Men hvorfor skulle du ville føre meg dit?»

«Fordi Harry ikke kommer til å fortelle deg det,» sa hun enkelt. «Og da kommer du til å skyte ham.»

Han så på henne. Og det gikk opp for ham at hun mente det hun sa. Han nikket langsomt: «Hvor mange er de på gården?»

«Jon, kjæresten hans og én politimann.»

Én politimann. En plan begynte å ta form i hodet hans.

«Hvor langt er det dit?»

«Tre kvarter til en time i morgenrushet, men i dag er det søndag» sa hun. «Jeg har bilen min utenfor.»

«Hvorfor hjelper du meg?»

«Jeg sa jo det. Jeg vil bare ha det overstått.»

«Du er klar over at jeg kommer til å skyte deg gjennom hodet hvis du bløffer meg?»

Hun nikket.

«Vi drar med én gang,» sa han.

*

Klokka sju fjorten visste Harry at han var i live. Han visste det fordi smerten kunne kjennes i hver nervetråd. Og fordi bikkjene skulle ha mer. Han åpnet ett øye og så seg rundt. Klærne lå slengt rundt i hele hotellrommet. Men han var i hvert fall alene.

Hånden siktet på glasset på nattbordet og traff. Tomt. Han dro en finger langs bunnen og slikket på den. Søtt. All sprit var fordunstet.

Han kom seg opp av sengen og tok med glasset inn på badet. Unngikk speilet og fylte glasset med vann. Drakk sakte. Bikkjene protesterte, men han greide å holde på det. Så et glass til. Flyet. Han kikket ned på håndleddet. Hvor i helvete var klokka? Og hvor mye? Han måtte komme seg ut, komme seg hjem. Bare en drink først ... Han fant buksene, dro dem på seg. Fingrene kjentes numne og hovne. Bagen. Der. Toalettvesken. Skoene. Men hvor var mobiltelefonen? Søkk vekk. Han slo ni for «resepsjon» og hørte skriveren rape ut en regning bak resepsjonisten, som tre ganger gjentok hva klokka var uten at Harry greide å oppfatte det.

Harry harket opp noe på engelsk som han knapt skjønte selv.

«*Sorry, Sir,*» svarte resepsjonisten. «*The bar doesn't open till three p.m. Do you want to check out now?*»

Harry nikket og lette etter flybilletten i jakka som lå i fotenden av senga.

«*Sir?*»

»*Yes,*» sa Harry og la på. Han lente seg bakover i sengen for å fortsette letingen i bukselommene, men fant bare en norsk tjuekroning. Og husket plutselig hvor klokka var blitt av. Da han skulle gjøre opp regningen da baren stengte og manglet noen få kunas, hadde han lagt en norsk tjuekroning på toppen av sedlene og gått. Men før han kom til døra, hadde han hørt et sint utrop, kjent en sviende smerte i bakhodet og sett ned på tjuekroningen som danset på gulvet, og syngende spant rundt og rundt mellom føttene. Så han hadde gått tilbake til bardisken og barkeeperen hadde mumlende godtatt armbåndsuret som restbetaling.

Harry kom på at lommene i jakka var revnet, kjente etter og fant flybilletten innenfor fôret på innerlommen, fikk lirket den ut og fant avgangstiden. I det samme banket det på døra. Først én gang, og så en gang til, hardere.

Harry husket lite av det som hadde skjedd etter at baren stengte, så hvis bankingen hadde noe med det tidsrommet å gjøre, var det liten grunn til å tro at det var noe hyggelig som ventet. På den annen side, kanskje noen hadde funnet mobiltelefonen hans. Han stavret seg bort til døra og åpnet den på klem.

«*Good morning,*» sa kvinnen utenfor. «Eller kanskje ikke?»

Harry prøvde seg på et smil og støttet seg mot dørkarmen: «Hva vil du?»

Hun lignet enda mer på en engelsklærerinne nå som hun hadde satt opp håret.

«Gjøre en avtale,» sa hun.

«Å? Hvorfor nå og ikke i går?»

«Fordi jeg ville vite hva du gjorde etter møtet vårt. Om du møtte noen fra kroatisk politi for eksempel.»

«Og du vet at jeg ikke gjorde det?»

«Du drakk i baren til det stengte, så sjanglet du opp på rommet ditt.»

«Har du spioner også?»

«Kom, Hole. Du har et fly å rekke.»

Utenfor sto en bil og ventet på dem. Bak rattet satt barkeeperen med fengselstatoveringene.

«Til Stefan-katedralen, Fred,» sa kvinnen. «Fort, flyet hans går om halvannen time.»

«Du veit mye om meg,» sa Harry. «Og jeg veit ingenting om deg.»

«Du kan kalle meg Maria,» sa hun.

Tårnet på den mektige Stefan-katedralen forsvant opp i morgentåken som subbet over Zagreb.

Maria ledet Harry inn gjennom det store, nesten mennesketomme hovedskipet. De passerte skrifteavlukker og et utvalg helgener med tilhørende bønnebenker. Fra skjulte høyttalere strømmet mantraaktig korsang på bånd, lav og gjennomvåt av romklang som antagelig var ment å mane til kontemplasjon, men som bare fikk Harry til å tenke på muzak i et katolsk supermarked. Hun ledet dem inn i et sideskip og gjennom en dør til et lite rom med doble bønnebenker. Morgenlyset rant rødt og blått inn gjennom de fargede glassene. To levende lys brant på hver side av en korsfestet Kristus-figur. Foran krusifikset knelte en voksfigur med himmelvendt ansikt og armene strakt opp som i desperat bønn.

«Apostelen Thomas, bygningsarbeidernes skytshelgen,» forklarte hun, bøyde hodet og gjorde korsets tegn. «Han som ville gå i døden med Jesus.»

Thomas Tvileren, tenkte Harry mens hun bøyde seg over vesken sin, tok opp et lite vokslys med et bilde av en helgenfigur, tente det og plasserte det foran apostelen.

«Knel,» sa hun.

«Hvorfor det?»

«Bare gjør som jeg sier.»

Motstrebende satte Harry knærne mot den fillete, røde fløyelen på bønnebenken og la albuene mot den skråstilte armplaten av tre som var farget svart av svette, fett og tårer. Det var en merkelig komfortabel stilling.

«Sverg ved Sønnen at du vil holde din del av avtalen.»

Harry nølte. Så bøyde han hodet.

«Jeg sverger …,» begynte hun.

«Jeg sverger …»

«I Sønnens, min frelsers navn.»

«I Sønnens, min frelsers navn.»

«Å gjøre hva som står i min makt for å redde ham de kaller *Mali spasitelj*.»

Harry gjentok.

Hun satte seg opp. «Det var her jeg møtte klientens kurer,» sa hun. «Det var her han bestilte jobben. Men la oss gå, dette er ikke stedet å handle med menneskeskjebner.»

Fred kjørte dem til den store, åpne kong Tomislavs park og ventet i bilen mens Harry og Maria fant en benk. Brune, halvvisne gresstrå prøvde å reise seg, men ble presset ned igjen av den sure vinden. En trikk ringte med bjelle på den andre siden av den gamle utstillingspaviljongen.

«Jeg så ham ikke,» sa hun. «Men han hørtes ung ut.»

«Hørtes?»

«Han ringte til Hotel International første gang i oktober. Er det til flyktningavdelingen, setter de telefonene inn til Fred. Han

satte telefonen videre til meg. Vedkommende fortalte at han
ringte på vegne av en anonym person som gjerne ville ha gjort
en jobb i Oslo. Jeg husker det var mye trafikk i bakgrunnen.»

«Telefonautomat.»

«Antagelig. Jeg fortalte ham at jeg aldri gjør forretninger per
telefon og aldri med anonyme og la på. To dager senere ringte
han igjen og ba meg komme til Stefan-katedralen tre dager
senere. Jeg fikk et nøyaktig klokkeslett for når jeg skulle komme
og hvilket skrifteavlukke jeg skulle gå inn i.»

En kråke landet på en gren i treet foran benken, la hodet på
skakke og kikket sørgmodig ned på dem.

«Det var mange turister i kirken den dagen. Jeg gikk inn i det
avtalte skrifteavlukket på avtalt tid. Det lå en forseglet konvolutt
på stolen. Jeg åpnet den. Innholdet var en detaljert instruks om
hvor og når Jon Karlsen skulle ekspederes, et forskudd i dollar-
sedler som var godt over det vi pleier å ta, samt et forslag til slutt-
oppgjør. Det sto videre at kureren som jeg alt hadde snakket med
på telefon, ville kontakte meg for å få mitt svar og avtale detaljer
om det økonomiske oppgjøret hvis jeg aksepterte. Kureren ville
være vårt eneste kontaktpunkt, men han var av sikkerhetsgrun-
ner ikke innviet i detaljene i oppdraget, derfor måtte heller ikke
jeg under noen omstendigheter røpe noe om dette. Jeg tok med
meg konvolutten og gikk ut av avlukket, ut av kirken og tilbake
til hotellet. En halv time senere ringte kureren.»

«Altså samme personen som hadde ringt deg fra Oslo?»

«Han presenterte seg ikke, men som tidligere lærer pleier jeg
å merke meg hvordan folk snakker engelsk. Og denne hadde en
meget personlig aksent.»

«Og hva snakket dere om?»

«Jeg fortalte ham at vi takket nei av tre grunner. For det første
fordi vi har som prinsipp å få vite hvorfor oppdragsgiver vil ha
utført jobben. For det andre fordi vi av sikkerhetsgrunner aldri
lar andre bestemme tid og sted. Og for det tredje fordi vi ikke
jobber med anonym oppdragsgiver.»

«Hva svarte han?»

«Han sa at det var han som var ansvarlig for betalingen, så jeg fikk nøye meg med å få hans identitet. Og han spurte meg hvor mye prisen måtte forhøyes for at jeg ville se bort fra de andre innvendingene. Jeg svarte at det var mer enn han kunne betale. Så fortalte han meg hvor mye han kunne betale. Og jeg …»

Harry betraktet henne mens hun lette etter de riktige engelske ordene.

«… var uforberedt på et slikt beløp.»

«Hva sa han?»

«To hundre tusen dollar. Det er femten ganger mer enn vi vanligvis tar.»

Harry nikket langsomt. «Så da var ikke motivet så viktig lenger?»

«Du behøver ikke skjønne dette, Hole, men vi har hatt en plan hele tiden. Når vi hadde nok penger, skulle vi slutte, flytte tilbake til Vukovar. Begynne et nytt liv. Da dette tilbudet kom, skjønte jeg at det var vår billett ut. Dette skulle være den siste jobben.»

«Så da måtte prinsippet om en idealistisk drapsforretning vike?» spurte Harry mens han famlet etter sigarettene.

«Driver du med idealistisk drapsetterforskning, Hole?»

«Både og. En må leve.»

Hun smilte fort. «Så er det ikke store forskjellen på deg og meg, er det vel?»

«Det tviler jeg på.»

«Jaså? Tar jeg ikke feil, håper du som jeg at du bare tar dem som fortjener det, ikke sant?»

«Det sier seg selv.»

«Men det er ikke helt slik, er det vel? Du oppdaget at skyld inneholdt nyanser du ikke hadde tenkt på da du bestemte deg for å bli politi og frelse menneskeheten fra ondskapen. At det som regel var lite ondskap, men mye menneskelig skrøpelighet. Mange triste historier å kjenne seg selv igjen i. Men som du sier, en må leve. Så vi begynner å lyve litt. Både overfor dem rundt oss og overfor oss selv.»

Harry fant ikke fyrtøy. Fikk han ikke snart tent på den sigaretten, kom han til å eksplodere. Han ville ikke tenke på Birger

Holmen. Ikke nå. Han kjente en tørr gnikking mot tennene da han bet gjennom filteret: «Hva sa han at han het, kureren?»

«Du spør som om du alt vet det,» sa hun.

«Robert Karlsen,» sa Harry og gned seg hardt i ansiktet med innsiden av håndflatene. «Og han ga deg konvolutten med instruksene den tolvte oktober.»

Hun hevet det ene av de fint formede øyebrynene.

«Vi fant flybilletten hans.» Harry frøs. Vinden blåste tvers igjennom ham som om han bare var et gjenferd. «Og da han kom hjem igjen, overtok han uvitende plassen til den han selv hadde vært med på å dømme til døden. Det er til å le seg i hjel av, ikke sant?»

Hun svarte ikke.

«Det jeg ikke skjønner,» sa Harry, «er hvorfor ikke sønnen din avbryter oppdraget når han ser på TV eller leser i avisa at han faktisk har drept vedkommende som skulle betalt regningen?»

«Han får aldri vite hvem oppdragsgiveren er eller hva offeret har gjort seg skyldig i,» sa hun. «Det er best slik.»

«Så han ikke kan avsløre noen om han fakkes?»

«Så han ikke behøver å tenke. Så han bare kan gjøre jobben og stole på at jeg har foretatt en riktig vurdering.»

«Moralsk så vel som økonomisk?»

Hun trakk på skuldrene: «I dette tilfellet hadde det selvfølgelig vært en fordel om han hadde visst hvem oppdragsgiveren var. Problemet er at han ikke har kontaktet oss etter drapet. Jeg vet ikke hvorfor.»

«Han tør ikke,» sa Harry.

Hun lukket øynene, og Harry så musklene i det smale kvinneansiktet bevege seg.

«Du ville at min del av avtalen skulle være å kalle håndverkeren min tilbake,» sa hun. «Nå skjønner du at det ikke er mulig. Men jeg har gitt deg navnet på den som har gitt oss oppdraget. Mer kan jeg ikke gjøre før han eventuelt kontakter oss. Vil du likevel holde din del av avtalen, Harry? Vil du redde gutten min?»

Harry svarte ikke. Kråka lettet plutselig fra grenen og et dryss av dråper falt på grusen foran dem.

«Tror du gutten din hadde stoppet hvis han hadde skjønt hvor dårlige odds han har?» spurte Harry.

Hun smilte skjevt. Så ristet hun sørgmodig på hodet.

«Hvorfor ikke?»

«Fordi han er fryktløs og sta. Han har det etter sin far.»

Harry så på den magre kvinnen med det kneisende hodet og tenkte at han ikke var så sikker på det siste. «Hils Fred. Jeg tar en taxi til flyplassen.»

Hun så ned på hendene sine. «Tror du på Gud, Harry?»

«Nei.»

«Likevel sverget du i Hans påsyn at du ville redde gutten min.»

«Ja,» sa Harry og reiste seg.

Hun ble sittende og se opp på ham. «Er du en mann som holder det du lover?»

«Ikke alltid.»

«Du tror ikke på Gud,» sa hun. «Og ikke på ditt eget ord, heller. Hva er det igjen, da?»

Han trakk jakka tettere rundt seg.

«Fortell meg hva du tror på, Harry.»

«Jeg tror på det neste løftet,» sa han, snudde seg mysende mot den brede avenyen med stille søndagstrafikk. «At mennesker kan holde løftet selv om de brøt det forrige. Jeg tror på nye starter. Jeg fikk visst ikke sagt det …» Han vinket mot et blått taxiskilt som kom cruisende. «Men det er derfor jeg er i denne bransjen.»

I taxien kom Harry på at han ikke hadde kontanter. Han fikk vite at det fantes bankautomater som tok Visa-kort på Pleso-flyplassen. Harry satt og fingret med tjuekroningen hele veien. Tanken på den spinnende mynten på gulvet i baren og den første drinken om bord i flyet sloss om overtaket.

*

Det hadde lysnet utenfor da Jon våknet av lyden av en bil som svingte opp foran Østgård. Han ble liggende og se i taket. Det hadde vært en lang og kald natt og han hadde ikke sovet stort.

«Hvem er det som kommer?» spurte Thea som for et øyeblikk

siden hadde sovet dypt. Han kunne høre engstelsen i stemmen hennes.

«Sikkert han som skal avløse politimannen,» sa Jon. Motoren sluknet og to bildører ble åpnet og slått igjen. To personer, altså. Men ingen stemmer. Tause politifolk. Fra stuen, hvor politimannen hadde installert seg, kunne de høre at det ble banket på ytterdøra. Én gang. To ganger.

«Skal han ikke åpne?» hvisket Thea.

«Hysj,» sa Jon. «Kanskje han har gått ut. Kanskje han er på utedoen.»

Det banket en tredje gang. Hardt.

«Jeg går og åpner,» sa Jon.

«Vent!» sa hun.

«Vi må jo slippe dem inn,» sa Jon, krabbet over henne og trakk på seg klærne.

Han åpnet døra inn til stuen. I askebegeret på salongbordet lå en rykende sigarettsneip og i sofaen et henslengt ullteppe. Det banket igjen. Jon kikket ut av vinduet, men så ikke bilen. Merkelig. Han stilte seg rett foran døra.

«Hvem er det?» ropte han, ikke lenger så sikker.

«Politi,» sa en stemme fra utsiden.

Det var mulig Jon tok feil, men han syntes stemmen hadde en underlig aksent.

Han skvatt til da det banket igjen. Han strakte en skjelvende hånd mot dørhåndtaket. Så trakk han pusten dypt og dro døra opp med et rykk.

Det var som å bli truffet av en vegg med vann da en isnende vind feide mot ham, og det skarpe, blendende motlyset fra den lave morgensola fikk ham til å myse blindt mot de to silhuettene på trappen.

«Er dere avløsningen?» spurte Jon.

«Nei,» sa en kvinnestemme han kjente igjen. «Det er over nå.»

«Er det over?» spurte Jon forundret og skygget for øynene med hånden. «Heisan, er det deg?»

«Ja, dere kan pakke, vi skal kjøre dere hjem,» sa hun.

«Hvorfor det?»

Hun fortalte ham hvorfor.

«Jon!» ropte Thea fra soverommet.

«Et øyeblikk,» sa Jon og lot døra stå oppe mens han gikk inn til Thea.

«Hvem er det?» spurte Thea.

«Det er hun som avhørte meg,» sa Jon. «Toril Li. Og en fyr som også heter Li, tror jeg. De sier at Stankic er død. Han ble skutt i natt.»

Politimannen som hadde passet på dem kom tilbake fra utedoen, pakket tingene sine og kjørte. Og ti minutter senere svingte Jon bagen opp på skulderen, dro døra igjen og vred nøkkelen rundt i låsen. Han tråkket i sine egne spor i dypsnøen bort til husveggen, telte fem plankebord bortover og festet nøkkelen til kroken på innsiden. Så løp han etter de andre bort til den røde Golfen som sto med motoren i gang og prustet hvit kondens. Han trykket seg inn i baksetet ved siden av Thea. De begynte å kjøre, og han la armen rundt henne og klemte til før han lente seg frem mellom forsetene:

«Hvordan skjedde de greiene nede i containerhavna i natt egentlig?»

Betjent Toril Li kikket bort på kollega Ola Li i passasjersetet.

«De sier at det så ut som Stankic grep etter et våpen,» sa Ola Li. «Det vil si, det var han skarpskytteren fra spesialkommandoen som syntes han så det.»

«Gjorde ikke Stankic det?»

«Det spørs hva du mener med våpen,» sa Ola og kikket bort på Toril Li som fikk problemer med å holde seg alvorlig. «Da de snudde ham, lå han med smekken oppe og pikken ute. Ser ut som han bare hadde stilt seg opp i døråpninga for å strø.»

Toril Li kremtet, plutselig morsk.

«Det er helt off-the-record,» skyndte Ola Li seg å legge til. «Men det skjønner dere, sant ja?»

«Mener du at dere skjøt ham sånn uten videre?» utbrøt Thea vantro.

«Ikke *vi*,» sa Toril Li. «Skarpskytteren fra FSK.»

«De tror at Stankic må ha hørt noe og snudd på huet,» sa Ola.

«For kula har gått inn bak øret og ut der nesa var. Snipp-snapp-snute. Snute ... he, he.»

Thea så på Jon.

«Litt av en ammo han må ha brukt,» sa Ola tenksomt. «Ja, du får jo snart sett sjøl, Karlsen. Godt gjort om du greier å identifisere fyren.»

«Det hadde vært vanskelig uansett,» sa Jon.

«Ja, vi hørte om det der,» sa Ola og ristet på hodet. «Pantomimetryne, du liksom. Bullshit, spør du meg. Men det er helt off-the-record, sant ja?»

De kjørte en stund i taushet.

«Hvordan vet dere sikkert at det er han?» sa Thea. «Hvis ansiktet hans er ødelagt, mener jeg.»

«De kjente igjen jakka,» sa Ola.

«Er det alt?»

Ola og Toril vekslet blikk.

«Nei da,» sa Toril. «Det var størkna blod både på jakka og på glassbiten de fant i jakkelomma. De sjekker det mot blodet til Halvorsen nå.»

«Det er over, Thea,» sa Jon og trakk henne tettere inntil. Hun la hodet på skulderen hans, og han snuste inn lukten av håret hennes. Snart skulle han sove. Lenge. Mellom seteryggene så han Toril Lis hånd hvile på toppen av rattet. Hun holdt godt ut til høyre på den smale landeveien da de møtte en liten, hvit elektrisk bil som Jon slo fast at var av samme type som den Frelsesarmeen hadde fått i gave av Kongehuset.

Kapittel 25.
Søndag 20. desember. Tilgivelsen

Skjermenes diagrammer og tall og hjertefrekvensens jevne sonar-pip ga en illusjon av kontroll.

Halvorsen hadde en maske som dekket munn og nese og noe som lignet en hjelm på hodet som legen hadde forklart at regist-rerte endringer i hjerneaktivitet. Øyelokkene hans var mørke med et nett av fine blodårer. Det slo Harry at han ikke hadde sett det før. Han hadde aldri sett Halvorsen med lukkede øyne. De var bestandig åpne. Det gikk i døra bak ham. Det var Beate.

«Endelig,» sa hun.

«Jeg kommer rett fra flyplassen,» hvisket Harry. «Han ser ut som en sovende jagerpilot.»

Først da han så Beates anstrengte smil, skjønte han det ille-varslende i metaforen. Hadde ikke hjernen vært så nummen, hadde han kanskje valgt en annen. Eller rett og slett holdt kjeft. Grunnen til at han i det hele tatt greide å holde en slags fasade var at flyet mellom Zagreb og Oslo befinner seg i internasjonalt luftrom i knappe halvannen time og at flyvertinnen med spriten syntes å måtte servere absolutt alle andre i flyet før hun hadde oppdaget den lysende lampen over Harrys sete.

De gikk utenfor og fant en sittegruppe i enden av korridoren.

«Noe nytt?» spurte Harry.

Beate dro en hånd over ansiktet. «Legen som undersøkte Sofia Miholjec ringte meg sent i går. Han kunne ikke påvise andre skader enn blåmerket i pannen, som han mente utmerket godt kunne skyldes en dør slik Sofia hadde forklart. Han sa at han tok taushetsplikten alvorlig, men at hans kone hadde overbevist ham om at han burde si fra siden det gjaldt etterforskning i en så alvorlig sak. Han tok en blodprøve av Sofia, men den viste ikke noe unormalt helt til han på magefølelsen ba om at prøven skulle sjekkes for serum HCG. Nivået etterlater liten tvil, sier han.»

Beate bet seg i underleppen.

«Interessant magefølelse,» sa Harry. «Men jeg aner ikke hva serum HCG er.»

«Sofia har nylig vært gravid, Harry.»

Harry prøvde å plystre, men munnen var for tørr. «Du får dra opp og snakke med henne.»

«Ja, for vi ble jo perlevenner sist,» sa Beate tørt.

«Du behøver ikke venner. Du vil vite om hun ble voldtatt.»

«Voldtatt?»

«Magefølelse.»

Hun sukket. «OK. Men det haster vel ikke sånn nå lenger.»

«Hva mener du?»

«Etter det som skjedde i natt.»

«Hva skjedde i natt?»

Beate stirret på ham. «Vet du det ikke?»

Harry ristet på hodet.

«Jeg la igjen minst fire beskjeder på telefonen din.»

«Jeg mistet mobiltelefonen i går. Men si det da.»

Han så Beate svelge.

«Å faen,» sa han. «Si at det ikke er det jeg tror det er.»

«De skjøt Stankic i natt. Han døde momentant.»

Harry lukket øynene og hørte Beates stemme langt borte: «Stankic grep etter noe og ifølge rapporten ble det ropt advarsler.»

Rapport, tenkte Harry. Allerede.

«Dessverre var det eneste våpenet de fant en glassbit i jakkelomma. Det var blod på den som Rettsmedisinsk har lovet at de skal ha sjekket til i morgen. Pistolen hadde han antagelig gjemt til den skulle brukes igjen, den ville jo vært bevismateriale om han ble tatt med den. Han hadde heller ingen papirer på seg.»

«Fant dere noe annet?» Harrys spørsmål kom automatisk for

tankene hans befant seg et annet sted. Nærmere bestemt i Stefan-katedralen. 'Jeg sverger ved Sønnen.'

«Det lå noe etterlatt brukerutstyr i et hjørne. Sprøyte, skje og sånn. Mer interessant er det at det hang en død hund fra taket. En svart metzner, ifølge oppsynsmannen på havnen. Det var skåret biter av den.»

«Gleder meg å høre,» mumlet Harry.

«Hva?»

«Ingenting.»

«Det forklarer som du antydet kjøttbitene i oppkastet i Gøteborggata.»

«Var andre enn Delta med på aksjonen?»

«Ikke ifølge rapporten.»

«Hvem sin rapport er det der egentlig?»

«Aksjonslederens, selvfølgelig. Sivert Falkeid.»

«Selvfølgelig.»

«Det er i alle fall over nå.»

«Nei!»

«Du behøver ikke rope, Harry.»

«Det er ikke over. Der hvor det er en prins, er det en konge.»

«Hva er det egentlig med deg?» Beates kinner blusset. «En leiemorder er død, og du høres ut som det var … en kompis.»

Halvorsen, tenkte Harry. Hun holdt på å si Halvorsen. Han lukket øynene og så lyset flimre rødt på innsiden av øyelokkene. Som levende lys, tenkte han. Som lys i en kirke. Han hadde vært bare guttungen da de begravet moren. På Åndalsnes, med utsikt mot fjellene, det var det hun hadde bedt om på sykeleiet. Og så hadde de stått der, faren, Søs og han selv og hørt presten fortelle om en person han aldri hadde kjent. Fordi faren ikke hadde orket å gjøre det selv. Og kanskje hadde Harry visst det allerede da, at uten henne var de ingen familie lenger. Og bestefar som Harry hadde arvet høyden etter, hadde lent seg ned, pustet frisk spritånde i ansiktet hans og sagt at det var slik det skulle være, at foreldrene skulle gå først. Harry svelget.

«Jeg fant sjefen til Stankic,» sa han. «Og hun bekreftet at drapet ble bestilt av Robert Karlsen.»

Beate så forbløffet på ham.

«Men det stopper ikke der,» sa Harry. «Robert var bare en kurer. Det er noen andre som skjuler seg bak ham.»

«Hvem?»

«Veit ikke. Bare at det er noen som har råd til å betale to hundre tusen dollar for et drap.»

«Og alt dette fortalte sjefen til Stankic sånn uten videre?»

Harry ristet på hodet. «Vi gjorde en avtale.»

«Hva slags avtale?»

«Det har du ikke lyst til å vite.»

Beate blunket raskt to ganger. Så nikket hun. Harry så på en eldre kvinne som stavret forbi på krykker og lurte på om moren til Stankic og Fred fulgte med på norske nettaviser. Om de alt visste at Stankic var død.

«Foreldrene til Halvorsen er i kantina og spiser. Jeg går ned til dem. Blir du med? Harry?»

«Hva? Unnskyld. Jeg spiste på flyet.»

«De ville sette pris på det. De sier at han snakket varmt om deg. Som en storebror.»

Harry ristet på hodet. «Seinere kanskje.»

Da hun hadde gått, gikk Harry tilbake til rommet til Halvorsen. Han satte seg ved siden av sengen, skjøv seg frem på stolkanten og kikket ned på det bleke ansiktet på puten. I bagen hadde han en uåpnet flaske Jim Beam fra taxfree-sjappa.

«Oss mot røkla,» hvisket han.

Harry spente langfingeren mot tommelen rett over Halvorsens panne. Langfingeren traff hardt mellom Halvorsens øyne, men øyelokkene beveget seg ikke.

«Jasjin,» hvisket Harry og hørte at stemmen var blitt tykk. Jakka hans slo mot sengekanten med en hard lyd. Harry kjente etter. Det var noe inni fôret. Den savnede mobiltelefonen.

Han hadde gått da Beate og foreldrene kom tilbake.

*

Jon lå i sofaen med hodet i Theas fang. Hun så på en gammel film på TV, og Jon kunne høre Bette Davis' distinkte stemme skjære igjennom mens han stirret i taket og tenkte at han kunne dette taket bedre enn sitt eget. Og hvis han stirret hardt nok, ville han til slutt se noe kjent, noe annet enn det sønderrevne ansiktet de hadde vist ham i den kalde kjelleren på Rikshospitalet. Han hadde ristet på hodet da de hadde spurt om det var mannen han hadde sett i døra til sin egen leilighet og som senere hadde angrepet politimannen med kniv.

«Men det betyr ikke at det ikke er ham,» hadde Jon svart, og de hadde nikket, notert og tatt ham med ut.

«Er du sikker på at politiet ikke lar deg sove i din egen leilighet,» sa Thea. «Det blir så mye snakk hvis du skal være her i natt.»

«Det er et mordåsted,» sa Jon. «Det er plombert til de er ferdig med undersøkelsene.»

«Plombert,» sa hun. «Det høres ut som en verkende tann.»

Bette Davis raste mot den yngre kvinnen og så spilte fiolinene høyt og dramatisk.

«Hva tenker du på?» spurte Thea.

Jon svarte ikke. Han svarte ikke at han tenkte på at han hadde løyet da han hadde sagt til henne at det var over. At det ikke ville være over før han selv hadde gjort det han måtte gjøre. Og det han måtte gjøre, var å ta tyren ved hornene, å stoppe fienden, å være en modig, liten soldat. For han visste nå. Han hadde nemlig stått så nær da Halvorsen spilte av telefonbeskjeden fra Mads Gilstrup i Gøteborggata, at han hadde hørt tilståelsen.

Det ringte på. Hun reiste seg raskt som om det var et velkomment avbrudd. Det var Rikard.

«Forstyrrer jeg?» spurte han.

«Nei,» sa Jon. «Jeg var på vei ut.»

Jon kledde på seg i trefoldig taushet. Da han lukket døra bak seg, ble han stående noen sekunder og lytte til stemmene fra innsiden. De hvisket. Hvorfor hvisket de? Rikard hørtes sint ut.

Han tok trikken til byen og Holmenkollbanen videre. På en søndag med snø i marka ville det vanligvis vært fullt av turgjengere med ski på Holmenkollbanen, men det var tydeligvis for kaldt for de fleste i dag. Han gikk av på siste stasjon og så Oslo ligge langt der nede under seg.

Mads og Ragnhilds hjem lå på en topp. Jon hadde aldri vært der før. Porten var relativt smal og det samme var oppkjørselen som svingte rundt en klynge med trær som skjulte det meste av huset fra veien. Selve huset var lavt og bygget inn i terrenget på en slik måte at en ikke merket hvor stort det var før en kom inn og begynte å gå rundt. Det var i hvert fall det Ragnhild hadde sagt.

Jon ringte på og etter noen sekunder hørte han en stemme fra en høyttaler han ikke kunne se:

«Ser man det. Jon Karlsen.»

Jon stirret inn i kameraet over døra.

«Jeg er i stua.» Mads Gilstrups stemme sluret og han lo kort. «Jeg antar at du kan veien.»

Døra gikk opp av seg selv, og Jon Karlsen gikk inn i en entré på størrelse med sin egen leilighet.

«Hallo?»

Han fikk bare et kort, hardt ekko til svar.

Han begynte å gå innover i en korridor som han antok ville munne ut i en stue. På veggene hang rammeløse kanvaser med sterke oljefarger. Og det var en særegen lukt som ble sterkere jo lenger inn han kom. Han passerte et kjøkken med en kokeøy og et spisebord med et dusin stoler. Oppvaskkummen var full av tallerkener og glass og tomme øl- og spritflasker. Det var en emmen lukt av gammel mat og øl der inne. Jon fortsatte. Klær lå strødd i korridoren. Han kikket inn gjennom en dør på et bad. Det luktet oppkast.

Han rundet et hjørne og hadde plutselig en panoramautsikt over Oslo og Oslofjorden han tidligere bare hadde sett når han og far hadde gått turer oppe i Nordmarka.

Et lerret sto oppspent midt i stuen og på den hvite duken rullet stumme bilder fra det som øyensynlig var amatøropptak fra et bryllup. En far førte bruden oppover kirkegulvet mens hun nikket smilende til gjestene til høyre og venstre. Den lette susingen fra filmprojektorens vifte var alt som hørtes. Foran lerretet så han baksiden av en høyrygget, svart lenestol og to tomme og en halvfull flaske som sto på gulvet ved siden av.

Jon kremtet høyt og gikk nærmere.

Stolen dreide langsomt rundt.

Og Jon stoppet brått.

I stolen satt en mann han bare delvis kjente igjen som Mads Gilstrup. Han hadde på seg en hvit, ren skjorte og sorte bukser, men han var ubarbert og ansiktet var oppblåst og pløsete, øynene utvasket og med en kalkgrå hinne. I fanget hans lå en dobbelt-løpet, svart hagle med fint utskårne dyremotiver på det dyprøde skjeftet. Slik han satt, pekte munningen rett på Jon.

«Jakter du, Karlsen?» spurte Mads Gilstrup sakte med hes, alkoholpint stemme.

Jon ristet på hodet uten å greie å ta blikket fra haglen.

«I vår familie jakter vi på alt,» sa Gilstrup. «Intet vilt for lite, intet for stort. Jeg tror nesten du kan si at det er familiemottoet vårt. Faren min har skutt alt som kan krype og gå. Hver vinter reiser han til et land hvor det finnes dyr han ikke har skutt ennå. I fjor var det Paraguay, det var visstnok en sjelden skogspuma der. Selv er jeg ikke noe tess. Ikke ifølge far. Han sier at jeg ikke har kaldblodigheten som skal til. Han pleide å si at det eneste dyret jeg greide å fange, var hun der.» Mads Gilstrup gjorde et lite kast med hodet mot lerretet. «Skjønt, han mente vel at det var hun som fanget meg.»

Mads Gilstrup la haglen på salongbordet ved siden av seg og slo ut med hånden. «Sett deg. Vi undertegner jo en fullstendig overdragelsesavtale med din sjef David Eckhoff til uken. Angjeld-ende eiendommene i Jacob Aalls gate i første omgang. Far vil takke deg for at du tilrådet salget.»

«Det er ingenting å takke for, er jeg redd,» sa Jon og satte seg i den svarte sofaen. Skinnet var mykt og iskaldt. «En ren profe-sjonell vurdering.»

«Å? Få høre?»

Jon svelget. «Nytten pengene gjør, låst i eiendommene veid opp mot nytten de kan gjøre i det andre arbeidet vi gjør.»

«Men andre selgere ville kanskje lagt ut eiendommene på det åpne markedet?»

«Det skulle vi også gjerne gjort. Men dere satte jo hardt mot

346

hardt og gjorde det nokså klart at om dere skulle by på hele eiendomsmassen, ville dere ikke godta noen auksjon.»

«Det var likevel anbefalingen din som var utslagsgivende.»

«Jeg vurderte tilbudet som godt.»

Mads Gilstrup smilte. «Faen heller, dere kunne fått det dobbelte.»

Jon trakk på skuldrene. «Vi kunne muligens fått noe mer om vi hadde splittet opp eiendomsmassen, men dette sparer oss for en lang og arbeidskrevende salgsprosess. Og Lederrådet la vekt på at de har tillit til dere som utleier. Vi har jo en del beboere å ta hensyn til. Det er ikke godt å vite hva mer skruppelløse kjøpere ville gjort med dem.»

«Klausulen om å fryse utleiepriser og å beholde nåværende leietagere løper bare i atten måneder.»

«Tillit er viktigere enn klausuler.»

Mads Gilstrup lente seg fremover i stolen. «Det er faen ta meg sant, Karlsen. Vet du at jeg visste om deg og Ragnhild hele tiden? Du skjønner, hun fikk disse rosene i kinnene når hun var nypult, Ragnhild. Og de fikk hun bare ditt navn ble nevnt på kontoret. Leste du bibelvers for henne mens dere knullet? For vet du hva, jeg tror hun ville likt det ...» Mads Gilstrup dumpet tilbake i stolen med en kort latter og strøk en hånd over haglen på bordet. «Jeg har to haglpatroner i dette våpenet, Karlsen. Har du sett hva slike patroner kan gjøre? Du trenger ikke engang sikte spesielt godt, det er bare å trekke av og – bang – så er du blåst opp på veggen der. Fascinerende, ikke sant?»

«Jeg er kommet for å si at jeg ikke vil ha deg som fiende.»

«Fiende?» Mads Gilstrup lo. «Dere vil alltid være mine fiender. Husker du den sommeren dere hadde kjøpt Østgård og jeg ble invitert dit av selve kommandøren, Eckhoff? Det var jo synd på meg, jeg var jo han stakkars gutten som dere hadde kjøpt barndomsminnene fra. Dere er følsomme når det gjelder slikt, dere. Herregud som jeg hatet dere!» Mads Gilstrup lo. «Jeg sto og så på mens dere lekte og moret dere som om det var deres sted. Spesielt broren din, Robert. Han hadde liksom draget på småjentene, han. Kilte dem og tok dem med på låven og ...» Mads flyttet foten og kom borti flasken, som veltet med et lite dunk. Brun sprit rant klukkende ut på parketten. «Dere så meg ikke. Ingen av dere så meg, det var som jeg ikke var der, dere var bare opptatt av hverandre. Så jeg tenkte ja vel, da er jeg vel usynlig da. Og jeg skal vise dere hva usynlige mennesker kan gjøre.»

«Er det derfor du gjorde det?»

«Jeg?» Mads lo. «Men jeg er jo uskyldig, Jon Karlsen. Vi privilegerte er alltid det, det må du da ha skjønt. Vi har alltid ren samvittighet fordi vi har råd til å kjøpe andres. De som er satt til å tjene oss, å gjøre de skitne jobbene. Det er naturens lov.»

Jon nikket. «Hvorfor ringte du den politimannen og tilsto?»

Mads Gilstrup trakk på skuldrene. «Jeg tenkte egentlig jeg skulle ringe han andre, Harry Hole. Men slasken hadde ikke visittkort, så jeg ringte han jeg hadde nummeret til. Halvorsen et-eller-annet. Jeg husker ikke, jeg var full.»

«Har du fortalt det til noen andre?» spurte Jon.

Mads Gilstrup ristet på hodet, plukket opp den veltede flasken fra gulvet og tok en slurk.

«Bare til far.»

«Far?» sa Jon. «Ja, selvfølgelig.»

«Selvfølgelig?» Mads lo. «Elsker du din far, Jon Karlsen?»

«Ja. Svært høyt.»

«Og er du ikke enig i at kjærligheten til far er en forbannelse?» Jon svarte ikke og Mads fortsatte: «Far var her rett etter at jeg hadde ringt politimannen, og da jeg fortalte ham det, vet du hva han gjorde? Han hentet skistaven sin og slo meg. Og han slår fortsatt hardt, den jævelen. Hat gir krefter, vet du. Han sa at om jeg nevnte dette med et ord til noen, hvis jeg dro familiens navn ned i sølen, skulle han ta livet av meg. Han sa det akkurat slik. Og vet du hva?» Mads' øyne fyltes brått med tårer og gråten nappet i stemmen hans. «Jeg elsker ham likevel. Og jeg tror det er det som får ham til å hate meg så inderlig. At jeg, hans eneste sønn, er så svak at jeg ikke engang kan hate ham tilbake.»

Det ga gjenklang i rommet da han satte flasken hardt i parketten.

Jon foldet hendene. «Hør på meg nå. Politimannen som hørte

tilståelsen din, er i koma. Og hvis du lover at du ikke vil komme etter meg og mine, lover jeg at jeg aldri skal avsløre det jeg vet om deg.»

Mads Gilstrup så ikke ut til å høre Jon, i stedet hadde blikket hans glidd opp på lerretet hvor bryllupsparet sto med ryggen til dem. «Se, nå sier hun ja. Jeg spiller av akkurat det der om og om igjen. For jeg kan ikke skjønne det. Hun sverget, jo. Hun ...» Han ristet på hodet. «Jeg trodde kanskje det ville få henne til å elske meg igjen. Hvis jeg bare greide å gjennomføre denne ... forbrytelsen, så ville hun se meg slik jeg er. En forbryter må være modig. Sterk. En mann, ikke sant? Ikke bare ...» Han pustet hardt gjennom nesen og spyttet ut ordene: «... sønnen til en.»

Jon reiste seg. «Jeg må gå.»

Mads Gilstrup nikket. «Jeg har noe som tilhører deg. La oss kalle det ...» Han knep seg ettertenksomt i overleppen. «En avskjedspresang fra Ragnhild.»

På Holmenkollbanen satt Jon og stirret på den svarte bagen han hadde fått av Mads Gilstrup.

*

Det var så kaldt at de som hadde våget seg ut på søndagstur, gikk med opptrukne skuldre og bøyde hoder pakket inn i luer og skjerf. Men Beate Lønn kjente ikke kulden der hun sto i Jacob Aalls gate og trykket på ringeknappen til familien Miholjec. Hun hadde ikke kjent noe siden den siste beskjeden de hadde fått på sykehuset.

«Det er ikke hjertet hans som er det største problemet nå,» hadde legen sagt. «Det er andre organer som har fått problemer. I første rekke nyrene.»

Fru Miholjec ventet i døra i trappeoppgangen og viste Beate inn på kjøkkenet hvor hennes datter Sofia satt og fiklet med håret sitt. Fru Miholjec fylte vann på kaffekjelen og satte frem tre kopper.

«Det er kanskje best om Sofia og jeg tar dette alene,» sa Beate.

«Hun vil at jeg skal være her,» sa fru Miholjec. «Kaffe?»

«Nei takk, jeg skal tilbake til Rikshospitalet. Dette behøver ikke ta lang tid.»

«Neivel,» sa fru Miholjec og helte ut vannet igjen.

Beate satte seg ned foran Sofia. Prøvde å fange blikket hennes som studerte hårtupper.

«Er du sikker på at vi ikke skal ta dette på tomannshånd, Sofia?»

«Hvorfor det?» sa hun med den tverre tonen som irriterte tenåringer med forbløffende effektivitet bruker for å oppnå det de ønsker: å irritere.

«Dette er ganske personlige ting, Sofia.»

«Hun er mora mi, dama!»

«Greit,» sa Beate. «Tok du abort?»

Sofia stivnet til. Ansiktet skar en grimase, en blanding av sinne og smerte.

«Hva snakker du om?» sa hun kort, men greide ikke å skjule forbløffelsen i stemmen.

«Hvem var faren?» spurte Beate.

Sofia fortsatte å dra ut floker som ikke var der. Munnen til fru Miholjec hadde glidd opp.

«Hadde du sex med ham frivillig?» fortsatte Beate. «Eller voldtok han deg?»

«Hva er det du våger å si til min datter?» utbrøt moren. «Hun er bare barnet, og du våger å snakke til henne som om hun er en … en hore.»

«Din datter har vært gravid, fru Miholjec. Jeg vil bare vite om det kan ha noen sammenheng med drapssaken vi jobber med.»

Morens underkjeve så ut som den glapp i opphenget og munnen gled opp. Beate bøyde seg frem mot Sofia.

«Var det Robert Karlsen, Sofia? Var det det?»

Hun kunne se at jentas underleppe hadde begynt å skjelve.

Moren reiste seg fra stolen: «Hva er dette hun sier, Sofia? Si at det ikke er sant!»

Sofia la ansiktet mot bordplaten og dekket hodet med armene.

«Sofia!» ropte moren.

«Ja,» hvisket Sofia gråtkvalt. «Det var ham. Det var Robert Karlsen. Jeg trodde ikke … jeg ante ikke at han … var sånn.»

Beate reiste seg. Sofia hulket og moren så ut som noen hadde slått henne. Selv følte Beate bare nummenhet. «Mannen som drepte Robert ble tatt i natt,» sa hun. «Beredskapstroppen skjøt ham nede på containerhavna. Han er død.»

Hun så etter reaksjoner, men fikk ingen.

«Jeg går nå.»

Ingen hørte henne og hun gikk alene til døra.

*

Han sto ved vinduet og stirret utover det bølgende, hvite landskapet. Det så ut som et hav av melk som plutselig hadde frosset. På noen av bølgetoppene skimtet han hus og røde låver. Sola hang lav og utmattet over åsen.

«*They are not coming back*,» sa han. «De har dratt. Eller kanskje de aldri har vært her? Kanskje du løy?»

«De har vært her,» sa Martine og dro kasserollen av ovnen. «Det var varmt da vi kom, og du så selv sporene i snøen. Noe må ha skjedd. Sett deg, maten er ferdig.»

Han la pistolen ved siden av tallerkenen og spiste lapskausen. Han la merke til at hermetikkboksene var av samme merke som han hadde spist i leiligheten til Harry Hole. I vinduskarmen sto en gammel, blå transistorradio. Den spilte begripelig popmusikk avbrutt av ubegripelig snakking. Akkurat nå spilte de noe han hadde hørt i en film en gang, noe moren av og til hadde spilt på pianoet som hadde stått foran vinduet som «var det eneste i huset som hadde utsikt til Donau» som faren spøkefullt pleide å si når han skulle erte mor. Og hvis hun lot seg erte opp, blåste faren alltid av feiden ved å spørre hvordan en så intelligent og vakker kvinne kunne velge en som ham til ektemann.

«Er Harry kjæresten din?» spurte han.

Martine ristet på hodet.

«Hvorfor kommer du med konsertbillett til ham, da?»

Hun svarte ikke.

Han smilte. «Jeg tror du er forelsket i ham.»

Hun løftet gaffelen og pekte på ham som om hun ville poengtere noe, men ombestemte seg.

«Hva med deg? Har du en jente der hjemme?»

Han ristet på hodet mens han drakk vann av glasset.

«Hvorfor ikke? For travel i jobben?»

Han sprutet vann utover duken. Det er spenningen, tenkte han. Det er derfor han så plutselig og ukontrollert lo. Hun lo med.

«Eller kanskje du er homse,» sa hun og tørket en lattertåre. «Kanskje det er en gutt du har der hjemme?»

Han lo enda høyere. Og fortsatte å le lenge etter at hun hadde sluttet.

Hun forsynte dem begge med mer lapskaus.

«Siden du liker ham så godt, kan du få dette,» sa han og slengte et bilde på bordet. Det var bildet fra speilet i gangen med Harry, den mørke kvinnen og gutten. Hun plukket det opp og studerte det.

«Han ser glad ut,» sa hun.

«Kanskje han hadde det bra. Akkurat da.»

«Ja.»

Et gråaktig mørke hadde kommet krypende inn gjennom vinduene og lagt seg i rommet.

«Kanskje han kan få det bra igjen,» sa hun lavt.

«Tror du det går an?»

«Å få det bra igjen? Selvfølgelig.»

Han så på radioen bak henne. «Hvorfor hjelper du meg?»

«Det sa jeg jo. Harry ville ikke hjulpet deg og så …»

«Jeg tror deg ikke. Det må være noe mer.»

Hun trakk på skuldrene.

«Kan du fortelle meg hva som står her?» sa han, brettet ut og rakte henne skjemaet han hadde funnet i papirbunken på Harrys salongbord.

Hun leste mens han studerte bildet av Harry på ID-kortet fra leiligheten. Politimannen hadde rettet blikket over kameralinsen, og han skjønte at Harry så på fotografen i stedet for kameraet. Og tenkte at det kanskje fortalte noe om mannen på bildet.

«Det er en rekvisisjon på noe som heter Smith&Wesson 38,» sa Martine. «Han blir bedt om å hente det på materiellkontoret på Politihuset mot denne rekvisisjonen i undertegnet stand.»

Han nikket langsomt. «Og den er undertegnet i original, ikke sant?»

«Ja. Av ... skal vi se ... politioverbetjent Gunnar Hagen.»

«Harry har med andre ord ikke hentet våpenet sitt. Og det betyr at han er ufarlig. At han akkurat nå er helt forsvarsløs.»

Martine blunket fort to ganger.

«Hva er det egentlig du tenker på nå?»

Kapittel 26.
Søndag 20. desember. Trylletrikset

Gatelyktene slo seg på i Gøteborggata.

«OK,» sa Harry til Beate. «Så det var akkurat her Halvorsen sto parkert?»

«Ja.»

«De gikk ut. Og ble angrepet av Stankic. Som først skjøt etter Jon som flyktet inn i gården. Og så gikk løs på Halvorsen som var på vei inn i bilen for å hente våpen.»

«Ja. Halvorsen ble funnet liggende ved siden av bilen. Vi fant blod i frakkelommene, bukselommene og bukselinningen til Halvorsen. Det er ikke hans eget, så vi antar at det er fra Stankic som tydeligvis har ransaket Halvorsen. Og tatt lommeboken og mobiltelefonen.»

«Mm,» sa Harry og gned seg over haken. «Hvorfor skjøt han ikke bare Halvorsen? Hvorfor bruke kniv? Ikke for å være lydløs, han hadde jo allerede vekket opp nabolaget ved å skyte etter Jon.»

«Det har vi spurt oss om også.»

«Og hvorfor stikker han ned Halvorsen og flykter etterpå? Den eneste grunnen til å ta Halvorsen må jo være å få ham av veien slik at han kan få tak i Jon etterpå. Men han prøver ikke engang.»

«Han ble jo forstyrret. Det kom en bil, ikke sant?»

«Jo, men her snakker vi om en fyr som akkurat har stukket ned en politimann på åpen gate. Hvorfor skulle han la seg skremme av en tilfeldig bil? Og hvorfor brukte han kniv hvis han allerede hadde pistolen fremme?»

«Ja, si det.»

Harry lukket øynene. Lenge. Beate stampet med føttene i snøen.

«Harry,» sa hun. «Jeg har lyst til å gå herfra, jeg …»

Harry åpnet langsomt øynene. «Han var tom for kuler.»

«Hva?»

«Det var Stankics siste kule.»

Beate sukket tungt. «Han var en proff, Harry. Du går vel ikke akkurat tom for ammunisjon, da.»

«Jo, nettopp derfor,» sa Harry ivrig. «Hvis du har en detaljert plan om hvordan du skal ta livet av en fyr og det krever én eller i høyden to kuler, så tar du ikke med deg et helt ammolager. Du skal inn i et fremmed land, all bagasjen gjennomlyses og du skal gjemme dette et sted, ikke sant?»

Beate svarte ikke, og Harry fortsatte:

«Stankic skyter altså sin siste kule etter Jon og bommer. Så angriper han Halvorsen med stikkvåpen. Hvorfor? Jo, for å fravriste ham tjenestepistolen til å jakte på Jon. Det er derfor det er blod på bukselinningen til Halvorsen. Det er ikke stedet du ser etter en lommebok, det er stedet du ser etter et våpen. Men han finner ikke noen revolver fordi han veit ikke at den ligger inne i bilen. Og nå har Jon låst seg inn i gården og Stankic har bare en kniv. Så han gir opp og stikker av.»

«Fin teori,» sa Beate og gjespet. «Vi kunne spurt Stankic, men han er død. Og da er det vel ikke så viktig, heller.»

Harry så på Beate. Øynene hennes var smale og røde av mangel på søvn. Hun hadde vært taktfull nok til ikke å nevne at han stinket både ny og gammel fyll. Eller klok nok til å vite at det ikke hadde noen hensikt å konfrontere ham med det. Men han skjønte også at akkurat nå hadde han null tillit hos henne.

«Hva var det vitnet i bilen sa?» spurte Harry. «At Stankic flyktet nedover på venstre side av veien?»

«Ja, hun fulgte ham i speilet. Og så falt han på hjørnet der nede. Hvor vi altså fant en kroatisk mynt.»

Han så ned mot hjørnet. Det var der tiggeren med hengebarten hadde stått sist Harry var her. Kanskje han hadde sett noe? Men nå var det minus tjueto og ingen der.

«La oss dra opp på Rettsmedisinsk,» sa Harry.

Uten å si noe kjørte de oppover Toftes gate til Ring 2. Forbi Ullevål Sykehus. De passerte hvite hager og murhus i engelsk stil i Sognsveien da Harry plutselig brøt tausheten:

«Kjør inn til siden av veien.»

«Nå? Her?»

«Ja.»

Hun kikket i speilet og gjorde som han sa.

«Sett på blinklyset,» sa Harry. «Og så konsentrerer du deg om meg. Husker du den intuisjonsleken jeg lærte deg?»

«Du mener den som går ut på å snakke før du tenker?»

«Eller å si det du tenker før du tenker at det burde du ikke tenke. Tøm hjernen.»

Beate lukket øynene. Utenfor på fortauet passerte en familie på ski.

«Klar? OK. Hvem sendte Robert Karlsen til Zagreb?»

«Moren til Sofia.»

«Mm,» sa Harry. «Hvor kom det fra?»

«Aner ikke,» sa Beate og åpnet øynene. «Hun har ikke noe motiv vi vet om. Og hun er definitivt ikke typen. Kanskje fordi hun er kroat som Stankic. Underbevisstheten min tenker nok ikke så komplisert.»

«Alt det du sier der kan være riktig,» sa Harry. «Bortsett fra det siste om underbevisstheten. OK. Spør meg.»

«Må jeg spørre ... høyt?»

«Ja.»

«Hvorfor det?»

«Bare gjør det,» sa han og lukket øynene. «Jeg er klar.»

«Hvem sendte Robert Karlsen til Zagreb?»

«Nilsen.»

«Nilsen? Hvem Nilsen?»

Harry åpnet øynene igjen.

Han blunket litt forvirret mot lysene fra motgående trafikk. «Da må det jo være Rikard.»

«Morsom lek,» sa Beate.

«Kjør,» sa Harry.

*

Mørket hadde falt over Østgård. I vinduskarmen pludret radioen.

«Er det virkelig ikke noen som kan kjenne deg igjen?» spurte Martine.

«Jo da,» sa han. «Men det tar tid. Det tar tid å lære seg ansiktet mitt. Det er bare ikke så mange som har tatt seg den tiden.»

«Så det er ikke deg, det er de andre?»

«Kanskje. Men jeg har ikke villet at de skal kjenne meg igjen, det er … noe jeg gjør.»

«Du flykter.»

«Nei, tvert om. Jeg infiltrerer. Jeg invaderer. Jeg gjør meg usynlig og sniker meg inn dit jeg vil.»

«Men hvis ingen ser deg, hva er vitsen?»

Han så forbauset på henne. Det kom en trudelutt fra radioen og en damestemme begynte å snakke med nyhetsoppleserens nøytrale alvor.

«Hva sier hun?» spurte han.

«Det blir enda kaldere. Barnehager stenges. Gamle mennesker oppfordres til å holde seg inne og ikke prøve å spare på strømmen.»

«Men du så meg,» sa han. «Du kjente meg igjen.»

«Jeg ser på mennesker,» sa hun. «Jeg ser dem. Det er mitt eneste talent.»

«Er det derfor du hjelper meg?» spurte han. «Er det derfor du ikke en eneste gang har prøvd å stikke av?»

Hun studerte ham. «Nei, det er ikke derfor,» sa hun til slutt.

«Hvorfor?»

«Fordi jeg vil at Jon Karlsen skal dø. Jeg vil at han skal bli enda dødere enn du er.»

Han rykket til. Var hun forrykt?

«Jeg død?»

«De har påstått det i nyhetssendingene de siste timene,» sa hun og nikket mot radioen.

Hun trakk pusten og messet med nyhetsoppleserens myndige

alvor: «Mannen som er mistenkt for drapet på Egertorget døde i natt da han ble skutt av politiets beredskapstropp under en aksjon på containerhavna. Ifølge aksjonsleder Sivert Falkeid nektet den mistenkte å overgi seg, men lot til å gripe etter våpen. Leder for politiets Voldsavsnitt, Gunnar Hagen, opplyser at saken rutinemessig vil bli oversendt SEFO, politiets særlige etterforskningsorgan. Hagen sier at saken er et nytt eksempel på at politiet står overfor en stadig mer brutal, organisert kriminalitet og at diskusjonen om bevæpning av politiet ikke bare bør dreie seg om effektiv håndhevelse, men også om polititjenestemenns egen sikkerhet.»

Han blunket to ganger. Tre ganger. Så demret det for ham. Christopher. Den blå jakka.

«Jeg er død,» sa han. «Det var derfor de var dratt da vi kom hit. De tror det er over.» Han la hånden sin oppå Martines. «Du vil at Jon Karlsen skal dø.»

Hun stirret ut i luften. Trakk pusten som om hun skulle til å snakke, men slapp luften ut med et stønn som om ordene hun hadde funnet ikke var de riktige og prøvde om igjen. På tredje forsøk kom det:

«Fordi Jon Karlsen visste. Han har visst i alle disse årene. Og derfor hater jeg ham. Og derfor hater jeg meg selv.»

*

Harry stirret ned på den nakne, døde kroppen på benken. Det hadde nesten sluttet å gjøre inntrykk på ham å se dem slik. Nesten.

Rommet hadde en temperatur på rundt fjorten grader og de glatte sementveggene kastet et kort, hardt ekko da den kvinnelige rettsmedisineren svarte på Harrys spørsmål:

«Nei, vi hadde ikke tenkt å obdusere ham, akkurat. Vi har kø nok langt som det er, og her er årsaken temmelig åpenbar, synes du ikke?» Hun nikket mot ansiktet som hadde et stort, svart hull som hadde tatt med seg størstedelen av nesen og overleppen slik at munnen og tennene i overkjeven lå åpen.

«Litt av et krater,» sa Harry. «Ser ikke ut som resultatet av en MP-5, akkurat. Når får jeg rapporten?»

«Spør sjefen din. Han har bedt om at den går rett til ham.»

«Hagen?»

«Jepp. Så du får be ham om en kopi hvis det haster.»

Harry og Beate utvekslet blikk.

«Hør her,» sa rettsmedisineren med en trekning i munnviken som Harry skjønte skulle være et smil. «Vi har lite folk på vakt i helgen, og det har hopet seg litt opp for meg. Så om dere unnskylder?»

«Selvfølgelig,» sa Beate.

Rettsmedisineren og Beate begynte å gå mot døra, men begge stoppet da de hørte Harrys stemme:

«Har noen av dere lagt merke til det her?»

De snudde seg mot Harry som sto bøyd over liket.

«Han har sprøytemerker. Har dere sjekket blodet hans for stoff?»

Rettsmedisineren sukket. «Han kom inn i morges, og alt vi har rukket er å legge ham på frys.»

«Når kan dere få gjort det?»

«Er det viktig?» spurte hun og fortsatte da hun så Harrys nøling. «Det er fint om du svarer ærlig, for skal vi prioritere det, betyr det at alle de andre sakene dere maser om blir enda mer forsinket. Det er et helvete nå rett før jul.»

«Vel,» sa Harry. «Kanskje han satte noen sprøyter.» Han trakk på skuldrene. «Men han er død. Og da er det vel ikke så viktig, heller. Har dere tatt av klokka hans?»

«Klokka?»

«Ja. Han hadde på seg en Seiko SQ50 da han tok ut penger i en minibank forleden.»

«Han hadde ikke noe klokke.»

«Mm,» sa Harry og så på sitt eget nakne håndledd. «Sikkert mistet den.»

«Jeg stikker bort på intensivavdelingen igjen,» sa Beate da de var kommet utenfor.

«OK,» sa Harry. «Jeg tar en drosje. Får du bekreftet identiteten?»

«Hva mener du?»

«Så vi er hundre prosent sikre på at det er Stankic som ligger der inne.»

«Selvfølgelig, det er jo vanlig prosedyre. Liket har blodtype A som stemmer med den vi fant klint på lommene til Halvorsen.»

«Det er den vanligste blodtypen som finnes i Norge, Beate.»

«Jada, men de vil sjekke DNA-profilen også. Er du i tvil?»

Harry trakk på skuldrene. «Det må gjøres. Når?»

«Tidligst onsdag, greit?»

«Tre dager? Ikke greit.»

«Harry …»

Harry holdt hendene avvergende opp: «Greit. Jeg stikker nå. Få deg litt søvn, OK?»

«Du ser ærlig talt ut som du trenger det mer enn meg.»

Harry la en hånd på skulderen hennes. Kjente hvor tynn hun var under jakka. «Han er en tøffing, Beate. Og han har lyst til å være her. OK?»

Beate bet seg i underleppen. Så ut som hun prøvde å si noe, men det ble bare et fort smil og et nikk.

I taxien tok Harry opp mobiltelefonen og slo nummeret til Halvorsens mobiltelefon. Men som ventet var det ikke noe svar.

I stedet slo han nummeret til Hotel International. Han fikk resepsjonen og ba dem sette ham inn til Fred i baren. Fred? I hvilken bar?

«*The other bar*,» sa Harry.

«Det er politimannen,» sa Harry da han fikk barkeeperen på tråden. «Han som var innom i går og spurte etter *mali spasitelj.*»

«*Da?*»

«Jeg må snakke med henne.»

«Hun har fått de dårlige nyhetene,» sa Fred. «Farvel.»

Harry satt og hørte på den brutte forbindelsen en stund. Så la han telefonen i innerlommen og stirret ut av sidevinduet på de døde gatene. Tenkte at hun var i katedralen og tente et nytt lys.

«Schrøder Restaurant,» opplyste taxisjåføren og bremset ned.

Harry satt ved det faste bordet sitt og stirret ned i et halvfullt ølglass. Den såkalte restauranten var i virkeligheten et enkelt, loslitt skjenkested, men med en aura av stolthet og verdighet som muligens skyldtes klientellet, muligens betjeningen, muligens de malplassert flotte maleriene som prydet de innrøkte veggene. Eller det enkle faktum at Schrøder Restaurant hadde holdt stand i så mange år, sett så mange av nabolagets lokaler skifte skilt og eiere, men selv fortsatt var i live.

Det var ikke mange mennesker her rett før stengetid på en søndag kveld. Men akkurat nå kom en ny gjest inn, kastet et raskt blikk rundt i lokalet mens han kneppet opp frakken han hadde over tweedjakka og strenet så mot Harrys bord.

«God aften, min venn,» sa Ståle Aune. «Dette synes visst å være ditt faste hjørne?»

«Det er ikke et hjørne,» sa Harry uten antydning til snøvling. «Det er en krok. Hjørner er på utsiden. Man runder et hjørne, man sitter ikke i et.»

«Hva med ordet 'hjørnebord'?»

«Ikke et bord i et hjørne, men et bord med hjørne. Som i hjørnesofa.»

Aune smilte fornøyd. Dette var hans type samtale. Servitrisen kom og ga ham et kort, mistenksomt blikk da han bestilte te.

«Så man sitter heller ikke i et 'skammehjørne' da, antar jeg?» sa han og rettet på den rød- og svartprikkete halssløyfen.

Harry smilte. «Prøver du å fortelle meg noe, herr psykolog?»

«Vel, jeg antar at du ringte meg for at du ville at jeg skulle fortelle deg noe.»

«Hvor mye tar du i timen for å fortelle folk at de skammer seg nå for tiden?»

«Pass på, Harry. Drikking gjør deg ikke bare irritabel, men irriterende. Jeg har ikke kommet her for å ta fra deg verken selvrespekten, ballene eller ølet. Men problemet ditt akkurat nå er at alle de tre tingene befinner seg oppi det glasset.»

«Du har evig rett,» sa Harry og løftet glasset. «Og det er derfor jeg må skynde meg å drikke det.»

Aune reiste seg. «Hvis du vil snakke om drikkingen din, tar vi det som vanlig på mitt kontor. Denne konsultasjonen er over, og du betaler teen.»

«Vent,» sa Harry. «Se her.» Han snudde seg og satte resten av halvliteren på det tomme bordet bak dem. «Det er trylletrikset mitt. Jeg avslutter fylla med én halvliter som jeg bruker en time på å drikke. En liten slurk annet hvert minutt. Som en sovepille. Så går jeg hjem og fra neste dag er jeg tørrlagt. Jeg ville snakke med deg om angrepet på Halvorsen.»

Aune nølte. Så satte han seg igjen. «Forferdelig sak. Jeg har fått detaljene.»

«Og hva ser du?»

«Skimter, Harry. Skimter, og knapt nok det.» Aune nikket belevent til servitrisen som kom med teen. «Men som du vet, skimter jeg bedre enn de andre døgeniktene i min bransje. Det jeg ser, er i hvert fall likhetene mellom dette angrepet og drapet på Ragnhild Gilstrup.»

«Få høre.»

«Dypt og inderlig sinne som får sitt utløp. Vold betinget av seksuell frustrasjon. Raserianfallene er som du vet typisk for borderline-personlighet.»

«Ja, bortsett fra at denne personen ser ut til å kunne kontrollere raseriet sitt. Hvis ikke ville vi hatt flere spor på åstedene.»

«Godt poeng. Det kan være en type raseridrevet voldsperson – eller 'person som utøver vold' som tantene i min bransje pålegger oss å kalle det – som i det daglige kan virke sedat, nesten defensiv. American Journal of Psychology hadde nylig en artikkel om slike personer med det de kaller 'slumbering rage'. Som jeg kaller doktor Jekyll og mister Hyde. Og når mister Hyde våkner ...»

Aune viftet med venstre pekefinger samtidig som han tok en kort slurk av tekoppen.

«... er det dommedag og ragnarok på én gang. Men de kontrollerer altså ikke raseriet sitt når det først er utløst.»

«Høres ikke ut som et gunstig personlighetstrekk hos en profesjonell leiemorder.»

«Definitivt ikke. Hvor vil du?»

«Stankic mister stilen i drapet på Ragnhild Gilstrup og angrepet på Halvorsen. Det er noe ... uklinisk. Og helt annerledes enn drapene på Robert Karlsen og de andre vi har fått rapporter på fra Europol.»

«En sint og ustabil leiemorder? Tja. Det finnes nok ustabile flykapteiner og ustabile driftsledere for atomkraftverk, også. Ikke alle er i en jobb de burde hatt, vet du.»

«Skål for den.»

«Jeg tenkte faktisk ikke på deg nå. Vet du at du har visse narsissistiske trekk, førstebetjent?» Harry smilte.

«Vil du fortelle meg hvorfor du skammer deg?» spurte Aune. «Synes du at det er din skyld at Halvorsen ble stukket ned?»

Harry rensket halsen. «Vel. Det var i alle fall jeg som ga ham jobben å passe på Jon Karlsen. Og det var jeg som burde lært ham hvor man har våpenet sitt når man sitter barnevakt.»

Aune nikket. «Så alt er din skyld. Som vanlig.»

Harry snudde hodet til siden og så ut i lokalet. Lysene hadde begynt å blinke og de få som var igjen, drakk lydig ut og trakk på seg skjerf og luer. Harry la en hundrelapp på bordet og sparket frem en bag fra under stolen. «Neste gang, Ståle. Jeg har ikke vært hjemom siden Zagreb og nå skal jeg sove.»

Harry gikk bak Aune mot døra, men greide likevel å la være å se etter glasset med ølslanten som fortsatt sto på bordet bak dem.

Da Harry skulle til å låse seg inn i leiligheten sin, så han det ødelagte glasset og bannet høyt. Det var andre gangen han hadde hatt innbrudd bare i år. Han noterte seg at innbruddstyven hadde tatt seg tid til å lime glasset for ikke å vekke oppmerksomheten til forbipasserende beboere. Men likevel ikke tatt seg tid til å ta med stereoanlegg og TV. Forståelig, siden ingen av delene var årets modell. Eller fjorårets. Og andre lett omsettelige verdisaker fantes ikke.

Noen hadde flyttet på bunken med papirene på salongbordet. Harry gikk ut på badet og så at det var rotet i medisinskapet over vasken, så det var ikke vanskelig å skjønne at det var en narkoman som hadde vært på ferde.

Han stusset litt over en tallerken på kjøkkenbenken og en

tom boks med lapskaus i søppelposen i benkeskapet. Hadde den uheldige tyven trøstespist?

Da Harry la seg, kjente han varslet om smerte som skulle komme og håpet at han ville sovne mens han fortsatt var noenlunde medisinert. Mellom sprekkene i gardinene la månen en hvit stripe på gulvet bort til sengen. Han kastet seg frem og tilbake mens han ventet på gjenferdene. Han kunne høre suset av dem, det var kun et spørsmål om tid. Og selv om han visste at det bare var fylleparanoia, syntes han det luktet blod og død av sengetøyet.

Kapittel 27.
Mandag 21. desember. Disippelen

Noen hadde hengt opp en julekrans utenfor møterommet i rød sone.

Bak den lukkede døra gikk det siste morgenmøtet til etterforskningsgruppen mot slutten.

Harry sto foran forsamlingen i en trang, mørk dress og svettet.

«Ettersom både gjerningsmannen, Stankic og bakmannen, Robert Karlsen er døde, er etterforskningsgruppen med denne sammensetningen oppløst etter dette møtet,» sa Harry. «Og det betyr at de fleste her kan se frem til juleferie i år. Men jeg kommer til å be Hagen om å få disponere noen av dere til videre etterforskning. Noen spørsmål før vi runder av. Ja, Toril?»

«Du sier at Stankics forbindelse i Zagreb bekreftet mistanken vår om at Robert Karlsen bestilte drapet på Jon. Hvem snakket med forbindelsen og hvordan?»

«Det kan jeg dessverre ikke gå inn på,» sa Harry, ignorerte Beates talende blikk og kjente svetten renne nedover ryggen. Ikke på grunn av dressen eller spørsmålet, men fordi han var edru.

«OK,» sa Harry. «Neste oppgave blir å finne ut hvem Robert samarbeidet med. Jeg vil ta kontakt med de heldige som får lov til å være med på det utover dagen. Hagen holder en pressekonferanse senere i dag og tar seg av det som skal sies.» Harry viftet med hånden. «Løp til papirbunkene deres, folkens.»

«Hei!» ropte Skarre over de skrapende i stolene. «Skal vi ikke feire 'a?»

Støyen forstummet og forsamlingen så på Harry.

«Vel,» sa Harry stille. «Jeg veit ikke helt hva vi skal feire, Skarre. At tre mennesker er døde? At bakmannen fortsatt er fri? Eller at vi har en betjent som ligger i koma?»

Harry så på dem og gjorde ikke noe for å forkorte den pinlige tausheten som fulgte.

Da rommet var tømt, kom Skarre bort til Harry som holdt på å sortere notatene han hadde skrevet klokka seks på morgenen tilbake i mappen.

«Sorry,» sa Skarre. «Dårlig forslag.»

«Det er greit,» sa Harry. «Du mente det vel godt.»

Skarre kremtet. «Sjelden å se deg i dress.»

«Robert Karlsens begravelse er klokka tolv,» sa Harry uten å se opp. «Tenkte jeg skulle se hvem som møter opp.»

«Skjønner.» Skarre vippet på skohælene.

Harry stoppet å bla i papirene. «Var det noe annet, Skarre?»

«Ja. Jo. Jeg tenkte bare at siden en del av folkene på avsnittet har familie og har gledet seg til jul, mens jeg er single …»

«Mm?»

«Ja, så melder jeg meg frivillig.»

«Frivillig?»

«Jeg mener jeg har lyst til å være med og jobbe videre på saken. Hvis du vil ha meg med, altså,» skyndte Skarre seg å legge til.

Harry studerte Magnus Skarre.

«Jeg vet at du ikke liker meg,» sa Skarre.

«Det er ikke det,» sa Harry. «Jeg har allerede bestemt hvem som skal være med videre. Og det er dem jeg synes er best, ikke dem jeg liker.»

Skarre trakk på skuldrene og adamseplet hans jumpet opp og ned. «Fair nok. God jul, da.» Han begynte å gå mot døra.

«Derfor,» sa Harry og la notatene inn i mappen. «Vil jeg at du skal begynne med å sjekke bankkontoen til Robert Karlsen. Se hva som har gått inn og ut siste halve året og noter uregelmessigheter.»

Skarre stoppet og snudde seg, forbauset.

«Det samme gjør du med Albert og Mads Gilstrup. Får du dette med deg, Skarre?»

Magnus Skarre nikket ivrig.

«Sjekk også hos Telenor om det har vært telefonsamtaler mellom Robert og Gilstrup i perioden. Ja, og siden det kan se ut som Stankic tok med seg mobiltelefonen til Halvorsen kan du jo sjekke om det har vært noen samtaler på nummeret hans. Snakk med politijuristen om innsyn i de bankkontiene.»

«Trengs ikke,» sa Skarre. «Etter den nye instruksen har vi stående innsynsrett.»

«Mm.» Harry så alvorlig på Skarre. «Tenkte det var fint å ha med en på laget som har lest instruksen, ja.»

Så strenet han ut døra.

Robert Karlsen hadde ikke hatt offisersgrad, men siden han hadde dødd på post, var det bestemt at han likevel skulle få sin grav på det området som armeen disponerte for offiserer på Vestre gravlund. Etter forrettelsen ville det som vanlig være minnemøte hos korpset på Majorstua.

Idet Harry kom inn i kapellet, snudde Jon seg på første benk hvor han satt alene sammen med Thea. Harry tolket det som at Roberts foreldre ikke var til stede. Han og Jon fikk øyekontakt og Jon nikket kort og alvorlig, men med takknemlighet i blikket.

Ellers var kapellet som ventet fylt til siste benk. De fleste var i Frelsesarmeens uniform. Harry så Rikard og David Eckhoff. Og ved siden av ham, Gunnar Hagen. Men også en del av gribbene i pressen. I det samme gled Roger Gjendem ned på benken ved siden av ham og spurte om han visste noe om hvorfor ikke statsministeren kom som annonsert.

«Spør Statsministerens kontor,» svarte Harry som visste at kontoret samme morgen hadde fått en diskré telefon fra høyt hold i Politihuset med beskjed om Robert Karlsens mulige rolle i drapssaken. Statsministerens kontor hadde uansett kommet på at regjeringssjefen måtte prioritere andre presserende møter.

Kommandør David Eckhoff hadde også fått en telefon fra Politihuset og det hadde skapt tilløp til panikk på Hovedkvarteret, særlig ettersom en av nøkkelpersonene i begravelsesforberedelsene, hans datter Martine, i morges hadde meldt fra at hun var syk og ikke kom på jobb.

Kommandøren hadde imidlertid med besluttsom røst forkynt at en mann er uskyldig inntil det motsatte er ugjendrivelig bevist. Dessuten – hadde han lagt til – var det for sent å endre på opplegget nå, showet måtte gå sin gang. Og statsministeren hadde forsikret kommandøren om at deltagelsen på julekonserten i Konserthuset i morgen kveld uansett lå fast.

«Ellers?» hvisket Gjendem. «Noe nytt i drapssakene?»

«Dere har vel fått beskjeden,» sa Harry. «All presse skal gå via Gunnar Hagen eller pressetalsperson.»

«De sier jo ingenting.»

«Høres ut som de har skjønt jobben sin.»

«Kom igjen, Hole, jeg skjønner jo at det er noe som foregår. Han betjenten som ble stukket ned i Gøteborggata, har det noen sammenheng med han drapsmannen dere plaffa ned i går natt?»

Harry ristet på hodet på en måte som både kunne bety «nei» og «ingen kommentar».

Orgelmusikken stoppet i det samme, mumlingen forstummet og piken med debutalbumet trådte frem og sang en kjent salme med forførende mye luft, antydning til stønn og satte punktum med å kjøre siste stavelse i en tonal berg- og dalbane Mariah Carrey ville ha misunt henne. Et øyeblikk kjente Harry behovet for en drink som direkte overveldende. Men endelig lukket hun munnen og bøyde hodet i sorg mot blitzregnet. Manageren hennes smilte fornøyd. Han hadde tydeligvis ikke fått noen telefon fra Politihuset.

Eckhoff talte til forsamlingen om mot og offer.

Harry greide ikke å konsentrere seg. Han så på kisten og tenkte på Halvorsen. Og han tenkte på moren til Stankic. Og når han lukket øynene, tenkte han på Martine.

Etterpå bar seks offiserer kisten ut. Jon og Rikard gikk forrest. Jon skled på isen idet de svingte rundt grusgangen.

Harry forlot stedet mens de andre fortsatt sto samlet rundt graven. Han gikk gjennom den folketomme delen av gravplassen i retning Frognerparken da han hørte det knirke i snøen bak seg.

Han tenkte først at det var en journalist, men da han hørte raske, opphissede åndedrag, reagerte han uten å tenke og virvlet rundt.

Det var Rikard. Som bråstoppet.

«Hvor er hun?» spurte han med pusten hvesende under stemmen.

«Hvor er hvem?»

«Martine.»

«Jeg hørte hun er syk i dag.»

«Syk, ja.» Rikards bryst gikk opp og ned. «Men hjemme i seng, nei. Og ikke var hun hjemme i natt heller.»

«Hvordan veit du det?»

«Ikke …!» Rikards rop lød som et smerteskrik og ansiktet skar grimaser som om han ikke lenger kontrollerte sin egen mimikk. Men så trakk han pusten og med noe som virket som en kraftanstrengelse tok han seg sammen.

«Ikke prøv den der på meg,» hvisket han. «Jeg vet det nok. Du har lurt henne. Besudlet henne. Hun er i din leilighet, ikke sant? Men du får ikke …»

Rikard tok et skritt frem mot Harry som automatisk dro hendene opp av frakkelommene.

«Hør her,» sa Harry. «Jeg aner ikke hvor Martine er.»

«Du lyver!» Rikard knyttet nevene og Harry skjønte at det hastet å finne de riktige, beroligende ordene. Han satset på disse: «Bare et par ting du bør ta med i overveiningene dine akkurat nå, Rikard. Jeg er ikke spesielt rask, men jeg veier femognitti kilo og har slått høl på ei ytterdør i eik. Og minimumsstraffen etter straffelovens paragraf 127 om vold mot offentlig tjenestemann, er seks måneder. Du risikerer altså sykehus. *Og* fengsel.»

Rikard stirret olmt. «Vi sees, Harry Hole,» sa han lett, snudde seg og løp i snøen mellom gravsteinene opp mot kirken.

*

Imtiaz Rahim var i dårlig humør. Han hadde akkurat kranglet med sin bror om de skulle ha juledekorasjoner på veggen bak kassa. Imtiaz mente at det fikk være nok at de solgte julekalendere, svinekjøtt og andre kristne varer, om de ikke også skulle vanhellige Allah med å følge den slags hedenske skikker. Hva ville deres pakistanske kunder si? Men broren hans mente at de måtte tenke på de andre kundene. For eksempel de fra gården på den andre siden av Gøteborggata. Det kunne ikke skade om de ga kolonialbutikken en liten touch av kristendom i disse dagene. Imtiaz hadde likevel vunnet den hissige diskusjonen, men det ga ham ingen glede.

Imtiaz sukket derfor tungt da bjella over døra ringlet iltert og en høy, bredskuldret mann i mørk dress trådte inn og kom bort til kassa.

«Harry Hole i politiet,» sa mannen og et lite, panisk øyeblikk tenkte Imtiaz at det fantes en lov i Norge som sa at alle butikker måtte ha juledekorasjoner.

«For noen dager siden sto det en tigger utenfor butikken her,» sa politimannen. «En fyr med rødt hår og en sånn bart.» Han dro en finger over overleppen og ned på siden av munnen.

«Ja,» sa Imtiaz. «Ham kjenner jeg. Han panter flasker her.»

«Vet du hva han heter?»

«Tigeren. Eller panteren.»

«Hva sa?»

Imtiaz lo. Han var i godt humør igjen. «Han er tigger, ikke sant? Og panter flasker ...»

Harry nikket.

Imtiaz trakk på skuldrene. «Det var nevøen min som lærte meg den ...»

«Mm. Ikke dårlig. Så ...»

«Nei, jeg vet ikke hva han heter. Men jeg vet hvor du kan finne ham.»

Espen Kaspersen satt som vanlig på Deichmanske hovedbibliotek i Henrik Ibsens gate 1 med en bunke bøker foran seg, da han ble oppmerksom på at en skikkelse sto over ham. Han så opp.

«Hole, politiet,» sa mannen og satte seg på stolen på den andre siden av det lange bordet. Espen så den lesende piken nederst ved bordet kikke bort på dem. Det hendte at nyansatte i resep-

sjonen spurte om å få sjekke vesken hans når han var på vei ut.
Og to ganger hadde det kommet personer bort til ham og bedt
ham gå fordi han stinket slik at de ikke fikk konsentrert seg om
arbeidet. Men dette var første gang politiet hadde snakket til
ham. Ja, bortsett fra når han tigget på gaten da.

«Hva leser du?» spurte politimannen.

Kaspersen trakk på skuldrene. Han så med én gang at det
ville være bortkastet tid å begynne å fortelle denne mannen om
prosjektet sitt.

«Søren Kierkegaard?» sa politimannen og myste mot bokryg-
gene. «Schopenhauer. Nietzsche. Filosofi. Er du en grubler?»

Espen Kaspersen snøftet. «Jeg søker å finne den rette vei. Og
det innebærer å tenke over hva det vil si å være menneske.»

«Er ikke det å være en grubler?»

Espen Karlsen så på mannen. Kanskje han hadde tatt feil av
ham.

«Jeg snakket med kolonialhandleren i Gøteborggata,» sa
politimannen. «Han sier at du sitter her hver dag. Og når du
ikke sitter her, tigger du på gata.»

«Det er livet jeg har valgt, ja.»

Politimannen tok frem en notisblokk, og Espen Kaspersen
oppga på oppfordring fullt navn og boligadresse hos sin grand-
tante i Hagegata.

«Og yrke?»

«Munk.»

Espen Kaspersen så til sin tilfredsstillelse at politimannen
noterte uten å mukke.

Politimannen nikket. «Vel, Espen. Du er ingen rusmisbruker,
så hvorfor tigger du?»

«Fordi det er min oppgave å være et speil for mennesket så det
kan se seg selv og se hva som er stort og hva som er lite.»

«Og hva er det som er stort?»

Espen sukket oppgitt som om han var trøtt av å gjenta det
innlysende: «Barmhjertighet. Å dele og å hjelpe sin neste. Bibelen
handler nesten utelukkende om det. Faktisk må du lete jævlig
godt for å finne noe om samleie før ekteskapet, abort, homofili,

og kvinners rett til å tale i forsamlinger. Men det er selvfølgelig lettere for fariseerne å snakke høyt om Bibelens bisetninger enn å si og gjøre det store, det som Bibelen ettertrykkelig slår fast; at man må gi halvparten av alt man eier til en som ikke har noe. Mennesker dør i tusentall hver dag uten å ha hørt Guds ord fordi disse kristne tviholder på sitt jordiske gods. Jeg gir dem en sjanse til å tenke på det.»

Politimannen nikket.

Espen Kaspersen stusset. «Hvordan visste du forresten at jeg ikke er rusmisbruker?»

«Fordi jeg så deg for noen dager siden i Gøteborggata. Du tigget, og jeg gikk sammen med en ung mann som ga deg en mynt. Men du tok den opp og slengte den etter ham i raseri. Det ville en narkoman aldri gjort, uansett hvor liten slanten var.»

«Jeg husker det.»

«Og så skjedde det samme med meg i en bar i Zagreb for to dager siden, og jeg begynte å tenke. Det vil si, noe ga meg beskjed om å tenke, men jeg lot være. Inntil nå.»

«Det var en grunn til at jeg kastet den mynten,» sa Espen Kaspersen.

«Det var det som plutselig slo meg,» sa Harry og la en plast-pose med en gjenstand i på bordet. «Er dette grunnen?»

Kapittel 28.
Mandag 21. desember. Kysset

Pressekonferansen ble holdt i Parolesalen i fjerde etasje. Gunnar Hagen og Kriminalsjefen satt på podiet, og stemmene deres kastet ekko i det store, nakne rommet. Harry hadde fått beskjed om å være i salen i tilfelle Hagen hadde behov for å konferere med ham om detaljer i etterforskningen. Men journalistenes spørsmål dreide seg stort sett om den dramatiske skyteepisoden på containerhavna, og Hagens svar varierte mellom «ingen kommentar», «det kan jeg ikke gå inn på» og «det må vi overlate til SEFO å svare på».

På spørsmål om politiet visste om drapsmannen sto i ledtog med noen, svarte Hagen: «Ikke foreløpig, men vi etterforsker dette intenst.»

Da pressekonferansen var avsluttet, ropte Hagen Harry til seg. Mens salen ble tømt, gikk Hagen frem til kanten av podiet slik at han ble stående og se ned på den høye førstebetjenten sin:

«Jeg ga klar beskjed om at jeg ville se alle førstebetjentene mine bære våpen fra og med i dag. Du fikk en rekvisisjon av meg, så hvor er ditt?»

«Jeg har holdt på med en etterforskning og har ikke prioritert det, sjef.»

«Prioriter det.» Ordene kastet ekko i Parolesalen.

Harry nikket langsomt. «Var det noe mer, sjef?»

På sitt eget kontor ble Harry sittende og se på den tomme stolen til Halvorsen. Så ringte han ned til passkontoret i første etasje og ba dem skaffe ham en oversikt over pass utstedt til familien Karlsen. En nasal kvinnestemme spurte om han spøkte, og han ga henne Roberts personnummer og via Folkeregisteret og en middels rask PC innsnevret det ganske raskt søket til Robert, Jon, Josef og Dorthe.

«Foreldrene Josef og Dorthe har pass, fornyet for fire år siden. Jon har vi ikke utstedt pass på. Og skal vi se ... maskinen går tregt i dag ... der, ja. Robert Karlsen har et ti år gammelt pass som snart går ut, så du kan si fra til ham at...»

«Han er død.»

Harry slo internnummeret til Skarre og ba ham komme med en gang.

«Ingenting,» sa Skarre som ved en tilfeldighet eller et plutselig oppbud av taktfølelse, satte seg på kanten av pulten i stedet for i Halvorsens stol. «Jeg har sjekket de kontiene til Gilstrup, og det er null og niks forbindelse til Robert Karlsen eller konti i Sveits. Det eneste uvanlige er et kontantuttak på fem millioner kroner i dollar fra et av selskapets konti. Jeg ringte til Albert Gilstrup og spurte, og han sa rett ut at det var de årlige julegratialene til havnefogdene i Buenos Aires, Manila og Bombay som Mads pleier å besøke i desember. Litt av en bransje de gutta er i.»

«Og Roberts konto?»

«Der var det lønn inn og små uttak hele veien.»

«Hva med telefoner fra Gilstrup?»

«Ingenting til Robert Karlsen. Men vi kom over noe annet mens vi lette på abonnementet til Gilstrup. Gjett hvem som har ringt til Jon Karlsen haugevis av ganger og noen ganger midt på natta?»

«Ragnhild Gilstrup,» sa Harry og så Skarres skuffede ansiktsuttrykk. «Noe annet?»

«Nei,» sa Skarre. «Bortsett fra at det dukket opp et kjent nummer. Mads Gilstrup ringte til Halvorsen samme dag som han ble stukket ned. Ubesvart anrop.»

«Ja vel,» sa Harry. «Jeg vil at du skal sjekke én konto til.»

«Hvilken?»

«David Eckhoff.»

«Kommandøren? Hva skal jeg se etter?»

«Jeg veit ikke helt. Bare gjør det.»

Etter at Skarre hadde gått, slo Harry nummeret til Rettsmedisinsk hvor den kvinnelige ingeniøren straks og uten dikkedarer lovet å fakse et bilde av Christo Stankics lik for identifikasjon til et faksnummer som Harry forklarte tilhørte Hotel International i Zagreb.

Harry takket, la på og tastet telefonnummeret til samme hotell.

«Det er også et spørsmål om hva vi skal gjøre med liket,» sa han da han hadde fått Fred. «De kroatiske myndighetene kjenner ikke til noen Christo Stankic og har følgelig ikke bedt om noen utlevering.»

Ti sekunder senere hørte han hennes skolerte engelsk.

«Jeg vil foreslå en ny byttehandel,» sa Harry.

*

Klaus Torkildsen på Telenors Driftssenter region Oslo hadde egentlig bare ett mål i livet: å få være i fred. Og siden han var sterkt overvektig, konstant perspirerende og generelt gretten, fikk han stort sett ønsket sitt oppfylt. I den omgang han nødvendigvis måtte ha med mennesker, sørget han for mest mulig avstand. Derfor satt han mye innelåst alene på et rom i driftsavdelingen med mange varme maskiner og kjølende vifter, hvor få, om noen, visste nøyaktig hva han drev med, bare at han var uunnværlig. Behovet for avstand kan også ha vært årsaken til at han i flere år praktiserte blotting og på den måten av og til kunne oppnå tilfredsstillelse med en partner som befant seg fra fem til femti meter unna. Men først og fremst ville Klaus Torkildsen altså ha fred. Og han hadde hatt nok mas denne uken. Først var det denne Halvorsen som skulle ha overvåket linjen til et hotell i Zagreb. Så Skarre som skulle ha en liste over samtaler mellom en Gilstrup og en Karlsen. Begge hadde de henvist til Harry Hole som Klaus Torkildsen tross alt sto i en viss takknemlighetsgjeld til. Og det var også den eneste grunnen til at han ikke la på da Harry Hole selv ringte.

«Vi har noe som heter Politisvarsenteret,» sa Torkildsen mutt.

«Skal dere følge boka, må dere ringe dit hvis dere skal ha hjelp.»

«Jeg veit det,» sa Harry. Og behøvde ikke si mer om det. «Jeg har ringt Martine Eckhoff fire ganger uten å få svar,» sa Hole. «Ingen i Frelsesarmeen veit hvor hun er, ikke engang faren hennes.»

«De er vel de siste som vet,» sa Klaus som ikke visste noe om slikt selv, men det var den type kunnskap man kunne opparbeide seg hvis man gikk mye på kino. Eller som i Klaus Torkildsens tilfelle, ekstremt mye på kino.

«Jeg tror hun har slått telefonen av, men jeg lurte på om du kunne lokalisere den for meg? Så jeg veit om hun er i byen i alle fall.»

Klaus Torkildsen sukket. Rent, skjært koketteri, for han elsket disse småjobbene for politiet. Særlig de som ikke helt tålte dagens lys.

«Få nummeret hennes.»

Femten minutter senere ringte Klaus tilbake og sa at SIM-kortet hennes i hvert fall ikke var i byen. To basestasjoner, begge på vestsiden av E6, hadde mottatt signaler. Han forklarte hvor basestasjonene lå og hvilken aksjonsradius de hadde. Og ettersom Hole fort takket og la på, gikk Klaus ut ifra at det hadde vært til hjelp og vendte fornøyd tilbake til dagens kinoannonser.

*

Jon låste seg inn i Roberts leilighet.

Veggene luktet fortsatt av røyk, og en skitten T-skjorte lå på gulvet foran skapet. Som om Robert akkurat hadde vært her og bare gått på butikken for å kjøpe kaffe og røyk.

Jon satte fra seg den svarte bagen han hadde fått av Mads, foran sengen og skrudde opp radiatoren. Vrengte av seg alle klærne, gikk i dusjen og lot det varme vannet hamre mot huden til den var rød og nuppete. Han tørket seg, gikk ut av badet, satte seg naken på sengen og stirret på bagen.

Han torde ikke åpne. For han visste hva som var der inne bak det glatte, tette stoffet. Det var fortapelse. Død. Jon syntes han kunne kjenne stanken av forråtnelse allerede. Han lukket øynene. Han trengte å tenke seg om.

Mobiltelefonen hans ringte.

Sikkert Thea som lurte på hvor han ble av. Han orket ikke snakke med henne nå. Men det fortsatte å ringe, insisterende og uavvendelig som kinesisk vanntortur og til slutt grep han telefonen og sa med en stemme han hørte skalv av raseri:

«Hva er det?»

Men ingen svarte. Han så på displayet. Ikke noe avsendernummer. Jon ble klar over at det ikke var Thea som ringte.

«Hallo, det er Jon Karlsen,» sa han forsiktig.

Fremdeles ingenting.

«Hallo, hvem er det? Hallo, jeg hører at det er noen der, hvem …»

En liten panikk løp på tåspissene oppover ryggsøylen hans.

«*Hello?*» hørte han seg selv si. «*Who is this? Is that you? I need to speak with you. Hello!*»

Det lød et klikk og forbindelsen var brutt.

Latterlig, tenkte Jon. Sikkert bare feil nummer. Han svelget. Stankic var død. Robert var død. Og Ragnhild var død. De var alle døde. Bare politimannen var fortsatt i live. Og han selv. Han stirret på bagen, kjente kulden komme krypende og trakk dynen over seg.

*

Da Harry hadde svingt av fra E6 og kjørt et stykke innover de smale veiene i det snødekte åkerlandskapet, kikket han opp og så at det var stjerneklart.

Han hadde en underlig, sitrende følelse av at noe snart skulle skje. Og da han så et stjerneskudd ripe en parabel på himmelbunnen rett foran seg, tenkte han at om det fantes tegn, måtte det være at en planet gikk ad undas foran øynene på ham.

Han så lys i vinduene i første etasje på Østgård.

Og da han svingte inn på tunet, så han den elektriske bilen, og følelsen av noe nært forestående ble forsterket.

Han gikk mot huset mens han så på fotsporene i snøen.

Stilte seg ved døra og la øret inntil. Det lød lave stemmer der inne.

Han banket på. Tre raske slag. Stemmene forstummet.

Så hørte han skritt og hennes myke stemme: «Hvem er det?»

«Det er Harry …,» sa han. «Hole.» Det siste la han til for ikke å vekke en eventuell tredje parts mistanke om at han og Martine Eckhoff hadde et for personlig forhold.

Det ble fiklet med låsen en stund, så gikk døra opp.

Det første og eneste han tenkte var at hun var nydelig. Hun hadde på seg en myk, hvit og tykk bomullsskjorte som var åpen i halsen og øynene hennes strålte.

«Jeg er glad,» lo hun.

«Jeg ser det,» smilte Harry. «Og jeg er glad jeg også.»

Så var hun rundt halsen hans og han kunne kjenne at pulsen hennes var rask. «Hvordan fant du meg?» hvisket hun i øret hans.

«Moderne teknologi.»

Varmen fra kroppen hennes, de skinnende øynene, hele den ekstatiske velkomsten ga Harry en følelse av uvirkelig lykke, en behagelig drøm som han for sin del ikke hadde noe ønske om å våkne opp fra med det første. Men han måtte.

«Har du besøk?» spurte han.

«Jeg? Nei …»

«Jeg syntes jeg hørte stemmer.»

«Å, det,» sa hun og slapp ham. «Det var bare radioen som sto på. Jeg slo den av da jeg hørte det banket. Ble nesten litt redd, jeg. Og så var det bare deg …»

Hun klappet ham på armen. «Det var Harry Hole.»

«Ingen veit hvor du er, Martine.»

«Så deilig.»

«Noen av dem er bekymret.»

«Å?»

«Særlig Rikard.»

«Å, glem Rikard.» Martine tok Harry i hånden og ledet ham inn på kjøkkenet. Fra kjøkkenskapet tok hun ut en blå kaffe-kopp. Harry la merke til at det sto to tallerkener og to kopper i oppvaskkummen.

«Du ser ikke så veldig syk ut,» sa han.

«Jeg trengte bare å ta en dag fri etter alt som har skjedd.» Hun skjenket i koppen og rakte ham. «Svart, ikke sant?»

Harry nikket. Hun fyrte hardt her inne, og han tok av seg jakka og genseren før han satte seg ved kjøkkenbordet.

«Men i morgen er det jo julekonserten og da må jeg tilbake,» sukket hun. «Kommer du?»

«Vel. Jeg er jo blitt lovet en billett …»

«Si at du kommer!» Martine bet seg brått i underleppen. «Uff, jeg hadde jo egentlig skaffet oss billetter i æreslosjen. Tre rader bak statsministeren. Men jeg måtte gi din til noen andre.»

«Det gjør ikke noe.»

«Du hadde uansett blitt sittende alene. Jeg må jobbe bak scenen.»

«Da kan det være det samme.»

«Nei!» Hun lo. «Jeg vil at du skal være der.»

Hun tok hånden hans, og Harry så på hennes lille hånd som klemte og strøk hans store. Det var så stille at han kunne høre blodet bruse som fossefall i ørene.

«Jeg så et stjerneskudd på vei hit,» sa Harry. «Er det ikke underlig? At å se en planets undergang skal bety lykke.»

Martine nikket stumt. Så reiste hun seg uten å slippe Harrys hånd, gikk rundt bordet, satte seg overskrevs på fanget hans med ansiktet vendt mot ham. La hånden på nakken hans.

«Martine …,» begynte han.

«Sh.» Hun la en pekefinger over munnen hans.

Og uten å ta bort fingeren lente hun seg frem og la leppene sine mykt mot hans.

Harry lukket øynene og ventet. Kjente sitt eget hjerte slå tungt og søtt, men satt helt stille. Tenkte at han ventet på at hennes hjerte skulle slå i takt med hans, men visste egentlig bare dette ene: at han måtte vente. Så kjente han leppene hennes skilles og automatisk åpnet han munnen og tungen hans la seg ytterst i munnhulen, mot tennene, for å ta imot hennes. Fingeren hennes hadde en pirrende, bitter smak av såpe og kaffe som sved mot tungespissen. Hånden hennes grep hardere rundt nakken hans.

Så kjente han tungen hennes. Den presset mot fingeren slik at han fikk kontakt med den på begge sider og han tenkte at den var splittet, som en slangetunge. At de ga hverandre to halve kyss.

Plutselig slapp hun ham.

«Fortsett å lukke øynene,» hvisket hun like ved øret hans.

Harry la hodet bakover og motsto fristelsen til å legge hendene på hoftene hennes. Sekundene gikk. Så kjente han det myke bomullsstoffet mot håndbaken da skjorten hennes gled ned på gulvet.

«Nå kan du åpne dem,» hvisket hun.

Harry gjorde som hun sa. Og ble sittende og se på henne. Ansiktet hennes uttrykte en blanding av engstelse og forventning.

«Så vakker du er,» sa han med en stemme som var blitt rar og trang. Men også forvirret.

Han så henne svelge. Så bredte et triumferende smil seg på ansiktet hennes.

«Løft armene,» kommanderte hun. Hun tok tak nederst i T-skjorten hans og vrengte den over hodet hans.

«Og du er stygg,» sa hun. «Deilig og stygg.»

Harry kjente et berusende stikk av smerte da hun bet i brystvorten hans. Den ene hånden hennes hadde glidd ned bak ryggen hennes og opp mellom beina hans. Pusten hennes rasket på mot halsen hans og den andre hånden grep om beltespennen hans. Han la armen mot den svaie korsryggen hennes. Og det var da han kjente det. En ufrivillig sitring i musklene hennes, en anspenthet som hun hadde greid å skjule. Hun var redd.

«Vent, Martine» hvisket Harry. Hånden hennes frøs fast.

Harry bøyde seg helt inntil øret hennes: «Vil du dette? Veit du hva det er du begir deg inn på her?»

Han kjente pusten hennes, fuktig og rask, mot huden idet hun hikstet: «Nei, gjør du?»

«Nei. Så kanskje vi ikke skal …»

Hun reiste seg opp. Så på ham med et såret, fortvilet blikk.

«Men jeg … jeg kjenner jo at du …»

«Ja da,» sa Harry og strøk henne over håret. «Jeg har lyst på deg. Jeg har hatt lyst på deg siden første gangen jeg så deg.»

«Er det sant?» sa hun, grep hånden hans og la den mot et blussende, varmt kinn.

Harry smilte. «I hvert fall andre gangen.»

«Andre gangen?»

«OK, tredje da. All god musikk trenger litt tid.»

«Og jeg er god musikk?»

«Jeg juger, det var første. Men det betyr ikke at jeg er lettkjøpt, OK?»

Martine smilte. Så begynte hun å le. Og Harry også. Hun bøyde seg frem og la pannen mot brystet hans. Lo hikstende mens hun slo ham i skulderen og det var først da Harry kjente tårene hennes renne nedover magen sin, at han skjønte at hun gråt.

*

Jon våknet av at han frøs. Trodde han. Roberts leilighet var mørklagt og ga ingen annen forklaring. Men så spolte hjernen bakover og han skjønte at det han hadde trodd var de siste bitene av en drøm, ikke var det. Han hadde virkelig hørt en nøkkel i låsen. Og at døra gikk opp. Og nå pustet noen i rommet.

Med en følelse av déjà vu, av at alt i dette marerittet bare gjentok seg, virvlet han rundt.

En skikkelse sto over sengen.

Jon hev etter pusten da dødsangsten hogg til og tennene sank gjennom kjøttet og traff nervene i beinhinnen. For han hadde full visshet, var helt sikker på at denne personen ønsket ham død.

«*Stigla sam,*» sa skikkelsen.

Jon kunne ikke mange kroatiske ord, men de han hadde plukket opp fra leieboerne fra Vukovar var nok til at han kunne pusle sammen hva stemmen hadde sagt:

«Jeg har kommet.»

*

«Har du alltid vært ensom, Harry?»

«Jeg tror det.»

«Hvorfor det?»

Harry trakk på skuldrene. «Jeg har aldri vært spesielt sosial.»

«Er det alt?»

Harry blåste en røykring mot taket og kjente at Martine snuste på genseren og på halsen hans. De lå på soverommet, han oppå dynen, hun under.

«Bjarne Møller, den forrige sjefen min, sier at sånne som meg alltid velger største motstands vei. Det ligger i det han kaller vår 'fordømte natur'. Og derfor ender vi alltid opp med å stå aleine. Jeg veit ikke. Jeg liker å være aleine. Og kanskje jeg etter hvert begynte å like bildet av meg selv som ensom, også. Hva med deg?»

«Jeg vil at du skal fortelle.»

«Hvorfor det?»

«Jeg vet ikke. Jeg liker å høre deg snakke. Hvordan kan noen like bildet av seg selv som ensom?»

Harry inhalerte dypt. Holdt røyken i lungene og tenkte at man burde kunne blåse røykfigurer som forklarte alt. Så slapp han røyken ut igjen i et langt hves:

«Jeg tror man må finne noe ved seg selv man kan like for å overleve. Å være aleine vil noen si er asosialt og egoistisk. Men man er uavhengig og drar ikke med seg andre ned, hvis det er dit man er på vei. Mange er redd for å bli aleine. Men meg gjorde det fri, sterk og usårbar.»

«Sterk av å være alene?»

«Jepp. Som doktor Stockmann sa: 'Den sterkeste mann i verden er han som står mest alene.'»

«Først Süskind og nå Ibsen?»

Harry flirte. «Det var en linje faren min pleide å sitere.» Sukket og la til: «Før mor døde.»

«Du sa *gjorde* deg usårbar. Er det ikke slik lenger?»

Harry kjente at aske fra sigaretten falt ned på brystet hans. Han lot det ligge.

«Jeg traff Rakel og … ja, Oleg. De knytta meg til seg. Og det åpnet øynene mine for at det fantes andre mennesker også i mitt liv. Mennesker som var venner og som brydde seg om meg. Og at jeg trengte dem.» Harry blåste på sigarettgloen så den lyste. «Og enda verre, at de kan hende trengte meg.»

«Og da var du ikke fri lenger?»

«Nei. Nei, da var jeg ikke fri lenger.»

De lå og stirret inn i mørket.

Martine la nesen sin mot halsen hans. «Du er veldig glad i dem, er du ikke?»

«Jo.» Harry trakk henne inntil seg. «Jo, jeg er det.»

Da hun hadde sovnet, gled Harry ut av sengen og pakket dynen rundt henne. Han så på klokka hennes. Nøyaktig to på natten. Han gikk ut i gangen, tok på seg støvlene og lukket opp døra til den stjerneklare natten. På vei mot utedoen studerte han sporene mens han prøvde å huske om det hadde snødd siden søndag morgen.

Utedoen hadde ikke lys, men han tente en fyrstikk og orienterte seg. Og idet fyrstikken holdt på å brenne ut, så han to bokstaver som var skåret inn i veggen under et gulnet bilde av fyrstinne Grace av Monaco. Og i mørket tenkte Harry at noen hadde sittet som han gjorde nå, og med kniv og flid formet den enkle erklæringen: R+M.

Da han kom ut igjen fra dassen, fanget han opp en rask bevegelse borte ved hjørnet på låven. Han stoppet. Det gikk et sett med spor den veien.

Harry nølte. For nå var den der igjen. Følelsen av at noe skulle skje, akkurat nå, noe forutbestemt som han ikke kunne hindre. Han grep innenfor dassdøra, fant spaden han hadde sett stå der. Så begynte han å tråkke i sporene bort til låvehjørnet.

Ved hjørnet stoppet han og grep hardt om spaden. Hans egen pust tordnet i ørene. Han sluttet å puste. Nå. Det skjedde nå. Harry kastet seg rundt hjørnet med spaden foran seg.

Foran ham, midt ute på jordet som skinte trolsk og så hvitt i måneskinnet at det blendet ham, så han en rev løpe mot skogholtet.

Han falt tungt tilbake mot låvedøra og trakk pusten skjelvende.

*

Da det smalt i døra, hoppet han automatisk bakover.

Var han oppdaget? Personen på den andre siden av døra måtte ikke komme inn her.

Han forbannet sin egen uforsiktighet. Bobo ville ha skjelt ham ut for å eksponere seg på en så amatørmessig måte.

Døra var låst, men han så seg likevel rundt etter noe han kunne bruke i tilfelle vedkommende på en eller annen måte skulle klare å bane seg adgang.

En kniv. Martines brødkniv som han akkurat hadde brukt. Den var på kjøkkenet.

Det smalt i døra igjen.

Og så hadde han jo pistolen. Tom, riktignok, men nok til å skremme en fornuftig mann.

Problemet var at han tvilte på om denne var det.

Personen hadde kommet i bil og parkert utenfor Martines leilighet i Sorgenfrigata. Han hadde ikke sett ham før han tilfeldigvis hadde gått bort til vinduet og latt blikket gli langs bilene ved fortauskanten. Og det var da han hadde sett den urørlige silhuetten inni én av dem. Og da han så silhuetten røre seg, bøye seg frem som for å se bedre, visste han at det var for sent. At han var oppdaget. Han hadde fjernet seg fra vinduet, ventet en halv time, så sluppet ned rullegardinene og slukket alle lysene i Martines leilighet. Hun hadde sagt at han bare kunne la dem brenne. Ovnene i leiligheten var nemlig termostatstyrt og ettersom nitti prosent av energien i en lyspære er varmeenergi, ville den strømmen man sparte på å slukke en pære gå bort i at ovnen kompenserte for varmetapet.

«Enkel fysikk,» hadde hun forklart. Om hun bare i stedet hadde forklart ham hva dette var. En gal beiler? En sjalu ekskjæreste? Det var i hvert fall ikke politiet, for nå begynte han igjen der ute; en sår, desperat uling som fikk det til å gå kaldt gjennom ham:

«Mar-tine! Mar-tine!» Så noen skjelvende ord på norsk. Og så, nesten hulkende: «Martine …»

Han ante ikke hvordan fyren hadde kommet seg inn i oppgangen, men nå hørte han en av de andre dørene gå opp og en stemme. Og blant de fremmede brokkene hørte han et ord han nå hadde lært. Politi.

Så smalt naboens dør igjen.

Han hørte personen utenfor stønne oppgitt og fingre som skrapet mot døra. Og så endelig skritt som fjernet seg. Han pustet lettet ut.

Det hadde vært en lang dag. Martine hadde kjørt ham ned til togstasjonen om morgenen, og han hadde tatt lokaltoget inn til byen. Det første han hadde gjort der, var å gå til reisebyrået på togstasjonen hvor han hadde kjøpt en billett på siste flyet til København neste kveld. De hadde ikke reagert på det norskklingende etternavnet han hadde gitt dem. Halvorsen. Han hadde betalt med kontantene fra Halvorsens lommebok, takket og gått. Fra København ville han ringe til Zagreb og ordne med at Fred fløy dit med nytt pass. Var han heldig, ville han være hjemme til julaften.

Han hadde vært innom tre frisører som alle hadde ristet bestemt på hodet og sagt at de hadde lange bestillingskøer nå rett før høytiden. Hos den fjerde hadde de nikket mot en purung, tyggegummityggende jente som satt i et hjørne og så fortapt ut, og som han skjønte var lærling. Etter flere forsøk på å forklare henne hva han ville ha gjort, hadde han til slutt vist henne bildet. Da hadde hun sluttet å tygge, sett opp på ham med maskaratunge øyne og spurt på MTV-engelsk: «*You sure, man?*»

Etterpå hadde han tatt en drosje som hadde kjørt ham til adressen i Sorgenfrigata, låst seg inn med nøklene han hadde fått av Martine og begynt ventingen. Telefonen hadde ringt noen ganger, men ellers hadde det vært fredelig. Helt til han altså hadde vært så idiotisk at han hadde gått til vinduet i et opplyst rom.

Han snudde seg for å gå tilbake til stuen.

I samme øyeblikk smalt det. Luften dirret, taklampen skalv. «Mar-tine!»

Han hørte at personen tok ny fart, kom løpende og hoppet på døra igjen som syntes å bule inn i rommet.

Navnet hennes lød to ganger til, etterfulgt av to slag. Så hørte han løpende føtter nedover trappen.

Han gikk inn i stuen og stilte seg ved vinduet og observerte personen styrte ut. Da fyren stoppet for å låse opp bildøra og lyset fra gatelykten falt på ham, dro han kjensel på ham. Det var gutten som hadde hjulpet ham på Heimen. Niclas, Ricard ... noe sånt. Bilen startet opp med et brøl og akselererte inn i vintermørket.

En time senere sov han, drømte om landskaper han en gang hadde vært i og våknet først da han hørte løpende føtter og smellene av aviser som landet foran dørene i oppgangen.

*

Klokka åtte våknet Harry. Han slo opp øynene og luktet på ullteppet som lå halvveis over ansiktet hans. Lukten minnet ham om noe. Så slengte han det av seg. Han hadde sovet tungt og drømmeløst og var i et merkelig humør. Oppstemt. Glad, rett og slett.

Han gikk ut på kjøkkenet, satte over kaffen, vasket ansiktet i utslagsvasken og nynnet lavt på Jim Stärks «Morning Song». Over den lave åsen i øst rødmet himmelen som en jomfru og den siste stjernen var i ferd med å blekne og forsvinne. En mystisk, ny og urørt verden lå utenfor kjøkkenvinduet, og den bølget hvit og optimistisk mot horisonten.

Han skar opp brødskiver, fant en ost, helte vann i et glass og rykende kaffe i en ren kopp, plasserte alt på et fat og balanserte det inn på soverommet.

Det svarte, bustete håret hennes stakk så vidt opp over dynen og pusten hennes var nesten lydløs. Han plasserte brettet på nattbordet, satte seg på sengekanten og ventet.

Lukten av kaffe bredte seg sakte i rommet.

Pusten hennes ble ujevn. Hun glippet med øynene. Fikk øye på ham, gned seg i ansiktet og strakte på seg med overdrevne, sjenerte bevegelser. Det var som noen vred på en dimmer og lyset som skinte ut av øynene hennes ble gradvis sterkere, og smilet fikk tak i munnen hennes.

«God morgen,» sa han.

«God morgen.»

«Frokost?»

«Hm.» Hun smilte og smilte. «Skal ikke du ha?»

«Jeg venter, jeg klarer meg med en sånn en så lenge om det er greit?» Han trakk opp sigarettpakken.

«Du røyker mye,» sa hun.

«Jeg gjør alltid det rett etter en sprekk. Nikotin demper suget.» Hun smakte på kaffen. «Er ikke det et paradoks?»

«Hva da?»

«At du som har vært så redd for å bli ufri, ble alkoholiker?»

«Jo.» Han åpnet vinduet, tente sigaretten og la seg ned i sengen ved siden av henne.

«Er det det du er redd for med meg?» spurte hun og krøp inntil ham. «At jeg skal gjøre deg ufri? Er det derfor ... du ikke vil ... elske med meg?»

«Nei, Martine.» Harry tok et trekk av sigaretten, skar en grimase og så misbilligende på den. «Det er fordi du er redd.»

Han merket at hun stivnet til.

«Er jeg redd?» spurte hun med forbauselse i stemmen.

«Ja. Og det ville jeg vært om jeg var deg også. Jeg har i det hele tatt aldri kunnet begripe at kvinner tør å dele seng og hus med personer som er dem fysisk fullstendig overlegne.» Han stumpet sigaretten i asjetten på nattbordet. «Det hadde menn aldri tort.»

«Hva er det som får deg til å tro at jeg er redd?»

«Jeg kan kjenne det. Du tar initiativet og vil bestemme. Men mest fordi du er redd for hva som kan skje om du lar meg bestemme. Og det er jo greit, men jeg vil ikke at du skal gjøre det hvis du er redd.»

«Men du kan jo ikke bestemme om jeg vil det!» utbrøt hun heftig. «Selv om jeg er redd.»

Harry så på henne. Plutselig slo hun armene om ham og skjulte ansiktet i halsgropen hans.

«Du må tro jeg er helt rar,» sa hun.

«Overhodet ikke,» sa Harry.

Hun holdt ham hardt. Knuget ham.

«Hva om jeg alltid vil være redd?» hvisket hun. «Hva om jeg aldri ...» Hun holdt inne.

Harry ventet.

«Noe skjedde,» sa hun. «Jeg vet ikke hva.»

Og ventet.

«Jo, jeg vet hva,» sa hun. «Jeg ble voldtatt. Her på gården for mange år siden. Og gikk litt i stykker.»

Et kaldt kråkeskrik fra skogholtet brøt stillheten.

«Vil du …?»

«Nei, jeg vil ikke snakke om det. Det er ikke så mye å snakke om heller. Det er lenge siden og jeg er reparert nå. Jeg er bare …» Hun krøp inntil ham igjen. «… bittelitegrann redd.»

«Anmeldte du det?»

«Nei. Jeg orket ikke.»

«Jeg veit at det er tøft, men du burde ha gjort det likevel.»

Hun smilte: «Ja, jeg har hørt man skal det. Fordi en annen jente står for tur, ikke sant?»

«Det er ikke tull, det, Martine.»

«Unnskyld, pappa.»

Harry trakk på skuldrene. «Jeg veit ikke om forbrytelser lønner seg, men jeg veit at de gjentar seg.»

«Fordi det sitter i genene, ikke sant?»

«Det veit jeg ikke akkurat.»

«Har du ikke lest om adopsjonsforskning? Hvor de viser at barn med forbryterforeldre som vokser opp i en normalfamilie sammen med andre barn og uten å vite at de er adoptert, har mye større sjanse for å bli kriminelle enn de andre barna i familien. Og at det derfor må finnes et forbrytergen.»

«Jo, jeg har lest det,» sa Harry. «Det kan godt hende at handlingsmønstre er arvelige. Men jeg har mer tro på at vi bare er notoriske, hver på vår måte.»

«Du tror at vi er programmerte vanedyr?» Hun kilte Harry under haken med en finger.

«Jeg tror at vi dytter inn alt i et svært regnestykke, lyst og redsel og spenning og grådighet og alt sånn. Og hjernen er fantastisk god, den regner nesten aldri feil, derfor kommer den frem til de samme svarene hver gang.»

Martine løftet seg opp på albuene og så ned på Harry:

«Og moral og det frie valg?»

«Er også i det store regnestykket.»

«Du mener altså at en forbryter alltid vil …»

«Nei. Da hadde jeg ikke orka jobben min.»

Hun strøk en finger over pannen hans. «Så folk kan forandre seg likevel?»

«Jeg håper i hvert fall det. At folk lærer.»

Hun lente sin panne mot hans: «Og hva kan man lære, da?»

«Man kan lære …,» begynte han og ble avbrutt av leppene hennes som berørte hans, «… å ikke være ensom. Man kan lære …» Tungespissen hennes strøk på undersiden av underleppen hans. «… å ikke være redd. Og man kan …»

«Lære å kysse?»

«Ja. Men ikke hvis jenta akkurat har våknet og har sånt ekkelt, hvitt belegg på tungen som …»

Hånden hennes traff kinnet hans med et smell, og latteren hennes singlet som isbiter i et glass. Så fant den varme tungen hennes hans og hun slo dynen over ham, dro opp genseren og T-skjorten hans og huden på magen hennes glødet sovevarm og myk mot hans.

Harry lot hånden gli under skjorten og over ryggen hennes, kjente skulderbladene som gled under huden og musklene som strammet og slappet av mens hun buktet seg mot ham.

Han kneppet sakte opp skjorten hennes og holdt blikket hennes mens han førte hånden over magen hennes, over ribbeina, og i den myke huden mellom tommelen og pekefingeren sin fanget han den stive brystvorten hennes. Pusten hennes hveste varmt mot hans mens hun kysset ham med åpen munn. Og da hun presset sin egen hånd ned mellom hoftene deres, visste han at denne gangen kunne han ikke stoppe. At han ikke ville, heller.

«Den ringer,» sa hun.

«Hva?»

«Telefonen i bukselomma di, den vibrerer.» Hun begynte å le. «Kjenn …»

«Sorry.» Harry dro den stumme telefonen opp av lommen, strakte seg over henne og la den på nattbordet. Men den ble liggende på høykant og danset med displayet mot ham. Han prøvde å ignorere det, men det var for sent. Han hadde sett at det var Beate.

«Faen,» mumlet han. «Et øyeblikk.»

Han satte seg opp og studerte Martines ansikt som igjen studerte hans mens han lyttet til Beate. Og ansiktet hennes var som et speil, det var som de lekte en mimelek. Foruten å se seg selv, kunne Harry se sin egen frykt, så sin egen smerte og til slutt resignasjon reflektert i hennes ansikt.

«Hva er det?» spurte hun da han hadde lagt på.

«Han er død.»

«Hvem?»

«Halvorsen. Han døde i natt. Ni minutter over to. Mens jeg sto ute ved låven.»

DEL 4

NÅDEN

Kapittel 29.
Tirsdag 22. desember. Kommandanten

Det var årets korteste dag, men for førstebetjent Harry Hole virket dagen uoverkommelig lang alt før den hadde kommet ordentlig i gang.

Etter dødsbudskapet hadde han først gått en tur ut. Trasket i dypsnøen bort til skogholtet og sittet der og sett på at dagen ble til. Han hadde håpet at kulden ville fryse det ned, lindre eller i hvert fall gjøre ham nummen.

Så hadde han gått tilbake. Martine hadde sett spørrende på ham, men ikke sagt noe. Han hadde drukket en kopp kaffe, kysset henne på kinnet og satt seg i bilen. I speilet hadde Martine sett enda mindre ut der hun sto på trappen med korslagte armer.

Harry kjørte hjemom, tok en dusj, skiftet og bladde tre ganger gjennom papirene på salongbordet før han forbauset ga opp. For n-te gang siden i forgårs ville han kikke på klokka, bare for å se sitt eget nakne håndledd. Han hentet Møllers klokke i nattbordskuffen. Den gikk fortsatt og fikk duge så lenge. Han kjørte til Politihuset og parkerte i garasjen ved siden av Hagens Audi.

Da han gikk trappene opp til sjette etasje, kunne han høre stemmer, skritt og latter knatre i atriet. Men da døra til Voldsavsnittet gled igjen bak ham, var det som om noen brått hadde skrudd av volumet. I korridoren møtte han en betjent som så på ham, ristet stilltiende på hodet og gikk videre.

«Hei, Harry.»

Han snudde seg. Det var Toril Li. Han kunne ikke huske å ha hørt henne bruke fornavnet hans før.

«Hvordan klarer du deg?» spurte hun.

Harry ville svare, åpnet munnen, men kjente plutselig at han ikke hadde stemme.

«Vi tenkte vi kunne samles etter morgenmøtet til en minne-stund,» skyndte Toril Li seg å si, som for å redde ham.

Harry nikket stumt og takknemlig.

«Du kan kanskje få tak i Beate?»

«Selvfølgelig.»

Harry ble stående foran sin egen kontordør. Han hadde grudd seg for dette. Så gikk han inn.

I stolen til Halvorsen satt en person bakoverlent mens han vippet opp og ned, som om han hadde ventet.

«God morgen, Harry,» sa Gunnar Hagen.

Harry hengte fra seg jakka på stumtjeneren uten å svare.

«Beklager,» sa Hagen. «Klønete sagt.»

«Hva vil du?» Harry satte seg.

«Uttrykke min beklagelse over det som har skjedd. Jeg kommer til å gjøre det samme på morgenmøtet, men jeg ville først gjøre det overfor deg. Jack var jo din nærmeste kollega.»

«Halvorsen.»

«Hva behager?»

Harry la hodet i hendene: «Vi kalte ham bare Halvorsen.»

Hagen nikket. «Halvorsen. Én ting til, Harry …»

«Jeg trodde jeg hadde rekvisisjonen hjemme,» sa Harry mellom fingrene. «Men den er borte vekk.»

«Å, det …» Hagen flyttet seg, han virket ubekvem i stolen. «Det var ikke våpenet jeg tenkte på nå. I forbindelse med ned-kuttingen på reiseutgifter har jeg bedt reisekontoret forelegge meg alle regninger for attestasjon. Det viser seg at du har vært i Zagreb. Jeg kan ikke huske å ha autorisert en utenlandsreise. Og hvis norsk politi har foretatt etterforskning der, er det regelrett brudd på instruksen.»

Der fant de det endelig, tenkte Harry, fortsatt med ansik-tet hvilende i hendene. Feiltrinnet de har ventet på. Den for-melle årsaken til å sparke den alkoholiserte førstebetjenten ut dit han hørte hjemme, blant de usiviliserte sivile. Harry prøvde å kjenne etter hva han følte. Men det eneste han kjente var let-telse.

«Du har min oppsigelse på pulten din i morgen, sjef.»

«Jeg skjønner ikke hva du snakker om,» sa Hagen. «Jeg går ut fra at det nettopp *ikke* har foregått etterforskning i Zagreb. Det ville jo vært ytterst pinlig for oss alle.»

Harry så opp.

«Slik jeg tolker det,» sa Hagen. «Har du foretatt en liten stu-diereise til Zagreb.»

«Studietur, sjef?»

«Ja. En uspesifisert studietur. Og her er min skriftlige innvil-gelse av din muntlige forespørsel om studietur til Zagreb.» Et maskinskrevet A4-ark seilte over pulten og landet foran Harry. «Og da skulle den saken være ute av verden.» Hagen reiste seg og gikk bort til veggen der bildet av Ellen Gjelten hang. «Hal-vorsen er den andre partneren din du har mistet, ikke sant?»

Harry nikket. Det ble stille på det trange, vindusløse værelset.

Så kremtet Hagen: «Du har sett det lille stykke med bein som jeg har på pulten min? Jeg kjøpte det i Nagasaki. Det er en kopi av den kremerte lillefingeren til Yoshito Yasuda, en kjent japansk bataljonsjef.» Han snudde seg til Harry. «Japanerne pleier nem-lig å kremere sine døde, men i Burma måtte de begrave dem siden de var så mange og det kan ta opptil ti timer før en kropp brenner helt opp. Så i stedet kuttet de lillefingeren av den døde, kremerte den og sendte hjem til pårørende. Etter et avgjørende slag ved Pegu våren 1943 ble japanerne tvunget til å gjøre retrett og gjemme seg i jungelen. Bataljonsjef Yoshito Yasuda tryglet sine overordnede om å få angripe samme kveld slik at de kunne få tak i beina til sine døde menn. Han ble nektet, overmakten var for stor og samme kveld sto han gråtende foran sine menn i lysskjæret fra bålet og fortalte om kommandantens avgjørelse. Men da han så håpløsheten i sine menns ansikter, tørket han sine tårer, trakk sin bajonett, la hånden på en stubbe, hogg av seg lillefingeren og kastet den på bålet. Mennene jublet. Kom-mandanten fikk høre om dette, og neste dag angrep japanerne med full styrke.»

Hagen gikk bort til Halvorsens pult og plukket opp en blyantspisser som han studerte inngående.

«Jeg har gjort en del feil i mine første dager som sjef her. For alt jeg vet, kan noen av dem ha vært indirekte årsak til at Halvorsen er død. Det jeg prøver å si …» Han la fra seg blyantspisseren og trakk pusten: «Er at jeg skulle ønske jeg kunne gjøre som Yoshito Yasuda og få dere begeistret. Men at jeg ikke helt vet hvordan.»

Harry ante ikke hva han skulle si. Så han holdt kjeft.

«Så jeg får bare si det sånn, Harry, at jeg vil at du skal finne den eller de som står bak disse drapene. Det er alt.»

De to mennene unngikk å se på hverandre. Hagen slo hendene sammen som for å knuse stillheten. «Men du gjør meg en tjeneste med å bære våpen, Harry. Du vet, overfor de andre … I alle fall til over nyttår. Så blåser jeg av ordningen da.»

«Greit.»

«Takk. Jeg skriver en ny rekvisisjon til deg.»

Harry nikket, og Hagen gikk mot døra.

«Hvordan gikk det?» spurte Harry. «Med det japanske motangrepet?»

«Å, det.» Hagen snudde seg og smilte skjevt. «De ble knust.»

*

Kjell Atle Orø hadde jobbet på politiets materiellkontor i kjelleren på Politihuset i nitten år, og denne morgenen satt han med tippekupongen foran seg og lurte på om han skulle være så frekk å krysse av for borteseier for Fulham i annen juledags oppgjør mot Southampton. Han skulle sende kupongen med Oshaug når han skulle ut i lunsjen, så det hastet. Derfor bannet han lavt da han hørte noen slå på metallklokka.

Han kom seg stønnende på beina. Orø hadde i sin tid spilt førstedivisjonsfotball for Skeid, hatt en lang og skadefri karriere og var derfor evig forbitret over at det var en tilsynelatende uskyldig strekk i en bedriftskamp for Politiets Idrettslag som gjorde at han nå, ti år etter kampen, fortsatt trakk på høyre bein.

En mann med lys piggsveis sto foran disken.

Orø trev rekvisisjonen som mannen rakte ham og myste på

bokstavene som han bare syntes ble mindre og mindre. I forrige uke, da han hadde sagt til kona at han ønsket seg en større TV til jul, hadde kona foreslått at han heller skulle ønske seg en time hos optikeren.

«Harry Hole, Smith&Wesson 38, ja,» stønnet Orø og haltet tilbake til våpenrommet hvor han fant en tjenesterevolver som det så ut som den forrige eieren hadde vært snill mot. Det slo ham i det samme at de ville få inn våpenet til betjenten som ble stukket ned i Gøteborggata. Han plukket ned revolverhylster og de faste tre eskene med patroner og gikk ut igjen.

«Signer for utlevering her,» sa han og pekte på rekvisisjonen. «Og få se legitimasjon.»

Mannen som alt hadde lagt ID-kortet på disken, tok imot pennen Orø rakte ham og skrev som anvist. Orø myste på Harry Holes ID-kort og på skribleriene. Mon tro om Fulham kunne stoppe Thierry Henry?

«Og husk å bare skyte på de slemme gutta,» sa Orø, men fikk ingen respons.

Haltende på vei tilbake til tippekupongen kom han på at politimannens mutthet kanskje ikke var så underlig. Det hadde stått Voldsavsnittet på ID-kortet, og var det ikke der den betjenten hadde jobbet?

Harry parkerte bilen ved Henie-Onstad-senteret på Høvikodden og gikk fra den lave, vakre murbygningen ned den slake skråningen mot vannet.

Ute på isen som strakte seg mot Snarøya, kunne han se en ensom, svart skikkelse.

Han satte foten prøvende på et isflak som sto skrått opp mot stranden. Det brakk med en sprø lyd. Harry ropte navnet til David Eckhoff, men skikkelsen på isen rørte seg ikke.

Så bannet han, tenkte at kommandøren umulig kunne veie mye mindre enn hans egne nitti kilo, balanserte mellom de strandede isflakene og satte føttene forsiktig mot det forræersk snøkamuflerte underlaget. Det bar. Han skyflet seg utover isen med korte, raske skritt. Det var lenger ut dit enn det hadde sett ut til fra land, og da Harry endelig var kommet så nær at han kunne slå fast at skikkelsen som satt iført ulveskinnspels på en klappstol, bøyd over et hull i isen med en pilk i votten, faktisk var Frelsesarmeens kommandør, skjønte han godt hvorfor han ikke hadde hørt ham.

«Er du sikker på at isen er trygg, Eckhoff?»

David Eckhoff snudde seg og så først ned på Harrys støvler. «Is på Oslofjorden i desember er aldri trygg,» sa han med grå frostrøyk drivende ut av kjeften. «Det er derfor man får fiske alene. Men jeg bruker alltid disse.» Han nikket ned mot skiene han hadde på. «Det fordeler vekten.»

Harry nikket langsomt. Han syntes alt han kunne høre isen knake under sine egne føtter. «De sa på Hovedkvarteret at jeg ville finne deg her.»

«Eneste stedet man kan høre seg selv tenke.» Eckhoff nappet i pilken.

Dagbladet lå ved siden av hullet med agnboks og en kniv på. Forsiden meldte om mildvær fra første juledag. Ingenting om at Halvorsen var død. Den hadde vel gått i trykken for tidlig.

«Mye å tenke på?» spurte Harry.

«Tja. Jeg og min kone skal være vertskap for statsministeren under julekonserten i kveld. Og så har vi eiendomssalget til Gilstrup som skal undertegnes denne uka. Jo da, det er litt.»

«Jeg ville egentlig bare stille deg ett spørsmål,» sa Harry og konsentrerte seg om å ha lik vekt på føttene.

«Jaha?»

«Jeg ba betjent Skarre se om det var gått noen beløp mellom din og Robert Karlsens konto. Det var det ikke. Men han fant en annen Karlsen som jevnlig hadde overført beløp. Josef Karlsen.»

David Eckhoff stirret ned i sirkelen av svart vann uten å fortrekke en mine.

«Mitt spørsmål,» sa Harry og fokuserte blikket på Eckhoff. «Er hvorfor du de siste tolv årene hvert kvartal har mottatt åtte tusen kroner fra faren til Robert og Jon?»

Eckhoff rykket til som om han hadde fått storfisk på kroken.

«Nå?» sa Harry.

«Er dette egentlig viktig?»

«Jeg tror det, Eckhoff.»

«I tilfelle må det forbli mellom oss.»

«Det kan jeg ikke love.»

«Da kan jeg ikke fortelle det.»

«Og da må jeg ta deg med på Politihuset og be om at du avgir forklaring der.»

Kommandøren kikket opp, knep sammen ett øye og så nøyere på Harry som for å vurdere en potensiell motstanders styrke. «Og det tror du Gunnar Hagen vil godkjenne? At du drar meg ned dit?»

«La oss se.»

Eckhoff skulle til å si noe, men holdt inne, som om han været Harrys besluttsomhet. Og Harry tenkte at en flokkleder blir flokkleder ikke på grunn av sin rå styrke, men på grunn av sin evne til å lese situasjoner riktig.

«Godt,» sa kommandøren. «Men det er en lang historie.»

«Jeg har tid,» løy Harry og kjente kulden fra isen gjennom skosålene.

«Josef Karlsen, far til Jon og Robert, var min beste venn.» Eckhoff festet blikket et sted på Snarøya. «Vi studerte sammen, vi arbeidet sammen og var begge ambisiøse og såkalt lovende. Men viktigst var at vi delte visjonen om en sterk Frelsesarmé som skulle gjøre Guds arbeid på jorden. Som skulle seire. Skjønner du?»

Harry nikket.

«Vi gikk også gradene oppover sammen,» fortsatte Eckhoff. «Og, ja, det var etter hvert de som regnet Josef og meg som rivaler til den jobben jeg nå har. Jeg trodde egentlig ikke at stilling var så viktig, at visjonen var det som drev oss. Men da valget falt på meg, skjedde det noe med Josef. Han falt liksom sammen. Og hvem vet; man kjenner jo ikke seg selv ut og inn, kanskje jeg hadde reagert på samme måten. Uansett, Josef fikk den betrodde stillingen som forvaltningssjef, og selv om familiene våre holdt kontakten som før, var det ikke samme ...» Eckhoff lette etter ordene. «Fortroligheten. Noe knuget Josef, noe vondt. Det var høsten 1991 jeg og vår regnskapssjef, Frank Nilsen, Rikard og Theas far, oppdaget det. At Josef hadde gjort underslag.»

«Hva skjedde?»

«Vi har sant å si liten erfaring med den slags i Frelsesarmeen, så inntil vi visste hva vi skulle gjøre, holdt Nilsen og jeg det for oss selv. Jeg var naturligvis skuffet over Josef, men samtidig så jeg jo en årsakssammenheng hvor jeg selv inngikk. Og at jeg sikkert kunne taklet situasjonen da jeg ble valgt og han vraket, med større ... følsomhet. Uansett var armeen på den tiden inne i en periode med svak rekruttering og hadde på langt nær den brede goodwillen vi har i dag. Vi hadde rett og slett ikke råd til noen skandale. Jeg hadde et sommerhus etter mine foreldre på Sørlandet som vi sjelden brukte ettersom vi stort sett ferierte på Østgård. Så jeg solgte det i all hast og fikk inn nok til å dekke underskuddet i kassen før det ble oppdaget.»

«Du?» sa Harry. «Du dekket over Josef Karlsens underslag med dine private midler?»

Eckhoff trakk på skuldrene. «Det var ingen annen løsning.»

«Det er ikke akkurat vanlig i en bedrift at sjefen personlig ...,»

«Men dette er ingen vanlig bedrift, Hole. Vi gjør Guds arbeid. Og da blir det personlig uansett.»

Harry nikket langsomt. Han tenkte på lillefingerbeinet på Hagens skrivebord. «Og så sluttet Josef Karlsen og reiste til utlandet med sin kone. Uten at noen fikk vite om det?»

«Jeg tilbød ham en lavere stilling,» sa Eckhoff. «Men det kunne han naturligvis ikke akseptere. Det ville reist alle mulige slags spørsmål. De bor i Thailand har jeg skjønt. Ikke langt fra Bangkok.»

«Så historien om den kinesiske bonden og slangebittet var bare oppspinn?»

Eckhoff ristet smilende på hodet. «Nei. Josef var virkelig en tviler. Og den historien gjorde dypt inntrykk på ham. Josef tvilte slik vi alle tviler iblant.»

«Du også, kommandør?»

«Jeg også. Tvilen er troens skygge. Har du ikke evnen til å

tvile, kan du ikke være troende. Det er som med mot, det, førstebetjent. Har du ikke evnen til å være redd, kan du ikke være modig.»

«Og pengene?»

«Josef insisterer på å betale meg tilbake. Ikke fordi han ønsker oppreisning. Det som skjedde skjedde, og ikke tjener han penger nok der han er til at han noensinne vil greie det, heller. Men jeg tror det er en botsøvelse som han føler at han har godt av. Og hvorfor skulle jeg nekte ham det?»

Harry nikket langsomt. «Visste Robert og Jon om dette?»

«Det vet jeg ikke,» sa Eckhoff. «Jeg har aldri nevnt det. Og det eneste jeg har lagt brett på har vært at det faren deres gjorde, aldri skulle være til hinder for hans sønners karrierer i armeen. Ja, først og fremst Jons da. Han er jo blitt en av våre viktigste faglige ressurser. Ta bare dette eiendomssalget. I første omgang i Jacob Aalls gate, men etter hvert mer. Kanskje Gilstrup til og med kjøper tilbake Østgård. Hadde dette eiendomssalget funnet sted for ti år siden, hadde vi måttet brukte all verdens konsulenter for å gjennomføre det. Men med folk som Jon har vi den kompetansen i egne rekker.»

«Mener du at det er Jon som har styrt salget?»

«Nei, for all del, det er selvfølgelig vedtatt i Lederrådet. Men uten hans forarbeid og overbevisende konklusjoner tror jeg sannelig ikke at vi hadde tort å gjøre det. Jon er en fremtidens mann for oss. For ikke å si en nåtidens. Og det beste beviset på at Jons far ikke står i veien for ham, er at han og Thea Nilsen kommer til å sitte på den andre siden av statsministeren i æreslosjen i kveld.» Eckhoff rynket pannen. «Jeg har forresten prøvd å få tak i Jon i dag, men han svarer ikke. Du skulle ikke tilfeldigvis ha snakket med ham?»

«Dessverre. Sett at Jon var borte ...»

«Unnskyld?»

«Sett av Jon *ble* borte, mener jeg. Altså slik drapsmannens plan var, hvem ville da overtatt Jons plass?»

David Eckhoff hevet ikke bare ett, men begge øyebryn: «I kveld?»

«Jeg tenker mer på stillingen.»

«Nå, sånn. Tja, jeg røper vel ingen hemmelighet hvis jeg sier at det ville blitt Rikard Nilsen.» Han humret. «Det er jo de som har mumlet at de ser paralleller mellom Jon og Rikard og meg og Frank den gangen.»

«Samme konkurransen?»

«Der hvor det finnes mennesker, finnes det konkurranse. Også i armeen. Vi får håpe at det stort sett er slik at litt mannjevning plasserer folk der de gjør best nytte for seg og tjener den felles sak. Vel, vel.» Kommandøren dro opp snøret.»Jeg håper dette besvarte spørsmålet ditt, Harry. Frank Nilsen kan godt bekrefte historien om Josef for deg om du ønsker, men jeg håper du forstår hvorfor jeg så nødig vil at den skal komme ut.»

«Jeg har et siste spørsmål siden vi likevel er inne på armeens hemmeligheter.»

«Kom igjen,» sa kommandøren utålmodig mens han pakket fiskeutstyret ned i en sekk.

«Kjenner du til en voldtekt på Østgård for tolv år siden?»

Harry gikk ut fra at et ansikt som Eckhoffs hadde en begrenset evne til å vise forbløffelse. Og siden denne grensen nå så ut til å bli grundig overskredet, regnet han det som ganske sikkert at dette var nytt for kommandøren.

«Det må være feil, førstebetjent. Det ville jo i så tilfelle være forferdelig. Hvem gjelder dette?»

Harry håpet at ansiktet hans ikke røpet noe. «Taushetsplikten forhindrer meg i å fortelle det.»

Eckhoff klødde seg på haken med votten. «Selvsagt. Men … er ikke det uansett en forbrytelse som er foreldet nå?»

«Det spørs hvordan man ser det,» sa Harry og så mot land. «Skal vi gå?»

«Det er nok best vi går hver for oss. Tyngden …»

Harry svelget og nikket.

Da Harry endelig var kommet tørrskinnet inn til stranden, snudde han seg. Det hadde blåst opp og snøen strøk over isen så det lignet et flytende røykteppe. Det så ut som Eckhoff gikk på skyer der ute.

På parkeringsplassen hadde rutene på Harrys bil alt fått et fint lag av hvitt rim. Han satte seg inn, fikk i gang motoren og satte varmeapparatet på fullt. Varme strømmet opp mot kaldt glass. Mens han satt og ventet på å få sikt, kom han til å tenke på det Skarre hadde sagt. At Mads Gilstrup hadde ringt Halvorsen. Han fisket opp visittkortet som han fremdeles hadde i lommen, og slo nummeret. Intet svar. Idet han skulle legge telefonen tilbake i lommen, ringte den. Han så av nummeret at det var fra Hotel International.

«*How are you?*» sa kvinnestemmen på sitt sobre engelsk.

«Sånn passe,» sa Harry. «Har du fått …?»

«Ja, det har jeg.»

Harry trakk pusten dypt. «Var det ham?»

«Ja,» sukket hun. «Det var ham.»

«Er du helt sikker? Jeg mener, det er jo ikke så lett å identifisere en person på bare …»

«*Harry?*»

«Ja?»

«*I'm quite sure.*»

Harry ante at engelsklærerinnen kunne fortalt ham at selv om dette «*quite sure*» ord for ord betydde «ganske sikker», betydde det i denne språklige konteksten «helt sikker».

«Takk,» sa han og la på. Og håpet inderlig hun hadde rett. For det var nå det begynte.

Og det gjorde det.

Da Harry satte i gang vindusviskeren og de skjøv smeltende flak av rim til begge sider, ringte telefonen for andre gang.

«Harry Hole.»

«Dette er fru Miholjec. Sofias mor. Du sa jeg kunne ringe dette nummeret hvis …»

«Ja?»

«Det har skjedd noe. Med Sofia.»

Kapittel 30.
Tirsdag 22. desember. Tausheten

Årets korteste dag.

Det sto på forsiden av Aftenposten som lå på bordet foran Harry på venterommet til Legevakta i Storgata. Han så på klokka på veggen. Før han kom på at han endelig hadde egen klokke igjen.

«Han tar imot deg nå, Hole,» ropte en kvinnestemme fra luken hvor han hadde meddelt sitt ærend, å få snakke med legen som for noen timer siden hadde tatt imot Sofia Miholjec og faren hennes.

«Tredje dør til høyre i korridoren,» ropte kvinnen.

Harry reiste seg og forlot venterommets tause, forkomne flokk.

Tredje dør til høyre. Tilfeldighetene kunne selvfølgelig ha sendt Sofia inn andre dør til høyre. Eller tredje dør til venstre. Men altså, tredje dør til høyre.

«Hei, jeg hørte det var deg,» smilte Mathias Lund-Helgesen, reiste seg og rakte ut hånden. «Hva kan jeg hjelpe deg med denne gangen?»

«Det gjelder en pasient du behandlet i dag morges. Sofia Miholjec.»

«Ja vel? Slå deg ned, Harry.»

Harry lot seg ikke irritere av den andres kameratslige tone, men det var en invitasjon han ikke ville ta imot. Ikke fordi han var for stolt, men fordi det bare ville bli pinlig for dem begge.

«Sofias mor ringte meg og fortalte at hun våknet i morges av gråt fra Sofias rom,» sa Harry. «Hun gikk inn, og der fant hun datteren, blodig og forslått. Sofia fortalte at hun hadde vært ute med venninner og hadde sklidd på isen på vei hjem. Moren vekket faren og han kjørte altså datteren ned hit.»

«Det kan nok stemme,» sa Mathias. Han hadde lent seg fremover på albuene som for å vise at dette interesserte ham oppriktig.

«Men moren hevder at Sofia lyver,» fortsatte Harry. «Hun sjekket sengen etter at faren og Sofia hadde dratt. Og det var ikke blod bare på puten. Men også på lakenet. 'Der nede' som hun uttrykte det.»

«Hm-m.» Lyden Mathias laget var ingen bekreftelse eller avkreftelse, men en lyd som Harry visste at de faktisk øvde på i terapidelen av psykologistudiet. Tonefall som gikk opp på slutten, var ment å oppmuntre pasienten til å fortsette. Mathias' tonefall hadde gått opp.

«Nå har Sofia låst seg inn på rommet,» sa Harry. «Hun gråter og vil ikke fortelle ett ord. Og ifølge moren kommer hun ikke til å gjøre det heller. Moren har ringt Sofias venninner. Ingen av dem hadde sett Sofia i går.»

«Jeg skjønner.» Mathias knep om neseryggen øverst mellom øynene. «Og nå vil du be meg om jeg kan se bort fra taushetsplikten for deg?»

«Nei,» sa Harry.

«Nei?»

«Ikke for meg. For dem. For Sofia og foreldrene hennes. Og for andre han kan ha voldtatt og komme til å voldta.»

«Det var da voldsomt.» Mathias smilte, men smilet sluknet da det ikke ble besvart. Han kremtet: «Du skjønner sikkert at jeg må vurdere dette først, Harry.»

«Ble hun voldtatt i natt eller ikke?»

Mathias sukket. «Harry, taushetsplikten er …»

«Jeg vet hva taushetsplikt er,» avbrøt Harry. «Jeg er også underlagt den. Når jeg ber deg frita deg selv i dette tilfellet, er det ikke fordi jeg tar lett på taushetsprinsippet, men fordi jeg har foretatt en vurdering av forbrytelsens grove karakter og faren for gjentagelse. Om du vil stole på meg og støtte deg på min vurdering, er jeg takknemlig for det. Hvis ikke, får du bare prøve å leve med det som best du kan.»

Harry lurte på hvor mange ganger han hadde kjørt den leksa i lignende situasjoner.

Mathias glippet med øynene og munnen hans gled opp.

«Det holder om du nikker eller rister på hodet,» sa Harry.

Mathias Lund-Helgesen nikket.

Den hadde virket igjen.

«Takk,» sa Harry og reiste seg. «Går det fint med Rakel og deg og Oleg?»

Mathias Lund-Helgesen nikket igjen og smilte blekt til svar. Harry lente seg frem og la en hånd på legens skulder: «God jul, Mathias.»

Det siste Harry så idet han gikk ut døra var at Mathias Lund-Helgesen satt i stolen med hengende skuldre og så ut som noen hadde fiket hardt til ham.

*

Det siste dagslyset lakk ut mellom oransje skyer over grantrærne og hustakene på vestsiden av Norges største gravlund. Harry gikk forbi minnesteinen over Jugoslavias falne under krigen, Arbeiderpartiets felt, gravsteinene til statsministrene Einar Gerhardsen og Trygve Bratteli til Frelsesarmeens eget felt. Som ventet fant han Sofia ved den ferskeste graven. Hun satt rett opp og ned i snøen med en stor boblejakke pakket rundt seg.

«Hei,» sa Harry og satte seg ned ved siden av henne.

Han tente en sigarett og blåste røyken opp i den isnende brisen som sveipet den blå røyken bort.

«Moren din sa at du bare hadde gått,» sa Harry. «Og at du tok med deg blomstene faren din hadde kjøpt til deg. Det var ikke så vanskelig å gjette.»

Sofia svarte ikke.

«Robert var en god venn, var han ikke? En du kunne stole på. Og snakke med. Ingen voldtektsmann.»

«Det var Robert som gjorde det,» hvisket hun kraftløst.

«Det er dine blomster som ligger der på Roberts grav, Sofia.

Jeg tror at det var en annen som voldtok deg. Og at han gjorde det om igjen i natt. Og at han kanskje har gjort det flere ganger.»

«La meg være i fred!» skrek hun og kavet seg opp i snøen. «Hører dere!»

Harry holdt sigaretten i den ene hånden, med den andre tok han tak i armen hennes og dro henne hardt ned igjen i snøen.

«Han som ligger der er død, Sofia. Du lever. Hører du? Du lever. Og hvis du har tenkt å fortsette å gjøre det, så må vi ta ham nå. Hvis ikke kommer han bare til å fortsette. Du var ikke den første og du kommer ikke til å bli den siste. Se på meg. Se på meg, sier jeg!»

Sofia skvatt av hans plutselige utrop og så automatisk på ham.

«Jeg veit at du er redd, Sofia. Men jeg lover deg at jeg skal ta ham. Uansett. Jeg sverger.»

Harry så noe våkne i blikket hennes. Og hvis han så riktig, var det et håp. Han ventet. Og så hvisket hun noe uhørlig.

«Hva sa du?» spurte Harry og lente seg frem mot henne.

«Hvem skal tro meg?» hvisket hun. «Hvem skal tro meg nå … da Robert er død?»

Harry la en hånd forsiktig på skulderen hennes. «Prøv. Så får vi se.»

De oransje skyene hadde begynt å farges røde.

«Han truet med å ødelegge alt for oss om jeg ikke gjorde som han befalte,» sa hun. «Han ville sørge for at vi ble kastet ut av leiligheten og måtte dra tilbake. Men vi har ingenting å dra tilbake til. Og om jeg hadde sagt det til dem; hvem ville trodd meg? Hvem …»

Hun stoppet.

«… andre enn Robert,» sa Harry. Og ventet.

Harry fant adressen på Mads Gilstrups visittkort. Han ville besøke ham. Og i første omgang spørre hvorfor han hadde ringt Halvorsen. Han så av adressen at han ville komme til å kjøre forbi huset til Rakel og Oleg som også lå i Holmenkollåsen.

Da han passerte, sakket han ikke, kastet bare et blikk opp i oppkjørselen. Sist han hadde kjørt forbi, hadde han sett en Jeep

Cherokee utenfor garasjen som han antok var legens. Nå så han bare Rakels bil. Det var lys i vinduet på rommet til Oleg.

Harry styrte gjennom hårnålssvingene mellom Oslos dyreste villaer til veien rettet seg ut og steg videre langs en brink og forbi hovedstadens hvite obelisk, Holmenkollen hoppbakke. Under ham lå byen og fjorden med tynne flak av frostrøyk som fløt mellom snødekte øyer. Den korte dagen som egentlig bare besto av en soloppgang og en solnedgang, glippet med øynene, og lysene hadde for lengst begynt å tennes der nede, som adventslys i en siste nedtelling.

Han hadde nesten alle bitene i puslespillet nå.

Etter å ha ringt på inngangsdøra til Gilstrup fire ganger uten at noen hadde åpnet, ga Harry opp. På vei tilbake til bilen kom en mann joggende ned fra nabohuset og bort til Harry og spurte om han var en bekjent av Gilstrup. Ja, han ville ikke forstyrre privatlivets fred, men de hadde hørt et kraftig smell inne fra huset i morges og Mads Gilstrup hadde jo nettopp mistet sin kone, så kanskje man skulle ringe politiet? Harry gikk tilbake, knuste vinduet ved siden av inngangsdøra og en alarm gikk straks av.

Og mens alarmen hest hylte sine to toner om og om igjen, fant Harry stuen. Av hensyn til rapporten så han på klokka og trakk fra de to minuttene Møller hadde skrudd den frem. Femten trettisju.

Mads Gilstrup var naken og hadde ikke lenger noe bakhode.

Han lå på siden på parkettgulvet foran et opplyst lerret og det så ut som haglegeværet med det røde skjeftet vokste ut av munnen hans. Løpet var langt og slik han lå, så det ut for Harry som Mads Gilstrup hadde brukt stortåen til å trekke av. Det krevde ikke bare en viss koordinasjonsevne, men også en sterk vilje til å dø.

Så stoppet alarmen brått og Harry kunne høre suset fra projektoren som kastet et frosset, dirrende nærbilde av et brudepar på vei ned kirkegulvet. Ansiktene, de hvite smilene og den hvite brudekjolen hadde fått et blodig gittermønster som var størknet fast til filmduken.

På salongbordet stukket under en tom cognacflaske, lå avskjedsbrevet. Det var kort:

«Tilgi meg, far. Mads.»

Kapittel 31.
Tirsdag 22. desember. Oppstandelsen

Han så på seg selv i speilet. Når de en gang, kanskje neste år, gikk ut av det lille huset i Vukovar om morgenen, kunne dette ansiktet da ha blitt et som naboene hilste med et smil og et «*zdravo*»? Slik man hilser det kjente og trygge. Og gode.

«Perfekt,» sa kvinnen bak ham.

Han gikk ut fra at hun mente smokingen som han sto iført foran speilet i den kombinerte utleie- og renseriforretningen.

«*How much?*» spurte han.

Han betalte henne og lovet at smokingen skulle leveres tilbake før klokken tolv neste dag.

Så gikk han ut i det grå mørket. Han hadde funnet en kafé hvor han kunne kjøpe en kaffe og maten ikke var for dyr. Og så var det bare å vente. Han så på klokka.

*

Den lengste natten hadde startet. Skumringen farget husvegger og jorder grå da Harry kjørte fra Holmenkollen, men allerede før han kom til Grønland, hadde tussmørket inntatt parkene.

Han hadde ringt Krimvakta fra Mads Gilstrups hus og sagt at de skulle sende en bil. Så hadde han gått uten å røre noe.

Han parkerte i garasjen i K3 på Politihuset og gikk opp til kontoret. Derfra ringte han Torkildsen:

«Mobiltelefonen til min kollega Halvorsen er forsvunnet og jeg vil vite om Mads Gilstrup har lagt igjen beskjed hos ham.»

«Og om han har gjort det?»

«Så vil jeg høre beskjeden.»

«Det er telefonavlytting og det tør jeg ikke,» sukket Torkild-sen. «Ring Politisvarsenteret vårt.»

«Da må jeg ha rettskjennelse, og det har jeg ikke tid til. Noen forslag?»

Torkildsen tenkte seg om. «Har Halvorsen en PC?»

«Jeg sitter ved siden av den.»

«Nei, forresten, glem det.»

«Hva tenkte du på?»

«Du kan få tilgang til alle meldingene på din mobilsvarer via websiden til Telenor Mobil, men du måtte selvfølgelig hatt pass-ordet hans for å få tilgang til hans meldinger.»

«Er det et passord man bestemmer selv?»

«Ja da, men hvis du ikke har det, skal du ha bra mye flaks for å ...»

«La oss forsøke,» sa Harry. «Hva er adressen til websiden?»

«Du skal ha mye flaks,» sa Torkildsen. Han sa det med tone-fallet til en som ikke var vant med for mye.

«Jeg har en følelse av at jeg veit det,» sa Harry.

Da Harry hadde fått opp websiden, fylte han inn i feltet for passord: «Lev Jasjin». Og fikk opplyst at det inntastede passor-det ikke var korrekt. Så han forkortet det til bare «Yashin». Og der var de. Åtte meldinger. Seks av dem var fra Beate. Én fra et nummer i Trøndelag. Og én fra mobiltelefonnummeret på visittkortet Harry holdt i hånden. Mads Gilstrup.

Harry klikket på avspillerknappen og stemmen til personen han for mindre enn en halv time siden hadde sett ligge død i sitt eget hus, snakket til ham med metallisk stemme gjennom PC-ens plasthøyttaler.

Da beskjeden var over, hadde Harry fått den siste biten i pus-lespillet.

«Er det virkelig ingen som veit hvor Jon Karlsen er?» sa Harry på telefonen til Skarre mens han gikk ned trappene på Politihuset. «Har du prøvd leiligheten til Robert?»

Harry gikk inn døra til Materiellkontoret og slo på bjellen på disken foran seg.

«Jeg ringte dit også,» sa Skarre. «Ikke noe svar.»

«Stikk oppom. Gå inn om ingen åpner, OK?»

«Nøklene er på Krimteknisk og klokka er over fire. Vanligvis sitter jo Beate der utover ettermiddagen, men i dag med Halvorsen og …»

«Glem nøklene,» sa Harry. «Ta med deg et kubein.»

Harry hørte subbende føtter og en mann iført blå lagerfrakk, et rutenett av rynker og et par briller ytterst på nesetippen kom tøflende inn. Uten å verdige Harry et blikk plukket han opp rekvisisjonen som Harry hadde lagt på disken.

«Blålapp da?» sa Skarre.

«Trengs ikke, den vi fikk gjelder fortsatt,» løy Harry.

«Gjør den?»

«Hvis noen spør, så var det en direkte ordre fra meg. Greit?»

«Greit.»

Mannen i blåfrakken gryntet. Så ristet han på hodet og rakte rekvisisjonen tilbake til Harry.

«Jeg ringer deg seinere, Skarre. Ser ut som det et problem her …»

Harry stakk telefonen i lommen og så uforstående på blåfrakken.

«Du kan ikke hente samme våpenet to ganger, Hole,» sa mannen.

Harry skjønte ikke akkurat hva Kjell Atle Orø mente, men han skjønte den varme prikkingen i nakken. Han skjønte fordi han hadde kjent den før. Og visste at det betydde at marerittet ikke var over. Men akkurat hadde begynt.

*

Gunnar Hagens kone glattet på kjolen og gikk ut fra badet. Foran speilet i gangen sto hennes mann og forsøkte å knytte den svarte smokingsløyfen. Hun ble stående siden hun visste at han snart ville snøfte irritert og be henne om hjelp.

I morges, da de hadde ringt fra Politihuset og fortalt at Jack

Halvorsen var død, hadde Gunnar sagt at han verken følte for eller syntes han kunne gå på noen konsert. Og hun visste at det kom til å bli en uke med mye grubling. Av og til lurte hun på om det var noen andre enn henne som skjønte hvor hardt slike ting gikk inn på Gunnar. Uansett, senere på dagen hadde politimesteren bedt Gunnar stille på konserten likevel siden Frelsesarmeen hadde bestemt at Jack Halvorsens dødsfall skulle markeres med ett minutts stillhet og det da var naturlig at politiet var representert ved Halvorsens foresatte. Men hun kunne se at han ikke gledet seg, alvoret satt som en for trang hjelm rundt pannen hans.

Han snøftet og rev av seg sløyfen: «Lise!»

«Jeg er her,» sa hun rolig, gikk bort, stilte seg bak ham og rakte ut hånden. «Gi den til meg.»

Telefonen på bordet under speilet ringte. Han bøyde seg og grep den: «Hagen.»

Hun hørte en fjern stemme i den andre enden.

«God kveld, Harry,» sa Gunnar. «Nei, jeg er hjemme. Min kone og jeg skal på konserten i Konserthuset i dag, så jeg gikk tidlig hjem. Noe nytt?»

Lise Hagen så hvordan den imaginære hjelmen strammet seg enda mer til mens han lyttet taust og lenge.

«Ja,» sa han til slutt. «Jeg skal ringe Krimvakta og slå full alarm. Vi setter alt tilgjengelig mannskap inn i jakten. Jeg kommer snart til å dra på Konserthuset og være der et par timer, men jeg har mobiltelefonen på vibrasjon hele tiden, så det er bare å ringe.»

Han la på.

«Hva er det?» spurte Lisa.

«En av førstebetjentene mine, Harry Hole, kommer akkurat fra Materiellkontoret hvor han skulle hente ut et våpen på en rekvisisjon som jeg ga ham i dag. Han fikk den som erstatning for en som var kommet bort etter et innbrudd i leiligheten hans. Det viser seg at tidligere i dag hentet noen ut våpen og ammunisjon på den første rekvisisjonen.»

«Det er det verste …,» sa Lise.

«Nei,» sukket Gunnar Hagen. «Det er dessverre ikke det

verste. Harry fattet mistanke om hvem det kunne være. Så han ringte Rettsmedisinsk og fikk det bekreftet.»

Lise så til sin forferdelse ektemannen bli helt grå i ansiktet. Som om konsekvensene av det Harry hadde fortalt, gikk opp for ham først nå da han hørte seg selv si det til sin kone:

«Blodprøven på mannen vi skjøt på containerhavna, viser at han ikke er samme personen som kastet opp ved siden av Halvorsen. Eller smurte blod på frakken hans. Eller la igjen hår på puten på Heimen. Kort sagt, mannen vi skjøt, er ikke Christo Stankic. Om Harry har rett, betyr det at Stankic fortsatt befinner seg der ute. Med våpen.»

«Jammen ... da kan han jo fortsatt være på jakt etter den stakkars mannen, hva var det han het igjen?»

«Jon Karlsen. Ja. Og derfor må jeg nå ringe Krimvakta og få mobilisert alt tilgjengelig mannskap for å lete etter både Jon Karlsen og Stankic.» Han presset håndbakene mot øynene som om det var der smerten satt. «Og Harry fikk akkurat en telefon fra en betjent som har tatt seg inn i leiligheten til Robert Karlsen for å se etter Jon.»

«Ja?»

«Det så ut som det hadde foregått et basketak der. Og sengetøyet ... var stenket med blod, Lise. Og ingen Jon Karlsen, bare en foldekniv under sengen som hadde svart, størknet blod på bladet.»

Han tok hendene bort fra ansiktet, og hun så i speilet at øynene hans var blitt røde.

«Dette er ille, Lise.»

«Jeg skjønner jo det, Gunnar, kjære deg. Men ... men hvem er personen dere skjøt på containerhavnen, da?»

Gunnar Hagen svelget tungt før han svarte: «Vi vet ikke, Lise. Vi vet bare at han bodde i en container og hadde heroin i blodet.»

«Herregud, Gunnar ...»

Hun la en hånd på skulderen hans og prøvde å fange blikket hans i speilet.

«Han sto opp fra de døde på den tredje dagen,» hvisket Gunnar Hagen.

«Hva?»

«Frelseren. Vi drepte ham lørdag natt. I dag er det tirsdag. Det er den tredje dagen.»

*

Martine Eckhoff var så vakker at Harry mistet pusten.

«Hei, er det deg?» sa hun med den dype altstemmen Harry husket fra første gangen han hadde sett henne på Fyrlyset. Den gangen hadde hun vært i uniform. Nå sto hun foran ham i en enkel, elegant, ermeløs kjole som var like skinnende svart som håret. Øynene virket enda større og mørkere enn vanlig. Huden var hvit, på en sart, nesten gjennomskinnelig måte.

«Jeg holder på å dolle meg opp,» lo hun. «Se.» Hun løftet hånden med det Harry oppfattet som en ubegripelig myk bevegelse, som noe fra en dans, en forlengelse av en annen, like grasiøs bevegelse. I hånden holdt hun en hvit, tåreformet perle som reflekterte det sparsommelige lyset i oppgangen til leiligheten hennes. Den andre perlen hang fra øret hennes.

«Kom inn,» sa hun, gikk et skritt tilbake og slapp døra.

Harry steg over dørterskelen og inn i favnen hennes. «Så fint at du kom,» sa hun, trakk hodet hans ned til sitt og pustet varm luft i øret hans da hun hvisket:

«Jeg har tenkt på deg hele tiden.»

Harry lukket øynene, holdt henne hardt og kjente varmen fra den lille, kattemyke kroppen. Det var andre gangen på under ett døgn han sto slik og holdt rundt henne. Og han ville ikke slippe. For han visste at det var den siste.

Øredobben hennes lå mot kinnet hans under det ene øyet, som en allerede kald tåre.

Han gjorde seg fri.

«Er det noe galt?» spurte hun.

«La oss sette oss,» sa Harry. «Vi må snakke sammen.»

De gikk inn i stuen, og hun satte seg i sofaen. Harry stilte seg ved vinduet og så ned på gaten utenfor.

«Det sitter noen i en bil der nede og ser opp hit,» sa han.

Martine sukket. «Det er Rikard. Han venter på meg, han skal kjøre meg ned til Konserthuset.»

«Mm. Vet du hvor Jon er, Martine?» Harry konsentrerte seg om ansiktet hennes i speilbildet i ruten.

«Nei,» sa hun og møtte blikket hans. «Mener du at det er noen spesiell grunn til at jeg skulle vite det? Siden du spør på den måten, mener jeg?» Det sukkersøte var borte fra stemmen hennes.

«Vi brøt oss akkurat inn i leiligheten til Robert som vi tror Jon har brukt,» sa Harry. «Og fant en blodig seng.»

«Det visste jeg ikke,» sa Martine med en forbauselse som lød ekte.

«Jeg veit at du ikke visste det,» sa Harry. «Rettsmedisinsk sjekker blodtype nå. Det vil si, den er vel alt bestemt. Og jeg er ganske sikker på hva de har kommer frem til.»

«Jon?» sa hun åndeløst.

«Nei,» sa Harry. «Men du hadde kanskje håpet det?»

«Hvorfor sier du det?»

«Siden det var Jon som voldtok deg.»

Det ble helt stille i rommet. Harry holdt pusten så han kunne høre henne snappe etter luft og så, lenge før den hadde rukket å komme ned i lungene, stakkåndet slippe den ut igjen.

«Hvorfor tror du det?» spurte hun med bare en ørliten skjelving i stemmen.

«Fordi du fortalte at det skjedde på Østgård og det tross alt ikke er så mange menn som voldtar. Og Jon Karlsen gjør det. Det blodet i senga til Robert kommer fra ei jente som heter Sofia Miholjec. Hun kom til leiligheten til Robert i går kveld fordi Jon Karlsen hadde befalt henne å gjøre det. Som avtalt låste hun seg selv inn med en nøkkel som hun i sin tid hadde fått av Robert, hennes beste venn. Etter å ha tatt henne, banket han henne opp. Hun fortalte at det hendte at han gjorde det.»

«Hendte?»

«Ifølge Sofia voldtok Jon henne for første gang en ettermiddag i fjor sommer. Det skjedde i familien Miholjecs leilighet mens foreldrene var ute. Jon kom seg inn under påskudd av å skulle inspisere leiligheten. Det var jo tross alt jobben hans. Akkurat som det var jobben hans å bestemme hvem som skulle få beholde leilighetene.»

«Du mener ... han truet henne?»

Harry nikket. «Han sa at familien ville bli kastet ut og sendt hjem om Sofia ikke gjorde som han befalte og holdt på hemmeligheten deres. At Miholjecs lykke og ulykke berodde på hans, Jons, forgodtbefinnende. Og hennes føyelighet. Den stakkars jenta torde ikke annet enn å gjøre som han sa. Men da det viste seg at hun var gravid, måtte hun få noen til å hjelpe seg. En venn hun kunne betro seg til, en som var eldre og som uten å stille spørsmål kunne ordne med det praktiske rundt en abort.»

«Robert,» sa Martine. «Gud. Hun gikk til Robert.»

«Ja. Og selv om hun ikke sa noe til ham, trodde hun Robert skjønte at det var Jon. Og det tror jeg også. For Robert visste at Jon hadde voldtatt før, ikke sant?»

Martine svarte ikke. I stedet krøp hun sammen i sofaen, trakk beina oppunder seg og la armene rundt de nakne skuldrene som om hun frøs eller ville forsvinne inn i seg selv.

Da Martine endelig begynte å snakke, var stemmen hennes så lav at Harry kunne høre tikkingen fra Bjarne Møllers klokke.

«Jeg var fjorten år. Mens han gjorde det, lå jeg der og tenkte at om jeg bare konsentrerte meg om stjernene, så kunne jeg se dem tvers igjennom taket.»

Harry lyttet mens hun fortalte om den varme sommerdagen på Østgård, om leken med Robert, om Jons refsende blikk som var mørkt av sjalusi. Og om da døra på utedoen gikk opp og Jon sto der med brorens foldekniv. Voldtekten og smerten etterpå da hun lå gråtende igjen mens han gikk tilbake til huset. Og det ubegripelige i at fuglene like etterpå begynte å synge utenfor.

«Men det verste var ikke voldtekten,» sa Martine med stemmen tykk av gråt, men tørre kinn. «Det verste var at Jon visste. Visste at han ikke engang behøvde å true meg til stillhet. At jeg aldri kom til å synge. Han visste at jeg visste at selv om jeg la frem mine sønderslitte klær og ble trodd, ville det uansett alltid hefte en trevl av tvil om årsak og skyld. Og at det handlet om lojalitet. Skulle jeg, kommandørens datter, være den som dro våre foreldre og hele armeen inn i en ødeleggende skandale? Og i alle disse årene, når jeg har sett Jon, har han sett på meg med det blikket som sier: «Jeg vet. Jeg vet hvordan du skalv av redsel og etterpå gråt stille så ingen skulle høre deg. Jeg vet og ser din stumme feighet hver eneste dag.» Den første tåren trillet nedover kinnet hennes. «Og det er det jeg hater ham sånn for. Ikke at han tok meg, det skulle jeg greid å tilgi. Men at han hele tiden gikk rundt og viste meg at han visste.»

Harry gikk ut på kjøkkenet, rev et flak av tørkerullen, gikk tilbake og satte seg ved siden av henne.

«Pass på sminken,» sa han og rakte henne papiret. «Statsministeren og greier.»

Hun trykket papiret forsiktig under øynene.

«Stankic hadde vært på Østgård,» sa Harry. «Var det du som tok ham med dit?»

«Hva snakker du om?»

«Han hadde vært der.»

«Hvorfor sier du det?»

«På grunn av lukten.»

«Lukten?»

Harry nikket. «En søt, parfymeaktig lukt. Jeg kjente den første gang da jeg åpnet for Stankic hjemme hos Jon. Andre gang da jeg sto på rommet hans på Heimen. Og for tredje gang da jeg våknet på Østgård i dag morges. Lukten satt i ullteppet.» Han studerte Martines nøkkelhullformede pupiller. «Hvor er han, Martine?»

Martine reiste seg. «Nå synes jeg du skal gå.»

«Svar meg først.»

«Jeg behøver ikke svare på noe jeg ikke har gjort.»

Hun var kommet til stuedøra da Harry nådde henne igjen. Han stilte seg foran henne og grep henne i skuldrene. «Martine ...»

«Jeg har en konsert å rekke.»

«Han tok livet av en av mine beste venner, Martine.»

Ansiktet hennes var lukket og hardt da hun svarte: «Han burde kanskje ikke ha stilt seg i veien.»

Harry slapp henne som om han hadde brent seg. «Du kan ikke bare la Jon Karlsen bli drept. Hva med tilgivelse? Er det ikke i den bransjen dere er i?»

«Det er du som tror folk kan forandre seg,» sa Martine. «Ikke jeg. Og jeg vet ikke hvor Stankic er.»

Harry slapp henne, og hun gikk inn på badet og lukket døra. Harry ble stående.

«Og du tar feil om bransjen vår,» sa Martine høyt fra bak døra. «Det handler ikke om tilgivelse. Vi er i samme bransje som alle andre. Frelse, ikke sant?»

Til tross for kulden hadde Rikard stilt seg utenfor bilen og sto lent mot panseret med korslagte armer. Han besvarte ikke Harrys nikk da politimannen passerte.

Kapittel 32.
Tirsdag 22. desember. Exodus

Klokka var blitt halv sju på kvelden, men på Voldsavsnittet var det hektisk aktivitet.

Harry fant Ola Li ved faksmaskinen. Han kastet et blikk på sendingen som var på vei inn. Avsender var Interpol.

«Hva skjer, Ola?»

«Gunnar Hagen ringte rundt og skræmbla avsnittet. Absolutt alle er her. Vi skal ta fyren som tok Halvorsen.»

Det var en innbitthet i Lis stemme som Harry instinktivt skjønte reflekterte stemningen i sjette etasje akkurat den kvelden.

Harry gikk inn til Skarre som sto bak pulten og snakket fort og høyt i en telefon:

«Vi kan lage mer trøbbel for deg og gutta dine enn du aner, Affi. Hvis du ikke hjelper meg og får gutta dine ut på gata, rykker du plutselig opp på førsteplass på most wanted-lista vår. Er jeg tydelig? Altså; kroat, middels høy ...»

«Lys piggsveis,» sa Harry.

Skarre så opp og nikket til Harry. «Lys piggsveis. Ring tilbake når du har noe til meg.»

Han la på. «Det er rene Band Aid-stemninga der ute, alt som kan krype og gå er med på jakten. Jeg har ikke sett maken.»

«Mm,» sa Harry. «Fortsatt ikke noe spor etter Jon Karlsen?»

«Niks. Det eneste vi vet er at kjæresten hans, Thea, sier at de har en avtale om å møtes på Konserthuset i kveld. De skal visst sitte i æreslosjen.»

Harry så på klokka. «Da har Stankic halvannen time på seg om han skal greie jobben sin.»

«Hvordan da?»

«Jeg ringte Konserthuset. Alle billettene ble solgt ut for fire uker siden, og de slipper ikke inn noen som ikke har billett, ikke engang i foajeen. Det vil si at idet Jon har kommet seg inn i Konserthuset, så er han trygg. Ring og sjekk om Torkildsen i Telenor er på jobb og om han kan spore mobiltelefonen til Karlsen. Ja, og sørg for at vi har nok politi utenfor Konserthuset, at de er bevæpnet og har et signalement. Så ringer du Statsministerens kontor og gjør dem oppmerksom på de ekstra sikkerhetsforanstaltningene.»

«Jeg?» sa Skarre. «Til ... Statsminsterens kontor?»

«Klart det,» sa Harry. «Du er stor gutt nå.»

Fra telefonen på kontoret sitt slo Harry ett av de seks numrene han kunne utenat.

De fem andre var til Søs, til foreldrenes hus på Oppsal, til Halvorsens mobil, til Bjarne Møllers gamle privattelefon og til Ellen Gjeltens frakoblede.

«Rakel.»

«Det er meg.»

Han hørte henne trekke pusten: «Jeg tenkte det.»

«Hvorfor det?»

«Fordi jeg tenkte på deg.» Hun lo lavt. «Det er jo bare sånn det er. Eller hva?»

Harry lukket øynene. «Jeg tenkte jeg kunne treffe Oleg i morgen,» sa han. «Slik vi snakket om.»

«Så fint!» sa hun. «Da blir han så glad. Vil du komme hit og hente ham?» Og føyde til da hun hørte nølingen hans: «Vi er alene.»

Harry hadde både lyst og ikke lyst til å spørre hva hun mente med det.

«Jeg prøver å komme rundt klokka seks,» sa han.

*

Ifølge Klaus Torkildsen befant Jon Karlsens mobiltelefon seg et sted på Oslos østkant, på Haugerud eller Høybråten.

«Hjelper oss ikke mye,» sa Harry.

Etter å ha gått hvileløst fra kontor til kontor en times tid for å høre hvordan det gikk med de andre, tok Harry på seg jakka og sa at han dro bort på Konserthuset.

Han parkerte ulovlig i en av smågatene rundt Victoria terrasse, gikk forbi Utenriksdepartementet og ned den brede trappen til Ruseløkkveien og tok til høyre bort til Konserthuset.

På den store, åpne plassen foran glassfasaden hastet festkledde mennesker gjennom den bitende frosten. Foran inngangen sto to bredskuldrede menn iført svarte frakker og ørepropper. Og spredt langs fasaden ytterligere seks uniformskledde politimenn som fikk blikk fra hutrende gjester som ikke var vant til å se byens politi utstyrt med maskinpistoler.

Harry kjente igjen Sivert Falkeid i en av uniformene og gikk bort til ham.

«Jeg visste ikke at Delta var innkalt.»

«Det er vi heller ikke,» sa Falkeid. «Jeg ringte Krimvakta og spurte om vi kunne hjelpe til. Han var partneren din, ikke sant?»

Harry nikket, tok opp sigarettpakken fra innerlommen og bød Falkeid som ristet på hodet.

«Jon Karlsen har ikke dukket opp enda?»

«Nei,» sa Falkeid. «Og når statsministeren har kommet, slipper vi ikke inn flere i æreslosjen.» I det samme svingte to svarte biler inn på plassen. «Apropos.»

Harry så statsministeren stige ut og raskt bli geleidet innenfor. Idet inngangsdøra svingte opp, fikk Harry også et glimt av mottagelseskomiteen. Han rakk å se en bredt smilende David Eckhoff og en ikke så smilende Thea Nilsen, begge i Frelsesarmeens uniformer.

Harry fikk fyr på sigaretten.

«Faen, det er kaldt,» sa Falkeid. «Jeg har mistet følelsen i begge beina og halve hue.»

Jeg misunner deg, tenkte Harry.

Da sigaretten var halvrøkt, sa førstebetjenten det høyt: «Han kommer ikke.»

«Ser sånn ut. Vi får håpe at han ikke alt har funnet Karlsen.»

«Det er Karlsen jeg snakker om. Han har skjønt at spillet er ute.»

Falkeid kikket på den store etterforskeren som han på et tidspunkt, før ryktet om alkoholmisbruket og uregjerligheten hadde kommet ham for øre, hadde tenkt var Delta-materiale. «Hva slags spill?» spurte han.

«Lang historie. Jeg går inn. Hvis Jon Karlsen likevel skulle komme, skal han arresteres.»

«Karlsen?» Falkeid så desorientert ut. «Hva med Stankic?»

Harry slapp sigaretten, som falt fresende i snøen ved føttene hans.

«Ja,» sa han langsomt og som til seg selv: «Hva med Stankic?»

*

Han satt i halvmørket og fingret med frakken som han hadde lagt over fanget. Fra høyttalerne strømmet lavmælt harpemusikk. Små lyskjegler fra kasterne i taket sveipet over publikum, noe han antok var ment å skape en sitrende forventning til det som snart skulle skje på scenen.

Det ble bevegelse i publikummet på radene foran ham da et følge på rundt et dusin personer dukket opp. Noen ville til å reise seg, men det ble hvisket og mumlet og folk satte seg igjen. I dette landet utviste man tydeligvis ikke den type ærbødighet overfor politisk valgte ledere. Følget ble geleidet inn tre rader foran ham hvor alle stolene hadde vært tomme den halve timen han hadde sittet og ventet.

Han så en dresskledd mann med ledning opp til det ene øret, men ingen uniformerte politifolk. Oppbudet av politi utenfor hadde heller ikke vært alarmerende. Han hadde faktisk ventet flere, Martine hadde jo fortalt ham at statsministeren kom til å være til stede. På den annen side, hvilken rolle spilte antall politifolk? Han var usynlig. Enda mer usynlig enn vanlig. Han så seg fornøyd rundt. Hvor mange hundre menn var det her i smoking? Han så allerede for seg kaoset. Og den enkle, men effektive retretten. Han hadde vært innom dagen før og funnet fluktruten. Og det siste han hadde gjort før han gikk inn i salen i kveld, var å sjekke at ingen hadde satt lås på vinduene på herretoalettet. De enkle, frostede rutene kunne skyves ut, var store nok og sto lavt nok til at man enkelt og raskt kom seg ut på gesimsen utenfor. Derfra var det bare å slippe seg tre meter ned på et av biltakene på parkeringsplassen under. Så var det på med frakken, rett ut i den trafikkerte Haakon VII's gate og to minutter og førti sekunders rask gange til han sto på perrongen på Nationaltheatret stasjon hvor Flytoget stoppet hvert tjuende minutt. Det han hadde tatt sikte på, gikk klokka tjue nitten. Før han gikk ut av herretoalettet og opp i salen, hadde han stukket to toalettabletter i jakkelommen.

Han hadde måttet vise billetten for andre gang da han gikk inn i salen. Han hadde ristet smilende på hodet da damen hadde spurt om noe på norsk og pekt på frakken hans. Hun hadde sett på billetten og anvist ham til et sete i æreslosjen som egentlig bare var fire vanlige rader i midten av salen som for anledningen var innhegnet med røde bånd. Martine hadde forklart ham hvor Jon Karlsen og kjæresten hans, Thea, kom til å sitte.

Og nå kom de altså endelig. Han gløttet på klokka. Seks minutter over åtte. Salen lå i halvmørke, og motlyset fra scenen var for sterkt til at han kunne identifisere personene i delegasjonen, men plutselig ble et av ansiktene opplyst av en av de små lyskasterne. Han fikk bare et kort glimt av et blekt og forpint ansikt, men var ikke i tvil: Det var kvinnen han hadde sett i bilen i baksetet sammen med Jon Karlsen ved Gøteborggata.

Det så ut som det var forvirring om setene der fremme, men så fikk de bestemt seg og veggen av kropper ble senket ned i stolene. Han klemte om revolvergrepet under frakken. I tønnen satt seks patroner. Det var et uvant våpen som hadde et tyngre avtrekk enn på en pistol, men han hadde trent på det i hele dag og blitt kjent med hvor avtrekkeren løsnet skuddet.

Så, som på et usynlig signal, senket stillheten seg i salen.

En mann i uniform kom frem, ønsket antagelig velkommen og sa noe som fikk alle i salen til å reise seg. Han gjorde det samme og betraktet menneskene rundt seg som bøyde nakken i taushet. Noen var antagelig død. Så sa mannen der fremme noe igjen og alle satte seg.

Og så, endelig, gikk sceneteppet opp.

*

Harry sto på siden av scenen i mørket og så teppet gli opp. Lyset fra scenekanten gjorde at han ikke så publikum, men han ante det, som et stort, pustende dyr der ute.

Dirigenten hevet takststokken og Oslo 3. korps gospelkor satte i gang med sangen Harry hadde hørt i Templet:

«La frelsesfanen vaie,
nå til hellig krig av sted.»

«Unnskyld,» hørte han en stemme si, snudde seg og så en ung kvinne med briller og hodesett. «Hva gjør du her?» spurte hun.

«Politi,» sa Harry.

«Jeg er inspisient og må be om at du ikke står i veien her.»

«Jeg leter etter Martine Eckhoff,» sa Harry. «Jeg fikk beskjed om at hun var her.»

«Hun er *der*,» sa inspisienten og pekte på koret. Og da fikk Harry øye på henne. Hun sto bakerst, på øverste trinn, og sang med en alvorlig, nesten lidende mine. Som om det var tapt kjærlighet og ikke kamp og seirer hun sang om.

Ved siden av henne sto Rikard. Som i motsetning til henne hadde et salig smil på leppene. Ansiktet hans så helt annerledes ut nå da han sang. Det harde, forknytte var borte, det sto som en stråleglans ut fra hans unge øyne, som om han mente med hele sitt hjerte det han sang; at de skulle vinne verden for den gode Gud, for barmhjertigheten og nestekjærlighetens sak.

Og Harry merket til sin forbauselse at sangen og teksten gjorde inntrykk.

Da de var ferdige, hadde mottatt applausen og kom mot fløyen, så Rikard forundret på Harry, men sa ingenting. Da Martine fikk øye på ham, slo hun blikket ned og prøvde å gå i bue rundt ham. Men Harry var rask, stilte seg foran henne.

«Jeg gir deg en siste sjanse, Martine. Vær så snill og ikke kaste den bort.»

Hun sukket tungt. «Jeg vet ikke hvor han er, har jeg sagt.»

Harry grep henne i skuldrene hennes og hvisket hvesende: «Du kommer til å bli dømt for medvirkning. Vil du virkelig gi ham den gleden?»

«Gleden?» Hun smilte trett. «Han vil ikke ha gleder dit han skal.»

«Og den sangen dere akkurat sang? 'Som nådig seg forbarmer og er synderes sanne venn.'Betyr det ingenting, er det bare ord?»

Hun svarte ikke.

«Jeg skjønner at dette er vanskeligere,» sa Harry. «Enn den lettvinte tilgivelsen du i din selvforherligelse strør om deg med på Fyrlyset. En junkie som hjelpeløs stjeler fra navnløse personer for å stille suget, hva er det? Hva er det mot å tilgi en som virkelig trenger din tilgivelse? En virkelig synder på vei til helvete?»

«Hold opp,» sa hun med gråt i stemmen og forsøkte kraftløst å skyve ham vekk.

«Du kan fortsatt redde Jon, Martine. Så han får en ny sjanse. Så du får en ny sjanse.»

«Plager han deg, Martine?» Det var Rikards stemme.

Harry knyttet høyre hånd uten å snu seg, gjorde seg klar mens han så inn i Martines tårevåte øyne.

«Nei, Rikard,» sa hun. «Det går fint.»

Harry hørte Rikards skritt fjerne seg mens han så på henne. En gitar begynte å klimpre fra scenen. Så et piano. Herry kjente igjen sangen. Fra Egertorget den kvelden. Og fra radioen på Østgård. «Morning Song». Det virket som evigheter siden.

«De kommer til å dø begge to hvis ikke du hjelper meg å stanse dette,» sa Harry.

«Hvorfor sier du det?»

«Fordi Jon er borderline og styres av sitt raseri. Og Stankic er ikke redd for noe.»

«Og du skal innbille meg at du er så oppsatt på å redde dem fordi det er jobben din?»

«Ja,» sa Harry. «Og fordi jeg ga et løfte til moren til Stankic.»

«Moren? Har du snakket med moren hans?»

«Jeg sverget at jeg skulle prøve å redde sønnen hennes. Hvis jeg ikke stanser Stankic nå, vil han bli skutt. Som han på containerhavna. Tro meg.»

Harry så på Martine, så snudde han ryggen til henne og begynte å gå. Han var kommet til trappen da han hørte stemmen hennes bak seg:

«Han er her.»

Harry stivnet. «Hva?»

«Jeg ga Stankic din billett.»

I det samme gikk scenelyset opp.

Silhuettene på setene foran ham tegnet seg skarpt mot den hvit-skimrende lyskaskaden. Han sank dypt ned i setet, løftet hånden forsiktig, la det korte løpet an mot seteryggen foran seg slik at han hadde fri skuddbane mot den smokingkledde ryggen på Theas venstre side. Han ville skyte to skudd. Så reise seg og avfyre et tredje om nødvendig. Men han visste alt at det ville det ikke bli.

Avtrekkeren kjentes lettere enn før i dag, men han visste at det skyldtes adrenalinet. Og likevel, han var ikke redd lenger. Avtrekkeren gled og gled, og så var han kommet til punktet hvor motstanden opphørte, den halve millimeteren som var avtrekkets ingenmannsland, hvor man bare slappet av og presset videre fordi det ikke lenger var noen vei tilbake, man hadde overlatt kontrollen til mekanikkens ubønnhørlige lover og tilfeldigheter.

Hodet på toppen av den ryggen kulen snart skulle treffe, snudde seg mot Thea og sa noe.

I det samme gjorde hjernen hans to observasjoner. At Jon Karlsen underlig nok var i smoking og ikke i Frelsesarmeens uniform. Og at det var noe feil med den fysiske avstanden mellom Thea og Jon. I en konsertsal med høy musikk ville to kjærester ha lent seg helt inntil hverandre.

Desperat forsøkte hjernen å reversere den allerede påbegynte handlingen, pekefingerens sammentrekning rundt avtrekkeren.

Det smalt høyt.

Så høyt at det ringlet i ørene til Harry der han sto.

«Hva?» ropte han mot Martine over lyden av trommeslagerens sjokkangrep på crashcymbalet som hadde gjort Harry midlertidig døv.

«Han sitter på rad 19, tre rader bak Jon og statsministeren. Sete 25. På midten.» Hun prøvde å smile, men leppene skalv for mye. «Jeg skaffet deg den beste billetten i salen, Harry.»

Harry så på henne. Så begynte han å løpe.

*

Jon Karlsen prøvde å få beina til å gå som trommestikker mot perrongen på Oslo S, men han hadde aldri vært noen sprinter. De automatiske dørene ga fra seg langtrukne sukk, gled igjen og det sølvskimrende Flytoget satte seg i bevegelse idet Jon nådde frem. Han stønnet, satte ned kofferten, dro av seg den lille ryggsekken og dumpet ned i en av designbenkene på perrongen. Bare den svarte bagen beholdt han i fanget. Ti minutter til neste avgang. Det var ingen fare, han hadde god tid. Hav av tid, hadde han. Så mye at han nesten kunne ønske han hadde litt mindre. Han stirret mot tunnelåpningen der neste tog ville komme. Da Sofia hadde gått og han endelig hadde sovnet i Roberts leilighet utpå morgenkvisten, hadde han hatt en drøm. En vond drøm hvor Ragnhilds øye hadde stirret stivt på ham.

Han så på klokka.

Nå var konserten kommet i gang på Konserthuset. Og der satt stakkars Thea uten ham og skjønte ingenting. Ikke de andre heller, for den saks skyld. Jon pustet inn i hendene, men kulden kjølte ned den fuktige luften så fort at hendene bare ble enda kaldere. Det måtte gjøres sånn, det var ingen annen måte. For det hadde tårnet seg opp, ting var kommet ut av kontroll, han kunne ikke ta sjansen på å bli lenger.

Det var helt og holdent hans egen feil. Han hadde mistet beherskelsen med Sofia i natt, og han burde ha forutsett det. All spenningen som måtte ut. Det som hadde gjort ham så rasende var at Sofia hadde tatt imot uten et ord, uten en lyd. Bare sett på ham med det stengte, innadvendte blikket. Som et umælende offerlam. Så hadde han slått henne i ansiktet. Med knyttet neve. Huden på knoken hadde revnet og han hadde slått igjen. Dumt. For å slippe å se hadde han snudd henne inn mot veggen, og først etter ejakulasjonen hadde han greid å roe seg. Men for sent. Da han så på henne før hun gikk, forsto han at denne gangen ville hun ikke slippe unna med forklaringer om at hun hadde gått på en dør eller falt på isen.

Det andre som gjorde at han måtte komme seg vekk, var den tause oppringningen han hadde fått i går. Han hadde sjekket avsendernummeret. Det var fra et hotell i Zagreb. Hotel International. Han ante ikke hvordan de hadde fått tak i mobilnummeret hans, det sto ikke registrert noe sted. Men han ante hva det betydde: Selv om Robert var død, anså de ikke oppdraget som avsluttet. Det var ikke slik han hadde beregnet det, og han begrep det ikke. Kanskje ville de sende en annen mann til Oslo. Han måtte uansett vekk.

Flybilletten han hadde kjøpt i all hast, viste Bangkok via Amsterdam. Og var skrevet ut på Robert Karlsen. Slik som den han hadde kjøpt til Zagreb i oktober. Og nå som da hadde han brorens ti år gamle pass på innerlommen. Ingen kunne benekte likheten mellom ham og personen på passfotoet. At det skjedde ting med en ung persons utseende på ti år, var noe alle passkontrollører var klar over.

Etter å ha kjøpt billetten hadde han dratt til Gøteborggata, pakket en koffert og en sekk. Det var ennå ti timer til flyet skulle gå, og han behøvde å gå i skjul. Så han hadde dratt til en av armeens såkalte «delvis møblerte» utleieleiligheter på Haugerud som han hadde nøkkel til. Leiligheten hadde stått tom i to år, hadde fuktskader, en sofa og en lenestol hvor innmaten tøt ut av ryggen pluss en seng med flekkete madrass. Det var hit Sofia hadde hatt stående ordre om å innfinne seg hver torsdag ettermiddag klokka seks. Noen av flekkene var fra henne. Andre hadde han laget når han var alene. Og da hadde han bestandig tenkt på Martine. Det hadde vært som en sult som bare hadde vært stilt én gang og det var den følelsen han hadde lett etter siden. Og først nå, med den femten år gamle kroatiske jenta, endelig funnet.

Så en dag i høst hadde en opprørt Robert oppsøkt ham og fortalt at Sofia hadde kommet og betrodd seg til ham. Jon var blitt så rasende at han bare så vidt hadde greid å beherske seg.

Det hadde vært så … ydmykende. Akkurat som den gangen han var tretten og faren hadde banket ham med beltet fordi moren hadde oppdaget sædflekker på sengetøyet hans.

Og da Robert hadde truet ham med å avsløre alt for Frelsesarmeens ledelse om han så mye som så i nærheten av Sofia igjen, hadde Jon skjønt at han bare hadde ett alternativ. Og det hadde ikke vært å slutte å treffe Sofia. For det verken Robert, Ragnhild eller Thea skjønte, var at han måtte ha dette, at det var det eneste som ga ham forløsning og sann tilfredsstillelse. Om et par år kom Sofia til å være for gammel og han måtte finne en ny. Men inntil da kunne hun være hans lille prinsesse, hans sjels lys og lenders flamme, slik Martine hadde vært da magien hadde virket for første gang den natten på Østgård.

Det kom flere folk inn på perrongen. Kanskje ville det ikke skje noe. Kanskje kunne han bare avvente situasjonen et par uker og så komme tilbake. Tilbake til Thea. Han tok frem telefonen, fant nummeret hennes og tastet en melding:

«Far er blitt syk. Flyr til Bangkok i kveld. Ringer i morgen.»

Han sendte den og klappet den svarte bagen. Fem millioner kroner i dollarsedler. Far ville bli så glad når han skjønte at han endelig kunne betale gjelden og bli fri. Jeg bærer andres synder, tenkte han. Jeg setter dem fri.

Han stirret mot tunnelen, den svarte øyehulen. Atten minutter over åtte. Hvor ble det av?

*

Hvor var Jon Karlsen? Han stirret på rekkene av rygger foran seg mens han sakte senket revolveren. Fingeren hadde lystret og slakket trykket på avtrekkeren. Hvor nær han hadde vært ved å avfyre skuddet, ville han aldri få vite. Men han visste dette nå: Jon Karlsen var ikke her. Han hadde ikke kommet. Det var grunnen til forvirringen om plassene da de skulle sette seg.

Musikken ble roligere, vispene subbet mot trommeskinnet og fingerspillet på gitaren luntet av gårde.

Han så kjæresten til Jon Karlsen dukke og skuldrene bevege seg, som om hun rotet etter noe i vesken. Hun satt stille noen sekunder med bøyd hode. Hun reiste seg, og han fulgte henne med øynene der hun med rykkete, utålmodige bevegelser steppet langs raden av mennesker som reiste seg og ga plass. Han skjønte straks hva han måtte gjøre.

«*Excuse me,*» sa han og reiste seg. Han enset knapt de strenge blikkene fra menneskene som med påtatt møye og sukk reiste seg, alt han var opptatt av var at hans siste mulighet til å få tak i Jon Karlsen var i ferd med å forlate salen.

Han stoppet med en gang han kom ut i foajeen og hørte den polstrede døra til salen gli igjen bak seg samtidig som musikken som ved et fingerknips forstummet. Jenta hadde ikke gått langt. Hun sto ved en søyle midt i foajeen og tastet. To menn i dress sto og snakket sammen ved den andre inngangen til salen, og to garderobevakter satt bak disken på hver sin stol med fraværende tusenmetersblikk. Han sjekket at frakken han hadde over armen fremdeles skjulte revolveren og skulle til å begynne å gå mot henne da han hørte løpende skritt til høyre for seg. Han snudde seg, tidsnok til å se en stor mann med rødsprengt ansikt og vidt oppsperrede øyne komme stormende mot ham. Harry Hole. Han visste at det var for sent, at frakken ville hindre ham i å få svingt revolveren mot ham tidsnok. Han tumlet bakover mot veggen da politimannens hånd traff ham i skulderen. Og så forvirret på at Hole trev håndtaket i døra til salen, rev den opp og var borte.

Han lente hodet mot veggen og lukket øynene hardt igjen. Så rettet han seg sakte opp, så at jenta sto og trippet med telefonen presset mot øret og et fortvilet uttrykk i ansiktet, og begynte å gå mot henne. Han stilte seg rett foran henne, dro frakken til side slik at hun så revolveren og sa langsomt og tydelig:

«*Please come with me.* Ellers må jeg drepe deg.»

Han kunne se øynene hennes bli svarte da redselen fikk pupillene hennes til å utvide seg og hun slapp mobiltelefonen.

*

Den falt og traff skinnegangen med et lite smell. Jon stirret ned på telefonen som fortsatte å ringe. Et øyeblikk, før han hadde sett at det var Thea som ringte, hadde han tenkt at det var den lydløse stemmen fra i går kveld som ringte igjen. Hun hadde ikke sagt et ord, men det hadde vært en kvinne, det var han sikker på nå. Det hadde vært henne, det hadde vært Ragnhild. Stopp! Hva skjedde, holdt han på å bli gal? Han konsentrerte seg om å puste. Han måtte ikke miste kontrollen nå.

Han klamret seg til den svarte bagen idet toget gled inn på perrongen.

Togdøra pustet opp, han steg inn, satte fra seg kofferten i bagasjestativet og fant et tomt sete.

*

Det tomme setet gapte mot ham som hullet etter en utslått tann. Harry studerte ansiktene på begge sider av setet, men enten var de for gamle, for unge eller feil kjønn. Han løp bort til det første setet på rad nitten og huket seg ned ved siden av den gamle, hvithårede mannen som satt der:

«Politiet. Vi er …»

«Hva?» sa mannen høyt og la hånden bak øret.

«Politiet,» sa Harry høyere. Han la merke til at på en rad litt lenger frem hadde en person med ledning fra øret begynt å røre på seg og snakke til jakkeslaget sitt.

«Vi er på utkikk etter en person som skal ha sittet midt på denne raden. Har du sett noen som har gått eller k…»

«Hva?»

En eldre dame, tydeligvis hans følge for kvelden, lente seg frem:

«Han gikk akkurat ut. Ut av salen, altså. Midt under sangen …» Det siste sa hun i et tonefall som om hun antok at det var derfor politiet ville ha tak i mannen.

Harry løp opp gangen igjen, slo opp døra, stormet gjennom foajeen og ned trappen til hallen innenfor utgangen. Han så den uniformerte ryggen utenfor og ropte mens han fortsatt var i trappene: «Falkeid!»

Sivert Falkeid snudde seg, så Harry og åpnet døra.

«Gikk det en mann ut hos deg akkurat nå?»

Falkeid ristet på hodet.

«Stankic er på huset,» sa Harry. «Slå alarm.»

Falkeid nikket og løftet jakkeslaget.

Harry skyndte seg tilbake til foajeen, la merke til en liten, rød mobiltelefon som lå på gulvet og spurte kvinnene i garderoben om de hadde sett noen komme ut av salen. De så på hverandre og svarte et synkronisert nei. Han spurte om det fantes andre utganger enn trappen ned i hallen.

«Bare nødutgangen,» sa den ene.

«Ja, men den slår så hardt igjen at det ville vi nå ha hørt, ja,» sa den andre.

Harry stilte seg opp ved døra til salen igjen og scannet foajeen fra venstre mot høyre mens han prøvde å tenke fluktveier. Hadde Martine fortalt ham sannheten denne gangen, var det virkelig Stankic som hadde vært her? I samme øyeblikk skjønte han at det hadde hun. Den søte lukten hang ennå så vidt igjen i luften. Mannen som hadde stått i veien da Harry kom. I det samme så han hvor Stankic måtte ha rømt.

Da Harry rev opp døra til herretoalettet, gufset den iskalde luften fra det åpne vinduet innerst i rommet mot ham. Han gikk bort til vinduet, kikket ned på gesimsen og parkeringsplassen under og slo i karmen: «Faen, faen!»

Det kom en lyd fra et av toalettavlukkene.

«Hallo!» sa Harry høyt. «Er det noen her?»

Som svar skrudde vannet i urinalet seg opp med et iltert sus.

Der var lyden igjen. En slags klynking. Harrys blikk sveipet langs avlukkene og fant det ene med rødt for opptatt. Han slengte seg ned på magen og så et par legger og pumps.

«Politi,» ropte Harry. «Er du skadet?»

Klynkingen stoppet. «Er han borte?» sa en skjelvende kvinnestemme.

«Hvem?»

«Han sa jeg måtte sitte her i femten minutter.»

«Han er borte.»

Døra til avlukket gled opp. Thea Nilsen satt på gulvet, mellom toalettet og veggen, med sminken rennende nedover ansiktet.

«Han sa han ville drepe meg hvis jeg ikke sa hvor Jon var,» sa hun gråtkvalt. Som om hun ville unnskylde seg.

«Og hva sa du?» spurte Harry og hjalp henne opp på toalettsetet.

Hun blunket to ganger.

«Thea, hva sa du til ham?»

«Jon sendte en tekstmelding,» sa hun og stirret i doveggene med et fraværende blikk. «Faren hans er syk, skrev han. Han flyr til Bangkok i kveld. Tenk det. Akkurat nå i kveld.»

«Bangkok? Sa du det til Stankic?»

«Vi skulle hilse på statsministeren i kveld,» sa Thea mens en tåre trillet nedover kinnet hennes. «Og han svarte ikke engang da jeg ringte, den ... den ...»

«Thea! Sa du til ham at Jon skulle fly i kveld?»

Hun nikket, søvngjengeraktig som om alt dette var noe som ikke angikk henne.

Harry reiste seg og strenet ut i foajeen hvor Martine og Rikard sto og snakket med en mann som Harry kjente igjen fra statsministerens sikkerhetsgruppe.

«Avblås alarmen,» sa Harry høyt. «Stankic er ikke lenger på huset.»

De tre snudde seg mot ham.

«Rikard, søsteren din sitter der inne, kan du ta deg av henne? Og Martine, kan du bli med meg?»

Uten å vente på svar grep Harry henne under armen, og hun måtte småløpe for å holde følge med ham ned trappen mot utgangen.

«Hvor skal vi?» spurte hun.

«Oslo Lufthavn.»

«Og hva skal du med meg der?»

«Du skal være mine øyne, kjære Martine. Du skal se den usynlige mannen for meg.»

*

Han studerte sine egne ansiktstrekk i togrutens speilbilde. Pannen, nesen, kinnene, munnen, haken, øynene. Prøvde å se hva det var, hvor hemmeligheten lå. Men han så ingenting spesielt over det røde halstørkleet, bare et uttrykksløst ansikt med øyne og hår som mot tunnelveggene mellom Oslo S og Lillestrøm var like svarte som natten utenfor.

Kapittel 33.
Tirsdag 22. desember. Den korteste dagen

Det tok Harry og Martine nøyaktig to minutter og trettiåtte sekunder å løpe fra Konserthuset til perrongen på Nationaltheatret stasjon hvor de to minutter senere steg på et InterCity-tog med stoppested Oslo S og Oslo Lufthavn på vei til Lillehammer. Riktignok var dette et langsommere tog, men raskere enn å vente på neste avgang med Flytoget. De dumpet ned i de to eneste ledige setene i en vogn med soldater på vei hjem på juleperm og studentgjenger med pappvin og julenisseluer.

«Hva er det som skjer?» spurte Martine.

«Jon er på flukt,» sa Harry.

«Vet han at Stankic lever?»

«Han er ikke på flukt fra Stankic, men fra oss. Han vet at han er avslørt.»

Martine så storøyet på ham. «Hva er avslørt?»

«Jeg vet knapt hvor jeg skal begynne.»

Toget gled inn på Oslo S. Harry speidet ut på perrongen på passasjerene, men så ingen Jon Karlsen.

«Det begynte med at Ragnhild Gilstrup tilbød Jon to millioner kroner for å hjelpe Gilstrup til å få kjøpt en del av Frelsesarmeens eiendommer,» sa Harry. «Han sa nei til henne fordi han ikke stolte på at hun var skruppelløs nok til å holde tett. I stedet gikk han bak hennes rygg og snakket med Mads og Albert Gilstrup direkte. Han krevde fem millioner, og at Ragnhild ikke fikk vite om dealen. De aksepterte.»

Martine måpte. «Hvordan vet du dette?»

«Etter at Ragnhild døde, brøt Mads Gilstrup tydeligvis mer eller mindre sammen. Han bestemte seg for å avsløre hele avtalen. Så han ringte den kontakten han hadde i politiet. Et telefonnummer på visittkortet til Halvorsen. Halvorsen svarte ikke, men han la igjen tilståelsen på svareren. For noen timer siden spilte jeg av beskjeden. Der sier han blant annet at Jon forlangte at de laget en skriftlig avtale.»

«Jon er et ordensmenneske,» sa Martine lavt. Toget gled ut fra stasjonen, forbi stasjonsmesterens bolig Villa Valle, og inn i de østre bydelers grå landskap av bakgårder med sykkelvrak, nakne tørkesnorer og nedsotede vinduer.

«Men hva har dette med Stankic å gjøre?» spurte hun. «Hvem bestilte ham? Mads Gilstrup?»

«Nei.»

De ble sugd opp i tunnelens svarte intethet, og i mørket var stemmen hennes knapt hørbar over togskinnenes ratling: «Var det Rikard? Si at det ikke er Rikard …»

«Hvorfor tror du det er Rikard?»

«Den natten da Jon voldtok meg, var det Rikard som fant meg på utedoen. Jeg sa at jeg hadde snublet i mørket der inne, men jeg så at han ikke trodde meg. Han hjalp meg i seng uten å vekke noen av de andre. Og selv om han aldri har sagt noe, har jeg alltid hatt på følelsen at han så Jon og skjønte hva som hadde skjedd.»

«Mm,» sa Harry. «Så det er derfor han beskytter deg så intenst. Det ser ut som Rikard er oppriktig glad i deg.»

Hun nikket. «Det er vel derfor jeg …,» begynte hun, men holdt inne.

«Ja?»

«Derfor jeg ønsker at det ikke var ham.»

«I så fall er ønsket ditt oppfylt.» Harry så på klokka. Femten minutter til de var fremme.

Martine så forvirret på ham. «Du … du mener ikke?»

«Hva da?»

«Du mener ikke at far visste om voldtekten? At han … har …»

«Nei, din far har ingenting med dette å gjøre. Den som bestilte drapet på Jon Karlsen …»

Plutselig var de ute av tunnelen og en svart stjernehimmel hang over hvite, fosforescerende jorder.

«… er Jon Karlsen selv.»

435

*

Damen i SAS-uniform rakte Jon billetten med et tannblekings-middelhvitt smil og trykket på knappen foran seg. Over dem lød et pling, og neste kunde rushet mot skranken med kølappen veivende foran seg som en machete.

Jon snudde seg mot den veldige avgangshallen. Han hadde vært her før, men aldri sett så mange mennesker som nå. Støyen av stemmer og skritt og meldinger steg opp mot den kirkehøye hvelvingen. En forventningsfull kakofoni, et sammensurium av språk og brokker av meninger han ikke forsto. Hjem til jul. Bort til jul. Stillestående køer til innsjekkingskrankene snodde seg som forspiste kvelerslanger mellom sperrebåndene.

Pust, sa han til seg selv. God tid. De vet ikke noe. Ikke ennå. Kanskje aldri. Han stilte seg bak en eldre dame og bøyde seg ned og hjalp henne å flytte kofferten da køen rykket tjue centi-meter fremover. Da hun takknemlig snudde seg mot ham og smilte, kunne han se at huden hennes bare var en likblek, tynn duk spent rundt et dødningehode.

Han smilte tilbake, og hun snudde seg endelig vekk igjen. Men under støyen av levende mennesker kunne han hele tiden høre skriket hennes. Det uutholdelige, vedvarende skriket som forsøkte å overdøve en brølende elektromotor.

Da han hadde havnet på sykehuset og hadde fått vite at politiet undersøkte leiligheten hans, hadde han fått det for seg at de kunne finne avtalen med Gilstrup Invest i skatollet hans. Den hvor det sto at Jon skulle motta fem millioner kroner om Leder-rådet anbefalte tilbudet, undertegnet Albert og Mads Gilstrup. Etter at politiet hadde kjørt ham opp til Roberts leilighet, hadde han derfor dratt til Gøteborggata for å hente avtalen. Men da han kom dit, hadde det allerede vært noen der. Ragnhild. Hun hadde ikke hørt ham på grunn av støvsugeren som sto på. Hun satt med avtalen foran seg. Hun hadde sett. Sett hans synder, slik mor hadde sett sædflekkene på sengetøyet. Og som mor ville Ragnhild ydmyke ham, ødelegge ham, fortelle det til alle. Fortelle det til far. Hun måtte ikke se. Jeg tok øynene hennes, tenkte han. Men hun skriker fortsatt.

*

«Tiggere sier ikke nei til almisser,» sa Harry. «Det ligger i sakens natur. Det slo meg i Zagreb. Eller rettere sagt, det traff meg. I form av en norsk tjuekronermynt som ble pælmet etter meg. Og da jeg så den ligge der på gulvet og snurre, kom jeg på at åstedsgruppa dagen før hadde funnet en kroatisk mynt nedtråkket i snøen utenfor butikken på hjørnet i Gøteborggata. De satte den automatisk i forbindelse med Stankic, som hadde flyktet den veien mens Halvorsen lå og blødde lenger oppe i gata. Jeg er av legning en tviler, men da jeg så denne mynten i Zagreb, var det som om en høyere makt ville vise meg noe. Første gangen jeg traff Jon, var det en tigger som kastet en mynt etter ham. Jeg husker jeg ble forundret over en tigger som takket nei til en almisse. I går fant jeg tiggeren på Deichmanske bibliotek og viste ham mynten åstedsgruppa hadde funnet. Han bekreftet at det var en utenlandsk mynt han hadde pælmet etter Jon og at det godt kunne være den jeg viste ham. Ja, at det sannsynligvis var nettopp den.»

«Så har Jon kanskje vært i Kroatia en gang. Det er vel lov?»

«Jada. Det rare er at han fortalte meg at han aldri i sitt liv har vært i utlandet bortsett fra i Danmark og Sverige. Jeg sjekket med passkontoret og det er heller ikke utstedt noe pass på Jon Karlsen. Derimot er det utstedt et på Robert Karlsen for ti år siden.»

«Kanskje Jon fikk den mynten av Robert?»

«Du har rett,» sa Harry. «Mynten beviser ingenting. Men den får trege hjerner som min til å tenke litt. Hva om Robert aldri dro til Zagreb? Hva om det var Jon som var der. Jon hadde nøkkel til alle Frelsesarmeens utleieleiligheter, også Roberts. Hva om han hadde tjuvlånt Roberts pass, dratt til Zagreb i hans navn og utgitt seg for å hete Robert Karlsen da han bestilte drapet på Jon Karlsen? Og planen hele tiden var å ta livet av Robert?»

Martine bet ettertenksomt på en negl. «Men hvis Jon ville ta livet av Robert, hvorfor bestille et drap på seg selv?»

«For å skaffe seg det perfekte alibi. Selv om Stankic skulle bli tatt og tilstå, ville Jon selv aldri kunne mistenkes. Han var jo det tiltenkte offeret. At Jon og Robert byttet vakt akkurat den datoen, ville fremstå som en skjebnens tildragelse. Stankic fulgte bare sine instrukser. Og når Stankic og Zagreb etterpå ville oppdage at de hadde tatt livet av sin egen oppdragsgiver, ville det ikke være noen grunn for dem til å fullføre oppdraget ved å ta livet av Jon. Det var jo ingen til å betale regningen. Faktisk var det noe av det geniale med denne planen. Jon kunne love Zagreb så mye penger de bare ønsket i etterbetaling i og med at det ikke kom til å eksistere noen regningsadresse etterpå. Og heller ikke den eneste personen som kunne motbevist at det var Robert som var i Zagreb den dagen, ja, som kanskje kunne lagt frem et alibi for tidspunktet drapet ble bestilt: Robert Karlsen. Planen var som en logisk sluttet sirkel som gikk opp, illusjonen om en slange som spiser seg selv, en selvdestruerende konstruksjon hvor alt ville være borte etterpå, uten løse tråder.»

«En ordensmann,» sa Martine.

To av de mannlige studentene hadde begynt å synge en drikkevise, forsøksvis tostemt og akkompagnert av en av rekruttenes høylytte snorking.

«Men hvorfor?» sa Martine. «Hvorfor måtte han ta livet av Robert?»

«Fordi Robert utgjorde en trussel. Ifølge sersjantmajor Rue skal Robert ha truet Jon med å 'ødelegge' ham dersom han nærmet seg en kvinne igjen. Min første tanke var at de snakket om Thea. Men du hadde nok rett da du sa at Robert ikke næret noen spesielle følelser for henne. Jon påsto at Robert var sykelig opptatt av Thea for at det i ettertid skulle se ut som Robert hadde et motiv for å ønske livet av Jon. Den trusselen Robert fremsatte, gjaldt nok Sofia Miholjec. En kroatisk jente på femten år som akkurat har fortalt meg alt. Om hvordan Jon regelmessig har tvunget henne til å ha sex med ham under trussel om at han ville kaste familien hennes ut av leiligheten til Frelsesarmeen og ut av landet om hun motsatte seg eller fortalte det til noen. Men da hun ble gravid, gikk hun til Robert som hjalp henne og dessuten lovet henne å stoppe Jon. Dessverre gikk ikke Robert rett til politiet eller ledelsen i Frelsesarmeen. Han så det vel som et familieanliggende og ville løse det internt. Jeg har skjønt dere har tradisjon for det i Frelsesarmeen.»

Martine stirret ut på de snødekte, nattbleke jordene som duvet forbi som dønninger.

«Så det var planen,» sa hun. «Hva gikk galt?»

«Det som alltid går galt,» sa Harry. «Været.»

«Været?»

«Var ikke flyet til Zagreb blitt kansellert på grunn av snø den kvelden, hadde Stankic kommet seg hjem, funnet ut at de uheldigvis hadde tatt livet av oppdragsgiveren og historien hadde sluttet der. I stedet må Stankic bli en natt i Oslo, og han oppdager at han har drept feil person. Men han veit ikke at Robert Karlsen også er navnet de har fått oppgitt som oppdragsgiver, så han fortsetter sin menneskejakt.»

Høyttaleren meldte Oslo Lufthavn, Gardermoen, perrong høyre side.

«Og nå skal du fange Stankic.»

«Det er jobben min.»

«Skal du drepe ham?»

Harry så på henne.

«Han drepte kameraten din,» sa Martine.

«Fortalte han deg det?»

«Jeg sa at jeg ikke ville vite noe som helst, så han har ikke fortalt noe.»

«Jeg er en politimann, Martine. Vi arresterer folk og får dem dømt.»

«Jaså? Hvorfor har du ikke slått full alarm da? Hvorfor har du ikke ringt politiet på flyplassen, hvorfor er ikke den der beredskapstroppen på vei med fulle sirener? Hvorfor er det bare deg?»

Harry svarte ikke.

«Det er ikke engang noen andre som vet det du akkurat har fortalt meg, er det vel?»

Harry så flyplassens designglatte og grå sementflater dukke opp på togruten.

«Stoppet vårt,» sa han.

Kapittel 34.
Tirsdag 22. desember. Korsfestelsen

Jon hadde bare én person mellom seg og innsjekkingsskranken da han kjente det. En søtlig såpelukt som vagt minnet ham om noe. Noe som hadde skjedd for ikke altfor lenge siden. Han lukket øynene og prøvde å komme på hva.

«Vær så god, neste!»

Jon sjokket frem, satte kofferten og sekken på samlebåndet og la billetten og passet på skranken foran en solbrun mann i flyselskapets hvitermede skjorte.

«Robert Karlsen,» sa mannen og kikket på Jon som nikket bekreftende. «To kolli. Og det der er håndbagasje?» Han nikket mot den svarte bagen.

«Ja.»

Mannen bladde og tastet og en fresende printer spyttet ut strimler som fortalte at bagasjen skulle til Bangkok. Og da kom Jon på hvor han hadde lukten fra. Ett sekund i døråpningen i leiligheten hans, det siste sekundet han hadde følt seg trygg. Mannen som sto utenfor og sa på engelsk at han hadde en beskjed før han løftet en svart pistol. Han tvang seg til ikke å snu seg.

«God tur, Karlsen,» sa mannen med et ultraraskt smil og rakte ham billetten og passet.

Jon gikk raskt mot køene foran sikkerhetsvaktenes gjennomlysningsmaskiner. Idet han stakk billetten i innerlommen, kikket han seg fort over skulderen.

Han så rett på ham. Et vilt øyeblikk lurte han på om Jon Karlsen kjente ham igjen, men så gled Jons blikk videre. Det som likevel bekymret ham, var at Jon Karlsen så redd ut.

Han hadde vært akkurat litt for sen til å ta Jon Karlsen ved innsjekkingsskranken. Og nå hastet det, for Jon Karlsen hadde allerede stilt seg i køen til sikkerhetskontrollen hvor alt og alle ble gjennomlyst og en revolver var dømt til å oppdages. Det måtte skje på denne siden.

Han trakk pusten og strammet og slakket grepet om revolverskjeftet på innsiden av frakken.

Han hadde mest lyst til å skyte objektet på stedet, slik han pleide. Men selv om han kunne forsvinne i mengden etterpå, ville de stenge flyplassen, sjekke alle passasjerers identitet og han ville ikke bare miste flyet til København om førtifem minutter, men friheten de neste tjue årene.

Han begynte å gå mot ryggen til Jon Karlsen. Det måtte skje raskt og bestemt. Han måtte gå opp til ham, stikke revolveren hardt i ribbeina hans og gi ham ultimatumet på en kort og lettfattelig måte. Deretter rolig geleide ham gjennom den vrimlende avgangshallen og ut i parkeringshuset, bak en bil, hodeskudd, liket under bilen, kvitte seg med revolveren før sikkerhetskontrollen, gate 32, København-flyet.

Han hadde allerede revolveren halvveis ute og var to skritt unna Jon Karlsen da Jon plutselig skar ut av køen og begynte å gå mot den andre enden av avgangshallen med raske skritt. *Do vraga!* Han snudde rundt og begynte å gå etter, tvang seg til ikke å løpe. Han har ikke sett deg, gjentok han til seg selv.

Jon sa til seg selv at han ikke måtte løpe, at det ville avsløre at han skjønte at han var oppdaget. Han hadde ikke kjent igjen ansiktet, men det behøvde han ikke. Mannen hadde på seg det røde halstørkleet. I trappen ned til ankomsthallen kjente Jon svetten komme. Da han var kommet ned, svingte han motsatt vei og da han var ute av syne for dem i trappen, tok han bagen under armen og begynte å løpe. Menneskeansiktene foran ham flagret forbi med Ragnhilds tomme øyehuler og ustoppelige skrik. Han løp ned en annen trapp og plutselig var det ingen mennesker rundt ham lenger, bare fuktig, kald luft og ekko av hans egne skritt og pust i en bred korridor som hellet nedover. Han skjønte at han var i gangen til parkeringshuset og nølte et øyeblikk. Stirret inn i det svarte øyet til et overvåkningskamera som om det kunne gi ham svar. Lenger foran seg så han et skilt lyse over en dør som en avbildning av seg selv: en mann som sto tafatt rett opp og ned. Herretoalett. Et gjemmested. Ute av syne. Han kunne låse seg inne der. Vente med å komme ut til det var like før flyet skulle gå.

Han hørte ekko av raske skritt som kom nærmere. Han løp bort til toalettet, åpnet døra og trådte inn. Toalettet skinte mot ham med et hvitt lys slik han forestilte seg at himmelen måtte åpenbare seg for en døende. Tatt i betraktning toalettets avsidesliggende plassering i bygget, var det meningsløst stort. Tomme rader av hvite skåler sto oppmarsjert og ventet langs den ene veggen, like hvite båser langs den andre. Han hørte døra gli igjen bak seg og lukkes med et lite metallisk klikk.

*

Luften i det trange vaktrommet på Oslo Lufthavn var ubehagelig varm og tørr.

«Der,» sa Martine og pekte.

Harry og de to Securitasvaktene i stolene snudde seg først mot henne, så mot veggen av monitorer hun pekte på.

«Hvilken?» sa Harry.

«Der,» sa hun og gikk nærmere monitoren som viset en tom korridor. «Jeg så ham passere. Jeg er sikker på at det var ham.»

«Det er overvåkningskameraet nede i gangen til parkeringshuset,» sa en av Securitasvaktene.

«Takk,» sa Harry. «Jeg tar det alene herfra.»

«Vent,» sa Securitasvakten. «Dette er en internasjonal flyplass og selv om du har politi-ID så trenger du autorisasjon for ...»

Han stoppet brått. Harry hadde trukket en revolver opp av bukselinningen og veide den i hånden: «Kan vi si at denne gjelder inntil videre?»

Harry ventet ikke på svar.

Jon hadde hørt noen komme inn på toalettet. Men alt han hørte nå var suset av vann i de hvite, tåreformede skålene på utsiden av båsen hvor han hadde låst seg inne.

Jon satt på dolokket. Båsene var åpne i toppen, men dørene gikk helt ned til gulvet, så han slapp å trekke beina oppunder seg.

Så stoppet susingen og han hørte en plaskende lyd.

Noen som pisset.

Jons første tanke var at det var en annen enn Stankic, at ingen er så kaldblodig at de tenker på vannlating før de skal drepe. Hans andre at det kanskje var sant det faren til Sofia hadde fortalt om den lille frelseren som man kunne få leid for en slikk og ingenting på Hotel International i Zagreb; at han var fryktløs.

Jon hørte tydelig den sprakende lyden av en buksesmekk som ble trukket opp, og så det hvite porselensorkesterets vannmusikk igjen.

Det stoppet som på en taktstavs kommando, og han hørte rennende vann fra en spring. En mann vasket hendene. Grundig. Vannet ble stengt av. Så skritt igjen. Det knirket lett i døra. Det metalliske klikket.

Jon sank sammen på lokket på toalettskålen med bagen i fanget.

Det banket på døra til båsen.

Tre lette bank, men med en klang av noe hardt. Som stål.

Det var som blodet nektet å entre hjernen. Han rørte seg ikke, lukket bare øynene og holdt pusten. Men hjertet hans slo. Han hadde lest et sted at enkelte rovdyr har ører som kan oppfatte lyden av offerets redde hjerte, at det er slik de finner dem. Bortsett fra hjerteslagene var stillheten total. Han knep øynene sammen og tenkte at hvis han bare konsentrerte seg, kunne han se tvers igjennom taket og få øye på den kalde, klare stjernehimmelen, se planetens usynlige, men betryggende plan og logikk, se meningen i det hele.

Så kom det uunngåelige braket.

Jon kjente lufttrykket mot ansiktet og trodde et øyeblikk det var fra et skudd. Han åpnet forsiktig øynene. Der låsen hadde vært, spriket trefliser, og døra hang på skjeve.

Mannen foran ham hadde åpnet frakken. Under hadde han svart smokingjakke og en skjorte som var like blendende hvit som veggene bak ham. Rundt halsen hadde han et rødt silkeskjerf.

Kledd til fest, tenkte Jon.

Han trakk inn duften av urin og frihet mens han så på den sammenkrøpne skikkelsen foran seg. En hengslete, livredd gutt som satt og skalv mens han ventet på døden. Under andre omstendigheter ville han ha spurt seg selv hva denne gutten med det sløvete, blå blikket kunne ha gjort. Men for en gangs skyld visste han. Og for første gang siden Giorgis far under julemiddagen i Dalj, ville det gi ham en personlig tilfredsstillelse. Og han var ikke redd lenger.

Uten å senke revolveren kikket han fort på klokka. Trettifem minutter til flyavgang. Han hadde sett overvåkningskameraet utenfor. Hvilket betydde at det sannsynligvis var overvåkningskameraer i parkeringshuset også. Det måtte gjøres her inne. Få ham ut og inn i nabobåsen, skyte ham, låse båsen innenfra og selv klatre ut. De ville ikke finne Jon Karlsen før flyplassen skulle stenges i natt.

«*Get out!*» sa han.

Jon Karlsen så ut som om han var fortapt i en transe og rørte seg ikke. Han spente hanen og siktet. Jon Karlsen skrittet langsomt ut av båsen. Stoppet. Åpnet munnen.

«Politi. Slipp våpenet.»

Harry holdt revolveren i dobbelt grep rettet mot ryggen til mannen med det røde silkeskjerfet mens han hørte døra smekke i med et metallisk klikk bak seg.

I stedet for å legge ned revolveren holdt mannen den stødig rettet mot Jon Karlsens hode og sa med en engelskuttale Harry dro kjensel på:

«*Hello, Harry.* Har du fin siktelinje?»

«Perfekt,» sa Harry. «Rett gjennom bakhodet ditt. Slipp våpenet, sa jeg.»

«Hvordan kan jeg vite om du holder et våpen, Harry? Jeg har jo din revolver.»

«Jeg har et som har tilhørt en kollega.» Harry så sin egen finger klemme rundt avtrekkeren. «Jack Halvorsen. Han du stakk ned i Gøteborggata.»

Harry så mannen foran seg stivne til.

«Jack Halvorsen,» gjentok Stankic. «Hva får deg til å tro at det var meg?»

«Ditt DNA i oppkastet. Ditt blod på frakken hans. Og vitnet som står foran deg.»

Stankic nikket langsomt. «Jeg skjønner. Jeg har drept din kollega. Men hvis du tror det, hvorfor har du ikke alt skutt meg?»

«Fordi det er en forskjell på deg og meg,» sa Harry. «Jeg er ikke morder, men politimann. Så om du legger ned revolveren nå, skal jeg bare ta halve livet ditt. Omtrent tjue år. Ditt valg, Stankic.» Armmusklene til Harry hadde allerede begynt å verke.

«*Tell him!*»

Harry skjønte det var Jon Stankic hadde ropt det til da han så Jon våkne.

«*Tell him!*»

Jons adamseple gikk opp og ned som en dupp. Så ristet han på hodet.

«Jon?» sa Harry.

«Jeg kan ikke ...»

«Han kommer til å skyte deg, Jon. Snakk.»

«Jeg vet ikke hva dere vil at jeg skal ...»

«Hør her, Jon,» sa Harry uten å ta blikket fra Stankic. «Ingenting av det du sier med en pistol mot hodet kan bli brukt mot deg i en rettssak. Skjønner du? Akkurat nå har du ingenting å tape.»

De harde, glatte flatene i rommet skapte en unaturlig skarp og høy lydgjengivelse av metall i bevegelse og fjærer som ble strammet da den smokingkledde mannen spente hanen på revolveren.

«Stopp!» Jon holdt armene opp foran seg. «Jeg skal fortelle alt.»

Jon møtte politimannens blikk over skulderen til Stankic. Og så at han alt visste. Kanskje hadde han visst det lenge. Politimannen hadde rett: han hadde ingenting å tape. Ingenting av det han sa, kunne bli brukt mot ham. Og det underlige var at han ville fortelle. Faktisk var det ingenting han heller ville.

«Vi sto utenfor bilen og ventet på Thea,» sa Jon. «Politimannen spilte av en beskjed som var lagt igjen på mobilsvar. Jeg hørte at det var Mads. Og jeg skjønte det da politimannen sa at det var en tilståelse og skulle til å ringe deg. At jeg var i ferd med å bli avslørt. Jeg hadde foldekniven til Robert og jeg reagerte instinktivt.»

Han så for seg hvordan han hadde prøvd å låse politimannens armer bakfra, men politimannen hadde greid å få løs den ene hånden og fått den mellom knivbladet og strupen. Jon hadde skåret og skåret i den hånden uten å komme til halspulsåren. Rasende hadde han slengt politimannen til høyre og venstre som en filledukke mens han hogg og hogg, og til slutt hadde kniven glidd ned i brystet og så hadde det gått som et søkk gjennom politimannens kropp og han var blitt helt slapp i armene. Han hadde tatt mobiltelefonen hans fra bakken og stukket i lommen. Han skulle bare til å sette inn nådestøtet.

«Men Stankic forstyrret dere?» spurte Harry.

Jon hadde løftet kniven for å kutte over strupen på den besvimte politimannen da han hørte noen rope noe på et fremmed språk, løftet blikket og så en mann i blå jakke komme løpende mot dem.

«Han hadde en pistol, så jeg måtte komme meg unna,» sa Jon og kjente hvordan bekjennelsene renset ham, befridde ham for byrden. Og han så Harry nikke, så at den høye, lyse mannen forsto. Og tilga. Og han ble så rørt at han kjente halsen bli tykk av gråt da han fortsatte: «Han skjøt etter meg da jeg løp inn igjen. Holdt på å treffe også. Han holdt på å drepe meg, Harry. Han er en gal morder. Du må skyte ham, Harry. Vi må ta ham, du og jeg ... vi ...»

Han så Harry langsomt senke revolveren og stikke den ned i bukselinningen.

«Hva ... hva gjør du, Harry?»

Den store politimannen knappet frakken. «Jeg tar juleferien, Jon. Takk for nå.»

«Harry? Vent ...»

Vissheten om hva som holdt på å skje hadde på noen sekunder sugd opp all fuktighet fra hals og munn og ordene måtte vrenges ut av tørre slimhinner:

«Vi kan dele pengene, Harry. Hør, vi kan dele dem alle tre. Ingen behøver å få vite noe.»

Men Harry hadde alt snudd seg og henvendte seg til Stankic på engelsk:

«Jeg tror du finner nok penger i den bagen til at flere på Hotel International kan bygge i Vukovar. Og moren din vil kanskje skjenke litt til apostelen i Stefan-katedralen også.»

«Harry!» Jons skrik var hest som en dødsralling. «Alle mennesker fortjener en ny sjanse, Harry!»

Politimannen stoppet med hånden på dørhåndtaket.

«Se i dypet av hjertet ditt, Harry. Du må da finne noe tilgivelse der!»

«Problemet er ...» Harry gned seg over haken. «Jeg er ikke i tilgivelsesbransjen.»

«Hva?» sa Jon forbløffet.

«Frelse, Jon. Frelse. Det er det jeg driver med. Jeg også.»

Da Jon hørte døra smekke i bak Harry med et metallisk klikk og så den festkledde mannen heve revolveren og han stirret inn i munningens svarte øyehule, var frykten blitt en fysisk smerte og han visste ikke lenger hvem skrikene tilhørte: Ragnhild, ham selv eller noen av de andre. Men før kulen smadret pannen hans, rakk Jon Karlsen å komme frem til én erkjennelse som var ruget ut av år med tvil, skam og fortvilte bønner; at ingen hørte verken skrikene eller bønnene.

DEL 5

EPILOG

Kapittel 35.
Skyld

Harry steg opp av undergrunnen til Egertorget. Det var lille jul-
aften, og folk hastet forbi i jakten på de siste gavene. Likevel var
det som det allerede hadde falt en julefred over byen. Man kunne
se det i ansiktene til folk som smilte tilfreds fordi juleforberedel-
sene var ferdige eller smilte likevel i trett resignasjon. En mann i
heldekkende bobledress vagget langsomt som en astronaut forbi
mens han gliste og blåste frostrøyk ut av runde, roserøde kinn.
Men Harry så ett desperat ansikt. En blek kvinne kledd i tynn,
svart skinnjakke med hull på albuen sto ved veggen til urmake-
ren og trippet.

Den unge mannen bak disken lyste opp da han fikk øye på
Harry, skyndte seg å ekspedere kunden han holdt på med og
forsvant ut på bakrommet. Han kom tilbake med bestefarsuret
som han la på disken med en stolt mine.

«Den virker,» sa Harry imponert.

«Alt kan repareres,» sa den unge mannen. «Bare pass på at du
ikke skrur den opp lenger enn nødvendig, det sliter på mekanik-
ken. Prøv, så skal jeg vise.»

Mens Harry skrudde, kunne han kjenne metallets ru friksjon
og fjærens motstand. Og merket at den unge mannens blikk var
blitt stivt og stirrende.

«Unnskyld,» sa den unge. «Men kan jeg få spørre hvor du har
fått tak i den klokken?»

«Jeg fikk den av min bestefar,» svarte Harry, forbauset over
den plutselige andektigheten i urmakerens stemme.

«Ikke den. Men *den*.» Urmakeren pekte på Harrys armbåndsur.

«Jeg fikk den av den forrige sjefen min da han sluttet.»

«Det må jeg si.» Den unge urmakeren lente seg ned mot Harrys venstre håndledd og studerte armbåndsuret inngående. «Utvilsomt ekte. Det var en sjenerøs gave.»

«Å? Er det noe spesielt med den?»

Urmakeren så vantro på Harry: «Vet du det ikke?»

Harry ristet på hodet.

«Det der er en Lange 1 Tourbillon fra A. Lange & Söhne. På baksiden vil du finne et serienummer som forteller deg hvor mange eksemplarer av den som er laget. Husker jeg ikke feil, er det hundre og femti. Du bærer på noe av det flotteste som noensinne er blitt laget av urverk. Ja, det er vel et spørsmål om hvor lurt det er å ha det på seg. Med markedsprisen på den klokken nå, hører den strengt tatt mer hjemme i et bankhvelv.»

«Bankhvelv?» Harry så på den anonymt utseende klokka som han for noen dager siden hadde slengt ut av soveromsvinduet. «Den ser ikke akkurat så eksklusiv ut.»

«Det er nettopp det. Den kommer kun med vanlig, sort skinnrem og grå skive og det er ikke en eneste diamant eller gram av gull på den klokken. Riktignok er det som ser ut som vanlig stål, platina. Men verdien ligger i at dette er ingeniørhåndverk opphevet til kunst.»

«Ja vel. Hvor mye vil du si klokka er verdt?»

«Jeg vet ikke. Men hjemme har jeg noen kataloger med auksjonspriser på sjeldne klokker som jeg kan ta med i morgen.»

«Bare gi meg et rundt tall,» sa Harry.

«Et rundt tall?»

«En idé.»

Den unge mannen stakk underleppen frem og vagget på hodet. Harry ventet.

«Jeg ville i hvert fall ikke solgt den for under fire hundre tusen.»

«Fire *hundre* tusen kroner?» utbrøt Harry.

«Nei, nei,» sa den unge. «Fire hundre tusen dollar.»

Da Harry sto utenfor forretningen igjen, kjente han ikke len ger kulden. Og ikke den matte søvnigheten som fortsatt satt i kroppen etter tolv timers dyp søvn. Og han enset knapt den huløyde kvinnen med tynn skinnjakke og junkieblikk som kom bort til ham og spurte om ikke Harry var han politimannen hun hadde snakket med for noen dager siden og om han visste noe om sønnen hennes som ingen hadde sett på fire dager.

«Hvor ble han sist sett?» spurte Harry mekanisk.

«Hvor tror du?» sa kvinnen. «På Plata, selvfølgelig.»

«Hva heter han?»

«Kristoffer. Kristoffer Jørgensen. Hallo! Er du til stede?»

«Hva?»

«Du ser ut som du tripper, mann.»

«Beklager. Du får ta med et bilde av ham ned på Politihuset og melde fra i første etasje.»

«Bilde?» Hun lo skrallende. «Jeg har et bilde fra han var sju. Trur du det holder?»

«Har du ikke noe nyere?»

«Og hvem mener du skulle tatt det?»

Harry fant Martine på Fyrlyset. Kafeen var stengt, men resepsjonisten på Heimen hadde låst inn Harry bakveien.

Hun sto alene inne på vaskerommet innenfor klesdepotet med ryggen til og holdt på å tømme vaskemaskinen. Han kremtet lavt for ikke å skremme henne.

Harry så på skulderbladene og nakkemusklene hennes da hun snudde hodet, og han lurte på hvor hun hadde denne mykheten fra. Og om hun alltid kom til å ha den. Hun rettet seg opp, la hodet på skakke, strøk vekk en hårtjafs fra ansiktet og smilte.

«Hei, du som heter Harry.»

Hun sto bare et skritt fra ham med armene ned langs siden. Han så godt på henne. På den vinterbleke huden som likevel hadde en slik underlig glød. De følsomme, utspilte neseborene, de underlige øynene med pupiller som hadde rent over og fikk dem til å ligne delvise måneformørkelser. Og på leppene som hun ubevisst først brettet inn og fuktet og så la mot hverandre, myke og fuktige, som om hun allerede kysset seg selv. En tørketrommel rumlet.

De var alene. Hun trakk pusten dypt og la hodet ørlite bakover. Det var bare et skritt bort til henne.

«Hei,» sa Harry. Og ble stående.

Hun blunket fort to ganger. Så smilte hun fort og litt forvirret, snudde seg mot benkeplaten og begynte å legge sammen klær.

«Jeg er snart ferdig her. Venter du?»

«Jeg har rapporter jeg må få ferdig før ferien bryter løs.»

«Vi skal arrangere julemiddag her i morgen,» sa hun og snudde seg halvt. «Har du lyst til å komme og hjelpe til?»

Han ristet på hodet.

«Andre planer?»

Aftenposten lå oppslått på benkeplaten ved siden av henne. De hadde viet en hel side til frelsesarmésoldaten som var funnet på toalettet på Oslo Lufthavn i går kveld. Avisen refererte til politioverbetjent Gunnar Hagen som sa at de ikke kjente til noen gjerningsmann eller motiv, men at de så saken i sammenheng med drapet på Egertorget i forrige uke.

Ettersom de to drepte var brødre og politiets mistanke i første rekke rettet seg mot en uidentifisert kroat, hadde dagens aviser allerede begynt å spekulere i om bakgrunnen kunne være en familiefeide. VG pekte på at familien Karlsen i tidligere år hadde feriert i Kroatia og med kroaters tradisjon for blodhevn var en slik forklaring nærliggende. Dagbladets leder advarte mot fordommer og å slå kroater i hartkorn med kriminelle elementer blant serbere og kosovoalbanere.

«Jeg er invitert til Rakel og Oleg,» sa han. «Jeg var der oppe nå akkurat med en presang til Oleg og så spurte de.»

«De?»

«Hun.»

Martine fortsatte å brette mens hun nikket som om han hadde sagt noe hun måtte tenke igjennom.

«Betyr det at dere …»

«Nei,» sa Harry. «Det betyr ikke det.»

«Er hun fortsatt sammen med han andre, da? Legen.»

«Så vidt jeg veit.»

«Har du ikke spurt?» Han hørte at et såret sinne hadde krøpet inn i stemmen hennes.

«Jeg har ikke noe med det. Han skal visst feire julaften sammen med foreldrene sine. Det er alt. Og du skal være her?»

Hun nikket stumt og brettet og brettet.

«Jeg kom for å si adjø,» sa han.

Hun nikket uten å snu seg.

«Adjø,» sa han.

Hun stoppet å brette. Han kunne se skuldrene hennes riste svakt.

«Du vil forstå,» sa han. «Du tror det kanskje ikke nå, men med tiden vil du skjønne at det kunne ikke bli ... annerledes.»

Hun snudde seg. Øynene hennes sto fulle av tårer. «Jeg vet jo det, Harry. Men jeg ville det likevel. For en stund. Hadde det vært så mye forlangt?»

«Nei.» Harry smilte skjevt. «En stund hadde vært fint. Men det er bedre å si adjø nå enn å vente til det hadde gjort vondt.»

«Men det gjør vondt allerede, Harry.» Den første tåren løsnet.

Hadde ikke Harry visst det han visste om Martine Eckhoff, ville han ha tenkt at en så ung jente umulig kunne vite hva vondt var. I stedet tenkte han på noe moren hadde sagt en gang på sykehuset. At det bare er én ting som er tommere enn å ha levd uten kjærlighet, og det er å ha levd uten smerte.

«Jeg går nå, Martine.»

Og så gjorde han det. Han gikk bort til bilen som sto parkert ved fortauet og banket på sideruten. Den gled ned.

«Hun er blitt stor jente,» sa han. «Så jeg veit ikke om hun trenger å passes på så godt lenger. Jeg veit at du kommer til å gjøre det likevel, men jeg ville bare si det. Og ønske deg god jul og lykke til.»

Rikard så ut som han skulle til å si noe, men nøyde seg med å nikke tilbake.

Harry begynte å gå mot Eika. Han kunne alt kjenne at det hadde begynt å bli mildere.

*

Halvorsen ble begravet tredje juledag. Det regnet, smeltevannet rant i strie strømmer i gatene og på kirkegården var snøen grå og tung.

Harry var med og bar kisten. Foran ham gikk lillebroren til Jack. Harry kjente igjen ganglaget.

Etterpå var de samlet på Valkyrien, et folkelig skjenkested bedre kjent som Valka.

«Kom hit,» sa Beate og tok med seg Harry bort fra de andre til et bord i kroken.

«Alle var der,» sa hun.

Harry nikket. Uten å si det han tenkte. At Bjarne Møller ikke hadde vært der. Ingen hadde engang hørt fra ham.

«Det er et par ting jeg må vite, Harry. Siden denne saken aldri ble løst.»

Han så på henne. Ansiktet var blekt og dratt av sorg. Han visste at hun ikke var avholds, men hun hadde bare Farris i glasset. Han lurte på hvorfor. Hadde han tålt det, hadde han tatt all den bedøvelse han kunne fått i dag.

«Saken er ikke avsluttet, Beate.»

«Harry, tror du ikke jeg har øyne i hodet? Saken er nå overlatt til en suppegjøk og en halv betjent på KRIPOS som flytter papirbunker og klør seg i huene de ikke har.»

Harry trakk på skuldrene.

«Men du løste saken, gjorde du ikke, Harry? Du vet hva som skjedde, du vil bare ikke si det til noen.»

Harry nippet til kaffen.

«Hvorfor, Harry? Hvorfor er det så viktig at ingen får vite?»

«Jeg hadde tenkt å fortelle deg,» sa han. «Når det var gått litt tid. Det var ikke Robert som bestilte drapene i Zagreb. Det var Jon selv.»

«Jon?» Beate så vantro på ham.

Harry fortalte henne om mynten og Espen Kaspersen.

«Men jeg måtte vite det sikkert,» sa han. «Så jeg gjorde en byttehandel med den eneste som kunne identifisere Jon som personen som hadde vært i Zagreb. Jeg ga moren til Stankic mobiltelefonnummeret til Jon. Hun ringte ham samme kvelden som han voldtok Sofia. Hun sa at Jon først snakket norsk, men da hun ikke svarte, begynte han å snakke engelsk og spurte *'Is that you?'* og trodde tydeligvis det var Den lille frelseren. Hun ringte meg etterpå og bekreftet at det var samme stemmen som i Zagreb.

«Var hun helt sikker?»

Harry nikket. «Uttrykket hun brukte var *'quite sure'*. Jon skal ha hatt en umiskjennelig aksent.»

«Og hva var din del av byttehandelen?»

«Å sørge for at sønnen hennes ikke ble henrettet av våre folk.»

Beate tok en stor slurk farris som om informasjonen trengte å skylles ned.

«Lovte *du* det?»

«Jeg sverget,» sa Harry. «Og nå kommer det jeg skulle fortelle deg. Det var ikke Stankic som drepte Halvorsen. Det var Jon Karlsen.»

Hun så måpende på ham. Så steg tårer opp i øynene hennes og hun hvisket med bitterhet i stemmen:

«Er dette sant, Harry? Eller sier du det bare for at jeg skal føle meg bedre? Fordi du tror jeg ikke ville orket å leve med at gjerningsmannen slapp unna?»

«Vel. Vi har jo foldekniven som ble funnet under senga i Roberts leilighet dagen etter at Jon hadde voldtatt Sofia der. Hvis du i all stillhet ber Rettsmedisinsk undersøke om blodet på knivbladet matcher Halvorsens DNA-profil, tror jeg du vil få ro i sjelen.»

Beate så ned i glasset sitt. «Jeg vet at det står i rapporten at du var inne på det toalettet, men at du ikke så noen der. Vet du hva jeg tror? Jeg tror du traff Stankic, men at du lot være å stoppe ham.»

Harry svarte ikke.

«Jeg tror at grunnen til at du ikke fortalte noen at du visste at Jon var skyldig, var at du ikke ville at noen skulle gripe inn før Stankic hadde fått utført oppdraget sitt. Å drepe Jon Karlsen.» Beate stemme skalv av sinne. «Men hvis du tror at jeg har tenkt å takke deg for det, tar du feil.»

Hun satte glasset hardt i bordet, og et par av de andre kikket bort mot dem. Harry holdt kjeft og ventet.

«Vi er politifolk, Harry. Vi håndhever, vi dømmer ikke. Og du er ikke min fordømte personlige frelser, skjønner du det?»

Hun trakk pusten skjelvende og dro en håndbak under øynene som hadde begynt å renne.

«Er du ferdig?» spurte Harry.

«Ja,» sa hun og så trassig på ham.

«Jeg kjenner ikke alle grunnene til at jeg gjorde det jeg gjorde,» sa Harry. «Hjernen er en underlig regnemaskin. Kanskje har du rett. Kanskje la jeg opp til det som skjedde. Men jeg vil at du skal vite at det i tilfelle ikke var for din frelses skyld, Beate.» Harry tømte resten av kaffekoppen i én slurk og reiste seg. «Det var for min.»

*

I løpet av romjulen ble gatene vasket rene av regnet, snøen forsvant helt og da det nye året opprant med et par kuldegrader og dunlett nysnø, føltes det som om vinteren hadde fått en ny og bedre start. Oleg hadde fått slalåmski, og Harry tok ham med opp i Wyllerløypa og begynte med plogsvinger. På vei hjem i bilen etter tredje dag i bakken spurte han Harry om de ikke snart kunne begynne med porter.

Harry så at bilen til Lund-Helgesen sto foran garasjen, så han slapp av Oleg nede foran oppkjørselen, kjørte hjem, la seg på sofaen og stirret i taket mens han hørte på plater. De gamle.

Andre uken i januar fortalte Beate at hun var gravid. At hun skulle føde hennes og Halvorsens barn til sommeren. Harry tenkte tilbake og lurte på hvor blind det gikk an å bli.

Harry fikk i det hele tatt tid til å tenke i januar siden det virket som den delen av menneskeheten som bor i Oslo hadde besluttet å ta en pause i å ta livet av hverandre. Så han tenkte på om han skulle la Skarre flytte inn til seg på 605, Oppklaringskontoret. Han tenkte på hva han skulle gjøre med resten av livet sitt. Og han tenkte på om man noensinne ville få vite om man hadde gjort det rette mens man levde.

Først i slutten av februar bestilte Harry flybillett til Bergen.

I byen blant de sju fjell var det fortsatt høst og snøfritt, og på Fløien hadde Harry følelsen av at skyen som innhyllet dem, var den samme som sist. Han fant ham ved et bord på Fløien Folkerestaurant.

«De sier at det er her du sitter for tida,» sa Harry.

«Jeg har ventet,» sa Bjarne Møller og drakk ut. «Du tok deg god tid.»

De gikk utenfor og stilte seg ved rekkverket på utkikksplassen. Møller virket enda blekere og tynnere enn sist. Øynene var klare, men ansiktet oppblåst og han skalv på hendene. Harry tippet på mer piller enn alkohol.

«Jeg skjønte ikke hva du mente med én gang,» sa Harry. «Da du sa at jeg skulle følge pengene.»

«Hadde jeg ikke rett?»

«Jo,» sa Harry. «Du hadde rett. Men jeg trodde du snakket om saken min. Ikke om deg selv.»

«Jeg snakket om alle saker, Harry.» Vinden kastet lange tjafser av hår ut og inn av Møllers ansikt. «Du fortalte meg forresten ikke om Gunnar Hagen er fornøyd med løsningen på saken din. Eller rettere sagt, mangelen på løsning.»

Harry trakk på skuldrene. «David Eckhoff og Frelsesarmeen ble spart for en pinlig skandale som kunne skadet renommeet og arbeidet deres. Albert Gilstrup mistet sin eneste sønn, en sviger-datter og fikk kansellert en kontrakt som kanskje kunne reddet familieformuen. Sofia Miholjec og familien hennes reiser tilbake til Vukovar. De har fått støtte fra en nyetablert, lokal velgjører til å bygge hus der nede. Martine Eckhoff treffer en gutt som heter Rikard Nilsen. Kort sagt, livet går sin gang.»

«Hva med deg? Treffer du Rakel?»

«Av og til.»

«Hva med han legefyren?»

«Jeg spør ikke så mye. De sliter med sitt.»

«Vil hun ha deg tilbake, er det det?»

«Jeg tror hun skulle ønske at jeg var en fyr som kunne leve et sånt liv som han gjør.» Harry slo opp jakkeklaffene og myste mot den påståtte byen under dem. «Og det ønsker for så vidt jeg også noen ganger.»

De ble tause.

«Jeg tok med klokka til Tom Waaler og fikk den sjekket av en ung urmaker som har peiling på sånt. Husker du at jeg fortalte deg den gangen at jeg hadde mareritt om Rolex-klokka som tikket og tikket på den avkutta armen til Waaler?»

Møller nikket.

«Jeg har fått forklaringen,» sa Harry. «Verdens dyreste klokker har tourbillon gangsystem med en frekvens på tjueåtte tusen i sekundet. Det gjør at det ser ut som sekundviseren flyter rundt i én bevegelse. Og med et mekanisk drivverk gjør det at tikkelyden blir mer intens enn hos andre klokker.»

«Fine klokker, Rolex.»

«Det Rolex-merket var bare satt på av en urmaker for å kamuflere hva slags klokke det egentlig er. Det er en Lange 1 Tourbillon. Étt av hundre og femti eksemplarer. I samme serie som den jeg fikk av deg. Sist gang en Lange 1 Tourbillion ble omsatt på auksjon, var prisen i underkant av tre millioner kroner.»

Møller nikket med antydning til smil på leppene.

«Var det slik dere betalte dere selv?» spurte Harry. «Med klokker til tre millioner?»

Møller kneppet frakken og brettet opp jakkeslagene. «De er mer stabile i verdi og mindre avslørende enn dyre biler. Mindre prangende enn dyr kunst, lettere å smugle enn kontanter og behøver ikke hvitvasking.»

«Og ur er jo noe man gir bort.»

«Det er det.»

«Hva skjedde?»

«Det er en lang historie, Harry. Og som så mange tragedier startet den med de beste hensikter. Vi var en liten gruppe personer som ville bidra med vårt. Rette på ting som rettssamfunnet ikke klarte på egen hånd.»

Møller trakk på seg et par svarte hansker.

«Noen sier at grunnen til at så mange forbrytere går fri, er at rettssystemet er et grovmasket nett. Men det er et helt feil bilde. Det er et tynt, finmasket nett som tar de små, men revner når de store kommer brasende. Vi ville være nettet bak nettet, det som kunne stoppe haiene. Det var ikke bare folk fra politiet med, men også fra rettsvesenet, politikere og byråkrater som så at vår samfunnsstruktur, lovgivning og rettssystem ikke var forberedt på den internasjonale, organiserte kriminaliteten som invaderte landet vårt da vi åpnet opp grensene. Politiet hadde ikke de fullmaktene som gjorde at vi kunne spille lovbryternes spill. Inntil lovgivningen hadde kommet à jour, måtte vi derfor operere i det skjulte.»

Møller ristet på hodet mens han stirret ut i tåken.

«Men der det er lukket og hemmelig og ikke kan luftes ut, starter det alltid en forråtnelse. Hos oss grodde det opp en bakterieflora som først sa at vi måtte smugle inn våpen for å matche de våpnene våre motstandere rådde over. Siden for å selge slik at vi kunne finansiere arbeidet vårt. Det var jo et merkelig paradoks, men de som satte seg imot, oppdaget fort at bakteriefloraen hadde tatt over. Og så kom gavene. Små ting til å begynne med. For inspirasjon til videre innsats, som de sa. Og signaliserte at å ikke ta imot ville bli oppfattet som usolidarisk. Men egentlig var det bare neste fase i forråtnelsen, en korrumpering som nesten umerkelig innlemmet deg til du satt der med møkk opp til haka. Og det var ingen retrett, de hadde for mye på deg. Det verste var at du ikke visste hvem 'de' var. Vi hadde organisert oss i celler på noen få personer som kun hadde kontakt med hverandre gjennom én kontaktperson, som hadde taushetsplikt. Jeg visste ikke at Tom Waaler var en av oss, at det var han som organiserte våpensmuglingen eller at det i det hele tatt fantes en person med kodenavnet Prinsen. Ikke før du og Ellen Gjelten avslørte det. Og da skjønte jeg også at vi for lengst hadde mistet vårt egentlige mål av øyet. At det var lenge siden vi hadde hatt annet motiv enn å berike oss selv. At jeg var korrupt. Og at jeg var medskyldig i at …»

Møller trakk pusten dypt:

«… politifolk som Ellen Gjelten ble drept.»

Dotter og flak av skyer virvlet mot og forbi dem som om Fløien fløy.

«En dag orket jeg ikke mer. Jeg prøvde å komme ut av det. De ga meg alternativene. Som var enkle. Men jeg er ikke redd. Det eneste jeg er redd for er at de skal skade familien min.»

«Er det derfor du flyttet fra dem?»

Bjarne Møller nikket.

Harry sukket: «Og så ga du meg denne klokka for å få en slutt på det?»

«Det måtte bli deg, Harry. Det kunne ikke være noen andre.»

Harry nikket. Han kjente en klump vokse i halsen. Han tenkte på noe Møller hadde sagt forrige gang de sto her på toppen av fjellet. At det var snodig å tenke på at seks minutter fra sentrum i Norges nest største by kunne et menneske gå seg vill og omkomme. Hvordan man kan befinne seg i det man tror er rettferdighetens sentrum og så plutselig miste all retningssans og selv bli det man bekjemper. Og han tenkte på det store regnestykket i hans eget hode, alle de små og store valgene som hadde ledet frem til de siste minuttene på Oslo Lufthavn.

«Og hva om jeg ikke er så annerledes enn deg, sjef? Hva om jeg sa at jeg kunne vært der du er nå?»

Møller trakk på skuldrene. «Det er tilfeldigheter og nyanser som skiller helten fra forbryteren, sånn har det alltid vært. Rettskaffenhet er den late og visjonsløses dyd. Uten lovbrytere og ulydighet hadde vi fremdeles levd i føydalsamfunn. Jeg tapte, Harry, så enkelt er det. Jeg trodde på noe, men jeg ble blind, og da jeg fikk synet tilbake, var mitt hjerte blitt korrumpert. Det skjer hele tiden.»

Harry skuttet seg mot vinden og lette etter ordene. Da han endelig fant noen, lød stemmen hans fremmed og forpint: «Beklager, sjef. Jeg kan ikke taue inn deg.»

«Det er greit, Harry, jeg ordner resten herfra selv.» Møllers stemme lød rolig, nesten trøstende. «Jeg ville bare at du skulle se alt. Og forstå. Og kanskje lære. Det var ikke mer.»

Harry stirret inn i den ugjennomtrengelige tåken og prøvde forgjeves å gjøre som sjefen og vennen hans hadde bedt om: å se alt. Harry holdt øynene åpne til tårene spratt. Da han snudde seg igjen, var Bjarne Møller borte. Han ropte navnet hans inn i tåken selv om han visste at Møller hadde hatt rett: det var ikke mer. Men han tenkte at noen burde rope navnet hans likevel.